哈罗，中国军医

纳兰香未央　段子　著

九州出版社　JIUZHOUPRESS　全国百佳图书出版单位

图书在版编目（CIP）数据

哈罗，中国军医 / 纳兰香未央，段子著. -- 北京：
九州出版社，2017.6

ISBN 978-7-5108-5457-6

Ⅰ．①哈… Ⅱ．①纳… ②段… Ⅲ．①长篇小说－中
国－当代 Ⅳ．①I247.5

中国版本图书馆CIP数据核字(2017)第144047号

哈罗，中国军医

作　　者	纳兰香未央　段子　著
出版发行	九州出版社
地　　址	北京市西城区阜外大街甲 35 号 (100037)
发行电话	(010)68992190/3/5/6
网　　址	www.jiuzhoupress.com
电子信箱	jiuzhou@jiuzhoupress.com
印　　刷	三河市九洲财鑫印刷有限公司
开　　本	787 毫米×1092 毫米　16 开
印　　张	27
字　　数	422 千字
版　　次	2018 年 1 月第 1 版
印　　次	2018 年 1 月第 1 次印刷
书　　号	ISBN 978-7-5108-5457-6
定　　价	48.00 元

序：中国军医，中国仁心

秦天 / 文

所谓军医，顾名思义，就是在军队服役的医务工作者，军队后勤保障的重要组成部分。因此，军医首先是军人，其次才是医生。

作为军人，军医必须随时随地给官兵提供医疗服务。他们和普通军人一样，以服从命令为天职，血性，担当，舍生忘死，在枪林弹雨中救治一个个受伤的将士。而作为医生，军医又是特殊的军人。和那些持枪杀敌的战士不同，军医可以不开一枪却挽救无数生命。他们即便佩枪，也仅仅是出于自卫。他们是生命和死亡之间的摆渡人，他们以其仁心仁术给面临死亡的人带来无限生机。因此，军医是军人铁血荣光和医者仁心大爱的集合体。

当代中国军医生活在一个和平盛世的国度。除了奔赴各种救灾前线救死扶伤，他们更多的时候，和普通医护人员一样，在医院门诊，急救，手术，既服务于军队，也服务于普罗大众。这是中国军医有别于大多数国家军医的"中国特色"。

伴随着中国的崛起，作为一个负责任的大国，中国越来越多地参与国际事务，中国军医有了新的光荣使命。

从2003年开始，一批又一批中国军医离乡背井前赴后继奔赴异国他乡，执行联合国维和任务。在维和这个特殊战场，中国军医的任务是在联合国任务区内为参与维和的各国军队提供医疗服务，同时救治那些在战争冲突中负伤的武装人员和平民。

我们的中国军医，从国内带去了先进的医疗设备，纪律严明，令行禁止，恪守职责。他们敬畏生命，尊重生命，永不放弃。他们以精湛的医术夜以继日与死神赛跑，妙手回春挽救了无数的生命。一声声"中国军医，Good！"，褒奖了中国军医的职业水准和职业精神。

但对中国军医而言，抢救了多少病人，挽救了多少生命并不值得夸耀，无非是完成了份内的工作和任务而已。因为救死扶伤本就是每一个医生的天职。

几千年来，"悬壶济世"是中国医生们的崇高使命。"治病"之外，更重要的是"救人"。对于参加维和的中国军医来说，既然为世界和平而来，当然不满足于简单的"治病"。他们身上与生俱来的人道主义和国际主义精神，促使他们渴望让更多的当地民众感受到来自古老东方民族不同寻常的爱，感受到中国文化"和而不同"的精神魅力。

所以，我们的中国军医和参与维和的其他国家军医的重要区别就是，他们不是简单的在生命安全得到充分保证的医院坐诊，而是冒着生命危险，走出军营，走出医院，巡诊在难民营、沙漠丛林、疫情爆发的村落。

我们的中国军医，像热爱自己同胞一样，热爱当地人民，自觉尊重当地的民风民俗、宗教信仰，爱护当地的一草一木。他们是仁者的化身、爱的使者。他们以跨越国界和超越种族的大爱和仁心去化解仇恨、恐怖和战争，播撒和平种子，催开了更加绚烂芬芳的和平友谊之花。他们燃烧着自己，释放着温暖与希望，给饱受战患的民众送去了一张张无限温润和清凉的中国"名片"。一声声"中国，Good！"，褒奖了中国军医对世界和平的贡献。

毛泽东同志在《纪念白求恩》一文中，高度赞扬了白求恩大夫"毫不利己专门利人"的崇高的人道主义和国际主义精神。我们的当代中国军医正在新的时代，新的环境下默默谱写着同一样的诗篇。

《哈罗，中国军医》这部小说，正是描写了这样一批可爱的中国军人。作者以饱满的热情讴歌了我们的当代中国军医，他们的生活和工作，事业与爱情，他们的爱恨情仇，喜怒哀乐，血性和担当，以不无轻松幽默的笔触再现了以中国军医们为代表的当代中国军人特有的赤诚、无私、坚韧和牺牲。

小说还巧妙地用男女主人公的家世和父辈情感穿起了一条中国军医发展的不平凡历程。从浴血奋战的新四军抗战历程，到解放战争、抗美援朝的万水千山，血红雪白，再到对越自卫反击战的炮火硝烟，三代军医，矢志不渝，将军旅豪情和医者仁心完美融合。

军旗上写满铁血荣光，正是这种来自祖辈、父辈们的血脉承继，无私奉献、敢于牺牲精神的薪火相传与发扬光大，当代中国军人才能成为国家形象的忠实代表，才能成为国家荣誉的捍卫者。

如铜的是军人的肌肤，如钢的是军人的意志，如金的是军人的爱心。如果说军人是奔腾的激流，人民就是源头活水。我们把人民装在心里，人民就会把我们放在心上。愿《哈罗，中国军医》所传递的正能量可以感染并震撼更多的心灵，让更多的人，来关注我们最可爱的人，共同唱响我们这个大时代的最强音！

2017 年 9 月

秦天：中国人民武装警察部队副司令员，中将警衔。

目录

楔 子

格桑花开了，
开在对岸　看上去很美。
看得见却够不着，
够不着也一样的美。

雪莲花开了，
开在冰山之巅　我看不见，
却能想起来
想起来也一样的美。

看上去很美，不如想起来很美。
你在的时候很美，哪比得上
不在的时候也很美。

相遇很美，离别也一样的美。
彼此梦见，代价更加昂贵：
我送给你一串看不见的脚印
你还给我两行摸得着的眼泪。

——仓央嘉措

第一章　初上高原

开朗热情的军中之花，遭遇孤高傲世的"外科一把刀"，注定会铿锵有声，火花四溅。

方翘楚觉得自己的人生是和格桑花有着某种奇妙的缘分的。她的初恋就成熟在格桑花海中，她的人生第一次刻骨铭心的痛，也发端于斯。

那是个风轻云淡的午后，当她和军分区医院的几名女孩在后山坡上采摘着色泽鲜艳的格桑花时，她的心情就像这缤纷的花儿一样明净斑斓，一点没有预感到，自己命运的转折点即将到来。

姑娘们将手中捧满的格桑花分别插到准备好的玻璃瓶中，又分送到几个被打扫得窗明几净的宿舍中，瞬间点亮了这些普普通通的房间。

"方医生，你说内地来的医学专家，会喜欢这些野花吗？"陶梓是个圆脸的姑娘，才不满 18 岁的小护士，还带着明显的婴儿肥。她的语气也是怯生生不自信的。

方翘楚秀气的脸颊上倒都是得意洋洋的光彩，她整整花束，微撇嘴："说什么呢？这么好看的花儿，美不死他们！大城市能看得到吗？"

年轻小护士已经转移了方向，当然还是说着有关即将到来的医疗队的话题，她的语气有点神秘："你听说了吗？这次上来的医疗队中，有军医大学的一位神医耶！号称'普外一把刀'，光听这名头，就霸气得紧！"

"我也想马上见识一下这位神人！"方翘楚这次和她同感了，"虽然我眼下是一名急诊科医生，但我有一个外科医生的梦想，盼望着有朝一日能纵横驰骋在手术台上！"

陶梓惊讶地瞪大了眼睛："都说女人干不了外科！"

"我就是要干别人干不了的事！"方翘楚抿抿嘴，一脸倔强的神情，接着又嘻嘻笑了起来，"这不是正当瞌睡时，就有枕头来吗？手术神人竟然从天而降？哈哈，拜名师勤学艺！说不定碰上个有眼光的伯乐，姐这匹千里马种子就该出头咯！"

"翘楚姐，你没问题，你那么聪明有天赋，肯定能心想事成！"陶梓说得很认真很真诚。

"借你吉言，共勉共勉！"方翘楚俏皮地一笑，语气里充满自信。

此刻，她们嘴里议论的那位"神人"、"一把刀"，军医大学附属医院普外科副教授章雪川，正一脸郁闷地坐在一辆奔驰在蜿蜒山路中的车上。

这是一支由军医大学附属医院内外科医护人员组建的援藏医疗队。这第一辆车里，面对面坐着普外一科成员：身为队长兼外科组组长的章雪川，副教授于家成，主治医生丁盛，以及护士长秦楠、护士杜鹃，还有麻醉科教授欧阳巍，他是章雪川的姐夫。

第一次来到雪域高原的人，都会对猛然映入眼帘的一切感到兴奋、好奇。远处隐隐绰绰的雪山，在阳光的照射下，发出神秘又烂漫的光泽；一望无际的辽阔草原上，点缀着星星点点灵动的牛羊；朵朵如棉的白云悬浮在不远处低低的天幕上，仿佛是一块块有趣的卡通造型，不断变幻着令人遐想的形态；随处闯入眼帘的高原湖泊，宛若美丽又宁静的镜面，镶嵌在绿色的绒毯上，车回路转，在意想不到的角度，闯入到人们的眼界中。

几个人侧身看着窗外迷人的高原风光，啧啧赞叹，摄影爱好者于家成更是不停地用随身带的单反相机拍着，唯有坐在他身旁的章雪川神情阴郁，呆坐无语。

一阵悠扬的手机铃声突然响起，众人相互打量，目光都落到章雪川的身上，后者才醒悟般掏出手机。

"这不可能！我现在人已经在藏区了。"章雪川的声音冷峻低沉。

"你疯了，章雪川？！不打招呼就走？你还有没有人心？……"电话那端的愤怒女声清晰可辨。欧阳巍担心地盯了小舅子一眼，于家成和丁盛、杜鹃等人面面相觑，都暗中咂舌。

"行了，我在执行任务，挂了！"章雪川打断那边，果断收线。

不过两秒钟，铃声再次响起，章雪川瞄了一眼手机，直接按键拒绝，接着索性关了手机。

车内一片沉默。但是不过片刻，另一个手机铃声又唱响，这次是欧阳巍的。

戴着银丝边眼镜，面容斯文儒雅的欧阳巍从容地接了电话，转手递给章雪川："喏，还是冯璇的！"

章雪川眉眼乱动，示意姐夫压掉手机，欧阳巍有点迟疑，章雪川一把抢过他的手机，强行关机。

接着是于家成的手机响了。他接了电话，瞥了章雪川一眼，已经神情自若地主动帮他打起掩护来：

"哦，冯医生啊？是，我和雪川在一起……喂？喂？怎么听不到？喂？唉，高原上……信号不好……"他赶紧趁机关了手机。

欧阳巍摇了摇头，关切地看向章雪川："你走前没和冯璇打招呼啊？……又耍小孩子脾气？瞧这一脸官司！"

章雪川冷着脸没答姐夫的话，于家成却笑着调侃起他："你还犯什么官司啊？回去就该升正教授了！再和冯璇把婚期定下来，等她出国回来……嘿，简直是双喜临门呐！我就说你小子真好命，职场、情场两得意！"

"得意个头！没弄清状况可不可以免开尊口？瞎嘞嘞什么！"章雪川横了他一眼。

于家成不以为然地撇撇嘴，完全是见怪不怪的样子。为了缓和车里气氛，性情活泼的小护士杜鹃，指着章雪川的迷彩服笑道："章教授，您平日里总爱穿便装，可是如今冷不丁地换上这身军装，完全是帅死人不偿命的节奏啊！"

秦楠和丁盛也点头附和，于家成却唱起反调："人家章大教授是摩登型男，不爱戎装爱时装，那可是出了名的！"

章雪川用胳膊捣了自己的最佳拍档一下，忍笑回击："你少拿我开涮！这话传到我老爸耳朵里，直接给我招祸呢！"

他说着，却不自觉地看了一眼自己身上的迷彩，微微扬起下巴，露出一丝孤傲之色："其实……在我章雪川眼里，这才算真正的军装！"

欧阳巍笑着接了话："好吧，下回你若是再和咱爸为了是否穿军装起争执，我就拿你刚才那句话应付老人家，为你保驾护航，顺利过关！"

"哈哈哈……"几人都笑了起来。丁盛捂着自己的胸口，长喘了一口气："刚才感到了传说中的高原反应，现在笑一笑，貌似缓解一些了！"

车里的气氛终于活跃起来。

远远已经可以看到西藏某军分区医院的建筑群，还是拐了几道弯，才来到医院大门前，正中矗立的灰色大楼，一行鲜红的横幅格外醒目：热烈欢迎军医大学援藏医疗队莅临指导。

章雪川很快发现对方医院欢迎的人群中有一个引人瞩目的"主动热情式"，看得他都狠狠地撇起嘴来。

"您好！辛苦了！我猜您就是那位军医大学外科'一把刀'吧？"首先是欧阳巍被那个细条条的高个女孩握住了手，还用劲抖着，弄得文静持重的欧阳巍慌忙否认不迭。

紧接着于家成又被她攥住了手："那是您吗？神奇的'一把刀'！向您学习，请多指教！"

章雪川似笑非笑地看着这一幕，心里一阵嘀咕：这小医院的人，就是不开眼！哪至于热情到如此肉麻夸张的地步了？

虽然他看到那位很让他不屑的"主动热情式"是个皮肤白皙、轮廓清丽的年轻女孩，还有一双让人过目不忘的桃花眼，但是这样的赤裸裸的恭维谄媚姿态，看在他这样秉心高气傲，孤芳自赏性格的人的眼里，也是很不讨喜的。

当所有的视线都集中到章雪川这里时，他又被"主动热情式"一串直白无羁的感叹声弄得啼笑皆非：

"天！竟然会是……你？！……这么年轻？'一把刀'？还是医疗队队长，外科组组长？啧啧啧……"女孩秀长明媚的眸子闪出惊艳又羡慕的神色，柳眉一挑，樱唇微微上翘，形成好看的弧线，仿佛一缕阳光照来，瞬间俏脸开满桃花。

奈何这秀色可餐的景色也无法融化章雪川副教授此刻的冰霜心情，他神情孤傲，冷峻的语气完全是一种没有温度的公事公办的腔调：

"这位女同志，赶紧带大家先去住处，很多人都有高原反应了。"

被不客气呛声的方翘楚满不在乎，还是延续自己的热情，亲自带着章雪川来到他的宿舍。干净整洁的环境明显让来者满意，但是那瓶放在桌子上的格桑花，就让他碍眼了。

"谢谢，一切ok！就是请把这瓶花拿走。"他边说边从背包中拿出一叠书，整齐地码在桌上。

"屋里放瓶花，多有生机啊？"女孩拿着花瓶，不甘心地嘟囔着，怜惜地看着这些无辜被排斥的鲜花，心里都为它们抱屈。

却不料那位冷峻高傲的"一把刀"又直撅撅出一句冷语来："没必要！这是医生宿舍，还是男医生宿舍，少整这些花花草草的！"

"男医生就不讲生活情趣了？哼，简直是好心当作驴肝肺！"方翘楚在心底暗自腹诽着。她有点赌气地拿起花瓶，嘴里嘀咕了一句："不喜欢花草的人，心都好硬！"

"你说什么？"那人眉毛一扬。

方翘楚对视了他："我在说，不喜欢花草的人，心肠都好硬！"

章雪川清冷的目光里有自负和骄傲，还有一丝丝不耐烦："心肠不硬面对不了生死，当不了外科医生！"

方翘楚有点愣怔，她嘟嘟嘴，没有再说什么。

在离开的瞬间，她暗自慰藉："谁让人家是著名的'一把刀'呢？高冷点，也属正常！"

很快，方翘楚就见识到这位神奇的'一把刀'更加令人咋舌的一面，什么叫艺高人胆大，什么叫桀骜不驯，霸道强势。

外科组队员还未休息过来，傍晚时分，一场突发状况就让他们走进了急救室。

一名肝癌患者做射频治疗时，突然出现血压下降、心率加快的情况，原因不明，随之心跳停止。章雪川和于家成等人赶到时，看到抢救室里的几名医生都神情沮丧，在沉闷绝望中等待着B超检查的结果。

章雪川了解病情后，怀疑是心脏损伤，立即决定行经皮B超引导下心包积液穿刺引流术，看着引流出大量鲜血后，病人心跳复苏，众人纷纷长舒一口气。

章雪川嘱咐继续为患者补充血容量，静脉给予止血药物，同时严密观察病情变化。他看到于家成和丁盛都是脸色苍白，知道他们是高原反应还没过去。虽然自己此刻也是太阳穴突突直跳，额头发紧，但还是镇定地嘱咐他们先回屋卧床休息，自己守在这里。

半小时后，情况又转危急，患者心率再次增快，血压缓慢下降，给予血管活性药物无明显改善，经过检查，是引流管被血凝块堵塞。眼下患者身体各方面数据不乐观，延迟下去恐再次发生心脏停止的情况。

方翘楚看着章雪川眉端紧缩，神情严肃得有点吓人。她看出来他想和在场的几名军分区医院医生讨论一下情况，但是又分明感觉到此刻的他，在此地根本找不到合适的讨论对手。

高原反应严重的于家成，强撑着身体又急急赶到，但是赶上的，却是和章雪川的一场激辩。作为军医大学毕业两年，又来到这个偏远落后的军分区医院做医生两年的方翘楚，和此刻站在急救室的几名医生一样，根本无法在很多外科医学专业问题上，和眼前的这两名来自内地军医大学附属医院的专家教授们论证和研讨，他们只能默默听着，暗自用自己储备的有限的专业知识，领会揣摩着他们的意思。

方翘楚听懂了于家成的担心和劝阻之意，也惊讶于章雪川的大胆和固执：原来他判断为此病患是射频针未按计划穿到肝脏肿瘤内，却误穿破了心脏冠状动脉右旋支。此刻，作为一名普通外科的医生，他要做一次大胆的"跨界操作"，完成一场原先需要心脏外科医生完成的手术——开胸探查术。

奈何情势危急，已经没有更多的时间来论证其合理性。军分区医院并无心脏外科医生，章雪川带来的医疗队外科组，也并没有这样的专业医生。眼下情况紧急，人命关天，唯有冒险一搏，或许可以为患者搏出一线生机。

于家成没有继续劝阻。其实他也是为了自己的最佳拍档的名誉，才阻拦他行此冒险行为。联想到虽然章雪川不是心脏外科专科医生，但是他有过短暂的在心脏外科工作学习的经历，具备手术的技能，至此危急关头，于家成便不再劝阻。

但是两名教授的争论，还是让一旁的几名医生心生犹疑。军分区医院医疗技术有限，医生们行事保守稳健，此刻听说要由一名非心脏外科医生进行心脏手术，大家都有点惶惑不安。

悄悄交头接耳过后，几人露出怀疑的神色。方翘楚胆大直率，仿佛是这些人的代表一样，发出一丝疑问："也许……可不可以先采取保守治疗，然后赶紧将病人转往总院？"

于家成正想对她解释情势危急，病人不可能有转院的机会，那边的那个傲娇"一把刀"已经高声制止："一切按我说的办！马上准备手术！"

他冷峻地巡视了一番众人，低沉有力的声线瞬间震慑了全场："有我在，你们怕什么怕？"

不知为什么，被他的这番话噎住的方翘楚非但没有感到憋屈不开心，反而看着他，心里升腾起一种奇妙的崇拜之意。

这也许就是传说中的技高人胆大吧？方翘楚在心中嘀咕着，觉得眼前这位说话、办事分明和他的年龄（她偷偷打听了他的年龄，他不算大，但是他的面容比他的年龄还要显得年轻）不太相称的年轻军医，明显有一种霸气果敢的大将风范，就像一名勇士，准备披甲跃马，征战于一场注定是苦战、血战，甚至是死战的疆场。

这样的气质让人着迷，尤其会让异性不由自主地沦陷在他的气场中，继而随着他的步骤勇往前行。此刻单纯又心热的方翘楚，再次在心底暗暗认定，这就是自己最想师从的医学专家，一定要跟定他，学习外科技术！

她没有想到自己会在手术过程中，再次领略到这位"一把刀"的乖戾性情，简直是简单粗暴，毫无怜香惜玉之心。

作为军分区医院中为数不多的毕业自医学院校的医生，方翘楚当然地参与了手术。她有点兴奋，悄悄告诉好友陶梓：也许我方翘楚就要遭遇命中的贵人，慧眼伯乐啦！

她换好手术衣，洗消后进入手术室，正看到章雪川一脸官司地接通了一个电话。没听几句，他就怒吼起来："你能不能别紧逼了？你爱咋咋！我马上要上手术台！一台人命关天的手术！"

他气哼哼地压掉电话，还没来得及放回白大衣口袋里，电话铃声再次清脆响起，章雪川掏出手机，一把向外扔去。正站立这方的方翘楚下意识用手去接，却几乎被飞来的手机打到脸上，她哎呦一声叫，却稳稳地把手机接住了。

握住手机的方翘楚惊魂未定，却看到那人又有了怪异动作。章雪川俯身在手术台旁，利落洒脱地连做几个俯卧撑，才重新去戴手套。

一旁的小护士杜鹃悄悄拉了方翘楚一把，为一脸懵懂的她解释道："这是我们章教授的习惯。上台前做，下手术也会做几个！一看到他这样儿，我们心里就特托底儿！"

手术过程有惊无险，好在章雪川和于家成配合默契。方翘楚仔细观察着两人的手术手法，尤其是主刀的章雪川的表现，一招一式都简明利索，让她心生佩服之意。

手术选择的是胸部正中切口，当心包切开时，大量鲜红色的血液迅速涌出，患者血压开始上升，心率逐步下降。欧阳巍快速补充血容量，于家成迅速清除患者心包内的凝血块、纤维素及积血。事实证明了章雪川前面的判断，是射频针未按计划穿到肝脏肿瘤内，却误穿破了心脏冠状动脉右旋支，导致出血，引起心包填塞所致。

章雪川一步步细心地探查主动脉、肺动脉及左心室、右心室表面有无异常表现，在右心房间沟近隔面处发现一血肿，表面有持续渗出的鲜红色血液，随即判断为右冠状动脉第三段损伤。进一步切开血肿探查，发现周围组织无明显出血，在右冠状动脉隔面处可见一破口，血就是从此处不断涌出的。终于找到祸患所在，两人都明显松了一口气。于家成长吸一口气，轻声哎呦了一句："老天保佑！"

"准备5个零的不吸收缝线，动脉缝合！"章雪川大声吩咐台下的护士杜鹃。他又抬眼看看于家成，低声吩咐："你先下去吧，剩下的，没技术含量了，让他们搞定。"

于家成还想坚持，章雪川摇头："看看你的脸儿，都快成白纸了，赶紧去休息，这是命令！没准等会儿还有更难的手术等着你呢。"

"乌鸦嘴吧你！还给我摆起领导架子了？"于家成谐谑一笑，觉得自己体力果然不支，就听从地下了手术台。

方翘楚看到章雪川盯着自己，做了一个"你来"的表情。她来不及受宠若惊，就战战兢兢地拿起了器械。

"你这缝线牵引方向不对！"

"嗨，你挡住我的视线了！"

"哎呦，手真笨！"

方翘楚接连遭受章雪川一连串的指责，心慌意乱，茫然无措间，她的手背上，已经被那人重重一击，用的"凶器"正是他手里的分离钳。她细白的嫩手竟然被那把无情器械打出了清脆的响声，伴随着的，是那人极端不耐烦的呵斥声："算了，你下去！"

方翘楚身旁的另一名医生替补上她的位置，她满脸通红地走下手术台。

台下配合的护士长秦楠同情地看了她一眼，杜鹃也对她悄悄挤眼睛，仿佛在安慰她："别计较，他就那样儿！"

他到底闹哪样啊？真是一个粗暴没教养的怪人！方翘楚心底腹诽着，不经意间摸到口袋里的那枚手机，联想起他刚才接手机时的暴躁脾气，心下释然：也许，他真的就是这样一个怪人，对所有人都狂悖无理？真是一个负能量满满的家伙？难道有才情的专家，就该是这样一副狂傲模样吗？

手术顺利完成，一切非常圆满。章雪川用细线缝合了冠状动脉的破口，又仔细检查了一下没有继续出血，然后迅速地将周围组织进行止血、缝合，接着关胸。他专注地进行着手术的收官工作，不遗漏一个细节。手术室里响起了掌声。方翘楚被手术终于成功的喜悦所感染，也就放下了对那人的怨念。

章雪川下了手术台，伏地又做了几个俯卧撑，刚抬头，就对上姑娘的桃花眼。

方翘楚含笑将手机递到他面前，加上一句诚心诚意的崇拜之语："您真棒！"

记起自己刚才在手术台上的不客气举动，章雪川倒有点不好意思。他接过手机，向姑娘表示了歉意："对不起，刚才对你不够礼貌！其实，你也没大错，毕竟是我们第一次配合……"

方翘楚不在意地笑笑，嘴角挂了明净的笑意，认真看着他："章教授，我是真心想拜您为师，学习普外技能，尤其是手术……"

却不料风云翻滚，画风突变，章雪川笑容收敛，又恢复到冷峻孤傲的神情："你？想学手术？"

他扫过女孩期待的眼神，哼了一声，夸张地一耸肩："我从不认为，女人能当外科医生！"方翘楚还想辩解，那人却根本不给她机会，已经转身扬长而去。

"哎，你这人？！……"方翘楚错愕地站在那里，又尴尬又丧气，外加不服气。她对着他的背影狠狠地耸了下鼻子，又用劲呲呲嘴。

"唉，倒霉孩子！"陶梓从门后闪出，捂住嘴笑了一阵，看着方翘楚，口气是老气横秋般的"幸灾乐祸"："你也许这回真的遇上了伯乐，奈何人家不要女千里马？"

第二章　格桑来了

青年军官驰马飞来，雪白的衬衫像一面扬起的风帆。他搂住心爱的姑娘奔向花海。年轻帅气的格桑连长，满足了方翘楚对爱情对象的所有向往。

第二天就是周末，清晨凉爽宜人。方翘楚身着便装，背着医药箱走出医院大门。正巧碰见两个便装青年也向外走，仔细一打量，却是章雪川和于家成。彼此便装相见，都有点诧异。

淡蓝色起白点的圆领衬衣，靛蓝色的牛仔裤，活泼俏丽的短发，女孩这身宛若学生的装扮，清幽纯朴，毫无炫彩，映衬得她皮肤洁白，眉眼恬淡，气质如仙，脱俗出尘。章雪川和于家成都注意盯了她一眼，似乎才看出昨天那个热情似火的小女兵，此刻换了装束，倒有点脱胎换骨的味道。

方翘楚也注意到了两个男医生的着装。于家成下身仍旧穿着迷彩军裤，军用鞋，上身换上了浅灰色休闲衬衣。而章雪川，则是一身精神气十足的黑色运动装，衬托着他轮廓分明的脸庞，有种别样的冷傲不群，脚上的一双雪白运动鞋更是醒目。

"嗨，方医生，早！这么巧，你也出去？"于家成已经开始打招呼，"想问一下，这里哪边地势高？可以拍到最美风景？"他边说边摸摸自己胸前挂着的相机。

方翘楚听了他的问题，俏脸上露出自豪的笑容，她挥挥胳膊："我们这里，到处都是最美的风景！"

她还是向他们指了远处的一座山："喏，那边，爬上山，两边景色尽收眼底，绝对会美爆你们的眼球！"于家成被她说得笑起来。

方翘楚又看看二人，犹豫着建议："只是望山跑死马，那边离营区有点远……"

于家成盯着她："今天是休息日，又不轮值班，走远点应该没什么吧？"

他又回看章雪川，面露犹疑之色："哎，雪川，你说，咱这样不算违反军纪吧？"

章雪川努努嘴，未置可否。一旁方翘楚已经快人快语地为他们打算起来："我们这边军纪严格，按规定是不可以。双休日不值班也不能随便离开营区。不过你们算客人，也许……"

"那你呢？你这算什么？"人家姑娘明明是好心，奈何偏有人不领情，还好心当成驴肝肺，章雪川竟然用话顶她："看你这样儿，分明就是换了便装溜出来的！哦，这就不犯军纪了？全靠身上这个医药箱打掩护？"他盯着她身背的药箱，不屑地撇撇嘴。

"这个不知好歹的家伙，什么人嘛！"方翘楚心里不平，但是昨天已经见识了那人的狂狷性情，此刻她早已是大人大量的状态，才懒得和他计较！她也不想多解释，只是回敬了他一个骄傲的微笑。眼看到了分岔路口，她指给他们路径后，就自己离开了。

"雪川，你说话真不客气！人家漂漂亮亮的一个小姑娘……"她的身后，隐约传来于家成的嘀咕声。

这场小争论没有影响到方翘楚的心情，她走在高原的山坡上，看着晴空万里的风景，心里一片豁达明亮。

其实方翘楚内心深处是有一种特殊的孤傲之情的，她最不喜欢的，就是别人对她容貌的评头论足。从中学到大学，再到这高原部队医务所工作，方翘楚经常会收获来自异性的各种惊艳的目光。她曾经自嘲是一名女权主义者，喜欢以智慧和才情与人较量比拼，而容貌，在她看来，并不值得炫耀和自恋。她甚至有时候还暗恨爹妈给了自己一张比常人更精致美妙的脸蛋，让她很多时候，被人首先关注到的，就是这张皮囊。

因此从中学时代起，方翘楚的崇拜偶像就是居里夫人，她崇拜这位女科学家的一切，除了她曾经在自己涉猎的科学领域做出的一系列卓越成就外，还有她特立独行的性格特征。

据说居里夫人也曾有过这种"方翘楚式"的女性困惑。夫人当年在大学求学时，因为过人的美貌引起异性的瞩目，尤其是她那一头披肩的金发，更是让人痴迷和爱恋。为了斩断一些各怀心思的异性关注目光，也为了自己能专注于学业，当时还以闺名"玛丽"行世的未来的卓越女科学家，就果断地自己对着镜子，揽过一头金发，用一把利剪，斩断了万千烦恼丝。

方翘楚深信这个故事，也很膜拜这则逸闻。她对玛丽·居里充分理解，对这样的事情感同身受。好在生活在新时代中的方翘楚很幸运，根本不用效法自己的偶像，需要自己快剪斩长发，她很快考入军医大学，即将入伍成为一名军人，已经有磨的锋利的剪发刀在那里等着她了。

开学第一天，女学员们都要统一剪成齐耳短发，很多女孩子不舍，有人甚至流下了眼泪。方翘楚却兴致勃勃，她第一个坐到理发师的面前，看着镜子里，陪伴自己十多年的清水挂面式的披肩发，伴随着理发师唰唰唰的剪刀声，纷纷如落英飘落。

"哎哟，你把我剪得像女英雄刘胡兰了！"身旁一个女生看着镜子大声叫道。方翘楚侧脸看她，一头齐耳短发映衬着一张姣好的容颜。

方翘楚转过脸来，打量着镜子里自己的新容貌，满意地嘟嘟嘴，对着身后的理发师莞尔一笑："谢谢，剪得真好！让我瞬间变身军人了！"

她特意到学校的照相室拍了两张相片，一张免冠，一张戴着军帽，身上是新军装，笔挺又威武。她将照片寄回家，很快收到父亲的电话。接通后，却半晌没有声音，她纳闷着叫了一声"爸？"那头才传来父亲低沉的声线，让她觉得似乎带点哽咽的味道，这在父亲身上，也是极少见的：

"楚楚……你，真像你的母亲！"

如今，背着药箱，走过山地高原，来到眼前这熟悉的街道中，方翘楚才真正觉得自己有点像生母的味道。

她进了一个藏民村寨，这里错落分布着毡房和各式藏式房屋。沿途遇到三三两两的人走过，大家都热情地和她打着招呼。年轻藏民们叫她"梅朵"，年纪稍长的人，都爱亲切地唤她"小珠穆"。这个特殊的称呼，让方翘楚每次听到，心底都会温柔地颤动一下。母亲方芳，已经逝去整整二十五年，但是她在这片土地上留下的印记，却让从未谋面的女儿方翘楚时时刻刻地感受着，回味着。

母亲方芳当年也是一名军医，常年利用业余时间巡诊在驻地的藏区百姓中。

她的药箱里，听诊器、血压仪、温度计……维系了方圆几十里百姓的欢笑和哀愁，伤痛和痊愈，她得到藏民们的爱戴和崇拜，人们叫她"解放军神医"，给她起了"珠穆"这个藏名，意为"女神"。

方翘楚当年执着参军，执着学医，就是想继承母亲的衣钵。军医大学毕业后，她放弃了留在大城市医院工作、深造的机会，就是为了了却自己的这份初心：她要在母亲生活、工作过的地方，扬起自己的理想风帆。常年跟着父亲生活在高原上的她，有比母亲更强健的身体，极强的地域适应性。可以这样说，她已经是这片神奇土地上的一分子，她的骨血已经和这片土地筋脉相连。何况很快，她又在这里收获了一份恋情，她的爱人是这里土生土长的一名康巴汉子，又爱怜地为她取了一个真正的藏族名字——梅朵。

此刻，方翘楚就这样像往常无数个休息日一样，在自己经常巡诊的藏区村落、街市里行走着，她看望了几个熟识的病人，为强巴大爷听过心脏，为央金大婶量过血压，为新月村村民扎西家刚满周岁的儿子背上的湿疹敷了药。当她走进贡嘎村多吉家的院子时，被眼前的一幕惊到了。

挺着大肚子的孕妇达珍，正颤巍巍地从院子里的水井里打上一桶水来。她的身形笨拙，体力明显不支，整个人都晃晃悠悠的。方翘楚顾不上喊叫，忙跑上前去，一手接过她手中的水桶，一手扶住她笨重的身子。

将达珍送回屋里，方翘楚看到达珍的婆婆，身体瘦弱的卓玛阿妈半卧在床头，严重的心脏病让她常年无法下地。看到方翘楚进门，她欣喜地叫起"小珠穆"来。方圆几十里的藏区，方翘楚的名气逐渐传开，贡嘎村的村民尤其喜欢这个年轻心热、开朗爽快的女军医，总觉得她的容貌和神情，都太神似当年那个经常来这里巡诊的解放军女军医方芳了。

方翘楚取出听诊器，先为卓玛阿妈听过了心脏，又从药箱里拿出为她带来的药，仔细对她交代了用量，接着就坐到达珍身旁，开始为她进行例行的孕期检查。

"高压160，低压100。"方翘楚默默念叨着，蹙眉看着达珍："妊高症的迹象还是很明显，"她又撩起孕妇的裤腿，看到浮肿的下肢。

"达珍姐，不能再耽搁了，你得赶紧住院治疗，就算是待产，在医院也要安全些。"方翘楚收起血压仪，认真对达珍建议。

达珍直摇头："上次你走后，我就和多吉商量了，他不同意，说哪个女人生孩子，不在自己家里？何况离生产的日子还有几周呢，不急。"

方翘楚却不能不急，她站起身来，看看卓玛，又看着达珍，语调提高了几度："呦，这事可等不得，大小两条命呢！我去和多吉讲！咦，他人呢？"

达珍低头不语，方翘楚回头看看卓玛，老阿妈摇头嘀咕："那是个不上笼头的野马，总贪玩，不着家啊……"

"哼，我知道他去哪里了！"方翘楚不理会达珍望着她想阻拦的神情，疾步向外走去。

村落尽头的一间平房中，几名藏族青年在扎堆玩扑克赌博游戏，多吉也混迹在其中。

方翘楚风风火火地进来，像一阵旋风一样冲到多吉的面前。"梅朵军医？"多吉刚来得及叫出这句称呼，就感到自己的耳朵已经被这位小辣椒一般性情的年轻女军医揪住了。

"哎呦梅朵军医，你这是闹哪样啦？"多吉杀猪般的喊叫没有得到回应，耳朵被强制扭着，身子自然是身不由己，就以这副别扭滑稽的姿势跟着女军医的脚步离开小屋，一路疾走，回到自己家中。

堂屋里，看着多吉被方翘楚拎着耳朵带回来，达珍婆媳相视一笑，无可奈何。方翘楚看到达珍面前放着洗脚盆，显然是刚倒上热水，烟气袅袅。她松开多吉，指指眼前的水盆，又暗暗推了他一把。

"什么意思啊？"多吉揉着耳朵，不满地瞪了她一眼。

"去，帮你媳妇洗脚！"方翘楚发号施令的声调不高，却有着理直气壮的威严。

"什么？！"多吉大叫一声，更是瞪大鼓鼓的金鱼眼，直愣愣对着女军医发起飙来："你……让我给女人洗脚？梅朵军医，你……你也太过分啦！"

"你才过分！"方翘楚脸色因为激动泛起粉色，显得格外动人，她的眉毛高高挑起，生气的模样分外动人，她恨不得将手点在多吉的额头上，斥责的言语像雨点噼噼啪啪地落在他脸上：

"你瞧瞧！达珍如今身子都成什么样了？你不该帮她一把吗？是谁为了要儿子，非逼着身体不好的她，又怀上这胎的？你知道她有妊娠高血压症状吗？上次我就告诉过你，要多照顾她，你都忘了？这都什么时候了，一个老妈，一个媳妇，都身子不便在家中，你还有心思在外边胡混？你的心长到哪里去了？被寨子里的藏獒叼走吃了吗？！……"

这一连串的声讨声让多吉无力招架，他知道自己一向说不过眼前这位伶牙俐齿的女军医，就只好红着脸看看一旁的母亲和媳妇。卓玛婆媳一向和方翘楚交好，相处得像一家人一样，她们也见惯了方翘楚和多吉之间的拌嘴，此刻都忍笑不语。

多吉嗫嚅着搪塞："哪个女人不生娃娃？怎么轮到她就这般娇气起来？这个症，那个病的，我又不懂……"

"不懂就按我说的办！现在先干活！"方翘楚又推了他一把："去，先帮达珍洗脚！她身子不方便！"

多吉当然不能在几个女人面前认怂，就仍梗着脖子反抗着："不成！你瞧见寨子里哪个汉子替自家女人洗脚了？"

"我难管别人，今天就管你！"方翘楚叉着腰，瞪着眼前噘嘴吊脸的男人："赶紧的！快动手！"

"我才不！"

"你洗不洗？"

"不！"

方翘楚指指他，正想再说，卓玛忙打圆场："小珠穆啊，你莫理这个犟种！他是个男人，就好个面子呢，估计是不好意思……"

达珍也忙自己努力低下身子，笑劝道："好了，不用他！梅朵，我自己能行的。"

方翘楚拦住达珍，再次恨恨地盯着多吉："你真的不洗？"

"不！"多吉听了母亲和媳妇的软话，态度更加硬朗起来，他干脆扭过脸，不看方翘楚。

"好嘞！"方翘楚嘴角微微上翘，挂上一丝戏谑的笑意。她几步奔到门前，撩起厚厚的门帘，亮开嗓音喊起来："格桑！……"

"哎哎哎，别叫别叫！我洗还不行吗？"多吉慌了，忙上前拉住方翘楚的胳膊，把她扯回到屋里。他虎着脸，蹲身在达珍的脚边，笨手笨脚地为她褪下袜子。嘴里忘不了唔噜一句："算我怕了你了，格桑媳妇儿……"

这话让方翘楚听到，她的脸上桃花色更浓起来，又是冲着地上蹲着的男人一瞪眼："你好好干活，又胡呲什么？"

一向开朗大方又泼辣的她，究竟被已婚男子的这句调侃话说得也有些不好意思起来，就搭讪着收拾起药箱，和卓玛告别。没想到慈祥的老阿妈也顺着儿子的话语，笑看一脸绯红的女军医："小珠穆啊，快和格桑把婚事定下来吧。你们俩，一个是能降服寨子里这些野马的威武连长，一个呢，是会治病救人的珠穆军医，多相配的一对儿啊！"

方翘楚此刻脸如桃花般鲜艳晕红，一双桃花眼露出幸福又羞涩的光泽。她咬咬嘴唇，强忍住笑意，没有理会老阿妈的关心，倒是郑重其事地再次叮嘱达珍夫妇："你们准备一下，这两天就到医院去，千万不可马虎大意！"

"可是到县城医院路途太远，也不方便呢。"达珍有些为难，方翘楚给她出主意："军分区医院虽然离这里隔了一座山，但是到底比县医院要近一些，可以去那里检查一下。你把家里事赶紧安排一下，我陪你过去。"

她说着又瞪多吉，像是在向他要个承诺。正在为媳妇擦脚的男人噘嘴吊脸，却不敢不回应女军医："知道了，梅朵军医，就按你说的办！哼，省的你又嚷嚷着叫格桑！"

他的话惹笑了屋里三个女人。方翘楚就在这轻松的笑声中走出了多吉的家。

屋外晴空万里，云朵飘散。方翘楚觉得心情格外轻盈透明。是刚才大家反复提及的那个名字让她的心境明朗起来，似乎耳边隐隐传来一首熟悉的歌声。

一刹那间，方翘楚觉得自己出现了幻听，直到再次驻足凝神，她才发现当真有歌声远远飘来。

洁白的仙鹤啊，
请把双翼借我。
我不会飞得太远，
直到理塘就回！

我不会飞得太远，

直到理塘就回……

这歌声熟悉又亲切，荡气回肠中，方翘楚眼底涌现出一丝雾气。她揉揉眼睛，竖起的耳朵，捕捉着每一个跳入耳际的音符，虽然早已熟稔于心，但是怎么听都听不够，听不厌，因为那是他在唱：

印度东方的孔雀，
贡布谷底的鹦鹉，
生长地各自不同，
却相聚在圣地拉萨。

生长地各自不同，
却相聚在圣地拉萨……

这回不独方翘楚幸福地眯起了眼，旁边的外人们也都听出了歌手是谁。一群大大小小年龄不同的男孩，正在寨子里玩耍。此刻他们停下嬉戏，只为听到这动听嘹亮、由远至近的歌子，又同时发现了身背药箱、风姿绰约的女军医梅朵走过。

"噢，格桑哥哥来了！"

"哈，格桑叔叔来了！"

男孩们雀跃着，欢笑着，依据不同的年龄叫着不同的称呼，又都盯着面如桃花的女军医，起劲哄笑着拍起巴掌来。

方翘楚的脸更红了。兴奋和羞涩的神情已然分不清，她不理会身后善意的取笑声，扬起胳膊，挡在额前，遮住刺目的光线，望向远方。

草原上有一种奇怪的现象，明明听着歌声很近，其实唱歌的人还远在天边。但是这次不同，那人是骑着一匹马来的。只听得清脆的马蹄声响过，一道矫健身影已经闯进方翘楚的眼帘。

青年穿着一件亮白的衬衣，在阳光下泛起纯净的光泽，敞开的衣领间，古铜色的皮肤闪烁着青春的颜色。白色的衣襟在疾驰带起的风中鼓起，下摆却被紧束在军裤里，下半身的亮点却是那铮亮有型的马靴，很好地将一个骑手的恣意潇洒、彪悍不羁的英武之气挥洒出来。

那身影更加近了，英姿勃发的脸庞在逆光的光圈里也抑制不住青春的神采。微微黧黑的面色，衬托出两排亮白的牙齿，在上扬的嘴角间闪烁如贝，这笑容魅惑如仙，已经让方翘楚的心底荡起无法抑制的春潮。

他远远地伸出手，向着地上站着的姑娘示意。健美强悍的身体，在灵动的场景下，就像一道风驰电掣的闪电。这道风景炫目得有点耀眼，让所有仰视他的人们，竟然像直面太阳一般，要微微眯缝上眼。

一声"梅朵，上马！"低沉有力的男中音划过方翘楚的耳膜，她只觉懵懵懂懂间，自己就朝着那只强悍有力的臂膀迎去，耳边"嗖"的一声风声响过，她的身体，仿佛一朵云彩般，已经被人轻盈托起，再瞬间化身为一只灵巧的鸟儿，振翅飞上了马背，稳稳地落在那人的怀中。

于是不远处雀跃的男孩们，就有机会用无比崇拜，又无比惊羡的目光，目睹到令他们终生难忘，什么时候想起来，都会热血沸腾的一幕：

格桑连长驰马经过心爱的姑娘，只是垂下身子，伸手轻轻一揽，就如同海底捞月一般，将地上站立着的女孩揽上了马背。这个行为自是霸气威猛，这个动作却温柔深情，让一旁的小子们看得目瞪口呆，几乎忘记了欢呼喝彩。

直到那匹高大威猛的枣红马如流星般飞驰而去，带走两个青春跃动的背影，男孩们才嬉笑着拍手唱起来。他们继续着的，是刚才格桑没唱完的那首歌：

柳树爱上了小鸟，
小鸟也对柳树倾心；
只要两个情投意合，
鹞鹰也无隙可乘。

只要两个情投意合，
鹞鹰也无隙可乘。

方翘楚被格桑侧揽在怀里，她侧脸看着心爱的小伙儿，但见他一手揽住自己的腰身，一手利索地将她肩上背着的药箱取下，挂在马头上。她感觉马的速度丝毫没减，格桑的双腿一定是紧紧地夹在马肚上，因为他的双手并没有拉住马缰。

"嗨！放肆的家伙，你这是在玩'抢婚'吗？别忘了，咱俩的身份……"方翘楚将脸颊贴靠在他结实的胸膛上，嘴里咕噜着悄声提醒他。她的脸上却带着幸福满足的笑意，小鼻翼轻轻地抽动，拼命嗅着他身上隐隐散发出的味道：淡淡的汗碱味，淡淡的香烟味，淡淡的，好闻的男人味……

格桑搂着心爱的人儿，脸上露出满意足的嘚瑟神情，他哈哈大笑，低头吻了一下姑娘挺翘的鼻尖，却有意放过了她微微嘟起的，那两片如花瓣儿般娇嫩的粉唇。

"唉，我的格桑连长！你分明是……违反军纪啦！"方翘楚娇喘着，笑着抗议，却被那人带有磁性的朗朗嗓音淹没了：

"今天没有格桑连长，也没有军医梅朵！只有两个相爱的人儿！……一起飞奔！梅朵，闭上眼，我要加速了！"

骏马停在了一个小树林边，林子静谧，只有清脆的鸟叫声滑过耳边。

格桑一手牵马，一手揽着心爱的姑娘，凑到她耳边笑着宣布了一条消息："我格桑的婚假从今天开始启动啦！"

"什么？"方翘楚睁大了眼睛，"咱们的结婚报告貌似还没批下来呢？你也忒激动了吧？"

"格桑梅朵就要永远在一起了，我能不激动吗？"

格桑晃晃脑袋，仿佛是无法憋住的笑意总让他合不拢嘴，那好看的剑眉微微上挑，露出一丝辩论的形态："再说了，我已经把宿舍收拾出来了，那会是咱们的新房！很多准备工作也需要时间吧？反正报告就快下来了，我未雨绸缪比较好！"

"什么未雨绸缪？明明是先斩后奏！"女孩一撇嘴："还有一个重要的关卡你还没过呢？"她盯着心上人的眼睛，自己先笑眯了眼："你还没得到泰山大人的首肯吧？就想拐走人家女儿了？"

"泰山大人？"幸亏格桑的汉语完全过关，他一拍后脑勺，明白过来。却又是满腹疑问："可是，你不是说，你的家庭有点特殊，母亲早逝，父亲离得很远，婚姻大事完全由自己做主吗？"

"我说过吗？我说的话你就全信吗？"

"那当然！我不信你，还会信谁？"

"傻子！"

姑娘甜蜜地笑了，用手摸摸恋人黝黑发亮的脖颈，为他擦去晶莹的汗珠，她的嘴角挂上一丝狡黠的意味，"好吧，等咱们举行婚礼的那天，也许，你会见到我的家人！"

格桑信服地点头，又认真看着心上人："可是，咱们还有一个重要的仪式没完成呢？"

"哦？是什么？"

"梅朵，你别问，乖乖闭上眼睛！"

方翘楚顺从地做了。她心里涌起一阵甜蜜的潮水，她预感有一个浪漫事件即将发生。她甚至微微抿起嘴，准备接受一个想象中的甜蜜的烙印的到来。

但是什么也没有。

等了一小会儿，方翘楚忍不住睁开眼睛，却发现身边已经没有了格桑。

"喂！格桑？你在哪里？……在搞什么鬼花样？"方翘楚正扯着嗓子喊道，却不料嗖的一声，一个东西从树上掉了下来，吓了她一跳。

定睛看到悬挂在眼前的东西，方翘楚再次笑眯了眼。

这是一个精美的物件，形状是两颗心，被一支剑状的东西穿过。捧到手里细细看来，却发现这一切，都是用打过的手枪弹壳构成的。黄色的铜弹壳在阳光下闪闪发亮，形状精巧，玲珑可爱。

方翘楚正在专心把玩着手里的这个精巧别致的"一箭穿心"，不远处突然传来一阵悠扬的吉他声。这熟悉不过的音乐让她心潮涌动，她不由自主地随着音乐声向前走去。

方翘楚永远也不能忘怀，她竟然会来到一个终生难忘的地方。

不远处的斜坡上，漫山遍野都开着一种花，红色、粉色、黄色、白色……五颜六色，缤纷浪漫，在高原绚烂无遮拦的阳光下，宛若一场不真实的多彩梦境。那一朵朵有着八瓣花蕊的花儿，轻盈灵动，在微风中频频点头，像是集体跳跃着一种神秘莫测的无声的舞蹈。

"天呐！格桑花海！"方翘楚大声地欢叫起来，"这么大……这么大的格桑花海！"

她像一个小女孩一般飞奔向前，将身子扑入到浓密的花海中。她想搂住花儿们亲吻，却瞬间被花心的嫩蕊染黄了眉端。她的衣服上也沾染了星星点点的花粉和飘落的花瓣儿，让她的周身瞬间变得五彩斑斓起来。

第三章　花海定情

　　格桑花海里的定情，是这对年轻军人最刻骨铭心的浪漫时刻。奈何世上好物不坚牢，彩云易散琉璃脆。悲剧就是撕碎了最美好的东西给人看。

　　在这座山的另一面，一幅壮丽炫美的风景水墨画正徐徐展现在两位来自内地的军医眼前。

　　清澈碧蓝的天空下，对面皑皑的雪山高耸入云。山顶上，云和雾笼罩住山的形状，形成一圈神秘莫测的光环，如棉花团一般的云朵形成连绵不断的带子，缠绕在山腰间。低洼处，是一望无际的绿色，这绿色是深浅不一的，浅浅的草色碧绿如嫩芽刚经过露水的浸泡，发出青春靓丽的光泽；深深的墨绿，则是一块块镶嵌在草地上的高原湖泊，形成水波粼粼的镜面，倒映着蓝天白云，雪山身影，格外好看。这深深浅浅的绿色组成了一副副柔美静谧的锦缎，一直延绵到山脚下。远处高高矮矮的山峦中，漫山遍野的五彩经幡迎风招展，又给这副图画点缀上了最绚丽的色彩。

　　章雪川和于家成在山顶的一块岩石上小憩，就这样如痴如醉地欣赏着眼前的美景。于家成不时低头摆弄着手里的相机，嘴里忍不住感叹着："太美了，这里的景色真是太美了！"

　　章雪川长吸口气，又按按自己的太阳穴："那种难过的味道终于缓解了不少，高原反应这算是过去了吧？"

　　于家成点头："我是睡了一觉就感到好多了，不过走路、爬山还得悠着点，不然还是有胸闷气短的感觉。"

　　手机铃声就在此刻唱响，章雪川看了一眼屏幕，接起了电话："妈？"

　　电话是章雪川的母亲夏静波打来的。她在关切地询问了儿子在高原上的身体情况后，又抱怨儿子手机总关机，章雪川正和母亲解释着，却听到那边的电话分明已经转移到另一个人手里。

听他的口气，于家成感觉到又是在和他的恋人冯璇对话，于是抿嘴一笑，故意拿着相机离开一段距离，总是避点嫌的意思，但是他很快看到自己的搭档又开始语言暴力起来：

"你总叨叨那几句话，累不累呀？"

"行了，你就别苦苦相逼了！既然话都说明白了，何必再彼此纠缠呢？"

"不可能！什么都行！让我脱了这身军装？想都甭想！"

他这最后一句几乎是低吼出来的，吓了于家成一大跳。倒不是惊诧于他们恋人之间的争吵别扭，而是凭借自己对章雪川的深刻了解，倒觉得他这句话有点怪异。

看着章雪川愤愤地关了手机，于家成坐回到他身边，冲他开起玩笑来："嗨，真邪门！章雪川教授什么时候对军装如此一往情深了？"

章雪川瞪了他一眼，没有答话。

于家成喟叹："原来冯璇是想动员你脱了军装和她一起出国？唉，这事倒真需仔细考量一下！依我看，也算是一条光明正道吧。毕竟你们两人青梅竹马，又一起在美国读了硕士、博士，如今有机会再双双出去，重返故地攻读博士后，简直是无比美妙的大好前程啊！"

"你觉得是大好前程，你去！"章雪川恨恨地怼他。

"我可不具备这样的机会和条件！哪有你命好？"于家成嗤然一笑，拍拍章雪川的肩膀，换了略微认真的口吻："其实你该冷静考虑一下此事，别总像炮仗一样，对谁都噼里啪啦的？所谓职场得意，往往会伴随着情场失意，你可莫要被这老话说中了哟！"

"去你的什么得意、失意！絮絮叨叨的，像个娘们一般讨嫌！"章雪川半真半假地揶揄着好友，皱着眉起身推他，"好了，你不是中午还要赶一篇稿子吗？先回去吧，我想一个人静静！"

于家成知道他的脾气，也许某些时候，聪明如他，正该一个人冷静思考一下个人问题，就笑着走开了。

章雪川独自坐着，任自己烦乱的思绪一点点回归到正常轨道。想起刚才和冯璇在电话中谈到的脱军装问题，自己都诧异于会吼出那样一句豪言壮语。

其实"章雪川不爱穿军装"倒算是一个典故。从他十八岁考入军医大学，正式入伍，成为一名军人时算起，除了军校本科六年严格穿着军校学员军服外，后面到国外去读硕士、博士，再回到军医大学附属医院工作，他基本上处于着装自由状态。

他出身于军医世家，目前家中的亲人们，父母、哥哥、嫂子、姐姐、姐夫，甚至是侄儿，都无一例外是现役军人。章雪川从小在军医大学校园里长大，耳濡目染都是军人情结。高考时，遵从父母之命，无可选择地填报了军医大学学医。一切都是按既定方针办，就像注定是一颗行星，已经早早地看清自己生命运行的轨迹。

但是章雪川骨子里是一个随性淡泊却又特立独行的人，他喜欢自由放松的状态，学医是他的理想，考入军医大学也是他无悔的选择，但是穿上军装，需要挺胸抬头，仪态庄重，那种时时刻刻的拘束感，却不是他日常生活中喜欢的方式。

和平时期，很多非野战部队的军事院校、后勤单位的人，似乎都或多或少有这样局部放松的态势，除了集会、特殊活动外，一般工作时间，着装自由，并不一定要求军装严谨。何况作为一名临床医生，进了科室就是白大衣加身，一直忙到傍晚下班时分，晚上还要接着查房，就是穿便装，也是很少的时间。

章雪川和其他医生不同的是，着装比较讲究。即使是偶尔露峥嵘的便装，他也会搭配的时尚得体，一丝不苟，所以在附属医院里，他就是一个引人瞩目的人物，大家会经常拿他的着装评头论足，于是"章雪川不穿军装，爱秀时装"的议论就传开了。

这种年轻人善意的调侃和玩笑话，传到某些纪律严谨，思想保守的老军人那里就变了味道。比如说章雪川的父亲章虎臣。

章虎臣不仅是军医大学附属医院普外科的元老级人物，更担任过军医大学校长一职多年，是肩挂黄牌的一名将军。虽然因年龄所限，离开职务回到普外科继续当专家教授，但是老将军的威仪仍旧横亘在生活中。

老人有极深的军人情结。抗美援朝那年，他从医科大学提前肄业，加入志愿军医疗队，在朝鲜战场上的炮火硝烟中成长为一名真正的军医，也邂逅了自己的爱人——同为志愿军军医的夏静波。战争结束回国后，两人结为夫妇，后来相继进入军医大学学习，毕业后留在附属医院工作，章虎臣成为普外科建科的重要奠基人，而夏静波在妇产科成为权威教授。

二十世纪七十年代末，中越边界燃起战火，章虎臣亲自带领野战外科医疗队，到云南边境战地医院工作。人生中两次战火的洗礼，让章虎臣从医报国的理想得以伸张，也更加珍惜和爱护自己身上的这身绿军装。

和很多军人家庭的情形相似，他们夫妇的儿女们也先后走上从军之旅：大儿子章雪峰是空军某大学的领导，大校军衔，大儿媳柳迪也在该校任教员，是一名文职军官；二女儿章雪原十四岁就考入军医大学护校，现在已经是附属医院护理部主任，上校军衔，女婿欧阳巍是附属医院麻醉科主任，同样是教授级的文职干部；小儿子章雪川和未婚妻冯璇曾是军医大学同学，后来双双到美国读硕士、博士。冯璇留在美国继续发展，后脱离军籍，但是小儿子却按期回国，回到普外一科工作。

这个军人之家经常会带给章虎臣教授意外的惊喜，比如前不久，他的长孙，章雪峰的儿子章远泽从地方大学毕业后，选择到空军某部服役，章家第三代的从军，让章虎臣欣慰莫名。但是也有一些不和谐的因素让章老教授心绪不宁，心生郁闷，就像小儿子章雪川的种种散漫不羁行径。

章雪川有极强的外科医生天赋，学业扎实，动手能力极强，手术做得非常漂亮，年纪轻轻就赢得"普外一把刀"的美誉。但是在章虎臣的心中，小儿子身上却缺乏一种军人的素质，最明显的标志，就是他着装自由散漫，日常生活中行为慵懒随性，嘴里常有牢骚之语，这样的形象，早就让一辈子军容整齐、严谨自律的老父亲心怀不满。于是在此次章雪川参加援藏医疗队出发前，就在自己家中，父子间终于发生了一场抵牾。

章家每周的家庭欢聚一般安排在星期六中午，因为各自忙于工作，这种家庭式聚餐也算难得。夏静波和一大早赶回家来的大儿媳柳迪忙了一上午，做出一桌丰盛的饭菜，却不料风波陡起，那对总爱较真的父子俩几乎是闹了个不欢而散。

风波的起因是章雪川在饭桌上对母亲说要找自己的军装。他即将作为医疗队队长兼外科组组长率领外科医疗队进藏区支援医疗，却在临行前，发现平日里难以上身的军装竟然找不到了。在自己的宿舍里翻找不到，自然就把搜寻的目光转向父母家。

夏静波答应着小儿子，赶紧上楼给他找军装，这边章虎臣已经虎起脸，不满地发声了。他盯着小儿子，目光犀利，语气更不客气："一个即将担任解放军医疗队队长的人，连自己的军装都找不见，也算滑天下之大稽的事情，亏你还好意思说出口？"

章雪川满不在乎地回应："平日里也不大穿，一到用的时候，自然会想不起来，这很正常吧？"

"还很正常？"章虎臣把手中的筷子拍到桌子上，瞪眼看着一脸无辜神情的小儿子："你说这话，像一个军人吗？竟然说军装'平日里也不大穿'？那你还要这身军服干什么？不如干脆彻底脱了，省得给人民军队丢脸！"

章雪川也是个不服软的主儿，不顾对面坐着的大哥章雪峰对他暗示制止的眼神，任性地顶撞起父亲来："您说这话我不能同意了，怎么平日里不穿军装，就是给人民军队丢脸了？我们是医生，整日里白大衣不离身！"他说着指指身边坐着的姐夫欧阳巍："就比如小巍哥，整日泡在手术室里，手术麻醉一个接一个的，更是一天十多个小时都穿着手术服，哪有时间穿军装了？难道这都算给人民军队丢脸了？"

"你这是在狡辩！"章虎臣用手指着小儿子："你少拉扯别人，我就说你的事情！你不爱穿军装，也不是一天两天的毛病了，我早就看不惯了！在你心目中，军装只是一身普普通通的制服吗？还有点军人意识和身为军人的荣誉感吗？"

"可是我心里对军装的定义，和您说的不一样……"章雪川还在嘟囔，却被姐夫欧阳巍在桌子底下用劲拉了一把。章雪川不好驳姐夫的面子忍住后面的话。

章虎臣看到小儿子哑口无言的神情，觉得自己的教育有了成效，更加"宜将剩勇追穷寇"起来：

"我早就想和你小子谈一次了！有关军人意识和荣誉感，就是在这样点点滴滴的小事中，逐渐培养起来的！你不要总是自得自满于自己的手术做的有多么好，技术有多高超，那只能说明你是一个优秀的外科医生，却不能说明你是一名合格的军医！"

他认真地盯着垂首不语的小儿子，继续教训道："'军医'这个概念究竟意味着什么？我看你目前并不明了！我倒是真心希望你能在这次带队去西藏的过程中，慢慢体验，仔细品味！目前你最需要的，就是到一个艰苦的地方，去经历一场脱胎换骨的磨砺，才可能真正成长为一名合格的军医！我们且拭目以待吧！"

一旁的欧阳巍忙赔笑为小舅子说话了："爸，其实这次小川是主动请命，担任外科组组长的。原定人选是他们主任成斌，但是他有一个重要的学术活动，小川最近病着呢，重感冒没好，我还劝他别急着上高原，但是没想到他直接给院里递上了请愿书。"

章虎臣大手一挥："一码归一码！参加援藏医疗队是一个外科医生的责任和担当，但是时刻维护军人的荣誉感和自信心，也是很必要的！我就不相信一个平日里连军装都不爱穿的军人，能带好一个军队医疗队？"

"您又主观了不是？凡事不看本质，只注重表象！这样的评价怎能让人服气？"章雪川瘪瘪嘴，又摇摇头。

章虎臣瞪着儿子，还想说什么，却见妻子夏静波抱着一身军装下来。

章雪川咬咬嘴唇，接过母亲手里的衣服，说了句："有些话，等我回来您再教训吧！我回去准备了。明天一早的飞机。"就低头离开了。

他隐约听到身后传来母亲对父亲的抱怨声："你瞧瞧你这脾气，严格要求没错，但是孩子出征前，该给句温暖鼓励的话吧？……小川的感冒还没好呢，不知道药带上没有？……"

此刻，在雪域高原这个静静的山坡上，章雪川回忆起这幕父子冲突，心底突然涌现的，却是一丝淡淡的思亲情绪。他心里明白父亲的纠结和抱怨之情，也许，对于这个小儿子，作为一名老军人的他，有着太多的期许和托付，以及一种无以言说的责任。

同一时刻，在这个山坡的另一面，年轻的女军医方翘楚，却正在懵懂间，走入到自己生命里一段幸福而浪漫的时刻。虽然事后看来，这段梦境般的美好时光，是那样的短暂，譬如朝露，令人扼腕。

方翘楚追随着吉他声，来到一片绚烂的格桑花海中，她在花丛中纵情欢笑，耳边传来悠扬而熟悉的歌声：

格桑花开了，

开在对岸，看上去很美。
看得见却够不着，
够不着也一样的美。

雪莲花开了，
开在冰山之巅，我看不见，
却能想起来
想起来也一样的美。

看上去很美，不如想起来很美。
你在的时候很美，哪比得上
不在的时候也很美。

悠扬的吉他声从花海深处传来。格桑陷身在花丛中，边弹边唱着，他的面庞在阳光和花儿的辉映下显得格外年轻俊朗。

他的嗓音低沉又魅惑，听上去有一丝忧伤，更多的却是氤氲在歌声里的深情。他演绎的吉他声总能让方翘楚沉醉，低沉婉转的歌声在吉他声的映衬下更加迷人动听。她微微眯缝起眼，享受着这醉人的时刻，最爱的花，最好听的歌，最心爱的恋人，如今都环绕在她的身边，她觉得自己是世界上最幸福的人。

方翘楚最爱格桑的自弹自唱，但是在军营里，这样的机会少而又少。此刻她又犯了老毛病，一个从小就有的毛病——当她听到动人的歌声时，总会有一颗泪珠在眼圈里打转，她会在这颗泪珠滚落之前，悄悄背过身去，用手背拭去。

此刻，她刚刚掩饰着擦去眼角的泪珠，就感觉到一个伟岸的身影遮挡在自己面前，那怀抱宽厚而温柔，将她细瘦的身子紧紧笼罩住，包括她此刻喜极而泣的淡淡心绪，都陷落到这个深情又霸气的拥抱中。

"梅朵，嫁给我吧！"他在她耳边呢喃，温热的气息让她的耳根痒酥酥的，弄得她的心尖儿也欢快地抖动起来。

"不。"她回答得风轻云淡，心底藏着小欣喜，她在勉力挣扎着、抗拒着，狡黠地做着少女最后的甜蜜抵抗。她性情豪爽，在外人面前是充满男儿豪情的女汉子，但是今天不同，此刻不同，在格桑——她最心爱的男人面前，她就要踏踏实实、实实在在地做一回娇情小女子。

但是她的桃花眼出卖了她。那里面荡漾的春波，分明洋溢着无法抑制的幸福和满足。格桑谐谑一笑，扔掉手中的吉他，一把扳过她的头颈，有点粗鲁地将自己的唇猛递了上去。

仿佛一阵奇妙的旋风刮过耳际，她的唇瞬间跌落到一个温润湿热的森林中。那林间有烟草味和青年男子独有的荷尔蒙清香，让她迷失，让她沉沦，让她陶醉。

她觉得周身的神经都紧绷起，又放松，血液凝固了，又流畅，在充满眩晕感的光环里，她的心河唱起欢快的歌。

她微微眯起的眼，晃过蓝天白云，刺目阳光，还有身旁这五彩斑斓的花海，她和他的心河，早都像涨满春潮的堤岸，冲破阻碍，在这次酣畅淋漓的唇齿相依之中，幸福流淌了一地。

这个吻是这样悠久绵长，是这样无拘无束，信马由缰，让方翘楚一辈子铭刻在了心上。他们相恋三年，偷偷相拥过，偷偷啃吻过，但是从没像今天这样奔放、自由和甜美。

"这就是你总对我说的，要给我的神秘求婚仪式？"

"是的，我答应会给你一个最浪漫的订婚仪式，这才刚刚开头……"

女孩惊喜地睁大眼睛，用纤细的手指敲着男孩古铜色的脖颈，笑着岔开话题："狡猾的家伙，老实交代，你啥时藏了吉他在这里啦？"心细的她，幸福中也没忘却心底的一丝疑惑，刚才的马背上，只挂着自己的药箱，别无他物。

格桑笑了，再次露出标志性的白牙齿，语气是铿锵有力，嘚瑟却又实诚："从我发现这片花海时；从我计划带你来这里时；从我想起，这片神奇的花海，就是咱俩绝佳的定情之地时！"

"哈！原来你预谋已久！"女孩娇嗔着，呲呲牙，仰脸上前用贝齿咬住男孩的下巴，格桑边躲闪，边笑着调侃起心上的姑娘，"看看看！又露出小狐狸爪子了，梅朵，你能多装一会儿小绵羊吗？小羊般的温柔？"

"我就是小狐狸！不，是小野狼，谁让你招惹我？让你算计我！"方翘楚故意将手变身尖利的爪子，瞪着眼去抓格桑，却被他笑着抓住，放到唇边吻着，又讨饶般申辩道:"梅朵小狼,等等再疯好吗?我精心设计的神圣的求婚仪式,还远远没到高潮时分呢!"

"天!你还有什么花样?"方翘楚瞪着桃花眼,好奇地盯着自己的恋人。

格桑吹起了一声响亮的哨音,花海边,突然出现了一群群穿着各式靓丽"楚巴"(一种藏服)的青年。男人们矫健的身体在长袖大襟皮袍的楚巴中显得飘逸灵动,女子们身姿苗条,外罩素色无袖长坎肩,里边衬着色彩鲜艳的长袖短身内衣,腰上系着丝质的横条图案的腰带,更显得纤腰盈盈,婉转婀娜。

他们唱着跳着,涌上前去,分别把格桑和方翘楚围住,簇拥着他们来到花海边的一片草地上。

这是在一条静静的河流旁,宽敞翠绿的草坪上,堆满各式各样的藏族食品和乐器。男男女女们载歌载舞,每个人脸上都挂着幸福的笑容。

方翘楚呆呆地看着,这里面有很多她熟识的脸,也有一些陌生的面孔。

格桑附耳她肩头低语:"今天是咱们订婚的好日子,我把家乡的一些亲朋好友都请来了!我想让大家一起见证这个神圣的时刻,为咱们祈福,也为咱们见证!"

他搂过女孩的肩膀,像是要给她注入一种新的亲情和力量,"梅朵,你和我说过,你的家人很少,家乡也很远。所以,我就安排一种我们藏族的订婚仪式送给你。喏,这些都是我的亲朋好友们,从此刻起,也就是你的亲人、朋友们,希望你早日融入这个大家庭,更加幸福,永远幸福!"

他的话音未落,早有几个青年男女迎上前来,欢呼着:"格桑!梅朵!格桑!梅朵!"

方翘楚激动又不安,心底突然涌动起一阵纠结不安的浪花。当年她从军医大学毕业,来到军分区医院工作时,就曾和父亲约定,隐瞒自己的出身,作为一名普通的女孩,开始自己的工作和学习。三年前,她结识了G集团军某师工兵连的格桑连长,两人很快相恋。她没有告诉他自己真实的身世,包括她早逝的、曾被藏民们称作"珠穆"的军医母亲。

她时刻感受到格桑对她生发的别样怜爱,她多次面对深情凝视着自己的他,想鼓足勇气说出一切,但是每次都话到嘴边,又咽了回去。她曾在心底发誓,等到两人走入婚姻殿堂时,一切谜底就会揭开。

但是未曾想到，他竟然暗中策划了这样一场浪漫的求婚，在格桑花海中，给了她这世间最美的一个爱情绽放的时刻。陶醉在幸福中的她，全然忘却了这个环节，直到此刻她蓦然想起，才急急拉住男孩的手："格桑，有件事，我想应该告诉你……"

她的话没说完，两人已经被上前欢迎他们的青年们分隔开来，各自围成两个圈子，将他们簇拥着跳起舞来。

方翘楚焦急地望着另一个圈子里的格桑，欲言又止，怅然若失。格桑看出了女孩的纠结，对她做了一个飞吻的姿势，朗声笑道："以后再说吧！傻子，我们还有一辈子呢！"

两个恋人被男女青年包围着，欢唱舞蹈着，就在这河边的青草地上，大家围绕着这对订婚的新人载歌载舞起来。

他们多彩的衣服，在草地上旋转着，伴随着欢快奔放的歌声，舞姿蹁跹，美不胜收。格桑也拉着方翘楚，跳跃在人群中。两年多的交往，多才多艺，又极具歌舞才华的格桑，教会了方翘楚不少藏族舞蹈，加之她本身的艺术天赋，让她也能很快融入这样欢快的舞蹈人流中，毫不生涩。

几曲歌舞下来，现场的气氛达到了顶峰，每个人脸上都泛起了红晕。方翘楚的脸颊更是粉若桃花，香汗斑驳。

一个中年汉子走到人群中间挥手，制止住大家的欢歌，方翘楚认出他是格桑的堂哥杰布。

"今天是格桑和梅朵订婚的好日子，大家欢聚一堂，都很兴奋！如今是新时代了，过去老的那些订婚仪式都免了，格桑的父母早逝，我就代表他的亲人，主持这样一场活动。其实啦，这也不算传统的藏式订婚仪式了，我们是应格桑的请求，想给可爱的梅朵一个最热情的欢迎仪式，用我们家乡独有的方式，欢迎这个汉族的小姑娘，会治病救人的小珠穆，成为我们康巴村的一员！成为我们最幸福、最吉祥的准新娘！"

杰布风趣又热情的话语惹得众人欢笑起来。他回头又挥挥手，身后两名妙龄女子各自托着一个银盘上来。一个银盘上盘着一条洁白的哈达，另一个银盘上面放了酒壶和酒杯。

格桑捧起那条哈达，双手托起，献到方翘楚的面前。

"梅朵，快接着，这是我们家乡的一种礼仪，表示欢迎你即将嫁到这里！"格桑低声解释着，方翘楚抿嘴笑着，爽快地接过这条哈达，大大方方地围到自己脖颈上。周围鼓掌声、欢呼声更加猛烈地响起。

格桑回身又从酒壶里斟出两杯酒，一杯递给身边的恋人，一杯自己握了。在他的指引下，两人微微沾唇，又将杯中酒洒向草原。

鼓掌声、欢笑声又响起，大家纷纷上前，围绕在新人周围，两个青年各自捧来一盆水，人们用手里早就准备好的枝条，先后蘸着两个盆中的水，向这对恋人的身上洒来。

"左边这盆水，是从那条河里打上来的，右边的，则来自远处的雪山！"格桑对方翘楚笑着解释："都是吉祥如意的意思，这是祝福咱们的爱情像河水一样深，像河水一样长，像雪峰一样永远圣洁无瑕！"

身边围绕着的人，都含笑看着这对脸红扑扑的璧人。不知道是谁先欢呼一声，大家又围着这对恋人跳起舞来，每个人都有节奏地喊着："格桑——梅朵！格桑——梅朵！格桑——梅朵！"

方翘楚的心，早已沉醉在这一个个神奇又有趣的仪式中，"格桑梅朵"的欢呼声，又让女孩记起格桑对自己讲到过的一个动人的藏族传说。

很久很久以前，藏区暴发过一场严重的瘟疫，人们一批批地死去，生命凋零无数。当地的部落首领想尽一切办法也无济于事，直到遇到一位来自遥远国度的活佛修行途经此处，大发慈悲之心，以当地的一种植物为药，逐渐治愈了大家。但为了给百姓医病，这位高僧却不幸积劳成疾，溘然仙逝。由于语言不通，人们对活佛的唯一印象，就是他嘴里常念叨的"格桑"两字——那种他采来为大家治病用的植物。于是人们就把这位活佛称为"格桑活佛"。从此后便将一切象征希望和幸福的美好事物称作"格桑"，还把草原上一种开得最璀璨，生命力最旺盛的花命名为"格桑花"。

梅朵是藏语"花"的意思，"格桑梅朵"就是格桑花的另一个美好的名称。方翘楚和格桑相恋之后，格桑对她讲起过这个动人的传说，又给她起了"梅朵"这个藏名。从那时起，幸福和希望的甜蜜河水，就一直流淌在姑娘的心底。此刻，听着周边动人的呼喊声，看着眼前英武挺拔又浪漫深情的康巴恋人，方翘楚觉得自己就是这世界上最幸福的女人。

大家围绕着这对恋人跳着藏族传统舞蹈，两个新人被热烈的气氛和美妙的乐曲所感染，也手拉手舞蹈在人群中央。格桑从小就精通音律，更是康巴汉子中的歌舞高手，方翘楚喜欢藏族舞蹈，这几年也跟着一些藏族女伴学了不少，此刻他们美妙的舞姿在人群中闪动，引起阵阵喝彩叫好声。

两人甜蜜地舞蹈着，方翘楚沉浸在无边的幸福梦幻中，此刻又被周围欢快的喊叫声弄得心慌意乱起来。

"格桑，拿出来！"

"格桑，加油，向前冲！"

格桑的脸上挂上一丝红晕，不知道是羞涩还是激动，这种红晕让他的表情更加有一丝含情脉脉的意味。他凝视着眼前的姑娘，低声呢喃了句什么，方翘楚没有听清，就对他做了个询问的表情。

格桑含笑低语："他们是在催促我给你戴上定情信物呢！"

他说着顽皮地眨眨眼，伸手揽住姑娘的纤腰，和她做了一个美妙的造型，结束了曼妙的舞姿。

"哦，是什么？"方翘楚好奇极了，她紧紧盯着格桑，看到他缓缓地从自己白衬衣的衣领中，掏出一串天珠来。

"梅朵，戴上它，你此生就逃不掉了！哼！原本我也不会给你机会逃掉的！"格桑笑着，准备将手中的天珠挂到女孩细白的脖颈上，恰在此刻，一个尖锐的男声从人群背后响起，在短暂寂静下的草原上，格外凄厉尖锐：

"梅朵！梅朵军医？你在哪里？！救命！救命啊！"

所有人都愣住了，停住的，还有格桑拿着天珠的手。

第四章　生死关头

试问这世上有几个医生敢亲自抢救自己的亲人？方翘楚拼命地为格桑做着心脏按压，汗水和泪水打湿了她的面颊。她要抢救回自己的爱情，她在做最后的绝望挣扎！

患有妊高症的达珍突然在家中晕倒。方翘楚为她做了简单检查后，马上建议送军分区医院。

格桑动作利索，找了一块门板，三下五除二就做好一个简单的担架，多吉借来一部车，大家将达珍抬到车上，方翘楚守在她身边，加上两名抬担架的年轻村民阿才、阿旺一起，乘车向军分区医院飞驰而去。

格桑亲自驾车，行驶在蜿蜒的山路上。这座山翻过去就是医院，但是驾驶车辆，要绕过盘山路一路下行。在山坳中，却遭遇了一段塌方路况。

原来是前几天的雨水天气造成的泥石流，裹挟着山中的巨石滑坡，完全将这条公路截断。格桑跳下车，查看了眼前的路况，又抬眼看看远方天际。只见一片厚厚的乌云正向这边蔓延。

"不好，快变天了！咱们要赶紧翻过山去！"格桑和多吉等人简单说明了情况，指挥多吉、阿才、阿旺将达珍的担架抬出了车。

"达珍怎样？"格桑忙问方翘楚。

"情况不好，不能等下去了，得赶紧想办法到医院！"方翘楚一脸忧急。

"眼下只能弃车步行，"格桑咬咬嘴唇，"必须抓紧时间翻过这座山。我马上呼叫萧扬带兵来支援！"他边说边掏出了手机。

山坳里，章雪川下山时走迷了路，在山路上转了几个弯，完全找不到来时的路。他看到刚才还阳光灿烂的天空，此刻乌云密布，给人一种黑压压的压抑之感，就想起人们常说的"高原天，孩儿脸"的谚语，脚下更加紧了步伐。

山上的植被都差不多，没有明显的标记，很难找到来时的道路。章雪川兜兜转转走了一段路，仔细辨别着方向，费了好大劲儿，才隐约看到前方似乎有一条河流。想着沿河边走，总能碰上人，再打听军分区医院的方向。

越来越接近河边，忽然听到远处似乎有人声，他欣喜不已，急忙顺着声音找去，却遇上了方翘楚正在紧张万分地为产妇达珍接生的惊险一幕。

原来由于一路的颠簸，外加精神高度紧张，达珍突然腹痛加剧，接着羊水破裂，处于临产状态。极度的痛楚让她忍不住哭喊出声。眼看才走到半路，无法继续前行，方翘楚只好让担架停在了河边，准备马上为她接生。

"天呐！"方翘楚心里一阵慌乱，悄悄拉住格桑："怎么办？我没有接生经验！达珍姐还有妊高症，这……"

格桑剑眉紧锁，低声嘟囔着："我……倒是接生过，不过……"

"啊？你竟然接过生？"方翘楚不可置信地看着他，惊喜地喊道："太好了，我给你打下手！快！"

格桑的脸腾地红了，他连连摆手："不是……我是说……我接生过……但是，不是给人，是给马……"

"什么？给马？……嗨！"方翘楚红着脸瞪了他一眼，"简直废话！这都什么时候了，你还胡说八道？"

"我不是这个意思，"格桑红着脸，磕磕巴巴地解释道："我是想说，一切都是瓜熟蒂落的过程，是一样的！达珍不是生第一胎了，她自己也有些经验，你是学医的，反正眼下情况危急，躲不过去的事儿！梅朵，镇定点，大胆些！我相信，你一定行的！"

方翘楚知道自己没有后退的理由，只好横下一条心，开始动手为达珍接生。她将带来的一张毯子铺在地上，打开药箱，取出纱布、消毒剪刀、止血钳等器械。

格桑带着阿才、阿旺砍了几根树枝，给产妇围成一个简单的生产空间。他们在外边等待着，时间一点点过去，还没有婴儿娩出的迹象，只听里面达珍不停地哭叫着，声音变得嘶哑，而且越来越弱，喘息声粗重急促，每个人的心都蜷缩起来。

章雪川就是这时出现的。作为医生，听到沉重的呻吟声，他直觉那边有人受伤，就冲到树枝围成的救护所旁，急忙亮明自己的身份："出什么状况了？我是外科医生！"

了解到真实情况后，章雪川有点为难。他也没有妇产科经验，但是里面两个女人的哭喊声却让他的心也抽搐起来。

"达珍姐！用劲儿！再用点劲啊！……"

"梅朵！我……我……我不行了……我……要……死了……"

章雪川冲了进去，看到接生的医生是方翘楚，不由一愣，但是顾不上其他，他沉稳地对她点点头，露出鼓励的意思。

章雪川的到来让方翘楚绝望中看到了一丝希望，她抹去脸上的汗水，还有刚才急出来的泪水，对章雪川低声解释道："产妇有妊高症，伴有子痫症状，现在她身体极度虚弱，孩子还没有娩出的迹象……"

章雪川抬眼看了一眼无力瘫软在丈夫怀里的产妇，心也猛然间缩紧了。

"大嫂，你先闭目喘匀气，然后，来，像我这样呼吸……"章雪川根据自己以往间接得到的经验，诱导产妇慢慢地屏气、使劲，用胸式呼吸的方法。达珍按照他说的方法，勉力试了一下，积攒全身力量，再次用劲，但是无奈她的身体太虚弱，还是没办法顺利娩出婴儿。她的精神近乎到了崩溃状态，绝望地摇头、流泪，"我……我真的……不行了……"

她虚弱的身体被汗水湿透，浑身瘫软无力，抱着她身子的多吉忍不住呜呜地哭出声来。

天色渐渐暗淡，黄昏已经来临。达珍的情况越来越危急，眼看着陷入绝境，众人束手无策。格桑猛然间闯了进来。他看了一眼达珍的下身，大声喊出一串藏语。

所有人都愣住了一秒钟，达珍夫妇仿佛被重物击中一般，都不约而同地睁大了眼睛。

格桑又大声重复了一遍刚才的话。章雪川完全听不懂他的话，但是方翘楚粗通藏语，她听明白了，先有点发愣，瞬间就反应过来。她马上用汉语大声重复着格桑的话，对着达珍喊道："是的，达珍姐，格桑说的没错！孩子的头已经出来了，是个强壮可爱的男孩！用劲儿！你赶紧再用点劲儿，他就来到这个世界上了！"

章雪川看着达珍眼下的情形，对这话不明就里，但格桑这声吼却像是给达珍打了一支强心针，即将再次做母亲的她心底升腾起无限的勇气和力量，她咬紧牙关，大吼一声，全身用力，挣扎片刻，一个男婴终于来到人间。

生产后的达珍沉沉睡去，方翘楚为她擦拭着脸上的汗水。格桑看着多吉怀里的婴孩，笑着用藏语和他说着什么。章雪川也看着婴儿笑了，原来一句善意的谎言，竟然能挽救一对母子的生命。

几人的情绪刚刚放松下来，却听到方翘楚又发出惊呼："不好，这血怎么总止不住呢？"

达珍的下身血流不断，章雪川和方翘楚简单判断，应该是产妇子宫收缩乏力引起的出血。情势再次危急，病人必须马上送到医院输血抢救。

天色更加昏暗起来，风势更猛，有雷声从空中隐隐传出。

格桑咬紧牙关，做出决断，马上抬着达珍尽快渡河，向医院进发。天空乌云翻滚，很快雨点就挥洒下来，几人扶着担架来到河边。格桑砍下一根树枝，探了水深，好在河流不深，仅仅没膝，大家紧急渡河。刚刚走到河中心，倾盆大雨就瓢泼而至。

一行人冒雨渡河，风声、雨声呼啸而来。突然，在这些声响中，夹杂着一阵奇怪的轰鸣声，格桑首先敏锐地捕捉到了。他侧耳仔细辨听，脸色剧变："不好，好像有泥石流，咱们加快速度，赶紧过河！"

阿旺和阿才抬着担架，多吉和方翘楚扶着担架的一边，刚刚走上对面的河滩，一股黄浊的泥浪夹杂着巨石向他们扑来，危急时分，格桑猛推一把，将走在自己身前的章雪川推过了河，自己却一阵踉跄，跌落到泥水中。巨石击中了他的身体，但见他像一片树叶一般向河流下方漂去。

渡过河，刚刚站稳脚跟的方翘楚回过头来，正好看到这让她痛不欲生的一幕。

"格桑！……"她惨呼一声，就想回身扑向河流，却被一旁的多吉拉住了。章雪川也冲到河边，却看见一队战士正赶到对岸。

"连长！连长！"萧扬和战士们沿河岸飞奔，看准时机，萧扬奋力跃入河中。

泥石流裹挟着格桑的身体往下游漂去，萧扬在水中搏击，奋力追上，一把抓住了格桑的身子。但是泥石流的力量凶猛强大，两个人都被浊浪继续推向前方。恰巧不远处有一块巨石，侥幸挡住了他们，没有向下游漂去。

战士们此时也追赶到了河边，纷纷跳下河游到两人身边。萧扬抱住已经晕厥过去的格桑，伏在巨石边喘息着。

浓浓的夜幕中，两个伤病员被急匆匆地送到了军分区医院。

浑身湿透，脸色煞白的章雪川随着伤员一起回到医院，他这副形容吓了于家成等人一大跳。但是他顾不上解释，就让于家成赶紧预备接伤员。

方翘楚看着格桑被推进了抢救室，她没有勇气跟进去，将身子蜷缩在走廊的角落，不知道是哀伤过度，还是疲劳过度，她顿觉浑身上下突然被一股寒气侵袭，止不住微微颤抖起来。

一双有力的胳膊扶住她的身子，架扶着她坐到抢救室外的长椅上。萧扬看着她，眼圈发红，语气虽然有些嘶哑，却深沉有力，"别太紧张，连长一定没事的！"

方翘楚看着萧扬的脸，嘴唇抖动，却说不出话来。

萧扬再次给她鼓励和安慰："连长他，就像藏獒，生命力强着呢！"

方翘楚不说话，紧紧咬住下唇，默默看着抢救室的门。萧扬陪在她身边，两人并肩坐着，仿佛共同在等待着一场命运的裁决。

抢救室里，章雪川顾不上一身狼狈，接过秦楠递过来的简易氧气瓶，猛吸了几口，就和于家成一起为格桑检查。初步探查后，两人都面色凝重。

"合并头皮裂伤，全身多发软组织损伤，左上肢及下肢均合并多处骨折……"于家成低声念叨着检查结果，看着章雪川："符合高山落石砸伤致多发伤的特征，目前患者意识模糊，呈浅昏迷状态。"

护士杜鹃和陶梓挂上输液和输血设备。

"其他指标？"章雪川看向护士长秦楠。

"体温 37.3 摄氏度，心率每分钟 140 次，血压 90/50mmHg，呼吸每分钟 36 次。"

章雪川看着护士长为病人开始做腹部 B 超，面色严峻，双眉紧蹙。

"唉，就怕内伤……"于家成嘀咕着，眼睛紧紧盯着秦楠拿着 B 超仪的手。

"怕也没用，已经来了！"随着 B 超探头在病人腹部上的游动，章雪川眉毛蹙的更紧了，他看着仪器，声音低沉："肝右叶包膜连续性中断，回声减低……肝内管道结构显示不清，腹腔中量积液，考虑肝破裂合并血肿形成。"

"肝脏破裂！"于家成也低声叫了起来，又认真看着仪器："目前腹腔内看不到大量血液，可能有块血肿？"

他看着章雪川，后者点头："应该是血肿恰巧压住了出血处！"

章雪川说完这句话，转头吩咐杜鹃等护士："继续输血、输液，抗休克处理！"

抢救室外的方翘楚脸色煞白，神情紧张。突然一只小手向她伸过来，她茫然看去，是一个五六岁的小男孩举着个苹果递到她的面前。此刻竟是一个患儿无意间给了她这一抹温暖。

"萧扬，你有刀吗？"看着端了一杯水的萧扬回到自己身边，方翘楚仰脸问道。

萧扬递上自己的一把工兵折叠刀，方翘楚开始认真削起手里的苹果，边削她嘴里边念念有词，眼泪成串地滴落到苹果上。

往事如烟，此刻温柔闯入心头：

那年她和格桑刚开始相恋，一个周末，她应约到工兵连去找他，却不料在路上遭遇一名藏民急症发作，为送病人去医务所耽搁了大半天时间，来到工兵连时，已是黄昏。

她走进格桑的宿舍，看到桌子上摆满了她爱吃的菜肴，还有一大盘削好的苹果，桌边堆满了连绵不断的苹果皮。

她不明就里，他顽皮一笑，又从桌子下的篮子里拿出一只苹果，用刀子小心地削了起来。他嘴里念念有词，态度虔诚："苹果皮不断，梅朵早点来！苹果皮不断，梅朵赶紧来！"

他完整地将那只苹果的果皮削成一道不断的长串，脸上是幸福得意的笑容："看吧，你这不就来了？"

她咯咯笑出了声，娇嗔他在搞封建迷信。面对心爱的姑娘的揶揄，那个藏族大男孩满不在乎地咧嘴："这是我们从小在家时爱玩的一种占卜游戏，迷信不迷信且放在一边，就算一种心理安慰吧！"

此刻方翘楚噙着泪默默祷告："苹果皮不断，格桑就平安！苹果皮不断，格桑就平安……"

急救室的门突然开了，陶梓先跑出来，一把拉住方翘楚。刚才她看到方翘楚心绪大乱，不敢进急救室，自己便进去观察情况。此刻她激动地对方翘楚喊道，"情况稳定下来了！格桑连长目前情况稳定！"她还贴心地对方翘楚说了具体数字："目前血压恢复到100/75mmHg，心率100次/分！"

方翘楚看看手里握着的苹果皮，几乎是喜极而泣。抬眼看到章雪川出来，却是满面憔悴，脸色苍白，手里拿着一个简易氧气瓶，不停地吸着。

方翘楚紧紧盯着他，章雪川感受到女孩期待的目光，他无法回避，咧咧嘴，努力想露出一丝安慰的笑容，奈何眼下他的神情极度疲惫憔悴，看上去倒像是一丝苦笑："情况暂时维稳，我考虑马上为他手术！"

方翘楚正想说什么，于家成追了出来："雪川，我还是保留我的意见！你听我说……"

他的话没说完，就被对方粗暴地打断："按我说的办！赶紧准备手术！"他挥挥手，边吸着氧边向医生办公室走去。

方翘楚正想进去看看格桑，却见一名护士飞奔而来："方医生，产妇那边正在急救，人手不够，请你……"

方翘楚记起自己的职责，她有点懊恼自己被格桑的伤情弄得六神无主，几乎忘记了，自己还是一名医生。她急急地回头托付萧扬："萧扬，你陪着格桑，我去工作了！"看着眉头紧蹙的萧扬，她倒信心满满地安慰他："放心吧，有章教授这样的"一把刀"，亲自为格桑手术，不会有事的！"

她跑向走廊最西头的手术室时，途经医生办公室，隐约听到章雪川的声音。他怎么像是又在和谁吵架了：

"你有本事把电话打到这里，我却没时间和你啰唆这些情情爱爱的事儿！那边手术台上，还有伤员等着我去抢救呢！"

她顾不上留心他的争吵之语，飞快地跑向自己的战斗岗位。

章雪川回到手术室门前，正遇到萧扬刚刚签好了手术知情单。他看着章雪川，犹豫再三，还是迸出一句话："我们连长就……交给您了！"

章雪川知道他是格桑的部下，看到他的眼睛里闪动着的晶莹，他理解了他的担心和关切之情。虽然身为一名医生，他最反感对病人家属承诺什么，但是此刻，他不动声色地点了一下头，进了手术室。

萧扬心里燃起了希望之光，他和方翘楚此刻一样，都对来自顶尖医学单位的专家充满了信任和希冀。此刻他若是知道，刚才在抢救室里，两个外科专家章雪川和于家成之间曾有过一场不小的争论，当然不会如此这般从容镇定了。

手术室里，于家成和欧阳巍等人已经等在那里。于家成看着章雪川，想再次重申自己的观点，可是张张嘴，又忍住了。

对一些外科疑难病症，经验丰富、资历相当的医生会形成保守派和激进派是常态。但是如今面临的这番情形，却不能简单地用这样的标准来定论。面对患者腹部穿刺后得到的结果，于家成反对马上给格桑动手术，几乎是一次明哲保身，但求无过的行为。避免一场几乎可以预见的极大概率的手术失败，也许是很多外科医生们的理性选择。

但是章雪川是个异数。很多时候，他自己都不能明白一种奇怪的责任感，会促使他做出在别人眼里是个异类的选择。此刻，他抬眼对上看着自己的老搭档的目光，眼波中流淌的，却是他一贯的倔强自信的光芒。

"家成你心里是明白的，我们其实没有更多、更好的选择！要想救活他，就需要一次勇敢的冒险！好吧，这个责任，我来担！"

章雪川的语气很轻，但是低沉有力。他目前还是处于缺氧状态，脸色苍白，配上说着这话的神情，很有一番悲壮的意味。

于家成心里叹息，他做出妥协。作为一名外科医生，他此刻也选择了和自己的战友勇敢地站在一起，友情都是放在一边的理由，更多的是源自一名资深医生的理解和良知。

欧阳巍上前，对着章雪川点点头，章雪川看出姐夫鼓励的意味，嘴角上弯，回敬他一个自信的微笑。像无数次他们配合手术时的情形一样，彼此间传递了协同战斗的讯息。

麻醉前，一直昏迷的格桑突然醒来，他嘴唇抖着，手在摸索着。章雪川俯身在他耳边，听他说出一串含糊的话语，又猜测着他的意思，扶着他的手，帮他取出了放在衬衣口袋里的那串天珠。

"替我……给……梅朵……"

正在操作仪器的护士陶梓明白他和方翘楚的关系，擦着眼泪告诉章雪川，梅朵就是方翘楚。其实在这一路的救援中，章雪川已经看出格桑和方翘楚的恋人关系。此刻他接过天珠，轻声安慰着病人："我先替你保存。放心，我要让你有机会亲手交给她！"

章雪川事后一次次回忆，他不能确定格桑当时是否听到了自己的这句承诺？因为那时格桑很快再次陷入昏迷，没有对这句鼓励性的话语做出任何回应。

欧阳巍上前实施麻醉。外边夜色深沉，曾经多次闪耀在军医大学附属医院普外科手术台上的铁三角三人最佳组合，就这样在高原军分区医院的急救室中，即将上演一出手术大戏。每一个在场的医护人员，都充满信心地盯着手术台上的三名年轻的专家，期待着他们从死神的手中，夺回这位年轻连长的生命。

但是承诺和希冀都终究落空，厄运的到来，是那样的猝不及防。

在另一个手术台上忙碌着的方翘楚，心里一直怔忡不安。眼看达珍的情况好转，大剂量的输血，让她的生命体征趋于平稳。方翘楚来不及换下手术衣，就向格桑手术室那边跑去。

进了手术室的方翘楚不敢上前，她蜷缩在角落，一个无影灯无法照到的地方。但是她来得却是那样巧，正好赶上看到惊心动魄，又让人痛不欲生的一幕，也无疑是她人生中最黑暗的一幕场景：

章雪川在小心翼翼探查着格桑的腹腔，突然间从肝脏区域涌出大量血液。

"天！那个东西到底是破了！"于家成低吼一声。

章雪川一把按住肝脏，回头大声喊着"加压输血！"

手术室里空气骤然紧张起来，护士们忙着加快输血、输液的速度。欧阳巍也在安排人继续取血。

"病人失血太快，血压下降，升压药已经用上了！"欧阳巍急急地对章雪川说道。

于家成建议："雪川，是否能用纱布填塞止血？"

章雪川摇头："肝脏碎裂的面积非常大，从出血量判断，血管的破裂也非常严重，刚才我探查了，有可能是肝静脉和肝后下腔静脉的出血。我现在用劲捏着这块组织，也只是让出血速度稍稍减缓，手根本就不能松，纱布填塞无法达到止血的目的。现在，我就这样控制着创面争取时间，你协调抢救！"

"是！"于家成答道，又吩咐底下："继续加压输血，尽量维持体征！"

这样的出血是漫上来的，就像泉眼一样，刚吸走马上又会漫堤，情形凶险万分。

章雪川的体力明显不支，但是他咬紧牙关，死死按压住出血处，对于家成说道："希望情况能平稳一些……有机会做下腔静脉右心房置管分流术以阻断血流，我要进行血管修补！这是唯一的希望了……"

"是！加压输血！快！"

欧阳巍和秦楠等医护人员不停地补充血液和液体，一袋袋的红细胞和血浆被送进来。

时间一分一秒地过去，章雪川俯身在手术台上，用力按压住出血处。血还是从切口处源源不断地漫涌出来，很快地沾湿到他身上，淡蓝色的手术衣瞬间血迹斑斑。于家成和欧阳巍在一旁紧急抢救，几双眼睛都密切关注着监护仪的数据。

监护仪的滴滴声由快转慢，越来越慢，突然变成了一声长鸣。

"快！快！心肺复苏！"章雪川大声喊道，于家成已经扑上前去，开始对病人进行胸外心脏按压，快速而坚决。

欧阳巍指挥手下："肾上腺素，1毫克，静脉推注。"

经过一番抢救，监护仪上的那根直线终于有了波动，但是，很快又停止了，再抢救，再复跳，经历了三次这样的过程后，心跳已经很难再恢复了，心外按压仍在继续，药物治疗仍在进行，但心跳的监护仍然是一条直线。

站在监护仪旁的护士长秦楠和欧阳巍对视了一眼，欧阳巍摇了摇头。

方翘楚愣愣地看着眼前的一切，她的身体无力地靠在墙壁上，她几次都想奔上前去，但是此刻浑身软绵绵的，一点力气也使不上来。她只有呆呆地看着眼前忙碌的人们，绝望的潮水完全淹没了她。

仪器上，那根醒目而残忍的直线始终触目惊心在人们眼里。在场的人们逐渐停下了手里的工作。于家成也喘息着停止了按摩，刚刚直起身来，就被章雪川的怒吼声惊呆了：

"别停下！换我来！"

欧阳巍上前劝道："雪川，停止吧，没有意义了！"

章雪川倔强地摇头，于家成只好上前替下他按压伤口的手。章雪川俯身，拼尽全力为格桑做着胸外按压，一下又一下。所有人都默默地看着他，仪器上的那根直线却丝毫没有任何波动的迹象。

他的体力渐渐不支，刚才长时间保持一个用力的姿势，他早已身体僵直和虚脱，此刻再次发力，已经到了精疲力竭的地步。他的身子开始摇晃，欧阳巍想上前扶他，却被他的凌厉眼神制止住了脚步，他像是在鼓励自己般低吼着："继续！继续！不能停！"

这吼声惊醒了方翘楚。她突然冲到手术台边，喊出一句："我是急诊科医生，我来！"

章雪川疲惫地让开，方翘楚拼尽全力为格桑做着胸外按压，一下又一下。

方翘楚机械地做着，一旁的章雪川却清醒过来，他看看墙上的挂钟，上前伸过手去盖住方翘楚的手，低低地说了一句："已经超过四十分钟……没意义了！"

方翘楚就像没听见一样，还在疯了似的按压着。汗水和泪水一起滴到手背上。

抢救室里一片寂静。

秦楠和陶梓上前想拉方翘楚，但是却拉不动她。章雪川无奈地咬咬牙，上前一把抱住她，用力将她从手术台上扯了下来。方翘楚挣扎着不肯离开，泪眼摩挲，双手还死死地伸向格桑的心脏部分。

欧阳巍看看表，说了一句："二十点二十分，抢救无效……"

他的话被陶梓的惊呼声打断："翘楚姐！"

方翘楚晕倒在章雪川的怀里。

第五章　格桑事件

医疗事故鉴定会上，方翘楚像一个披甲征战的战士，挥剑直戳章雪川的心底：你算一名合格的医生吗？你是一名真正的军人吗？！

方翘楚醒来时已经是清晨时分，她发现自己躺在宿舍的床上，萧扬和陶梓守在身边。萧扬一言不发，头埋在床边。陶梓边抽泣着，边语无伦次地安慰着她。

"翘楚姐，你想开点……谁都想不到，会有这样的悲剧！……也许，这是一场意外……手术前，两名专家教授就争吵过的，于教授坚决反对手术，说是冒险，章教授坚持要做……"

方翘楚默默地听着，眉头紧蹙，脸上毫无表情。

"也许，真的不该冒险！……其实，刚开始时，格桑连长的情况是平稳的，如果按照于教授的意见，稳定下来，找机会后送到总院，也许……这一切悲剧，能够避免。"

陶梓絮絮叨叨地边泣边说，她回头看到方翘楚愈加惨白无血色的脸颊，心里有些恐慌，就上前抓住她的一只手，用劲摇晃着："翘楚姐，你想哭是吗？你哭出来吧！哭出来就好受了！"

方翘楚倔强地紧咬嘴唇，眼光虽然发散着，失去了往昔的光彩，但是始终没有泪水氤氲其中。

萧扬垂头坐在床边，他始终没有说话，但是周身却笼罩在一种令人窒息的悲伤中。

方翘楚推开陶梓的手，坐起身来。她整理一下头发，又牵牵衣襟，从容镇定的样子更让陶梓不安。

"翘楚姐，你，你要做什么？"

"起码我不该躺在这里，我还有正经事要做！"

方翘楚回答得冷静决绝，让陶梓睁大了眼，萧扬也抬头看向她。

医生办公室里，章雪川呆呆坐着，不时地看着自己手里的那串天珠，像是入定一般。

于家成和欧阳巍陪在他身边，都神情沮丧。

"雪川，天快亮了，你回宿舍睡会儿吧，折腾了一夜了，你瞧你这脸色白的！"于家成劝说着，章雪川像是没听到他的话，没有任何动静。

欧阳巍上前抚住他的肩膀，用力拍拍："其实，你已经尽力了，这就足够了！"

章雪川长叹一声，站起身来，向门外走去，他身上染血的手术衣已经脱掉，但是还有许多红色的血斑沾染在他的腿上、鞋上，让原本憔悴的他看上去更加狼狈不堪。

上午没有急症病人，于家成巡视了几个病房，耳中装满了各种议论声，格桑事件目前无疑是医院里最敏感的话题。

回到医生办公室，他看到章雪川正要出去，一身白大褂整洁如昔。

两人搭档久了，自然有着属于他们之间的默契。于家成猜到了章雪川眼下的心情，就忙主动给他提醒，阻止他的某些不理智行为。

"如果你现在想去找某人解释或者安慰，还是先省省吧！"于家成向他讲述了自己听说到的一些情况。那个倔强的女军医在恋人逝去后，至今未掉一滴眼泪，却找到院长那里，投诉这是一场医疗事故，主刀医生章雪川必须承担责任。

章雪川默默听着，脸上毫无表情。

他还是决定马上找到方翘楚，但是却发现到处都找不到她。下午时分，他接到军分区医院院长的电话，请他到办公室去一趟。他在行政楼走廊上，遇到了方翘楚。

女孩军容整齐，虽然脸色较往昔有些苍白，神色却平静如水。

章雪川犹豫了一下，硬着头皮上前，刚开口说了一句"对不起"就被女孩冷峻的声音打断了。

"我不想听任何解释。请章教授等待组织的处理结果吧。"

方翘楚扔下这句话，转身欲离去，却被那人的一句话说得停住了脚步。

"我不是来解释什么的。是他……他有东西留给你。"

章雪川掏出那串天珠，递到女孩面前。

他不敢正视女孩的眼睛，但是透过余光，他也看到她的脸在抽搐，她颤抖着接过天珠，虽然极力控制着，但是她单薄的身体，还是像风中的弱柳一般轻微晃动起来。

这伤痛至极的颤抖韵律，深深击中了章雪川的神经，他强打精神对上女孩的目光，看到那双灵动的眸子里，此刻流泻出的，竟是一缕刻骨哀痛的绝望光芒。这目光像一把利剑，直戳章雪川的心脏，让他无力再吐出一句话，像是被猎枪射中的动物，带伤匆忙逃开。

晚间，查完房，章雪川听杜鹃和秦楠在悄声议论，一些语句落入他的耳中，让他的心脏又开始收缩起来。

"听说她要亲自去给那个死去的恋人化妆，谁都拦不住！"

"真是蛮奇怪的一个女孩子！到目前为止，她都不肯掉一滴泪……"

章雪川放下手中的病历，向太平间方向走去。

比他先来的是萧扬。萧扬已经站在方翘楚身后很久了，默默看着眼前的一切，心痛不已。

方翘楚俯身在格桑的遗体旁，仔细为他擦拭了面颊，又开始为他化妆。她一笔一笔画的很认真，面容沉静，毫无戚容。细细看去，她的眼里，竟然闪烁着一缕温柔的光芒。

这样的她，完全失去了往日活泼开朗的性情，像是一具没有生命的木偶人一般。萧扬心痛如割，上前劝慰道："停下来，小楚！你不能继续憋下去了！"

他拉住女孩冰凉的手，用劲握着，相劝着："你想哭，就痛痛快快哭一场！我知道你的痛苦，这里没别人，小楚，你哭出来吧，发泄出来吧！"

方翘楚摇摇头，倔强地咬紧嘴唇，她抽出被他握住的手，拿起眉笔，继续为格桑认真描着那原本就郁郁葱葱的眉毛。

望着连长，自己最好的朋友，最知心的搭档，那张失去血色，如白蜡一般惨白的脸颊，萧扬再也控制不住自己的情绪，他扑通一声，跪倒在地，伏在遗体上嚎啕起来。

"都怪我！昨天，我要是跑得快点，再快点……能早一点到达，连长就不会出事……如果……我不去签那张手术单……连长……就不会死！"

"手术单"三个字显然击中了方翘楚的心，她一把抓住萧扬的胳膊，怔怔地看着他。

萧扬扬起满是泪水的脸，劝慰着她："你哭出来吧，小楚！都怪我！都怪我！只求你……快哭出来吧！"

方翘楚低低地吼了一声，咬住萧扬的胳膊，在萧扬的哭泣声中，她狠狠地咬着他的胳膊，但是眼里却始终没有一滴泪水。

门外，章雪川透过玻璃窗看到这一幕，他的心，瞬间也碎成了片。

格桑事件持续发酵。军分区医院院长告诉章雪川，此事惊动了格桑所在的G集团军高层，以及援藏医疗队所属的军医大学。在方翘楚的坚持下，这场手术演变成一场军医是否渎职的事件的拷问，军方已经从速组织了高级别医疗事故调查小组，飞来军分区医院进行调查，来区分相关责任。

格桑事件在军分区医院成为焦点事件，大家议论纷纷。章雪川被暂停手术，于家成为他暗暗鸣不平，但也无可奈何。

这个事件不断有新闻点曝出，一些似乎看上去隐秘的问题也被揭露出来，比如说双方当事人的身份、家世。

第三天早上，一辆军用吉普车停在军分区医院，走下车的，是G集团军军长楚正平。当时正有一群年轻士兵在医院群情激奋，他们是G集团军某工兵团一营二连的战士，都是格桑的部下。此刻正在为自己连长的死而鸣不平，想找责任医生讨说法。萧扬以副连长的身份弹压住战士，勒令他们离开，静待组织上处理格桑事件。

楚正平注意到眼前这个年轻精悍，说话霸气又条理清楚，以理服人的基层军官，他问明他的身份，正想说什么，就看到方翘楚来到他的面前。

"楚楚？！"饶是楚正平这位严谨持重，久经磨炼的中年野战军主官，此刻也被眼前女孩明显憔悴脱形的容颜所惊。他顾不上回避身边的人，对着女孩亲切地呼喊了一声。

方翘楚几日来勉强忍住的悲伤之浪，此刻在胸中完全决堤。她呆呆看着向她走来的楚正平，突然浑身一抖，低低哀号一声，一头扎入他的怀里，失声痛哭起来。

在场的所有人都惊呆了，包括萧扬。大家都像木偶一样，看着眼前相拥的两人。

方翘楚的眼泪尽情流着，哭得浑身直抖。楚正平紧紧搂住女孩，将她瘦弱的身子拢在自己宽阔的怀中。他用手摩挲着女孩纤细的肩膀、后背，像是要把无限的怜惜和关爱，此刻都倾注到她的体内，重新给予她力量。

"楚楚……楚楚！我可怜的丫头！"

"爸！他走了！您还没见过他呢！您再也见不着他了……"

"傻孩子！格桑是我们集团军有名的英雄连长，爸怎么会没见过他？"

"可是爸……他是女儿心中最爱的人，您没有见过……这样的他……"

方翘楚在父亲的怀里哭成了泪人。

女医生方翘楚竟然是G集团军军长楚正平的女儿，这条消息在医院里再次引爆话题，引起议论纷纷。除了援藏医疗队的成员外，包括陶梓在内的军分区医院的医护人员都对此咂舌。在他们眼里，方翘楚开朗热情，踏实平和，从来没有任何地方显现出她是一名将军的女儿。

萧扬心里也是既震惊又纠结。当年他和格桑是好友，也是恋爱上的竞争对手。他们同时爱上了活泼俏丽的方翘楚医生，最终格桑成功捕获女孩芳心。萧扬黯然退出，但是大气又豁达的他，没有因为此事和自己的好友格桑有任何隔膜和疏离，他们还是最好的搭档、知心好友。

但是他万万没想到，方翘楚竟然是军长的女儿！他猜测格桑生前也未必知道这个隐情，因为从未听到他提起。以他和格桑的友谊，加上对格桑性情的了解，那个开朗明快的康巴男孩，绝对不会对自己的好友隐瞒这样的秘密。但是，如果早知道这个隐情，他萧扬当年还会去追求方翘楚吗？萧扬自己都不确定，只为他心底也藏有一段隐秘的事情。

就在人们暗中议论着方翘楚的身份时，又一条有关身份的消息在军分区医院炸响。医疗事故调查小组进驻医院，成员包括很多普外科知名教授。其中最具重量级的一位，军医大学附属医院普通外科元老级的专家，就是章雪川的父亲章虎臣，原军医大学老校长，也是一名将军！很快众人议论的焦点就集中在两位将军后裔的对垒上。

方翘楚首先提出质疑，她对父亲说明了自己的担心。楚正平看着女儿，说出了一番更让她震惊的话。

原来，楚正平和章虎臣竟然是老相识，他们曾是忘年交，结缘在三十年前的自卫反击战战场上。许多年未曾联系，此番见面，大家都很感慨。楚正平原本还想讲出两家一段特殊的渊源，但是他看到女儿近来十分憔悴，身心俱疲，就不忍心说出这段往事，因为那会涉及他的亡妻，她的生母方芳，他不愿女儿再次伤感。

楚正平耐心地劝慰女儿，要相信组织，相信科学。依据他对章虎臣人品的了解，他会秉公处理这场医疗问题。

方翘楚心里不能服气，就顶撞父亲：可他毕竟是章雪川的父亲，按规矩理应避嫌。楚正平正色反问女儿：那我还是你的父亲，也是格桑的上级领导，你说我该不该也避嫌呢？

方翘楚无语。楚正平放缓语气，告诉女儿，其实有关避嫌问题，他和章虎臣都考虑到了。但是章虎臣是名噪军内的普外科专家，他要如实查清这场医疗纠纷案，给军医大学领导一个交代。章虎臣已经表态，他会全程听取各方面证词，但是结论要专家们讨论后给出，自己决不参与。

楚正平不由得感慨道："两个老战友，几十年后相见，还没来得及畅叙战友情，倒是彼此先做出声明，双方要克制，理智处理眼前这个医疗事件！"

格桑事件调查、论证、鉴定会如期召开。来自各军中医院的六名专家，军分区医院的领导、G集团军楚正平军长、工兵连副连长萧扬以及方翘楚出席了会议。

首先由调查组组长潘教授向几个现场医务人员提问，还原了当时格桑抢救及手术的情形。通过于家成、秦楠、杜鹃、陶梓等人的讲述，专家们了解到格桑送到医院时的情况，以及通过急救，维持生命体征暂时平稳的过程。

专家提出第一个问题：主刀医生这么年轻，是否具有进行这种手术的资格？

医院领导回答：首先，该患者外伤过程明确，诊断基本清楚，即肝破裂伤导致的创伤性休克，是否合并其他脏器损伤，需要术中的探查了解，此类肝脾损伤处理的手术是可以在二级设有重症治疗科的医院进行的，因此，手术场地具备资格。其次，主刀医生章雪川为副主任医师、副教授，具备进行此类3级手术的资质。

另一位专家提问：患者外伤后经过抢救，生命体征趋于稳定，是否要在这个时候进行手术，能否后送到更大的医疗机构进行救治？即使不行，能否待休克症状再进一步纠正后再行手术？他随即就此重要关节点问题，询问于家成，起初为何会反对手术，他和章雪川的分歧点在何处？毕竟通过杜鹃、陶梓等人的描述，有关是否马上手术的问题，当时在场的两名普外科副教授章雪川和于家成有过争论，产生了分歧，给在场的人都留下了深刻的印象。

这是一个极为关键的问题，所有人的目光都盯住了于家成。

于家成平静地回答："患者当时为多发伤，肝破裂虽为潜在致命伤，但经过输液和输血等抗休克处理后，生命体征趋向平稳，我们判断可能是右肝血肿恰巧压迫了肝脏破裂出血处，暂时缓解了出血情况。我因此建议可以继续保守治疗观察病情发展，迫不得已时再考虑手术，或者考虑转院治疗。"

他停顿一下，继续说道："章雪川副教授主张马上手术，理由是，腹腔穿刺抽出不凝血已有明确手术探查指证，而且从出血的颜色情况看不能排除有肝动脉出血可能性，而动脉出血局部血肿是压迫不住的，现有医疗条件下不具备肝动脉造影栓塞出血部位的可能性，应该趁患者目前相对平稳状态尽快手术探查并行确切止血，等生命体征再次波动会丧失手术机会。"

潘教授提出让章雪川也从他这方面回答一下上述关键问题。

章雪川进来，面色平静，语气平和地回答了质疑："我以为，患者虽经抢救，生命体征略有好转，但并不是持续稳定，而且，通过术前的观察，我们了解到在患者体征稳定的表象之下，其腹腔内出血并未完全停止，腹围持续增加，腹内压持续增高，如果发展下去，势必造成心脏、肺脏、肾脏等多器官的功能衰竭，到那个时候，就丧失手术的时机了。在此次手术前，患者就已经开始出现尿量减少等相应的症状，是不具备后送条件的，至于能否进一步纠正休克后再手术，本身肝脏破裂引起的创伤性休克与手术止血之间就是一个平衡问题，在出血不能控制的情况下，允许边手术边抗休克。"

于家成接上他的话头："其实雪川是对的。继续保守治疗可能会有一些效果，但恐怕不能持久，预后很差。手术可能是唯一的选择了。但是，手术的风险也很大，除了在麻醉过程中可能会出现的呼吸心跳停止等麻醉意外之外，损伤部位的处理可能也比较困难。这个部位的损伤死亡率在30%以上，即使术中可以止血，术后发生并发症的机会也比较大。当时我们能考虑到的就是止血，只有血止住了，命才有保住的可能。风险大，但机会也大。简单点说，如果不做手术，活的希望很小，做手术，还有治愈的可能！在这种情形下，我选择支持章雪川教授的手术决定！"

几位专家交头接耳，纷纷议论着。

片刻沉默，大家似乎再提不出什么问题了，却见一直不说话的章虎臣举起了手，看着潘教授，"此刻，我不代表任何一方，只是想从一名普外科医生的角度，就一个问题，质疑一下章雪川副教授。"

潘教授点点头："您请提问。"

章虎臣认真看着儿子，看着他不过几日不见，就明显瘦了一圈的脸庞，心里纵然此刻万般怜惜，但是表面上丝毫未曾流露出来，他的语气平稳沉静，却含有一丝特有的专家级的威严肃穆："既然术前已经判断患者为肝脏损伤，且考虑为重度损伤，为什么不提前进行转流手术，以便为肝脏破裂修补手术提供更好的条件？"

这样直接又专业的问题犀利尖锐，让在场的专家们沉思，又都将询问的目光看向章雪川。于家成、秦楠等人也用担心的眼神看着章雪川。

章雪川暗暗吸了一口气，沉吟片刻，平静地望向父亲，坦然相答："术前判断肝脏损伤程度，并不是就必须要进行下腔静脉转流才能处理损伤的肝脏，还有局部缝合、纱布填塞、大网膜填塞缝合等一系列的方法可以使用。只是该患者是肝外伤中最罕见和最难处理的肝静脉合并肝后段下腔静脉的破裂，此种外伤情况下，进行下腔静脉转流术对患者的损伤也很大，且操作复杂，效果也不够理想，术中死亡率很高。因此，不到没有选择，并不宜采用这种方法。"

章虎臣思索着儿子的回答，默默点头不语。

潘教授和几位专家交流了一下意见，说明陈述和询问环节结束，专家们先行退场，进行闭门讨论，然后作出结论。

"请等一下，我还有一个问题！"方翘楚站起身来。

方翘楚环顾一下众人，将目光牢牢地射向章雪川："我要充分质疑主刀医生当时的情绪和精神状态！"

她认真抛出了沉淀心中已经几日的一个疑问，一个让她万般纠结和伤感的问题："据我观察，主刀医生章雪川是一名刚愎自用、专断独行的人，很多情况下，他就是霸道为王，自以为是，甚至是任性妄为！如果再同时为个人情绪所扰，他的暴戾性格更是表露无遗！那么，我想问，作为一名医生，在自己情绪不稳，感情纠结的状况下，去考虑患者的救治方案，是否会导致所制订的方案有极大的不合理性？如何保证不会做出不理智的判断呢？！"

她的厉声质问让在场的人面面相觑，于家成已经怼上了她："我觉得方翘楚医生的问题带有偏见。当然我们理解你的感情问题，但是你不能在你的提问中，夹带上显而易见的人身攻击！就我个人和章雪川共事多年的体会，他绝不是一个会因为个人情绪影响工作的人，尤其是在手术方面，毕竟人命关天，这点职业道德，是每一个合格医生都具备的！"

在场的章雪川的几位同事也纷纷作证。

秦楠："章雪川教授在手术室里有时脾气是不好，但是一上手术台，他就像换了一个人，精力充沛、神采奕奕、技术精湛、态度认真。我们经常在私底下议论，某人简直就是为了手术台而生的！他把每一台手术，都当成是一场攻坚战役去打！"

杜鹃："我也觉得章教授没有由于情绪影响到工作的时候。他在手术室里有时也因为配合问题，对我们小护士发发火，但是下了台他马上道歉，而且，在我们眼里，手术台上的他，真的像披甲上阵的将军，那种认真和执着，非常动人！"

欧阳巍："在此次格桑手术中，我见证了章雪川和于家成两位副教授的争执过程，作为经常与他们配合的麻醉医生，我可以负责任地讲，完全是学术上的正常争执。于教授在仔细考虑了患者的情况后，选择支持了章教授的主张。"

于家成点头，回头看了一眼方翘楚，继续神情严肃，态度认真地向专家们陈述着自己的观点："我认为在整个病情的判断与处置过程中，章雪川医生所采取的措施与手段均符合各项相关规定，无原则性的错误，诊断正确，处置及时。"

方翘楚瞪着他，又叮问一句："可是谁能界定一个人由于任性而做出的冒险行为是否合理？是否科学和人道？"

于家成看了一眼章雪川，又看看周围的人，沉声道："医学是一门不确定的科学。生与死，只有概率，没有定数。一般来说，风险和收益成正比。很多情形下，医生越是敢冒风险，患者的收益就越大！而且，回看此例，我们的冒险是建立在理性判断和具体情况分析的基础上的，是一件有意义的冒险行为，绝对不是主刀医生章雪川个人的任性而为！"

众人陷入沉思，方翘楚盯着章雪川，看着后者垂首无语，她还想说什么，却被父亲暗示制止了。

潘教授宣布专家们先行退场，进行闭门讨论，然后做出结论并予以公布。

第六章　痛定思痛

萧扬和章雪川貌似是两个性情迥异的军人，此刻却为了同一个令人心痛的逝去的战友，表现出相同的血性和理智。

方翘楚在陶梓的陪伴下，来到盥洗室，她用凉水洗了脸，又注视着镜子前的自己，脸色晦暗憔悴，几无血色。

"翘楚姐，你放下吧！凡事往宽处想，不要再折磨自己了！"陶梓在一旁安慰她，"说句实话，当时在抢救室里，我听到章教授和于教授争论，有关是否手术的问题。其实我也听不明白。后来格桑连长就……我就固执地以为，不该实施那场手术才对！"

女孩努努嘴，小心翼翼地看着方翘楚："可是刚才听到这场辩论，我怎么觉得……也许，手术原没错……因为当时真的可能是……没得选……手术倒是一种积极的措施呢？只是……运气不好……"

方翘楚呆呆地看着好友，情绪仍旧激动不已，"运气不好？一个重伤的人，恰巧遇到难逢一遇的机会，有军医大学医院'一把刀'来亲自实施手术，还算运气不好？"

陶梓认真地看她："可是'一把刀'他也是人啊，不是万能的上帝吧？"

她拉住方翘楚："咱们自己都是学医的，当更能明白这点！其实……翘楚姐，我只想劝你，想开一点，不要再纠结下去，钻牛角尖，这样你永远也走不出这个阴影啊！"

"不可能！"方翘楚倔强地摇摇头，"这个牛角尖我钻定了，我永远都不会原谅章雪川！"

会议室的走廊上，楚正平叫住了萧扬，仔细打量着他，问起他的履历。萧扬以一个下级回答上级的标准军人姿态，回答了军长的提问。

"你是云南文山人？姓萧？"楚正平沉吟着，"你是否认识一个叫萧向荣的人？"

萧扬平静地摇头。

楚正平淡然笑笑："没什么，我随便问问。刚才猛然看到你，我觉得有点像一个人，恰好他也是云南文山人。"

萧扬也赧然一笑，没再说什么，却见方翘楚走了过来。

会议进行下半场，由潘教授宣布专家组研究认定的结果：格桑连长的尸检报告显示，其死因除了全身多发骨折及软组织损伤外，主要是外伤导致的肝脏破裂及肝静脉和肝短静脉损伤所引起的失血性休克。专家们结合尸检报告，以及上午各个知情人、参与者的陈述，经过详细讨论，一致认为，此番针对格桑连长的手术救治，以章雪川为主的救治、抢救小组，诊断正确，处置得当，未发现违反各项相关规定的情节，无原则性的错误，不应当定性为医疗事故，主刀医生章雪川不承担责任。

于家成等人明显松了口气，方翘楚面色凝重，愤愤然地咬紧嘴唇。她看向章雪川，正想看那个狂傲的家伙，如今该是怎样一番得意的状况，不料却遭遇到让她惊讶不已的一幕：

章雪川举起手来，要求发言，第一句话就震惊了全场：

"我觉得，我作为主刀医生，在格桑连长抢救、手术事件上，应该负有过失责任！"

在场的人都注视着他，章雪川镇定自若，冷静地叙说着："我是一名外科医生，以前考虑的，都是如何更好地为患者实施手术，如何提高自己的手术技能。很长一段时间，从回到附属医院那个相对优越的环境时，我几乎忘却了，自己还有一重更重要的身份，那就是，我还是一名军人！"

他把"军人"两字咬得很重。他目光如炬，声音低沉有力："是的，作为一名军医，我们不能只考虑能在窗明几净、条件优越的手术室里，施展自己的才华和技能。我们当想到，我们展开手术的战场，更多的，还可能是边防、海岛，是炮火纷飞的前沿阵地，是条件艰苦卓绝的高原、边疆！那么，我们的体能，我们的体魄，能适应吗？能在这样的困境下，同样展现我们的医疗水平吗？很遗憾的是，我必须说，目前的我，不能……"

他有点沮丧地低下了头，当他再次抬起来时，眼中有晶亮的东西在闪烁，"自从来到高原，我也和很多同志一样，感受到高原反应，还有就是由于平日里缺乏体格锻炼，带来的身体虚弱，精神不济。所以，我认为，我在这几场手术中，个人体力、精神状态都不是最好的！前面有关那例射频针误伤肝脏的纠错病例我们手术成功了，但是格桑的手术我们就失败了！从我个人方面，我必须如实承认，我应该承担相应的责任！从某些方面讲，我真的不能算一个合格的军医！"

他的话说完，周围一片寂静。潘教授站起身来，万分感慨地说了一番结束语：

"人体是复杂的，是一个'黑箱'，一个既不可能完全打开，又不能从外部直接观察其内部状态的十分复杂的系统。同样的方法、同样的药物，有人安然无恙，有人则会出现意外，发生险情，甚至是酿成悲剧，这就是生命的复杂性和医学的风险性！面对复杂多变的病情，医生的决策永远不可能完美无缺。这其中，既有客观因素，也有主观因素。也许所有人都认定，人命关天，医生是一个最不应该出错的职业；但是我们必须承认，人不是万能的神，医生又是一个不可能不出错的职业！很多时候，患者对医生最大的误解，就是把医生当成神！事实上，一名医生，无论他的才华多么出众，他的技术多么精湛，都不能保证自己永远处于最佳状态。如果不允许医生有失误，世界上恐怕就没有医生了。当然，医生的失误也分很多情况，有的是可以原谅的，有的是不可以原谅的。在评判医生的失误时，理应分清原因和性质，不能一概而论。我个人以为，虽然我们通过科学论证，认为章雪川医生在格桑手术失败事件上不应该负相关责任，但是我作为一名老的医务工作者，却要为他刚才那番负责任、有担当的话叫好，喝彩！"

会议室里响起一阵鼓掌声，大家都看着章雪川。于家成等人露出释然的笑容。

会议结束，人们陆续离开，章雪川看到父亲等在那里，似乎有话对自己讲，他走了过去。

章虎臣双目含泪，用劲拍了拍儿子的肩膀，许久，才说了一句："你是我儿子！也是……"

他咽下了后半句，章雪川却心里明白。他的眼泪也滚出眼眶，声音有点哽咽："爸……"

午后的操场上，方翘楚来送即将回军部的父亲，远远看到父亲和章虎臣在车边说话，她没有走上前去。

陶梓出现在她身后，伏在她耳边说出一个自己在医生办公室偷听到的秘密。方翘楚微微一愣："你是说，萧扬刚才约章雪川出去？他们会到哪里去？"

陶梓噘嘴："我哪里知道啊？我就听到萧副连长对章雪川说，借个地方，他有话说。然后章雪川就答应了。"

方翘楚咬唇不语。陶梓却有点着急："你说，他们俩会不会找地儿打架啊？我可是听说这个萧副连长和格桑连长是最好的朋友，他会不会？你昨天是没看到，那些二连的战士们，有多愤怒！他们都认为是章雪川害死了自己的连长！当时萧副连长是制止了他们，但是谁想到他自己却约章医生出去……"

方翘楚沉着脸哼了一声："管他呢！"

陶梓有点担心："我觉得论打架，章雪川肯定不是萧扬的对手！"

方翘楚听到远处传来父亲喊她的声音，她看到章虎臣不知什么时候已经离开了，父亲站在自己的吉普车前向她招手。

方翘楚正要过去，却又回过头嘱咐陶梓："你赶紧去找秦楠护士长，跟她说一下萧扬约章雪川出去的事，让她们赶紧去……"她加上一句解释："我主要是怕萧扬吃亏！"

来到父亲身边同他告别，方翘楚眼圈微红，低头不语。

楚正平怜爱地看着女儿，轻声问："刚才章伯伯在这里，想见一下你，怎么不过来呢？"

方翘楚噘嘴不语。楚正平轻抚女儿的肩膀："我知道你对章雪川还有很大的成见，但是我以为，他应该算一个有担当的人！"

"爸！"方翘楚不满意地跺跺脚，看着父亲，"您怎么也替他说好话？"

楚正平微笑："敢于做别人不敢做的手术，敢于主动承担医疗事故责任，正是担当精神的一种体现。敢担当，有血性，至少说明他是一名合格的军人。"

方翘楚一撇嘴："哼，可是在我眼里，他根本算不上一个好医生，更遑论好军医！"

"好吧，我不和你争辩了，你这个倔强的丫头！"楚正平喟叹着转移了话题，"既然这次你执意不跟我回家，也就算了。反正那边也在搬家，等一切安顿下来，你再回来也好！不过，楚楚啊，"

他搂过女儿的肩膀："振作起来，好好工作，好好生活，一切都要向前看！莫要纠结在往事中不能自拔。你一直是一个坚强的有主见的孩子，爸相信你，能调整好自己的情绪，度过这道坎儿！"

"爸，我尽力吧……"方翘楚眼眶又蓄满了泪水。父女二人依依惜别。

此刻院外的小河边，萧扬正和章雪川怒目相对。

萧扬开诚布公地亮明了自己的观点，不管医学专家如何鉴定，我知道的是，我最好的朋友，最崇敬的上级搭档，格桑，是死在了你章雪川的手上，所以，我必须要个说法！

章雪川静静地听着，一言不发。

"你知道死在你手上的这名军人，他是怎样一个人吗？"萧扬眼中冒火，几乎是低吼着向章雪川讲述了格桑的事迹。

这位二十八岁的藏族连长，是一名优秀的工程兵基层指挥员。他当年考入工程兵学院，成为他们康巴村第一名藏族大学生。他天资聪颖，勤奋好学，业务精湛，动手能力极强，是集团军有名的"全能连长"，对工程兵八大专业都多有涉猎并精通。在全军大比武中，他荣获"金牌参谋""精武连长"的光荣称号。他还多次参加抗震救灾、排除险情任务，几次负伤，数次立功，是集团军有名的英雄连长。

"对于我们二连的全体战士来说，他当真是如父如兄……"萧扬回忆起自己的挚友，泪水笼罩上眼眶。他想起格桑的音容笑貌，言谈举止，更加心痛难忍。

当年萧扬从军校毕业分到二连任副连长，总觉得自己难以和战士们沟通，像是有一层隔膜。和他同岁的格桑就像大哥一样，将自身的经验分享给他。格桑说过，他刚到连队时，也有学生官的味道，和战士们有些距离。但是他决心改变一切，从说战士说的话，干战士干的活开始做起。萧扬看到格桑从来在战士们面前没有连队主官的架子，他一有空就扎到班排和战士谈心交朋友，教战士们弹吉他，和战士下棋比高低；训练场上和战士一样摸爬滚打，课后和他们一起有说有笑。劳动中，他比谁都积极，军容风纪比谁都严整。穿的是和战士们一样的解放鞋，留的是标准的"战士头"。所有战士都爱戴自己的连长，把他当大哥，有什么心里话都想跟连长唠唠，找对象也要请他给参谋参谋。官兵关系融洽了，连队的士气日益高涨起来。团里组织军容风纪和内务卫生评比，二连次次夺冠；在全团的军体运动会中，官兵互相配合，团结协作，几乎囊括了十八个项目的所有第一。

章雪川默默听着，没有说话，他的心紧紧蜷缩在一起。他的眼前，是和格桑短短相交的那几个小时。尤其是在泥石流袭来的危急关头，格桑狠狠推自己过河的那一掌，让他至今难以忘怀。泪水也悄悄地爬上他的眼际。

萧扬狠狠地发泄过自己的情绪后，他走到章雪川面前，举起手，攥成了拳头。

章雪川抬眼看着他，神情坦然，毫无畏惧之色。

"你伤了我最好的兄弟，我恨不得……"他挥拳打了过去，没有打向章雪川，却打在了章雪川身后的柳树上。这一拳打得够狠，血珠窜出，他的手一片殷红。

萧扬痛苦地冲章雪川吼道："如果我不是一名军人，这一拳，我一定会打在你身上！"

章雪川的身体，没有被萧扬这一拳击中，但是他的心，却在暗暗滴血。击中他心脏的，不仅仅是萧扬这一拳，而是格桑那生死关头，奋力的一推！那一掌，永刻心头，该让他章雪川用什么来报答，来偿还呢？

想到此处，章雪川痛不欲生，他突然间狠狠地将自己的额头撞向柳树，血珠很快在他的额头上渗出。

这一撞却让萧扬惊呆了，他愣愣地看着眼前人，却见章雪川淡淡地吐出一句话："如果不是一名军人，此刻我也不会站在你面前。"

当秦楠和杜鹃跑过来时，就看到挂彩的两人，萧扬的手鲜血模糊，而章雪川的额头带伤，在向外渗着血。

"天呐！你们真的打架了？"杜鹃尖声呼叫，却被章雪川冷言制止。

"别瞎嚷嚷！跟你们没任何关系！都去干正经事！"

换药室里，秦楠仔细地为章雪川消毒伤口，又贴上纱布。杜鹃跑来相告，一名因车祸导致脾破裂的伤员被送过来。

手术室外，章雪川平静地洗消，换手术衣。于家成看着他："行吗？"

"什么行不行？如今我恢复了手术资格，你说我行不行？"他白了于家成一眼，进了手术室。

方翘楚在为萧扬包扎受伤的手，嘴里怨念着："我认识的萧扬，从来都不是鲁莽的人呀，怎么你今天……"

萧扬表情有点刻板淡漠，他沉默片刻，才接话道："眼前的方翘楚，也不是我曾经认识的你……"

"你什么意思？"方翘楚一扬眉，瞪着他，突然间意识到什么，又垂下眼帘。她的解释语言有点艰涩和尴尬，"你是说我隐瞒身世的事吧？我以为，你能理解我……"

萧扬用询问的目光看她，方翘楚语气幽幽："我以为，除了格桑以外，你就是最了解我的人。在这个集团军中，我不愿意成为特殊的'这一个'！我不愿意工作、生活在别人瞩目和审视的眼光中。如今使我感到后悔和遗憾的是，我永远没有机会对格桑坦白这一切了！我的善意谎言，却留下了终身的欺瞒！我对不起他……"

伤感而痛楚的潮水再次淹没了她，萧扬敏感地捕捉到了，就忙缴械，反而柔声安慰她："对不起，小楚！我不该说那样一句话……格桑不会埋怨你的，你知道的，他一向就是个大大咧咧，豁达有爱的康巴男孩，他的心胸就像草原一样宽广！而且，你说的没错，我……也理解你！"

方翘楚含泪微笑："谢谢你，萧扬，谢谢你的安慰！我知道你会懂我！你一直就是我最棒的蓝颜知己！"

她这番直言无讳的话让萧扬心头一阵苦涩，他咧咧嘴。

又一个傍晚来临，方翘楚来到工兵二连，在格桑的宿舍收捡他的遗物。

一切都是熟悉的环境、物件，但是斯人已去，这里就失去了往日的温度。方翘楚默默看着桌子上放着的那个相框，里面是自己的一张照片，蓝天白云下的草原，自己笑的没心没肺的，嘴大张着，牙齿全露出来。方翘楚一直不满意这张照片，但是格桑喜欢，起了个"山花烂漫"的名头，装进相框，摆在自己每天能看得到的地方。

看着像片，方翘楚想起一件事来。她取下相框的底版，自己这张照片后面，还夹着一张，是格桑的相片。两张照片拍于同一个时间，同一个地点，连两个人的着装都一样，都是绿色军裤，豆绿色军衬衣。格桑在照片上也笑得很开心，眉眼都弯弯起来。

当时他们曾约好，将两张照片分别放在两个相框中，各自珍藏彼此的那一帧。格桑照样做了，方翘楚却变卦了。她不好意思公然将男友的照片放在自己宿舍的桌子上，那时他们的恋情还没有完全公开，她不想被医院的人议论。

于是，她将自己的那个相框收起来，又将格桑的照片也带到这里，夹在自己的照片底下。

"你知道吗？把你的照片，放在我的照片底下，这等于是，把你藏在了我心里！"女孩当时这样对男孩诡辩道，还对自己突然闪现的小灵感而自鸣得意。格桑听了自然也是开心不已。

此刻，方翘楚回忆着往事，禁不住泪流满面。她将相框里的两张照片调换了位置，格桑的在上面，她的在下面，一起放在相框里。

"如今，是你永远藏在我心里了，我把你带回去，大大方方地放在我那里，这样我每天就能看到你了……"

方翘楚捧着相框掉了一会泪，才将相框收到自己带来的包里，又拉开抽屉，收拾着东西。

一本病历本映入眼帘，她的心又怦地跳动起来，翻开病历本，如烟往事再次袭上心头。

这本病历本是他们结识的证据。那年，方翘楚刚来到军分区医院工作，她很快发现，经常有某工兵团的战士们来找她看病。这种事多了，方翘楚看出了蹊跷，很多士兵们都是没病装病，来她这里借机说几句话的。她又从陶梓那里得知，这些小士兵们来自某工兵团二连，他们还偷偷给她起了个"神仙姐姐"的外号。

方翘楚好笑又难为情。她说想找机会，去会一下这个二连连长，质问他是如何带兵的，竟然带出一群爱装伤号的兵。

没想到机会很快来临。二连连长某天也满脸愁容地来看病，根据他的描述，方翘楚诊断他是腰肌劳损，需要定期做理疗。她注意到这个年轻的连长名字很特别，叫"格桑"，就猜测他是藏族人，一问果然如此，方翘楚心里先乐了一下。

那时她刚从军医大学毕业，来到藏区，为了能更好地和藏民患者交流，她很想学习藏语。谁想到她方翘楚正在闹瞌睡，上天就给她送来一个"格桑牌"枕头。她向年轻的连长提出这个请求，没想到他脸腾地红了，接着是咧嘴一笑，满口白牙晃人眼。方翘楚突然间心中疑窦暗生，怎么品味都像着了人家道儿的意味。

后来，某次学完藏语，方翘楚为格桑检查腰部伤痛情况，她左按按，右敲敲，根据他的反应，心里明白了什么。恰逢陶梓等几个小护士向她请教"腰肌劳损"的诊断治疗问题，方翘楚就让格桑趴下，她现场讲解，绘声绘色，临了，她笑着加了一句："该病症，也是装病者的最佳借口！"一句话让格桑闹了个大红脸。

再后来，两人就逐渐进入到一段非常微妙的时期。男儿钟情，女儿怀春，一个是风华正茂、年轻俊朗的连长，一个是俏丽活泼、性情爽朗的军医，两个妙龄人儿，一对痴情种子，就在青藏高原的蓝天白云、青青草场上，燃烧起熊熊热烈的爱情之火。草场演马，河边徜徉，这里的山山水水，都留下了他们并肩双行的影子。

格桑把第一次和方翘楚见面时，她给自己写的病历本珍藏密敛起来，认为这是两人宝贵的爱情开端之信物。

其实当时方翘楚还有一个狂热的追求者，那就是格桑的好友，他手下的副连长萧扬。萧扬和方翘楚的相识还在格桑认识方翘楚之前，也源于一次偶然事件。

方翘楚某次探亲回来，在长途汽车上，因为钱包被盗，车票证件都丢失了。她当时穿着便装，也不好意思说明自己的军人身份，正在为难中，一个青年主动上前为她补了票。

两人在车上聊了一路。方翘楚被青年阳光开朗的气质所感染，聊得非常愉快。到了藏区下车时，他们才发现彼此的军人身份。萧扬也是探亲回来，有此巧遇。两人从此相识，有过几次交往后，萧扬暗恋上女孩，他叫她"小楚"，她乐呵呵地答应着。但是方翘楚其实是个性情爽朗、天真烂漫的女孩。她喜欢萧扬的活泼个性，认他为自己的异性好友，在她的眼里，这些无关乎爱情。

不久遇到格桑，方翘楚的爱情之花才绚烂开放。萧扬是一名无人机爱好者，一次借自己设计制作的无人机"云雀"，悄悄给方翘楚传送情书，却不想阴差阳错地落入格桑的手里，三人这才挑明了这层相识关系。

萧扬也是一个豁达开朗的性情中人，他和格桑是惺惺相惜的铁哥们。当得知格桑和方翘楚产生了恋情，就毅然退出了这场爱情角逐。

此时，看着这本旧病历本，方翘楚回忆起自己和格桑的相识、相爱的经历，禁不住肝肠寸断，泪流满面。

她伏在桌子上哭泣了一会儿，才强打起精神，继续收捡格桑的遗物。抬眼看到床头挂着的那把吉他，又让她的心扉瞬间演奏起往日浪漫的乐章。

格桑是一个吉他好手，他的嗓子也很好，洪亮深远。他最喜欢边弹边唱。在他的引领下，方翘楚了解到一位藏民非常崇拜的诗人——仓央嘉措。他的诗歌灵动唯美，能拨动人心中最柔软的那根弦。格桑经常弹奏着吉他，为方翘楚演唱仓央嘉措的情歌。

心底重新唱响着往日的乐曲，方翘楚又想起令她终生难忘，却又心碎神伤的那一幕：格桑花海里，恋人格桑弹着吉他，唱着情歌；那个在花海中深情的一吻；还有在藏民的见证下，那场浪漫的求婚仪式，那串没来得及挂到自己脖子上的天珠……

往事如烟，不堪回首，却也永难忘却。方翘楚就在回忆的泪光中，看到夜色渐渐包围了四周。在这间差一点就成为自己婚房的宿舍里，灯光是暖黄色的，方翘楚的心底，眼下却失去了温暖的颜色。她觉得自己的心河，就在此刻上了冰封，变得不再流动了。

当方翘楚调整好情绪，背起格桑留下的吉他，走出宿舍的时候，发现门外竟然人影憧憧。仔细看去，却是二连的战士们，他们站成两列，在她面前形成一个送别的路径。

排头在前的是萧扬。他抬起右手，拧亮了一个手电筒，照向方翘楚的脚下。跟在他身后的战士们纷纷打开他们手里的电筒，射向地面，用光亮为方翘楚铺成了一条道路。

方翘楚眼含泪水，在二连战士们的温情之光中，走过这条小路。

第七章　陈世美说

　　此时的章雪川职场情场双失意，还莫名其妙地戴上了一顶"当代陈世美"的帽子。

　　三天后，格桑追悼会以及安葬仪式在烈士陵园举行。这是位于藏区的一处幽静的陵园，肃穆庄严。工程兵团的战士们都军装整齐地列队送别英雄连长。在参加仪式的人中，竟然发现了章雪川的身影，这是方翘楚没有想到的。

　　很多人都觉得章雪川不适合出现在这个场合，毕竟二连战士们看到他的激愤眼神，就如刀似戟，令人难以承受。

　　其实章雪川身边的人，也极力反对他参加这个仪式。首先是于家成对他瞪大了眼睛："你疯了？你没看到那些兵们对你愤恨的眼神？他们认为你害死了他们最崇拜的连长！"

　　军分区医院领导劝阻不成，竟然对他板起脸来："章雪川教授，我现在想对你下一道军令，禁止你去追悼会现场！"

　　所有人都没能阻拦成功，最后是即将随专家组离开高原的父亲章虎臣站在了儿子身后。

　　不过是两天没刮胡须，儿子看上去憔悴不堪，一副落魄失神的样子。他脱去了白大衣，一身军装肃穆整齐，连风纪扣都严谨地系着，这在章虎臣看来，是另一个不熟悉的章雪川。

　　"小川，我理解你的心情。但是不是作为父亲，而是作为一名老外科医生，我想提醒你注意一个重要的问题：切莫把本不该自己背负的重担勉强担在肩上！你要明白，只有抛开一切杂念，轻装上阵，我们才可能继续握紧手术刀，否则……"

"爸，您别说了，我都明白！也许这就是我的宿命，我注定要承受这一切！"章雪川扔下这句话，毅然启程。

此刻，章雪川无视周遭冷峻逼人的目光，他默默地跟在队伍的最后，安静地经历了整个仪式的过程。

最后，他在新矗立的墓碑前，庄严地敬了一个标准的军礼，转身离去。

就在那一瞬间，他记住了站在墓前的方翘楚冷漠怨恨的目光。

回到 B 市家中的楚正平心里也很不平静，他惦记着刚刚经历了情殇的女儿。

这个新家也算是楚正平最后的安身之所。常年在野战军任职，他的家东搬西迁，总没个定所。他现任妻子何瑶是一名部队文工团编舞，今年五十出头，准备退休了，这才算是最后在 B 市安顿下来。

楚正平到家时，家中一切已经收拾利索。餐桌上摆了几盘精致家常菜肴，儿子楚临风当他进门时，就在他身后寻找，当得知父亲是单身回家，并没有带回姐姐方翘楚时，楚临风顿时噘嘴吊脸，埋怨起自己的老爸，竟然狠心将刚刚失去恋人的姐姐扔在了高原上。

妻子何瑶也责怪丈夫没有接回女儿。虽然方翘楚并不是何瑶的亲生女儿，但是几乎是何瑶一手带大的孩子，母女感情深厚。此刻何瑶絮絮叨叨责怪丈夫心大，怎能将陷入如此困境的女儿独自留在外地。

楚临风不堪母亲的唠叨，随便扒拉了几口饭，就回屋去玩自己的电脑去了。他今年二十二岁，已经是一名电竞高手，多次参加比赛，获得奖项。但是在父母眼里，他还是一个长不大、玩不够的没正形儿的孩子。

餐厅就剩下老夫妻二人，楚正平忍不住叹息，说起女儿的倔强脾气，何瑶也不满意。她也是最近从 G 集团军某些干部那里听说了格桑牺牲事件后，才了解到继女翘楚和格桑的曾经恋情。此刻她埋怨丈夫只顾工作，不关心家人，独留女儿在那样偏远的地方。又趁机提出自己的建议：她已经通过关系，准备安排方翘楚回内地，到位于 B 市相邻的 C 市军医大学学习，那里原本就是方翘楚的母校。何瑶希望继女能重新回炉，先到军医大学附属医院实习一段时间，继而考入研究生，从此留在内地工作，不要再回高原了。

听了妻子自以为是的计划，楚正平唯有苦笑摇头。

"楚楚那丫头要是个能被驯服的孩子，当年就不会不顾你的反对，执意上高原工作了！现在，她就能听你的安排了吗？"

"哼！那还不是你没原则惯孩子？当年你们父女俩串通好，楚楚一毕业，就直接上了高原，都没征求我的意见！现在好了吧，让女儿在高原苦苦坚持，如今又为一段莫名其妙的恋情，心碎神伤！你倒好忍心？"

"你这叫什么话？怎么把孩子的一段美好初恋，说成是什么'莫名其妙'的恋情？何况其中还夹杂着一位烈士的情感？你说这话，真不像是一名军人！还是一名老兵！"

"好好好，算我说得不厚道！但是我的意思绝对没错！楚楚在高原上工作几年也就罢了，毕竟我理解，她有怀念自己早逝生母的情结！但是关于她找对象的事，我绝对不同意她在高原上解决！她的这段初恋多危险啊？事先根本就没和你我说，估计是想来个先斩后奏吧，没想到，却是一出悲剧！但是如果她再次考虑自己的终身大事，我们就该为她好好把关了！在高原上找对象，这根本就不现实嘛！咱们家的姑娘，总不能在那样落后的边疆生根开花，开枝散叶吧？"

"你这话更没有境界了！咱们是什么家庭？不就是革命军人家庭吗？革命军人家庭的孩子，为什么就不能扎根在高原边疆？"

"你境界高？我看是你心肠硬！自己在高原干了一辈子了，还想搭上女儿的一世幸福！天下哪有你这样狠心的父亲！"

"越说越不成话了！何瑶，你这人的思想境界，怎么总也提不高呢？"

老两口如此这般的拌嘴模式也是家常便饭了，楚临风忍不住冲出来打断他们："你们这样议论我姐的前程、婚姻大事，真的好吗？要知道，如今是新世纪了，咱人类都快要到月球上去谈情说爱了，你们为什么还要抱残守缺，继续当旧时代的僵尸型代言人呢？"

"混账小子！说什么呢？"

"臭小子，你跟我成日贫嘴贫舌也就罢了，如今都敢惹你爸了？"

对付顽劣不羁的儿子，老两口倒每次都是步调一致。他们不知道，这其实是楚临风同学的独家绝技，牺牲自己，平息父母争吵。

留在雪域高原上的方翘楚此刻不会知道父母亲为自己的事在烦心。她已经重新回到看似平静的生活中。说是看似平静，只为表面上她依旧干着跟过去一样的工作，看病、开处方、查房，受军分区医院条件所限，这里很少进行手术，她也因此难遇再上手术台的机会。干这些日常工作时，她的状态是平静无波的，但是她的内心，却无论如何也回不到过去了。她没事的时候经常发呆，格桑事件给她在情感上造成了不可磨灭的伤害，但是在另一方面，也促成了她的思考，那就是，如何能成为一名医术精湛的外科医生，在手术台上，挽救像格桑这样的伤员？

她发现日常接诊的病人中，又出现那些可爱的兵的影子。那些工程兵战士们像是又扎堆来看病了，尤其是二连的战士们，会带着奇奇怪怪的"小病"来找她开药，和她说几句话，讲点笑话逗她开心。她的直觉告诉她这是萧扬安排的，让这些可爱的战士们，给处在寂寞伤感中的她，送上一份份心暖的慰藉。但是奇怪的是，萧扬自己却不出现了。作为知己好友，以前即便是退出了三人角逐的情场后，他也会经常来看望她。可如今，明知道眼下是她方翘楚最需要友情慰藉的时刻，他却失去了踪影。方翘楚心里既纠结又怨念。

又是一个周末，方翘楚一如既往地背起药箱，到藏民家巡诊。她看到了达珍和多吉的新生儿子，那个在几番险情中幸运地保住了性命的可爱男孩。他正躺在母亲达珍怀里吃奶，胖乎乎的小脸十分可爱。达珍对方翘楚提到了格桑的救命之恩，流着泪说，他们决定把这个孩子命名为"格桑"。

方翘楚在回营区的路上，发现一个人影若离若即地总跟着自己，她最后用小伎俩抓了现行，竟然是萧扬！原来萧扬不放心处于忧伤情绪下的方翘楚，所以在她巡诊时，总在暗地里跟随着她。

两人到集市上吃晚餐。在路边的烤串摊上，方翘楚不顾萧扬的劝阻，一口气喝下整整一瓶的啤酒。毫无酒量的她，面红耳赤地醉了，借着酒劲，她哭出了声。

"难道因为我是军长的女儿，就连最铁的朋友，都要从此失去了吗？！"方翘楚质问萧扬，她扬起满面泪容的脸，恨恨地怼他。

萧扬一直低头不作声，当他听到这句痛心疾首的责问，他的感情堤岸也瞬间崩塌，他和方翘楚相拥在一起，狠狠地哭了一场。

好在两人都穿着便装，倒没太引人注意。方翘楚伏在萧扬的肩头，边泣边诉，鼻涕眼泪糊了萧扬一肩。

"萧扬，你是格桑最好的哥们，也是我方翘楚的铁杆知己！哦，更时髦的说法，是……蓝颜知己！你一辈子都不可以逃开，不能不认我这个朋友！"

方翘楚扬起微红的脸，认真地看萧扬。萧扬无限怜惜地回望女孩，为她的憔悴心碎，也为她的无助而伤感。他也格外真诚地向她承诺："我答应你，小楚！做你的蓝颜知己，不管何时何地，当你最需要帮助的时候，我一定会出现在你面前！"

三个月很快过去，医疗队即将离开高原。章雪川和于家成又专门去爬了上次登过的那座山，摄下了许多美丽的风景，这一份难忘的记忆，他们都想带回内地。

章雪川还悄悄去格桑墓前告别。面对石碑，他暗暗对故人许了一个心愿：有机会的话，我一定会再来！我想让更多像你这样的优秀军人，不要再失去生命！

抱着同样心愿的方翘楚，也即将暂时改变自己的一段人生轨迹。她突然接受了继母的建议，准备到军医大学附属医院进修学习。她想提高自己的医疗水平。这不是现在才有的心愿和梦想，却是在经历了格桑事件后，更加坚定、更加迫切想达到的一个信念。

她的顺从让何瑶惊喜交加，握着电话的手都激动得颤抖起来。丈夫楚正平已经返回集团军，家里只有儿子楚临风。何瑶用自己带有文艺工作者强烈特征的形体动作和腔调，对儿子炫耀了自己的非凡业绩——倔强丫头方翘楚竟然答应回内地了！

楚临风盛赞母亲能力突出，业绩喜人。第一次带着真诚的笑容夸张地对她进行了口头表扬，还说要给她狂点 10086 个赞。从来没被自己儿子如此夸奖过的何瑶脸上顿时堆满桃花。

进修时间定在一个月后，方翘楚开始准备工作。她和萧扬一起去看望了格桑，又将那把吉他留给了萧扬。

"请你暂时代替我陪伴好他，"方翘楚看着手里的那个相框，格桑仍然在照片上生动地笑着，"我总会回来的！"她的神色平静但是目光坚定，萧扬郑重地点头。

方翘楚准备带走格桑的一些印记，这张照片，还有两个爱情信物，子弹壳做的"一箭穿心"和那串天珠。

她认定自己肯定会再次回到雪域高原，因为她的爱情和理想都已经悄悄埋在这里。

走的那天，送行人很多，除了军分区医院的领导和医护人员，还有闻讯赶来的藏民朋友。很多脸是方翘楚熟悉的，还有一些她很陌生。

陶梓搂住方翘楚呜咽："你这匹马，肯定会在那座高等学府的大医院里变身为千里马的，那边的天地更宽广，你任意潇洒驰骋吧！可是别忘了我们……"

方翘楚笑着纠正她："千里马的家肯定在草原啊，我的家，也永远在这里！"

方翘楚看到那天的天很蓝，像水洗过一般明净，这抹沁人心脾的蓝和远处草原的绿映衬着，就形成她最爱的一幅图画——美丽的天和地，美丽的人和物，当然，还有美丽的情感和心愿。

格桑事件改变了许多人，除了方翘楚，就要算主要当事人的章雪川了。

回到内地的章雪川遭遇了一连串倒霉事情，恋人冯璇绝交而去，申报的正高职称也泡了汤。格桑手术失败案例虽然有了科学认定，但是由于造成了一定的影响，在附属医院还是传得沸沸扬扬的。

章雪川的形象却突然有所改观，他变得爱穿军装了。白大褂领口上露出的军衬衣，下身的军裤，都让熟悉他的人惊讶。他却是一副毫不在意的神情，没有主动向任何人解释。遇到有人玩笑相问，他就反诘一句："作为军人，穿军装不对吗？"他还会故意板起脸，告诫这些"不怀好意"的提问者："你的军装呢？赶紧回去穿上！是军人就该有军人样儿！"

他的故作正经或者说半真半假的神态有效回击了许多"袭击者"。大家发现章雪川还是原来那个章雪川，穿上军装的章雪川，和往昔潮服加身的他没什么两样，一样的聪慧机智，诙谐幽默，放荡不羁，嬉笑怒骂随心所欲。

但是这样的小诙谐、小幽默只适用于同龄人，对自己家里的亲人或者长辈有时就不奏效了。章雪川目前的困境分明就是来自各式各样的亲人、长辈。

首先他遭遇了恋人冯璇的母亲韩萍的围追堵截和激烈呛声。

章家和冯家是世交。冯璇的父亲冯有柱也是军医大学附属医院一名内科教授，和章虎臣是老交情。冯璇的母亲韩萍和章母夏静波关系更近，她们是老医科大学的校友，夏静波是妇产科教授，韩萍是检验科高级技师。两人还是知心闺蜜，无话不谈的好友。

章家和冯家曾是邻居，自然结成通家之好，两家的小孩从小一起长大，章家最小的儿子雪川和冯家最小的女儿冯璇从幼儿园起就是同学，一路小学、中学到大学，青梅竹马般长大，似乎自然而然成为一对恋人。后来两人从军医大学毕业后，又双双赴美国读了硕士、博士，此间两人产生分歧，冯璇一心留在美国发展，决定放弃军籍，但章雪川却执意回国，两人间的感情就此产生裂痕，而且愈来愈大。

前次冯璇回来办手续，准备定居美国，她再次强烈相劝章雪川和自己同行，却遭到章雪川的拒绝，为逃避冯璇的咄咄相逼，章雪川没和她打招呼就参加医疗队上了高原。冯璇多次致电苦劝无果，自己只好只身赴美。走前她给章雪川留下一封绝交信，但是却写得悲切伤感，唏嘘缠绵。

章、冯这段恋情至此算是结束，但是两家家长却心有戚戚，万般遗憾。尤其是韩萍，一向喜欢雪川，把他当儿子看待，对此事更是反应激烈。她看到女儿伤情无限，心痛难忍，就认定是章雪川的无情，才造成今日之局面。所以当章雪川回到医院后，她就多次想找他理论一番，为女儿讨说法。但是章雪川似乎总在躲着她、回避她，经她几番跟踪打听，好不容易在一个周末，把他堵在了回父母家的小路上。

"韩娘！"章雪川笑着招呼韩萍。因母亲夏静波和韩萍都是四川人，从小最被韩萍宠爱的章雪川对她的称呼自是比阿姨更亲切的"娘"一字。

韩萍冷着脸哼了一声，抓住章雪川的手，不由分说地把他拉回了自己家中。

章雪川只好拿出十二万分的耐心，忍受了韩萍将近四十分钟的忆苦思甜外加血泪控诉。老太太从"想当年"起头，将章雪川穿开裆裤，吃奶瓶的往事都扒了出来，从韩、冯两家的通家之谊讲起，千言万语，旨在阐明一个主题，那就是"章冯恋"，那是骨肉之情，袍泽之谊，一衣带水，血脉相连的青梅竹马式的美好童话，但是由于"无情小子"（韩萍眼下对章雪川的标准称谓）的白眼狼外加陈世美行径，完全不幸地破坏了安定团结、和谐美满的大好局面，筑成眼下孔雀东南飞，凄凄楚楚的悲情世界。

章雪川默默听着，不时还要瞅准机会尴尬万分地送上一个羞愧加讨好的笑颜，但是从"韩娘"嘴里滔滔不绝，奔涌而出的"陈世美"这个不那么入耳的特定词汇，让他骨鲠在喉，不吐不快了。

"韩娘，您怎么责骂我，我都没所谓，我和小璇的事，肯定有我的很多不是……但是，您这陈世美的称谓我可不能认同！人家陈世美和秦香莲不但结了婚，还有了两个娃，我和冯璇并没有步入婚姻殿堂，怎么好如此打比呢？"

"噢？照你的意思，没结婚，就能随心所欲，对一个姑娘家，想好就好，想扔就扔？可以无情无义，做没良心的白眼狼了？小川，你说你挺聪明的娃娃，我打小最看好你，才把我们冯家最小最优秀的丫头许配给你，谁知道你却毫不珍惜，拿着珍珠当鱼眼睛了？"

韩萍很是气愤，指着章雪川准备继续忆苦思甜："想当年，你和我们家小璇，从小学起，一个是班长，一个是学习委员，郎才女貌……"

"韩娘，韩娘！"她的话被章雪川拦住，他拉她坐下，"您别总提当年了，我们现在都多大了？各人都有各人的想法和发展规划吧？我和小璇相处了那么久，大家对感情的问题，也做过很多认真分析，觉得在某些原则问题上，是难以相互妥协的。"

他吸了一口气，尽量用柔和平静的语调劝慰着眼前的长辈："小璇有她的理想，我有我的追求，我们如今真的难以继续这段感情了。我也遗憾，但是很无奈。我们都是现代人，没必要勉强自己，更不会为难别人，所以，选择彼此放手，也是必然的……"

"不就是去不去美国吗？"韩萍急急地打断他，"其实小璇从小心气高，她的选择，一般我都不拦着！你是不是没有很好地理解她的意图，其实你们俩一起去美国发展，也没什么不好的，你看咱们医院里，哪家孩子不出国？定居在外国的也不在少数！"

她看看章雪川，放缓口气："小川，韩娘知道小璇对你的感情是很深很深的，我相信，你对她，也是如此！那么，小子，你为什么那么倔呢？你就不会想想手腕？"她凑到章雪川面前，压低声音，"你不会先答应她，随她出去一段时间？反正咱们医院里，像你们科，你这样的，有的是去美国进修的机会！你动点心计啊，先答应她，跟她过去，然后再伺机好好感化她，让她改变主意，和你将来一起回国发展，不就得了？哼，其实我和你冯叔叔，也希望你们将来都能留在我们身边生活呢！"

章雪川简直被弄得啼笑皆非了："人各有志，我们这代人，爱情应该是直接明快的，合则聚，不合则分，真的没有那么多枝枝蔓蔓的，更遑论什么宫心计和爱情阴谋论了……"

韩萍盯着他："什么阴谋阳谋？我看就是你小子变心了吧？不喜欢我们小璇了？你又看上谁家丫头了？"

"韩娘！我求您了，饶了我吧，我真没您想的那样复杂！好吧，我这样告诉您，只要小璇还单着，我就决不先找对象，独身一人，了此残生！这样您该放心了？也开心了？"章雪川只能继续采用嬉皮笑脸的手段打发这位难缠的前任"准丈母娘"。

"哼！小川啊，你小子从小就鬼灵精！坏点子特别多，一张嘴抹了蜜一般就会哄人！你们全家从你爹妈起，到你哥你姐，都宠着你，直到把你宠成如今这样一个无法无天，没心没肺的坏小子！"韩萍又气又笑，却也拿眼前这个"坏小子"毫无办法，就直接用上自己的杀手锏，"我不和你说了，我去你家找你妈理论去！我让她来主持公道，说说你和小璇的事究竟该怎么办？"

"哎呦韩娘，您可别！"坏小子果然中招，"我和小璇的事，我们自己再沟通，您别去招我妈了！您知道的，我妈也坚决反对我们分手的，她一直对此事很伤心，她的心脏又不好……"

韩萍抿着嘴点头："还算你小子有良心，知道心疼你妈！但是在爱情方面，你怎么那么狠心呢？我家小璇上次可是哭着走的呢！"

好说歹说，章雪川才摆平了这个难缠的老太太，回到父母家中。

一楼饭厅的餐桌上，已经摆满了菜肴。章雪川和在客厅看报纸的父亲打过招呼，准备回二楼自己房间，路过一楼过道的厨房时，听到里面传来谈话声，主题显然是他这个章家老三。

"妈，您说咱们家老三正高职称泡汤的事，是不是和他在藏区遇到的那场失败的手术有关啊？虽然没咱们小川什么责任，但是究竟死了人！而且听说是家属揪着不放，非要定咱老三一个医疗事故才罢休！"这是大嫂柳迪的声音。

母亲夏静波长叹一声，没有说话。

柳迪是个快言快语的人，心里有事绝对是憋不住的："唉，算咱家老三倒霉，为什么非要去参加什么援藏医疗队，这不是节外生枝吗？这可倒好，几乎是要到手的正高职称没了，还弄得和冯璇也吹了，简直是……"

"职场、情场双失意！"插话的是柳迪的儿子，章雪川的侄子章远泽。这小子今年25岁，是一个才从军校毕业，到空军某部任职的年轻人。他打断母亲的话，对自己的小叔表示了深切同情，"我说的没错吧？我小叔如今就是职场、情场都惨遭滑铁卢！我看咱们必须留心章雪川同志的心理问题了！你们没发现他近来回家话少了，而且神情严肃。他不会想不开吧？"

"臭小子别胡说！"夏静波不满地打断孙子的话，但是语气里却充满忧虑，还是认同了孙子的判断，"远泽你有空多找你小叔聊聊天，陪他下下棋，玩玩扑克什么的，多哄他开心哦！"

"哎呦奶奶您简直是老土了！这个年代，谁下棋玩扑克呀？都在打电玩游戏呢！"章远泽嚷嚷着，"可是我不成，我玩这个不在行，和我小叔也没多少共同语言，您找清朵吧，她可是我小叔的忘年知音！"他说到的清朵，是章雪川的二姐章雪原和欧阳巍的独生女儿。

章雪川满耳朵装满亲人的担忧和关切，上楼回到自己屋里发呆。

晚餐时分，章家老二雪原一家三口也回来了。一家人围桌吃饭。大哥章雪峰担任着空军学院的领导，周末也值班，没有回来。

虽然夏静波和柳迪母子商量好了，饭桌上不能提章雪川的事，以免他烦心，但是二姐章雪原可是个性子直，又敢说敢做的人。她担任附属医院护理部主任，中校军衔，是院常委之一，位高权重，在工作中是大刀阔斧，所向披靡的女汉子，在家庭生活中也很强势。丈夫欧阳巍是江浙人，斯文儒雅，性格平和，加上工作忙，很少能夫妻交流，女儿欧阳清朵今年十七岁，高三学生，压力大，对强势又霸道的母亲也是躲着走。章雪原雷厉风行的作风，在哪里都能刮起旋风，以自己的超强气场震慑周遭。

回到娘家的章雪原更是口没遮拦，对小弟的关爱也让她如今忧心忡忡，肚子里早憋了一大堆训诫语准备出击。她言辞犀利地指责弟弟不该和冯璇分手，认为他如今事业上遭受了挫折，正好应该考虑冯璇的建议，出国去深造。这叫天无绝人之路，坏事变好事！现在他倒好，一心别扭，不但气跑了自己的女友，该到手的正高职称资格又飞了，全成了笑话摆在那里让人评说了！

她喋喋不休，对方却不发一言沉默相对。夏静波和欧阳巍多次暗示章雪原别再说下去，但是章雪原一向是勇往直前的女将风范，岂肯不攻城略地就鸣锣收兵？最后她撂出的一句话终于憋出了个结果，却是让大家都不开心的结果。

"老三，我警告你，你别遇到点小事就萎靡不振，拿这种消极态度来对待自己的婚姻大事！你和冯璇青梅竹马，情投意合，好了那么多年了，临了你说和人家分手就分手了，真没良心！难怪人家在说你是当代陈世美呢！"

这个最近经常灌入耳中的熟悉"称谓"让一直沉默不语的章雪川跳了起来，他扔下饭碗，转身就走，上了楼。

章雪原一脸不满，看着众人："你们看，他又要少爷脾气了！"

却不料自己倒收获一通埋怨。母亲夏静波责怪她说话太直，伤了弟弟面子；欧阳巍说她不听劝，哪壶不开偏提哪壶；父亲章虎臣干脆学小儿子扔下饭碗，瞪了女儿一眼，也抬脚上楼去了；自己女儿欧阳清朵更是满心替自己小舅鸣不平，小丫头伶牙俐齿，不仅完全继承了乃母风范，而且更有青出于蓝而胜于蓝之势。女孩几句犀利无比的话直捅自己老妈的心窝子，算是为小舅出了一口恶气：

"妈，您烦不烦呀？满桌就听您的高谈阔论了？让不让人吃饭了呀？您不就是跟冯璇阿姨是打小就铁的闺蜜，所以一心想撮合她和我小舅吗？可是您有没有亲疏观念呐？您凭什么就认定是我小舅变心了？千万别忘了三个字'子非鱼'！再说了，就是我小舅真变心了又怎么着？爱就爱了，不爱就不爱了，关别人什么事？哼！一百年前，就喊着婚姻自主，今儿什么年代了？您干脆直接进博物馆当人类标本得了！"

几个人都离了席，把章雪原弄得是有冤没处诉。从小她最爱这个小弟，所以对他的心就特别重，如今她错在哪儿了？

第八章　冤家重逢

方翘楚开心结识她的实习生同学们。小试牛刀之举让她自带光环，鹤立鸡群。但是手术室外却突然遭遇章雪川，从此开启冤家路窄的悲催学习之旅。

章虎臣来到儿子房间，看到他正在认真熨着自己的一件军装。

章虎臣点点头，对着儿子感慨："你变了，就从这身军装开始，爸看出来了，你心里装了更重要的东西。"

章雪川抬起头，对着老父赧然一笑，又想起一个藏在心底的疑团。

"爸，您上次说，您和那个楚正平军长，相识于当年南疆的战场上？"

知道儿子很关心这个问题，章虎臣借此机会对他讲述了一段往事。

当年章虎臣作为队长，带领军医大学医疗队上了老山前线，在救护伤员的过程中，他认识了一个尖刀连的连长，就是楚正平。那时楚正平连担负着为大部队开辟道路的重要任务，伤亡很大，经常有伤员送到医疗队，楚正平本人也负过伤，就是章虎臣为他治疗的。两人相差近二十岁，但是惺惺相惜，成为忘年交的朋友。

后来回国，两人还有过交集。楚正平的妻子就是在附属医院生产的，恰好住在夏静波科里。但是不幸的是，楚正平的妻子在生产中不幸身亡。那个失去母亲的婴儿，就是方翘楚。

这后面的一段讲述让章雪川愣住了。他没想到自己家，和那个执着指控自己医疗事故的年轻女军医，还有这样一份渊源。

章虎臣看着儿子愣愣的表情，知道他还在为格桑事件纠结，就不露声色地安慰几句，父子俩把这番话揭篇过去。

章雪川此时绝对没想到，怕什么来什么，那个倔强的女孩注定要继续和自己纠缠下去，因为她即将回到内地，来到附属医院学习、生活。

普外一科有三名业务娴熟、技术优秀的高级职称医生，除了章雪川和于家成外，就是大师兄宁南方了，他们号称"三剑客"，关系好，如兄弟一般。此番回到内地，宁南方以大哥的身份，约章雪川和于家成小聚，对章雪川近来遭遇的挫折有所慰藉。

因为是周六晚上，明天没有手术，所以三人喝了酒。宁南方从章雪川突然穿起军装一事加以评论，认为格桑事件改变了章雪川什么。

章雪川状态微醺，但是意识清楚，口齿依旧凌厉，他反问一兄一弟，当年我们选择成为一名军医，究竟初心为何？如果我们只是想成为一名技艺高超的外科医生，完全可以选择地方医科大学，然后进入地方医院工作，甚至是去一流的医学机构，但是为什么我们会毅然穿上这身军装？

宁南方和于家成都默然。每个人都在思考，却又没有给出自己的答案。最后，宁南方长叹一声，说出了自己的一个秘密："也许，我快要和这身军装告别了！"

这个消息其实章雪川和于家成早有耳闻，但是目前由大师兄自己说出来，他们还是有点震惊。章雪川狠狠地甩甩头，看着师兄："出国对你真的那样重要吗？"

宁南方淡然一笑："我和你不同，以后有机会再详谈吧。今天大家都有点喝多了！"

于家成端起酒杯，笑着缓和气氛，也借机结束了这场兄弟聚会，"人各有志，但是友谊常在！来，咱们最后干这一杯！"

方翘楚回到 B 市的家中，是在一个初夏的傍晚。周末，恰好很少有功夫回家的父亲也回来了，一家四口终于团聚，其乐融融。

何瑶是舞蹈演员出身，虽然年过半百，但是身材苗条，保养得极好。她最近在带学员练舞时扭伤了脚，此刻一瘸一拐的，还做了几样家常菜，欢迎继女的归来。

方翘楚不忘医生本色，拿出血压计强拉着父母量过血压，又用家用血糖仪为他们测过血糖，父亲一切正常，继母的血糖却有点偏高，她又絮絮叨叨地嘱咐继母注意饮食调理。

同父异母的弟弟楚临风从小就是方翘楚的死忠粉，对姐姐关爱崇拜有加。此刻想到姐姐前不久遭遇情殇，心情还没有完全好转，为哄她开心，饭后就拉她到自己的房间，打开电脑，教她打电玩游戏。没几分钟，方翘楚就被他教的大型军事游戏吸引住了，姐弟俩玩得惊叫连连，大呼过瘾。

何瑶给他们送水果进来，看到此景，马上触动她的一番心事。她当面叫方翘楚好好管教一下弟弟，只为22岁的楚临风大学毕业后，不好好找个工作干，却整日家猫在自己房里玩电脑，完全是不务正业的纨绔子弟做派。对了，何瑶想起一个近来听到的时髦称呼，如今就毫无商量地扣在自己儿子头上——"啃老一族"。

"什么？我是啃老一族？"楚临风气得大叫起来，"扭大妈，您能不能说话靠点谱啊？俺楚公子什么时候啃您老了？我自己挣钱自己花，还花不完呢！我说每月给您老人家生活费吧，您又不稀罕要。可是这次搬家、装修、家具、电器都是我出资买的吧？也够抵上我这几年吃您的喝您的了！"

他对自己母亲直翻白眼，何瑶有点尴尬，却又不能不承认儿子说的是实情，但她又感叹："可是你总没个正当职业啊，将来怎么找媳妇？谁肯跟你啊？"

方翘楚却对弟弟如何挣钱很是疑惑，楚临风对老姐是毫不隐瞒，一贯的彻底坦白，他如今是一名电竞高手，经常参加网上的各种电竞赛事，如今正在备战NEST，就是全国电子竞技总决赛。他说出了一大堆对方翘楚母女来说是一头雾水的新鲜名词，什么英雄联盟、DOTA2的国家级电竞综合赛事、ACE联盟、网络直播等等。方翘楚惊讶于在网上打游戏也能赚钱，楚临风傲然一笑，革命尚未成功，同志仍需努力，自己正在向年薪1000万的目标迈进。

这个说法让方翘楚直咂舌，她又注意到弟弟刚才对母亲的称谓"扭大妈"，很是不解。楚临风指指老妈，神态夸张地对姐姐解释道："你看咱妈，年过半百，却绝不服老，穿衣打扮处处向小姑娘们看齐，有时比你还新潮呢！这不是'扭住青春不放手'吗？所以简称'扭大妈'！"

方翘楚听得又气又笑，用手指弹他脑门，笑骂他没规矩。身为当事人的母亲却好像习惯了儿子对她的这般戏称，反倒得意洋洋地怼他："你娘心态年轻不好吗？再说了，不是所有人都能扭住青春不放的，那也要有条件！"

楚临风哈哈直笑:"果然!而且你们文艺工作者更是得天独厚哈!"

母子三人轻松说笑,方翘楚心情开朗起来。楚临风更是直言感慨:"姐,你回来就好了,以后我再犯事,有人给我遮风挡雨了!"

方翘楚怜爱地撸撸弟弟乌黑的浓发,从小到大,她就是弟弟的保护神,经常为顽皮的弟弟,在父母面前给他打马虎眼。她建议弟弟可以和老爸研究一下这些军事游戏,估计身为野战军主官的他会感兴趣。

这下轮到何瑶毫不留情地揭发儿子了,楚正平早就对儿子爱炫耀自己能玩转各类军事游戏,每每不自量力地找自己父亲聊军事话题的德行不以为然了,给他起了个也算妥帖别致的绰号:纸上谈兵之现代版赵括。

家庭的温馨氛围让方翘楚心中充满暖意,但是她特立独行惯了,还是决定尽早搬到 C 市的军医大学附属医院宿舍去。好在两个城市相隔不远,周末可以回家。

方翘楚来到军医大学附属医院,先到了自己分配到的寝室。这是一套小三居的房子,两个女实习生合住,各自一个卧室,中间的屋子是公用的客厅。一厨一卫也是公用的。

打开房门,映入她眼帘的,是一片混乱,简直可以用一片狼藉来形容。沙发上、地上,都扔满了各式生活用品,厨房里倒是一片干净,锅碗瓢盆一概没有,卫生间里惨不忍睹,各种女性用品随处乱放,混乱不堪。

方翘楚是个完美主义者外加轻微洁癖患者。她对窗明几净,整洁如一有着特殊的追求。她马上挽开袖子大干,不到两个钟头,就换来一个新世界。

但是这个新世界却引发一阵惊呼。傍晚时分,她的同居室友回来了,是一个年轻靓丽的女孩,可以用艳光四射来形容。方翘楚喜欢美丽的女子,看着眼前的姑娘,心里马上浮起两个美好的形容词:天使面孔,魔鬼身材。这个女孩还有个好听的名字,梅瑰。

芳龄二十四岁的小美女一进屋就惊叫连连,转身检查了卫生间,又大呼"完蛋了!"

方翘楚很是不解,梅瑰向她解释意思。原来她梅瑰有个理念,那就是乱中生活,乱中取胜。对她梅瑰而言,乱就是一种正常的秩序,是她梅瑰独有的秩序。如今被方翘楚收拾利索了,她的东西也就找不到了,因为她的惯常秩序被打乱了。

方翘楚拉她到卫生间，一一指给她物品，并说明了各式物品，包括化妆品、卫生用品的摆放规则，以及从卫生角度的考虑因素。梅瑰不能不服，但是她却有自己的歪理邪说。她指着自己书桌下的一支铅笔，用脚扒拉了两下，告诉方翘楚，这支笔掉在地下好些天了，但是不到要用的时候，她梅瑰绝不会弯腰捡起来，因为她不想做任何无目的，打提前量的事。

方翘楚顿觉有点头疼。她们两人相差不了几岁，但是怎么有代沟的感觉呢？

但是她很快发现其实这位同居女友并不难相处。梅瑰开朗活泼，口无遮拦，和她方翘楚性情相投。尤其是当两人聊了一下履历，知道都是毕业于军医大学，又论起年届，梅瑰马上改口称呼她师姐。如今两人同在普外一科实习，又合居一个屋檐下，也算一种特殊的缘分。

准备上床睡觉前，方翘楚婉转拒绝了梅瑰坐在她床边的行为，由此梅瑰知道了方翘楚有洁癖的毛病。

一夜无语。第二天清晨，方翘楚六点起床，开始自己惯常的跑步。在高原时，她就有晨练的习惯。

操场上，天色蒙蒙亮，还看不清彼此的面孔。但是方翘楚很快就发现了一个熟悉的身影，或者说，是那个她最不想见到的人，章雪川。他还是穿着那深黑色运动服，在跑道上长跑。方翘楚远远避开了他，她感觉他并没有发现自己。

跑完步，方翘楚转到内科楼，熟门熟路地来到了妇产科。这里是她上军医大学时，周末经常会来发呆的地方。只为这里是她的一个纪念地，也是一个伤心处。她出生于斯，她的生母方芳也病逝于斯。

方翘楚再次坐在走廊的一角发呆，心里默默念叨着：这就是我获得生命的地方，是妈妈用她的生命，换来我生命的地方……

来到普外一科报到，见到形形色色的同事、同学。

方翘楚碰到的熟人，都是在上次援藏医疗队中相识的。热情温柔的小护士杜鹃第一个和她打招呼；丁盛医生正准备上门诊，对她点点头；护士长秦楠正在指挥一个中年朴实的男子修护士站的电脑，随口给她介绍，男子是她的老公——胡远征，医院图书馆的馆员，维修电脑是他在业余地发挥另类特长。聪颖的方翘楚从他们夫妻的几个小动作、小细节，就认定胡馆员完全是一名暖男，而且是自己护士长老婆的粉丝。

几名同学就是和她身份一样来普外一科实习的年轻人，除了梅瑰外，还有四个男生：高明辉，是一名高富帅型的研究生，仪表堂堂，很大牌的样子；罗宏，圆圆胖胖，是一个标准的书呆子，军医大学毕业生，也是梅瑰的同班同学；李想，瘦小精悍，智商超群又极有商业头脑的一名研究生；蒋子萌，运动型男孩，祖籍东北，是从小城市考到军医大学毕业留校的学生。

年轻人都心热，相互介绍了姓名和简单履历，几个实习生就像认识很久的朋友一样随意说笑起来。高明辉更是盯着方翘楚和梅瑰惊为天人，说普通外科女生原本就是稀有动物，目测全球普外界顶尖的两朵花，都落在此处了！李想马上附和："我们要做牛粪！"于是蒋子萌和罗宏也跟着嚷嚷："我们要做牛粪！我们要做牛粪！"

方翘楚的脸微红，故意做出没听懂的样子；梅瑰却不能罢休，她享受这样的赞誉，却不能白白被人调侃。原本在军医大学读书时，她就是同学们暗中选定的校花。此刻她上前狠狠捶了始作俑者高明辉一拳，又大喇喇地一挥手："你们想做牛粪，赶紧去牛棚里待着！姐姐这朵花，可是要插在无数人神往的无名高地上！"

她边说边随手一挥，正巧一个人进来，误打误中般，被她指向了，这效果很是滑稽，众人都哄笑起来。

被她指中的这人，身材不高，却很结实，方方正正的国字脸，皮肤黝黑，一副考究的银丝边眼镜有些刻意。他的神态很怪，其实应该说，他此刻是在吊着脸，极力做出权威又冷峻的脸色，让人看去却总有着一丝古怪的感觉。

"都严肃点！这里是科室，不是饭堂！"国字脸的脸色更黑了，粗短的眉毛像剑一般威严竖起，却最多形成了两道45°的黑板刷形状。

"嘻嘻哈哈、打打闹闹的，成何体统？哼！我就纳闷了，怎么一届不如一届呢？我们那会儿刚来的时候……"他一脸官司地准备痛说革命史，对象是腋下夹着病历本，正准备离开的丁盛，后者明显是多次听到他这段"想当年"，就忙指着上门诊的由头溜了。

国字脸严肃地做着自我介绍："我是主治医生田丰，博士学历，是你们的指导老师。从今天起，你们六人归我负责，希望大家配合我的工作，把学习搞好！"

田丰宣布马上带实习生们去科室各个部门转一圈。大家换好白大褂，跟在他身后，先去病区参观。

高明辉悄悄拉住李想："这人？给个判断！"他努努嘴，暗示前面走着的田丰。

李想眨动一下他细长的眼睛，又咂咂嘴："目测是那种凤凰男类型的，为摆脱命定的基础束缚，拼命振翅高飞，飞到空中又认真挤兑同一队列的竞争者，顺便拉泡鸟屎整治一下飞在自己身下的同类。比如，"他指指自己，又戳戳高明辉"你，我！"

"同感，握爪！"高明辉夸张地和李想握了一下手。却被走在他身侧的梅瑰尽收眼底，对着两个男生一通撇嘴："扇阴风，点鬼火，最是无聊加没用的行径！"

高明辉故意激她："你有本事，你直接怼他！别一不留神，你这朵鲜亮亮的小鲜花，就当真插在那个凤凰男头上了！"

几人嘿嘿偷笑，梅瑰想打高明辉，却不料田丰猛然回头，一脸不耐烦的怒容，吓得梅瑰乖乖放下手，直赔笑脸。

参观完病房，实习生们又来到门诊，看过几个诊室，来到丁盛坐诊处。有医生进来拿了病历找田丰，田丰吩咐实习生们好好观摩一下丁医生的门诊，自己就出去了。

"凶神恶煞"走了，实习生们都透过一口气来。方翘楚认真地看着丁盛在询问一名患者，高明辉等人也在围观。突然间一片嘈杂声响起，一个病人躺在担架上被抬进了诊室。

这是一名花甲年纪的患者，满脸痛苦表情，手捂着下腹呻吟着。陪同来的家属带着 X 光片、病历等。丁盛接过片子，认真看着片子，听家属讲着病情，患者腹痛、腹胀多日，几个小时前加剧，停止排气，在当地医院拍了腹部立位 X 片，说是有肠梗阻。

几个实习生围在担架前，也观察病人，搜寻着脑海里所积累的专业知识，说出自己的判断。

梅瑰："肠梗阻？是不是该先下个鼻胃管进行减压啊？"

李想："不会是什么肿瘤引起的吧？"

高明辉："吃过什么不干净或不好消化的东西吗？"

蒋子萌："目前这个症状，还真像肠梗阻……"

方翘楚一直没说话，她蹲在担架前，仔细打量患者，在他腹部轻按一下，又观察着他的表情。

几个实习生议论纷纷，却都没上前动手。此刻看着方翘楚在那里左按按，右摸摸，都有点诧异，反倒认真看着她的动作。

却不料方翘楚突然间有了大动作，她将患者的衣服翻起来，解开他的裤子，向下褪到大腿根，于是患者的整个腹部就完全显露出来。周围一片惊呼，众人的目光一起聚焦在了病人的右下腹，只见那里鼓起了一个梨形的包块，有大半个拳头大小。

丁盛扔下片子，也上前查看，倒吸一口气："原来是……"

"腹股沟疝嵌顿！"方翘楚冷静地说出自己的判断。丁盛点头，正蹙眉想如何处置，将病人送到病房采取措施，却不料刚想抬起担架，病人大声呻吟起来。

方翘楚马上劝阻："别增加他的痛苦了，我来试一下。"

她不等丁盛点头，就神情专注地用双手按住了那个包块，持续而缓慢地轻轻推揉挤压。病人不停地呻吟着，方翘楚也不看他，只是专注地按压着。病人家属一脸狐疑地看着女医生，实习生们也紧盯着方翘楚的手势，各自脸上都是惊讶和担心的表情。

约莫过了十五分钟，伴随着"啵"的一声低沉而清脆的声响，病人腹部逐渐缩小的包块瞬间消失了，呻吟声停止，病人一脸轻松，仿佛刚才的痛苦都是梦境一样不真实，此刻他畅快地呼吸着，脸上绽开笑容。

"哎呀，真是神医啊！"病人家属先就欢呼起来。方翘楚拍拍手站起身来，几名实习生已经围拢过来。

"天！厉害了，我的姐！"高明辉先就惊呼，接着调侃，"你确定你是和我们一样来这里实习的，不是来卧底的？"

"师姐，你太牛叉了！"梅瑰笑着赞美。

李想一脸疑惑："你怎么知道他是疝气的？"

蒋子萌："我明白了，方医生和咱们不一样，人家毕竟是在高原医院有过临床经验的，不像咱们都是刚出校门的菜鸟。"

罗宏推推眼镜，啧啧称赞。

丁盛看着方翘楚也点头："小方医生，不错！"

方翘楚脸微红，忙向丁盛解释着，语气完全是学生式的："我以前恰好见过这样的病人，就是以肠梗阻来的，其实就是嵌顿疝，发作时间还不长，所以我手法给他复位了……"

丁盛点头，回头叮嘱病人："观察一下，没有事就可以回家了。"

他正想再表扬一下方翘楚，却不料田丰黑着脸进来了。

田丰紧紧盯着方翘楚："你出来一下！"

方翘楚跟着他走出诊室，梅瑰和高明辉等人不放心，就悄悄在门边偷听他们的谈话。

"方翘楚，我想提醒一下，你目前是实习生身份，而且是第一天上班的实习生，你根本没有任何行医资格！你知道你刚才那一下有多危险吗？无法无天，胆大妄为！如果判断失误，算什么？是谁的过失？病人的命可只有一条！如果病人和其家属知道你目前的身份，会让你动手吗？"

方翘楚无言辩驳，只好点头。

田丰狠狠地瞪着她，他一向最讨厌没有规矩，以下犯上，自作主张的学生，方翘楚完全犯了他的各种忌讳。此刻他语气更冲了，"别逞能！瞎猫碰个死耗子不算什么能耐！你该学的还多呢！总之，下不为例！"

"是。"方翘楚哼道。

田丰冷着脸吩咐实习生们回医生办公室，那里有一大堆手术记录，等着他们抄写。

"罗马不是一天建成的！别想一口气吃个胖子！无规矩不成方圆！万丈高楼平地起！都从基础好好做起！"田丰一口气抛出了一连串的警世名言，将几摞手术记录堆到实习生们跟前，才气哼哼地离开了。

送走瘟神，实习生们像熬到了四九年，都活了过来。

"这个田医生也忒讨厌了吧！"

"瞧瞧他那张脸，都快黑成马了！"

"我看他完全是心理阴暗！我等何其不幸，朗朗乾坤之下，竟落入此人魔爪！"

几人纷纷感叹，梅瑰更是为方翘楚打抱不平。

方翘楚却耸耸肩，不在意地一笑："其实，他说的也没错。刚才那事，我就是瞎猫碰上死耗子，恰巧是以前遇到过的一个病例罢了！"

"但你刚才完全是一派女神风范，光辉灿烂！哦，对了，从今日起，我宣布，方翘楚医生，就是我高明辉的女神！"高明辉的豪言壮语却被梅瑰无情地打断：

"做你高明辉的女神有意义吗？你如果打不败那个'田黑锅'，你的女神，和我们大家，从此都不会有好日子过了！"

她顺嘴给田丰起的"田黑锅"的外号，让大家想起田丰黝黑皮肤上总是纠结不高兴的神情，十分传神，且有画外音，大家都哈哈笑成一团。

下午实习生们来到手术室参观，恰巧看到一台紧急手术正在准备中，大家都很兴奋，兴高采烈地准备留观。

但是黑着脸的田丰又出现了，还是一副苦大仇深的样儿："那些手术记录你们都抄完了吗？不会走，就想跑？都赶紧回去干该干的事！"

大家有点沮丧，梅瑰忍不住发声："手术记录是死的，手术实践是活的，现在放着这么好的观摩机会不让我们学习？不知道田医生您是怎么想的？"

"你？！"田丰瞪眼正想呵斥她，却见主任成斌走了进来，他像是来找人，看到这番情景，就对田丰道："这台手术很具挑战性，的确值得观摩，给他们安排一下吧！"

"是，主任。"田丰恭恭敬敬地回答。

成斌离去，田丰的脸又黑了，"赶紧都上房去！"他指指左侧上方的大玻璃窗。手术室是一个下沉式建筑，四周上方都安着玻璃窗，实习生们可以在那里清楚地观摩到底下的手术情况。所以一般上去就俗称"上房"。

田丰加上一句哼唧："想看都给我上房，目前这里还不是你们该待的地方！"

实习生们恋恋不舍地离开手术室。格外不甘心的方翘楚一步三回头，好奇地看着手术室的一切，心里感叹：到底是一流医院，这里的设备是多么的完善和先进啊！

她边想边向外走，无意间落在了最后。田丰有点不耐烦，就一个劲儿催她"赶紧！动作快，向外走！有什么好看的？"

方翘楚暗中瞪了他一眼，加快步子向外走去，没想到在门口一下子和一个人撞了个满怀。那人穿着手术衣，双手半举起在身前，是外科医生洗消后的习惯动作。

"哦，对不起……"方翘楚赶紧致歉，定睛一看，却是章雪川！她马上收起充满歉意的笑容，换上一副冰霜面孔，还不忘恨恨地剜了他一眼。

她从余光看到章雪川一脸惊讶又尴尬的神情。

第九章　好为人师

章雪川用一台无可挑剔的漂亮手术征服了实习生们。但是"方翘楚拒绝师从章雪川"的现实给"一把刀"以重创，却因此激发了他的强烈征服欲。

手术开始。这是一位肿瘤晚期的患者，因为肿瘤很晚，又伴有穿孔及炎症，与周围的重要血管关系紧密，其他医院不愿收治，被送到附属医院。

台上，主刀医生章雪川上场。一把闪亮的手术剪握在他手里，众人的眼光也聚集在那里。大玻璃窗后，实习生们瞪大眼睛看着，丁盛担任手术讲解，为他们剖析手术过程。

"这是一个腹膜后巨大的肿瘤，已经影响到了病人的生活，腹胀，进食受限，呼吸轻度不畅。这种肿瘤往往是肉瘤，对化疗、放疗等都不敏感，而且血供丰富，质软，易破裂，容易大量出血。同时又靠近大的血管，容易包绕血管，导致分离困难，造成出血。手术开始了，正如术前分析的一样，肿瘤巨大，虽然没有将大血管完全包绕，但也不易显露，同时，瘤体还有不少滋养血管供血，由于肿瘤生长快，所以滋养血管也变得粗大起来。"

丁盛的讲解清晰明了，方翘楚等人随着他的讲解，紧盯台上的手术进程。

台上，只见章雪川灵活使用一把剪刀，动作利落，风格胆大激进。但见他使用剪刀迅速而有效的从肿瘤的周边进行游离，在助手的配合下，一根根血管被结扎切断，在章雪川看似惊险实则稳健的推剪下，巨大的肿瘤在一点点地被抬举了起来。这种手术不是拔萝卜而更像是挖人参，要一点点的分开组织，显露根部，尽量不要破坏根部的血管，直到完全显露血管的根部，然后从根部结扎切断，完整的移除肿瘤，只有这样，才能最大限度地减少术中的出血，降低局部的复发和转移。

伴随着手术进程的推进，丁盛一路讲解着："章雪川教授的手术风格是善使剪刀，这点是基于他对器官解剖结构的烂熟于心，和手指对于剪刀下的组织结构变化的敏锐感觉。在平时的操作中，就像庖丁解牛一样，沿着解剖间隙下剪，并不是一下一下地剪开，而是张开刀口，一路向前推去……"

章雪川在台上游刃有余，手法精湛，气质迷人。丁盛的讲解同样充满赞美之意："所到之处组织在章教授的剪下听话的向两边翻开，并无多少出血，只一下，剪刀止处，血管已然显露了出来，结扎切断血管，然后再一剪，又是下一个处理的目标。手术操作迅速简洁而有效，实用性和观赏性都很强，但这种手法却并不是每个人想学能学得来的，是需要天分加勤奋的。"

剪刀游走到一个粗大的血管上，丁盛刚说出："但肿瘤滋养血管的走行是没有规律的，手术出血往往就是由这些血管引起……"就看到随着剪刀尖的划过，突然，一根粗大的意外出现的滋养静脉破了，鲜血瞬间涌了出来，充满了视野。

"呃！"梅瑰忍不住尖叫一声，马上捂住嘴；几名男实习生也睁大了眼睛。方翘楚咬紧嘴唇，眉毛也因紧张而蹙起。

就在出血的瞬间，只见章雪川迅速用左手按在了出血的区域，可以明显感觉到出血减慢了，只见他镇定地对台下护士说："准备两路吸引器！麻醉医生，血压心率有变化吗？液体滴速加快，准备输血。"

台下的助手们迅速行动起来，一助和二助各持一个吸引器。

章雪川："吸引器注意配合我显露破口。"

在两套吸引器同时的吸引下，术野（手术时视力所及的范围）的血液被吸出，此时，章雪川松开了紧按的手指，在血液再次喷涌而出的同时，他也清楚地看到了破损的部位和大小，他再次准确地按压到了破口上，出血停止了。台上所有人紧张的心情才有所放松。

在玻璃窗后面观看的实习生们也各自长舒一口气。方翘楚转头问丁盛："可是这样的出血情况，不能有效地止血，手术显然无法进行下去吧？肿瘤还能切的下来吗？"

丁盛笑着指指下面的手术台："请看章教授如何继续？"

手术台上，章雪川清晰地向台下的护士发出了指令："4 个零无损伤缝线。"

丁盛解释："章教授显然已经对目前的情况有了评估。你们下面关键注意看，他和助手们如何配合？”

实习生们紧紧盯住手术台，只见章雪川拿线、夹针，他右手拿着针持，左手按着破口，对对面的助手示意着：“我松手的时候迅速吸引破口，显露视野，我要缝合血管。”

助手严阵以待。松手、吸引、缝合、牵拉。快速而准确的三针过后，血止住了。继续加强缝合、打结、剪线、冲洗、术野又恢复了清晰和层次。章雪川继续操作着，大家都屏气凝神，紧张而有序地配合着手术。

终于，助手对台下说了句：“接标本！”一个直径约30厘米的巨大肿瘤被从腹腔中取出，放到了标本盆中。手术室的气氛顿时变得轻松明快起来。

上房玻璃窗后，噼噼啪啪响起掌声，实习生们个个兴奋莫名，像是观摩了一场惊险又刺激，设计完美的动作片一样。

“简直是外科天才！”李想感叹着，又卖弄起自己搜集到的一些资料，“章雪川教授和宁南方、于家成二位教授一起，共享‘普外三剑客’之名号，其中章教授是从美国霍普金斯医学院留学归来的博士，有着‘普外一把刀’的美誉。他是个著名的手术狂人，善于思考和总结，手法精妙，精力旺盛，手术的思路和细节的处理胜于他人，知识全面，无所不能。虽然他主攻治疗肝胆胃肠等病症，但对其他系统也照单全收，经常在手术台上为别人补台救场。”

“岂止是手术？”梅瑰赶紧接口，“我们上学时，听过他的课，他讲课也是一级棒！关键是，他还这么有型，这么帅！”

她露出一副痴呆呆的迷妹状：“完了！彻底沦陷没商量！当年他就是我们这些医科生心目中的男神，如今更是我强烈崇拜的手术潮人了！”

方翘楚对他们这番过分夸张的吹捧之语不以为然，撇嘴冷笑。

却听梅瑰指着下方一阵惊呼：“哎，你们看，我男神在做什么？俯卧撑？这是什么鬼？”

方翘楚斜眼一瞟，看到章雪川已经摘掉了手套，脱去手术衣，伏地连做几个干脆利索的俯卧撑，随后飘然而去。

李想继续贡献自己的情报：“据说章教授有个癖好，遇到大手术，术前、术后都要连做10个俯卧撑。”

“哦，天！搞个运动姿势也这么帅！”梅瑰唏嘘感叹，又即兴吟起了诗：

"你，像星辰，璀璨夺目，闪烁在手术台上，

你，是将军，砥砺锋利，拼杀在生死疆场……"

方翘楚扭头就走，心里嘀咕："天！再听下去，我可要吐了！"

很快一个月过去，实习医生即将分组，分别归于宁南方、章雪川和于家成名下。消息传出，实习生们各怀心思，导师们倒是可有可无，教谁不是教？唯有章雪川跳了出来，他直接找到主任成斌，要求把方翘楚划归他的名下。

成斌年过半百，是个稳健型的学者，他看着章雪川，这也是自己手下的一名爱将。而成斌当年又是章虎臣的博士生，所以他和章雪川，名为上下级，实际上却是师兄弟的辈分。

此刻他笑眯眯地看着章雪川，善意地揶揄他："你想带她？我看不妥！你们俩往昔过节就不能让我放心！何必给自己找麻烦呢？"

章雪川是一脸戏谑的笑："我大人不记小人过，您放心，没问题的！"

"我可不能放心！"成斌摇头，"你们在高原上剑拔弩张的那些桥段我可是充分听说了！一个将门虎女，一个将门虎子，一山不容二虎，我才不能把你们关在一个笼子里。这不是给我自己挖坑吗？"

章雪川坦然一笑："既然主任已经知道往昔那些桥段，您当知道，我章雪川也不是受虐狂或者虐人狂？我至于和一个小丫头计较吗？我只是想，认真地为人师表，诲人不倦一回！"

"你小子少嬉皮笑脸，口无遮拦的！"成斌还是摇头，"雪川你省省吧！搞好你的业务，做好你的手术，写好你的文章，然后，积极准备再次奋进你的正高职称才是正经事！何必自己找麻烦背在肩上？"

章雪川有点急了，就收起笑脸，换了认真的表情："主任，您就答应我吧！就算是……给我一个赎罪的机会好吗？我真想好好教这个女弟子！"

"赎罪"两字打动了成斌的心，他也想起格桑事件来，知道这是心高气傲的章雪川心中一个死结。想到此处，成斌松了口，但还是有点担心，"可是，就是我答应了，人家小方医生也未必愿意？她若坚持不愿意分在你的名下，你又如何？"

"怎么可能？"章雪川傲然一笑，"她来这里也不是一天两天了，谁是她最应

该师从的人，她会不清楚？"

成斌哈哈一笑，拍拍他的肩膀："好吧，我姑且答应你的要求。不过我对此事不乐观！雪川啊，你什么都好，就是这狂傲的性子，总要改一改！我以我的经验告诉你，好奇会害死猫，过度自信更会……"

成斌可不是章雪川，他的身份和他的城府都让他不能鲁莽行事。按照以前的流程，由田丰拟定实习生分配名单，他审阅后，直接在周一的全科晨会上宣布一下就行，但是这次，他还是多设了一个流程。

在周五主治医生以上的交班会上，成斌谈到了六名实习生分组的问题，他让田丰在会上宣布一下名单，事先有意安排方翘楚做会议记录。

果不出他所料，当田丰念到方翘楚划归章雪川名下的时候，他注意到女孩的脸一下子拉了下来。

田丰刚读完名单，方翘楚就举手要求发言。得到允许后，女孩用清晰干脆的语句阐明了自己的一个请求："我坚决拒绝分在章雪川教授名下，请领导们考虑。"

此言一出，满座尴尬。主治医生们面面相觑，这是普外一科从来没有发生过的事情。虽然重要当事人章雪川脸色平静，但是一种无法言说的难堪意味却在会议室里氤氲着。

"方翘楚，你太过分了！你是一名实习医生，有什么资格挑选指导老师？！"田丰气急败坏，高声呵斥。

方翘楚满面通红，但是她倔强地站着，看着成斌主任。成斌微叹一口气，挥手示意她坐下。

"具体名单我们下来再协调一下，散会！"

章雪川在走廊上截住方翘楚，认真地盯住她，一字一句地道："有句话，我必须告诉你。你既然目前来这里学习，当知道自己最应该跟随的指导老师是谁！"

方翘楚冷冷一笑："我是来附属医院普外一科学习的，不是来给某人当学生的！"

"可是目前普外一科，我就是最好的老师！"章雪川的语气逐渐咄咄逼人起来。

"哼！见过自我感觉良好的，就没见过比你更感觉良好的！"方翘楚愤愤然，

"你是不是好老师我不知道，我只知道，你在我眼里，根本算不得一个好军医，OK？"

章雪川也来了劲儿，口吻更加蛮横了："也许我不能算一个好军人，但绝对是最好的外科老师！军医是军人和医生的结合体，目前在这里，你的首要任务，就是先学好如何成为一名医术高超的医生。在普外一科，我绝对是你最应该跟随的老师！"

方翘楚也不是吃素的，她冷着脸反唇相讥："一个不合格的军人，就不配做我方翘楚的老师！"

她说完转身就走，身后传来那人气急败坏地喊叫声："你会被自己的偏见害死的！"

方翘楚转身盯住他，鼻子里面哼出一声："那也比死在你的手术刀下强！"

说完这句话，不知怎么她的心忽悠了一下，自己都觉得这话实在诛心。果然，她看到那人一下子定在那里，脸色倏地白了。

方翘楚咬咬唇，转身跑了。

方翘楚的顽固猖狂和桀骜不驯的性情激发了章雪川的征服欲。在他的授意下，最佳拍档于家成放出狠话，坚决拒绝指导妄自尊大、不尊重老师的狂傲女方翘楚。本来于家成就对这个曾经强势霸道，执着指控章雪川的将门虎女没有什么好印象，更何况他和章雪川的某些思想是完全合拍，那就是"女人根本当不了外科医生"。

章雪川又来找大师兄宁南方，开门见山地请求他收方翘楚于门下。宁南方盯着师弟片刻，莞尔一笑："瞎胡闹！你明明知道我最多在这儿待三个月了。"

章雪川眨眨眼，诡秘地笑了："你若待长了，我还不找你呢！"

他在屋里走了几步，回身狠狠然道："我这个人，专治各种不服气。那个目无尊长、无法无天的野丫头，必须乖乖地投在我名下学习！"

宁南方摇头："真是两个犟种碰到一起了！你这又何必？我看着都累！"

章雪川看他算是答应了，才笑着和他扯起其他话题，他想起那日兄弟三人喝酒时没说完的话题，有关宁南方出国发展的事情。

"雪川，我和你不一样，"宁南方缓缓开口，"你是医学世家出身，有些情结，是深入骨髓的东西，不可移除。"

他微笑着，看着和自己一向投契的兄弟，祖露心曲："对于你来说，手术刀、白大褂、绿军装，都是此生不能放弃的人生元素。我猜测，当年你拒绝了冯璇邀你和她一起定居美国的原因，也是缘于此吧？"

章雪川点头。

宁南方感慨："当时我们都猜测，你之所以放弃一段青梅竹马的恋情，和很多人羡慕的美好前程，毅然决然地回到这里，很大的原因，是因为你舍弃不下手术刀。"

他盯着章雪川异常修长的手指，点着头："你是一个天生的外科医生，这样的天赋不是每个人都禀赋的。很多像咱们这样的外科医生，在国外发展受限，可能根本没有机会再拿起手术刀了。一个外科医生，要改行在实验室工作，这心里的落差……"

他吸口气，继续道："可是自从你上次从高原上下来，大家都觉得你变了很多，我也和大家一样，只看到一些表象：一向以时装达人著称的章雪川，竟会突然变得爱穿军装了！那日，咱们弟兄三人一起喝酒，你说到'初心'这个词，我才恍然领悟，你舍不得的，除了手术刀，更重要的，还有身上这身绿军装！"

章雪川就这样被自己的大师兄点明了心事，一段他自己可能都没有完全领悟到的情结，他眉头紧皱，默然不语。

宁南方淡淡一笑："可是话题转回到我这里，说到我自己，和你的不同点，也在于此。"

他摊摊手，耸耸肩："我觉得军医对我来讲，更重要的是一份职业。我不否认我的初心，我当年选择穿上这身军装，也有着每个年轻男孩都会有的军旅梦想。但是随着年龄的增长，很多事情都改变了。如今的我，可能会考虑个人的家事，考虑妻儿老小更多一点。"

他微微叹气："咱们做医生的，职业特殊，留给自己的业余时间很少，留给家人相聚的时间，更是微乎其微。我的家属，为了我的事业发展，牺牲了太多，如今，我有能力改变环境，给她们一个更好的生活状况，又何乐而不为呢？"

章雪川一直静静地听着，此刻，忍不住插言："你现在当上了教授，在国内一流医院，一流科室中还担任着副主任工作，应该不存在什么养家糊口，或者说给亲人们好的生活环境的压力吧？"

宁南方搔搔头："不错，但是若有更好的，我为什么不可以更上一层楼呢？"

章雪川想到自己听到的传言，宁南方将去国外某医学机构工作，待遇优厚，还可以解决妻儿的身份问题。他没有再问什么，静静地听他说下去。

"人到中年，我选择为妻子、孩子再去努把力，就是个人牺牲一些东西，也没所谓了，应该都是值得的！"宁南方语气异常坚定。

章雪川却不淡定了，他直直地望着师兄："可是如果需要牺牲的东西，太过沉重呢？比如手术刀？再比如……这身绿军装？"

宁南方嘴边依旧挂着平静温润的笑意："雪川，我刚才说了，这就是我和你不同的地方。你可以为了事业，为了理想，放弃恋情、婚姻；可是我，却是要为婚姻，为家庭，暂时改变我的事业轨迹和人生方向。我们不要评判各自的对与错吧，只为我们虽然面临相似的选择题，但是写出的答案一定不同！其根本原因在于，咱们二人太多的人生设定就是不一样的。"

不是的，不是这样。师兄，我可以不评判你的选择，是对是错，但是对于我章雪川，一定不完全像你分析的那样。我的爱情和婚姻，应该是和某些情结、信念，亦或是理想息息相通。否则，就不是我想要的爱情和婚姻！

章雪川在心里默默抗拒着，但是他没有把这番话说出来，只为他心潮涌动，他好像突然间意识到自己一直纠结的问题，那就是，他和冯璇的感情，到底分歧在哪里？又产生于何时？甚至是，他们这对众人眼里青梅竹马，郎才女貌的恋人，真正拥有过真实的爱情吗？

这样的想法，让章雪川悚然而惊，细思恐极。他无法再继续想下去，只好瘪嘴一笑，勉强表态："我保留我的看法，但我理解了你的选择！"就匆匆结束了和大师兄的这番恳谈。

这个晚上，方翘楚心情也不平静。她正倚在床头看书，听到敲门声，梅瑰穿着睡衣噘嘴站在那里。

方翘楚示意梅瑰上床，梅瑰瞪大眼睛："你让我上你的床？你的洁癖呢？治愈了？"

两个女孩挤在一处说着私房话，先说到自己的洁癖，方翘楚没有正面回答梅瑰的疑问，只是轻声喟叹：自己要进行一场脱胎换骨的改造运动，扔掉过去，奔向未来。

梅瑰最想和她交流的，是有关她拒绝师从章雪川的事情。方翘楚那天在主治医生会议上的狂悖行为在实习生中传开了。梅瑰想不通方翘楚究竟为何和章雪川交恶至此。她隐约听李想讲过一些小道消息，说是章、方二人结怨于藏区医疗队时期，貌似发生过一场医疗纠纷，还死了人。但是有关详情普外一科知情的人都讳莫如深。

方翘楚沉吟不语，她没有对梅瑰说出真相。梅瑰冰雪聪明，善解人意，就握住方翘楚的手，贴心地劝慰她，人生在世，除了莫害他人，最重要的，就是不要难为自己。她说他们这代人和父母辈的那代人不同点就在于此。虽然不是奉行什么"人不为己天诛地灭"，但是绝对不会无原则地委屈自己，成就他人。

"我梅瑰自信不能成为舍己为人的英雄，但是我起码要做一个真实的'人'。这个'人'就是有独立人格、独立价值、独立精神的人，不是虚伪的装饰品！"

梅瑰的豪言壮语没有引起方翘楚的共鸣，她眉端紧锁，还是一副放不下心事的样子。于是梅瑰倒反过来用大姐一般的口吻哄她："总之你坚持自己的初心就好，不喜欢的人，不理睬、不跟随也罢！世上又不是只有这么一个好教授，普外科又不是只玩一个章雪川！"

方翘楚被她老气横秋的神情逗笑了，两人说笑了一阵。她又问到梅瑰想师从谁，女孩俏丽的大眼珠转动几圈，说出自己的想法，她也发现章雪川和于家成都有歧视女外科医生的倾向，她因此更看好宁南方。于是两个"英雄所见略同"的女孩达成了共识。

其实目前让方翘楚挠头的倒是直接上司田丰，他好像对这个在他眼里桀骜不驯的女实习生有着天然的不满，不仅常常在工作中对她挑三拣四，而且经常会当众给她难堪。他心里有过小嘀咕：好家伙，你这个小女生对我们普外科神一般存在的"一把刀"同志都不买账，在公开场合给他难堪（那次会议上方翘楚对师从章雪川的坚决拒绝的情形给田丰留下了很深很糟糕的印象），那么我作为你的直接上级医生给你点教训就是天经地义的了。

就比如当下，他将一沓厚厚的手术记录推到方翘楚面前，让她认真抄写，不必急着和其他同学一起出门诊了。方翘楚不是没感受到来自田丰的刁难和排挤，但是她生性好强，抗击打能力也强。在新的单位她不想给人留下屡屡忤逆上级医生的恶名，想想反正都是一种学习锻炼，她倒心安理得地接受下这项明显带有整治意味的工作，还能有心情对田丰轻松一笑。

抄写手术记录不难，难的是医生们潦草的字迹难以辨认，在方翘楚这里，还有难上加难的，是某人的字迹难以辨认，外加不想拉下脸来请教。她手里这份章雪川亲自做的手术记录此刻就让她抓狂不已。很多医生的字迹潦草难辨貌似是常态，但是章雪川的这份记录不仅笔迹比较潦草，而且里面夹杂不少英文单词，弄得方翘楚一头雾水，无从下手。

"哼！鬼画符！根本就让人无解嘛。这位章雪川是上帝专门造出来对付我方翘楚的吗？"方翘楚一通感叹。要换成别的医生，她就直接请教本尊了，但是对章雪川，她可不想不耻下问。方翘楚灵机一动，就拜托梅瑰去帮助自己请问那人。

不料那人却直接找上门来。章雪川拿着那份手术记录，走到方翘楚面前，直通通地威逼利诱起来："做我的学生，一定还有比认清这些字更重要的收获！"

方翘楚的逆反心理却瞬间被大大激发，她抬眼对上那人的目光，看到对方眼神里有征服的光芒，更有期待的火焰，但是这些她统统都不买账。她耸鼻哼了一声，抢过那人手里的记录，扔下一句豪言壮语，扬长而去：

"世上无难事，姐可不是吓大的！大不了我当成谍战剧中的秘密档案好了，还正好玩个解密！"

方翘楚苦熬了大半夜，绞尽脑汁、殚精竭虑、翻字典、查网络，的确像翻译了一份难解的密电码一般，将那份手术记录完整辨析清楚，又工工整整地抄写下来。

后半夜起来上卫生间的梅瑰发现方翘楚房间的灯还亮着，就过来查看，正巧方翘楚刚抄写完，就拉她帮自己通读一下，看有无不妥之处。

梅瑰打着哈欠，强打精神逐字逐句地读着她抄写的内容：

"女，38 岁，因胃癌并幽门梗阻入院，术前检查发现双侧附件包块。手术记录：探查，见腹壁、肝脏无可见转移灶，大网膜及小肠系膜未见转移结节，双侧卵巢区可见包块，直径各约 4 厘米，表面光滑，可活动。胃部病灶位于胃窦部，长径约 5 厘米，病变穿透胃壁全层，临近区域可见肿大淋巴结，病变与胰腺及肝脏界限清晰。拟行胃大部切除术（Billroth II 吻合）+D2 淋巴结清扫 +Krukenberg 瘤切除术 + 腹腔热灌注化疗术……"

她读了一小段就叫苦连天："姐姐，你饶了我吧。再读下去我该失眠了。就这样吧，明天果断扔给那个'一把刀'，好坏就是它了！"

方翘楚还是有着充分的自信的，第二天查房前，她得意洋洋地将抄好的记录递到章雪川手中，又注意看他的反应。

章雪川有点惊讶。他瞟了女孩一眼，随即把目光投入到记录抄写本上。记录本上字迹工整秀丽，英文单词写的循规蹈矩。他心里暗暗服气，面上却丝毫不带出来。他严肃认真地浏览过整个记录，终于轻微点头，吐出两个在方翘楚看来极为宝贵的字："不错！"

方翘楚嘴角上弯，刚刚挂上一丝得意又轻松的笑意，却不料那人眉毛轻挑，突然对着她连连发问起来：

"切除肿瘤的手术方式要求是根治性手术。那你知道，为什么这个肿瘤病人手术方式是胃大部而不是根治性胃大部切除术？"

方翘楚："……"

章雪川："为什么要选择毕 II 式吻合而不是毕 I 式？"

方翘楚："……"

章雪川："库肯勃瘤是什么？它和胃癌有什么关系？"，"为什么要进行热灌注化疗？"

几个连珠炮式的问题砸得方翘楚晕头晕脑，瞠目结舌，完全没法招架。别说她此刻思想放松，毫无心理准备，就是往常学习时间，依照她的业务水平，也未必能正确回答上这些专业问题。

看着女孩面红耳赤，章雪川嘿嘿一笑，言语依旧刻薄无情："字写得不错，格式也很工整，英文单词也错不了几个。能做好这几点，你倒真算得上一个合格的文员！"

方翘楚恨恨地瞪着他，那人却一脸自得，耸肩笑笑："女孩子嘛，做个文员不错，要当外科医生？可就……"他摇头晃脑了一番，转身走向病房。

方翘楚正在暗自咬牙，黑脸田丰又出现在她身后："让你抄写手术记录，并不只是让你认识手写的字迹，更重要的是要明白这份记录内含的知识。如果你仅仅只是满足于正确漂亮地誊写了一份手术记录，那就不幸正如章教授刚才所言，你只能算一名合格的文员，永远成不了一名优秀的外科医生。"

田丰这次的语气很平和，甚至可以说有些意味深长。方翘楚垂首无言。

第十章　保腿计划

方翘楚和章雪川的互怼模式已然开启。但是为了一个小战士的军旅梦想，方翘楚也能屈尊去找自己的那位冤家对头。

"方翘楚拒绝成为章雪川的学生"这个话题在普外一科成为议论焦点，而两人在科室里朝夕相处时的互怼情形也被众人收在眼底。这样的状况对方翘楚尤为不利，毕竟她是一名来普外一科学习的实习医生，这样傲慢不羁的性情，再伴随着她"将军的女儿"的身份的联想，很容易给人造成偏见。

方翘楚似乎浑然不觉。她的性格里，有男孩子大大咧咧的豁达和粗略，加上她一心对付章雪川，周身触角完全竖起，都是为了抵御成为章雪川名下的学生，所以对旁人的客气和疏离有点后知后觉。平日里她主动热情地对待每个人，工作中积极努力，脏活累活抢着干，但是偶然遭遇的一些小细节，还是让她不开心，甚至有些迷茫。

于家成、田丰等上级医生对她的态度较之其他实习生颇为冷淡，她也习惯了，但是护士长秦楠是她在援藏医疗队时就认识的人，也对她客气而冷漠。某次，秦楠的丈夫胡远征到科室来给妻子送早点，方翘楚想到他是图书馆馆员，就向他请教自己正在使用的医学数据库问题。胡远征是个好好先生，态度和蔼，方翘楚和他相谈甚欢。不料扭脸却看到护士长拉长的面孔。

胡远征走后，梅瑰把方翘楚拉到更衣室，提醒她以后少找胡远征请教问题，顺便说了自己刚才偷听到的一个小"是非"：秦楠责怪丈夫过于热情帮助方翘楚了，她对丈夫说方翘楚是心机深、脾气横的高干子女，连章雪川教授都敢整治，你一个小小的图书馆员赶紧对她敬而远之，少惹麻烦！

方翘楚听了既诧异又郁闷。梅瑰再次提醒她，由于她和章雪川的对立关系，科里很多人都同情章雪川，对方翘楚颇有微词。梅瑰为方翘楚打抱不平，但是却劝她还是要纠正偏见，努力改善和普外一科的明星人物章雪川的关系。

这些话让方翘楚更加心情烦闷。吃午饭的时候，她来到饭堂，看到高明辉、李想等人看到自己，就停止了话题，王顾左右而言他起来。方翘楚原本不是个疑心重的人，但是此时她却莫名其妙地烦躁起来。她打了一份快餐，干脆一人躲在角落处默默吃着。

手机短信声响起，打开看，却是萧扬的问候："小楚丫头，近来可好？"

这往日里寻常的玩笑问候语，此刻看在方翘楚眼里，却平添一丝委屈和凄凉。她像是在困境中突然接到来自亲人的关怀，眼里瞬间飘起泪花：

"不好。"

"怎么了，小楚？遇到什么坎儿了？"

"说不清楚。就是郁闷。萧扬，你说我是不是选择错了，不应该回到内地？我想念咱们高原了……"

方翘楚刚敲完这几个字，萧扬的电话就打过来了。

方翘楚没有具体告诉萧扬自己遇到了什么事情，甚至连"章雪川"三个字都没提到。她只是说，离开内地久了，好像回归后，有些不习惯了，再加之学习上还是有些障碍，但是她相信自己能克服。萧扬静静听着，没有说话。方翘楚觉得这就是萧扬的可爱之处，他是个善于倾听，又善解人意的人，很多时候，他知道，好强又倔强的她，最需要的是发泄，是排遣，是在知己面前无所顾忌的诉说和放肆一回。他这样静静地倾听，对她就是最合适最恰当的慰藉，胜于一些空洞的安慰词汇。

最后方翘楚幽幽说了一句话，让萧扬怦然心动又黯然神伤。

"萧扬，说实话，我想你们了，想格桑，还有你！"

萧扬从声筒传过来的话语，貌似平静无波，但是方翘楚不知道电话那头的他，已经泪水盈眶。

"小楚，格桑的墓，已经青草茵茵了，他无法来陪伴你。可是，我会来！你等着吧，我一定有机会去看你的。"

收了线，方翘楚擦了泪水，继续吃饭。不一会儿，手机短信铃音又响了。还是萧扬的，这次，他发了几帧图片过来，都是搞笑内容的，后面还有几个小视频，更是滑稽之极。尤其是其中一个，逗得方翘楚笑个不停：两只大熊猫翻墙逃跑，一只已经好不容易爬到墙头上，却因为身体肥胖笨重，又直直地摔了下来，直接砸到底下为它做人梯的另一只大熊猫身上。于是两只圆滚滚的家伙乱作一团……

萧扬紧接着又发来一条："小楚，忍耐加忍耐！实在忍耐不了我就来带你越狱哈！我就勇敢地做那个在底下当人梯的大熊猫。"

方翘楚笑出了眼泪。友情之花开放，心情豁然开朗。

田丰向实习生们宣布分组名单：方翘楚和李想分在宁南方名下；梅瑰和蒋子萌分在章雪川名下，高明辉和罗宏跟随于家成。

听了分配方案，方翘楚心里乐开了花。她身边的梅瑰却噘嘴吊脸，一副郁闷状。为了庆祝自己成功地摆脱了章雪川的魔爪，方翘楚提出请客，几个实习生来到医院旁的一家小餐馆。

烤肉串、涮牛肚送上桌，几个男生开始就着啤酒大唉起来。梅瑰吃的很少，斯斯文文的样子不像她往日的风格。

"嗨，你分到你家男神名下，多爽的事情啊，怎么还是不开心的样子？"李想首先发现她的不对劲。

高明辉马上露出胸有成竹的神态来，看着梅瑰狡黠一笑："其实梅瑰小姐嘴上说章教授是她的男神，那完全是声东击西的战术呢！"

"自作聪明！"梅瑰斜睨他，"你说说看，谁是东？谁是西？"

高明辉自信地拍拍自己胸脯："章教授是'东'，我就是那个你真正想袭击的目标'西'，对吧？咱毕竟年轻他几岁，就是鲜肉和大叔的区别吧？所以你的男神完全应该在这里！"

"厚脸皮！"梅瑰捶了他一下，"你和人家章教授比，中间还相差一万零一个蒋子萌呢！"

她的话逗得大家哈哈大笑，运动型的男孩蒋子萌红了脸。

李想对着梅瑰叹息："看来你当真是迷上某人了，别再整出个师生恋来，那就热闹了！"

"说什么呢？胡说八道，满嘴放炮！"梅瑰又回身捶李想，"我不过是想拜师学艺罢了，谈恋爱？哼！目前还没有人能入本小姐的法眼呢！"

说到这里，她突然觉得有点失言，就赶紧看一旁的方翘楚，但见该同学正在闷头撸串，像根本没听到他们嘻嘻哈哈的调侃一样。

　　"唉，我的方师姐，"梅瑰叫着她，"你怎么光顾吃了？不会吧？就算你请客，也是吃你自己的钞票啊，你倒像闷声吃大户一般！"

　　一直没说话的胖胖的男生罗宏这时开口了："我想，方医生今天是蛮开心的吧？"

　　"没错！"方翘楚潇洒地甩甩短发，嫣然一笑："岂止是开心？我简直要乐死了！终于摆脱某人魔爪，值得庆贺，来，咱们干了！"她仰脖灌了半瓶子啤酒。

　　两个女孩一起去卫生间时，方翘楚趁机点破了梅瑰的一个小秘密："其实，你跟着那人学习挺好的。你们又没有过节，他又是所谓的著名的'一把刀'！"

　　梅瑰愣愣地看着她，方翘楚笑了，拉过梅瑰，在她耳边低语了几句，梅瑰脸腾地红了，又愧又笑，上前去拧方翘楚的脸："你当真是个'水晶心肝玻璃人'！我是服了！"

　　原来，梅瑰暗中去找过成斌主任几次，强烈要求自己能分到章雪川名下学习。为了怕方翘楚不开心，她对她隐瞒了自己的心思。而且当时方翘楚拒绝师从章雪川，从客观上也遂了梅瑰的心，总共两个女实习生，也不可能都分在章雪川的名下。

　　方翘楚聪明伶俐，梅瑰又是个胸无城府的人，这点小伎俩早就被方翘楚参破。她选择这时候和梅瑰点开、说破，也是自己的一番诚意，她喜欢梅瑰，认她为自己的知己好友，她不想有任何误会或猜忌横亘在她们之间。

　　梅瑰也是个冰雪聪明的女孩，她理解了方翘楚的苦心，心里对她更是感服。她笑言，方翘楚就是那大观园里厚道又智慧的薛宝钗，她自己则是娇憨顽皮的史湘云。

　　"云妹妹已经完全被宝姐姐收服了！"两个女孩心无芥蒂地搂在一起，她们的友情从此更加深厚亲密无间。

　　友谊的甜蜜让方翘楚甘之如饴，但是工作中的暗流却一次次羁绊住她轻松跳跃的步伐。她和章雪川的别扭关系总让人对她这个将门虎女议论纷纷，更有传言在普外一科流动，说方翘楚就是个扫帚星类的人物，竟然让一向春风得意的'普外一把刀'章雪川马失前蹄，败走麦城，痛失正高职称资格。再联想到她的高干子女身份，人们看她的眼光就更加多了一丝有色成分。

总有这样那样的传言让方翘楚心烦意乱。她是一个性格透明，阳光开朗的女孩，最讨厌暗流涌动的情形，可是如今她感觉自己就像站在阳光下，但是人们却在津津乐道地议论她的影子，是否没有站直，是长还是短。

闲言碎语可以不必理会，但是工作学习中遇到的一些批评却不能不让方翘楚纠结又沮丧。来自基层医院的她，在这种大型教学医院，也有各方面逐渐适应的过程，期间伴随的，就是一些不愉快的插曲。

这日她跟随宁南方教授教学查房，田丰和丁盛也在列。当宁南方在讲述患者病情诊断时，方翘楚不时地就一些问题，向一旁的丁盛求教，两人交头接耳的状态被田丰看到了。田丰狠狠地盯了方翘楚一眼，方翘楚却没察觉，田丰终于忍不住呵斥了她一句："方医生，请闭嘴！"

几个人都惊讶地看向方翘楚，方翘楚又羞又气，脸涨得通红。宁南方淡淡地说了句："小方，你等会儿到办公室一趟。"

宁南方找方翘楚谈心，虽然他的态度和蔼平和，但是字里行间却支持了田丰刚才对方翘楚的批评："小方，你来的时间也不短了，应该知道在我们这样的教学医院，教学查房是一件非常认真严肃的事情。"

宁南方推推眼镜，尽量放缓口气，对眼前的年轻实习生："我不是不鼓励和倡导医生之间的交流和讨论，但在查房过程中是有相应环节来进行的，听和说，要分场合，这也是对带引教授的起码尊重吧？何况，很多时候，在你交头接耳时，也许会漏掉很多应该学习的知识点。"

方翘楚脸又红了，心里暗服，忙致歉："对不起，宁教授，我错了。"

宁南方笑着摆摆手："倒也不必正式道什么歉。我就是想告诉你一个更值得注意的问题。教学医院由于要担任培养人才的任务，所以在形式和内容上，会更注重三级检诊这一重要的医疗制度，各级医生的职责与权限是有严格规定的。虽然基层医院的医生很优秀也很辛苦，但到了大型教学医院，还是要尽快适应和遵守相应的规定与章程，要多一些严谨与细致！我希望你充分注意这个关节点，有则改之无则加勉吧！"

这番话语重心长却也够分量，而且似乎更有所指。方翘楚品味着他的话，沉吟不语。宁南方并不是一个话多的人，他也不想过多指向某些问题，让眼前的女医生难堪，就风轻云淡般地结束了这场谈话。

方翘楚心事重重地回到办公室，看到几个实习生都不在，她又抄写了两份手术记录，就想到手术室，看有无观摩的机会。没想到在上楼的电梯里，却遭遇章雪川。

礼貌又冷漠地点过头，方翘楚出了电梯正想离开，却被那人提着名讳叫住。

"刚才你在病房查房时的表现我都听说了，有些话是不吐不快。"章雪川不紧不慢地说道。

按道理方翘楚就该扭身离开，凭什么呀，我如今又不是你手下的实习生，何劳你章教授大驾来指点迷津？但是方翘楚却不知为何，此时倒耐住性子，听他如何大放厥词。

那人说话果然不客气："教学查房自然有教学查房的规矩，在其过程中，一些具体细节问题，甚至是各层级人员的站位、站姿及程序都有相应的要求，更遑论随便插话，私下议论了。那里不是菜市场，不能想怎么着就怎么着。你来的时间也不算短了，如果连这点都没能熟悉和适应，我只能说，作为医生，你的反应够迟钝！"

方翘楚哼了一声，转身想走，却不料被那人又甩出的一句话弄毛了性情。

"这些错误目前对你来说，都算毛毛雨了，你最要命的地方，还不在这里呢！"

方翘楚回身盯着那人，冷冷问道："请章教授明示？我洗耳恭听，你也不必阴阳怪气！"

章雪川却是一副证据在手，绝对权威的样子："你最应该改掉的，就是在医疗行为上的那种不拘小节的做派！在这里做医生，就要牢牢树立起严谨细致的作风，严格遵守医疗三级检诊的规定。不能越级蛮干，擅自处理，为出风头，恣意妄为！我看你现在最大的问题，就是不懂规矩！你最应该学习的，就是如何懂规矩！"

方翘楚一下子明白了他之所指，分明就是上次自己在门诊处理那个嵌顿疝病例的事情。再联想到刚才宁南方的那番话，分明也有暗指这件事情的意思，方翘楚心有不服，此刻就完全发泄到章雪川头上。

"我倒是觉得，作为一名医生，能快速为病人解除痛苦才是最高境界！这比什么规定、章程都行之有效，合理而有效的实践永远强于僵化的理论学说！"

"可是临床医学是一门应用科学，科学的事物就要有科学的秩序、标准做保障，不能按照自己的想象而违反科学规律。临床工作的复杂性及多变性，就决定了其规章制度须更详细、更全面。遵守规章制度的意义，就在于规范医疗行为，保证医疗工作的顺利进行。任何侥幸心理，都是产生医疗纠纷或严重医疗事故的祸根！"

章雪川侃侃而谈，方翘楚无言再驳。于是傲慢的老师对着不驯服的学生扔下一句她最不爱听的话："你需要学习的东西实在太多，目测你早晚会投在我的名下，且等师生关系正式确立后，我再认真教诲你好了！"

他飘然而去，她怒扔白眼："除非我倒霉十三级，才会落入你的魔爪！"

一脸郁闷的方翘楚在饭堂和实习生们相遇，梅瑰等人听说了查房风波，都有点替方翘楚鸣不平，认为主要是田丰从中作梗的缘故。

"哼，那个'田黑锅'势利刻薄，专挑咱们实习医生的错，尤其不放过翘楚姐！"梅瑰愤愤然，"宁教授那里，包括章教授那里，估计都是他打的小报告，陷害翘楚姐！"

李想有点同情地看着方翘楚："谁让你和章教授格格不入啊，'田丰收'当然要捧一个，踩一个！"

"田丰收？"大家都对这个名字不解。李想才说出自己搜集到的一个情报，田丰以前的名字叫'田丰收'，他嫌土气，才改为田丰的。

这个意外的情节让实习生们乐了起来，大家报复一般，喊了好一阵"田丰收"三个字，只有方翘楚神情淡淡，她自语般道："唉，其实我没所谓的，只要能一直跟在宁教授这里学习就一切 OK，其他的事，其他的人，都是浮云！"

几人听出了她的弦外音，都没作声，只有单纯心热的梅瑰公开声称，她觉得方翘楚和章雪川两人一定是星宿不合，才会有这些纠葛和纠结，她准备为他们找出症结所在。

还没等梅瑰为章、方二人开出和解药方，方翘楚就被动地和那人在工作中有了联系。

一名战士伤员被送到普外一科，收在宁南方组。方翘楚从护送来的战士口里，知道了这位叫沈小聪的 20 岁小班长的事迹。

原来，在一次野外训练时，部队进行手榴弹实弹演练。一名新兵因为太过紧张，在投掷的过程中手榴弹脱手，没有完全投出去，落在不远处。紧急时刻，身为班长的沈小聪扑向前去，将那名新兵压在自己身下。手榴弹爆炸了，新兵安然无恙，沈小聪却全身多处受伤。

沈小聪的下肢伤情尤为严重，除了血管伤之外，还有骨折和软组织损伤。因为训练环境严酷特殊，无法用飞机运送伤员，运送路途艰辛，送到医院时，已经超过 6 小时，伤员的下肢已经出现了花斑症及小腿缺血性变化，小腿肌肉炸伤，神经损伤，伤员出现了发热，白细胞升高等炎症感染迹象。

宁南方马上会同骨科陈教授一起会诊，鉴于伤员受伤范围较大，时间较长，伴有感染及血管损伤，此时如果保留肢体，可能会面临着感染加重导致败血症，患者死亡的后果。而且保留肢体需要进行血管修复手术、骨折复位固定术、软组织清创引流术、神经吻合术等一系列手术，时间长，效果不确定。如果行截肢手术，简单有效，可以迅速控制感染。所以目前最安全的办法就是截肢。

参加完会诊的方翘楚心情沉重。她来到病房，发现病床上的沈小聪整个身体都蒙在被子里。她轻轻揭开被单，看到一张年轻的脸庞上布满泪痕。

沈小聪从刚才医生们在床前的对话中，已经有了不祥的预感。在方翘楚的柔声问话下，沈小聪对着大姐一般亲切的女医生诉说了一段心曲：

"我从小的梦想就是当兵！都说，不想当将军的士兵，不是好士兵。可是我没有那样大的梦想，我就想当一名普普通通的军人，能穿着心爱的军装，我就心满意足了！"

他含着泪望向方翘楚："医生，我的腿，能保住是吧？我还能继续当兵对吧？"

方翘楚眼里也蓄起泪花，她摸摸小战士的头发，安慰道："你放心，医生们正在想办法，一定会尽最大力量，保住你这个心愿的！"

方翘楚急忙来找宁南方，对他讲了刚才病房里的那一幕。她说得眼泪汪汪的，宁南方也很难过纠结。沉吟片刻，他让方翘楚赶紧去看看章雪川有没有下手术，他想两人能再商议一下。在骨科目前已经放弃保肢的情形下，他只有把宝压在章雪川这个天资聪颖，又果敢激进的师弟身上，看看有没有什么还可以争取到的转机？

"好吧，死马当做活马医也比坐以待毙强！"方翘楚眼下只有"一定要为沈小聪保住腿"的信念，任何一线生机她都不会轻易放过。此刻她全然忘却了自己和章雪川的往日恩怨，一口气冲到手术室里。

章雪川刚刚脱去手术衣，正准备伏地做俯卧撑，方翘楚上前一把拉住他："对不起，章教授，你得赶紧和我走一趟！"

章雪川一脸愕然，他来不及说话，就被方翘楚不由分说地紧拽住胳膊，一路拉扯到宁南方办公室。

"哎，大师兄，你这女弟子是在玩绑架吗？"章雪川被女孩拽进门，嬉皮笑脸地还想开玩笑，却看到宁南方异常严肃的脸。

两个师兄弟讨论沈小聪病例，方翘楚在一旁认真听着。

她觉得章雪川的语言风格简单明了，又冷静决绝。

"患者虽然缺血时间较长，患肢已经出现缺血改变，但文献报道的极限时间可达到 6 小时。我曾在国外看到过这样的报道。我想对于一个年轻的战士，我们值得一试！如果不出现严重再灌注损伤，就可以保住他的腿，不至于落下终身残疾。"

宁南方思索着，他更倾向于保守稳健的做法，但是相对于这样特殊的患者情况，章雪川的建议也很有诱惑力。

章雪川却不犹疑，新的挑战来临的兴奋感，让他顿时神采飞扬起来。

"我来做这个手术。"他目光炯炯，认真盯着自己的师兄，全然不顾身旁审视着他的方翘楚，"修复股浅动脉损伤处，争取保存肢体。"

宁南方点头，又不放心地看着他："你还是把可能遇到的困难认真地想象一下，别光顾着想乐观的东西！"

章雪川轻浅一笑，进一步夯实自己的论点，说明他并非没有经过深思熟虑："额外的风险显而易见，距受伤时间太长，而且是爆炸伤，这两种因素都是血管修复吻合失败的重要原因，术后 24 小时尤为重要！如果术后血管搏动恢复，皮肤温度及颜色、感觉，肌肉活动等持续好转，则算作成功，如果以上指标很快变坏，说明治疗效果不佳，血管重新阻塞，或感染继续加重，则需要及时再次手术处理，甚至还是需要截肢。"

他换上郑重的神色对师兄道："咱们再详细讨论一下手术方案，然后我马上拿去给老爷子过目，算是把一下关，这样你能更放心点了？"

听说他要请章虎臣来审阅手术方案，宁南方松了口气，心里更加踏实了。

第十一章　山豆根案

如果说章雪川是方翘楚命定的冤家对头，萧扬就是她天生的蓝颜知己。方翘楚还有着与生俱来的极强的职业敏感，这是她的幸运？抑或是麻烦？

手术前，方翘楚和李想都为沈小聪打气鼓励，章雪川和骨科陈教授一起上台，欧阳巍实施麻醉。方翘楚和李想在大玻璃窗外仔细观看手术过程。

章雪川和陈教授配合默契，一起清除了坏死的组织，章雪川开始进行血管吻合。血管很细，章雪川低头操作，全神贯注。远端血管出现血栓，他立刻示意助手配合他取出血栓，随即灌注肝素溶液预防再次栓塞。他用灵巧纤长的手指操作着不吸收线和显微手术器械，认真缝合了4、5针，成功地将血管吻合。开放血管，可以观察到远端血管出现了一跳一跳的搏动。在人们的注视下，只见受伤的创面逐渐开始有血液渗出。章雪川用手比了个 OK 的形状，走下了手术台。骨科陈教授接着进行下面的骨折的复位与固定，吻合修复断掉的神经，放置引流管等工作。

"太好了，吻合良好，血管通畅。"玻璃窗后面的方翘楚和李想激动地相互击了一下掌。

肢体固定后，沈小聪被送回病房。方翘楚守在他床边，一直不断地观察他的情况。她看到章雪川也拉了个凳子坐下，丝毫没有离开的意思，不觉诧异。

"章教授，你怎么还留在这里？"

"你不也在这里？"

"我是病人的住院医生，当然要在。"

"我是他的主刀医生，也可以在。"

章雪川淡淡地说出这句话，顺手拿过床头柜上的一张报纸，看了起来，不再理会。

方翘楚习惯性偷偷白了他一眼，也不再理他。

期间除了到医生办公室吃盒饭，方翘楚和章雪川几乎都泡在病房里，晚间章雪川离开了，方翘楚松了口气，不料又听来换液体的杜鹃说，章教授没回家，还在值班室呢。

恍惚记得今天不该他值班，方翘楚也懒得多想，她的关注点都在平稳睡着的沈小聪身上。刚过午夜，章雪川来了，问过沈小聪的体温等情况，方翘楚清楚回答。章雪川又俯身检查了一下病人的情况，就离去了。

下半夜、凌晨时分都是这样的情形再现。方翘楚突然记起那天在宁南方办公室讨论时，章雪川提到的那个关键点"术后 24 小时"，心里才明白章雪川执意守在科里的原因。

关键的 24 小时平稳渡过，沈小聪病情稳定。感染得到控制，血液循环恢复良好，皮温正常，肢体感觉和下肢活动均正常，说明手术取得了成功。一切都在恢复中，沈小聪的肢体及功能都得到了保留，后期经过康复锻炼，可以重新恢复健康。

方翘楚由衷地高兴，有种大功告成的喜悦。她突然念及这个"大功"应该首推章雪川，她想单从这个问题感谢一下他，就把自己的心事说给了梅瑰。

"哇！章教授好棒！"梅瑰果然欢呼，又看着方翘楚，再次做起"统战工作"，"你对他的看法改变了是吧？你早就该改过来了！偏见真的是会害死人的！"

方翘楚直摇头："一码归一码！我是说，沈小聪能保住腿，某人的确居功至伟。如今小战士还不能下地呢，我想代表他感谢一下主刀教授，仅此而已！"

梅瑰难管她的诡辩，拉着她找到了章雪川。方翘楚虎着脸，梅瑰干脆替她盛情邀请："章教授，方医生想请您吃饭，为那个小班长保住腿庆功，咱们大家好好乐一下吧？"

章雪川正在看病历，抬起头，看了一眼梅瑰，又把目光射在方翘楚的脸上："方医生请客？难得！就不知道是否算拜师宴啊？"

"拜师宴？"梅瑰一时半刻还没明白过味儿来，方翘楚已经直愣愣地怼上那人："梅医生刚才说得很明白了，是感谢你手术成功，为沈小聪保住了腿，别无其他，切莫乱想！"

"哦?"章雪川眉毛一挑,脸上是戏谑的笑意:"不是拜师宴?那不好意思,本人毫无兴趣,恕不奉陪!"

"哎,章教授……"梅瑰还想争取,方翘楚已经变脸,扔下一句话,"敬酒不吃,算我没说!"愤然离去。

梅瑰一脸懊丧,嘴里嘟囔:"你们……当真是前世有仇吗?"

方翘楚吊着脸出了病房,在门口和某人差点碰个满怀,听着对方那声"小楚?"的呼唤,定睛一看,却是萧扬。

萧扬是来C市工程兵学院短期轮训的,特地来看望方翘楚。方翘楚又惊又喜,狠狠捶了他肩膀一下:"嘿,你果然来了?上次你电话里说要来,我还以为你哄我的呢?"

萧扬用他标志性的开朗一笑:"好好的,哄你干什么?"

"因为我'不好'!"方翘楚把"不好"两字咬得很重,萧扬认真看她的神情,问道:"究竟发生什么事了?"

"唉,一言难尽。管他!你还没吃午饭呢吧?我带你去餐厅!"方翘楚拉着他就想走,却被萧扬拦住。他扬扬手里的提包:"先把东西放下吧,挺沉的。"

方翘楚带他回到自己宿舍,萧扬把带来的礼物一样样拿出来给她过目,方翘楚惊叫连连。

青稞炒面、奶酪干、牦牛肉干、黑天麻、酥酪糕、还有形形色色的果脯,看得方翘楚不停地咂嘴。她又拿起几个子弹壳做成的工艺品,认真看着,啧啧称赞。

"这些吃食都是藏区的朋友托我带给你的。这几个弹壳制品,是咱们连战士特意做的。他们看到过连长原先给你做的那个,知道你喜欢,就都开动脑筋为你设计。嗨,你简直想象不到,这些小家伙们脑子有多灵光!你瞧瞧这些创意……"

萧扬神采飞扬地为她讲解着,却猛然看见方翘楚的眼里有晶莹的东西在闪烁。

"怎么了?小楚?你好像变得多愁善感起来了。"

"我……真想那边!"方翘楚揉揉眼眶,正想再说,却听到有开门声,梅瑰回来了。

方翘楚为梅瑰和萧扬相互介绍了，梅瑰看着高大威猛，又阳光帅气的萧扬，又看看一旁的方翘楚，神秘地眨眨眼睛。

方翘楚准备带萧扬去吃午饭，顺嘴邀请梅瑰，没想到小丫头给杆就上，毫不避嫌，也和他们同行。

萧扬走在前面，梅瑰故意拉着方翘楚低语："老实交代，是不是男朋友？"

方翘楚摇头否认，梅瑰不能相信："怎么可能？这么帅的男孩不做男朋友，岂不是暴殄天物？"

方翘楚笑着和她咬耳朵："你若喜欢，我马上给你们当红娘！"

梅瑰听了，俏皮地噘噘嘴，悄悄地追上萧扬，暗暗在他背后和自己比了一下身高，夸张地做了一个迷妹式花痴表情。

他们来到餐厅，这是院里最好的一家餐厅，由外边承包经营，饭餐精致，很多医务人员吃厌了食堂，就来这里换换口味。

三人点了菜，边吃边聊，方翘楚心情大好，脸上又挂出活泼明快的笑容。

梅瑰感叹："看来萧连长有开心果的功效，成功地让我们方师姐笑开颜！"

萧扬笑看方翘楚，又问梅瑰："她往日为什么不开心？"

"还不是因她遇上了星座不合的人！"梅瑰脱口而出，认真对方翘楚建议道，"昨天我上网查了，你这个天秤座的女生，和摩羯座的人星象不合！偏巧那个章雪川，就是摩羯男！"

"什么烂七八糟唯心的东西！"方翘楚白了她一眼，萧扬却注意到梅瑰话里的信息。

"那个章雪川，他故意为难你吗？"萧扬剑眉微蹙。

方翘楚瘪瘪嘴，未置可否，梅瑰已经忍不住喊叫："根本不是谁为难谁的问题，就是他俩星座不合！所以才会如此鸡争鹅斗的，看着让人揪心！"

萧扬眉毛蹙得更紧了，脸上现出愤愤然的神情，方翘楚忙打圆场，嘴里支吾别的话题，夹了很多菜，放到萧扬的碗里。

其实三人没有发现，在不远处的拐角那张桌子上，就坐着章雪川和于家成夫妇。

是章雪川在请于家成夫妇吃饭。于家成的夫人王倩，是小儿科的主治医生，和冯璇是闺蜜好友。在章雪川和冯璇分手后，她极力撮合他们破镜重圆。她和冯璇经常微信联系，知道冯璇对章雪川旧情难忘，就主动揽下为他们重搭鹊桥的重任。为了劝说章雪川，她经常让于家成邀请章雪川到家里吃饭，对他多加劝导。吃过几顿这样的"鸿门宴"，章雪川有点不好意思，来而不往非礼也，也就想请请他们夫妇。

席间，王倩又不遗余力地讲述自己了解到的，冯璇如今在美国的发展情况，想刺激章雪川的上进心，和冯璇重归于好，并接受冯璇的建议，赴美团聚。

章雪川却意态阑珊，王顾左右而言他，不接她的话题。逼急了，他就懒懒地回复一句："一切随缘，缘尽不由人"，让自信满满的婚姻说客王倩黑了脸。

章雪川起身去卫生间，想回避一下话不投机的尴尬，却不料在洗手池边遭遇了萧扬。

两人点头，算是彼此招呼了。萧扬紧接着冲口一句话，就带了零星火药味："我想提醒你一下，别为难她！"

明白他嘴里的"她"是指谁，章雪川傲然一笑："我有我的做法。"

"你的做法？"萧扬恨恨地对上他的眼睛，"就是在你的地盘，欺负新人？"

章雪川顶了一句："你做你的，我做我的！"他看到萧扬愤怒的眼神，觉得还是解释一下，没必要造成没有任何意义的误会及对立。

"你在保护她，我在赎罪！"他扔下这句话，转身离去。

萧扬回到桌前，看到方翘楚拿出钱包在招呼服务员买单。

"那边章教授已经替你们买过单了。"餐厅服务员对本院著名的人士自然是认识的，指指一角，对方翘楚笑着解释。方翘楚按着她手指的方向看去，只看到章雪川离去的背影。

萧扬要赶去工程兵学院报到，方翘楚送他去车站。一路走着，萧扬不停地鼓励开导着方翘楚。

"总之，小楚，你就这样想，别管他人行为如何，咱们要心怀大志，豁达从容！大不了抱着'师夷之长以制夷'的雄心壮志，卧薪尝胆，忍辱负重，偷师学艺，后发制人，学到真本领才是王道！俗话说得好，百忍方成金，女汉子自是能伸能屈！决不能小不忍则乱大谋……"

他一口气爆出一连串的成语、俗语，把方翘楚逗得咯咯直笑。他却故意做出委屈的神情来："我是个工科生，这可是把肚子里储备的所有励志成语都掏给你了，如今我已然腹内空空！"

"萧扬，你总能逗我开心！"方翘楚感动地看着他："而且你完全是大将风范，高屋建瓴，在关键时候给我力量！真不愧是我的蓝颜知己！"

萧扬诡秘一笑："其实我这里还藏着一副最切合你胃口的励志对联呢，你这一通夸赞，把我的记忆差点吓跑了！"

"哦？是什么？"方翘楚好奇地问道。

萧扬清清嗓子，故意做出夫子背书模样，晃着头朗诵："有志者事竟成，破釜沉舟，百二秦关终属楚；苦心人天不负，卧薪尝胆，三千越甲可吞吴！"

"你听听！"他笑着对方翘楚，"上半阕最后那句——百二秦关终属楚，你一发力，连'百二秦关'都归了你方翘楚，何况区区他物？"

方翘楚被他的"歪解"逗乐了，她还不忘继续延伸语意外延："对！只要我方翘楚破釜沉舟，卧薪尝胆，总能有效打败那个狂悖无礼，好为人师的家伙！"

萧扬也笑："我日夜等待着你胜利的捷报！"

第二天清晨，方翘楚照例晨跑。梅瑰慵懒，好睡懒觉，但是她又羡慕方翘楚运动维持身材、保持精力的习惯，就提出来也跟着她长跑。

梅瑰懒洋洋地被方翘楚拉起来晨跑，在操场上遇到章雪川，马上被他矫健的跑步姿势吸引住，满脑的瞌睡虫一下子就溜掉了。

其实这倒是章雪川收服倔强将门之女的小伎俩之一：自从高原回来以后，章雪川认真开始晨跑和体能训练。他深刻意识到没有良好体能是做不好医生的，尤其是军医。他通过套梅瑰的话，了解到方翘楚一直有晨跑习惯，特意调整了合适的时间和她相遇。

梅瑰却浑然不觉，第一天晨跑的她，完全沦陷在章雪川潇洒的跑步姿态中。但见他身穿一身宝石蓝运动服，白色的跑鞋，长腿健步如飞，两臂有力地前后摆动着。梅瑰啧啧称赞："章同学手术台上帅呆了，没想到跑步场上也酷毙了！老天，你也太眷顾某人了吧？"

她边跑边对身边的方翘楚赞道："你看他！我只说手术台上的章雪川像一名披甲上阵的将军，在这里，更觉得其有矫健之军人风范！"

方翘楚哈哈大笑："那是你小丫头没见过什么是真正的军人风范！"

"那你说说看，什么才算真正的军人风范？"梅瑰不能服气。

方翘楚一脸神往："像草原上的羚羊一般奔跑着，风鼓动他的衣衫，不过是为他扬起了一面风帆，他强健有力的四肢能把日月甩在脑后，青春飞扬的气息让草原变得更充满生机。他就像逐日的夸父，却是我永远的英雄！"

"哈哈，翘楚姐，你在吟诗呢！"梅瑰笑着停下步子，喘息着，"你描绘的英雄，真令人神往！可是我已经猜到他是谁啦！"

"是谁？"方翘楚也停下了步子。

梅瑰狡黠地眨眼："那个萧帅哥！"

听她猜的是萧扬，方翘楚摇头："萧扬是我的蓝颜知己，本身也算一个勇猛的野战军人。但是不是我心底暗藏的那位英雄。"

"哇哦，师姐！原来你还藏着一个帅哥啊！在哪里？什么时候让我见见？"

"有机会，我会告诉你。"方翘楚吐出这句话，又接着跑了起来。

早上交班前，方翘楚遇到章雪川，就递上准备好的一卷钱。

"做什么？"章雪川不解地看着她。

"那天的饭钱。"方翘楚脸定的平平，"我不习惯别人替我买单！"

"我也不习惯替人买单，"章雪川也是一本正经的样子，"我不过是请个小客而已。"

"可我也不习惯被人请客！"方翘楚连忙回击。

"谁请你了？"章雪川嗤地一笑，"我请的是萧扬。别自作多情好吧？"

"你？！"方翘楚红着脸，气得不知如何再说，却见那人已经转身离去，恶狠狠地给自己一个下不来台。

"可恶的家伙，等着瞧，总有一天，姐要露出利爪跟你过招，把你痛快打翻在地！"方翘楚在心底暗暗地发誓。

午休时分，实习生们都在办公室里聊天，多金又傲气的高明辉，明显对梅瑰有意，时不时撩拨她几句，奈何梅瑰根本对他的各种献殷勤之举不感冒，处处躲着他的进攻。此刻，高明辉又被梅瑰抢白几句，有点垂头丧气。梅瑰自己坐在一边，用手机玩微信。

罗宏和李想正在网上紧张拉票。医院最近在评选最美护士，他们想把杜鹃的票数刷出一个新高度。蒋子萌是游戏狂，一有空闲时间，就抱着手机窝在角落狂打游戏。

方翘楚看看众人，觉得哪方面都不想参与，她走出办公室，在院里转着，不知不觉又来到妇产科。

方翘楚坐在平日里爱坐的地方发呆，看到有医护人员，和三三两两的孕妇及他们的陪人经过。阳光温暖，她微微露出笑意。

发过呆，她又慢慢转到妇产科对面的小儿科，病房里小患者们楚楚可怜的神情总让她心生怜惜。不经意间，一个异常的情况引起了她的注意。

她看到15床躺着一个五六岁光景的小女孩，她的表情动作有点怪异，时有抽搐，手舞足蹈，虽然哭闹不止，却不能说出完整的话来，嘴里不停地呕吐着。家长一脸紧张地站在床边。

两个女医生在讨论着病情，方翘楚在一旁听着。其中年轻的女医生述说着女孩的检查结果：双侧扁桃体二度肿大，可见脓点，双肺呼吸音清，未闻及干湿啰音，神经系统查体未见异常。肝肾功、电解质等常规检查均正常。入院后做了头颅磁共振，脑电图，心电图，腹部B超，一切未见异常。入院后给予抗感染治疗后体温逐渐下降，咽喉肿痛有所缓解，但锥体外系症状不见好转，何种原因导致此种症状令人非常困惑。

年纪长一些的医生就是王倩，她作为主治医生，决定先按着小儿扁桃体化脓治疗，再继续观察是否有脑炎的症状。下完医嘱后，她将手插进白大褂口袋里，转身离去。

对于这样的疑难病症，方翘楚虽然不是儿科大夫，但是也用心去观察。她总觉得有点奇怪的感觉：这个患儿的某些症状，像极了她在藏区时，曾遇到过的一个中药中毒案例。

想到这里，方翘楚悄悄拉住像是患儿母亲的那位家属，问到孩子发病的情形。

"大嫂，我想问一下，你们在家时，有没有给孩子吃过什么中药？"

患儿母亲先是摇头，后来猛然记起一个细节来。患儿的爷爷笃信中医，经常用中药给自己和家人治病，此次孙女到他家小住，出现发热、咽喉肿痛，他就用山豆根煎汤药给她服用。

方翘楚恍然大悟，她急忙向儿科医生办公室跑去。

王倩听了方翘楚的判断，又仔细看了方翘楚白大褂前胸的吊牌，淡淡一笑："普外科的？还是实习生？你怎么管到我们儿科来了？"

"可是我觉得这个病例真的很像我以前在藏区遇到的那例山豆根中毒病例，请您再去仔细检查一下，或者组织医生们会个诊？"

"嚄，真好笑！你一个外科医生怎么手伸得那么长？还建议我们做会诊？你以为一个小实习生的莫名其妙的猜测，就该引起专家的重视？太把自己当回事了吧！"王倩一脸不屑。

"可是，王医生……"方翘楚还想再说，王倩已经不耐烦地挥挥手，"没什么可是，回你们科好好学习去，我也很忙！"

她转身离开了办公室。

方翘楚回到 15 床病房，看着患儿的情形，感到阵阵揪心。护士们在准备液体，眼看孩子有可能遭遇误诊，方翘楚心急如焚。强烈的责任感，让她做出一个大胆的决定。

她直接找到小儿科主任办公室，敲了一下门，就直接闯了进去。主任华鑫正和自己的老师，妇产科老教授夏静波在进行病例会诊讨论，被吓了一大跳。

方翘楚用急切的语气说了自己看到的情形以及自己的判断，华鑫和夏静波听了面面相觑。夏静波神情严肃，提示华鑫应该马上去看一下患者情况，华鑫点头应允。

病房中，华鑫仔细问了家属一些问题，又检查了患儿的情况，她请方翘楚再讲一下自己对山豆根中毒病例的判断，随后初步接受了方翘楚的建议。作为主任，华鑫马上亲自指挥更改治疗方案。

王倩不服气，还想争辩，华鑫语气严肃地批评了她的粗心和固执。王倩满面通红，尴尬不已。她不敢再说，急忙落实救治方案，加大输液量，以加快其代谢。

华鑫看着方翘楚胸前的名牌，赞许地点头："你叫方翘楚？在普外实习？看来你有基层医院工作的经验，是比一般刚从医学院校毕业的实习生强！"

方翘楚却暗暗松了一口气，离开儿科病房时，她被夏静波叫住了，邀请她到自己办公室坐一下。

"小方，你是楚正平的女儿吧？"夏静波为她倒了一杯水，笑着看她。

"您是？"方翘楚一脸困惑，当夏静波说出自己的身份时，方翘楚才意识到她是章雪川的母亲。

方翘楚从父亲那里知道两家曾有过一段渊源，但是知之不详，加之对章雪川的偏见，所以也未曾关注这段关系。此刻，夏静波静静地说起了往事，方翘楚才惊觉，眼前这位仪态雍容，斯文典雅的老太太，竟然是为自己取了"方翘楚"名字的人。

原来，方翘楚的父亲楚正平和章雪川的父亲章虎臣从云南前线回到内地后不久，楚正平的妻子方芳临产，住到了附属医院，就在夏静波这个科。但是不幸的是，她在生产时去世。

丧妻的楚正平无限悲痛，又作为从前线下来的模范英雄连长，正在全国巡回做报告，初生的女婴乏人照料。在章虎臣的提议下，夏静波将女婴抱回了自己家中。

孩子百天时，楚正平来接她，为了感谢章家夫妇对孩子的关爱，就请他们为孩子起个名以示纪念。因为思念亡妻，楚正平执意让女儿跟随母姓"方"。夏静波翻了词典，用心为孩子起了"方翘楚"这个名字。"翘楚"是祝福女孩出类拔萃，成为人才，又恰巧在名字里包含了她父亲的姓氏。

26岁的方翘楚第一次听到自己名字的由来，不由得思绪万千。夏静波抚摸着女孩乌黑的头发，也是感慨不已。

"夏伯母，我想知道，我妈妈，是因为什么原因产后去世的？"这问题缠绕在方翘楚心里多年了，她从来不忍心问父亲，如今见到当事人，终于有机会问出口。

夏静波喟叹："羊水栓塞。一种十分凶险的病症，你没听说过？"

方翘楚默默地听着。夏静波语气幽幽："一切都是难以预料的。听说你妈妈当年是个很优秀的军医，常年在藏区巡诊。那年临盆时，恰好遇到你父亲从前线下来，夫妻团聚，满心指望在大城市分娩，也算双喜临门，谁曾想……"

她又一次抚摸着女孩的秀发，一声叹息："孩子，你长得真美，和你妈妈像极了！"

方翘楚对夏静波产生一种奇怪的亲近感觉，眼前这位为自己起了名字的和蔼老太太，似乎冥冥之中和自己有着一份不解之缘。

"小楚啊，如今你一个人在这里学习，周末就去我家吧，就像回自己家一样，我给你做几样家常菜。"

方翘楚猛然惊醒，想起章雪川这个纠结的存在，就急忙用值班的理由婉拒了夏静波的好意。

"说起来，你如今还和我们家雪川在一个科呢，怎么没听小子提起？哦，他也不知道咱们两家的那份前情，那个稀里糊涂的小子！"做母亲的人，说起自己的小儿子，一脸慈爱，方翘楚也明白了，老太太并不知道自己和章雪川的那段恩怨。

第十二章　以柔克刚

章雪川的婚姻大事是母亲夏静波的一块心病。这个倔强的小子怎么就不明白当娘的苦心呢？她对"前任准丈母娘"的胡乱许诺让夏静波不病上一场都不行了。

第二天在办公室，杜鹃带来消息，小儿科那个患者的诊断结果出来了，果真是山豆根药物中毒，因为方翘楚的认真和敬业，避免了一场事故，据说儿科主任华鑫对成斌主任表示了谢意。几个实习生听了，都对方翘楚竖起大拇指，梅瑰听了，更是兴奋，哇哇哇尖叫几声，不想却叫来了她最不喜欢的黑脸人物田丰。

田丰一脸严肃地进来，先是瞪了一眼哇哇乱叫的梅瑰，然后在办公室走了一圈，盯着方翘楚看了看，从鼻孔里哼出一股粗气，眼光像小刀一般在方翘楚身上剜了一通，一句话没说，转身走了。

"哎，'田丰收'这是什么意思啊？"梅瑰一脸不解，因为感受到那人刚才的目光和神态不善，就怨念道，"翘楚姐这是为咱科争光了吧？他怎么这个表情？"

其他几人也弄不清状况，高明辉嘟囔了一句："他估计是阴暗心理，羡慕嫉妒恨呗！"

中午下班时候，李想带来自己侦察到的信息，被批评的儿科医生王倩竟然是于家成教授的爱妻，目测这下方翘楚惹上麻烦了。

梅瑰拉住方翘楚一脸沮丧："悲催了，我的姐！你说你怎么这样不幸呢？一波未平一波又起，章教授那儿还别扭呢，这又招惹上于教授了！你那天不管那件闲事就好了！"

方翘楚却心里坦然，她觉得问心无愧，何况人命关天，何谓闲事？她神态平静地工作着，对一些闲言碎语也不加理会。反正于家成一直对自己有偏见，从她来到普外一科起，他就没和她有过交集，平日里见面，也是这边一声尊称"于教授好！"那边一个例行点头而已。

受了批评又丢了面子的王倩心情郁闷，这日下班回家，也没心思做饭，反正孩子在姥姥家，也不用她照料。她打开冰箱，发现剩的饭就够一人吃的，就加上鸡蛋和小葱给于家成炒了一碗蛋炒饭，自己泡了一盒方便面，准备填饱肚子了事。面刚泡上，微信电话就响了起来。

是冯璇从美国打来的，夜深人静她辗转反侧怎么都不能入睡，就想和最要好的闺蜜煲电话粥。冯璇说了自己的苦闷和压抑的情绪，王倩一针见血地指出她还在为情所困。

"傻子，你一定是还陷在过往的情网里没拔出来！"王倩感叹，"自古说得好，痴情女儿薄情郎。人家章雪川早就在这边春风得意马蹄疾了，你还在大洋彼岸凄凄惨惨戚戚呢！"

"你别嘲笑我，我是忘不了他！"冯璇在电话那边黯然神伤。

王倩同情她的困境，也不再嘲笑她的痴情，倒真心实意地为她打算起来："如果他章雪川就不放弃立场，坚决不出国和你重聚，你能放弃眼前的一切，回国俯就他，挽回你们的感情吗？"

"我……"那头冯璇有些犹疑，但还是说出了自己的真实想法，"不是我不愿意为爱情而放弃事业，实在是我比他更有远见，有正确的人生目标。这里的一切，都特别适合个人的发展，不管是我，还是他。尤其是他，他在这里，平台更高！不是一定要继续拿手术刀，医学天赋的价值体现又不是用是否拿手术刀来衡量的？"

她微微叹气："即使就是想继续上手术，只要通过一定的努力，他也不是不可以在美国实现这个想法的。关键是对他而言，能来美国发展，才是硬道理，是明智之举！看看国内这种现状，他目前连个正高职称资格都没弄上，再往下发展，有什么奔头呢？凭他那个桀骜不驯，不会来事的性格，当个副主任？还是主任？有戏吗？什么时候才能有戏呢？"

王倩耐心听着，突然她的话语里的某个词语一下子击中了她的心——"副主任"？她微微有点发愣，冯璇还在那边滔滔不绝："总而言之，从各方面权衡，章雪川都更适合到美国来发展，国内环境根本不适合他！你说，我能放下眼前这一切，这么多年苦心经营的一切，来俯就他不合时宜的想法吗？所以，不是我冯璇不肯下血本追求自己的爱情，是章雪川稀里糊涂地在那里犯别扭呢！"

等她发泄完了，王倩才理清思路，郑重地对她支招："我完全赞同你的观点。但是我赞同没有用，我又不是当事人章雪川。我只想给你说一点我的想法，我以为，你目前切不可直来直去地强逼他，物极必反！而且章雪川的性格你又不是不知道，典型的成熟期延长的小少爷脾气，逆反期忒长！我倒觉得，你完全应该智取！"

她加重口吻说出自己的计策："想想看吧，如果你能完全堵死章雪川在国内发展的路子，他不就只能乖乖地去美国和你相聚了吗？"

她正和那边说得热烈，回头看到于家成一脸不高兴地站在她身边。

饭桌上，小两口边吃边聊，话就有点不投机。于家成对夫人想撮合章雪川和冯璇和好，成就一段青梅竹马的因缘并无异议，但是他对王倩给冯璇支招，在事业上打击章雪川的观点却不能苟同。

王倩撇嘴冷笑，是谁前两天在家里自怨自艾，说是即便是自己加紧科研工作，在论文发表方面努力，但是惜乎没有章雪川的资源。毕竟人家章雪川当年和冯璇留学美国时，有很多人脉关系可以利用。于家成听了沉默不语。

王倩趁机又对丈夫说出自己的小九九，眼下于、章二人暗暗形成竞争之势，大师兄宁南方即将出国，他所担任的副主任工作，将由他们两人中的一人接任。只有 PK 掉章雪川，于家成才可以毫无障碍，一马平川。

于家成马上反驳她，自己决不愿意在事业上暗算章雪川。两人之间有关职称和任职问题应该是公平竞争，我于家成要凭借自己的本领胜出，要阳谋不要阴谋。

王倩听了，满脸是尖刻嘲弄的表情，大声笑了起来："人家是将门虎子，你一个草根拿什么实力搞公平竞争？依我看，眼下你这个堂堂的普外副教授已经混得够窝囊了，你们科一个小小的实习医生都能欺负到我头上！"

她绘声绘色地对于家成讲述了那天方翘楚和自己结怨的过程，有关山豆根中毒病例，王倩因此得到了全科会议批评的耻辱。

"那个狂妄的小实习生！不知天高地厚的丫头，你以后在科里不准理她！哼，好一个'山豆根祸害女'!"王倩恶狠狠地诅咒着,竟然激动到愤然落泪,于家成好言相劝了一阵,才把夫人的情绪给安抚下来。

第二天在办公室遭遇方翘楚,于家成完全把她当成了透明体,就连方翘楚主动和他打招呼,他也冷着脸不予理会。方翘楚虽然心里难堪又纠结,但是她暗暗鼓励自己,坚持自己认为对的,不要后悔,也不要犹疑,普天下坚持真理的人中,遭遇悲剧事件的还少了?

眼下她全神贯注对付的是章雪川,她觉得时时刻刻都能感受到那双霸气又自得的眼神。那个狂悖的家伙似乎不死心,总想把她收在门下,以便霸道地行使导师权利,方翘楚偏不信这个邪,绝对不能给那人以可乘之机!

但是不入耳的信息却无处不在,对某人的赞美在实习生里是层出不穷。这日在饭堂吃饭,大家开始的情绪都不错。李想带来了消息,田丰医生最近要外出学习一段时间,大家觉得能暂时摆脱他的监控,每个人心里都哼起了"解放区的天"。

罗宏却一直情绪低落,他对大家说出自己的纠结情绪。他跟随于家成名下,最近开始上手术台做助手,但是他似乎有手术恐惧症,经常发生手抖,出冷汗,和其他医生无法配合的情况。于家成找他谈过话,也多次帮助他,但是效果不好。罗宏有点绝望,怀疑自己是否能成为合格的外科医生?是否将来能顺利主刀做手术呢?

几个同学都不知道该如何安慰他。近来,他们陆续跟随自己的指导老师上手术台,除了方翘楚有基层医院工作经历,表现较好外,其他人都能逐渐适应。他们不知道如何帮助罗宏,据罗宏讲,于家成对他都露出失望的意思,其他人更是束手无策,没有多少经验可以传授给他。

蒋子萌突然提到了章雪川。他说了自己跟随章雪川学习后的心得,觉得章教授完全可以当得上"循循善诱,诲人不倦"八个字。而且他明显感到章教授是天才型外科教授,懂心理学,又擅于和学生沟通,罗宏的问题,不妨可以找章教授帮忙。

同样师从章雪川的梅瑰应声附和,又谈到自己对章雪川的崇拜,甚至改了伟人的诗词,用了"谁能驰骋普外,唯我章大男神!"的溢美之词。一旁默默不作声的方翘楚终于忍耐不住,站起身来,气哼哼地看着众人,冷言诘问:"你们知不知道，这世上除了棒杀还有捧杀？你们以为章雪川就没有短板，没有弱项吗？你们知道，如果你的亲人，死在一个号称'神医'的人的手术刀下，是怎样的一种痛苦？"

她的眼里蓄起泪花，她抹了一把，铿锵有力地甩出一句结束语："你们如今对某人的变态个人崇拜，会把一个原本就傲气冲天的家伙成功推入妄自尊大的泥潭！"

看着方翘楚跑远了，梅瑰才不解地问："她说的什么意思啊？谁的亲人死了？死在'一把刀'手里？"几个人都是茫然。

方翘楚跑回宿舍，拿出自己放在抽屉最底层的那个镶嵌着格桑照片的相框，还有两个物件，天珠和"一箭穿心"发呆。她默默地在心里说："格桑，怎么办？我想把你封锁在心底，自己轻装上阵，砥砺锋利，重新做起！但是我总忘不了你，忘不了那个令人肝肠寸断的手术！忘不了那个使你失去生命的人……"

格桑在相框里对她笑着，笑得无欲无求，没心没肺。这样的格桑，让方翘楚心痛如割，她把相框搂在怀里，痛痛快快地哭了一场。其实，她心里也明白，这场磅礴之泪，是为了追念格桑，也是为了怀念自己最美好、最无忧无虑的青春、初恋时光，也是排泄出她这一阵在新环境，在工作中遭遇的种种风波和纠结郁闷。

同样对章雪川极度不满的还有冯璇的母亲韩萍。她前次堵住章雪川教训了一番，但是观察了一段时间，觉得自己的批评教育毫无结果，自己女儿冯璇打电话回家时，还是听得出情绪不高的样子，看来她和章雪川复合的希望不大。

韩萍原本就憋了一肚子的邪火，这日恰好遇到了一个发泄口，她好好宣泄了一番，却不料把对手方差点攻击到发病倒下的地步。

对手方就是章雪川的母亲夏静波。这日夏静波的一名老同学为自己新出生的孙女办满月酒，夏静波应约赴席，却不料遇到了也同样来参加宴会的韩萍。

这场别人家的小孙女的满月酒，自然而然地刺激了两个昔日闺蜜外加曾经疑似亲家的夏、韩二人。韩萍拉着夏静波说起那对不省心的小儿女的事，一个劲儿怂恿夏静波拿出母亲的威严，号令章雪川赶紧行动，修复和冯璇的关系。

夏静波有点为难。她性情儒雅文静，不像韩萍那样风风火火，直来直去的火暴脾气。她紧皱眉头，只是叹息着，说儿大不由娘，孩子们的婚姻大事，还是要尊重他们自己的选择，其实夏静波从内心讲，也是希望儿子能和冯璇复合，毕竟是青梅竹马一起长大的，两人家庭又知根知底。但是她更心疼小儿子，总觉得自从援藏医疗队回来后，儿子由于那场发生在高原上的医疗纠纷，心情不好，又失去了高级职称资格，怕再在恋爱问题上逼紧了他，让他心情更加郁闷。

韩萍却受不了夏静波吞吞吐吐、躲躲闪闪的为难话。她喝了一点酒，加之看到和自己女儿差不多大的同学，如今都当妈了，心里更受刺激，就直接和夏静波开了火。情绪激动之下，也没好话，她先把章雪川痛骂了一顿，接着又责怪夏静波溺爱儿子，没有原则，更没有拿出母亲的权威。最后，她又只顾自己痛快，哪管他人隐私地预言一句：

"你就可劲儿惯你这个老儿子吧，直接把他惯成一个当代陈世美，白眼狼！不就是那点破事嘛，你那点小心思，还能瞒外人一辈子？早晚别人知道了，只会说，你这份糊涂没原则的母爱，完全是害了那小子啦！"

她最后这句话，着实有些刻毒了，起码是不够厚道。外人听不出门道，只是不懂，但是知情人夏静波却被戳了心窝子。她不言不语地回家，没吃饭就躺倒在床。

等章雪川接到姐姐的电话，赶回家时，就看到母亲虚弱无力地倚在床头落泪。

"老三我告诉你，你的这桩恋爱事情，再不折腾清楚，非要了咱妈的命不可！"章雪原生气地指谪弟弟。

章雪川顾不得和姐姐回嘴，他上前握了母亲的手，关切地看着她："妈？"

"小原你干什么？不许你这么说弟弟！"夏静波收了泪，反而劝慰起愧疚不安的儿子，"妈没什么。小川，你自己好好的。能和冯璇再谈谈，就去试试，毕竟是几十年的交情了。如果不能，也就说清楚，别耽误人家姑娘……"

章雪川安慰母亲："我知道的，妈，其实我已经和小璇分手了。我知道您伤心，可是我不能……"

夏静波摇头："你的婚姻大事，肯定是你自己做主。但是妈愁的是，这么多年的感情，如何能说断就断，断得利落？再说，你今后怎么办？你也老大不小了，不能总单着！"

"妈，我不找对象了，我以后就陪着您得了！"章雪川为哄老妈开心，又拿出一贯的嬉皮笑脸状态来。

"哎呦，小子，小子！你这话更要叫妈犯病了……"夏静波捂捂心脏。

"真的，妈！我一辈子陪着您不好吗？我现在对恋爱呀，婚姻什么的，一点兴趣都没有！我上次都对韩娘承诺了，冯璇只要单着，我就不会先找对象！这样韩娘该气顺了吧？"

"什么？傻小子？你竟然对她这般承诺？哎呦，这次你妈不病都不行了……"夏静波呻吟着，真的躺倒了。

章雪川被姐姐暗地埋怨了一顿，他心里其实也不好受。从小到大，他最怕惹母亲生气，也最怕母亲心脏犯病。看到年过古稀的母亲还在为自己的恋爱婚姻问题悬心，他也倍感内疚。但是眼下的情形，他却无力改变，只好寄希望于时间的推移，自己和冯璇都能走出情感的泥沼。

和那个不省心不驯服的女实习医生方翘楚的纠葛也时不时在工作中上演。随后而来的一个病例，又将他们的关系推到新的矛盾中。

C市工程兵学院离休老干部李华山，因持续便血住进普外一科，被收在章雪川组。梅瑰担任他的主管医生。

这位身份有点特殊的病人一进普外一科就整出大动静。入院时，他被一群儿女包围着，浩浩荡荡进了病房，虽然住了单间，但是家属们都是一脸愤愤不平的神色。

梅瑰从护士长秦楠那里了解到隐情：按级别，李华山是副军职待遇，可以住院里的高干病房。但是最近那边床位紧张，没法安排，李华山又多次出现便血的情况，只好先收在普外一科。

跟随他身边的家属是他的两个儿子、儿媳。大儿子李援朝夫妇五十开外年纪，貌似憨厚孝顺的模样；小儿子李建设夫妇四十多岁，却是衣冠楚楚，行事尖刻张扬。尤其是他的小儿媳梁莉莉，很快就和梅瑰杠上了。

梅瑰按规矩询问病史，梁莉莉看了梅瑰的胸牌，就不满地嚷道："我爸没捞着住老干部病房也就罢了，怎么接待的医生都是小实习生？你们医院也太把老干部不当回事了吧？"

梅瑰忍住气好言解释，自己只是例行对住院病人进行询问，治疗方案自然有上级医生来制定。没想到梁莉莉却不买账，张扬着要找院长出面，给公公配最好的治疗班底。

整整一上午，梁莉莉夫妇都在没事找事，对病房设施和医护人员的服务百倍挑剔，护士们都苦不堪言，杜鹃去给李华山扎液体，也被梁莉莉责骂。大家都对这一家人敬而远之。

梅瑰为李华山做检查，遭到他的拒绝，老头不能接受女医生为自己检查下体。梅瑰好言相劝，却被梁莉莉看见，她狂傲的态度终于激怒梅瑰，和她大吵一架。最后换了蒋子萌为李华山做了检查。

梁莉莉直接将梅瑰投诉到主任成斌那里。成斌勒令梅瑰就服务态度问题对李家道歉，梅瑰心里万般委屈，找到方翘楚倾诉。方翘楚安慰了她，又陪她到病房去看望李华山。

李华山似乎对女医生有抵触情绪，善解人意的方翘楚却不在意，她主动热情地和李华山聊天，知道他是工程兵出身，自己就把从格桑、萧扬那里得到的，有关工程兵的知识都摆了出来，李华山马上对眼前这个女军医有了一丝认同感。

方翘楚又讲起自己在雪域高原上，和可爱的工程兵的接触经历。她还拿来萧扬上次带来的工兵小礼物，李华山很感兴趣，在越来越多的共同话题下，一老一小很快成了言谈甚欢的忘年交朋友。

到了吃午饭时，李华山对医院的伙食又挑剔起来。方翘楚从他的口音中发现他是山西人，就悄悄从医院小餐厅给他端来刀削面，但是根据他血糖偏高的情况，方翘楚嘱咐他控制食量，只能吃一小碗。性情倔强的老人却乐呵呵答应了女医生的建议，让守在床边的大儿子李援朝很是惊讶。

香喷喷又合口味的面条让李华山胃口大开，心情也一下子好起来。吃过饭，方翘楚发现老人带了二十多年的假牙污垢很多，就主动提出来拿去为他清洗。

李华山对儿子感叹道："我觉得这个小方医生人真不错，热情又细致，尤其我高兴的是，她长得很像咱们家苒苒。你没看出来吗？"

他提到的是他最爱的长孙女李苒，李援朝的女儿，二十四岁，目前正在英国读书。说起孙女，李华山一脸落寞和伤感："唉，我这次病看情况不大好，就不知道是否还能再见苒苒一面了？"

李援朝忙安慰老父："爸，您说什么呢？您的病不要紧，大夫说了，也许只要动个小手术就好了。"

李华山一个劲儿摇头："你莫要瞒着我了，临来住院前的那天晚上，我让小孙子东东都给我在网上查了资料，再对照我自己的情况，我心里也八九不离十能知道自己得了什么病。不就是癌症吗？我这么大岁数，死了也不可惜，但是我先告诉你们啊，我可得死活都要有尊严，切个什么器官的，那可不行，我不同意！"

李援朝暗地和弟弟李建设说了老爷子的话，大家都有点为难。根据医生的暗示，李华山的病似乎当真不那么简单。梁莉莉看到老爷子和方翘楚相处甚欢，想到自己和丈夫还要忙生意，就想早日从病房脱身。她找到成斌，以李华山的名义，强烈要求把主管医生换成方翘楚。成斌无奈，只好和章雪川商定，暂时对调方翘楚和梅瑰的工作岗位。方翘楚接替蒋子萌主管李华山。

梅瑰逃出一劫，没来得及松口气，就听说方翘楚接替自己落入"陷阱"，她急忙嘱咐方翘楚小心刁蛮骄横的李家，方翘楚笑笑，不以为意。

第二天做检查时，李华山又闹起别扭来。虽然他喜欢小方医生，但是她还是女的，他不能接受她为自己做检查。方翘楚无奈间只好招来蒋子萌救场。

蒋子萌操作时手很重，李华山叫苦不迭，但是他仍旧拒绝了方翘楚想为他检查的建议。

章雪川和方翘楚一起讨论病情，说出了自己的诊断，李华山估计是患了直肠癌，还要等进一步病理报告。他通过询问病史发现，李华山脾气大、任性，对医生的交待依从性较差，本身可能患有糖尿病和高血压，但是平时不能坚持规律地服用药物，导致血压及血糖控制不好，问其原因，他认为自己没有什么异常感觉，不觉得有病，所以不重视用药。近一年来经常出现便血和里急后重的感觉，在家人的劝说下才来医院就诊。

章雪川嘱咐方翘楚，在生活上要注意他的饮食控制，不能任由家属随心所欲地给他偷买零食。在情绪上也要安抚他，让他能尽量心情平和地配合治疗。

板着脸说完专业术语，章雪川看看方翘楚，嘴角一弯，挂了一丝狡黠的笑意："这个就到了发挥你们女医生特长的时候了。目测你没问题吧！"

方翘楚总觉得他的话语里带有嘲讽的意味，就哼了一声，语气虽轻柔，意思却仍旧硬邦邦地怼了过去："女医生的作用被章教授弱化到如此的地步，亏得你还是留过洋的人？真让人觉得不可思议！"

章雪川这次倒是诚心赞美，却碰了钉子。好在他已经熟悉自己和这个女医生之间的互怼状态了，就咧咧嘴，没再说什么。

李华山对每次检查要脱光裤子心里感到别扭，方翘楚灵机一动，想起在消化科看到病人做肠镜时穿的那种带有后襟的开档纸裤。她找来一条给李华山用。李华山十分满意，对方翘楚更加信任了。

李华山想念在国外学习的孙女，他当着方翘楚的面，和自己儿子又一次提起方翘楚和自己的孙女颇为相像。为了安慰老人情绪，让他消除封建思想，能接受自己为他做检查，方翘楚灵机一动，向老人建议，以后若是想孙女了，就把自己看作是她的化身好了。李华山很欣慰，马上认方翘楚为干孙女。

但是第二天取活检时，李华山又拒绝方翘楚为自己操作，说是孙女和爷爷之间也需避嫌，让方翘楚哭笑不得。她找来蒋子萌，李华山又记起那日检查的痛苦，对他也直摆手，一时让众人束手。

蒋子萌对方翘楚叹息："你要是花木兰就好了，穿上军装，安能辨我是雄雌？"

这话却启发了方翘楚。她偷偷和李援朝商议好一个计策。

李援朝陪父亲来到检查室，准备进行肛门指检。方翘楚告诉李华山，等会儿由自己的师兄"袁大夫"来为他取活检，师兄技术很高，又和自己一样耐心细致。李华山听了放下心来，对方翘楚说，丫头你的建议我都遵守。方翘楚笑着离开。

李华山侧躺在床上，看到捂着大口罩，带着大黑框眼镜的"袁大夫"进来，拿出器械，开始为他取活检。"他"动作轻柔，十分细致，让李华山十分满意。完毕后，他笑着对"袁大夫"称赞道："小方医生推荐的真没错！我看你和她一样医术高，态度也好！""袁大夫"也不答话，对他点点头后离开。

回到病房，李华山对前来查房的方翘楚大加赞赏她推荐的师兄。方翘楚和李援朝暗暗好笑，"袁大夫"其实就是伪装后的方翘楚。她把头发梳起来，塞到白帽子里，又戴上一副黑色大框眼镜，成功地瞒过了李华山。

章雪川来查房，看到李华山情绪和蔼，兴致很高，像是换了一个人，知道方翘楚完全搞定了老人，内心激赞，表面上却若无其事。他看到方翘楚给李华山买来刀削面，脸色就变了，严厉批评她不该忘记一个糖尿病患者的饮食要求。方翘楚和他争辩，章雪川又对她态度蛮横地训斥，"女医生就是耳根子软，心更软，成不了事！"方翘楚对他的这番"歪论"不能服气，两人在医生办公室又吵了一架。

这番不和谐的情形被李援朝的妻子看见了，回去学给了李华山。李华山原本内心就偏袒方翘楚，这次更觉得是她为自己吃饭问题受到上级医生的责难。他暗暗对章雪川心怀不满。

第十三章　保肛风波

老干部李华山全家展现人生百态。方翘楚成功地征服了倔老头，却也触怒了敏感自尊的章雪川，他们当真是前世冤家吗？

李华山的老单位工程兵学院的政委来探视他，带的随从人员就是正在学院轮训的萧扬。方翘楚看到萧扬，满眼放光，激动开心，李华山都看在眼里。政委离去时，他找了一个借口，留下萧扬陪自己聊天。

李华山暗地问起萧扬和方翘楚在高原上认识的经过，心里马上有了主意。他直接问萧扬是否喜欢方翘楚，萧扬有点难为情，但还是如实地吐露了自己的心曲。

李华山大喜，马上提出要亲自为他们保媒。萧扬赶紧阻拦，婉拒了他的好意，说自己会用心去追求女孩，让她自然而然地决定自己的感情走向。

李华山不以为然，责怪萧扬迂腐，他鼓励萧扬要拿出工程兵八大专业的精髓，敢于出击，善于攻关，逢山开路，遇水架桥，这世界上就没有我们工程兵炸不开的山头，搭不起的桥梁，没有我们过不去的火焰山！

他又夸张地对萧扬讲起了方翘楚曾经对他承认过的，对工程兵的热情和喜爱。他认定方翘楚心目中深藏的那位工程兵英雄就是萧扬。萧扬忙否认，但老头执拗，一心要撮合他们。他最后语重心长地说了一句话，算是给萧扬下达了战斗任务：

"这么好的姑娘，如果不能成为咱们工程兵的媳妇，是你萧扬的耻辱！也是我李华山的失败！"

萧扬离去后，李华山又开始对方翘楚强烈推荐萧扬，方翘楚告诉老人，他们是最要好的朋友，但是萧扬只能是自己的蓝颜知己。李华山完全听不进去，他满脑子都是他自己的强势逻辑，说不管什么蓝颜，红颜的，都不是咱们革命军队的说法！你们应该做一对穿绿军装的革命伴侣。要在革命战争年代，他就代表组织，一手给他们包办了。方翘楚被他弄得啼笑皆非。

恰在此刻，何瑶突然出现在病房门口。原来方翘楚忙于工作，已经连着三周没有回家了。正巧有顺路车到 C 市，何瑶就做了一些吃食，给女儿送来。在医生办公室久等不至，她只好追到病房来了。

方翘楚招呼了继母，正想给李华山作介绍，却听李华山大叫了一声："小何！"倒吓了母女两人一大跳。

何瑶定睛一看，才认出是老相识。当年李华山当过楚正平的领导，他们结婚时，李华山还是证婚人。

"哎呦，李政委，老领导，您怎么跑这儿躺着了？"

"我眼下是你姑娘手里的病人哩！"

李华山哈哈大笑，向何瑶讲述了方翘楚对自己的耐心照料，以及认她做孙女的事情。何瑶忙陪笑道："这辈分还真没错，您是正平的老领导，如同父兄一般，我们家楚楚可不就是您的孙女嘛？"

李华山被她说得心内大悦，深深感叹这份缘分。紧接着，他又想起另一段妙缘，赶紧说给何瑶听。他提到萧扬，笑着感慨，当年他为楚正平和她证婚，眼下又要为下一代牵红线了。他说凭着自己的这副老眼力，很看好方翘楚和萧扬这一对儿。

这番话让何瑶的笑僵在了脸上。她可是第一次听到"萧扬"的名字，怎能胡乱附和？她还没检验那个萧扬的个人条件，是否配得上自己的继女呢？

但何瑶是个心思活络，八面玲珑的人，脑筋一转，笑容又重新鲜活起来。她故意问起李华山的病情，将那个敏感话题岔开。又关切地问到负责他的上级医生，听说是章雪川，她惊叫起来："哎呦，你怎么敢？那个所谓的'一把刀'我看是徒有虚名！我们家楚楚的初恋情人可就死在他的手术刀下！"

方翘楚忙阻拦母亲的话头，李华山却已经听得心惊起来。他连连追问缘由，方翘楚只好支吾含糊过去，李华山心里就此拧了个结儿。

大家闲聊几句，李华山心里没忘正经事，他还是一心想撮合方翘楚和萧扬。他看出来何瑶对此事不感冒，就拿出昔日老领导的风范来，对着何瑶大喇喇地吩咐:"小何啊,有空叫你家小楚来一趟,我有话对他讲!"

"小楚?哪个小楚?"何瑶一愣,随即明白他指的是自己的丈夫,忙赔笑应允了。

出了病房,何瑶拉住方翘楚,连连追问萧扬的情况。方翘楚耐心地对母亲解释,萧扬是格桑的战友,只是自己的好朋友。何瑶将信将疑,就嘱咐女儿周末回家一趟。

"妈,周末我还要查房。您看那个李老,脾气大而且犟,不太配合治疗,眼下只有我能搞定他呢。"方翘楚笑着向母亲解释,却看到何瑶用指头点点她的额头,叹息:"你这丫头,光顾着工作了,自己的婚姻大事不留心也罢了,如今连家人都不顾了?"

方翘楚一头雾水,何瑶提醒她:"后天是好日子,你记不得了?"

方翘楚掏出手机,看看日历,才恍然大悟:"后天是爸生日!不好意思,我都忘了,真是不孝女!"她满脸歉意。

周末方翘楚搭公车回到邻市家中,几乎和父亲前后脚进门。

餐桌上摆满了精致菜肴,还有一个生日蛋糕。楚正平一脸惊愕,经过女儿提醒,才想起今天是自己的生日。

"何瑶你这个人真是的,多大年纪了,还想起来过这个不相干的生日!"楚正平双眉紧皱,埋怨妻子,"我那边正搞野战训练,一大摊事儿呢!你左一个电话,右一个电话地催我回来,还拿楚楚说事,真不像话!"

何瑶也不答话,任由他抱怨。她取出一瓶红酒,斟了四个杯子,又让楚临风点上蛋糕上的蜡烛,自己带头和儿女们为他祝寿。

"爸,生日快乐!"

"老爸,生快生快!"

方翘楚姐弟俩笑嘻嘻地祝福父亲,楚正平虎着的脸总算裂开一道缝,有了些许笑颜,算是勉强参与了生日活动。

饭吃到中途时分,看到席间气氛和缓下来,楚临风才敢接上刚才父亲那个话头,问自己的母亲:"老爸刚才提到的,您这回又拿我姐说事,说什么事啊?"

"小孩子家,少问这些和你不相干的话!"何瑶瞪了儿子一眼,又不停地为女儿夹菜。楚临风最近正在忙着备战电竞比赛，心不在焉地吃了几口，就钻回了自己的小窝。

桌上只剩下夫妻、父女三人，何瑶才提起有关继女方翘楚的恋爱问题。她絮絮叨叨地说了半天，楚正平才听明白，女儿如今有可能正在和一名叫萧扬的工程兵连长谈恋爱。

"爸，您别听我妈的，这话不靠谱！"方翘楚对着父母撒娇笑道，又正色解释道，"我和萧扬是朋友关系，根本和恋爱不搭界。人家萧扬目前在 C 市工程兵学院轮训呢，那天刚巧去看一位老领导，在病房和妈遇上了，才会有这番误会。"

楚正平却毫不惊讶，他淡然一笑，说出的一句话，让两个女人都不安起来。

"我怎么会不知道？萧扬是我们军选送去工程兵学院进修的嘛。他是一名非常有前途的优秀军人，楚楚，你若当真和他恋爱，爸一定支持！"

"哎，老楚？你怎么说话这么武断？咱们不是说好了吗，楚楚再找对象，咱们要好好为她把个关？不能再考虑野战部队军人了！"

"爸！您就是武断！我都说了，我和萧扬只是要好的朋友，您乱点什么鸳鸯谱啊？"

两个女人都在抗议，但是楚正平不慌不忙，逐个击破："楚楚啊，萧扬是个好男孩，在集团军中有全能连长的美誉。他继任连长后，表现非常突出，各方面都名列前茅，成为我们军重点培养的年轻军官！这样的优秀男儿你不嫁，那不是傻吗？爸知道你有强烈的军旅情结，才执意穿上这身军装，你未来的爱人，一定是一名优秀的军人！"他笑看女儿，"但是有一条原则我也要强调，虽然举贤不避亲，但是别指望我会对他格外关照，我只会更加严格要求他！"

他又回看妻子："你这个人，手也伸得太长了。女儿不小了，她的婚姻她做主！楚楚的眼光锐利着呢，你甭瞎操心了！至于说什么'恋爱对象不能考虑野战军人'？这话糊涂！像是个军人该说的话吗？还是身为野战部队军官妻子的老军人呢！"

何瑶又气又急，瞪眼怼他："就是因为我是野战部队军官的妻子，吃够了苦头，我才对女儿提出警示，不能让她重蹈覆辙！"

"越说越不像话了！"楚正平皱着眉头，埋头吃饭，不再理会妻子。

何瑶却拉住方翘楚，认真劝说起来："楚楚你小时候还有印象吧？咱家过的那是啥日子？你爸常年不着家，逢年过节有时都不露面。家里的所有重活、累活、苦活：什么搬家具、换煤气罐、买粮、换灯泡、通下水道……不都是我们娘们几个自己凑合吗？"

"妈，一切都过去了，当年不是还有外婆帮着您的？现在您该享清福了！"方翘楚忙劝慰母亲。

何瑶却不想停下来，她有一肚子的委屈，正好借着女儿的恋爱问题，一股脑倾诉出来。其实想想她也伤心，结婚快三十年了，她很少有机会向自己的丈夫倒苦水，诉委屈。如今年纪大了，更年期又正当时，她也是忍耐不住了。

"其实苦啊，累啊的，也倒罢了，就是那种孤独，能把人熬成疯子，熬成傻子！"她说得眼内含泪："盼一年，见一面，可是没几天就又分别了，再继续盼，掰着指头数日子。"她叹息："我有时想，我们这些嫁了野战军人的女人，就像那旧时代守活寡的人！人家到头来好歹还有个贞节牌坊，我们呢？哼！等老了，老了，丈夫干不动了，回归家庭了，性情也变得生疏了。不适应平凡生活了，老夫妻还是个吵，你看看那些老军人夫妇，我们认识的，听说的，最后过不到一起分居的，还少吗？"

楚正平瞪她一眼："越说越过分，越说越夸张！"

何瑶才不理会他的不满，她眼下教育的对象，是自己一手带大的继女："楚楚，你可千万要听妈的意见。我是良药苦口啊！如今你们年轻人和我们那一代更不同了，这花花世界，这么多新奇美好的东西，多诱惑人啊！爱情在你们这儿，应该是更加五彩斑斓，绚丽夺目的！你要想过舒心安逸的日子，就坚决不能找野战部队的！丈夫，丈夫，一丈之内，才是你的夫！老见不着面，过着过着，心就凉了！"

方翘楚笑道："妈，如果每个人都有自己的事业，其实也没工夫成日儿女情长的。就像您，虽然我爸常年不在家，但是您有您的舞蹈事业，桃李满天下，也很有成就感吧？"

"那不一样！"何瑶撇嘴，"女人要事业婚姻都理想，那才叫成功！而且非要二选一的话，我肯定选婚姻！"

楚正平哼了一声："那你当年分明是选错了！"

何瑶白了他一眼："算我倒霉！可是好歹如今有经验教给孩子，也算痛苦熬出来的财富吧？"

楚正平吊着脸，不再说话。

何瑶继续劝说女儿："按说女军人找对象，首选就是在男军官中拨拉，也属正常。但是为啥偏要盯着野战部队？楚楚，你现在在军医大学附属医院实习，有多少优秀的硕士、博士排在面前？凭你的条件，还不是任意挑选？再或者，你若愿意，省军区机关的男军官们，妈也能给你整个加强排的挑选名单！你又何必睁着眼睛往火坑里跳呢？"

这话让楚正平忍无可忍，他啪地放下筷子，瞪着妻子："把嫁给野战军人称作跳火坑，你这觉悟也太可怕了！"

"爸，妈在打比方，说的不大合适，也是在自己家里，别认真啊！"方翘楚忙在中间打着圆场。

何瑶却气哼哼地回瞪丈夫："这就是我的真切感受，我的人生感悟，还不让人说出来吗？"

"那你的意思是，你嫁了我，是一辈子落火坑里了？"楚正平是真动气了。

"难道不是吗？表面听着不错，人人羡慕的将军夫人！可是其中甘苦，只有我自知！"何瑶也来了气，干脆发泄个痛快，"你如今是将军了，还整日泡在部队里不着家！我就纳闷了，这部队发展，强军梦合着都指望你一人了？"

"太过分了！"她的话音未落，楚正平已经噌地站起来，气冲冲地走到门边，取下衣架上挂着的军装，就要出门，方翘楚忙上前阻拦，却没拦住暴怒的父亲，只好送他出去。

她没有劝回父亲，回到家中，看到继母在桌边落泪。楚临风站在门边，冷笑道："楚将军脾气大，咱家就没有真正的民主氛围！"

他又看着自己的母亲，也是一顿嘲讽："可是相对于您'扭大妈'，您这不合时宜、口没遮拦的个性，也给不得您民主！凡事让您做主，一准乱套！"

方翘楚回到医院，章雪川正在到处找她。李华山的病理报告出来了，距肛门4厘米处有一个长了直肠半圈的直肠癌，为中分化腺癌，必须手术治疗。但是癌肿距肛门只有4厘米，只能选择挖掉肛门。

方翘楚把这个结果告知了李华山家属，两对儿子、儿媳议论纷纷，考虑再三，决定告诉李华山本人。长子李援朝认为，父亲既然已经猜测到结果，就不该瞒他。况且依据自己父亲的性情，切除肛门这样大的举措，他们做儿女的也不敢擅作主张。

李华山听到消息，马上做出了自己的决定，既然得了绝症，无法保住肛门，干脆放弃手术。这样的任性决定又是儿女们不能接受的。众人劝说不成，李援朝难过地当场落泪。

小儿媳梁莉莉却施展出自己泼辣又无赖的行径。她直接找到成斌，提出一个苛刻的要求：既要为公公手术，但是又不能挖掉肛门。成斌了解病人状况后，表示了为难之意。梁莉莉不依不饶，又找到院长，强烈要求普外一科组成最好的班底，为公公李华山进行保肛治疗，还要能同时顺利、安全地切除肿瘤。

李家家属的无赖行径，让普外一科人员激愤。大家又暗中议论起方翘楚对李华山的照料，认为就是她的过度热情和纵容，反而引起李家人的得寸进尺。这完全是引狼入室，得不偿失。

实习生们也议论纷纷，都觉得医学不是万能的，病人家属如果极端自私、蛮横，不配合医生治疗方案，无理取闹，那么这个手术就不能做。

梅瑰责怪方翘楚心太善，盲目热情，和李家人太过热乎，眼下引起祸端，反倒引起本科人员的不满，简直划不来。

方翘楚心情苦闷，傍晚来到操场跑步，遇到章雪川。她正想避开，却被章雪川叫住。章雪川提出一个建议，他和方翘楚分工，方翘楚负责安抚好李华山的情绪，说服他接受手术。而自己则去制定相应的手术方案，争取能有良策，最大限度减轻对患者的伤害。

"我为什么要听你的？"方翘楚心里暗服，但是嘴上仍犟了一句。

"如今在李老这个病例上，我暂时是你的上级医生，一切按我说的办！"章雪川没有一丝商量的语气，"去吧，发挥你的女医生的特长，说服病人，让他配合治疗！你不是上次顶过我一回吗？说是能解决患者实际问题才是王道？其他的，何必计较？你说咱们两个医生在这里互怼，有意思吗？"

方翘楚没话可讲了。

晚上，方翘楚来到李华山病房查房，和他聊天，委婉地提出了手术的问题。

李华山直摆手，"丫头不必再说了，我刚入院那会儿，就和大儿子说了，如果是绝症，我就认命了，绝对不切除器官！"

方翘楚取出手机，找到微信给李华山看。原来方翘楚和李援朝夫妇商定，让远在英国读书的李华山最爱的长孙女李苒来说服他。方翘楚特意加了李苒的微信，和她讲明了情况，此刻她让李华山和孙女微信电话。

李华山被孙女的劝说感动到落泪，但是他放下电话，还是坚持不做手术。方翘楚一急之下，脱口而出，"如果能保住肛门，您老能答应手术吗？"

李华山黯然神伤，说："丫头你是学医的，当知医生医得了病，医不了命！医生不是万能的，我不为难你们。"

方翘楚离开病房，走过水房时，看到李援朝在独自流泪。她上前安慰，李援朝哭着讲述了自己的纠结心理。所有人都看到他对老父亲贴心地照料，认为他们夫妇孝顺。但是他其实也有私心。他们两口子是下岗工人，收入菲薄，平日里一直住在父亲所在的干休所，接受父亲的接济，自己女儿的留学费用，也是父亲掏的。他很羞愧，虽然他已经年过半百，却还是那种大家谴责的"啃老一族"。父亲确诊为癌症后，他很紧张，他以为是担心父亲若有个三长两短，自己的经济问题会出现。但是当是否手术，是保命还是保肛的问题出现时，他才惊觉，亲情最重要！他目前最难过的是，父亲太过执拗，不肯接受手术治疗。而他认为，只要能让父亲延长生命，他愿意做任何事。他愿意抛去一切私心杂念，只为孝顺二字，精心伺候老父，让他平和地度过晚年。

方翘楚为他的真诚所感，劝慰了他，告诉他自己会再去找上级医生，看有无破解眼下困境的最佳方案。

她来到教授办公室，看到章雪川在认真做手术方案。她说出自己的大胆想法，但是章雪川一脸不耐烦，挥手赶她走："你赶紧去按我吩咐的做，其他的，归我考虑！再给我一个晚上的时间。"

第二天早上，接到方翘楚求援电话的萧扬来到病房。李华山见到萧扬很是亲切。萧扬却开门见山地劝说李华山接受手术。

他用李华山曾经鼓励自己的话来激励他。逢山开路，遇水架桥，我们工程兵就没有过不去的火焰山！他说他要用李华山给自己的勇气和动力，锲而不舍地追求爱情；也希望自己能给李华山信心，接受手术，切掉病患，重新找回健康。

切掉肛门，还可以人工造瘘，所谓留得青山在，什么都没有生命更重要。我们的生命，很多时候，并不只属于自己，还属于关爱自己的亲人和友人。

"您必须充分认识到您的重要性！"他最后伏在老头耳边低语，"您不是总惦记着给我和小方医生说合吗？如果我们成了，您还是当然的主婚人呢！"

他又嘟嘟嘴："可是这一切，都要您健健康康地才可以实现啊！"

李华山很感动，但是他还是坚持不能失去肛门。在他眼里，尊严比生命更重要。萧扬也没辙了。

方翘楚参加交班会议，章雪川提出自己新拟订的李华山手术方案。他决定担着风险为李华山做直肠癌根治术（Dixon 式），保留肛门，但要做个近端空肠造口，防止出现吻合口瘘引起的严重并发症。

这个手术方案风险性很大，由于不能造口预防，病人年老体弱病多，一旦出现吻合口瘘，很可能危及生命，又由于他是个军队老干部，如果出现什么意外，会引起很坏的影响。再考虑到家属的某些过激行为，宁南方和于家成都不支持他这个方案，成斌也很犹豫。

章雪川很沮丧，方翘楚也很纠结。她把这个方案讲给了李援朝听，李援朝却很支持，以他对父亲性格的了解，这种方案虽然有点冒险，但已经算是最理想的方案了，总比完全放弃手术强。李援朝以长子的身份，支持章雪川的手术方案，并提出由自己和父亲谈。

李华山果然同意这个手术方案，成斌也选择支持。但是李华山突然提出，自己不愿意让章雪川主刀手术，只要不是章雪川，谁动手术都行。

众人愕然。李援朝劝说父亲，李华山才把那句从何瑶处听来的话告诉了儿子。还说自己看出来方翘楚和章雪川有矛盾，他也不喜欢章雪川，多方面因素叠加，便坚决不要章雪川主刀。

梁莉莉偷听到这番对话，就沸沸扬扬地说出章雪川曾经治死了人，没资格给自己公公动手术。科里舆论大哗。章雪川认为是方翘楚从中作梗，败坏自己的名声。在办公室堵住她，愤恨的目光带着火，恨不得瞬间把她烧成灰烬。

"方医生，你口口声声为患者着想才是王道，那么请问，这就是你的具体行为吗？为了泄一己私愤，不顾病人的生命和健康。你真卑鄙，我章雪川是错看了你！如今你就是求着我当你的老师，我也没兴趣！"

方翘楚百口莫辩，只好垂首不语。

梅瑰却从杜鹃那里得知了真相，那天何瑶在和李华山说起章雪川的坏话时，自己正在现场换液体。梅瑰想去对章雪川解释，但是狂怒之下的他，根本不听她为方翘楚的辩解之词。

成斌为了安抚患者，息事宁人，指定宁南方和章雪川研究手术方案，由宁南方主刀做这台手术。

普外一科有关方翘楚的闲话再次涌起，宁南方也找她谈话，说她犯了医生的大忌，又对她说出术业有专攻的道理。"如果你总对某人抱有偏见，那么你的心胸永远不会开阔，你的眼睛永远有雾霾笼罩，你将失去自己很多宝贵的时机和运气！"

方翘楚无言以对，她几乎没有发声解释一句。

谁知手术前，又出现突发状况。宁南方胃病突发，疼痛难忍，不能上手术台。

李援朝和方翘楚商量，手术是否需要改期。方翘楚感觉到李华山今天情绪平和，还是建议照常手术。她对李援朝说出由章雪川主刀的建议："其实这个手术方案就是章教授最初拟订的，他应该是这台手术的最佳主刀人选！"李援朝点头。

方翘楚又来到李华山身边，问他："爷爷您相信翘楚吗？"

李华山点头。方翘楚认真对他道："您若相信我，就听我一句话，在这个手术上，也许章雪川教授是最合适的主刀医生！如今宁教授因故不能上手术台，我来给章教授打下手，咱们马上开始这个手术好吗？"

李华山看着方翘楚，终于点头。

手术室外，刚下一台手术的章雪川被告知有一台重要手术请他补台。来到这里，看到躺在手术台上的李华山，以及站在一旁的方翘楚，一切就都明白了。他没有说什么，再次穿上手术衣。

却不料于家成也匆匆赶来。原来是李建设、梁莉莉夫妇利用关系，强行拉于家成来手术。

手术间里，于家成撇嘴看看方翘楚，对章雪川低语："整个科室，坏规矩的事，都是拜这个丫头所赐！简直就一个搅屎棍！"

章雪川笑着拍拍于家成的肩："你来给我打下手，不委屈吧？"

于家成咧嘴："我倒没所谓。你是谁？我是谁？咱们不分彼此。可是那个丫头，你可防着点！折腾来折腾去，尽搞些犯忌的事！"他用下颌冲向方翘楚，愤愤不平地说。

第十四章　夜班险情

"章方恩怨"真是个难解的死结儿？谁又能说得清楚！现实版是，第一次值夜班就不幸遭遇险情的方翘楚小妞，还是在章雪川同志敏感而敬业精神的彰显下避免了一场灾祸。

章雪川的手术做得漂亮利索，其大胆又细心的风格再次让站在一旁的方翘楚心里暗暗服气。欧阳巍的麻醉，章雪川的主刀，于家成的配合，让这台术前微妙，又充满不确定性的手术进行得异常顺利。尤其是章雪川独辟蹊径，在收尾的处理上为病人放置了两根盆腔引流管，并琢磨发明了一个直肠腔内隔绝引流管，从而使患者的"保肛问题"得以解决。

台上所有人都松了口气。章雪川又惯常地做起了俯卧撑。不同的是，这次他竟然让于家成坐在他的背上，他竟然在这自讨苦吃的"人体压力"下连做了10个俯卧撑。把秦楠和杜鹃都惊得目瞪口呆，欧阳巍摇头笑他们弟兄俩："顽皮！"

方翘楚看出来此刻章雪川心情大好，可能这是一台让他自己都很满意又得意的手术。其实眼下她也很高兴，觉得和战友们一起打赢了一场战争。可是目前那两位高傲的战友显然都视她为透明物，以前是于家成，现在加上章雪川。方翘楚尝到被人误解的滋味，不好受，但是她却暗暗给自己打气：哼，章雪川，有什么了不起？原本我也没想和你有什么交集！

经术后营养支持和精心护理后，李华山安全通过了肠道出血、肠漏、伤口感染、吻合口狭窄等关口，三日后情况稳定，手术算是真正取得了圆满的成功。所有的人都很开心，但是谁料想风波又起。

李华山那副戴了二十多年的假牙突然失踪。那天李华山准备手术前，方翘楚曾经提醒他取下假牙，放在病房中。不料他却没当回事。上了手术台，才想起假牙问题。他取下来，交给护士杜鹃，杜鹃又用一块医用纱布包好了，仔细地放在一个铝制的医用注射盒中。没想到手术室护士小张在收拾医用垃圾时，打开小盒，没细看就把那块包着假牙的纱布当作医用垃圾处理了。

这件事仿佛捅了马蜂窝一般，梁莉莉再次不依不饶起来。护士长秦楠好不容易安抚住她，却又面临着一个更加无奈的难题：梁莉莉要求护士们从医院垃圾场中找回这副假牙。

垃圾场上，如山的垃圾在阳光下散发着异味，苍蝇飞舞，令人作呕。小护士们暗中诅咒着梁莉莉的无理取闹。杜鹃悄悄找到方翘楚，想请她说服李华山放弃这个垃圾山找假牙的苛求。

方翘楚知道还不能下床的李华山并不知情，但是她也记得老人对这副戴了多年的假牙的感情。如果有一线希望，她倒真心愿意为老人找回假牙。她跟着杜鹃来到垃圾场，看着垃圾山也有些挠头。

"这些垃圾一周运走一回。这都过了三天了，到哪儿去找这么一个小东西啊，这些倒掉的垃圾又没有特殊的标识！"杜鹃苦着脸抱怨。

但是她这番无心的话却让方翘楚灵机一动，她突然记起手术那天，普外一科有两束蓝色玫瑰花因为枯萎被扔掉。那两束花是一种被称为"蓝色妖姬"的品种，是一名患者接受自朋友后，转送给医生办公室和护士站各一束的。那两束花又大又美，大家欣赏了好几天，也议论了好些日子。所以扔掉花的那天，方翘楚印象很深，正巧是李华山手术日。

想到这里，方翘楚急忙围着垃圾山观察着，还真凑巧，那两束蓝色妖姬正巧出现在东边边缘地带。

这样寻找的范围就大大缩小了。杜鹃叫来了几个护士，方翘楚也挽起袖子和她们一起干。在垃圾山旁刨了半个小时，终于像大海捞针一般找到了那副假牙。

这件事情完满解决，却在普外科被议论了很久。方翘楚没有在意，但是某天晚上，梅瑰挤上她的床，主动对她"汇报"自己搜集来的信息。

"翘楚姐，很多人对你主动刨垃圾为患者找假牙的事情有评议。正能量的说法是，你用你的行为，改变了很多人对你的偏见。觉得简直对你刮目相看，没想到你特别能吃苦，特别能战斗，外加聪明伶俐，善解人意！"

方翘楚笑着摇头。

梅瑰继续："负能量的人，总是有的，说你挺能装，是一个爱争表现，爱出风头的人！"说到这里，梅瑰有点替她抱不平地哼了一声，"我就纳闷了，说闲话也不怕闪了舌头？有本事，你们也到垃圾场刨刨垃圾去？"

"管他！"方翘楚还是笑着摇头，"爱咋咋！"

梅瑰却认真看着她："可是有一个人，蛮奇怪的，对你的评价很公允，你想不想听？"

方翘楚仿佛猜到她所谓何人，就咧咧嘴，不置可否。梅瑰却已经忍不住说了出来：

"是章雪川教授！他听了那些歪话，就反驳道：'其他事都是小节问题倒也罢了。人家作为一个将军的女儿，原本完全有条件毕业以后留在大医院，偏偏自愿去西藏基层医院干了那些年。就冲这点精神，也比咱们当中的很多人强吧？'"

方翘楚听了有点发愣，梅瑰就看她："你说奇怪吧？你最近不是和他更加不合起来？由于李老不肯要他手术，他因此还严重误会了你？就连我上次到他面前去为你解释，他还不耐烦听呢！怎么突然间，他倒有这番高调表扬了？真没想到！"

"他的表扬？哼，好稀罕吗？"方翘楚冷着脸哼了一声。

梅瑰长长地唉了一声，说："简直弄不懂你方翘楚究竟和那个章雪川有什么前世仇，今世恨？我就纳闷了，抗战十四年，血海深仇，如今咱们都和小日本讲求和平共处原则了，怎么'章方恩怨'就是个死结儿？

方翘楚终于按捺不住，对梅瑰讲起了往事。她先原原本本地讲述了她和格桑的爱情故事，直听得梅瑰又是哭又是笑的，后来讲到格桑手术失败那一幕场景时，梅瑰干脆搂着她大放悲声。

"可怜的格桑连长，可怜的翘楚姐！可怜的爱情……"

感性的梅瑰让方翘楚反倒抹去眼泪安慰起她来，哄了半晌，才让她停住了抽泣。

梅瑰强烈要求看格桑的照片，方翘楚翻出了那个相框。梅瑰看到英俊阳光的男孩形象，又忍不住流泪。她又抚摸了"一箭穿心"和那串天珠，深深地为方翘楚深沉又浪漫的初恋所感动。

但是说到那场致死的手术，两人却有了分歧。梅瑰理解方翘楚作为恋人的情感，但是她认为从医学角度，章雪川并无太大过错。

"可是格桑终究是死在他的手术刀下……"方翘楚讲完经过，勉力挣扎。

梅瑰此刻却显然是旁观者清："可是翘楚姐，从你刚才的讲述，我倒觉得，你自己都认定，他在这件事上，不应该承担责任，遭到责难！"她同情地叹息，"只是你不自知罢了！"

梅瑰微微叹息，见方翘楚没有接话，就干脆搂住她的肩膀，在她耳边低语。话音虽轻，却让听者振聋发聩：

"如果我们做医生的人，都不能理解自己的同事在手术台上的勇于担当、大胆闯关、冒险救人之行为，那么这个世界就真正悲催了！"

梅瑰的话让方翘楚一晚上辗转反侧，不能入眠。第二天早晨六点，她还是坚持起床晨跑，梅瑰却因为昨晚晚睡，怎么也起不来跑步了。

操场上章雪川依然健步如飞，跑过方翘楚身边时，跟她打招呼："早啊，方医生！"

已经有段日子两人视同陌路了，此刻方翘楚倒有点愣怔，忙仓促回应："章教授早！"

"今天李老出院，有些注意事项我写在医嘱里了，你再当面叮咛他一下。"

"好，我会的。"

章雪川大步跑了过去，方翘楚暗暗吁了口气。

李华山出院，临走前悄悄吩咐方翘楚："别忘了和小萧一起到我家来玩！"他看看女孩的脸色，又叹息着说出一番感慨："唉，丫头啊，可能你和那位章教授有点误会吧？我这几天观察着，他是一个挺负责任的人，对我们患者，态度也好，医术也高！这次我这难缠的手术得亏他了！你现在在人家手底下学习，就该和他搞好关系呢。丫头，我看你在这科里，对谁都有说有笑的，唯独对他，就是一副冰冷面孔？"

方翘楚不语，帮着老人整理出院的东西。李华山还在唠叨："我上次听你妈说出以往的过节，那些伤心事，是你的私事，你不说，爷爷也不问。但是就想嘱咐你，凡事朝前看，一切都放下吧！开开心心地学习，开开心心地生活，女孩子家，要轻松活泼才对。唉，别怪我唠叨，谁让你和我有这段祖孙缘分呢？"

"爷爷，您放心。我记住了。"方翘楚对老人挤出一丝笑颜。

第二天又是周末，下午下班，章雪川回父母家吃晚饭，看到大哥雪峰回来了。这可是章家难得的团聚，两个大儿女，两家六口，外加章雪川，全部围绕在父母身边，其乐融融。

夏静波和大儿媳柳迪、女儿章雪原一起在厨房忙碌，欧阳巍在看女儿清朵和表哥章远泽玩电脑游戏，章虎臣和两个儿子在客厅里聊天。

章雪川突然发现大哥章雪峰这次回来是有重要的事情对父母谈，有关他个人发展方向的问题，或者简单地说，是他人生道路上的一次重要转变。

52岁的章雪峰在空军某学院担任领导职务，已经干到正师职位置，大校军衔，却突然想回系里工作，转行当教授，改成文职。这个决定让夫人柳迪出离愤怒，但是章雪峰在工作上，一向说一不二，在重要的原则性问题上，更不会听从家属的意见。

但是他还是要把这个决定告诉父母，毕竟在这个军人家庭，有关前途、荣誉等问题，也是父母亲极为关注的。章雪原是女孩，章雪川又是文职干部，"章家很可能再出一位将军"的期盼，更多地寄托在章雪峰的身上。

章虎臣果然紧锁眉头，沉默不语。章雪峰不敢再看父亲的脸色，也不说话。章雪川站在门边听到这番话，此刻就明确地表示支持大哥。

"哥，这么多年了，你一直在说，想有机会重新回到讲台上，实现教书育人的梦想，其实我认为，这就是你的一份初心！压抑在心底，平日里不会萌芽，但是遇到合适的温度和水，就一定会破土而出，不可阻挡！"

章雪峰点头："老三，你这个'初心'的说法很准确！几十年宦海生涯，我真的累了，也倦了，现在才发现，自己最想要的东西，还没有实现，越活仿佛离自己心向神往的生活目标越远了。这种痛苦，眼下如蚂蚁噬心，很不好受！"

"那就让自己最初埋在心底的那颗种子，勇敢地发出芽来呀！"章雪川眉毛高扬，眼里充满鼓励的光彩，"哥，不管我刚才说到的，'合适的水和温度'，这'水'和'温度'是什么，只要你心里坚信想给这个种子以发芽的机会，那就赶紧的呀，别憋着了！"

章虎臣此刻看看两个儿子，缓缓开口，问大儿子："小峰，你是认真考虑后，才做出的这个决定对吧？以你今天的年龄、性格、职位、资历，你考虑问题也不可谓不成熟稳健。所以，你自己的事情，自己把握了，做出正确选择就对了，我们做长辈的，不会阻拦。"

"谢谢爸！"章雪峰有点动容。

章雪川却嘟嘟嘴，顽皮一笑："哥，你取得爸的信任和支持，很容易。但是你也要想想，如何过好妈的那道关？你知道的，妈一直有一个心愿，那就是，咱们章家再出一位将军。你如今让老人家失望了，看你如何哄她开心？"

"这是你的强项！"章雪峰得到父亲的支持和理解，仿佛心底的一块大石头落了地，心情轻松，也和弟弟开起玩笑来，"妈最宠你，从小到大，我和小原凡事都得无原则地让着你。看在章家老三横行霸道这么多年的情面上，你去出面帮我搞定老妈，也是应当应分的！"

"得令！谢谢章教授的委任，定不辱使命！"他笑着第一次用"章教授"来称呼大哥，心里更有了底。

餐桌上，大家聊起章雪峰改文职当教授这个话题，夏静波果然吊了脸。她只是不满意闷在心头，章雪原却忍不住嚷嚷起来："大哥，你怎么想的呀？在部队奋斗了那么多年，离将军梦想的实现就差一步之遥了，你却突然偃旗息鼓，准备后撤了？唉……"

坐在她身边的欧阳巍暗暗捅她，阻止她说出更加过激的话语，而她对面的章雪川却直接伸出筷子指向她，打断她的话头："姐，你别管哥，你自己千万别后撤就好！"

他指指自己的肩膀，暗示是在说章雪原的军衔："你自己再努把力，争取挂上将星一朵，也算偿了爸妈的凤愿。对吧，妈，这还更震撼呢？"他转身看着自己身边的母亲，"咱们章家出个女将军，您该更自豪，更骄傲吧？女将军凤毛麟角，物以稀为贵，更彰显咱们章家荣耀！"

夏静波剜了小儿子一眼，看看大儿子沉默不语。看到他年过半百的人，倒像一个犯了错误的孩子一般闷头在扒拉饭，自己也就没再忍心说出不满意的意思。

不料小儿子却不依不饶地继续逗她开心："妈，比较担心的应该是我才对！我好郁闷！"

他这番话，不得要领，让饭桌上的所有人，都把目光投向他。

章雪川就是有这样的本领，把玩笑话能当成正经话来说，还说得严肃认真，一丝不苟："你们想想看，以前除了章老教授外，咱们家里，能被称为章教授的，就是在下了吧？"

他貌似谦虚地羞怯一笑："虽然是个副教授，但是外边统称章教授。可是如今我大哥也要回去当教授了，人家可是正儿八经的博士导师，是正教授哎！而且凭借我大哥的聪明才智，绝佳口才，他当教授，绝对威望、名声、资历都在我之上，你们说，就像半路杀出个程咬金，我分明是被人抢了头筹，能不郁闷吗？"

这番话惹笑了众人。章雪峰先笑骂他："到底是谁有绝佳口才？你听听你这番伶牙俐齿，谁能比你？"

章雪原被欧阳巍暗暗劝阻，她也注意到母亲的不开心，也就不再多说。

章虎臣点头，像是当年做报告一般，刚说了一句："现在你们都不是小孩子了，都是中青年知识分子，自己的人生道路，自己选择，自己去走……"就被外孙女欧阳清朵抢过了话头："外公，您别又讲大道理了，其实我觉得，我大舅的问题，根本就不算问题！"

大家又把目光投向清朵，女孩不慌不忙地发表了自己的观点："我就奇怪了，我大舅今年都五十多岁的人了，换个工作岗位，为何还会引起家人非议？他愿意将来当将军，就像我外公那样，他就自己去努力，去奋斗；他若想换个活法，当教授，也挺好的事啊！为什么还要考虑那么多人的看法呢？"

章雪原忙怼上女儿的说法："我们都是你大舅的亲人啊，关心他，爱护他，不对吗？一家人，就是该互帮互助，互相关爱，难道大家形同陌路就好吗？"

清朵连连摇头："可是这样的帮助毫无意义，这样的关爱也太没价值！您看人家国外，从孩子四、五岁起，父母就观察培养他的兴趣和爱好，对于孩子将来的职业，父母采取的，是一种比咱们中国人更豁达、更理性的态度。如果孩子愿意，他可以成为一名科学家，成为一名作家，也可以成为一名园丁，一名自由职业者。没有什么高低贵贱之分，不过是一份职业而已，能养活自己，实现自己的价值，最重要的是，活得开心就好！"

她回头白了自己母亲一眼："可是看看咱们这儿，父母强势包办代替，将子女作为自己的私有财产去掌控，累不累呀？我们选择个职业都要看父母的脸色，真不公平！我大舅都干到这个份儿上了，也摆脱不了这个魔咒，真可悲！"

"臭丫头，怎么说话呢？没有规矩！"章雪原轻拍了一下女儿的头，却不料章雪川开始旗帜鲜明地支持外甥女的观点了："清朵说得对，这一代孩子，比我们强多了！爸，妈，所谓青出于蓝而胜于蓝，清朵和远泽都充分继承和体现了您二老的优点：智慧、理性、不盲从、口才佳！这才是咱们章家最感荣耀的事情。所谓一个人成功不算什么，能同时培养出比自己更优秀的孩子，才算最大的成功！所以妈，您老偷着乐吧！"他说着还回身搂搂母亲的肩膀。

夏静波瞪他一眼，眉头舒展开来。这场可能引起家庭震动的危机终于平安过渡。吃过饭，大家都在收拾桌子，章雪川溜到清朵身边，对她暗暗竖起大拇指。

"小舅，我可是按照你刚才吩咐我的精神要点执行的噢！"

"可是具体措辞却是丫头你自己临场发挥的呀，真棒！小舅给你点十万个赞！"

"哼，这就是我们的真实想法呢！远泽哥是事关自己父亲，又碍着他妈妈的面儿，所以不好插言，其实他的观点和咱们一样一样的！"

"你们都很棒！"章雪川真心夸赞。

吃完饭大家坐在一处看电视，聊天，章雪川却有点心神不定起来，他决定去科里转转。

章雪原有点奇怪："今天不该你值班吧？"

"下午那台手术，病人情况有点特殊，我想去看一下才能放心。"章雪川淡淡地说道。

他走出家门时，听到侄儿和外甥女在身后笑他："小舅这是职业病又发作了吧？"

夏静波叹息："唉，做医生的呀……"

这日正巧是方翘楚第一次独立值夜班，她正在医生办公室看业务书，突然护士小周来找她，说12床患者监护仪上的氧饱和度持续下降，心率持续升高。

方翘楚心头一紧。12床是一个老年男性患者，下午才做了胃癌切除术，由于呼吸功能恢复不理想，所以宁南方决定病人带着气管插管回病房，这样患者的气道是通畅的，可以不时地通过插管吸痰，较为安全。等到患者完全清醒后，试着就可以拔掉了。

方翘楚来到 12 床边查看，监护仪在嘟嘟嘟地叫着，昏迷中的病人有烦躁的表现。她强压住内心的紧张情绪，上前查看，初步判断为气管通畅不好，赶紧让护士小周通知麻醉科，加大吸氧的流量。

章雪川晚间来到科里，先查看了自己下午做的那例胆囊切除术的 80 岁的老太太，发现一切正常，他正要离去，却看到那边病房一片紧张慌乱情形，就急忙上前。

"我……我马上找宁教授来看！"看到患者状态越来越焦躁不安，监护仪报警声不断，方翘楚也有点慌神，她掏出手机，正准备打电话，却听到身旁的小周发出惊喜的呼喊声：

"章教授来了！太好了，太好了！"

章雪川走到床前查看了一下，马上回头吩咐小周："赶紧，向管中滴加温盐水！"

他指挥着小周向插管里注入温盐水，并用吸痰管反复抽吸。几次操作后，终于将一些干痂样的东西吸出管子。麻醉科医生赶到时，险情已经排除。

方翘楚脸色灰白，惊恐未定。回到医生值班室坐下，她依旧神情沮丧，心脏还怦怦直跳。章雪川跟着进来，看看她，语气淡淡地说道："在戴管子期间，由于呼吸流量大，痰液容易干燥结痂。这时候，最应该做的事，是赶紧湿化呼吸道，吸除干痂，恢复通气。同时通知麻醉科医生必要时进行换管。"

方翘楚默默地看着他，认真听着。章雪川这次没有往昔咄咄逼人的语气，但是他轻言细语说出的，却是令她极为后怕的一次严重错误：

"你知道你刚才的处理方式有多危险吗？你只知道通知麻醉科，加大吸氧的流量，殊不知流量越大，那些结的痂就会被吹得越干！如果等麻醉科医生来换管，患者很可能就因为缺氧时间太长成为植物人，或者……死亡了！"

方翘楚用手捂住自己的嘴，也按捺住自己因为后怕而几乎狂跳出胸腔的心脏。她想说什么，张张嘴，却又说不出一句话，回眼看到那人已经转身离去。

第十五章　玫瑰临风

对付楚公子这样有点小才因而孤高傲世却又桀骜不驯的新新人类，梅瑰这样的女神无疑是上帝特意打造的一种利器。但是不知道这枝玫瑰是否有机会临风怒放？

那天的夜班惊魂让方翘楚情绪低落了好长时间，她不得不承认，章雪川仿佛就是老天专门指派来教诲她的，不管她是否愿意，都时时刻刻，或明或暗地在她的学习生涯中起到关键作用。

这样的情形也存在于其他的实习生中。章雪川和于家成说好，安排罗宏跟随自己上一台手术。他在手术室里放起舒缓的音乐，初步帮助罗宏克服了手术台恐惧症。

"看吧，我就说章教授的'一把刀'美誉不是浪得虚名！人家不但自己手术做得好，还能教好实习生如何做好手术！这就是本事！"梅瑰在饭堂又对实习的同学们议论起章雪川。

"听说他的课也讲得一级棒？什么时候咱们能一睹英姿才好？"蒋子萌很有点神往的样子。

这样的机会很快到来，方翘楚也在宁南方的安排下，和其他实习生听了章雪川的一堂课，但是不幸的是，她由于和梅瑰的一些课堂小动作，又被那人温文尔雅地修理了一回。

那日章雪川讲课的内容是外科休克，黑板上写了几个关键点：失血性休克，创伤休克，脓毒性休克；他的口才果然绝佳，让一众实习生们听入了迷。方翘楚也认真做着笔记，耳边是那人极具磁性魅力的低音炮男声：

"感染性休克的血流动力学改变有，高动力型即高排低阻型休克，表现为外周血管扩张、阻力降低，心排出量正常或增高。病人皮肤比较温暖干燥，又称暖休克。低动力型又称低排高阻型，外周血管收缩，微循环淤滞，大量毛细血管渗出致血容量和心排出量减少。病人皮肤湿冷，又称冷休克。

"'暖休克'比较少见，是部分 G+ 菌感染后的休克早期表现。'冷休克'则多见，由 G− 菌感染所致的休克以及 G+ 菌感染的休克后期，都表现为'冷休克'。"

梅瑰暗中捅了一下方翘楚，自己露出一脸迷妹表情："他怎么可以课也讲得这样好？老天安排这样一个全能医学人才给大家看真的好吗？分明是不给别人活路的节奏嘛！"

方翘楚撇撇嘴，不置可否。

没有得到对方的响应，梅瑰不甘心，就故意刺激她："你一直认定他不是一名好军医，眼下没话讲了吧？手术台上技术精湛，无人比拟，讲课台前意气风发，口若悬河，这样的人，不是好军医，那谁算是？"

方翘楚摇摇头，批驳她的说法："你完全混淆了'好军医'和'好医生'的界限。我承认他是一名好医生，但是并不表示他是一名好军医！"

"你这是诡辩……"梅瑰刚说了半句，就被章雪川提着名字叫起："请你回答一下，刚才我讲到过创伤休克，有哪些治疗原则？"

被突然间拎起来的梅瑰一阵惊慌，听清楚问题，却是自己刚好能回答上的内容，就稳稳神，朗声答道："1. 补充血容量；2. 纠正酸碱失调；3. 手术治疗。"

章雪川略微点头，紧接着又是一个问题："休克病人动态监测中心静脉压值为 25 厘米 H_2O，表示什么？"

梅瑰眨动着大眼睛，口齿清楚地说出答案："充血性心力衰竭。"

"Good！"章雪川点头："看来你是自负学懂了这些概念，才会课堂上开小差。"他示意她坐下。

他又叫起方翘楚，接着提问："40 岁男性，腹痛、发热 48 小时，血压 80/60 mmHg，神志清楚，面色苍白，四肢湿冷，全腹肌紧张，肠鸣音消失。你的诊断是？"

方翘楚想了想，答道："感染性休克。"

"理由？"

"患者血压低，面色苍白，四肢湿冷，考虑为休克，另根据全腹肌紧张腹膜炎体征，考虑为感染。"

章雪川不动声色，又一个问题抛出："关于休克病人有效预防急性肾衰的措施有哪些？"

方翘楚思索着，回答得有些犹豫："矫治休克时不宜使用易引起肾血管收缩的药物……"她答不下去了，正在尴尬时，那人的另一个问题又向她飞来："此刻病人出现尿量减少的话，是否要及时使用利尿剂？"

方翘楚："……"

章雪川："对有溶血倾向的病人该如何避免肾小管损害？"

方翘楚回答不上来，脸色微红。

章雪川看着她，耐心地等待了一分钟，确认她答不出来，才挥挥手让她坐下。他语气平淡地说出一句话："每个知识点，都是有用的，它们会在你们今后的行医生涯中，发挥应有的作用和功效，可能还会救你们于绝境中！所以在学习之当下，如何把它们深刻地印刻在脑海中，倒是各人的本领，甚至是个人的修行！老师不是万能的，我其实和你们一样，都在不断学习中。希望有句话，我们可以共勉——学海无涯，此生有限，且行且努力！"

方翘楚不知道为什么，从他的这番话中，联想到上次的夜班险情，那例术后全麻插管结痂堵管事件，心里更是羞愧又纠结。

很快她发现梅瑰身上的一些变化。那个懒散贪玩的丫头最近在宿舍里，不玩手机也不打电脑游戏了，却热衷于用手术刀练习剥葡萄皮。几串葡萄被她削得晶莹剔透，还逼着方翘楚吃了。方翘楚这阵简直被她弄得患上"葡萄恐惧症"，这阵子一看到葡萄，胃里就泛酸。

梅瑰告诉方翘楚，这是章雪川教给她的练习手法的技能之一。据说当年章雪川就曾经这样苦练成才。

"榜样的力量是无穷的！像我男神这样的精英人物都曾经勤学苦练才终成栋梁之材，我等笨鸟当然更要奋发图强，殚精竭虑！努力努力再努力，加油加油再加油！"

梅瑰喊出铿锵有力的战斗口号，方翘楚好笑又感动。很快她发现梅瑰又不剥葡萄皮了，改为用毛线练习打结儿。方翘楚看着她手指灵活地打着结，不由得称赞。谁想到梅瑰一噘嘴："我这算什么呀？人家章教授一分钟能打 160 个呢！"

想到自己在上大学期间，也曾迷恋这种手法练习。但是号称心灵手巧的她，勉力为之，也不过最多打上 100 个。此刻方翘楚心里感叹，嘴上却是一贯的不屑，只要是涉及某人的话题。她恨铁不成钢地怼梅瑰："我看你干脆把某人画个像，供在这屋里倒好，你每天可以顶礼膜拜！"

梅瑰却说出自己的一番苦心来："我要是顶礼膜拜能有效倒好了，省得我如此这般地临时抱佛脚了！"她俏皮地眨眨眼睛，"你知道马上有一个小肠移植手术吗？章教授说了，他的学生，谁的基本功更出色，谁就能进手术室当助理！你说我能不拼吗？你不晓得，那个蒋子萌最近快练成准手术狂人了！"

小肠移植？！方翘楚听了这消息怦然心动，这太有诱惑力了，她不能不心动神往。在经过一阵思想斗争后，她找了老师宁南方，说出了自己的想法。没想到宁南方一口答应，安排她进手术室观摩，而不是像往常那样站在墙后的大玻璃窗外。

小肠移植手术进行，梅瑰的勤学苦练、挑灯夜战的功夫没白下，成功地脱颖而出，成为第二助手。方翘楚很是羡慕，但是想到自己也能进手术室近距离观摩，也就心里坦然了。

没想到就在术前准备时分，刚换上手术衣，还没来得及戴上口罩的方翘楚被章雪川看到了，他细长的眉毛马上不祥地蹙起。

"谁让你进来的？无关人员，请出去！"他用手指指方翘楚。

方翘楚一脸愕然："是宁教授安排我来的。"

那人却完全不通融，那张轮廓感极强的脸庞因为冷峻的神情，此刻像罩上了一层冰霜："这台不是宁教授的手术，我说了算！要观摩，请上房！"

他不再多说，向手术台走去。众目睽睽下，方翘楚此生第一次感受到自尊心受到极大的伤害，这让一向争强好胜的她情何以堪？但是手术是大局，她无力争辩，只好强忍泪水，转身上房，和其他实习医生一道透过那扇大玻璃观摩。

手术紧张进行着，身为二助的梅瑰，在章雪川的身旁忙碌着，方翘楚不知道为什么突然第一次嫉妒起梅瑰来。

这场手术仿佛是场马拉松，近十个小时过去，手术终获成功。大玻璃窗后面，响起清脆的鼓掌声。方翘楚也不自觉地拍着手掌。

她默默等在手术室门口，梅瑰以为是在等自己，挂着笑容和她击掌庆祝。但是方翘楚却让她先走，说自己还有话要问章雪川。

梅瑰一脸惊恐："你不会……因为刚才的事，要和章教授理论……或者吵架吧？"她看着方翘楚直摇头："我都要累死了！你想想主刀医生会是什么状况？你就饶了他吧！"

"放心，没人去惹你的男神！再说了，人家是教授，我一个小实习生，能把他怎么着？"方翘楚噘嘴瞪眼，赶走了梅瑰。

章雪川一脸疲惫地走出手术室，正对上方翘楚挂满质问神情的脸。

"就算咱们有过过节，但是为师者，应该不能拒绝学生好不容易才有的绝佳学习观摩的机会吧？你知道你今天有多残忍吗？"与其说她此刻问得一腔悲愤，不如说是问得一脸无辜和无奈。

章雪川抬起头，认真盯着她看了有几秒钟，才问一句："你何时承认过，算我的学生了？"

方翘楚语结。

那人却不肯放过，盯上去又问一句："还是你想好了，准备拜师了？"

方翘楚还是不吭气。那人就瞬间变脸了。虽然他此刻心身俱疲，但是丝毫不妨碍他重现一贯的傲然霸气和冷峻威仪。

"你一天不做我的学生，就一天不要和我上手术台！"扔下这句掷地有声的无情话语，他决然而去。剩下她悲愤交加，怒火重新燃起。

更衣室里，方翘楚将椅子上的一件白大褂当成发泄物，猛击了两拳，嘴里骂着："章雪川，你这个神经病！虐待狂！我恨不得一拳把你……"

梅瑰先是同情地看着她，此刻看她越骂越起劲，忍不住为老师辩驳起来。刚说了半句话，方翘楚就怼她："你就是个彻头彻脑的迷妹，没头脑，也没理性，盲目崇拜，愚昧又不可理喻！"梅瑰也火了，直接和她交上火，两个好姐妹为那个孤高傲世的家伙吵得天翻地覆，不欢而散。

方翘楚含恨带怒地冲了出来，一头撞到正进门的一个人身上。

"姐？！"听到喊声，她定睛一看，却是弟弟楚临风。

楚临风是遵母命来给姐姐送她最爱吃的家常菜。他看到姐姐一脸悲愤的样子，吓了一跳，忙拉住姐姐询问。方翘楚情绪激动之下，将自己上午在手术室受到的不平待遇一股脑地倾诉出来。

"姐，你别气，我替你出头！"楚临风看到自己一向视为偶像来崇敬爱护的姐姐，眼下满脸委屈悲愤的神情，怒从心头起。他将手中的饭盒往姐姐身上一塞，转身跑了。

毛头小子不等姐姐接稳东西拔腿就跑，饭盒几乎是扣在了方翘楚身上，里面的菜品洒了出来，弄了方翘楚白大褂一身。她正手忙脚乱中，梅瑰也出来了，虽然是吊着脸，但还是帮她收拾。不料方翘楚像是想起了什么，对她喊道："你别管这里了，先去看你男神……小心他挨揍！"

楚临风真的像一股旋风一般，刮到医生办公室，进门就怒吼："有姓章的吗？给我站出来！"

办公室里。章雪川正和丁盛在研究病历，此刻抬起头，看着门口怒气冲冲的小伙子："请问你找谁？"

"我找章雪川！"

"我是。"

"你就是那个欺市霸行，专门踩新人的狗屁教授？"

"你说话文明点！我认识你吗？"

"呸！你做事文明吗？欺负女孩子算什么德行！"

楚临风说着，向章雪川冲去。一旁丁盛忙拦他："有话好好说。"却被他一把推开，他扑到章雪川面前，一把揪住他的衣领："你以为方翘楚是个小实习生，由着你欺凌是吧？我姐答应，我可不答应！"

他举起左手，攥成拳头高高抡起，正要主张他的亲情和正义，却被一声怒吼打断了步骤："你住手！"

梅瑰大叫着冲了进来，毫无畏惧地冲到章雪川和楚临风的中间，自己挡在章雪川的身前，却用力一推楚临风，将一脸愣神的小伙子差点推个跟跄。

楚临风站稳脚跟，暗暗运气，正要发威，想一并将面前两个敌人合并打击，不料满腔怒火却对上一张娇俏可人的桃花面，瞬间泄了气。

女孩因为气愤，脸微红，所以面带桃花，她的五官精致秀雅，让人观之忘俗，尤其是那张粉唇微微嘟起，像是一颗鲜嫩的粉色葡萄一样玲珑剔透。她的眼睛是五官中最夺目的，顾盼神飞，此刻却满满蕴含着愤怒和霸气的光芒，像一团火焰，点燃的，却不是楚临风的怒火，而是好奇和惊艳。

"这丫头好生了得！劲儿真大，脸蛋真美，霸气猛女，简直是一道另类风景！"楚临风突然记起自己往日里玩的电脑游戏里，那些合成的虚幻的古代女将形象，娇媚傲气、英姿勃勃，但是哪有眼前这位活体人儿般鲜艳明媚？

狂傲小子楚临风像是被一只温柔又强悍的箭射中了，着了魔一样愣怔在那里。

方翘楚匆忙赶来，拉走了弟弟。

"你这个野小子，这是什么地方？由着你撒野？"方翘楚埋怨又疼爱地挽着弟弟边走边说。

楚临风却只是咬着嘴唇不作声，满脸惘怅的神情。半晌，才轻叹道："姐，我完了！"

"小子，说什么呢？"方翘楚更加一头雾水。

"姐，我真的完蛋了！你知道沦陷的滋味吗？"楚临风喃喃自语，"我以为，此生难遇心上人……毕竟咱眼界忒高……唉！谁想到，我的真命女神，毫无征兆间，竟然火辣辣地横空出世！"

"什么？你是指梅瑰？人家比你大呢，傻小子，别胡想！"方翘楚认真地警告弟弟。

送走弟弟，方翘楚回到宿舍，却意外地看到萧扬站在门外。原来他是来C市工程兵学院进修一年。

除了依旧给方翘楚带来很多藏区特产，萧扬还拿出一件特殊的东西。一张格桑墓地的照片，看上去已经芳草萋萋。

方翘楚握着照片默默地看着，心如刀绞。她边看边抽泣，最后近乎嚎啕起来。

"小楚，你怎么了？"萧扬发现她的反应有些过激，感觉不对劲，就忙扶着她肩膀问道。

方翘楚回头，趴到他肩头痛痛快快地哭了一场。发泄过后才哽咽着说："格桑走了，我的一切都变了！……如今更悲催的是，还要违心地跟那个讨厌的家伙学艺……"

萧扬明白了。他安抚了方翘楚，私底下找到梅瑰，了解到发生在手术室里的一幕。

萧扬一不做二不休，马上找到章雪川，开门见山地质问他为什么将方翘楚赶出手术室。章雪川也毫不示弱，直言什么时候方翘楚愿意当他的学生，他才会把压箱底的手艺教给她，否则一切免谈。手术室不是游戏室，他拒绝不驯服的人围观。

"章雪川你不要欺人太甚！想想格桑，你觉得你良心上过得去吗？"萧扬眼中喷着火。

章雪川却是一脸的落寞和惆怅："我就是在赎罪！格桑也是我心中永远的痛。"他沉默片刻，才幽幽道："方翘楚是一个非常有灵性，又非常有天赋的医学生，她执拗的脾气，也许是她的优势，能让她在事业上永不言倦，勇敢直行。但是眼下，这肯定是她求学途中的绊脚石。而且更要命的，还有她那份偏见！不管她如何固执己见，但是在这里，我肯定是她最应该师从的老师，没有之一！"

萧扬喟叹："你这样强人所难，针尖对麦芒，有用吗？"

章雪川昂起头："驯服烈马要有勇气，更要有智慧！对我而言，发现一匹好马，也是一件快乐的事。把她训练成一匹真正的千里马，更是毕生之夙愿！圣人曰，得天下英才而教育之，是至高之乐！更何况于我，还有一层格桑情结，一份赎罪的执念！"

"你真的觉得，只有教好她，才是对格桑最好的纪念？"

"我说过了，是赎罪。"章雪川低下了头，"很多人都告诉我，不必要背负自己不该负担的职责，否则，我们这些拿手术刀的，手腕会发软……但是于我而言，格桑是个特殊的病例，我心中的这份愧疚和痛楚，当会伴随一生……"

萧扬第一次深切地感受到章雪川的真诚和善意，他的心也瞬间转热，两个军人之间的友谊悄悄萌生。

萧扬回到方翘楚身边，告诉她章雪川的那番话，她听了默默无语。萧扬鼓励她，放下一切偏见和纠结，勇敢地去准备做千里马吧，这份天赋和福分，不是每个人都有的，但是玉不琢不成器，化茧为蝶的过程注定是非常艰难且痛苦的。

萧扬又说到自己来到 C 市学习，就暂时无法兑现和方翘楚的承诺了——替她守护格桑的墓地。但是他又宽慰女孩，二连的战士，一批批地更迭，但是都会用心守护好自己的连长。那里，永远是方翘楚的家，等候着她的随时来归。

萧扬走后，方翘楚默默思考着他的话。因为夜班补休，她躺在床上，却辗转反侧，不能入眠。

下午下班时分，梅瑰走出科室，看到楚临风站在花园小径旁，对她微笑。他穿着一身靛蓝色的牛仔，手里捧着一大束的粉红色玫瑰。

"宝剑赠与壮士，玫瑰献给女神！"楚临风上前，说出一句玫瑰箴言，将花不由分说地塞到女孩怀里。

"哎，谁是你的女神？无聊十三级！"梅瑰想推开，却不料楚临风已经笑着跑开了。

梅瑰抱着这束花为难了片刻，只好向宿舍走去。她原本想随手把花塞到一旁的垃圾箱，但是娇艳欲滴的花朵又让她不忍心暴殄天物，恰好走了几步，遇到护士小周，她就顺手将花转送了。

第二天梅瑰是早班，中午时分，又遭遇楚临风捧花守候。这次他是一身朋克装，手里捧着的是一大把黄色玫瑰。

"如果是玫瑰，她总会开花的。送你玫瑰，我手余香！"他将花推到女孩怀里，自己笑着跑远。

第三天是一大束蓝色妖姬。楚临风今日的玫瑰箴言竟然是一首歌，他轻轻哼唱：

爱情不只玫瑰花，
还有不安的惩罚。
快乐呀误解呀，
随着时间都会增长，
退潮的爱像刀疤……

梅瑰叉着腰，瞪着他："这位公子，你若有钱，只管天天送，月月送，年年送！我不介意往我们医院的垃圾箱里多扔几束玫瑰花！"

楚临风咧嘴笑:"我在诚心向你道歉呢,你看不出来吗?如果你愿意,我还想请你一顿饭,这样我就心安了!"

"你跟我何来道歉?我又凭啥让你心安?喊!"梅瑰对他怒扔白眼。

楚临风还是一脸讨好的笑容:"上次我在美人面前动粗,有伤大雅,所以必须道歉!道了歉,咱俩就是朋友了,我就心安了!可以一路有你,一路前行了!"

"什么毫无道理的破逻辑?"梅瑰一脸不屑,"小屁孩,你豆大点儿人,不会学着别人在追女孩子吧?小心我拉你去见你姐!"

"我就是在追你呢,你看不出来?"楚临风一脸自得,"你用我姐吓不到我,我姐是我的同盟军,一个战壕的。你想不想赶紧加入到这个阵营来?"

"呸!厚脸皮!"梅瑰一把推开他,顺手将花扔到一旁的垃圾箱内,哼道:"方翘楚神女一般的人品,怎么会有这样一个无赖弟弟?"

"她是神女,你是女神。我心里永远的女神!"楚临风对着她背影大声喊道。

第十六章　达娃手术

在手术室里喝葡萄糖液补充体力，不过是章雪川这样的手术狂人日常工作状态的一个侧笔。接着到来的体能训练令方翘楚峥嵘偶露，是显示她过人的军事素养的绝佳良机。

一名患有肝母细胞瘤的藏族小男孩达娃住进普外一科，由章雪川组准备手术。岂料因言语无法沟通，加上家属对西医有抵触情绪，使达娃的治疗问题一度给医务人员造成障碍。

章雪川曾经留学美国，特别强调病人及其家属的知情权。他让梅瑰去请会藏语的方翘楚来帮助沟通。梅瑰诡秘一笑，干脆请方师姐来加入咱们组好了，和达娃家沟通也不是一天半日的事情。何况上次李老那个病例，也是方师姐帮助咱们一路搞定的。

章雪川看着梅瑰，一副半真半假的神情："可以。但是仅限于达娃这个病例。你若说把她调入咱们组，估计某人又该疑神疑鬼，激烈对抗了！"

"章教授您太了解她了，你们也算知音！"梅瑰也是亦真亦假地揶揄调侃，却见章雪川摇头，哂笑道：

"得了吧，这样的知音，分明是怼死人不偿命的节奏，我是不敢要，也惹不起！"

梅瑰没想到方翘楚竟然一口答应，愿意来帮助达娃一家和医生们搞好沟通。方翘楚心目中，藏区就是她的家，藏民都是她的亲人。她总忘不了自己和格桑那场未完成的订婚仪式。如果没有后面的悲剧，也许，她就算藏家媳妇了吧？

她很快和达娃一家感情融洽起来。达娃的父亲单增和母亲央金对西医意见不统一，对是否手术更是犹疑不决。

方翘楚耐心地对他们讲解达娃必须马上手术的必要性。此病常见于儿童，生长快，容易转移，而且此病对化疗和放疗都不敏感。因此，积极地进行手术治疗是治疗此病的关键。现在孩子的肿瘤已经很大了，如果不及时手术，一旦肿瘤长大到不能切除时，就没有什么办法了。好在目前肿瘤还没有出现全身的转移，还有手术的机会。如果拖延下去，就来不及了。

她诚恳又理性的劝告打消了单增夫妇的担心和犹豫。但是央金提出了一个请求，请方翘楚一定要全程参与手术，他们夫妇信赖她，只有她在孩子身边，他们才会心安。

"唉，达娃的父母哪里知道我的难处呢？难道我要配合那个狂妄讨厌的家伙上手术台？"方翘楚暗自叹息，"就是我愿意，人家还未必愿意！那天他不是傲然宣称，我一天不当他的学生，就一天不能和他上手术台。"

但是此事却不可懈怠，更无法拖延，孩子的病情眼下就是比天还要大的事情。方翘楚稳稳心绪，来找章雪川。

章雪川静静地听完方翘楚转述达娃父母的要求，沉吟不语。两道浓密又不失为俊秀的细眉蹙起，仿佛在思考一道难解的哲学问题。

方翘楚心里暗自得意，看你聪明绝顶的"一把刀"，如何破解眼前的困境？哼！目前的局势很严峻啊，分明是有你没我，有我没你！她竟然饶有兴趣地瘪瘪嘴，认真打量起章雪川的反应来。

没想到这个狡猾的家伙竟然把皮球又踢回到自己这边："方医生，说出你的主张吧？眼下该怎么办？"

方翘楚愣怔，不留神间，那句恨恨然的誓言就脱口而出："有你没我，有我没你。"

"嗯？什么话？"章雪川一挑眉毛，横了她一眼，"说得和江湖厮杀一般！恶狠狠、血淋淋，至于吗？"

"当然至于！"方翘楚回过神来，自然是伶牙俐齿，不肯相让，"是章教授你那日亲自发出的挑战檄文，说我方翘楚若不肯当你的学生，就永远不要和你一起上手术台！如今达娃妈妈好不容易同意手术了，就只有一条附加条件，貌似也无法通融的！"

她带着认真的表情为眼前这个狂傲的家伙分析道："眼下的情形就是，这场手术肯定'有我'，那么就只能'没你'！其实依我之见，你完全可以请宁教授代劳，此事不就万全了？"

章雪川冷笑一声："你倒打得好如意算盘，我看你是想重蹈上次李老'保肛病例'之覆辙？再次做坏规矩、遭忌惮、引恶评的事？我就奇怪了，宁教授没有教你术业有专攻的道理吗？"

方翘楚强辩："上次的事情，想必也澄清了，你心里也明白了，并不是我方翘楚在病人面前诋毁你名誉！……当然，算我母亲说话没留神，但是！"

她盯着他正色道："这次达娃手术的事情，我是就事论事，绝无幸灾乐祸、挑拨离间的意思，请你不要再次误解！"

章雪川却莞尔一笑，得意地晃头："就是你揣着幸灾乐祸、挑拨离间之心，我也不会给你机会！这次当然还是我说了算！上回手术室里的那句话我取消了，你，方翘楚，准备和我一起上达娃的手术！"

"这……你……"这次倒是让方翘楚完全没有心理准备，收获的满满是意外加惊喜了。

第二天在手术室，方翘楚听说昨天半夜章雪川临时参加了一个急诊手术，做到凌晨才完成，几乎一夜没合眼。早晨看到他时，她发现他依旧是精神旺盛的样子，匆匆喝了一杯酸奶，就准备上台。

那术前的 10 个俯卧撑还是要做，方翘楚默默看着，忽然记起在高原医疗队时，听过杜鹃说的那句话："一看章教授这样儿，我们就特托底儿！"

这场手术过程比较漫长，达娃情况特殊，其肿瘤位于肝左内叶、右前叶并侵及Ⅷ段，如果要按常规切除，只能将右三叶全部切除。但这样一来，剩余的肝脏太小，不够用，患者会因肝衰竭死亡。常规解决的办法是做介入治疗了事。

章雪川通过影像检查发现达娃的特殊之处在其肝脏有明显的肝右下静脉，这样就可以保留肝的第Ⅵ段，尽可能多地保留肝脏，同时又将肿瘤彻底切除。他以此得出结论：肿瘤位于肝左内叶、右前叶并侵及Ⅷ段，可以进行保留肝右下静脉的肝左内叶及肝右前叶（Ⅴ、Ⅷ段）及Ⅶ段的联合切除术。

在章雪川的指导下，方翘楚仔细了解了他所作的手术预案，她作为第二助手随同丁盛一起和章雪川上了手术台。

第一步由丁盛全力配合章雪川，方翘楚在一旁仔细观看。只见章雪川用电凝刀先游离肝右叶，丁盛将肝脏向主刀的对向牵引暴露，由肝脏的上面到右侧逐渐游离，接着丁盛将肝脏向左侧搬开，这样子就可以逐渐显露肝脏后方的下腔静脉和要保留的肝右下静脉；方翘楚发现在这个过程中，作为主刀助手的任务就是搬开肝脏显露视野，遇到血管和胆管时主刀负责游离，用钳子将血管分离开，助手负责穿线打结，主刀再剪断血管和多余的缝线，此处血管都较细而短，两人都需要轻巧准确。章雪川全神贯注地在操作着，动作娴熟、果断，手法利索，让方翘楚暗中钦佩不已。

第二步是胆囊切除及解剖肝门，显露各种血管，使用剪刀进行锐性分离，助手的作用就是牵拉组织和结扎，方翘楚默默观察着章雪川和丁盛的配合过程，心里暗暗记着要点。

4个小时就这样过去，由于患儿情况特殊，手术时间显然比预计要长。在第三步切断肝右静脉步骤即将完成时，章雪川看着动作略微有点迟钝的助手，轻声道："小丁，昨晚你也跟了大半夜的手术，一会儿下去歇歇吧，顺便把昨晚急诊手术的病人再看一下。"他又看看方翘楚，示意她准备接手。

这意外的上台做一助的机会让方翘楚又惊喜又惶恐。章雪川抬眼看了她一眼，露出一丝鼓励的神色，方翘楚巧妙地捕捉到了，激动又紧张的情绪莫名地稳定下来。

她看到杜鹃上前，为章雪川擦擦额头上的汗水，轻声问了句什么，章雪川点头。

杜鹃拿过来一瓶葡萄糖液体，又拿来一根输液管，就制成一个简易吸管，插到瓶子里。她递到方翘楚手里，示意她喂章雪川喝。

"喝这个吗？"方翘楚有点诧异，杜鹃点头，顽皮一笑，揶揄起他们一向崇敬的章教授："这是某人最喜欢的一种饮料，手术室牌葡萄糖水。"

"好吧，下次小杜你也尝尝味道，好着呢。"章雪川没有抬眼，继续手中的工作，嘴里还不忘打趣小护士。

"我才不要！我又不会像您那般辛苦，经常是一台手术要十来个小时。谁好好的喝这个！"杜鹃笑着回应一句，转身去收拾器械。

方翘楚这才明白作为主刀的章雪川，没有可以替换的条件，竟然以这个来补充体力。她心头突然有点泛酸，第一次作为同行有点不忍心的感觉。

她走到他身旁，轻轻掀起他脸上的口罩，将吸管喂到他口里，又仔细地用纸巾擦去他唇边流出的一丝液体。

她的动作很轻柔，让那个人猛吸几口后，就有了调侃话：

"终于有机会见识到某人的女人味，不错！"

"偏见害死人！"方翘楚不打磕绊地就怼了上去："何况最可恶的偏见还不在这里。"

"你也知道偏见害死人？"章雪川嘿嘿笑了，"此话愿意和方医生共勉！就不知你所谓的'更可恶的偏见'是什么？"

方翘楚瞪他："女人当不了外科医生！这句话最可恶！简直十恶不赦！"

"这个观点于我难改！"章雪川笑了，脸上又露出一贯制的狂傲不羁的神情来："不过还有新说——作为女人嘛，想做外科医生，先天条件既然不足，如得名师指引，或许可蹚出一条生路。"

"快继续喝您的手术室牌糖水吧！"方翘楚又将吸管再次塞到他嘴里，心里暗暗腹诽一句，"噎不死你！"

方翘楚接替丁盛当章雪川的助手，进行手术的第四个阶段：肝段切除。此时需要定时阻断肝门血流，每阻断 15 分钟，要开放 5 分钟，手术变得走走停停。在切肝脏时，要使用超声刀，双极电凝和电刀进行操作，由于肝脏血管多，所以要求助手随时吸除操作出的血液以显露视野。

在章雪川的指引下，方翘楚和他配合默契，肝脏的切除和管道的处理是个慢活和细活，一点也快不起来。再加上需要开放血流的时间，手术就更是急不得。章雪川用 CUSA（超声吸引装置）一层层地切割肝脏组织，显露动静脉血管和胆管，方翘楚则用吸引器吸走创面的血液，暴露视野，配合章雪川处理要切断的血管及胆管，肝脏的切口在两人的配合下逐渐延长加深。

"钳线、打结、剪刀、针线。"在章雪川的一声声口令之中，要切除的病变肝脏一点点地被游离了下来。两人细致而有条不紊地操作着，在整个过程中，他们都保持精神高度集中，全神贯注，一丝不苟。

手术进行了 9 个小时之后，随着最后一支汇入下腔静脉的肝脏血管被切断，章雪川一声"接标本！"，整个病变的组织被完整地切除了下来。当标本被放到器械台上的标本盘里的时候，大家那一直提着的心也似乎一下子落了地，手术室的灯光，此刻也像变得更加明亮起来。

章雪川走下手术台，摘下口罩，长长地吸了口气。方翘楚没有看到他做惯常的那10个俯卧撑。正在诧异间，突然又看到他的腿似乎有点不对劲，一副抬不起来走路的架势。

她不知道他此刻的难受状态。加上昨天晚上那个严重外伤的急诊手术，章雪川几乎已经站了二十多个小时的手术台。此刻心情的放松使他感到极度的疲惫，双腿由于站立时间太长而肿胀起来，迈步的时候就像灌了铅一样。虽然术中他补充了一些葡萄糖液体，此刻由于脱水，嗓子眼仍然灼热如火，一天多没吃饭的胃却感觉不到一点饿意。这个时候的他，满脑子的想法就是赶紧找个地方坐下来，把自己肿胀难受的下肢抬高，然后再痛痛快快地灌下几瓶凉水。

章雪川来到医生办公室坐下，将双腿放到一把椅子上。他斜倚在椅背上，没有力气再去给自己倒一杯水。方翘楚也跟了进来，章雪川正在犹豫是否请她递过一瓶水来，就看到梅瑰、蒋子萌等实习生们，从大玻璃窗后面观看完手术，也嘻嘻哈哈地进了门。他马上改口叫梅瑰倒水，使唤自己的学生还是比较保险，疲惫不堪的他，眼下可没有再和那个不驯服的女医生打嘴仗的劲头。

可偏偏话题还就说到这里。梅瑰看着章雪川直着脖子连灌了三瓶矿泉水，又惊讶又感叹，直呼章教授太辛苦了。她又回看方翘楚，半真半假地建议道："这台手术做得漂亮，方师姐你真有福，能在这场艰苦卓绝的伟大手术中当上章教授的重要助手！依我看，你就算临时学生，也该好好谢师一回！"

方翘楚知道她是在找机会缓和自己和章雪川的关系，但是自己却一向不是个给杆就上的人，脸微微一红，不置可否。

梅瑰还想再说，章雪川懒洋洋地抬起手挥了挥，截住了梅瑰的话。他瞟了一眼此刻由于脸红，显得面如桃花的方翘楚，嘴角挂上一丝自信自得的笑意。他的语气半真半假间，还是满含戏谑无羁的调侃味道：

"不必了！强扭的瓜不甜，瓜熟蒂落才是王道。现在拜师还为时过早，我们拭目以待，且等下回分解吧。"

这又弄的是什么鬼？方翘楚参不透他话里的意思，就不以为然地哼了一声。

章雪川却更加狂傲地撇撇嘴，仿佛疲惫和倦意都在一刹那间消失了。他紧紧盯着方翘楚，又吐狂言："目测我又要收一个女弟子了。不管她是否愿意，都马上会顺理成章地纳入到我之麾下！"说着说着，他竟然得意地呵呵几声。梅瑰等人猜测着看向方翘楚，她的脸更红了。

"不可能！在下跟定宁南方教授了，在那里学习心旷神怡，才不想落入水深火热中！"倔强的方翘楚硬绷绷地扔下这句话，昂着头离开了办公室。

两周后的科室会议，成斌主任突然宣布了一项医院通知。为了加强本院军医的军事素养，练就做一名合格的军医必须具备战场救护的过硬本领，医院近期会开展军事医学综合演练。普外几个科室也将逐步进行外科野战集训。

医护人员议论纷纷，大家多少都有点畏难情绪。毕竟生活在和平年代的大医院中，大家更多关注的，是自己作为医生的职业角色，而对军医这个概念，都有些淡化和陌生。

几名实习生也在更衣室里嘀咕起来，相互问起各自在军校时的体育成绩，除了蒋子萌以外，都不是强项。

高明辉先哀叹："别看我个子高，从小就对体育不擅长，长跑、跳高、跳远、投掷都不行，人家常说，生命在于运动，在我这里，是生命在于静止。我是属乌龟的！"

李想接上他的话题："恐怕不只是体育技能吧？听成主任说的精神，我看以后还少不了野外集训！如果再弄个什么生存训练类的东西，咱们就被虐惨了！"

罗宏闷声闷气地说："我人胖，更是跑不动，跳不高，扔不远！"

蒋子萌接上李想的推测："最先要过的，恐怕就是体能训练，这个还好些。讲到野外集训，恐怕大家都没有优势了，只好走一步看一步了！"

几个男生的话，让刚进来的梅瑰和方翘楚不满了。梅瑰斜睨几人一眼，哼了一声："这还没开始集训呢，就哀鸿一片了？瞧你们那点儿出息吧！"

方翘楚也朗声反驳他们："别忘了，咱们是军医！军医就是军人，是军人当然一切要从实战出发，训练自己的军事素养和技能！不然，只做个普通医生罢了，何必穿上这身军装？"

高明辉大声嘲笑起来："呦呵，想不到咱们这里还藏着一位花木兰，一位穆桂英？两位女将别在这里说嘴，到时候咱们训练场上见吧！"

"谁怕谁啊？咱们能比赛一场才过瘾呢！你们小心，咱科里有一个秘密武器，分分钟赛过你们，拔个头筹！"梅瑰傲然说道，又对方翘楚挤挤眼。

"谁呀？谁是那个秘密武器？"几个男生很好奇。梅瑰才懒得理他们，和方翘楚换好白大褂走了。

训练的第一步是体能训练。项目有俯卧撑、仰卧起坐、10 米乘 5 往返跑、200 米障碍以及 5 公里长跑。

虽然是规定达标科目，但对于平日里养尊处优的军医大学附属医院的军医们却很残酷，各项科目锻炼下来，众人精疲力竭，丢盔弃甲。高明辉、罗宏没有及格，于家成和丁盛勉强及格，梅瑰在越障碍时扭了脚，方翘楚和章雪川以及蒋子萌都是成绩优秀。

"三个优秀？谁是那个秘密武器呢？"高明辉汗流浃背地问一瘸一拐的梅瑰。梅瑰龇牙咧嘴地只顾脚腕疼了，哪有心思回答他的问题。大家鸣锣收兵，回到医院，纷纷把自己扔到床上休息。

傍晚时分，方翘楚为梅瑰受伤的脚腕做了热敷，就赶去值夜班。突然门铃响起，梅瑰单脚跳着去开门，却看到楚临风的笑脸。

楚临风自诩为雪里送炭的亲善大使，他不但给梅瑰带来了各式各样的精美小吃、零嘴，还有一个神秘的"祖传秘方"。

"相信我吧，玫瑰女神！"楚临风掏出一小瓶药水，和一盒膏药，"这是我家祖传秘方，专治跌打损伤，用了它们，你受伤的脚想不好都不行！"

"你怎么知道我脚受伤了？"梅瑰有点奇怪，但是想到那些日子他天天送花的行径，也就明白了，但是明显不相信他的秘方，"这些来路不明的药我可不敢用！再说了，如果是祖传秘方，我怎么从来没听你姐提起？"

楚临风神秘一笑："玫瑰女神你的颜值挺高，智商不会令人着急吧？没听说咱老祖宗有传男不传女的古训吗？很多祖传秘方，那是和你们女孩无缘的！除非……"他嘿嘿笑起来。

"除非什么？"梅瑰果然上套，对方马上顺势收口："除非你们女孩儿家愿意嫁入到这些祖传秘方家，就可以学到真经了！"

"胡占什么便宜！"梅瑰怒瞪他，楚临风却毫不在意："我又没说一定让你嫁给我，咱们还没开始恋爱呢。那种甜蜜的过程我可舍不得省略掉！"

"你再胡说八道，就从这里滚出去！小屁孩！"梅瑰瞪眼咬牙，却不小心弄痛了伤处，哎呦呻吟起来。

"好了，好了，我不胡说了，咱们治伤要紧！"楚临风马上缴械，扶梅瑰坐好，自己半跪在她面前，不由分说地为她服务起来。

梅瑰是个坐不住的人，不过受伤才半天，已经让她心浮气躁。俗话说，伤筋动骨一百天，她想起这句话就闹心。此刻看楚临风拿出的药水和膏药还像那么回事，就不再抗拒，由着他摆弄起来。"说不定瞎猫碰个死耗子，还能有点效果呢？"她在心中嘀咕着。

楚临风先倒了点药水到自己手上，再敷到她的受伤处，一点点耐心地为她搓揉着，还不时问她力度是否合适。梅瑰的受伤处被他按揉得麻酥酥的，痛中却有轻松的感觉，心里也逐渐舒坦起来。

"这个秘方叫'真爱一根筋'，先是用药酒搓揉伤处，再按摩后贴上膏药，后面，你就瞧好吧！不见效你找我，我再找我奶奶去！"

"这个秘方是你奶奶的？老人家如今在哪里？"梅瑰脚腕舒服了，口气也松泛和缓起来。

楚临风咧嘴一笑："在天国。她老人家去世十多年了！不过要是这药对你没用，我非得去她老人家坟地问问，为啥留下的祖传秘方不管用，生生坏我名声，且耽误我追女神的大事？"

"没大没小，没心没肺的小屁孩，胡说八道，连自己祖宗都敢开玩笑？"梅瑰瞪他。

楚临风也不在意，咧嘴笑笑，还是格外认真地为她搓揉好脚腕，又为她小心翼翼地贴好了膏药。

梅瑰觉得经过他这番治疗，受伤处轻松不少，心里满意。她精神一放松，就感觉想吃东西，恰好楚临风带来的一堆零食发挥了应有的作用。

"这话梅酸死了，不好吃，扔一边！我想吃那个士力架！"

"那个杧果酸奶不错，再开一听！"

"倒杯水来，要不温不热的，用那个迪士尼图案的瓷杯子！"

"哎呦，地上都是垃圾，赶紧扫干净！我倒没所谓，你姐可是个洁癖患者，小心她回来吊脸子埋怨！"

梅瑰不停歇地指挥着楚临风，但是他却甘之如饴，腿脚勤快。收拾完一切，还在问："还有啥活儿？一并说出来，本公子满腔干劲儿还没使出来一半呢！"

梅瑰捂嘴笑："本公子？我看你眼下分明像个小奴隶！"

"做爱情的奴隶，是我此生最大的愿望！"楚临风一脸正色，说得很认真。

梅瑰笑的咯咯咯："去去去，小屁孩，懂什么叫爱情？谁会和小屁孩谈恋爱？"

"姐姐，你严重 OUT 了！"楚临风更加义正词严起来。他回答得胸有成竹，自信满满，"如今这世界，最流行的，就是姐弟恋！"

第十七章　野外训练

　　野外集训，小试牛刀，众生扑街，哀鸿遍野。章雪川屈尊求教于方翘楚，倒令心高气傲的佳人心生疑窦。小外甥女的爱情辅导更让章雪川大跌眼镜。这个时代的孩子们还真不敢小觑了！

　　楚临风陪着梅瑰说笑了一阵，又提出教她打几款高难度的电脑游戏，以度过难捱的养伤时光。梅瑰也爱在手机或电脑上打游戏，但是和楚临风一比，简直是小巫见大巫。

　　"哇！没想到你竟然是这样的电游高手啊！"梅瑰惊叹，却见男孩撇嘴："我是打电竞比赛的，你莫用'电游高手'的称谓来侮辱我的智商好不？"

　　"哈，说你胖，你还真喘起来了？"梅瑰不屑地撸撸他的头发，却被男孩挡开手，"男人最神圣的地带，别乱摸！在古代，这是戴冠处，最凛然不可侵犯的地带！"

　　"可是我们在当代，而且是骄傲自由的新新人类一族啊！"梅瑰晃晃脑袋，突然间想了解眼前这个看似荒唐不羁，其实聪明绝顶的男孩的更多一面，就追问道："除了这些，你还擅长什么？"

　　"无人机啊！"楚临风有点得意，更有点卖弄，"我还是一个无敌的无人机迷。加入了一个著名的无人机爱好者微信群，叫'非凡的我们之部落'。"

　　无人机对于梅瑰只是一个概念。楚临风趁机又给她科普了一番，梅瑰马上感兴趣起来。在楚临风的带动下，她也注册了一个网名"铿锵玫瑰"进了群。

　　"我是'铁树凌风'，你是'铿锵玫瑰'，都很霸气！"楚临风和梅瑰各自看着自己的手机，在一个群里像陌生人那样打着招呼。

　　群里此刻没有太多人在线，只有网名叫"飞将军"和"剑胆琴心"的两人在聊天，看到新朋友进来，就打起招呼。

"我加入组织了！新群友表示很兴奋！"梅瑰飞快地打字，还依据热门的网络语气词，加上"吼吼"两字结尾。

"飞将军"在群里给她献上一束玫瑰，也算照应她的网名，"剑胆琴心"干脆送给她一把锋利的宝剑。随后"飞将军"替送剑者解释道："剑兄喜欢送人宝剑，也是他特殊的豪爽风格吧！"

"剑胆琴心"接着他的话道："俗话说，宝剑赠与烈士，红粉送给佳人。但是我相信，在咱们这个无人机爱好者的部落，红粉没人稀罕，都该喜欢宝剑的锋芒才是！"

"哈，剑兄，你这语气很像是一名军人哦！够血性！""飞将军"回应得很快。梅瑰很快发现，"飞将军"和"剑胆琴心"话很投机，关系相熟。

而楚临风也不吭声，只是把群里保存的一些无人机资料，源源不断地发到梅瑰的微信中。他在心里暗暗鼓劲：万事开头难，我今天终于初步攻下了这支傲慢的玫瑰花的坚强堡垒，后面还需发展共同爱好，才能挽着她一同踏上甜蜜的爱情之路。

楚临风完全相信，自己找到了真实的爱情对象。就像浪漫唯美的古典架空网络爱情小说里描述的那样——三生石上，前世数段未了缘；今生再见，怎肯放开牵引的手？

附属医院的军医训练第二步开始，果然是野外集训，要求军医们在野外环境下，完成既定的战地救护任务。全体参训军医在野外环境下不仅要迅速展开一个野战医院，还要开展自救互救演练。此次演练提出的理念是——"医疗与士兵同在"。

章雪川担任普外一科训练队队长，他们经过五公里急行军，来到预定的一个山洼中。按规定，要搭起帐篷，展开各种医疗器械。这些看似简单，却需要动作熟练，有序而迅速。

从章雪川算起，到队里的各个年龄段医护人员，实际操作起来明显动作笨拙，配合不利，显示出平日里在这方面训练不够。期间还闹出不少笑话，比如高明辉等人好不容易支起的帐篷，却因为固定不牢，风一吹，就歪斜了。

紧接着进入下一个环节。这个环节更是分秒必争，不能懈怠。队员们要利用自身携带的急救包等战救器材开展自救互救，进行止血、包扎、固定、搬运、保持呼吸道通畅、胸外心脏按压、人工呼吸等技术的演练。

由于疏于锻炼，这些大医院医生，以及刚从军医大学毕业的学生们一打开急救包，简直一个头两个大：连三角巾急救包、绷带急救包、四头带急救包以及扎伤急救包、空勤急救包都分不清楚，使用起来更是陌生，一时间手忙脚乱。前期体能训练中，运动能力强的章雪川和蒋子萌此刻也明显跟不上节奏，表现差劲。

方翘楚来自野战医院，曾经参加过几次野战外科培训，此刻显得鹤立鸡群，成熟老道。她在几个环节中都显得操作熟练，轻车熟路，手到擒来。

高明辉对着梅瑰哀叹："在眼下狼狈不堪的场景中，我终于明白了你上次说到的'秘密武器'，就是咱们智勇双全的方师姐吧？"

梅瑰的脚伤在楚临风的帮助治疗下，果真好转，她执意参加野外集训。此刻她得意地撇撇嘴，指着方翘楚对几个男生道："认清真佛，还不下拜？你们赶紧地拜翘楚姐为师，目前也算临时抱佛脚吧？亡羊补牢，未为晚也！"

高明辉、李想等人羡慕地看着方翘楚灵活运用着急救包里的东西，打绑带的手法都利索果断，令人叹服。但是他们只是看着，也没人好意思发声。大家都是来普外科实习的医生，为什么差距这样大？让人羡慕嫉妒外加钦佩不已。

"我先拜个师好了！"突然一个清朗的男声在背后响起，众人一看，竟然是队长章雪川。

他拿着急救包请教方翘楚："方医生，请给我讲一下急救包，以及单兵急救包的使用要领吧？"他的态度认真诚恳，全然没有往昔嘻嘻哈哈的谐谑状态，更没有面对方翘楚时，经常会有的冷嘲热讽、无情打击之势。

这样的反转情形让方翘楚始料未及，一时间竟然愣在那里。

章雪川觉得好笑，就故意恢复白眼怼她："怎么？没见过虚怀若谷，不耻下问的学生？"他又加了一句别有含义的话，"当教官的，要心胸宽广，更莫要拿自己的狭隘、偏见，去恶意揣测别人哦？"

方翘楚回瞪他一眼，看着周围都围着同事们，就放开和章雪川的个人恩怨，借着他提出的问题，把自己学过的有关急救包和单兵急救包的知识讲给了大家。

在此次野外训练中，方翘楚无形中当起了老师，普外一科跟着她的节奏顺利完成了训练。大家看她的眼光中多了钦佩和服膺的意味。成斌主任听说后，也对方翘楚赞赏有加。

又是周末，章雪川回到父母家中。章雪原正准备出门，看到他，一把揪住了，拿出一本杂志给他看。是西文杂志《肿瘤学探索》，里面登载了冯璇的一篇论文。

"小璇越来越厉害了，这样高级别的杂志也能发论文！傻小子，还不赶紧和人家联系，和好如初？就是从学术交流上讲，她也能帮上你很多啊！"章雪原恨不能点着弟弟的额头教训着。

章雪川有点不耐烦："姐，你别那么势利好不好？就是朋友，也不该抱着利用的心理去交往吧？"

章雪原简直是恨铁不成钢，她追着弟弟来到客厅："你和冯璇是普通朋友那样简单吗？我给你掰着指头算算，打小那些'郎骑竹马来，绕床弄青梅'的时光不算了，就从十八岁情窦初开时算起吧，也有了十几年的恋情了，怎么能说断就断？"

"瞎操心，你管好自己的事，倒好多了呢！"章雪川白眼对她："你多关心一下我姐夫，他成天忙在手术室，身体不要吃不消噢！还有清朵，马上面临高考了，你这当娘的也不上心，倒有闲情逸致管起我的事了？"

章雪原愤愤然："你要不是我小弟，我才懒得管你们这桩破事呢！这么些年，你和冯璇两个，小猫小狗一般，见面就咬，离了就想！"

她笑看弟弟："实话对你说吧，她一直和我联系密切！人家爱你算是入了骨髓了，至今此情不渝！她说了，只要你愿意去美国，她在任何方面都可以唯你马首是瞻，这样够意思了吧？小子，千金易得，真情无价！你不会舍不得这身军装，而狠心地放弃最美好的爱情吧？"

章雪川还没答言，正巧拿着报纸走进来的章虎臣听到这番话，已经冷起了脸。他瞪着女儿，满脸不悦，语气更不客气："你少拿这些歪理学说来影响你弟弟！你若看轻你自己身上穿着的这身军装，尽可以脱了，想干啥就干啥去！小川不行，他有他的使命！使命！你懂不懂？！"

老头说着真动了气，章雪原不敢招惹父亲，红着脸走了。章雪川扶着父亲坐下，和他岔开话题，说笑一番，老人才算渐渐消了气。

没想到长孙章远泽回来了，又带来另一桩让章老将军不开心的事。

原来硕士即将毕业的章远泽想加入陆航团，遭到母亲柳迪的反对。他这次回家是向爷爷奶奶求助的。章虎臣对孙子的这番职业选择倒没有意见，但是听到老伴夏静波的一个建议，却猛劲摇起头来。

夏静波自然从孙子的请求中联想到一个人——楚正平。他领导的 G 集团军下设有陆航团。夏静波建议章虎臣给楚正平打个招呼，介绍一下孙子的情况，看有无通融余地。章虎臣把头摇得像拨浪鼓，他这一辈子没为自己和家人的私事托过关系，走过后门，这个原则不能破。夏静波还想再说，章远泽已经拦住奶奶。

章远泽是想请爷爷奶奶帮助自己做母亲柳迪的工作，关于考陆航团的事，他才不需要爷爷暗中相助，他直言要自己考上才算本事。章虎臣对孙子的志气言行很是欣慰，反倒嘲笑了妻子夏静波的觉悟。

祖孙三代四口人一起吃了饭，章远泽走了，欧阳清朵又回来了。刚上完补习班的女孩遇到父母都加班，周末也只好待在外婆家。她看到小舅，很是兴奋，自己手头正有几道英语题要请教他。

章雪川耐心地为外甥女讲解了几篇英文文章，清朵一脸崇拜地看着小舅，感叹着，"什么时候我的英语能像您这样溜就好了！"

章雪川笑了："英语不过是一个语言工具而已。等你将来有机会到国外留学，肯定要过语言关。关键要学会不只是听、说，还能锻炼着用英语在头脑中思考问题，那就一切都不是问题了！"

清朵撅起秀气的嘴巴："不论是数理化还是英语，这几年都是小舅您给我帮助多多！甚至在思想层面，都是您和我沟通得格外顺畅，帮助我解决了好多思想问题！比起来，我爹我妈，都忘记我这个独生子女了！"

"小丫头，在我面前说我亲爱的姐姐、姐夫的坏话，我可不爱听哦！"章雪川笑着打趣她，"你爸你妈忙着呢。尤其是你爸，等于和我们是老搭档对吧？他的工作量，连我都望尘莫及！每天院里几十台手术，医生们都想和他这位全院最顶尖的麻醉师合作，你说，他能不累吗？我们科的护士们，就曾和他开玩笑，说欧阳教授，每次遇到您，我们都要自觉地闪开路，让您先过去，知道您赶时间！"

欧阳清朵认真听小舅讲着父亲的事情，莫名间眼眶开始湿润。章雪川讲述得声情并茂，手舞足蹈地比画着："秦楠护士长说得更形象了，她说你爸应该踩着滑板上班，这样，就能快速地将他送到每一个手术室里。"

清朵揉揉眼睛，章雪川注意到了，就拍拍外甥女的肩膀："丫头，理解他们吧，你妈负责全院的护理工作，三千多名护士，都管理在她的麾下，还要应付很多日程机关事务，她一个女同志，也不容易！他们这样高负荷地工作，自身健康就令人担忧，怎么能时时刻刻注意到家务事呢？"

"那小舅您呢？您也是外科教授，也要上好多台手术。可是您经常逮空就辅导我学习。"

"小舅是个单身汉，怎么都好办，辅导一下我这个聪慧过人的小外甥女，也很有成就感呢！何况，他们都说了，你是我的小知音，也最理解小舅！"

"是啊是啊！"清朵开始兴奋了，"我听到大舅妈和外婆，我妈几个在议论您和冯璇阿姨的事情，我只知道个大概，但是我替您抱屈！"

"小孩子家，别操心这些鸡毛蒜皮的事情，不值当！"

"怎么是鸡毛蒜皮的事？是我最亲爱的小舅的终身大事哎！"清朵嘟嘴，"可是，我正要告诉您一句话，是我最近悟出来的一条人生真理，绝对正确！绝对有效！"

"有趣！还人生真理？好吧，说说看！"

清朵偏着头，一字一句地认真说道："人生苦短，唯爱情和信念不能辜负！"

她的老气横秋让章雪川哈哈大笑起来，却让女孩有点不服气："不对吗？走你的路，让别人打车去吧！爱你所真爱，不爱就拜拜；相爱的人，彼此为上帝，其他人都是地狱！"

"什么乱七八糟的？这语气好狠！"章雪川笑了。

"爱情方面，当断则断，不断则乱！与其对别人狠，不如对自己狠！愿与君共勉！"清朵俏皮地拱拱手。

"共勉个头！你才多大啊？"章雪川简直是啼笑皆非。

这个周末，梅瑰是和楚临风一起度过的，还有她为了避嫌拉的一众同事们。

原本楚临风约她吃饭，庆祝她带伤完成军事训练。梅瑰眼珠一转，计上心来："楚公子既然是以大方出名，不如多请几位？"

"可以啊，只要你愿意！"楚临风如今在梅瑰面前完全是乖乖仔状态，他不在意地摆摆脑袋。

"好吧，那就老少爷们儿一起上！"梅瑰一号召，就把李想、蒋子萌、高明辉、罗宏会聚起来。六个实习生来了五个，梅瑰算给楚临风面子，没有约上他姐姐方翘楚。

几个年轻人先去烧烤大排档吃喝了一顿，又一起去 K 歌。玩到深夜，还不尽兴，梅瑰突然提出一个大胆而绝妙的建议，得到大家的欢笑起哄，很快通过。他们商定，明天周六，一起去跳伞。

第二天早晨，天气晴朗，万里无云。梅瑰心里暗暗欢喜。她巧妙地应付了方翘楚的询问，一个人坐车来到了郊外。

在约定的地点，楚临风和蒋子萌、李想、高明辉都到了，罗宏没有来，找借口爽约了，被大家嘲笑了一回。

蒋子萌曾经玩过跳伞，还曾经认识一名教练，他带着几人来到跳伞塔，望着 50 多米高的建筑物，比大家想象的要高得多，仰视甚至有些眩晕。

他们今天想尝试的，是伞塔跳伞。利用跳伞塔上的钢臂和牵引结构，把跳伞人员连同已撑开的降落伞悬吊至空中，然后通过脱离装置使其自由下降。伞塔跳伞高度低，所需器材及训练方法简便易行，适合于跳伞爱好者初学跳伞的需要。

蒋子萌请来的教练开始对大家进行简易培训，在此阶段，高明辉先打了退堂鼓。除了蒋子萌以外，其余三人都是初次跳伞，所以选择了牵引跳伞，由教练帮他们穿好复杂的保险绳，再次叮嘱了一些简单的注意事项，并将保险绳与上方挂在伞圈上的降落伞连结好。这时李想又退缩了，只剩下梅瑰、楚临风和蒋子萌三人。

"祝你们好运，勇敢飞翔吧！"教练发出号令，蒋子萌第一个升空。卷扬机带动伞圈上升了，他的双脚渐渐离开了地面，升到了塔顶的预定高度，教练告之要下降了，蒋子萌做好降落姿势，在牵引下迅速下落，动作完美。

接下来是楚临风了。梅瑰估计他会紧张，毕竟在这几人当中，他年纪要小几岁。但是却见楚临风脸上挂着镇定的微笑，回头对梅瑰悄声道："我跳去了！等我下来，就有勇气对你说一句重要的话了！"

他随着伞圈缓缓升到空中，俯瞰大地，距离好远，自己仿佛置身在无依无托的碧空当中。一阵眩晕袭来，他心中怦怦直跳。底下教练发出指令："身体放松点，松开手试试。"

楚临风照着教练刚才吩咐的话，做了两次深吸气，调匀呼吸，缓缓放开双手。教练挥手暗示要下降了，一阵风吹来，楚临风的身体在左右摇摆。底下的李想和高明辉发出惊叹声，但是梅瑰却看到楚临风仿佛很镇定的样子，双脚并拢，身体前倾，完全符合刚才被教授的技巧，迅速下落，安全地回到地面上。

梅瑰第一个对他翘起大拇指："嗨，看不出来，你这个小家伙还挺勇敢！"

楚临风却靠近她，快速又低沉地说了一句："我平安着陆了，我要说那句重要的话了……"

梅瑰制止他："先别说，我还没跳呢！"

楚临风咧嘴："那等你落地后，我再说！"

教练暗示轮到梅瑰上了，她走了几步，又停下了，一脸沮丧地看着楚临风："你没机会说了！"在最后一刻，梅瑰退缩了。

晚上，梅瑰睡不着，干脆拿出手机，进到那个无人机群"非凡的我们之部落"。

她分享了自己第一次跳伞失败的经历，一连敲出了十几个沮丧图案。

"飞将军"在线，马上安慰她，任何人都有第一次，在空中飞翔并不是一件轻而易举的事情，很多心理障碍需要克服。

"可是我向往蓝天飞翔，渴望与鸟儿共舞！"梅瑰噼里啪啦地敲出一行字。随即又很沮丧地表示，她很怀疑自己是否就是一个怯懦的人，没有勇气去实现自己的理想？

"剑胆琴心"也现身了："'我崇拜勇气、坚忍和信心，因为它们一直助我应付我在尘世生活中所遇到的困境。'这是但丁的一句名言，我一直把它作为我的座右铭。英雄，必须驾驭最难的东西，那个东西就是自己！其实对于我们这些平凡人也是如此。想要成为一位勇者，就必须不断摒弃内心的游移不定，畏葸怯懦，连同井底之蛙的短视，妄自菲薄的怯懦彷徨！"

"剑兄所言极是！""飞将军"发来一个点赞图。

"剑胆琴心"还在继续："但人生中要经历的事情很多，我不认为某一时刻，或者某一件事情上的退缩和犹疑，就是缺乏勇气的定义。这样对你自己不公平，对你今后要挑战梦想的行为也没什么益处。"

这些话，无形中给了梅瑰极大地鼓励和安慰。她给"剑胆琴心"发了一个点赞的图标。接着她又说出自己的更高梦想："也许今天的我，是怯懦的，但是我不会放弃自己的翱翔美梦，总有一天，我不但敢伞塔跳伞，还要空中跳，甚至是蹦极！对，我一直对蹦极情有独钟！敢蹦极的人，都是勇士！"

"剑胆琴心"感叹了："听'铿锵玫瑰'这个名字，应该是个女子，没想到竟如此喜欢冒险运动？这世界怎么了？"他画出几个问号。

梅瑰不服气："女子就不能冒险了？你这是性别歧视！"她一连发出一连串"鄙视"的图案，让"剑胆琴心"无奈缴械，回应了一个"我错了"的表情。

"剑兄这次吃瘪了？你就不该挑战女同胞。""飞将军"笑话起他来，"咱们以后说话要当心，估计这个群里还有女汉子呢！"

梅瑰始终没看到楚临风上线。其实她不知道这几日为了备战电竞比赛，楚临风每日都鏖战到深夜，根本无暇他顾。他半夜三更跑进群，才看到里面的聊天记录。梅瑰那句"我一直对蹦极情有独钟！敢蹦极的人，都是勇士！"让他有了新想法。

梅瑰还没有想到另一个秘密，"剑胆琴心"其实就是萧扬。

萧扬在无人机群里和网名叫"飞将军"的人建立了良好的友谊，彼此之间以"剑兄""飞兄"相称。两人离开群小窗私聊，萧扬说到自己近期将到 K 城进行学科调研，"飞将军"约他见面。萧扬笑着答应了："终于和自己一向仰慕的无人机迷见面，我好期待！"

"飞将军"发来一个怪笑的图案："我很丑哦，但愿不要吓到剑兄你！"

"你又不是女的，我又不找媳妇，要漂亮作甚？再说了，男人主要看气质！我感觉飞兄一定是器宇轩昂，气质不凡！"

"不管美丑，只要见面不吓到你就好！""飞将军"发过来一个笑脸。

第十八章　医闹事件

方翘楚挺身而出，为一直怨怼自己的于家成救了驾，却使自己陷入危情。关键时刻，还是神勇无敌的冤家对头章教授华丽丽现身，智擒强敌。

新的一周开始。达娃恢复良好，准备出院。这段时间，小家伙和方翘楚建立了良好的关系。方翘楚把萧扬带给自己的藏区特产源源不断地送到达娃的床边，这些熟悉的家乡味道，让小孩子兴奋又开心。

方翘楚还教他说汉语，达娃聪明过人，很快学会一些简单句子。他还无师自通地将"妈妈"和"解放军"两个词语连接起来，用来称呼方翘楚，以示和她的亲密关系。方翘楚乐不可支地收下了这个藏族儿子。

他出院这天，普外一科的很多医护人员都来送行。达娃依偎在方翘楚的怀里，一个劲儿叫着"解放军妈妈"，两只小胖手揪住方翘楚白大褂的衣领不放。

章雪川带着笑意进来了。方翘楚想起那天漫长的手术过程，章雪川喝葡萄糖水的情形，心底有些感慨。她抱着达娃，来到章雪川面前。

"达娃，你要好好谢谢这位解放军叔叔，是他救了你的命！"方翘楚用汉语说得很慢，一句句教引着孩子。

达娃乌溜溜的大眼睛看着章雪川，他身上的白大褂，还有领口露出的军衬衣，这一切像是一种特殊的标记，在他最近的人生中留下了深刻的印记。

"解放军……"男孩嘴里咕噜着，他看看章雪川，又看看方翘楚，对"叔叔"两字还是比较陌生。他又回头看看自己的父亲单增，似乎发现眼前的这个男人和自己父亲差不多年纪，思维瞬间发生某种联想。

"解放军……爸爸！"男孩对着章雪川清晰地喊出来，众人先是一愣，接着就哄笑起来。

章雪川却毫不在意，他大笑着从方翘楚手里接过孩子，还鼓励他："这个称呼可比'解放军叔叔'要亲，不错！来，达娃，再叫一句！"

男孩得到鼓励，更加起劲地大声喊起来："解放军爸爸！解放军爸爸！"

大家都开心地笑起来。达娃受到热情气氛的感染，小家伙更加人来疯，要展示自己有限的"汉语水平"了。他对着章雪川喊着"解放军爸爸"，回头看到方翘楚，又清脆地叫她："解放军妈妈！"

这样的称呼巧合一下子起了化学反应，众人更是爆笑起来，大家边笑边看着章、方二人。章雪川有点尴尬，方翘楚的脸腾地红了，她一把从章雪川怀里抢过达娃，抱着他就向外跑去。

令方翘楚没想到的尴尬事情还在后头。宁南方出国的事情被证实了，他即将离院，正在办手续。成斌主任找方翘楚谈话，她和李想面临重新分组的问题。于家成教授已经指名要带李想，那么方翘楚目前就只有一种选择，分在章雪川教授那里。

想起自己和于家成的夫人王倩的纠葛，方翘楚心里明镜一般。她态度平静地接受了这个安排。她不知道是否心底已经不那样排斥章雪川，还是自己在附属医院这段实习的过程，已经教会她隐忍和服从。

医生办公室里，即将正式成为一对师生的昔日冤家碰面，方翘楚难掩一脸挫败感。令她感到愤怒的是，那个狂妄的家伙一点没有胜利者宽广的胸襟和高尚的姿态，反而毫不掩饰他无法克制的幸灾乐祸。他感叹山不转水转，不管愿不愿意，命运就是如此安排，方翘楚必定是他的学生。

接着他注意地盯着她看了片刻，发出更加不善的一句警告："当我的学生要有充分的思想准备。我一向崇尚的理念是：玉不琢，不成器。但是这个打磨的过程是极度痛苦和煎熬的。作为女人，要想过这个关，从我手里，成长为一名出色的外科医生，更要准备超强的抗打击能力。甚至是，要准备好纸巾，当心被骂哭！"

方翘楚静静地听完他的狂言，淡然一笑，四两拨千斤般从容："让暴风雨来得更猛烈些吧！我的目标是，成为一名优秀的野战外科军医，而不只是一名普普通通的外科医生！"

响鼓不用重锤敲，章雪川听出了她的弦外之音，女孩的伶牙俐齿让他再次叹服，他咧咧嘴，哼了一声，抽身离去。这一局，方翘楚认为起码和他打了个平手。

方翘楚没想到章雪川会对她从实习医生的基础工作抓起。在她的眼里，这位狂傲的导师摆出一副师道尊严的严肃面孔，给她布置了一大堆脏活、累活。抄写手术记录都算轻松的事了，她还要帮助其他医生，对术后的病人进行伤口的换药、维护引流管。一些琐碎的工作也压到她的肩头，给病人抽腹水，带病人去做检查并协助影像科医生摆体位。最苦最累的一件事是为一名肠瘘患者进行消化液回纳。由于该患者的小肠漏了，所以大量的消化液流到了肠子外面，这样就会引起患者电解质和体液的大量丢失，导致不良的后果甚至是死亡，从静脉补液往往不能及时补上。此时最好的办法就是把近端肠管流出的消化液过滤后再注入远端肠管中去。为避免肠液变质，需要每2小时过滤一次后在回纳，这不但是一个苦活，也需要极度的耐心和细致。方翘楚认真做着，其一丝不苟，从容镇定的态度让章雪川暗自赞许，表面上却没有丝毫表扬之意。

方翘楚才不在意他是褒是贬，她要学习的东西很多，她发觉只要自己能端正思想，心胸开阔，就可以把这些日常琐碎的医疗事务当作每一个愉快的学习经历。学到的知识都是自己的，她乐此不疲，哪管老师的脸色态度。

至于在查房或术前讨论时，章雪川会故意用一些疑难问题来考问她，答不上来时，她也多少有点难堪的心理，但是此刻的方翘楚已经转换思路，就是要跟着某人学习到底的劲头氤氲在心间。她没有被某人的揶揄调侃弄得下不来台，反而会缠着他穷追猛打地索要正确答案，最后逼得章雪川给她吃小灶，反而多辅导她一些问题。

她还从梅瑰那里发现一大堆正当其时，自己相当需要的医学参考书。梅瑰这里甚至还有章雪川写的医学教案。方翘楚如获至宝，兴奋不已，而梅瑰也是拱手相借，大方无私。

她没想到这些其实都是章雪川事先安排好的事情。某次他专门嘱咐梅瑰，方翘楚进咱们组时间比较晚，前面我教给你们的学习要点，你可以找合适的机会渗透给她，这样才能共同学习、共同进步。

当梅瑰看到章雪川提来的一大包参考书和学习资料时，有点羡慕嫉妒了，她嘟囔道："您这是专门给方师姐的？这分明是偏心眼儿，给她吃小灶的！我和蒋子萌都没这待遇呢!"

章雪川正色驳斥她醋意满满的话语:"你和方翘楚不是好姐妹吗?你还曾经紧张我和她的交恶关系的。如今她和你都算我带的学生,我主动打破我和她之间的僵局,不好吗?"

梅瑰无言反驳,但她却暗中认定章雪川对以前的冤家对手动了情思,他一定是看上了才貌双全的方翘楚,才会有这般暗中关怀的情形。

"哼,狡猾的章教授,这是想追方师姐又不好发动正面战争,他这是迂回战术啊,分明是明修栈道暗度陈仓!"

梅瑰是一个心胸宽广的女孩,羡慕嫉妒的情绪人人都会有,但是在她这里,到了"轻微嫉妒"就算截住了,不会发展到"恨"的阶段。况且方翘楚一向和她交好,是贴心闺蜜,更何况如今正有一种微妙的爱情萌芽在梅瑰心底蕴藏,她就爽快地做起了章、方二人之间的桥梁。

所以当实习生们再次聚集在食堂议论起某项话题时,梅瑰就忍不住暴露出一个惊人的观点。

男实习生们爱聊恋爱话题,大家都爱玩私底下配对的游戏。说起上次方翘楚在体能测试和野外训练中的优异表现,几个男生都很惊艳,给她封了个运动女神的美誉。此时说到能配得上运动女神的人选问题,大家都纷纷看向也被称作运动健将的蒋子萌。李想和高明辉鼓动蒋子萌对方翘楚发动爱情攻势,拿下这个骄傲的女神。

蒋子萌正在慌不迭地推脱,梅瑰在一旁冷笑插言了:"人家方师姐早就名花有主了,你等小神小鬼的,就甭惦记了!"

"哦?是谁?谁俘获了咱们的普外一枝花?"李想很有点好奇。

高明辉心里对方翘楚早有好感,但一直没有机会强烈发动爱情攻势,此刻听说名花有主,就有点小失落。回头看到梅瑰噘嘴吊脸的神情,就忙斥责李想:"谁说方医生是普外一枝花?你这样说分明把我们梅瑰同学给得罪了!明明是普外两枝花好不啦?"

梅瑰瞪了他一眼:"谁稀罕被你们这些没正经的家伙们封花封朵的了?"

李想好奇:"算我们说错话了。我就想打听一下,是谁摘了方医生这枝高傲的花呢?"

蒋子萌想起来玄机："噢,是那个经常来找方医生的高个子军官吧? 听说是一个工程兵连长?"

梅瑰摇摇头,故作神秘的状态更让大家好奇心爆棚。

正在热闹处,却见章雪川提了一大兜水果过来。

"你们几个年轻人赶紧过来帮忙!"章雪川把水果放到桌子上,"这是前次那个半夜手术的急症病人家属送的。我和护士长推掉几次了,但是他们非要表示一下心意。这不,这次人家干脆将水果扔在咱科门口就跑了,只留下个小纸条。"

大家看到塑料袋里有香蕉、苹果、提子、香瓜等,夹带的小纸条上,写着"章雪川教授和助手们辛苦了!"几个字。

章雪川就笑："一袋子水果,也退不回去了,你们这几个'助手'赶紧消灭掉吧!"

他看看四周,没见到方翘楚,就问梅瑰。

梅瑰神秘一笑："翘楚姐今天胃不舒服,说不想来吃饭,在屋里泡面呢。"

章雪川一皱眉："她自己还是学医的,胃不舒服还吃方便面? 瞎胡闹!"

他指指水果："小梅,你等会儿给她带点回去。他们从高原上下来的人,尤其要注意,平日里多吃水果没坏处!"

章雪川离去后,梅瑰忍不住嘿嘿嘿笑了起来,盯着章雪川的背影直咂嘴。李想和高明辉对望片刻,同时恍然大悟,叫道："不会是那个名花有主的'主',就是这位正主吧?"

梅瑰撇撇嘴,笑道："为啥不会呢? 这世上就没有绝对'不会'的事情!"

"不可能,不可能!"一直没说话的罗宏都喊叫起来："章教授和方医生两人,绝对不可能! 他们冤家似的,整日怼来怼去的,怎么可能?"

李想反驳他的说法："你懂什么啊? 如今流行剧的设定都是欢喜冤家! 世代仇人的孩子,偏要安排他们谈恋爱,这样的剧情才博人眼球呢!"

"那是演戏,胡编乱造,又不是真实生活!"罗宏摇头。

李想怼他："艺术都源于生活,肯定有影儿的事呀!"

蒋子萌也将信将疑："可是方医生一直不愿意师从章教授的,这一次才勉强就范。他们怎么也不可能迅速发展成一对情侣呀?"

高明辉也纳闷："不是听说章教授有个青梅竹马的恋人在美国,还总动员他也出去？"他又哀叹，"要这件事是真的，我就悲催了。一点机会都没有了，谁能和章雪川比？"

梅瑰等他们猜疑议论够了，才不紧不慢地放出自己搜集到的信息："我个人觉得，方翘楚就是章雪川的菜！但章雪川是否是方翘楚的菜？这个还真不一定呢！"

"原来是你个人揣测啊？无凭无据，捕风捉影的！"大家都嬉笑着埋怨梅瑰。

后面在工作中，几个实习生们暗中观察章、方二人的情形，倒也看不出来什么玄机来。方翘楚对同事们的观察和议论毫不知情，眼下她的心思都在实习工作上。在日常的查房、门诊中，她认真向几位医生学习，深刻体会到作为一名临床医生的辛苦。

她和章雪川的关系，随着师生名分的确立，也有所改善。她认真负责的工作作风，也多次得到章雪川的高调表扬。但是她没想到的是，和于家成的关系，竟然因为一场医闹事件，意外破冰。

那天又轮方翘楚值晚班，突然间她听到隔壁病区一阵吵闹声，就出门查看，发现两个人高马大的醉汉正在那边闹事。

原来黄某和陈某是17床的患者家属，这日喝了不少酒，来到病房，恰逢于家成才送一名急诊手术病人回病房，他们就挤上前去，嚷嚷着想和于家成谈自己亲人的病情。

其实于家成正在亲自为一名术后伴有心衰的患者缓慢静脉推注西地兰。此药要求缓慢静推，时间不少于20分钟。于家成一时无法分身，对黄某和陈某的要求并未及时回复。两人借酒泄气，开始骂骂咧咧，继而准备上来撕打于家成，于家成正在操作中，无法躲闪和制止。护士小周上前阻拦，被他们推倒在地，手里的医用托盘摔在地上，药品等洒了一地。

方翘楚飞奔过来，一把推开正揪住于家成后脖领的黄某。一旁的陈某喷着酒气，嘴里骂着粗话凑上前，和方翘楚厮打在一处。方翘楚怕醉汉影响到于家成的治疗，就故意将两人引到走廊上。

恰好这时章雪川习惯性的到自己病区巡视，看到方翘楚被两个壮汉纠缠着，忙上前相助。他将自己身子抵挡在方翘楚身前，自己用军体拳勉强应付两人的攻击，直觉到他们不仅身材高大，还明显是经过体能训练的人。他想到不能硬拼，只能智取，就瞅准一个机会，一把把方翘楚推回到病房，大声喊："赶紧从里面锁上门！"

被激怒的陈某和黄某眼下全力对付章雪川，但是他们酒劲上涌，更加步态不稳。章雪川向医生办公室跑去，两人在后面边骂边追。

病房里，护士小周已经向医院保卫处报警。方翘楚担心章雪川的安危，不顾小周的劝阻，和注射完的于家成一起打开病房门，冲向医生办公室。

进了门，他们都愣住了，眼前的情景又怪异又好笑：两个醉汉坐靠在墙边，身上罩着一张大网。黄某还在挣扎着骂骂咧咧，陈某已经睡着，鼾声如雷。章雪川抄着手看着自己的杰作，嘴边挂着自得的笑意。

几名保安带着防暴叉赶到，看到眼前的一幕，也都忍俊不止。

"章教授，您哪来的这个捕人的大网子？"两个小保安惊讶极了。

章雪川戏谑地撇撇嘴，指指保安腰部插着的一个手枪一样的东西，笑道："你们前次防暴演练时，不是演示过这个防爆网枪吗？就是这个东西启发了我的灵感！我们这儿当然没有这种枪，但是前几天我刚好给科里买几个篮球搞训练，球没用上，装球的网子倒派上大用场了！"

于家成和方翘楚对视一下，都笑了。方翘楚发现这是于家成向自己递过来的善意信息。从此两人的关系得到了极大的改善。

春天来了，医院的花园里鲜花怒放，景色宜人。

春天是恋爱的季节。方翘楚直觉梅瑰有了神秘的恋情，但是惜乎这个心直口快，没心没肺的丫头这次保密工作做得很好，一点口风都不露。某次两人在一起吃饭时，说起梅瑰经常神秘消失，方翘楚认定她是去约会了。

联想到往昔她对章雪川的极度崇拜，方翘楚继而猜测她是和章雪川相恋。听了这话，梅瑰哈哈大笑，笑得嘴里的饭都喷出来了。她揶揄方翘楚："姐姐，你真的好老土耶！哪里像咱们80后的做派？师生恋早就过时了好不啦？如今最流行的，是姐弟恋！是某某CP！"

她又看着方翘楚挤眉弄眼："再说了，我也不会入人家章大教授的法眼，人家喜欢的可不是我这款的！"

她看着方翘楚一脸茫然，就忍不住点醒她一下，虽然是她梅瑰个人的私下观察："要说玩这种师生恋。师姐你比我更有可能！你没感觉到，章教授对你越来越青眼相看了？也许，这'青眼'中就带了爱情的味道，也未可知？"

"你胡说八道什么？！"方翘楚猛然醒悟，气愤地怼她，"你明明知道我和他的关系才稍微和缓些，怎么说到这样乱七八糟的事情上？太过分了吧！"

"师姐息怒！"梅瑰嬉皮笑脸对她，"又不是我一个人的感觉。咱们科里很多人都在私底下悄悄议论呢。说你们可能就是一对儿欢喜冤家……"她看到方翘楚柳眉竖起，露出更加生气的样子，就赶紧跑了。

这样的信息让方翘楚心烦意乱，又委屈难解。恰巧这天下午查完房回到医生办公室，就碰到李想递给她一塑料袋水果："这是章教授让我转交给你的，说是……"

没等他说完话，方翘楚一把抢过塑料袋，拎着就冲到章雪川办公室前。

象征性地敲了一下门，没等里面回应，方翘楚就推门而入，把正在低头做手术预案的章雪川吓了一大跳。

方翘楚重重地将那袋水果撺在办公桌上，冷着脸，话语更冷："请你以后不要做这样特别关心的事情，我不需要，也不习惯！"

她扭身就走，剩下章雪川一脸愕然。他耸耸肩，自嘲一笑，顺手将水果推到一旁，嘴里嘟囔着："都怪我们家老太太，非要我把她老人家这份关心带给人家。瞧，这不是马屁拍到了马腿上？"

这桩疑似恋情，因双方当事人的各种有意无意地撇清方式而逐渐平息下去，另一段真实的恋情却浮上水面。

蒋子萌和护士杜鹃在工作中接触良多，日久生情。杜鹃成功当选附属医院"最美护士"，这个周末，蒋子萌约她一起去庆贺。

没想到他们在街头偶遇一场急救事件。马路中央，一位老人仰躺在地，口吐白沫，四肢瘫软无力。周围一众围观者议论纷纷，谁也不敢上前。

路过的杜鹃和蒋子萌拨开众人，来到老人身边，简单检查后，杜鹃跪倒在老人面前，口对口为他做起了人工呼吸。蒋子萌掏出手机拨打120。

看着老人满嘴都是涌出的白沫，再看女孩容貌秀丽，衣着时髦靓丽，周围人啧啧称赞。杜鹃伏在老人身前，认真做着抢救措施，此情此景，让所有人动容。

120救护车拉走了老人，蒋子萌取出一把纸巾，为杜鹃擦拭着满嘴的狼藉。杜鹃嫣然一笑，那俏丽如明媚春光的笑颜让眼前的男孩无法抑制住内心的冲动和爱意，蒋子萌突然上前吻住杜鹃。和煦的阳光洒在他们身上，让这一份初吻变得光芒四射，曼妙动人。

第十九章　庐山真面

飞将军的真实面目吓着了阳光能量满满的军中标兵萧扬。凌晓飞的爱情攻坚战就像她驾驶的战斗机，注定会所向披靡，勇往直前。

这个周末的早晨，楚临风正站在一个悬崖边上。

这是玉峰山上的一个蹦极场，是 C 市极限爱好者的乐园。在悬崖峭壁上修建的蹦极跳台，60 米高度的落差，下面是一个 400 平方米的湖泊。

楚临风此刻准备采取的是绑腰后跃式跳法，这是蹦极初学者的第一个规定基本动作。楚临风背对着悬崖站着，腰上绑着粗重的绳索。他感到一阵阵凛冽的山风从耳边刮过，他浑身的神经仿佛突然间绷紧，血液都凝固了。他长长吸了几口气，双手握拳又松开，反复几次，终于他沮丧地对教练挥挥手。

楚临风走下跳台，一脸沮丧，他甩甩头发，正从鼻孔里喘出一股粗气，就感到肩膀被人拍了一下。

抬眼处，正对上蒋子萌和杜鹃的笑脸。原来蒋子萌和杜鹃聚餐后，突发奇想来蹦极场看看，蒋子萌一直想玩蹦极，此刻在姑娘的鼓励下，更是信心满满。没想到正遇上刚从跳台上铩羽而归的楚临风。

蒋子萌随口安慰了几句，突然意识到什么，就紧紧盯住楚临风："那天聚会时，梅瑰一直嚷嚷着想要体验一把蹦极，你不会是？……"

蒋子萌搂过楚临风肩膀，在他耳边道："那日聚餐，我就看出你对我们科玫瑰花的一番心意了，你眼下分明是准备'士为知己者死'的节奏啊？"

"嘁！"楚临风翻白眼，"还'士为知己者死'呢，我连个小小的蹦极都不敢跳！唉！……"

他沮丧极了，蒋子萌都不知道该怎样安慰他，倒是杜鹃聪慧灵动，此刻插话道："蹦极可不简单，是恐惧和释放的一项运动，第一次，甚至是几次犹疑退缩，都是很正常的呀！不信，你看他，"她指指蒋子萌，"他也未必敢跳！"

"谁说的？"蒋子萌不服气地瞪她。

"我说的！"女孩温柔一笑。

这笑容真像是一股奇妙的缠指柔，瞬间把高大威猛的体育型男孩弄得柔软如棉一般。蒋子萌摸摸后脑勺，笑着道："你说的对，也许我真不敢！"

这样的浓情蜜意当然逃不过鬼马精灵的楚临风，他瞬间参透了眼前的这段恋情。他和蒋子萌算半斤八两，各自相约守护好各自的恋爱秘密。

"其实，咱们的爱情原本无需隐瞒，就像阳光一般伟岸、透明。爱就爱了，是我们自己很私我的一种幸福！我们恨不能向全天下的人宣布我们找到了此生的真爱！奈何俗世浊尘，人多嘴杂，还是玩个爱情潜伏，然后找个合适机会璀璨绽放比较好，也更有趣！"蒋子萌和楚临风嘻嘻哈哈达成共识。

这个周末，在 K 市，萧扬也遭遇到自己一生中非常尴尬又奇妙的一段缘。

他来 K 市调研，和无人机群里的好友"飞将军"相约见面。他们约定的地点是市中心的一个叫"渡缘"的咖啡屋，萧扬早到十分钟，他掏出手机，看看没有微信提示，就在群里浏览起来。

楚临风正坐在回城的车上，无聊间也进了群，他正在一通发泄，说了很多勇气是如何炼成的话题。萧扬直觉这位网名叫"铁树凌风"的朋友遇到了坎儿，正想如何鼓励他两句，就看到一位身材单弱，面部清秀的女孩落座在自己对面。

"不好意思，这位小姐，这里有人了！"萧扬忙解释。

却看到女孩嫣然一笑，向自己伸出手来："是剑兄吧？我是'飞将军'，凌晓飞！"

萧扬大惊失色，手机都差点掉在桌子上。毕竟是工兵连长，他的心理素质让他瞬间压抑住极度的震惊情绪，他稳稳神，再次确认："你是……？"

"真名凌晓飞，网名'飞将军'。3 月 26 日我们在'非凡的我们之部落'相约，4 月 3 日在此见面。剑兄你当时还说，K 城你不大熟悉，但是市中心有家'渡缘'咖啡屋你路过过，对这个名字有强烈的印象。我说的一切细节，能合上拍吧？"

凌晓飞侃侃而谈，萧扬一点点的接受了现实，但是毕竟和自己想象的差异太大，他无论如何没想到，一直和自己交流无人机爱好，继而感悟人生的网络知己，竟然会是一名女性！

"剑兄，真不好意思，让你受惊了！"凌晓飞冰雪聪明，萧扬故作镇定的神情都尽收在她眼底。她抱歉地笑笑，"我从来没刻意隐瞒自己的女性身份，可能是我这个比较豪放的网名，加上无人机这个特殊的爱好，让你有了误会吧？"

"其实……也没什么……是我……一时半会还转换不好思维，抱歉的是我！"萧扬羞赧地笑笑。但是他却觉得自己肚子里攒了许久的兄弟知心话，此刻都用不上了，甚至是在刚才一见面的极度惊骇中，早就溜到爪哇国了。所以此刻两人显得有点沉默，气氛也略显尴尬。

"'飞将军'其实不单单是我的网名，在生活中，我也爱这样自诩，也许是女孩子的一个梦想吧，我从小读书时，就不喜欢莺莺燕燕的缠绵诗句，而独爱铁马冰河的诗篇。尤其是那句'但使卢城飞将在，不教胡马度阴山！'"凌晓飞甩甩短发，秀气的面孔上露出一种庄严豪迈的神情，和她细眉细眼的柔美容颜形成反差，"我的人生，注定要按照我自己设定的，完美的人生曲线行进！"

"难怪你……竟然起了那样一个威武的名字……谁看了，都会误以为男……"阳光开朗，又外向活泼的萧扬此刻的思维却完全不在线，往日里的伶牙俐齿、所向披靡也不见了，他说得磕磕巴巴的。聪慧如她，从女孩直爽热情的语言和行动中，读出了一丝异样的火热柔情。尤其是女孩直直看向自己的眼神，充满了欣赏和爱慕，这一切，他自然感觉到了。

他直觉想抗拒，但礼貌和教养又让他无法直接行动，他只好挂了平静温和的笑容，听着她的快言快语。突然，手边的手机振动一下，他拿起来，看到是方翘楚发来的一条微信："就快到清明了，萧扬你如今也在外边，不知道格桑那里谁人照看？当然，二连的战士们会去给他扫墓，可是，我多想能亲自去献上一束格桑花？"

他抱歉地对凌晓飞笑笑，拿着手机回复短信，安慰着明显带着伤感情绪的方翘楚。

这样又冷落了一会儿，萧扬借口还有事，和凌晓飞告别。他明显看到姑娘眼中闪过一丝失望的光芒，但是他无暇顾及，匆匆欲离去。

凌晓飞并不是一个娇柔羞怯的女孩，多年的军中生涯，尤其是战斗机飞行员的特殊身份，让她自然而然有一种别样的男儿豪情。她问了萧扬要去的调研单位地址，自己言明同路，可以再一起走一段。

却不料仿佛老天注定，还有一段缘分纠缠。两人就在一条叫"胜利大桥"的地段准备分手时，突然遭遇的一个险情，让他们都加入其中。

"快来人啊！救人啊！有人跳江了！"一阵呼喊声突然传来。萧扬和凌晓飞先是一愣，随即一起向事发地跑去。

桥上已经聚集了不少人，从桥上向江面望去，只见一个少女在水里挣扎。桥上目击者在猜测着少女落水的原因，有人掏出手机报警。萧扬脱掉自己的外套，递到凌晓飞的手里，他正想跳下去，却被一名老者拉住了："小伙子，这桥面高，水流急，你不能……"

萧扬吼出一声："我是个军人，水性好，没关系！"他说完毅然跳了下去。

凌晓飞趴在桥面紧张地向下望着，她看到萧扬游到了落水少女身边，用力拉住她，但是对方的激烈挣扎，让他要费力制服她，带她向岸边游去。他们在水里的挣扎抵抗状态让凌晓飞紧张万分，她紧紧地盯着水面，浑身的肌肉都绷紧了，恨不得此刻也跳下去相助萧扬一把。

"好了好了！快游到岸边了！"旁边有人激动地喊着。凌晓飞呆呆地看着水里的那人，心波荡漾着。身旁有人拉她，她回眸，却是刚才劝阻萧扬的那位老大爷，他手里拿着一个红本本，递给凌晓飞。

凌晓飞这才醒悟这样东西是从自己怀里抱着的萧扬的衣物中掉下来的。她打开一看，是萧扬的军官证。耳边是老大爷的赞叹声："唉，果真是个军人啊，了不起的解放军！"远处响起警笛声。

凌晓飞陪着萧扬，跟随被救上来的少女一起被送到 K 城人民医院。那个跳江的少女是因为恋爱问题选择轻生的，她的家人已经赶到。萧扬在救她的过程中，因她在水中的拼死挣扎，竟然把萧扬的左手臂弄伤，上岸就不能动了。在医院就诊后，拍片子发现，是轻微骨折，但依旧打上了石膏。

在急诊留观室里，凌晓飞贴心照料着萧扬。她打来水，为他擦脸，萧扬露出不好意思的神情，凌晓飞就干脆亮明自己的身份，强势说服他："我也是一名军人，空军某部上尉飞行员。我这是在照顾战友，你这样就安心了？"

她甚至掏出自己的军官证打开在他眼前，萧扬再次震惊，面前的竟然是一名女战斗机飞行员，简直是军中凤毛麟角的大熊猫级的人物！但是联想到女孩一贯制的军旅男儿式的言谈举止，萧扬又释然了。

他们根本来不及再多说什么，当地媒体已经蜂拥而至。年轻的解放军军官勇救轻生少女的新闻即将喷薄欲出。萧扬不堪其扰，在凌晓飞的帮助下，趁着晚饭时分，偷偷从医院里"逃出"。

凌晓飞不放心胳膊还吊着石膏的萧扬，不顾他的反对，将他护送回C市，他正在进修的工程兵学院。告别时分，凌晓飞对着萧扬说了一句令他不安的话："你比我想象中的剑兄还要优秀，我崇拜你，此生追随定你了！"

"哎，别……飞……飞……"一向口齿伶俐的萧扬舌头打着磕绊，一句"飞兄"的称呼如今怎么都叫不出口了。

凌晓飞哈哈大笑："飞什么飞呀？你以后就叫我晓飞好了！"

姑娘笑着走了，萧扬大脑思维混乱。对一个自己没有感觉，甚至是只作为"兄弟"看待的女孩，展露出来的赤裸裸的追求之意，自己究竟该如何应付？聪明如萧扬，也陷入迷茫之中。

却突然想起方翘楚往昔和自己的那段感情，这个倔强的姑娘也反复强调，就是一种"蓝颜知己"的情愫，此刻萧扬似乎感同身受到了。

但是，打住！萧扬悚然心惊！难道自己和方翘楚真的只是单方的恋情吗？他一往情深，但是她毫无应和的心绪。就像此刻，萧扬和凌晓飞，也是这样一种情形。念及此处，萧扬有点沮丧，对自己期待的那份爱情，产生了一丝绝望。但是很快地，他甩甩头，又心下坚决地安慰鼓励自己：爱情道路何其漫漫，吾将上下而求索！

萧扬这次救人的壮举通过K市大量的媒体报道，传到了他所在的G集团军。他们很快派人到工程兵学院慰问他，还带来了军长楚正平的表扬和问候。

这个周末的傍晚，方翘楚是在章家度过的。夏静波多次通过儿子章雪川邀请方翘楚到家中一聚，但是总被儿子巧妙地回绝。这次夏静波干脆直接打电话找到方翘楚，力邀她周末来家中聚会。方翘楚推脱不得，只能在医院军人服务社里买了一大堆麦片等食品，正式登临章家。

夏静波精心准备了一桌家常菜，摆满了餐桌。章雪峰和章雪原两家也都回来了，加上章雪川，老少十几口人热热闹闹地吃了一顿饭。方翘楚刚出生时，曾在章家住过三个月，当年的章雪川还小，印象不深，但是章雪峰兄妹却印象深刻。此时他们笑着对方翘楚讲起了她小时候的样子，方翘楚也自然而然的以大哥、大姐来称呼他们，气氛融洽。

只有玲珑剔透的欧阳清朵发现小舅坐在桌边神色严肃，很少说笑，一点没有他往昔谈笑风生的风范，就趁着端汤的机会，拉了小舅到厨房询问。舅甥俩有关方翘楚的话题也算诙谐有趣：

"小舅，您怎么一脑门官司似的？知道你和那位小方阿姨有过过节，但是目前人家不是成了你的学生了吗？你怎么还这般严肃，不怕吓到人家女孩子？"

"我吓她？老天！她每日里少怼我几句就阿弥陀佛了！哼！师道尊严你懂不懂？小丫头，少管闲事！"

"什么师道尊严？这不是小舅您的风格啊？您在我心中，一直是民主人士的化身呢！再说了，我也算您的学生吧？您总是辅导我功课，怎么没见着您摆什么师道尊严啊？"

"你乖呀！"章雪川摸摸外甥女的马尾辫，指指客厅方向，"那个学生可没有你乖！整日对老师没规矩没章法的！我要不弹压她一下，她更要上天了！"

客厅里，柳迪和方翘楚谈得正欢。作为母亲，柳迪已经同意儿子章远泽去考陆航团，想到方翘楚父亲这层关系，她就话里话外露出想请方翘楚帮忙的意思。方翘楚还没答话，章远泽已经吊着脸呛声母亲："妈，我的事我做主，您别胡思乱想瞎帮忙好吗？您就那么不相信您儿子的能力？"

夏静波忙劝住儿媳，声明下一代的事情由着他们自己折腾去，老几辈的人，不要掺和，反而出力不讨好了。

章雪原为了缓和气氛，转移话语。关心起方翘楚的终身大事来，夏静波马上也盯着方翘楚，一片关心之意。任方翘楚落落大方，性情开朗，此刻也有点难为情。看到母亲已经开始罗列出自己手下带的几名研究生名单，章雪川终于忍不住发声："你们这一套，完全是封建婚姻哲学！好奇心重，八卦一点倒也罢了，却又不问青红皂白，就乱点起鸳鸯谱来？俗不俗啊？人家方医生早就名花有主了！"

他这一句话，让所有人的目光都射到他身上，方翘楚更是目瞪口呆，连生气的意思都没有了，自己作为当事人都十分好奇起来：这个章雪川真是脸皮厚堪比城墙拐弯处！凭哪条认定我方翘楚名花有主了？

聪明如章雪川，当然读懂了方翘楚此刻眼光的含义，他嘿嘿一笑，也不说话，却用眼神对方翘楚发出一束善意之光，意思像是在说，我章雪川此刻可是一腔热情地为你方翘楚解围呢。你要不跟着突围，就凭我妈，再加上我姐，你可就有的受了！作为女人，你都不了解有关女人的一个说法吗？这世上的女人，不分种族、不分老幼，多半隐藏着两种怪癖：一是为别人掏耳朵，一是为他人做媒！

方翘楚此刻却真的和他同仇敌忾起来，她脸一红，竟然没有反驳他的话。章雪川又有意无意地提到萧扬这样的优秀野战军人，故意问到萧扬最近的情形，方翘楚语气平静地回答了他。

夏静波母女也都是聪明人，从他们的对话中，大致了解到一些情形，也就把热情做媒的高涨劲儿给斩了腰。章雪川却有些自鸣得意，觉得自己当真聪明得紧，参透了萧方恋的隐情。

晚餐后，方翘楚借口学习，告辞离去。章雪川却和姐姐雪原发生了一场冲突。起因是章雪原又提到冯璇在国际上发表文章的事情，并拿出自己收到的杂志。章雪川突然发现自己的名字出现在冯璇的医学论文通信作者栏，他既震惊又恼怒，马上掏出手机，就要给冯璇拨电话询问。对方关机，章雪川愤懑难平。没眼色的章雪原此刻却在弟弟面前又唠叨他的冷心冷意，不近情理。章雪川脾气上来，和姐姐吵了起来。为避免父母听到担心，他压下怒火，夺门而去，剩下章雪原一个劲儿在那里嘟囔："坏小子，没良心！"

清朵从门后溜了出来，看着母亲，一脸不屑："妈，您才是良心过剩了！整日强势地主宰这个，控制那个的，连家人都不放过，您当真不累？"

新的一天来临，方翘楚出门诊。一名中年男性患者讲述了自己的病情，方翘楚根据自己的临床经验，诊断他为急性阑尾炎发作，为他开了住院证明，准备进一步安排他检查后，考虑手术。

岂料该患者一向有手术恐惧症，一听到"可能手术"的说辞就背脊直冒冷汗。他回过头来，悄悄重新挂了章雪川的号。

章雪川看了一眼患者背后的水泡，诊断为带状疱疹。这名患者脸色突变，站起身就走，嘴里还骂骂咧咧的。

章雪川有点疑惑，更有点担心，让助手先帮自己稳住其他患者，自己出门去找刚才的那名患者。

走廊那边的诊室已经传来激烈的争吵声。那名患者大声指责出诊医生方翘楚草菅人命，想手术赚昧心钱想疯了，是个丧尽天良的庸医！

方翘楚满面通红，不知所措。章雪川进来，拉走了患者，好言安抚他几句，好说歹说才把他劝走了。

中午吃饭时，方翘楚食不甘味，她躲了出去。下午是李想接替她的门诊，她独自坐在办公室里，想起上午被人指责辱骂的那个病例，又暗自落泪。

却突然看到梅瑰进来，大声嚷嚷着章雪川教授让她过来请方翘楚去帮忙。方翘楚一脸茫然，梅瑰不由分说，拉起她就走。

章雪川坐诊的诊室里，围了一堆患者。一位患者需要进行消化道造影检查，章雪川要亲自看造影的情况，此刻不能分身，而他的下一个病人，需要拔指甲。这个病例不算难，但是大医院的医生由于不常做，所以不够熟练。章雪川想起某次方翘楚提到过自己曾经在藏区给两个因玩闹伤了脚趾头的男孩拔过指甲，此刻就专门请她来帮忙。

方翘楚吸口气，平息一下情绪，她拿起装有麻药的注射器，轻巧准确地在病人的指根神经走行的部位进行了注射，在等了几分钟麻药起效后，利索地用左手拇指与食指紧捏在病指的根部两侧以控制出血，右手用尖刀在甲根两侧切了两个切口，然后用刀尖在指甲根部一划，整个指甲就完全游离了。

拿掉指甲后，方翘楚又仔细地检查了一下没有指甲残留，才用凡士林纱布缠绕包扎，手术结束。前后不过几分钟。

章雪川回到诊室，患者已经离开。梅瑰绘声绘色地向他描述了方翘楚的操作过程，咂着嘴巴称赞："方师姐真利落老道！刚才看她连包扎的纱布放在哪里，需要几块纱布，左手和右手的分工与配合都恰到好处。整个过程轻巧准确，一气呵成，没有多余的动作，病人还没有反应过来，手术已经结束了！"

章雪川点头，笑着对几个围拢过来的实习生道："别小看拔指甲，很多像我这样的医生都需要临时翻书，临阵磨枪。这就是来自基层医院医生优于大医院医生的地方了。所以说，每个人都注意发挥自己的强项，努力改正、促进自己的弱项，那就算是在医术上不断进步的良性过程了！"

方翘楚听出了他的鼓励和指导之意，又敏感地感受到他用这样一个病例，重新为自己捡回一份自信心。

第二十章　误诊危机

　　章雪川剽窃论文在国外杂志发表？连好搭档于家成都起了疑心。但是方翘楚眼里的某人霸气犹在，强势依旧，陈桂花的病例让方翘楚再次栽在这位"一把刀"手里。

　　普外一科逐渐有了传言，章雪川涉嫌论文造假。在宁南方离去后，其曾担任的副主任位置进入竞争阶段，这样的传言耐人寻味。

　　于家成也听到了这样的传闻，据说章雪川利用自己女友在国外的便利，在别人的论文上署名。更有甚者，章雪川还涉嫌更加卑劣的行径，他竟然把一位外国学者的论文窃为己有，自己作为通信作者发表在知名的医学杂志上。

　　于家成将信将疑。依据他对章雪川人品和性格的了解，他不相信这样的传言。当某次成斌私下问起他此事时，他直觉就为章雪川辩解。但是外出学习结束，刚回到科里的田丰递给他的一本杂志，让他却对此事有了不同的看法。

　　这本名为《肿瘤学前沿》的杂志，是一种著名的西文肿瘤学科临床杂志。上面刊登的一篇文章，"胃癌中与miDNA表达相关的生活方式与饮食因素"署名就是章雪川、冯璇。于家成记得这是冯璇写作的一篇论文，当时她和章雪川为了出国的事情闹别扭，曾就这篇文章的有关数据，请教过于家成。所以这篇文章于家成记忆犹新。怎么如今这篇分明是身为肿瘤科医生的冯璇独立完成的一篇论文，第一作者倒变成他章雪川了？

　　于家成是惊讶又愤懑，还有一丝鄙夷不屑的情绪。他径直来到医院图书馆，找到护士长秦楠的丈夫胡远征，请他帮助自己打开了一台电脑查询。

　　通过文献检索，于家成惊讶地发现，好几篇冯璇发表在西文杂志上的文章，第二作者都是章雪川，尤其过分的是，一篇名为"直肠癌细胞生长"的文章，通信作者竟然是章雪川。但是依据文中实验数据的获取时间，章雪川根本就没在那个美国实验室！这简直是剽窃科研成果的意思了。于家成心都凉了，他觉得自己原来根本不了解这个最信任的搭档！说一套做一套，表面和冯璇分手，暗中却在无时不刻不搭乘冯璇这个顺风车。尤其是利用冯璇学术造假，更是极为卑劣的行径。

他回到办公室还在发呆，一副难以置信的表情。田丰进来谈一个病例，走前又暗示他，最近副主任人选待定，这是一个关键的时刻，大家都认为这个位置最合适的人选就是章教授和于教授您二位，但是在我田丰的心中，您更是道德、学术双优的人，更合适这个位置。

于家成没接他的话，他的心里还在不停地发出疑问："章雪川你是咋了？难道我真看错了你吗？一向注重手术实践，却忽视论文发表的你，如今为了区区一个副主任的位置，就这样改弦更张地下作起来？"

不提章雪川的最佳拍档于家成的悲愤交加的疑问，普外一科几个年轻的实习医生也在悄悄议论这件事。章雪川很多时候于他们而言，就是一个神的存在，如今瑕疵来了，还是人格方面，自然会引起大家的非议。高明辉嘴都快撇到耳朵根了，直言"没想到，一个人人品和学术水平能差距这么大！"李想也唉声叹气，罗宏沉默不语，眉毛却深深蹙起，蒋子萌是一脸挫败感。

梅瑰为章雪川辩护，但是言语却很无力，她看到电脑上论文数据库那些文章，就算不能完全读懂论文内容，但是作者栏章雪川的英文名字她还是认得的。她嚷嚷一定是哪里产生了误会，但是又说不出真凭实据来，也只好一声叹息结束话题。

方翘楚没参加他们的议论，心里却突然莫名同情并相信那个人来。趁着值夜班，她认真打量着那位总是爱在傍晚时分，来到病房转转的人，发现他神色平静，一脸坦然，心里更是加强了对他的一份信任。

她突然叫住他，向他请教起论文写作的问题。章雪川静静地听着，耐心地回答着她的问题。最后，方翘楚突然期期艾艾地说了一句："如果在国外发表文章，是不是好难？如果……如果在署名方面出了问题，是不是可以马上纠正？"

她这番话问得不算聪明。目前她也想象不出如何试探他对那些非议的态度。

如果他根本没听到，不知情，是否自己该给他一个善意提醒？如果他知道了，但是心中无鬼，他也应该有所表示。

她这番明显缺心眼的问话让章雪川心里好笑。他并非没有感受到她的善意，但是他生就宁折不弯的性格，对于一些捕风捉影的流言一向懒于理会。此刻他干脆直接点破她的这份小心思，以免她胡思乱想，越帮越忙：

"方医生，其实你应该把注意力放在正事上，好好学你的业务，莫管一些无聊的闲言碎语。何况这些闲言碎语，还和你没有半毛钱关系！"

方翘楚语结，脸红了，心里有事愤愤不平："这是什么人嘛，简直是狗咬吕洞宾，不识好人心。"她转身就走，给了他一个恶狠狠的背影。

生活还在继续。这天，一名叫陈桂花的农村妇女因腹痛来就诊，方翘楚诊断为胆囊炎后，建议她马上住院等待手术。

陈桂花入院后，郁郁寡欢，经常暗自流泪。方翘楚作为她的主治医生，留心到这种情形，就主动关心她，和她谈心。通过几次交谈，方翘楚发现陈桂花的隐情。她经济条件差，看病压力很大，她希望方翘楚能帮助自己减免一些不必要的检查项目，节省开支，尽快能安排她手术，这样她就能节省费用。而且她还提到一个为难的问题，自己的丈夫和儿子都在外地打工，不能请假回来照顾她，就连手术时都不一定能赶回来。如果需要签手术单，能否由她本人或者方翘楚为她代签？

出于对这个农村妇女的热心和同情，方翘楚好言安慰了她，还好心地答应，自己可以替代她的家属在手术通知单上签字。

陈桂花觉得方翘楚同意了，自己有了尚方宝剑，不再愿意接受常规检查。这日上级医生田丰来查房，陈桂花无意中把方翘楚的一番承诺告诉了他。田丰震怒，把方翘楚训斥了一顿，制止她安排陈桂花马上手术，又将此问题反映到了章雪川处。

章雪川将方翘楚叫到自己办公室，谈到自己的观点，他也认为陈桂花不宜马上手术，要再仔细做一番检查。

方翘楚急了，向章雪川提出抗议："你不能因为我的错误去惩罚病人对吗？也许我盲目答应陈桂花，替她签手术单是错了，犯了医院的大忌，但是你不能听信田医生的偏见，就要停掉陈桂花的手术！你知道，像她这样的农村妇女，多住一天医院，要多花多少钱吗？咱们是救死扶伤的地方，不是黑心赚钱的地方吧？"

章雪川显然被她的话激怒了。他拍案而起，厉声喝问："方医生，你怎么可以任性至此？先不论你答应病人，准备替她签手术知情书的错误，还有对病人大包大揽地承诺条件，就是你刚才那番话，也是对自己同事的不信任，恶意的揣测和指责！谁给你这样的权利？"

方翘楚狠狠地瞪着他，虽然没再说话，但是却明显露出"难道我说得不对吗？"的神情。

章雪川语气依旧凌厉："你凭什么认为我和田医生暂停陈桂花的手术，就是想利用一些无谓的检查，来多收患者的钱？对于陈桂花的病情，我们有过详细的论证，起码我认为，她的病情存疑！我让田医生安排马上给她做的一些检查，都是必要的，甚至是必需的！好了，这个病人，你不必负责了，换到梅医生名下！"

方翘楚也不示弱，她反驳道："查体可见：墨菲氏阳性，肝胆胰脾 B 超提示胆囊结石，胆囊壁厚，肿胀，考虑胆囊炎。我坚信我的诊断，还是认为应该马上给陈桂花实施胆囊切除术。这么个小病，我们为什么要把它复杂化，一个小手术就解决问题了！"

"你听听你这种狂妄的口气？完全是个包治百病的神医样子！"章雪川指指她，"对于陈桂花，其病史问询及检查都不够完善，有疑点没有解决，坚决不能马上手术！"

方翘楚还想辩驳，却见章雪川不耐烦地对她挥挥手，自己低头研究病案，不再理她。

回到病房，陈桂花再次向方翘楚诉苦，要求尽快手术。方翘楚和梅瑰商量，她觉得在陈桂花的问题上，章雪川和田丰联合起来和自己较劲，她想找主任成斌申诉。

梅瑰拦住她："你这可是犯上行为，不可轻举妄动，想想后果吧！"

两人正在争论，章雪川自己拿了几张化验单过来，指示梅瑰马上安排陈桂花做检查。

方翘楚看看那一叠单子，为陈桂花着急，情急之下，难免气急败坏，就对章雪川低吼出一句："一个小小的胆囊炎，非要弄成个大病例来显示自己的权威，是学霸作风，不，简直是医霸作风！这算当医生的谨慎吗？我看分明是犯了拖延症！查来查去，犹豫不定，就是胆小鬼行径！"

"好你个方翘楚，你就是这样当学生的吗？"章雪川愤慨极了，"当面指责自己的老师是胆小鬼？也是你方翘楚头一个！但是我警告你，少给我做什么犯上过激的事情，否则，你将永远失去做我学生的资格！"

章雪川示意梅瑰去马上安排陈桂花按所开单子做检查，自己指着方翘楚："你站下，回答我三点质疑！"

他看着一脸倔强不服表情的方翘楚，问出第一点："陈桂花的 B 超报告，描述双侧肾脏似有弥漫性改变，你如何看待这个问题？"

方翘楚："……"

章雪川冷冷地看着她，又问："其尿常规检查尿蛋白阳性，这说明了什么？"

方翘楚依旧回答不上来。

"第三点，患者有休克前期的表现，电解质紊乱。我认为从这点看，胆囊炎不能完全解释。你的看法是？"章雪川紧紧盯着她。

方翘楚无言以对。章雪川狠狠地瞪她一眼："静待检查结果，咱们再计较！"

结果却很惊人。通过抽血化验，陈桂花被确诊为出血热。与此同时，患者突然出现了休克症状，章雪川紧急安排将其转入传染科治疗，最终转危为安。

这个病例对方翘楚的打击是显而易见的。她把自己一晚上都关在屋里不出来，梅瑰怎么敲门都不开。她愣愣地对着电脑，看着"出血热"词条发愣，耳边响起今天下午，在送陈桂花转科后，回到普外科办公室，章雪川对自己冷冷抛出的那句话：

"如果你坚持一意孤行，陈桂花已经死在手术台上了！"

这话当时让方翘楚悚然心惊，此刻再次响起，又让她背脊发凉。她再次尝试到失败的滋味，自信心也到了崩溃的边沿。

恰巧萧扬给她发来微信，告诉她本周太忙，所以没有过来看望她，下周刚好五一节，一定过来补上，也许，还可以带她到一个有趣的地方。

方翘楚愣愣地看了手机片刻，才镇定了一下情绪，打下一行字："萧扬，你说，我能成为一名合格的外科医生吗？也许，我天生就不是这块料……"

"小楚，你怎么了？又发生什么事了？是不是章雪川又为难你了？"萧扬明显是急了，都顾不上打字了，直接用语音给她留言道。

方翘楚不自觉地摇摇头，一字一字地继续在微信中和自己亲密的蓝颜知己诉说着："不是他的问题，眼下是我的问题。而且，我如今觉得倒霉的是他章雪川。我这么一块废料，他还上赶着想收为徒弟！他说他信奉'玉不琢，不成器'，但是他忘了还有一句古话，叫'朽木不可雕也！'我就是那块不可雕的朽木，那个倒霉蛋章雪川！"

萧扬急了，直接把电话打了过来："小楚，你又做错什么了？千万别妄自菲薄，这不像我心目中的方翘楚！其实，你现在是学生，学生犯错是应当应分的，只要知错能改，还能领悟更多的知识点，就善莫大焉！"

"萧扬，谢谢，亲爱的知己哥们！这世界上，只有你看好我！格桑走了，能欣赏并理解我的，只剩你了！"方翘楚有点哽咽。

萧扬继续鼓励她："小楚，相信我，章雪川是个难得遇见的好老师，他认你做千里马，自然有他的慧眼，严格要求，正是他对你欣赏，又想极力栽培的表现。格桑的事，也许唯一我们可以想到的，从这桩悲剧中引出的有益的事情，就是你们的这段师生缘分。但愿不要被辜负了……"

和萧扬聊过天，方翘楚的心里平静了许多。但是陈桂花这桩病例给她心头重重地压上一块大石头，许久都没能搬开。第二天和章雪川一起查房时，她有点注意力不集中，神情萎靡不振，行动上明显裹足不前。

回到医生办公室，章雪川又毫不留情地对她当头一顿棒喝："一个医生，不在于抢救过多少病人，而是多少次面临死亡却不被打倒！我说过，女人不能当外科医生，你不服气，总想以实际行动，来推翻我这个偏见。那么眼下，我想问：方翘楚，你的决心呢？你的精气神儿呢？你的理想和信念呢？一个陈桂花病例就让你放弃了一切吗？那么，真的很遗憾，我还是坚持我以前的观点，那就是，女人……"

"你的观点先别再次捧出来了，我方翘楚不会这样就被打败的！"方翘楚截断他的话，抬起脸，正视着他："我会用我的行为，证明你的观点是悖论，是荒唐可笑的！"

"好吧！"章雪川终于露出笑靥，"我期待着那一天！你完全打败了我，我甘愿亲自俯下身子，为你擦亮脚下的鞋！"他竟然指指方翘楚的脚。

"一言为定！"方翘楚郑重地接下了这番亦真亦假的赌誓，"章教授，你会有亲自为我擦鞋的那天！"

五一节到了，萧扬果然如约而至。他的手臂仍然打着石膏，方翘楚问明原因，心里不放心，一定带他到骨科门诊去再次检查了一下石膏固定情况。

萧扬带方翘楚坐长途车来到K市郊区，进入到一个空军基地。凌晓飞热情地接待了他们。她刚刚飞行训练回来，还穿着飞行服，细条条的身材，在帅气的飞行员的夹克衫的映衬下，显得英姿飒爽。

看到秀丽温婉的方翘楚，凌晓飞突然明白了什么。她的性情中有男孩子率直豁达的一面，虽然心里有点小失落，但还是将一张笑脸朝向方翘楚。

"难怪剑兄这几天和我在微信里聊，总时时刻刻把一些话挂在嘴边，明里暗里向我暗示他有心上人了。我以为他是在搪塞敷衍我的，没想到真的有一个佳人捷足先登了呀！"

凌晓飞没心没肺的这番话让萧扬红了脸，却让方翘楚一头雾水。凌晓飞性情爽快，口齿也伶俐，她三言两语就对方翘楚讲明了她和萧扬因为无人机的共同爱好在网上结识的过程，他如何当她为男性，结为知己哥儿们，又在发现她的女儿身之后，怎样巧妙地拒绝了她的爱情。她问明了方翘楚的年龄，比自己大一岁，就直呼她为"方姐姐"。

"其实，我们一个月前才彼此认识庐山真面目。我们竟然都是军人，还有共同的爱好。哎呀，方姐姐，你相信吗？我凌晓飞长到二十五岁，没对任何异性有过感觉，谁料想这个萧扬横空出世，就完全迷了我的眼！他的一切，都符合我的择偶标准，你说，我是幸运的？还是不幸的？"

她这番实心实意、全无掩饰的大实话，非常符合某些新新人类的爱情观点，但是却让当事者之一的萧扬红了脸，他看着凌晓飞嗔道："你这个丫头，也太口无遮拦了吧？什么都敢胡说！"

"我哪里胡说了？"凌晓飞不服气地一扬脖，看着方翘楚继续道，"其实前几天，我才鼓足勇气在微信里向剑兄他表白，没想到人家一口拒绝了我，都没留点余地，更没给我留面子！"

方翘楚听她说得有趣，就笑吟吟地看着她，凌晓飞继续直言直语："我自然是不甘心！就直言追问他，把他逼急了，才缴械招认了，说他心里早已经装有一位姑娘了！我当然不相信啊，可是，今天看到你，我才……"

"小凌，其实我们……"方翘楚正要辩解，背后却被萧扬暗暗捅了一下，她直接咽下了后半句话。

他们的情形被聪明的凌晓飞看在眼里，她笑着对方翘楚道："方姐姐，你好福气！我现在对你是羡慕嫉妒没有恨！但是什么事都是不到最后，难以判定结果是什么。我想，你们现在还没有步入婚姻殿堂吧？那我凌晓飞就还有机会，我们可以公平竞争的，对吧？"

"什么乱七八糟的竞争？越说越不像话了！"方翘楚还没有答言，萧扬已经急忙打断了凌晓飞的话，直催她，"你赶紧带我们去参观你们那神秘地带啊！别说这些闲话了！"

凌晓飞带着他们向训练场走去。路上，方翘楚偷偷拉住萧扬，一通埋怨。虽然方翘楚和凌晓飞才相识，但是她已经瞬间爱上了这个心直口快没心没肺的川妹子了。方翘楚可不想自己为萧扬打掩护，她在路上暗中咬牙切齿地劝说萧扬干脆从了这位打着灯笼都找不着的美飞女神吧。

萧扬却直摇头，也挤眉弄眼地嘱咐方翘楚必须为自己打掩护。何况，在他这里，根本不存在打掩护说谎言的问题，方翘楚就是他萧扬此生最爱的，唯一爱的姑娘。

"不讲信用的家伙！你忘了你在高原上曾经答应过我的？我们永远都是好哥们儿，是蓝颜知己！不要胡思乱想了！"方翘楚对萧扬耸耸鼻，低声喝道。

"我说的是，我萧扬尊重你方翘楚的那种说法，什么蓝颜红颜知己什么的！但是你方翘楚就是我萧扬追求的爱情对象，这个是我自己心底的真切想法，我也不能违心否认啊！"萧扬也压低声音，对方翘楚呲呲牙。

"哎呀，剑兄，方姐姐，你们不要交头接耳的，当面对着我秀恩爱好不啦？这很残忍吧？"凌晓飞回头看见，又剁脚，又咬牙。

凌晓飞领着他们参观完训练场，又到模拟飞行室和高压舱看训练。方翘楚大开眼界的同时，也成功地扫除了近段时间因为工作情形，内心笼罩的一层阴霾。

一周后，副主任人选开始上报，章雪川和于家成变成强有力的竞争对手。科里议论纷纷，大家都猜测着结果。田丰向于家成办公室跑得更勤了。实习生们也分为两派，梅瑰和李想、罗宏坚决站队章雪川，高明辉和蒋子萌两边都支持，方翘楚不发表个人观点。

这日，于家成下班回家，在饭桌上，王倩极力说服他去找主任成斌举报章雪川论文造假，学术剽窃。于家成当即拒绝，但是王倩毫不放松，不停地吹枕头风。最后，她扬言，如果于家成不肯去，她就直接去找院领导反映问题。

于家成知道王倩的泼辣性格，急忙劝止了她。他在内心说服自己，眼下很多人都盯着章雪川论文这件事，如果别人揭发出来，因为自己和章雪川是竞争对手，所以黑锅还是要背在他于家成身上。倒莫不如自己眼下去找成斌聊聊，也许可以最大程度减少对章雪川的伤害。

于家成鼓足勇气来到主任的办公室外。在走廊上，他连吸几支烟，徘徊许久，思索再三，却仍旧没勇气敲门进去。最后，他唉了一声，跺了一下脚，扭头走了。

不料风波还是来了。院领导收到匿名举报信，指控章雪川论文造假，涉嫌剽窃，侵犯他人著作权。一时间院里、科里流言纷飞，章雪川感受到压力。

周末回家吃饭时，夏静波看着儿子明显瘦了一圈的脸，胡子茬满满的下颌，心疼极了。她马上打电话让女儿章雪原赶紧回家一趟，同弟弟谈心，解决他的问题。

章雪原匆匆回家。作为院常委之一，她已经了解到这种情况，趁机建议弟弟抓住一个机遇，利用访问学者的名义短期出国，和冯璇再次共同审视一下彼此间的感情问题，也算是借机避避风头。

夏静波也赞成这个建议。她直言告诉小儿子，她从内心期盼他能和冯璇复合，早日解决婚姻大事。她又讲到自己了解的，冯璇是想在学术上支持帮助他。在她看来，眼下也许正如章雪原所言，暂时离开是上策，还可以一箭双雕，和冯璇再次面对面解决一下感情问题。

章虎臣一直没说话，此刻看着章雪川低着头不语，就拍拍他的肩膀，鼓励道："小川，你不是小孩子了，遇到问题，只有自己扛！你自己的事情，包括工作、婚姻，你自己说了算，爸相信你的判断和抉择！"

　　章雪川抬起头，看看周围的亲人，吐出一句话："无论如何，我不会当逃兵！"

　　这话让章虎臣欣慰地点头，让夏静波母女有些丧气。

第二十一章　真相昭雪

这次肺栓塞的诊断让方翘楚打了一个大大的翻身仗，算是扳回重要一局。但是章雪川纠正错误的诚恳态度，以及对她的高调表扬，貌似也不是那么虚情假意……

章雪原不能说服弟弟，只好自己暗中相帮他。第二天下午，她悄悄给冯璇去电话，说明了章雪川眼下的困境。没想到冯璇的回答让她大跌眼镜，棘手的问题其实已经有解了。

原来昨晚章雪川和冯璇通了电话，讲明了论文问题。冯璇猛然醒悟，她是上了某人的当，却给章雪川造成了这样大的困扰。冯璇虽然性格刚烈强势，但却是一个性情爽利，又敢作敢当的女子。她没有投乖卖好地顺着章雪川的思路，承认自己单纯是想帮他，反而坦荡地讲出了自己的一份私心，也许可以利用论文造假这个残酷的自杀行径，来逼迫章雪川离开国内，出国和自己重聚。

她顾及章雪川和于家成的友谊，自己也多少体谅王倩帮助自己丈夫上位的良苦用心，她就没点名这个借自己的手，挖坑陷害章雪川的人，正是王倩。

冯璇答应马上给刊登杂志的编辑部去文，要求刊登说明撤稿启示。至于那篇写着章雪川通信作者的实验论文，其实也是冯璇征得自己的一位外籍好友（那名真正的通信作者）同意，才这样做的，这次也一并撤稿致歉。同时，冯璇马上发 Email 给附属医院领导，说明自己在不征得章雪川同意的情况下，擅自为他论文署名的错误。另外正式道歉函她也会随后寄给附属医院领导。

"雪川，你相信，无论什么情况下，我冯璇，绝不会做真正伤害你的事！"

"小璇，人各有志，难以勉强。但是我们是从小一起长大的玩伴，就是一辈子的亲人。我坚持这样认为。"

章、冯二人从分手后，第一次有了温和的对话氛围。

放下章雪川的电话，冯璇又接到于家成的电话。于家成向冯璇了解章雪川论文署名的问题，他坚持认为自己的铁搭档章雪川不会做出这样欺世盗名的事情，他想在冯璇处了解到真相，争取能为好友辩诬。

冯璇如实对他讲述了论文署名的真相，但是依旧隐去了王倩在里面起到的作用。

"冯璇你相信我，就像我相信雪川那样，我知道眼下正是副主任位置竞争激烈的时候，但是我于家成决不愿做背后对朋友捅刀子的那种人，我们是阳光、公平竞争，我赢得起，更输得起！所以，我要真相！而且，我希望你能发声，为雪川辩诬！"

于家成的话打动了冯璇，她感慨道："有你这样的朋友、搭档，甚至是竞争对手，这是雪川最大的福气！"

冯璇此番的回答，同样让章雪原心生感慨，爱弟心切，她更是第一时间行动起来。作为医院常委，她搜集并出示了相关证据，替弟弟洗清污名。

真相大白，普外科很多人都松了口气。梅瑰和李想、罗宏等人喜笑颜开。方翘楚也心里暗暗庆幸安慰。

于家成找到章雪川，意味深长地拍拍他的肩膀，两人相视一笑，尽在不言中。于家成更是暗自庆幸，自己那天没有敲开成斌主任办公室的门，这样不仅守住了友谊的底线，也守住了做人的底线。

但是他却突然意识到自己的妻子王倩在这件事上所起的作用，遂回家质问王倩，王倩倒是毫不否认，两口子因此大吵一架。

田丰心里暗自懊恼，他审时度势，觉得眼下章雪川升任副主任一职的可能性大大增强。为了挽回颓势，和章雪川拉近关系，这天在医生办公室，他低声邀请章雪川吃饭，为他庆贺。

没想到他偷偷摸摸、遮遮掩掩的举动被一旁的梅瑰看到，梅瑰竖起耳朵，偷听到他的话。她一向讨厌田丰的势利和左右逢迎，就故意大声嚷嚷起来："田医生要请客吗？这可是开天辟地的好事呀，带上我们这些喽啰兵好不好？我们想一起庆祝章教授沉冤昭雪、英名重彰！"

田丰瞪她一眼，正要回绝，没想到章雪川笑着开口了："胡说八道，什么沉冤？哪来的昭雪？估计是你们这帮小家伙嘴又馋了吧？ OK，大家聚一次吧，我来买单！不过是一起乐乐，最近工作太忙了，都需要放松一把！"

"那好吧，都去！都去！"田丰接着吆喝，又做出慷慨的样子来，"哪能让章教授您掏腰包啊？说好的，我买单！"

为了就近，他们还是来到那家医院餐厅。餐厅虽然规模不大，但还是有些比较上档次的菜肴。梅瑰和高明辉咬了一阵耳朵，就大大咧咧地拿过来菜单，一顿狂点。什么菜贵，就点什么，菜名一个个高声报出，听得田丰脸都绿了。

梅瑰等人好好地欣赏了一下田丰的脸色，才故作体贴地宣布："田医生，您千万别心疼银子啊！您放心大胆地，该吃吃，该喝喝！刚才高明辉说了，今天他买单！"

"是啊是啊！谁让高明辉同学是大款？不宰他宰谁？"实习生们都嘻嘻哈哈哄笑了一回。

吃到快结束时，章雪川装作上卫生间的样子，走到吧台想把单悄悄买了，却不料正看到方翘楚刚结完账。

看到章雪川掏出钱包的情形，方翘楚俏皮一笑："抱歉！我捷足先登了！"

"嘿，这是什么好事？还大家抢？"章雪川也笑了，心情正好，就忍不住揶揄一句，"你这算什么？拜师宴？谢师宴？"

"什么都不算！拜师宴、谢师宴都可以有，但是如你爱说的那句——且听下回分解！"方翘楚撇撇嘴，"算是平反昭雪安慰宴吧！"

吃过饭，大家又到音乐包厢去 K 歌。每个人都成了麦霸，只有章雪川和方翘楚静坐在一边。

方翘楚有机会对章雪川表示了自己的同情："我发现你这人真有点儿倒霉，好像总爱被冤枉、被误解！"

"是吗？"章雪川习惯性一耸肩，一挑眉："惯了，也就没所谓了。也许这就是人生！"

两周后，医院任命下来，章雪川和于家成同时做副主任工作，两人的正高职称资格也同时申报。老主任成斌也将在他们两人中挑选、培养继任者。

章雪川就和于家成开起了玩笑："命运之神真奇怪，为什么要把两个最好的搭档永远放置到残忍无情的厮杀场上？"

于家成却是心怀感慨，回答得很巧妙："因为他想考验人性！"

一名 67 岁肥胖男性，因结肠癌住进普外一科，术前生命体征平稳，无呼吸系统症状。没想到章雪川主刀为他实施手术后三天，患者出现发热，体温 38 度，并有咳嗽、咳痰、胸闷、气短及右胸痛等症状。

经过胸部 CT 检查，章雪川诊断为术后合并肺部感染，给予抗感染治疗，但治疗 5 天后患者体温及症状未见明显好转，反有加重趋势。

章雪川带着田丰、方翘楚、李想等人查房，在病房外对他们说着自己的判断："患者目前出现的症状主要是发热伴有咳嗽、咳痰和胸痛，血象升高，目前仍然考虑为肺部感染。这在手术后的患者中发生率是比较高的，尤其是肥胖，有吸烟史，不能活动的病人。这几天我们使用头孢类抗生素进行抗炎治疗，效果不佳，今天的血培养药敏结果出来了，对盐酸莫西沙星敏感，而我们用的药不敏感，因此，我建议换用敏感抗生素，同时加强局部的治疗，除了按时叩背咳痰外，还可以继续进行局部热疗。"

田丰、李想等人点头，护士杜娟也在记录护理要点。方翘楚面带疑问，欲言又止。

章雪川看出来，问道："方医生想说什么？"方翘楚看看田丰，把话咽了回去，微微摇头。

紧接着召开病例讨论会，章雪川和大家讨论病情，他先谈自己的诊断："患者术后三天出现咳嗽、咳痰、发热，并伴有胸闷、气短，胸痛，胸部 CT 提示：右肺下叶大片高密影，临床表现和影像学都符合肺炎的诊断，腹部手术病人术后合并肺部感染是常见并发症，与全麻插管后呼吸道损伤、廓清功能下降；以及由于伤口疼痛患者不敢咳嗽导致呼吸道分泌物排出不畅；还有腹部伤口绑扎腹带影响呼吸动度，导致双肺下叶膨胀不全等都有关。我们这几天抗感染治疗效果不佳可能跟我们选择的头孢二代未能覆盖患者病原菌有关，因为此患者属院内获得性肺炎，病原菌以革兰氏阴性菌为主，而头孢二代在抗革兰氏阴性菌方面作用较弱，因此在细菌培养结果未出来前，我建议换用头孢三代抗感染，再根据疗效和痰培养结果调整治疗方案。"

方翘楚忍不住插话，虽然她的声音不高，但还是把众人的目光吸引到她这边：

"有没有可能……就根本不是肺炎呢？"

田丰瞪了她一眼，章雪川却不以为意，对方翘楚点点头："哦？你有什么想法，说说看。"

方翘楚略微提高声音，说出两点疑问："两个问题，不好解释：第一，肺炎怎么会有胸闷气短呢？第二，又没有胸膜炎怎么会胸痛？"

章雪川冷静回应："患者由于肥胖及长期吸烟史，肺功能在术前就有轻度损害，术后又由于疼痛、腹带造成呼吸受限，再加上肺炎，可以解释为什么会胸闷、气短。哦，还有胸痛，你怎么知道他没有胸膜炎？不是只有胸水才是胸膜炎，这个患者的肺炎就在胸膜下，很容易累及胸膜，累及胸膜就是胸膜炎，一样会胸痛。"

方翘楚很较真："但是这个病人有肥胖、术后制动等高危因素，肺炎面积不大却出现低氧，抗感染治疗又效果欠佳，应该考虑有其他疾病的可能，比如说，肺栓塞？"

"哦？你怎么得出的这个结论？说出你的理由。"章雪川始终语气平静。

方翘楚："我感觉像，抗生素使用了这么长时间没有效果，就应该想到其他的原因。"

章雪川摇头："不能凭感觉，而是要证据。西医遵循的是循证医学理论，一切要靠证据说话。"

方翘楚很执着："当然有证据，患者肥胖，不能下床活动，有胸痛，抗炎治疗效果不好，这些都是肺栓塞的高危因素和表现。"

章雪川提高声音："其实你想到的这一点，我们也考虑过。针对此类患者的深静脉血栓风险，我们在术前已经进行了评估和处理，CTPA（CT肺动脉造影）也没有看到明显的动脉栓塞，床旁B超显示下肢静脉没有血栓。而该患者目前的所有症状用肺部感染同样是可以解释的。"

面对章雪川有理有据的逐条反驳，方翘楚却无法拿出更多的依据，她有点着急，就也提高嗓门回应道："我以前在藏区遇到过一个类似的病人，就是按肺炎治疗一直没有效果，最后才发现原来是肺栓塞！"

章雪川毫不退让："方医生，病人的病情千变万化，诊断各种各样，要想减少误诊误治，见多识广很重要，但正确的临床思维更重要！"

方翘楚急躁脾气上来，话语也不冷静了："你就能保证你的思维是正确的吗？你就能保证现在的检查都是准确的吗？你就能保证你的诊断都是对的吗？"

章雪川是斩钉截铁、语气严峻："不能，正因为这样，我们才要讨论，我们才要进行相关的检查，我们才要密切观察病情变化，我们才更要遵守诊疗规范！"

方翘楚的倔强态度给与会者留下强烈的印象。田丰批评她一向妄自尊大，不尊重导师，任性妄为。李想和高明辉等人也觉得方翘楚有点不知天高地厚，竟然敢挑战权威。梅瑰劝方翘楚应该和章雪川私下沟通，不应该当众让他难堪，毕竟人家是有名气的专家教授。

但是方翘楚就是个犟种，她坚持自己的直觉判断。她一脸无所谓，反而求助梅瑰，请她联系相熟的呼吸内科郑雯教授，为这名结肠癌患者做一次会诊。

"你疯了？背着上级医生擅自安排会诊，是极为犯忌的事情！"梅瑰眼睛瞪得溜圆，大声嚷道。

方翘楚一脸坚定："就算是预感、直觉也好，我相信我这个判断！"

梅瑰却拼命摇头："你凭着预感、直觉去胆大妄为，可是人家郑雯教授未必愿意配合你呢！大医院有大医院的规矩，你可以逾规犯忌，人家未必！"

"那好吧，我去请尚方宝剑，我找成主任建议！"方翘楚扭身想走，却被梅瑰一把揪住："你省省吧。你知道最近咱科里流传什么吗？一个外号，有关你的。"

"什么？"方翘楚一脸不解。

"山豆根祸害女！"梅瑰一字一顿地点明一个连她自己都觉得难堪的绰号。

方翘楚愣住了，她仔细品品这六个字，用劲一甩头："管他！说我是祸害女，我无所谓！只要我不祸害病人就好了！"她转身向主任办公室走去。

成斌接受了方翘楚的建议，他找来章雪川和田丰，说明了自己的考虑，也尽量和缓了几位医生间的矛盾。

经过呼吸科郑雯教授会诊，为排除该患者肺栓塞的可能，她建议做一次肺通气灌注扫描。经过检查，一个令人意想不到的结论出来了：该患者竟然是肺栓塞中的极为罕见的一种病：肺动脉分支小血管栓塞。章雪川马上调整治疗方案，经抗凝联合抗感染治疗，患者情况好转。

此战让方翘楚一战成名，在普外一科引起轰动。一个实习医生竟然挑战权威，还是著名的"一把刀"，却获得胜利，这一点让大家都觉得不可思议。议论之声响起，褒贬不一，但是方翘楚没和章雪川沟通，就越级请示主任的行为，却坐实了构陷导师，好大喜功的恶名。就连秦楠和杜鹃都对她颇有微词。

梅瑰也对她不满。她认为方翘楚如果态度和缓些，完全可以说服章雪川改弦更张、纠正错误，这样就可以两全其美，几方面都完美。可是如今方翘楚虽然侥幸得胜，却落下骂名，起码本科室的人员对她产生了隔膜。这是很不明智的选择。她叹息方翘楚智商超群，情商堪忧。就冲她和章雪川一直以来鸡争鹅斗，断断续续的针锋相对的态势看，她就是一个思想不成熟的人。

方翘楚很不服气，就怼她："章雪川也不是万能的！'一把刀'的名头掩盖了他的问题。其实他也有自己的弱项，就是缺乏'全科医生'的理念！"

"你说得也有道理，"梅瑰点头，"但是你不可否认，很多时候，你和他相处时，你内心深处的偏见就会跳出来搞怪！你总是戴着一副有色眼镜来看他，如何看得清，看得明？"

这话直击方翘楚心底私处，她默然无语。

"你对章雪川的偏见一日不消除，对你的工作、生活，就会造成种种无法避免的障碍，只是你不自知罢了！"梅瑰长叹一声，结束了自己对师姐的长篇教诲。

方翘楚默默听着，没有再答言。但是她心里也惊讶于所谓旁观者清，梅瑰说中了一些要害。方翘楚心里也明白，此次肺栓塞病例，是一个少见的病例，从某些方面讲，章雪川的各项诊断和论据并没有错，而自己也没有确凿证据指向合理的诊断，不过是曾经经历过的一个病例让她产生了一种奇怪的直觉，她认为是自己再次遇上"瞎猫碰上死耗子"的运气。

她心里还有一点小担心：上次陈桂花的病例中，她和章雪川就产生过争议，当时章雪川曾对她扬言，如果做出犯上过激的行为，将永远失去做他学生的资格。这次她方翘楚情急之下，倒是真正越级犯上了，就不知道那个孤傲霸气的家伙会不会放过自己呢？

她没想到后面发生的事情，正应了一句古话所描述的：以小人之心度君子之腹，她是白担心了，在病例总结讨论会上，她竟然被那人狠狠地表扬了。

讨论会上，章雪川首先认真坦率地做出自我批评，并真诚地向方翘楚表示感谢。他看着方翘楚，一脸鼓励的神色："方医生，请你讲一下你坚持怀疑患者有可能是肺栓塞，所提到过的，你在藏区遇到的病例？这样的经验拿来分享，我想对大家是很有益处的！"

方翘楚有点赧然，她语气期期艾艾："其实……老实说，我这次还算是'瞎猫碰上死耗子'了。我并不能肯定，这个患者就是肺栓塞。就是凭我的一点直觉吧。那年在高原上，我在军分区医院也碰上这样相似的一个病例，肺炎治疗总不见好转，限于我们当时的医疗条件，患者后来转到内地大医院治疗。这个病人一直由我负责，所以，他转走后，我还跟踪他的治疗情况。后来通过电话，我了解到，他竟然是肺栓塞，我们完全治疗错了方向！当然，那个病例和眼前咱们遇到的这一个，不完全相似，但是我是凭着这一点经验，才……这样执着的，所以，真的算不得我有先见之明，或者知识多么全面，只是一点直觉，预感……"

她红着脸说不下去了，章雪川接过话题："我不能同意方医生的说法，这绝对不是什么单纯的'直觉''预感'，而是一名医生难能可贵的求知、负责、执着态度带来的善果！通过刚才方医生的一席话，我发现她身上有几点非常优秀的地方，她的临床思维能力很强，爱思考，并且有极强的独立思考能力和见解，不盲从于权威。作为一名医生，她不但思维敏捷、敏感，还有极为可贵的求知欲、责任心！就像她刚才提到的，那个在藏区遇到的病例，在病人转院后，她还能跟踪有关信息，并将有关知识点记在心中，在以后的病例中，产生相关联想思路。在藏区的临床工作经历，又极好地锻炼了她全科医生的理念，这些，都是她能在我们遇到的这例罕见肺栓塞病例上，提出了非常及时、宝贵的诊断建议的思想基础！我们必须为这样来自基层的医生鼓掌！"

会议室里响起掌声。方翘楚对上章雪川的目光，她的眼光第一次有了点温度。

第二十二章　师生互换

在方翘楚教官的眼里，章雪川这样的学生简直就是一个可怕的异数，偏执得有点吓人，他可以拿着准备请教的问题，追得老师仓皇逃离。

医院发出通知，针对本院外科医生军事技能薄弱的问题，即将在普外三个科室之间举行一场野外军事技能及战地救护对抗赛，一切从实战出发的全能比武活动。研究了比赛对象，普外另外两个科室，都有大量的野战部队实习医生，普外一科医护人员士气低落，神情萎靡。

李想在食堂对其他实习生们哀叹："根据我的可靠情报，咱们科的人员，和其他两个科比，根本没什么优势，这场比武前途堪忧啊！"

高明辉更是一脸不满："你说咱们这些大医院的外科医生，好好学习手术技能才是王道！整日家灰头土脸地摸爬滚打，弄得跟战地救护员一样，有什么意思？完全没有含金量嘛！"

梅瑰反驳他："别忘了，咱们不是普普通通的外科医生，咱们是军医！军医是什么？军医是军人加医生！是军人就要准备打仗！战场上情况复杂多变，如果咱们不能做合格的军人，估计小命都没了，还谈什么救护伤员？"

"说得对！"方翘楚大声支持梅瑰："当今强军目标，就是军队医院要深化'姓军为兵''姓军为战'的思想。咱们既然穿上了这身军装，就不该怕什么野战训练和比赛！士气可鼓不可泄，别先没赛呢，就自我否定起来了！"

高明辉有点阴阳怪气地嚷嚷起来："呦，咱们这儿的穆桂英和花木兰又发声了，你们算咱普外一科的秘密武器吗？"

梅瑰对他一瞪眼，指指方翘楚："方师姐算，我不算！"

她又傲然巡视一下周围，撇嘴冷笑："你们男兵们萎靡，只好靠我们女将们振奋士气了！告诉你们，别灰头土脸地沮丧啦，咱们这回真的有绝佳秘密武器！是你方师姐求来的！"她的话让大家都很好奇。

梅瑰说的秘密武器就是萧扬。

章雪川负责组建普外一科参赛队，他首先挑选有野战经验的方翘楚担任队长，自己作为副队长协助她。

看到科里人员现状，方翘楚思索一番，想出佳策。她向章雪川建议请萧扬担任教练，提高队员们的军事素质是关键环节。章雪川赞同她的建议，他提议萧扬负责军事部分，而方翘楚则负责军医救护训练部分。

他看着方翘楚，笑着开起玩笑："只要你能把咱们这个队的整体素质提高，那么就是搞个夫妻店也没什么不可以的！"

方翘楚知道他是暗喻自己和萧扬的所谓"恋爱关系"，她不屑于解释，就哼了一句："看来你这个副队长，军事素养不知道水平如何，反正思想境界不怎么高！"

章雪川嘿嘿一笑，不再反驳。方翘楚却心里暗暗发狠：好你个章雪川，看我答应了你的任命，就得意忘形起来！那日在你家聚餐，当着你家人的面，我没好反驳你那番揶揄我和萧扬所谓的"恋爱关系"的谬论，你却蹬鼻子上脸起来，时时刻刻拿自己的一番误会当有趣！哼，骑驴看唱本，咱们走着瞧！我既然当了这个队长，看我怎么整治你这个傲气冲天的"一把刀"！

萧扬应邀而来。他根据目前普外一科的人员现状，提出"打通周身经络"策略。他把军人素养比喻为人体的经络系统，军事理论、军事技能、军人体能、优良作风以及组训能力则是构成这个系统的五大要素。在此基础上，他决心开展"传授理论知识、培养军事技能、增强体质体能、锤炼优良作风、注重组训能力"五位一体的军事体育课训练目。

针对医生们普遍军事素养偏低的特点，萧扬制订了详尽的训练方案，尤其加强军事共同科目的训练，包括军事体能和野外生存等。做到先基础后提高、先分练后合练、先院内后院外、先常态后封闭、先单项后集成、先演练后演习。他强调每个人只有先成为一名合格的军人，才可以在战场上完成医生的职责。

临阵磨枪，时不我待。萧扬即刻展开魔鬼战术，每日里在运动场上加强体能训练，从站军姿开始，各项运动一起上，几天下来，弄得医护人员个个灰头土脸、精疲力竭，除了有野战经历的方翘楚，运动能力较强的章雪川和蒋子萌以外，其他人都是苦不堪言。却因此有效地提高了他们的军事素养，也激发了科室的团结协作、活泼有爱的精神。

方翘楚负责战地救护知识培训。根据需要和野战外科的进展设定训练内容，逐步对止血、包扎、固定、搬运、保持呼吸道通畅、胸外心脏按压、人工呼吸等技术进行了认真训练。

在用绷带包扎这一环节，她将"报复的魔爪"伸向了章雪川。

"俗话说得好，'兵怂怂一个，将怂怂一窝'！这次咱们实地演练一下三角巾包扎法，我第一个要考的，就是咱们中间的领导同志，章雪川副主任！"

她示意高明辉上来扮演伤员，章雪川演示包扎技能。

"有关三角巾包扎方式，上次演练时，我给大家详细解说过的，一共有几种方法，请章雪川队员回答一下。"

章雪川略一思索，答道："一共有四种：普通头部包扎、风帽式头部包扎、普通面部包扎、普通胸部包扎。"

方翘楚一挥手："实地操作，别光说不练！"

梅瑰等人捂嘴偷笑起来。

章雪川却毫不在意，他认真地拿起三角巾，在高明辉的身上开始演练。

当演练到普通面部包扎时，方翘楚问高明辉："你感觉怎么样啊？"

"还好！"高明辉回答。

"哼，还好？是还好没差点憋死你吧？"方翘楚指着"伤员"高明辉训斥章雪川："你这样分明是不让伤员喘气的节奏，我以前讲的都白费了！章雪川队员，请认真听。"

她边操作边讲解："将三角巾顶角打一结，适当位置剪孔。请注意，剪孔！是在眼、鼻处！打结处放于头顶处，三角巾罩于面部，剪孔处正好露出眼、鼻。三角巾左右两角拉到颈后在前面打结。完毕！"

她的手法利索又灵巧，刚结束动作，章雪川就挂出崇拜敬仰的微笑，夸张地喊道："方教官手艺精湛，大家鼓掌！"

"别急着起哄！"方翘楚脸绷得严丝合缝，不见阳光，指指章雪川："请说出打好绷带的要领是？"

章雪川像学生一般认真回答："不要过紧，也不能过松。不然会引起血液循环不良或松得固定不住纱布。打好绷带后，要检查一下身体远端有没有变凉，有没有浮肿等情况。报告教官，回答完毕！"

梅瑰和李想在一旁嘿嘿笑出了声。

章雪川对他们呲牙："都严肃点！我这是在做个示范，你们回答方教官的问题时，都要这样的范式！"

方翘楚白了他一眼，继续板着脸严肃提问："虽然现代高技术战争使得战伤谱明显拓宽，但止血救治技术仍是控制体液丢失、促使各种复杂伤情获得进一步处理与康复的基本手段，止血技术受到各国相关学者的重视。章雪川队员作为资深外科医生，请回答一下战伤常用止血方法有哪些？"

章雪川思索着回答："压迫法、加压包扎法、填塞法、止血带法、气雾法。回答完毕！"

方翘楚紧接着追问："那么在加压包扎法中，有一种'微孔聚丙烯管状急救绷带'，请说出它的原理和功效？"

"微孔聚丙烯管状急救绷带？"章雪川皱眉，老实答道："这个真没听说过！"

方翘楚哼了一声："国内使用的没听说过，那么美军研制的新型止血绷带你更是一无所知了？"

章雪川有点懊丧："是的……"

方翘楚一声冷笑，一点都不给他留情面："我记得章教授以前说过，术业有专攻。但是我想提醒你的是，你的'术业'，绝对不仅仅是在大医院宽敞明亮的手术室里，漂亮地完成了多少台手术，解决了多少疑难病例。你当记住还有一个更重要的术业，那就是，你还是一名军医！如果对当今世界上一些先进的战地救治器材都不敏感，甚至一无所知，能算得上一名合格的野战外科军医吗？"

她看看大家："我曾经和人争论过，一个好医生，不一定是一名好军医！军医是军人和医生的结合体。可是，很遗憾，包括我自己在内，可能都算不得合格！那么，我们凭什么不加紧训练呢？我们如何才能更好、更快地提高自己的专业技能，以保证今后在战场上，能更好地守护战友们的生命？"

章雪川带头鼓掌。方翘楚却一挥手，冷颜对他："章雪川队员，你作为副队长，是起表率作用的！你若做不好，如何要求别的队员？"

"是，方教官说得对！我会加倍努力，争取优异成绩，也坚决从各方面配合好方队长您的工作！"章雪川一点都没有往昔狂傲不羁的态度，此刻恭敬柔顺得堪比小学生。

他这样的反常态行为倒弄得方翘楚没了脾气。她一心想好好整治一下这个张狂的家伙，打掉他的嚣张气焰，但是人家眼下貌似就不给她这个机会，一副逆来顺受的样子，反而让怀揣杀一儆百、擒贼先擒王这一宏伟蓝图的方翘楚教官没了继续整治他的兴趣。

没想到章雪川却给杆就爬，此刻却认真求教起来："就请方教官给我们讲一下那个'微孔聚丙烯管状急救绷带'知识吧！"

方翘楚被他的厚颜弄得没脾气，只好简单为他们科普一下，其实她自己也是前天晚上，才从网上现学现卖地扒了几个新名词，就是来对付这个家伙的。

"加压包扎法，适用于四肢及胸腹部等表浅软组织挫裂伤引起的出血，是现阶段多功能止血敷料的雏形。我国研制的微孔聚丙烯管状急救绷带具有良好透气性，其独特的管状结构不但增强了吸收功能，同时也具有较好的柔韧性，避免对伤口造成再损伤，止血功能较强，不易与创面黏连……"

没想到训练完毕，章雪川还不放过她，缠着她求教刚才在训练场上提到的，有关"美军研制的新型止血绷带"这个知识点。

方翘楚不堪其扰，但是又拦不住人家嬉皮笑脸地不耻下问，只好勉强回答了两个词语给他："纤维蛋白绷带，壳聚糖绷带。"

"它们的作用是？"章雪川分明是决定将厚颜进行到底了，还在执着地跟随方教官的步伐。

方翘楚一声断喝："这些知识点网上都有！自己去查！"

她这个当教官的，赶紧撇下这个勤学好问得有点过头的学生溜了。

刚在食堂坐下吃饭，她的手机响了，是章雪川发来的一条微信，就是两个词条："（1）纤维蛋白绷带：该绷带含有纤维蛋白原、纤溶酶和促凝血蛋白等成分，可使血液流失减少50%～85%。美国食品与药品管理局已批准该绷带在执行特别行动的伤员中作为调研性质使用。（2）壳聚糖绷带：该绷带由壳聚糖制成，可与血细胞形成血凝块，能在30秒内使300毫升血液凝固，且对虾蟹等过敏者不会出现不良反应。"

方翘楚心里一通好笑：我的妈呀，这个章雪川看来天生就是当老师的命！要是他当上谁的学生，这个老师就悲催了！方翘楚现学现卖的那点存货终于帮助她度过危机，没有在那个家伙面前露怯。

萧扬在军事训练中也不手软，态度强硬，要求严格，他还不忘自己的专业，在训练中加入"如何排除工兵设置的障碍物"的项目，原本精疲力竭的队员们纷纷噘嘴吊脸，暗暗抱怨。唯有方翘楚兴致勃勃地继续跟随，精神抖擞的样子。

章雪川也支持萧扬，他自己认真受训，并带头督促队员们认真对待培训。对于工兵排障这个环节，他和方翘楚一样，学得格外认真。

实习生们私底下议论，高明辉体力跟不上，一肚子怨言。他心中还不服气，暗中讽刺孤傲的章雪川竟然会画风大变，公然拍起方翘楚的马屁来。他又夸张地宣称，他发现了一对金童玉女，完美搭档。章雪川分明没戏了。

"啊，你是说方医生和萧扬连长吗？我看有点靠谱哦！"李想似恍然大悟。

梅瑰想反驳高明辉，但是又说得逻辑含糊："方师姐和萧连长，有可能是一对儿，但是又不像……但是章教授貌似没有追方师姐的意思……方师姐喜欢谁，就难说了呢！"

"你这等于没说！"高明辉白了她一眼。

但是有关方翘楚和萧扬携手搞训练的事，梅瑰却原原本本、绘声绘色地讲给了楚临风。他们如今交往频繁。所以这个不算情报的情报，就被泄露出去，在楚家倒引起一场风波。

因为忙于训练，方翘楚几周没回B市的娘家。这日楚正平回来，何瑶就命令儿子给姐姐打电话，让她回来吃饭。楚临风用姐姐在忙训练的由头回答了母亲。

楚正平却感兴趣地问起了附属医院的军事训练，楚临风难得和父亲有共同的话题，就兴致勃勃地讲述了自己从梅瑰那里得到的信息，有关方翘楚、萧扬的话题，还借用了梅瑰说到的"金童玉女""完美搭档"两个词。

楚正平满意地笑了，盛赞萧扬的方方面面，尤其是那次他勇救落水少女的事情。楚正平感慨道："萧扬是名不可多得的优秀军人，集团军方面正在关注培养，如果你姐能和他成为一对儿，也是让人欣慰的一件事啊！更何况，更何况……"

他没有再说下去，楚临风好奇地正想再追问，何瑶在一边发起了牢骚："我怎么看不出好在哪里？我还是坚持我的观点，楚楚的对象，不能在野战部队军人中找！这不科学，更不现实！"

"哎，何瑶，我发现你现在总爱和我较劲？我赞成的，你就一定反对？"楚正平不高兴了。

何瑶才不妥协："你赞成有用吗？如今什么年代了，你还想包办儿女婚姻？楚楚都和我实话实说了，她和那个萧扬，就是朋友关系，不是恋爱对象！"

"你其实就在讲什么门户观念嘛，你以为我不知道？我还告诉你，咱家楚楚和萧扬，门户相当得很呢！"

"什么门户？你给我说说那个姓萧的小伙子，究竟是什么出身？别以为我不知道，我都打听清楚了！"

"你打听清楚什么了？你什么都搞不明白呢！哼，你就是讲究封建糟粕那一套，俗气！"

"哎，我说楚正平……"

老两口又吵了起来，楚临风不堪其扰，扭身回屋，砰地关上了门。最后他听到父亲以将军的威严口吻结束争吵："听其自然，儿女的事由他们自己做主。楚楚的事情，还要看她自己的意愿！"

楚临风听得撇嘴："都够霸道的了。楚军长您这话听来，很民主很开放，但是我目测，我姐的婚姻大事，您也会插手干涉呢……"

正式赛场上，方翘楚和章雪川、梅瑰等人组成的普外一科代表队表现良好。

实战模拟救护中，方翘楚和梅瑰接近了 10 米开外的一名"伤员"。该伤员为左前臂炸伤伴尺骨骨折，她们利用三角巾急救包和卷式夹板对伤员进行包扎和左前臂临时固定，抢救完成后依托地形就近隐蔽，待机后送。

章雪川遭遇的某伤员头部有长近 3 公分伤口，深可见骨，大量出血；右胸部被弹片穿透，能听见呼吸时伤口的吸吮声，已形成开放性"气胸"。他沉稳迅速对该伤员头部进行"风帽式包扎"，压迫止血，并于伤员深呼气末以绷带加压，严密封闭伤口，防止漏气，并迅速完成胸部包扎。

几轮比赛项目完成，普外一科代表队和普外其他代表队并驾齐驱，难分伯仲，最后决定胜负，就看额外加赛的一个项目——射击比赛。

这是临时加赛的一个项目，每个代表队派出一名选手参赛。前期军训时，曾组织过短期训练，但是这些和平年代穿上军装，极少有机会摸到真枪实弹的医务工作者们都成绩平平，表现不佳。

其他几个队都是选派的男选手上场，普外一科队是方翘楚出列。高明辉和李想等人暗中嘀咕："咱们方队长军事技能比男生强，我是服气，但是打枪，恐怕就……"

梅瑰瞪他们一眼，还没说话，站在队列前排的章雪川已经回头呵斥："谁不服气谁上？"

高明辉吐舌："我可不成，上次打的几乎没几发上靶的！蒋子萌应该可以吧……"

虽然这样议论着，但是大家的目光还是都集中在场上的方翘楚身上。只见她沉着稳健地举起枪，一招一式都显现出不一样的潇洒利索。

方翘楚此刻心里并不平静。突然加赛的项目竟然是手枪射击，也出乎她意料之外。她几乎没有多加思索就准备亲自上场。她看了一眼作为副队长的章雪川，没有开口，已经从对方眼光里看出了鼓励和期待的意味。

方翘楚是有足够底气的。当年在藏区，和格桑相识不久，她就迷上了两样东西，骑马和射击。这两项运动都是格桑最拿手的。在格桑眼里，方翘楚没有一般汉族女子的柔弱和娇气，她独爱这两项带有草原特色的运动。加之她本身也是一名军人，在军事训练中格外刻苦。

格桑成了她最佳教练，多次给她吃小灶。骑马是练得越来越好了，但是令格桑感到惊讶的是，方翘楚对于射击，这个很多女性都很少尝试的项目却有着极高的天赋，她的沉稳心态和准确的瞄准率，都异于常人。在格桑的用心指导下，方翘楚练就了较高的射击本领。

章雪川并不知道这些，但是奇怪的是，眼下的他和身为队长的方翘楚，竟然会有一种默契，他从女孩的神情中看出了她的自信和踊跃，他马上用眼神鼓励了她。

方翘楚五枪打了49环，赢得满堂彩，而且把其他队队员远远甩在后面。普外一科完胜。

这次比赛过后很长时间，方翘楚在射击场上的风采都被附属医院的人传诵着，其他科室的医护人员都专门跑到普外一科，来看看这个传说中的"神枪手，女汉子"。

本科室人员更是当场目瞪口呆，过后津津乐道。于家成都悄悄对章雪川感慨："这个方翘楚，真是个奇妙的存在！她还有多少没有露出来的'峥嵘'啊？"

章雪川自己也暗暗在心底赞叹。这个往日里不那么驯服，性情倔强，却又直爽开朗，在关键时候敢打敢拼，勇猛顽强的姑娘，还真让人不可小觑，必须刮目相看！

回到正常工作时间的第一次查房结束后，刚进医生办公室，章雪川就指着板凳，对方翘楚道："坐下吧。"

方翘楚有点疑惑地坐下，却看到章雪川从桌子上摆着的纸巾盒里抽了两张纸，又蹲下身来，作势要给她擦鞋。

"哎哟，你这是干什么？"方翘楚吃惊地跳起身来躲开，却抬眼对上章雪川带着痞痞的坏笑的脸。

"男子汉，大丈夫，吐口吐沫都是钉！上次咱们有过赌誓，等到你完全打败了我的这一天，我甘愿亲自俯下身子，为你擦亮脚下的鞋！"他指指方翘楚的脚，"我不过是兑现自己的誓言而已！"

方翘楚扭头想想，记起前情，也笑了，但是脸还是有点红。她摆摆手，拒绝了他的"殷切服务"："可是目前我不觉得自己完全打败你了呀！"

章雪川笑笑，掰着指头为她细说："从前次肺栓塞病人那例算起，加上这次你在野战训练中的优异表现，我觉得，我可以兑现我的誓言了！"

"No，No，No！"方翘楚却直摆手："我要再等等，在等一个更值钱的机会！等到我在手术方面，也能超越我的恩师，'一把刀'大人您，咱们再计较这个誓言吧？"

他们就这样彼此约定了。

但是不管怎么说，因为上述野战训练中的出色表现，方翘楚还是在附属医院中迅速走红，成为明星般人物，普外一科也以她为骄傲。

夏静波也关注到方翘楚。这源于她心里的一段心事。

军事比赛结束后的那个周末，夏静波准备了一桌菜，打电话给小儿子，让他回家吃饭，并同时让他邀请方翘楚也来，说是要为他们比赛得奖庆贺一下。

章雪川因为要上一台复杂手术，估算了一下时间，下手术都要到晚上很晚了，所以无法回家吃饭。至于说到方翘楚，章雪川有些犹疑，告诉母亲，先不论她是否和自己一起上手术，就是邀请她到家中吃饭这件事，也不宜由他来提。怕母亲究问原因，章雪川支吾两句就挂断电话。

饭桌上，夏静波又向女儿提到雪川的婚姻问题，唉声叹气。章雪原安慰母亲，说经过上次论文署名事件，小川和冯璇的关系和缓了不少，也许就此发生转机，有复合的希望也未可知。

没想到坐在一旁的欧阳清朵却有了异议。女孩也不多说，回房间打开电脑，捣鼓一阵，嚷着请外婆和母亲过去看。

电脑上，是一张照片，冯璇和一个外国男子在海滩的亲密合影，看得夏静波母女咋舌。章雪原赶紧向女儿追问照片的来历，顺嘴质疑照片的真假，清朵一脸不耐烦，怼上了母亲：

"妈，您怎么什么都不信啊？这张照片的出处？当然来源于冯阿姨公开发表的微博呀！这还有什么疑问？这又算什么秘密？光天化日、阳光海滩、亲密合影、合情合理！悲催的倒是您！还在这里自说自话地要百般撮合我小舅和冯阿姨，您傻不傻啊？"

章雪原满面震惊，夏静波一脸无奈。她对着女儿再次叹息："分了就分了吧，我看他们总这么别别扭扭的，一个坚决不回来，一个打死也不出去，早晚也是好不了！"

她看看餐厅那边，确定老伴章虎臣没有注意这里，就压低声音吩咐女儿："从今天起，你必须全力以赴，关心小川，催促他，不，甚至是相帮他，发展新的恋爱对象！小川三十出头了，老这样单着，真不是个事儿！你大哥像他这岁数，远泽都五岁了！"

章雪原撇嘴："咱家三公子的性情您难道不知道？他的事，才不要别人管呢，别越帮越乱！我就说那小子逆反期忒长，总长不大！"

她看着母亲一脸忧虑，忙又安慰："其实也不急啦。咱家老三，人才出众，在咱们医院，也算钻石王老五了，还愁没女孩喜欢？只是他自己眼界忒高罢了！"

"就是这孩子性情孤傲不羁，我才操心啊！条件好的人，千挑百选的，反而容易剩下！"夏静波忧虑难解。

章雪原笑了："好了，妈，我知道了，我会慢慢留意这件事的，您急也没用！"

"不能慢慢留意，你马上抓紧办！"夏静波神情严肃地吩咐，"明天中午，你抽空约上小子，咱娘儿仨吃顿饭，我先问出小子的真实想法。在家里，要顾及你爸，很多话不好说！他最烦咱们干涉小川的事了！"

章雪原点头答应。夏静波又加上一句："其实，我倒有个想法……就看有没有缘分了！"

第二十三章　首次主刀

为了缓解心里的紧张情绪，方翘楚大方而自信地亮开喉咙歌唱，却不幸吓跑了对她谆谆教导的章教授。

第二天中午，章雪原果然在医院小餐厅的一个角落，安排了一顿便饭，通知章雪川下班过来，母亲大人要发表重要指示。

章雪川一脸轻松地来到餐厅，就看到母亲已经到了，姐姐单位临时有事，还没过来。

看着餐桌上的四菜一汤，章雪川喜笑颜开："到底是跟着当领导的沾光啊，章主任亲自安排的午饭，精美可口，比我们的手术盒饭强多了！"

"你姐有事耽误了，你要饿了，就先吃吧！"夏静波知道临床医生的辛苦，就拿起碗，给儿子先盛了一碗饭，递到他手上。

章雪川看着母亲笑笑，果然不客气地狼吞虎咽起来，嘴里还呜噜着："早饭我就没吃，门诊一连看了三十多个号，饿死了！"

夏静波疼爱地看着小儿子，叹息道："谁让你不好好成个家？三十大几的人了，生活上还是乱七八糟的，没个章法！"

她看儿子心情不错，就忙单刀直入地说出了自己的一个建议。

"什么？妈，您什么意思啊？"章雪川一头雾水。他吃完了一碗饭，又盛了半碗。

夏静波盯着儿子，换句更直截了当的话，格外郑重地重复了刚才说出的那个建议："妈是说，你和那个方翘楚，有没可能成为一对儿？"

"成为一对儿？一对儿什么？"章雪川一脸坏笑，"我们原本就是一对儿师生啊！"

"臭小子，和我贫是吧？还是揣着明白装糊涂？"夏静波拍了儿子头一下，嗔道，"我是说你们俩各方面挺合适的，年龄相当，同为医生又能相互理解……总之各方面都很登对！"

"妈，您想什么呀！"章雪川放下饭碗，几乎哈哈笑起来，"几天前，您还不遗余力地撮合我和冯璇复合呢，怎么一眨眼的工夫，就改变立场了？您不怕韩娘找上门来骂您啊？"

夏静波换上严肃的表情："小川，妈如今真正相信你和小璇是无法复合了，但是生活还是要继续吧？你还要成家立业不是？你和方……"

"打住，妈！"章雪川也换了郑重的表情，"我一个光棍汉没什么，您顺嘴开个玩笑也罢了，人家方翘楚医生可是姑娘家呢，您别提名道姓地和我牵扯到一起，这样对人家不好！传出去，什么影响嘛？"

夏静波好笑："我说让你们俩正儿八经地谈恋爱，多好的一件事，有什么不好的影响？你未娶，她未嫁，正当其时！何况，咱们两家又有那样的一段渊源……"

"这不可能！"章雪川是斩钉截铁，毫无商量的余地，"我和方翘楚是师生关系，只能是这层关系！况且，这个关系也才确立……实属来之不易，绝对不可能有其他别的事情！"

"小川……"

"妈，您别说了！这件事情，完全是天方夜谭，连玩笑话都忌讳的，千万莫提，到此为止吧！"章雪川的脸色严峻冷漠，他极少在自己母亲面前露出这样的神情，倒把夏静波吓住了，反而有些后悔。她想到了格桑事件在儿子和方翘楚之间产生的纠葛误会，心里深悔竟然触碰到儿子的伤感和自尊。她心里一软，眼圈都红了，上前搂搂儿子肩膀："好了，算我没说，小川你别……"

其实满心歉意的倒是章雪川，他觉得自己对母亲的态度过于严肃了，就含笑回身抱住母亲，像小时候那样，将头在她脖颈上撒娇般地蹭了蹭，笑着哄她："好了，妈，没事的，咱们不提这些乱七八糟的事！您放心，今年年底前，我一定解决好个人问题！如果找不到对象的话，我就……"

"你就怎样？"

"我就到后面北山当和尚去！"章雪川嘻嘻哈哈恢复了常态，"我吃好了，下午还有手术，先走了！您和姐提一句，谢谢她的午餐！"他笑着跑走了。

夏静波有点愣怔，也有点怅惘。章雪原来了，她才回过神来，把自己刚才的提议，以及遭到儿子拒绝的事对她讲了。

章雪原撇撇嘴："妈，您从小偏疼老三，这小子就是被您给惯坏了，一点都不听话，大了更不省心！"

但是她又给母亲出主意："您也别操心他的婚姻了，儿大不由娘，随他吧！反正一个大教授，冻不着，饿不着的！"

夏静波叹息："你知道他和你们不一样，他的事，我不能不上心！这个小子呀……"她说得有些伤感起来。

章雪原赶紧安慰母亲："好了，妈，您别难过了，咱们给他留心物色就是。那个方翘楚，和他有那样大的一场过节，不管怎么说，中间还是隔着一条人命呢，这个坎儿真不好过！他们没缘分也罢！天涯何处无芳草，人间何处无佳人？我就不信了，咱家老三这样的条件，还能剩下了？"

夏静波摇头："就是咱俩给他操心介绍对象，他要坚决不干也没辙呀？"

章雪原诡秘一笑："您有秘密武器不用，奈何？"

"秘密武器？"夏静波被她说糊涂了。

章雪原附在她耳边说出了自己的主意，夏静波无奈地笑了。

天下父母心都是一样的。楚家这边，何瑶也正在为继女方翘楚的恋爱问题绞尽脑汁。方翘楚虽然不是何瑶亲生的女儿，但是也算从小由她带大的。方翘楚的生母方芳逝世后，楚正平一人带着女儿在军中生活很是不便。为了照料好女儿，原本为怀念妻子，不准备马上再婚的楚正平，在老领导的劝告和热心帮助下，认识了军区文工团的舞蹈演员何瑶。

那时楚正平因为在云南前线的卓越战功，成为全军标兵人物。在军区一次报告会上，何瑶被安排为他献花，当即爱上了这位英武霸气的年轻军官。

何瑶和楚正平结婚后，就担负起照料方翘楚的工作，她和女孩结下的母女情分，并不亚于亲生骨肉。后来她和楚正平又生了儿子楚临风，但是她对继女的关爱却依旧深厚。

目前方翘楚的婚姻大事就是她萦绕在心头的一个要事，她从爱护她出发，反对她在野战部队找对象。当她听说方翘楚和野战军官萧扬交往过密时，又看到丈夫楚正平对这个年轻小伙欣赏有加，就暗中策划，在自己熟悉的军区大院各机关，以及北京、南京、广州等地，自己有老战友的地方广泛撒网，为女儿挑选恋爱对象。

这天，她正在客厅里，把自己收集来的"准女婿"人选的照片铺在茶几上反复观看时，儿子楚临风进来看到了。

"呦，妈，您这是干嘛呢？玩扑克牌？还是真人型扑克牌？"楚临风一脸揶揄神色。

何瑶得意洋洋地向儿子炫耀自己的非凡战绩，一一列举她手下的优秀种子："这个小伙，姓雷，27岁，上尉参谋，省军区机关中最有潜力的军官，他的父亲，是军区参谋长；还有这个，你看，人家小伙个头多高！身材多棒！是大军区文工团副团长，跳舞出身，现在是军艺的文学硕士，他的舅舅可是一个实权派人物呢！……再瞧这位，这个姓黄的小年轻军官，比你姐大两岁，看看，海军的小伙儿就是帅！军装也好看，这一身白……他的父亲是某舰队副司令，和你爸是老战友呢……后面还有这个更好的……"

"打住，打住！我的扭大妈！"楚临风叫着他为母亲起的独特外号拦住了她的话头，"您老人家这记性，真叫一个绝！这么多帅哥美男，把我这个九零后都看晕眼了，您倒能纹丝不乱，还把人家的祖宗八代履历都捋清楚、记心间了？"

"又没正形儿！"何瑶拍了儿子一下，"这是给你姐找对象呢，多大的事，我能含糊得了吗？"

楚临风冷笑："我原先吧，就觉得您给我姐找对象，像以前皇帝为自家姑娘选驸马一般！今儿听你这么一细说诸位青年才俊的革命家底，倒觉得你像是送我姐和亲的节奏呢！忒功利了吧您？"

"臭小子你懂什么？"何瑶瞪了儿子一眼，"如今婚姻都讲强强联合！咱们家这样的门第，有这样的条件，为什么不呢？"

"真俗气！扭大妈你忒市侩了！在本公子眼里，婚姻讲门第才是小市民习气呢！"楚临风甩下一句话，溜回自己屋里。

方翘楚并不知道家中母亲为自己谋划的一切，此刻在附属医院里，她意外地遇到一个多年不联系的同学。这天她在出门诊，突然进来的一位衣着时髦的年轻女子使劲打量着自己，她不解地和她对视，才惊讶地发现竟然是自己多年未见的一个熟人。

苏青雅是她的大学同学，分配到新疆某部队后，因吃不了边疆军营之苦，转业回到内地，经过一番打拼，目前已经是国内著名的医学数据库公司"神搜网"的CEO。她此次是来医院体检，在门诊挂号处看到出诊医生的简介，发现了方翘楚，就走进了诊室。

老同学多年未见，此刻重逢自是惊喜。苏青雅耐心等待方翘楚下班后，两人来到医院餐厅聚餐。

苏青雅也算事业有成，如今名牌加身，志得意满。她问起方翘楚近况，对她立志当一名外科医生很不可思议，对她加紧规劝一番，女外科医生发展十分受限。当她因此知道方翘楚竟然立志学成后，打算回到藏区工作时，更是眼珠子都快掉到盘子里。她建议方翘楚重新规划人生，又力邀她有机会到自己公司转转。

很快方翘楚就见识到苏青雅非凡的社交能力。她经常到附属医院来找方翘楚，和很多医生成了熟人。尤其是普外一科的几名年轻的实习生，都被她多次拉去K歌，聚餐。她和高明辉、李想两人走得更近。

护士长秦楠也和她成为好友。秦楠的丈夫胡远征以及他所在的医院图书馆，也成为苏青雅重点关顾的地方。不久，方翘楚就从秦楠那里听说院图书馆已经订购了苏青雅的神搜网产品，而且规划由神搜网帮助院图书馆新建最先进的门户网站。

苏青雅还通过和胡远征一起到各科进行医学数据库使用知识培训，结识了许多医护人员。苏青雅就是有这样的本事，利用自己的亲和力，能在最短时间内，把想结交的人员，以最快的速度，发展为熟人。她对高明辉也很欣赏，一次聚餐时，当着方翘楚的面，就说出想高薪聘请他到自己公司发展的意思，高明辉明显动了心。

这个周末，在苏青雅的一再肯请下，方翘楚带她回娘家看望自己的父母。苏青雅亲自驾车，一同到了B市。楚正平没回家，但是何瑶对这个曾经有印象的继女的同学很感兴趣，热情地接待了她。

苏青雅恭恭敬敬地给何瑶送上了自己精心挑选的礼物，何瑶很是高兴，夸奖她品味不凡。

大家谈得很尽兴，何瑶留苏青雅在家吃便饭。饭桌上，苏青雅问起楚临风的现状，力邀他到自己的神搜网发展。

何瑶听了，很感兴趣，极力撺掇儿子楚临风去"神搜网"任职，不要再终日游手好闲，不务正业。她笑着宣言，我们家临风是个电脑高手、网络奇才，到青雅你那里工作正是合拍的事。

楚临风心里极度不满，却又不好当众发作。他灵机一动，想出损招来。

"青雅姐，你若真心挖我去你们公司，年薪给我多少？总不至于低于我现在挣的吧？"楚临风嬉皮笑脸地问道。

苏青雅优雅一笑，看着眼前的顽劣青年："这里也没外人，说说看，你现在一年能挣多少？"

楚临风听了心里好笑，眼前怎么没外人？除了我妈，我姐，你不就是外人？他不动声色，只是痞痞地一笑，懒洋洋地回答："我参加各种电竞比赛，一年下来，挣得不多，也就六百万左右吧！"

苏青雅变色，有点尴尬地看看他，又看看何瑶母女，说话少见地磕巴起来："这……这薪金我可给不起……楚公子你也忒厉害了！"

楚临风耸肩一笑，回了自己房间。方翘楚偷偷进来，敲了弟弟额头一下，规劝弟弟要给客人还有自己的母亲留颜面。

没想到楚临风一把拉住姐姐，反而正告她，原则问题，绝对不能谈判。今天母亲干涉包办自己的事业，明天就会变本加厉地将"专制魔爪"伸向自己的爱情。

他趁机又对姐姐说了一大堆自己的看法和警示，让方翘楚又好笑又感动。楚临风却一脸认真的表情。他说自己就是姐姐在家中的卧底，通过大量情报分析，自己的老姐，有可能即将陷入被动、纠结的感情漩涡中。

方翘楚看着弟弟，对他的话将信将疑。楚临风认真地提醒姐姐，一定要时时刻刻绷紧阶级斗争这根弦，随时随地地保持敏锐机警的触觉和顽强不屈的反抗精神。如果她真爱萧扬，就要大胆地和母亲的俗念以及门第思想做长期不懈的斗争；如果她不爱萧扬，就要准备和父亲的强权和特殊的父爱聪明机智地周旋到底。

方翘楚直觉弟弟已经长大，有头脑了，貌似还有了他自己的心上人。她很好奇，也很关心，但是楚临风口风甚紧，对着最爱的姐姐的威逼利诱，也是打死也不说。

方翘楚没有想到的是，章雪川会对自己格外奖励。普外一科前番比赛夺魁，为了表彰方翘楚的突出贡献，章雪川决定重奖劳苦功高的方翘楚，奖品就是——第一次主刀完成一台手术。方翘楚得到消息后惊喜不已，她没想到的是，章雪川还亲自担任她的手术助理。

这是为一名军人患者切除阑尾，手术并不复杂，章雪川指导方翘楚做足了手术预案，尽可能把手术中可能遇到的问题，都帮她设想了一遍。为了让方翘楚更有信心，麻醉科最权威的教授欧阳巍亲自上台保驾护航。

上台前，欧阳巍露出不适的感觉，章雪川留心到了，关切地询问，欧阳巍不在意地摆摆手，说是老毛病了，可能是胃病又犯了。章雪川提示他人到中年，一定要注意，不能太过劳累，像以前那样每日在手术室里连轴转了，并建议他下来赶紧做个胃镜检查一下。

章雪川看到方翘楚神情镇定地换上了手术衣，他知道她这也算人生的第一次，心里紧张自是难免，就上前问道："感觉怎样？有什么地方可以帮你？"

方翘楚心里正七上八下地紧张着，听到他问，就勉强笑笑："我想看你做俯卧撑！"

章雪川没吭声，趴在地上就连做了几下，停下来看看愣愣地看着自己的方翘楚，一挥手："来，你也跟着做！"

章雪川做够自己的数量，直起身来，一边看方翘楚做着，一边鼓励她："第一次主刀，谁都难免紧张。做这个的好处就在于，既可以放松肌肉，又能放松心情。"

做了十几下，方翘楚站起身来，一脸沮丧："这个对我貌似不管用！"

她看看章雪川："大家都觉得，术前只要看到你做俯卧撑，他们就心里特托底儿！可是我……我自己做这个没效果。我……我还是唱歌吧！我一唱歌就能心情放松！"

不等章雪川表态，方翘楚已经拉开嗓子吼起来：

我看见 一座座山

一座座山川

一座座山川 相连

呀啦索

那就是青藏高原！

　　她嗓子带着些许颤音，调起得太高，有点跑音，听上去实在算不上美妙，手术室里的人都笑了。章雪川紧紧咬住下唇，拼命隐藏住笑意。

　　手术开始，方翘楚进入状态，反而完全放松下来。她其实是一名遇强则强，在关键时候能迸发出充分智慧和力量的女孩，此刻的她想起以前观看章雪川手术时的那一幕幕场景，努力使自己镇定自若地完成一道道工序。

　　但是她的导师，著名的"一把刀"同志此刻却一改常态，显得比主刀的她还紧张。她留意到他的目光紧紧盯着自己手下的一举一动，更加好笑的是，此刻他还完全变身为絮絮叨叨的"八婆"：

　　"切皮的时候要注意方向，不能切歪或太深，切开皮肤就可以了。对，这样很好……"

　　"好，现在是腹外斜肌前鞘，切开它……"

　　"肌肉要分开，注意别伤到浅静脉！"

　　"这是腹膜层了，切开的时候最好提起来，避免伤到下方的肠管。"

　　"向下向后摸，是不是可以找到阑尾？……先处理阑尾动脉，结扎切断。"

　　"好的，就这样做荷包缝合，残端就被包埋进去了。"

　　"缝合腹膜的时候一定要看清楚，不要缝到肠子上了！……切口一定要冲洗干净，缝合不留间隙，否则容易感染。"

　　方翘楚终于忍无可忍了，叹口气，看看亲爱的导师，眼里带上哀求的神色："我的头都快被你吵晕了！您能消停会儿吗？"

　　章雪川一脸严肃，没理会她的揶揄，认真说出最后一个"谆谆教导"："皮肤缝合要注意针距和边距，皮肤要对合整齐。这不是小事，从细节也可以看出一个外科医生的水平究竟如何！"

一切完美无缺，下了手术台的方翘楚又想引吭高歌，却被章雪川看出踪迹，马上制止："等一下，方医生！我先离开，您再亮嗓！"

方翘楚自是不解，但却感到他几乎是快步逃离。

第二十四章　拦截爱情

何瑶充分发挥了文艺工作者的极大热情和"业余侦缉队队长"的敏感敬业精神，围追堵截，单打独斗，誓要把儿子楚临风和那个门不当户不对的小野丫头的爱情萌芽扼死在摇篮中。

方翘楚举着手机踩着欢快的步子回到宿舍。她手机上刚拍了一张宝贵的图片，就是自己刚刚切下来的那节盲肠。这毕竟是第一次自己主刀的纪念，她想拍给梅瑰看看。

兴冲冲地掏出钥匙打开房门进去，动作利索的她却把屋里的两个人吓到了。方翘楚只觉得眼前两个人影猛然分开，在客厅不经意间遭遇的这幕也让刚进门的她始料未及。

"哎呦，你们这是干什么……怎么会是你，小风？"看清楚两个人影中的一个竟然是自己的弟弟楚临风，意识到他们刚才是在客厅里抱在一起接吻，方翘楚大吃一惊，简直难以置信。

楚临风和梅瑰都露出不好意思的神情。梅瑰还红着脸抹抹嘴，走到一旁饮水机前，借着接水的动作掩饰住自己的慌乱神色。

方翘楚却一把拉住弟弟，哼道："原来你们俩……哼！难怪呢，我就说你们俩人最近在我看来都不那么正常，神神秘秘、鬼鬼祟祟的，原来早就？……没良心的家伙们，连我都瞒着呢！"她这才恍然大悟，坏小子最近常来医院对自己问寒问暖，其实是暗度陈仓追求梅瑰。而梅瑰时常抱着手机整晚嘻嘻哈哈，看来聊天对象也是这个小子。

梅瑰捧着杯子喝水，笑着不答。楚临风嘟囔道："哎呀，老姐，这不还没到让你知道的时候吗？该坦白的时候，我自会坦白。你是我最亲爱的姐姐，我不告诉爹娘也得告诉你！"

"小油嘴！"方翘楚拍了弟弟头一下，看看梅瑰，又对弟弟道，"你俩自由恋爱，我没意见，但是有一点我必须嘱咐你！你小家伙性情还没定下来呢，一会儿东一会儿西的，但是爱情不可以！你要认真谈恋爱，就要态度端正，不能三心二意，嘻嘻哈哈和玩儿一样！你虽然是我亲弟弟，但是公理面前无亲情。我了解你小家伙那种朝三暮四，喜新厌旧的脾气！所以必须正告你，梅瑰也是我妹妹一般，你不准欺负她！"

"天啊，感动死我算了！我的亲姐！"梅瑰扑上来，对着方翘楚的脸就啃，吓得方翘楚躲闪不及。

楚临风心喜，嘴里却故意在抱怨："你真是她的亲姐，我成了外人啦？哼！你也不调查研究一下，就发出谬论。我欺负她？她不整治我就算好的了！连梅瑰她自己都说我是她的奴隶！"

三人正在开心说笑，门外突然响起一阵激烈的敲门声。

楚临风走过去趴在猫眼上一看，大惊失色，赶紧回头看姐姐："你怎么把咱妈招来了？"

"妈来了？怎么会？"方翘楚也是一头雾水。楚临风却瞬间明白过来，他压低声音，对姐姐道："我知道了，扭大妈这是在跟踪我！"

方翘楚顾不上他当着梅瑰面还在喊母亲的外号，她看着弟弟皱眉，门外敲门声更响了，还有何瑶气急败坏的声音："楚楚，开门，小风也在里面吧？"

楚临风和梅瑰都有点惊慌。方翘楚赶紧示意梅瑰回到她自己屋里，又把弟弟拉到自己屋里，这才去开门。

何瑶进来，一脸阶级斗争范儿。她不理会女儿的搭讪，先进了左边屋里，看到儿子正坐在电脑前操作着。

"妈，我电脑出问题了，叫小风来给我鼓捣一下。"方翘楚讪讪地解释着。

何瑶才不理会，她也没搭理儿子，径直向右边的梅瑰房间走去。

"唉哟妈，那是人家的房间！人没在，进不去！"方翘楚拦下她，何瑶瞪眼："我刚才明明看到小风和一个姑娘一起进了你们这门！"

方翘楚忙赔笑："您瞧您的眼神，什么姑娘啊？不就是小风和我吗？"

何瑶摇头，似笑非笑地看着继女："楚楚你不要给那个坏小子打掩护！你妈我还没到老眼昏花的地步呢！我连你的样子都认不清楚了吗？我刚才分明看到小风和一个穿着黄色毛衣的姑娘进了屋，我想上来堵他们，但是碰巧在那路口碰到章家丫头，就是那个章雪原。原本我也和她不熟，不是上次你爸带我去他们家拜访嘛，认识了的。她在招呼我，我只好站在那里和她闲聊了一会儿。后来看到你又进了这门。那个姑娘应该还在屋里呢吧？"

她边说边不停地看着梅瑰房间的门。

方翘楚正要再劝，楚临风已经起身不耐烦地嚷起来："我说扭大妈，我最烦您这点了！你说您是搞特务出身的吗？怎么就爱干个跟踪啊，偷听啊的不上台面的事？我都多大了，您跟踪我干什么？您就那么不相信您儿子了？"

"我没特意的，"何瑶忙向儿子解释，"一大早你出门，我问你到哪去，你又不告诉我。刚好刘阿姨来这里看病，有顺车，我就想跟着来看看你姐姐！谁想到，在门诊部那里，竟然看到你？我……我跟着看了一会儿，就见你和一个小姑娘……"

"看吧，您自己都招认了，你就是在搞跟踪！"楚临风对着母亲一横眼，晃晃手里的车钥匙，"我马上回 B 市了，您一起回不？还是继续等您的顺风车？"

"我当然和你一起回！我不坐自己儿子的车，划不来么！"何瑶赶紧表态。

方翘楚送母亲弟弟出去。何瑶上车前，拉住女儿悄声问："你这个合居的室友，叫什么？多大了？家是哪里的？什么学历？"

方翘楚一脸无奈，支支吾吾不肯明说。何瑶沉下脸："你分明是在为他们打掩护，赶明儿我自己来调查！"

何瑶不是等闲之辈，她第二天就通过电话，从章雪原那里得知了梅瑰的名字，并拜托章雪原为自己查清女孩的家世背景。

她又向女儿打听梅瑰的性格，方翘楚没有向母亲透露弟弟正在和梅瑰谈恋爱的事，只是说了梅瑰许多好话，又直言只要咱家公子别对不起人家女孩就好。

作为母亲的何瑶却不能掉以轻心，唯一的亲生儿子就是她的心头肉。她发挥了文艺工作者的极大热情和业余侦缉队队长（儿子对她的评价）的敏锐敬业精神，很快抓到了这对小恋人相恋的证据。其实由头很简单，楚临风是个马大哈，洗澡时手机扔在客厅，梅瑰发来的一条短信，就彻底暴露了两人的关系。

何瑶不动声色，再次悄悄来到附属医院，从章雪原处预先得到内定的确切情报：梅瑰今年二十四岁，籍贯东北大连，家在一个海滨小县城，父母离异，她跟随奶奶长大，家境很一般，甚至有点窘迫。梅瑰学习不错，考入军校后，为家庭节省了学费。

这样的调查结果让何瑶心惊肉跳，心里蓦然窜起一团火焰：且不说这个丫头大我家儿子两岁，就冲她的家庭状况，也绝对不能容忍。必须赶紧行动，把他们的恋爱之种子掐死在萌芽阶段，绝对不能长成一棵树，甚至是一株苗都不成！

她先是风风火火地来到普外一科，没找到梅瑰，自己女儿也不在。她又紧接着来到门诊，查到梅瑰今天刚好出诊，她就找到她的诊室，悄悄溜进去看她出诊了几个病人。

"这位女士，您哪儿有问题？"眼看最后一个号看完，梅瑰问眼前这个仪态万方的中年妇女。

"我不是来看病的，是来看你的。"何瑶平静地说道。

"您看我？"梅瑰有点奇怪，"我们认识吗？"

何瑶微微一笑："你认识楚临风吗？"

"您是？"梅瑰听到这个名字，猛然一惊。

她的这个神情尽收何瑶眼底。何瑶弯起嘴角，礼貌地一笑："你换了白大褂，咱们出去谈！"

花园里，何瑶认真打量着梅瑰，面色平静，眼神却很刁钻，仿佛一台扫描仪，瞬间把梅瑰上下扫了一遍。

"我知道了，您是临风的妈妈，何阿姨。"梅瑰乖巧地叫道。

何瑶淡淡一笑："我这个人喜欢开门见山，拐弯抹角没意思。梅瑰姑娘，你也许是个好女孩，颜值高，学历也不低。一个小县城的姑娘，能穿上军装，到这里来学习，又成为一名外科医生，已经是很优秀的了。我相信，你在你们那儿，也算是凤凰一般的人物，是励志典型啦！"

"阿姨，我也不喜欢云山雾罩的，您想说什么，就直说吧！"梅瑰感受到对方的不善，她的小刺猬一般的触角也悄悄张开了。

何瑶看着姑娘点头："够聪明，口齿也很伶俐！但是，聪慧如你，当不会做什么'霸道总裁爱上我'的迷梦吧？那是没素质的低阶层女孩玩的游戏！"

何瑶自鸣得意，自己能用很时髦的语言，和眼前的新新人类们对话。她解释一句："我说的没错吧？如今影视剧都不教人学好，尽弄些'霸道总裁爱上我'之类的雷人情节，骗得小姑娘们不知死活地白日里做梦，有什么好处啦？"

梅瑰冷冷一笑："阿姨您错了，楚临风算不得什么霸道总裁吧？至于他爱没爱上我，或者他爱上了谁？您该去问他才是！我这里，就四个字：'无可奉告'！"

"哎呦，小丫头，嘴巴这么刁钻？"何瑶没有意料之内地取得胜利，成功吓住这个来自小县城的姑娘，反而被她奚落一番，心里愤愤然，就干脆直接怼了上去，"我今天就是特意来告诉你的，你和我儿子不合适！赶紧一拍两散，莫误各自前程！你说说，你今年二十四了吧？女孩子成熟得早，完全是成年人了。可我们家小风还小呢，心智根本都没长全！要不怎么能和你来这一出呢？一个男娃娃家，他可着什么急啊？简直是玩过家家啦！遇到个女孩就当成恋爱对象了？见到篮子里的就算菜了？一叶障目，还不见森林了！冤不冤啊？"

梅瑰嘻嘻笑了出来，直笑得弯下了腰。

"哎，小丫头，你笑什么呀？"何瑶不解了。

梅瑰拼命忍住笑，平息了一下自己乐不可支的情绪才对她道："阿姨，我觉得您真的是太好笑了！您把你们家楚临风当成几岁小孩子了？还在这里帮他发表宣言呢？和谁谈恋爱，怎么谈恋爱，是他自己的事情，他都快二十三岁了，不是三岁！"

她看着何瑶绷着脸，就觉得好笑："我前几天看了一篇文章《论巨婴心理》，所谓巨婴，即成年婴儿，身体和年龄上是大人了，但心理与内在却还是婴儿的发展水平。书中鼓励年轻人要挣断脐带做大人。可眼下，您的行为，正好是想把您儿子楚临风搂回怀里，再次做回小婴孩呢？"

"什么乱七八糟的东西？"何瑶还想再说，梅瑰已经单方面结束了这场不愉快的对话，"我晚上还要值班，现在要去吃饭了，阿姨再见！"她竟然挂着轻松的笑意离开了，何瑶一肚子闷气还没发泄出来。

晚上梅瑰在科里值班，何瑶又找上门了。她想给这个在她眼里软硬不吃的丫头几句劝告，让她做出保证不再招惹自己的儿子。病房里人多，因为床位紧张，走廊上都支着加号的病床。人多嘴杂，梅瑰顾及脸面，不敢像白天那样和何瑶正面交锋，语言犀利，只好忍受着她的循循善诱，心里烦闷至极。

她趁着何瑶不注意，偷偷发了个微信给方翘楚："师姐，赶紧来救我一把吧，你的母后大人快把我逼疯了！"

方翘楚来到科里，好说歹说把母亲劝了出来。何瑶攥住女儿的手，一脸坚定的神色："楚楚，你要还是小风的亲姐姐，你就救救他，让他千万别和这个女孩子来往了！我看出来了，这个丫头不是个善茬，千万进不得咱家门！"

方翘楚一时半会儿也说服不了母亲，只好息事宁人，先解决主要矛盾，就含糊着答应她。天色已晚，她想留母亲到自己宿舍过夜，何瑶却说自己是带了车过来的。

"我还要回去劝说咱们家那愣小子呢！"她气哼哼地走了。

方翘楚一夜没睡踏实。黎明时分，梅瑰下夜班回来，方翘楚看看她的脸色，先就母亲对她造成的困扰表示了道歉，又鼓励梅瑰，如果真爱临风，就要和他一起做好心理准备，誓死捍卫纯真的爱情。

梅瑰打了个哈欠，伸伸懒腰，才无所谓地笑着回应方翘楚："你家小弟这几天就像风一样失踪了。我都不知道他躲哪儿去了？也许被你妈的淫威吓着了吧？"

"是吗？小风不应该是这样的性格呀？"方翘楚摇头，随即在心里算了一下，这两天果然没见弟弟过来黏糊梅瑰了，她又有点不确信自己的这个看法了。她只好含糊地安慰梅瑰："小子也许想避避风头？你再等几天，说不定他就来了！"

梅瑰撇撇嘴："无所谓，他爱来不来！是他非要追着我，我又没靠着他。爱咋咋地！"

"咦？"方翘楚不解了，她盯住梅瑰，"我以为你们这次是真心相爱，我看小风蛮痴情的，你也好投入的样子。怎么遇到点坎儿你们就退缩了？还真像过家家，玩游戏哪？"

梅瑰漱了口，边擦脸边懒洋洋地答道："我们爱的时候，是认真的呀。起码我是的！但是如果遇到情况，他退缩了，我也没办法！爱情不是能挽留住的，该你的，跑不掉，不该你的，撒手随便去！这年头，婚姻都不讲从一而终了，更何况爱情？爱情没走入婚姻前，比一张纸都容易破！"

方翘楚抓住她话里的问题："你竟然说婚姻不讲从一而终？这是什么鬼论点？"

"是我们新新人类的新观点！"梅瑰大咧咧地发表着自己的爱情婚姻观，"我最讨厌参加婚礼，最讨厌婚礼上那句无聊的祝福，什么'白头到老，永结同心'！这世上，最不可把握的，就是人心！自己的心，还要不断变化呢，要不怎么如今是个人都流行拷问'初心'呢？何况还要要求别人不变心，这不是傻吗？"

方翘楚不能同意："瞧你说的，难道你将来的婚礼上，希望人家祝福你'爱情短寿，分道扬镳'不成？"

梅瑰噘噘嘴巴："那倒不至于，但是请不要祝福那句没用的'永不变心'！我和临风都探讨过这个问题，我们现在相爱了，那就好好爱，尽情爱，珍惜当下；如果有一天不爱了，就各自拜拜，不带走一片云彩！就算将来某一天走进婚姻殿堂，也要各自留下一份理智和豁达。婚姻行进过程中，如果中途各自又遇到了更爱的或者更合适的人，只要诚实地向配偶说了，那就好离好散，各自方便。千万别纠缠不清，腻腻歪歪的，那才没劲！"

"天！你这都是什么爱情宣言啊？不要吓死人！"方翘楚听得目瞪口呆。

梅瑰进了屋子，将身子探出来，又加了一段豪迈无敌的誓言："所以说，我和临风的爱情，完全是开放式的、现代派的，充分给对方以自由、民主、平等！请转告你的母后，千万别再乱掺和了。我们的事，她管不了！想在一起，她拆不散；不想好了，她撮合也没用。我更希望你把我刚才那番话能学给她听，让她对自己儿子的爱情观，也有个清醒的认识！就是我梅瑰将来不成为她老人家的儿媳妇，楚临风带回来的，也脱不了这种范儿！"

方翘楚穿好了衣服，正准备出门，又接了她这番话，不由得苦笑起来："我给我妈带这番话？哼，我还怕我妈的心脏病被你这份豪言壮语给惊出来呢！天，咱俩不过相差两岁吧，怎么分明是两代人的感觉呢？代沟呀！"

梅瑰进屋补觉，方翘楚感觉自己不是走出去上班，简直是被某人的话语所惊，落荒而逃。

过了两天又是周末，为感谢萧扬在军事训练中的帮助，方翘楚请他聚餐。席间，萧扬再次鼓足勇气向方翘楚表白爱意，却惨遭拒绝。萧扬也毫不气馁，反倒笑嘻嘻地宣布自己的爱情进入持久战状态。

"哎呦，你这个人，怎么如此这般的一根筋？非要追求根本不可能得到的东西？"方翘楚哀叹道。

萧扬用叉子拨拨盘子里的牛排，语气诙谐："江山易改本性难移，你只好受着了，等待着我发动新的一轮爱情攻势吧！"

"厚脸皮！"方翘楚嗔他，"没道理！"

萧扬认真地看着她："小楚你不了解我吗，我萧扬就是个犟种，不会轻易言败的！此生，唯有好友格桑是我没有战胜得了的对手。我曾经心悦诚服地败在我们老连长的麾下，但是如今的我，砥砺锋利，披甲再战，绝没有轻易认输的道理！"

"好好好，你厉害！"方翘楚捂嘴笑，"只是要找对进攻对象啊，才能扩大战果，战无不胜！我以为，人家凌晓飞的爱芬芳扑鼻，弥足珍贵。而且，我和她经常通电话的，我们已经是要好的闺蜜！我不能撬我闺蜜的墙角吧，人家是那么爱你！"

"怎么说到撬墙脚了？我们认识有多久了？你这是胡搅蛮缠！哦，她是你的闺蜜，什么颜色的？比我这个蓝颜知己更重要是吧？所以你把我拼命推向别人？"萧扬一脸委屈，"爱情是这样互相转让的吗？是这样由外人拼命撮合的吗？我萧扬才不要这样的爱情！"

"你这个人，简直无法理喻！不和你探讨这个问题了！"方翘楚板起了脸。

她不知道，萧扬前几天已经再次抵御住了凌晓飞的爱情攻坚战。因为凌晓飞的父母多次向她催问终身大事，她请萧扬和她一起去见见她的父母。

萧扬回绝了，他不想留下任何误会的种子。他直言相告凌晓飞，他这一生只爱方翘楚一人，心里绝没有空间再容纳别人了。萧扬性情开朗阳光、待人温和儒雅，唯有爱情的问题上，斩钉截铁，不留情面。凌晓飞参透了两人的巨大爱情心理差异，哭泣着离去。

不提方、萧二人此时为爱情在赌气、对抗，这边章雪川也遭遇了一场可笑的相亲。

夏静波的老战友给章雪川介绍了一个不错的对象，相约见面。夏静波给儿子打电话，说明情况，让他晚上抽时间和人家姑娘见个面。章雪川一口回绝，他正要收线，却听到电话那头，传来姐姐的喊叫声："妈，妈，您怎么了？您别急，也别气啊！"

明知道也许是亲情陷阱，但是这就是章雪川的软肋，他乖乖地冲着电话喊：

"好了，妈，我从了您老人家了！"

电话那边，章雪原计谋得逞，就向母亲得意："上次我就和您说过，对付老三，您只管使出您的杀手锏，一用准灵！"

第二十五章 "灾星"传说

章雪川的智慧，表现在对待传统相亲这种事情上自是绰绰有余；而他的勇气和果敢，更是在为方翘楚摆脱"灾星"传说的关键节点上熠熠生辉。

一家典雅幽静的西餐厅。章雪川面对佳人，意态阑珊。

女孩叫栗梨，容貌身材都很出众，仪态优雅大方，她是一名金领女，在某外资银行任高管。

夏静波对女孩很满意。她笑着解释道："原本我们两个老太太不该跟着来当电灯泡的，但是你们两个孩子，都像是现在时髦的那种说法，叫什么'宅男宅女'？不那么开放的，所以我们就第一次一起见个面，以后你们就可以自己约了！现在通信方式多发达呀！"

陪同栗梨来的，是她的舅母，就是夏静波的老战友，此刻也忙点头赞同。

章雪川原本最憎恨这种古老得几乎要进博物馆的中国传统相亲模式，但是拗不过母亲和姐姐的威逼利诱，只好勉为其难地应付一下了。此刻听自己母亲这样说了，忍不住反驳一句："老妈您定义我是宅男，可是不准确！我哪有福气整日宅在家里了？我手术都上不完呢？"

他原本的意思想表明自己工作忙，不一定有时间再搞什么约会，没想到栗梨接上了他这句话："忙点好呀，外科医生就要多上手术，就像飞行员常开飞机一样，不然手艺都废了！"

栗梨分明是对章雪川十分满意，她没话找话地又问起他手术的话题。

章雪川不仅对这种相亲方式深恶痛绝，对眼前的金领女孩儿也毫无兴趣，甚至有些反感。因为她发现她忸怩做作，态度矫情，尤其是可能还有重度洁癖。就餐前，她从包里拿出一个塑料瓶，又取出一把镊子。

"都先别动！这些餐具都脏死了，充满细菌，要消毒才能使用！"只见她从里面夹出一块湿湿的棉球来，仔细地把餐具擦拭了一遍。

章雪川撇撇嘴，懒洋洋地道："这些餐具可都是消毒后包装的。"

"那也不行啊！"栗梨夸张地扬起了细眉，"谁知道他们消毒、包装措施是否过关？大气里充满了各式各样的细菌，想想都好恶心！"她又抽抽鼻子，表情严肃。

她瞄了章雪川一眼，露出好奇的神情："按说你是医生啊，医生不是最爱干净的吗？你们在手术室，不是一种无菌环境吗？"

章雪川心里哼了一下，表面还是忍住了反感，但是语气就有点揶揄不羁了："医生也是人，手术室是无菌没错，但是医生总不能待在手术室里吃饭吧？我们平日里忙起来，能随便在哪里扒拉几口饭就算有福了，还敢如此讲究？那手术台上的病人早死过几回了！"

"小川！"夏静波瞪了儿子一眼，制止了他的不屑言论。

栗梨不以为然地摇头，不理会其他，只是专心致志地从事自己日常吃饭前的保洁消毒工作。章雪川冷冷地看着她，身边的两位长辈也只好默默地等待着。

棉球一遍遍夹出来，餐具一遍遍擦，章雪川在医院工作久了，早闻出来那是酒精棉球，目测栗梨至少用它们把所有餐具擦了五遍以上，才停住了这个不可不谓怪异另类的动作。

但是聪明睿智如章雪川，此刻灵感却突然飞过脑际，想出了一道绝妙的脱身之计，可以帮助自己摆脱这场尴尬无趣的相亲仪式，最好再能扩大战果，结束和这位矫情金领女的怪异缘分。

第一道菜上来，是香煎牛肋骨，接着，服务生又相继上了温拌腰花、爆炒黄喉等菜，章雪川看着，看着，噗嗤地笑了起来："这怎么有点像我们平日里点的专科菜呀？"

"专科菜？"栗梨很是好奇。

章雪川指指餐盘，笑着解释："我们这些当医生的，各科人员平日里聚餐，喜欢互相开玩笑，就把彼此的专业术语都用上了，命名了一些专科菜。比如这个，"他指指牛肋骨："这道就算骨科的菜，肋骨嘛。"他指指自己前胸部位。

栗梨听得有趣，章雪川不动声色地继续："这个温拌腰花，就算泌尿科的菜，腰花，是肾脏对吧？"

栗梨开始皱眉，那人却依旧说得兴致勃勃："这道爆炒黄喉，你知道黄喉是什么吗？"

栗梨已经开始捂嘴，夏静波瞪儿子："少说话，赶紧吃饭！"

"黄喉其实就是大动脉血管！"章雪川却故意不看老妈，自己还在那里说得异常高兴，"还有肥肠、百叶、葫芦头，这都算我们普外科的菜，嗯，再从严格意义上细分，应该算是胃肠外科……"

他的话音未落，只听"呃"的一声，栗梨已经捂着嘴跑了出去。

这次相亲活动因此夭折，夏静波拿自己顽劣的儿子没办法，回去的路上她一言不发，一直在生闷气。章雪川赶紧忏悔道歉，又拿出浑身解术，说学逗唱功夫都用上了，才哄好母亲。

章雪原最近却没工夫管弟弟的事，她自己丈夫的事情就够让她操心。欧阳巍取得了麻醉七万例无事故的佳绩，被医院通报表彰。这原本是件好事，但是章雪原却有点忧心忡忡。她仿佛很长时间没有和自己的丈夫在一处好好聊天了，同在一个医院工作的他们，却常常不能聚首，享受正常的天伦之乐。

章雪川提醒过姐姐，姐夫最近胃病时常发作，最好能陪他去做个检查，但是欧阳巍总是忙于工作，找理由推脱，自己吃点胃药对付了。章雪原也奈何不了他，何况她自己最近要应付总部检查，也很忙碌。女儿清朵正值高考紧张复习阶段，也只能寄居在外婆家。

梅瑰平静地上班，突然一个下午，楚临风又像风一般出现了。捧着一大把娇艳欲滴的红玫瑰，等在科室外她的必经路上。他没告诉梅瑰自己最近在忙什么，却坚决向她表示，将和她披挂上阵，统一战线，对着自己顽固势利的母亲作战。

带着玫瑰味道的爱情滋味，梅瑰每天上班的步子都是轻松的，直到这天她遇到好友臻臻皱着眉头来门诊找她。

臻臻是梅瑰的同乡，当年一起来到 C 市求学。梅瑰上了军医大学，臻臻上了政法学院。现在臻臻已经是政法学院的一名讲师。

她这次是来找梅瑰看病的，她自述精神萎靡，腹痛并发热三天。梅瑰安排她化验检查发现炎症，随即为她查体，怀疑有腹膜炎。

为了慎重起见，梅瑰又找来方翘楚帮助她确诊。方翘楚十分认真，亲自为病人查体，观察体征，又从臻臻的口述中发现，她曾口服抗生素但无效果，方翘楚支持梅瑰的诊断，有关臻臻的弥漫性腹膜炎诊断明确，但原因不明。

方翘楚和梅瑰根据所学知识，认为弥漫性腹膜炎多半需要手术治疗，她们商议后，建议臻臻马上住院，等待手术治疗。臻臻有住院恐惧症，悄悄拉住梅瑰，商量是否能用其他方式进行治疗，梅瑰很难答应她。

方翘楚不知道臻臻的心理，她按部就班地写出了臻臻的病例报告。有关臻臻手术的问题，她正在考虑，就看到章雪川匆匆过来。章雪川是来通知她，准备参加由他领头的小肠移植课题小组。

听到这个令人振奋的消息，方翘楚很是兴奋，正想感谢他几句，却看到那人眉头又紧紧地蹙起。

章雪川完全是职业病，看到任何病例都会习惯性扫一眼，此刻他顺眼一扫，看到方翘楚正在做的臻臻的治疗方案，就伸出手，在电脑屏上点点："这个有问题，诊断为腹膜炎太过草率！"

方翘楚有些不服气，反驳说自己是根据他教授的腹膜炎知识来诊断处理的，难不成每次都出问题，让你抓住破绽？

章雪川摇摇头，咱们当医生的，说这样的赌气话有意思吗？做出正确的诊断才是关键。他坚持要亲自问诊病人。

方翘楚和梅瑰看着章雪川给臻臻查体，又貌似随意地问了臻臻几个问题。臻臻满面愁容，直接向章雪川提出了不愿意住院的意思。章雪川竟然没有反对，他又问到臻臻居住的地域，写下一张单子，嘱咐她在离家近的诊所进行输液治疗，三日后再来复查一下即可。

臻臻长吁一口气，如释重负地走了。方翘楚却不能服气，一个劲儿追问章雪川的诊断及依据。梅瑰送了臻臻回来，也和方翘楚一样，缠着章雪川要原因。

岂料这次她们一向好为人师，诲人不倦的导师竟然大喇喇地卖起关子来："别什么事情都直接向老师要答案！你们也自己开动脑筋，学会独立思考好不好？不然总进步不了，你们不会指望一辈子遇到问题，都想着找章老师解决吧？"

他抽身就走，刚出门，方翘楚就发起了牢骚："这人孤高自许的毛病又犯了……"不料章雪川又突然回来了，吓得她赶紧咽回去半句话。

章雪川没理会她的不满，看着自己的两名女学生，明显用上提醒线索的语气："你们的诊断——腹膜炎，无疑是正确的，但是并不表明你们的处置是正确的。给我牢牢记住了，照本宣科可是外科医生之大忌！"他扬长而去，留下两人一脸困惑外加郁闷。

　　方翘楚和梅瑰晚上刻苦攻读，翻阅教科书和章雪川的讲课笔记，却百思不得其解，他们纠结困惑于"弥漫性腹膜炎多需要手术治疗"这个知识点上。方翘楚无奈对梅瑰说，看来自己原先指定的偷师学艺方案不能完全奏效，要想让某人能知无不言言无不尽，倾心教授，也许自己首先要改变学习态度，放低身态，委曲求全，必要时候还须向某人低头服软。

　　梅瑰看到方翘楚一脸沮丧，就笑着安慰她："某人分明是吃软不吃硬的性子，其实他已经降低身段，暗中教诲你不少了。想想人家在那次军事训练中当你的学生时的表现，那不是给你做了示范吗？完全是学生之楷模！再说了，人家本来就是咱们的老师，学生对老师低头，不是天经地义的事情嘛？"

　　第二天臻臻就给梅瑰电话，说是按照章雪川章教授的处方，经过点滴治疗，自己感觉好多了，她盛赞附属医院普外科的高超医术，尤其对章雪川教授崇拜有加。

　　梅瑰对方翘楚做鬼脸："好了，'一把刀'同志又成功地收获了一枚铁杆粉丝！"

　　这天查房后，方翘楚态度诚恳地向章雪川求教诊断上的问题，又详细地说明了自己和梅瑰在思考这个问题上的障碍和纠结。

　　章雪川突然态度也变得极为温和儒雅起来，耐心地为她答疑解惑。原来臻臻是女性泌尿系感染导致的原发性腹膜炎，只需要更换敏感的抗生素即可。方翘楚们此番治疗决策出现偏差，是由于对病史采集的不细致以及对腹膜炎的病因了解不够全面所致。

　　又是晨练时分，方翘楚再次遇到章雪川。一起跑了几圈，分享了各自的锻炼心得，两人的谈话氛围变得和谐温馨。

　　聪明的方翘楚趁热打铁，做出学生请教老师的姿态，郑重地向他表示了自己想踏实地向他学习外科技术的想法。

　　她的真诚态度感染了章雪川，他也不再矫情，用平和的语气和她议论起"术业有专攻"，各自发挥其特长的重要性。他尤其指出了方翘楚的优劣势：她来自野战医院，有较丰富的全科医生理念，但是受限于接触复杂重大疾病的机会较少，医学临床思维的培养和锻炼不足。而且由于她原先所在医院的辅助检查手段不完善的局限性，在临床诊断上有其明显的优缺点。

章雪川感叹：医生并不能正确诊断所有的疾病，但有了正确的临床思维方式和踏实的临床工作作风，就可以尽量避免错误的发生。因为即使再好的仪器设备，都不能代替医生根据自己掌握的第一手资料所得出的判断。

方翘楚深以为然，但是她思想里还有一个小纠结，欲言又止。章雪川何其敏锐，马上就捕捉到了，笑着看她，等着她的畅所欲言。

方翘楚从他的眼光中读出了鼓励的意味，她赧然一笑，用诙谐的语气，貌似反戈一击："你刚才说了我作为医生的优缺点，但是并没有涉及性别差异，对吧？"

章雪川马上明白了她的意思，此刻倒选择坦诚相见："我可能要收回我原先那句话了，禀赋天分加上勤学苦练，女人，也许并非不能成为好的外科医生。"

方翘楚俏皮地一歪头："有句广告语：'你的能量，超乎你的想象。'我想，每个人，都应该努力向着自己的理想方向奔跑，跑出自己的潜能来，岂不是很尽兴的事情？就像努力去成为一名好的外科医生，一个好的军医？"

她貌似无意间又提出的这两个概念，触动了章雪川的情怀，他望着东边绚烂的朝霞，轻轻说道："是的，也许，从一名好的外科医生，要成长为一名合格优秀的军医，走过的路也不简单！"

他回看女孩，眼中闪烁的，是真诚坦荡的光芒："对于你，首要任务是提高医学技术，变身为好的外科医生，于我而言，做一名合格的军医，也任重道远。从这点论，我们可以互为老师，共同进步。"

方翘楚觉得这个早晨她和章雪川有了和谐探讨医术的氛围，也开始抛弃偏见，重新认识对方。

严师出高徒。在章雪川悉心传授下，方翘楚一天天成长。她参加了章雪川牵头的小肠移植课题小组，他们遇到一个合适的病例，患者为一名52岁男性，因肠系膜血栓肠坏死进行了全小肠和部分结肠切除，诊断为短肠综合征。家属对患者需长期静脉营养支持且最终会导致死亡的病情了解后，希望医生想办法解决，尝试小肠移植。

章雪川小组准备开始小肠移植，他组织了包括院方领导参加的病情讨论，进行供体寻找、配型、术前论证。从医学角度分析了小肠移植的必要性、难度和风险，从病人及家属角度分析小肠移植必要性和难处；从医院角度分析了新技术的开展、医疗费用的减免、攻关小组的组建，以及供体如何获取的环节，这涉及相关的法律、伦理和技术等问题。

方翘楚作为组员，参与了全过程：从等待供体，动物实验练技术和三个手术组的默契协调熟练程度之训练，通过用猪做手术，练习给药顺序和时间点。在找到合适供体后，手术及时开展。章雪川主刀，和几个组配合默契，在经历了移植肠灌洗、冷保护、血管吻合、观察血运、肠吻合等过程后，手术顺利完成，患者进入移植病房。

术后第一天，方翘楚跟着章雪川查房，看着他仔细观察患者情况。询问护理人员患者各监护指标，随后询问患者自我感觉。他们观察造口肠管，看到颜色红润，稍微水肿，章雪川指示方翘楚安排用药，用上激素。

一周后，安排肠镜检查，发现了溃疡，大家心里都开始紧张。章雪川镇定地指示方翘楚为患者做病理活检，结果显示有排斥反应。众人的心再次揪起。章雪川和于家成等人会诊后，决定加大抗排斥反应药物，同时指示秦楠安排加强抗感染和隔离护理。

采取措施后，又再次为患者复查肠镜，发现溃疡缩小，医护人员都欢欣鼓舞。方翘楚也欣慰不已，但是她发现章雪川的眉头却始终紧紧地蹙起，知道他心里压力还没有解除。

仿佛冥冥之中应验了章雪川的不好预感，两日后，患者突然发起高烧，浑身寒战，经过检查，发现他肺部感染，经过血培养，发现细菌呈阳性，出现菌血症。

成斌主任亲自组织了病例讨论会，参加小肠移植的各组专家，以及资深专家章虎臣都列席会议。大家同意了章雪川提出的加大抗感染药物，加用抗霉菌药物等医疗措施。

奈何回天无力，患者逐渐出现多脏器功能异常现象，失去神志，接着出现呼吸心跳骤停，经过紧张的抢救，患者最终死亡。

悲观情绪弥漫着普外一科，作为主刀医生的章雪川，情绪也十分低落。

清晨，方翘楚按时跑步，却惊讶地看到那人的身影。他还是步履矫健地奔跑着，跑过她身边时，还是一如既往的充满激情的招呼声："早，方医生！"

方翘楚也大声回应，还加了一句："看到你跑步，我心里就踏实了！"

"就像手术前看我做俯卧撑？"章雪川一脸揶揄，"运动确实能很好地调节人的情绪，所以我们选择锻炼，与其说是强健体格，还不如说体能、精神双丰收！"

方翘楚以为章雪川抗打击能力增强，顺利度过了这道暗河，却不料几个小时后，她就再次领教了这位孤高傲世的"一把刀"的威猛火力。

因为这场小肠移植术的失败，普外一科竟然流传着一个说法：方翘楚就是章雪川头顶上笼罩的一颗"灾星"，只要有她的存在，"普外一把刀"就要马失前蹄，遭遇滑铁卢！

其实源头来自于高明辉，他也参加了小肠移植组，但是对章雪川重点培养、辅导方翘楚的行径有些不满，羡慕嫉妒恨的情绪发酵下，他又偶然间从小儿科那边获知那件神秘莫测的"格桑事件"真相。这自然有王倩对方翘楚的诋毁和中伤，结合两次医疗失败案例，于是一个"方翘楚是章雪川事业的灾星"的流言就出炉了。

这话传到田丰耳朵里，深以为然，他又加了很多自己对方翘楚的不满看法。梅瑰听说了，觉得有必要提醒一下方翘楚，让她防人之心不可无。梅瑰不留神就说过了头，将"灾星"的传言漏给了方翘楚。方翘楚狠狠地愣住了，她回到宿舍，将自己关在屋里流泪。她的书桌上，放着嵌着格桑照片的那个相框，还有那个子弹壳做成的"一箭穿心"。

她流着泪，从抽屉里取出格桑留下的那串天珠，呆呆地看着，眼泪一颗颗地落在上面。

门外响起敲门声，方翘楚不予理会，她沉浸在自己的情感世界中，她仿佛在和另一个世界的恋人对话，向他诉说着自己的委屈和伤感。

"格桑，你为什么要以那样的方式决然离我而去，留给我的，是无尽的痛苦和绝望！你在时，我觉得人间就是天堂，你走了，我才发现到处是俗世的污浊逆流！……"

她趴在相框上呜咽，耳边却响起更加激烈的敲门声。

手机铃声同时唱响，方翘楚擦了泪水，打开查看，发现屏幕上显示的是章雪川。

"方翘楚，赶紧开门，我有重要的话说！"他在电话里有点气急败坏。

章雪川是从梅瑰那里知道方翘楚的情形后，他心急如焚又愤懑不平，马上找上门来。

章雪川是第一次进这个宿舍，在客厅里，他就远远望见里屋桌子上的那张格桑相片，忙上前轻轻捧起。他仔细打量着照片上逝去的人，眼睛也湿润了起来。

他回头看着方翘楚，却换上勇毅深沉的目光："带上格桑，他的照片，还有他留下的纪念品，跟我走！"

下班前，章雪川请示过主任成斌，把全科人集中到了会议室。他拿起格桑的照片，语气平静地说起了格桑医疗事件。这是他从高原回来后，第一次正面讲述这个事情。他的语调和缓，镇定自若，把整件事情的来龙去脉描述得清清楚楚、明明白白。他要让在场的人都知道一段讳莫如深的真相。

接着，他又拿起了格桑留下的两件纪念品，向大家描绘了一场他亲眼见证过的，生死恋情。此时，他的情绪激动起来，指着方翘楚道："这是一个有过痛彻心扉恋情的无辜女孩，她同时又是一个勤学刻苦，极有外科医生天赋的实习医生。我希望能将自己的医学技能，尽可能多地传授给她，让她尽快地成长为一名优秀的外科医生，有能力、有机会救治更多的战士，救治那些像她逝去的恋人一样生龙活虎的年轻军人！这种她生命中不能承受的重量，你们明白吗？那么，请充分尊重这个女孩，尊重我这个刻苦的学生。有什么脏水、污水，都朝我来，别道听途说、信口雌黄，无故地去欺辱一个勤奋努力的好姑娘！"

他果敢霸气的话语震慑了在场的所有人。高明辉和田丰都神情尴尬地把眼光移向一边。

第二十六章　相亲闹剧

智勇双全的章雪川教授没想到自己流年不利，刚应付完老妈的相亲仪式，又落入到两个女弟子的推广圈套。但是智慧之花永远开在险崖，他的反戈一击，有效地打击了方翘楚，却无意间让萧扬在某人面前再次碰壁。

这次情绪发泄，也恰好帮助章雪川缓解了因为小肠移植失败带来的愤懑和纠结情绪。他们对这个病例又做过多次分析和研究，找出了一些经验。章雪川让方翘楚写出了一份分析报告，方翘楚完成的报告中有很多不尽如人意的地方，又遭受到章雪川不客气的批评。方翘楚眼下似乎习惯了他在工作中的要求严格，甚至某些方面有点孤傲跋扈的情形，但是某晚和梅瑰连床夜话时，还是提到了他这个不近人情的缺陷。

"我觉得，章教授就是一个完美主义者，这样的人，自己活着累，把周围的人也弄得很累，尤其是当他的学生。"梅瑰今天也因一个病理报告的延误，被章雪川训斥了一顿，此刻正噘嘴抱怨着。

方翘楚对着她认真分析："依我看，这人的优点和缺点都很显著。优点就不用说了，缺点也蛮吓人，情绪不稳定，有时候还有点变态！"

梅瑰瞪大美丽的眼睛："是不是天才都这样啊？"

方翘楚摇头："天才不天才的，先丢在一边，对于他这样的怪僻性格，我倒觉得有一种科学解释。"

梅瑰好奇极了，急忙追问，方翘楚便向她分析道："你说，一个三十大几的人，总不结婚，他的行为肯定有些不正常啊！男大当婚女大当嫁，他没有按正常人生轨迹走，脾气不乖戾才怪！"

"你这话才算老古董！"梅瑰摇头，"现在是多元化社会，男大不婚女大不嫁没什么错啊，不过是一种生活方式而已！有的人，压根就不想结婚，这也很正常！所以说，你的这个观点，完全解释不了章雪川性情怪异的问题！"

"你傻不傻啊？章雪川是压根不想结婚的那类人吗？你忘了他原先据说有过青梅竹马的恋人的？那个在国外定居的女友？只是后来他们分手了。我在高原上亲眼见过他在电话里和原先的恋人吵架，他当时的态度可凶了！而且，我猜测，这段爱情的不幸终结，就是造成章雪川性情暴戾的重要因素！"

"貌似也有道理，"梅瑰点头，"如果章教授能再遇到一份恋情，也许他的性情就会正常化，不会像现在这样，晴几天，阴几天了吧？"

两个女孩在私下嘀咕着，没想到很快她们就遇到这样一个机会，联合起来，准备把"大龄剩男"章雪川"推广出去"。

原来是臻臻被章雪川治疗痊愈后，心里很崇拜这位著名的附属医院"普外一把刀"，她从梅瑰那里打听到章雪川的个人情况，灵机一动，决定做一次红娘，把自己的表妹介绍给他。

臻臻的表妹林珑是一个美貌才干双全的女子，她目前是 C 市电视台的著名节目主持人，也同时兼任高级记者一职，在 C 市也算一个名人。

梅瑰将这件事情告诉方翘楚，她听后哈哈大笑，觉得机会来了，这次坚决要把章雪川的个人问题解决掉，以免他再以乖戾的"剩男"形象晃悠在她们面前。

方翘楚鬼马精灵，她定下妙计，以和梅瑰共同举行拜师宴为名，约章雪川聚餐。章雪川欣然答应，当他来到位于市中心的一家日本料理店时，就看到让他尴尬万分的一幕。

著名主持人林珑被隆重推出，女孩容颜出众，落落大方，主动和章雪川握手。方翘楚有意安排章雪川和林珑面对而坐，以便于他更好地看清楚优秀节目主持人的夺目风采。

方翘楚有这样的小心思倒罢了，臻臻存着两人相亲的意念，更是表现露骨，一个劲儿把章雪川和林珑向一处撮合。方翘楚和梅瑰也兴高采烈地在一旁敲边鼓。方翘楚看出章雪川强做欢笑，勉力应付的样子，她却不肯放过他，拿过来他的手机，就和林珑加上了微信。为了加强他们的联系，她又建议林珑可以把章雪川作为采访对象。

"林小姐，你可千万要把握这个有趣的机会啊！"方翘楚叮嘱着林珑，"我们普通外科其实是蛮枯燥又辛苦的工作，但总是有天才的星光闪烁在晦暗无色的天幕上，比如眼前这位章教授，"

她指指章雪川，微微一笑。章雪川啼笑皆非，噘着嘴看着自己的学生在尽情表演着。

"章教授是一名外科奇才，是毕业于美国名校的博士生，如今又顶着我们军医大学附属医院'外科一把刀'的美誉，成功地完成了许多在别人眼里根本无法完成的疑难艰险手术，创造出一个个令人惊叹的医学奇迹！"

"是啊，是啊！"梅瑰赶忙帮腔："章教授手术、科研、教学样样出色，一直被我们看作是'男神'呢！你不知道，有多少人都膜拜在他的脚下，以聆听他的教诲为荣？我们上他的课，简直就是一场视觉、听觉都绝美无双的人生盛宴；我们跟着他上手术台，那就是观看惊心动魄，又完美无缺的精彩大片呢！"

她的话音刚落，方翘楚立刻又接上："林小姐您不是记者吗，可以采访一下我们章教授，做个先进人物专访什么的？现在不是在弘扬强军目标，宣传强军人物吗？章雪川教授，就是您难得遇到的最佳采访人选——一名极其优秀的军人！"

林珑捂着嘴笑，看着章雪川："你的这两名学生不仅口齿伶俐，对你的崇拜也像滔滔黄河水，那是一泻千里啊！"

章雪川戏谑一笑："我也是今天才见识到她们还有如此这般的口才？看来外科医生不仅要手巧，嘴巴也要乖巧才是！所谓巧舌如簧就是这样的吧？"

方翘楚才不理会他的揶揄，她还在不遗余力地引导林珑关注章雪川，却见章雪川有点心不在焉的样子，眼睛不在林珑美女身上，倒是不停地向大门方向望。

突然，他兴奋地招手，喊道："萧扬，这边！"

方翘楚愣住了，回头一看，果然是萧扬来了。

章雪川拉萧扬坐在自己身边，正好和方翘楚相对，他笑着对林珑和臻臻介绍了萧扬的身份，除了说明他是一名优秀的全能工兵连长外，还特意把萧扬上次在相邻的 B 市勇救轻生少女的事迹加重语气讲述了一遍。

"哇，我记得那个报道，那是我们在 B 市的同行采访的！"林珑睁大眼睛，向萧扬伸出手，"你好，见义勇为的解放军！"

章雪川点头笑道："知道了吧，这才是真正的英雄！这才是你们最应该报道的先进人物，优秀军人！"

林珑兴奋地点头，不料章雪川还有新的爆料呢："林小姐，我看你们现在电视台的栏目喜欢情感类的节目，走情感线路对吧？这位萧连长，和我们美丽的女军医方小姐，就是大家都看好的一对儿！郎才女貌，两名军人很登对是吧？我也一向认为，军中的爱情，更感人、更浪漫，这个对一般老百姓，可能更具吸引力吧？"

"对呀，对呀！"林珑点头称赞，马上看向方、萧二人，"咱们就这样约定吧，什么时候一起给你们做一期节目吧？一定会火爆！"臻臻也在一旁附和。梅瑰想笑又不敢笑。

方翘楚和萧扬又尴尬又被动，尤其是方翘楚，气恨交加，又不能当着这么多人面和章雪川翻脸，又要顾及萧扬的脸面。自己完全是偷鸡不成蚀把米的感觉。她不知道萧扬是如何从天而降的？直觉肯定是章雪川捣的鬼。

她狠狠地瞪了章雪川一眼，但章雪川根本不看她，一个劲儿地和萧扬推杯换盏，一副很热络的样子。

事后她才知道，这个著名的"一把刀"果然狡猾万分。当时一入座，章雪川就看出她方翘楚和梅瑰的用心。他趁着去卫生间的时机给萧扬打了电话，约他过来聚餐，并说明是方翘楚的拜师宴，他希望萧扬能做个见证人，一起欢乐一回。萧扬正巧在市区办事，接到电话马上赶来了。方翘楚和梅瑰为"大龄剩男"章雪川搞的相亲活动，就这样败在鬼马机灵的当事人手里。

萧扬也正准备来和方翘楚告别。他的进修已经结束，并且接到命令，即将到楚正平手下任参谋。方翘楚有点发愣，随即又赶紧祝福他在新岗位上建功立业。

方翘楚再次建议萧扬考虑和凌晓飞的感情问题，笑容在萧扬脸上冻结了，他瞪了方翘楚一眼："你还不如章雪川呢，好歹他还明白我的心思！你却总在生拉硬扯胡牵红线，乱点鸳鸯谱！"

方翘楚气结："那个讨厌的章雪川才是乱点鸳鸯谱呢！他刚才在那里瞎起哄，拼命把咱俩往一处凑！你以为他是好心啊，他分明是在打击报复！哼，亏你还认他是知己，你以为他懂你的心思？"

萧扬一脸不解："你前两天电话里不是对我说，你和章雪川已经和解了，你已经正式心悦诚服地拜师在他手下了？怎么如今又说他打击报复你？"

方翘楚有点赧然，呐呐嘴，忍不住对他说了今天她和梅瑰设计给章雪川介绍对象的事。萧扬听了啼笑皆非："你怎么这样热衷于给别人保媒拉纤啊？我看你真的是在乱点鸳鸯谱了！"

又是周末。方翘楚接到夏静波的电话，邀请她到家里聚餐，并特意说明是章雪川外婆的九十大寿，全家欢聚在一起。夏静波说到当年方翘楚诞生时，在章家寄居的那三个月，正是老太太帮忙照顾的。老人听说当年的小女婴已经成长为一名军医，很想见见她。

方翘楚带着一个提前定制的大蛋糕欣然赴约。她看到慈眉善目、雍容华贵的老太太庄霭明。庄老太太是一名老中医出身的世家女，性情豁达，随分从时。她才被长外孙章雪峰从四川老家接来，准备在女儿家住一段日子。

庄老太太拉着方翘楚的手，反复打量着她，笑道："我还记得你小时候的模样呢，好乖巧的女娃，不哭不闹的，就喜欢笑，让人看着就爱！"

方翘楚虽然对老人没有印象，但是此刻依偎在她身前，却感到一种奇怪的亲近之意。她想起自己的亲奶奶，也是一位资深老中医，已过逝很久了。如今她就像一个乖巧耐心的小孙女，依偎在老太太膝前，絮絮叨叨地陪着她聊天。

章雪川回到家时，也被老太太唤在身边。这是老人最喜欢的小孙子，她抚摸着孙子的手，笑着感慨："我们小川这双手哦，总让我惦记着，就想摸一摸，看一看。"

章雪川笑着看老外婆，用四川人的称呼叫着她："婆，我这双手就是和您有缘啊！当年也是您最先发现我这双手适合拿手术刀的。"

方翘楚这才第一次认真打量章雪川的手，只见他的手指格外修长，明显要比一般人的长出一截，骨骼清丽、形状秀长。方翘楚不由得在心底感叹：这人果然是自带资源，天生就是吃手术这碗饭的。

老太太看着方翘楚，唠叨起一段往事：在章雪川五岁时，她就发现小孙儿的手和常人不同，手指格外细长，她把这个发现告诉了女儿、女婿，笑着道："要是在别人家，就会说这孩子将来该弹钢琴了。可是在我们家，就要说，可能他会成为一名优秀的外科医生，也未可知？"

老太太边说着，边一脸慈爱地盯着小孙子。章雪川的眼底有些潮湿，他吸吸鼻子，说出了"血脉相承"这个词。方翘楚的注意力都在老外婆讲述的往事上，没有完全理解章雪川话里的深意。

这次在章家，方翘楚还听到老外婆的传奇爱情故事。夏静波的父亲夏毓成是一位老军医，当年和夫人庄霭明相识在烽火硝烟的时代，两人感情甚笃，相携着渡过了六十年的岁月。夏老先生仙逝后，庄老太太还一直难忘恩爱情分，每年去给丈夫上坟时，她都会亲手捧上一束红玫瑰，在墓前诉说这份深情。这已成为儿孙们羡慕和传颂的保留节目，每年清明节陪老太太扫墓，在后人们眼里，是有关爱情的一种膜拜仪式。

章雪川深情讲述了这段家族故事，方翘楚听得热泪盈眶。章雪川突然有点后悔，他知道自己无意间揭开了方翘楚心头已经渐渐愈合的伤疤。方翘楚一定由此联想到格桑。其实章雪川自己也很纠结痛苦，无论什么时候，想起格桑，他的心都会悸动，格桑也是他章雪川的一个死结。

方翘楚擦了泪水，努力让自己的心绪平静下来。她握住老人的手，提出一个请求，有机会，她也想陪她去给夏爷爷扫一次墓，她也要体验并见证一回六十载永不凋谢的红玫瑰爱情。一老一少两位充满浪漫情愫的女子，此刻相依在一起。

附属医院即将组建野战医疗所参加集团军演习的消息很快传到普外一科，大家议论纷纷。李想发挥自己善于搜集情报的特长，给大家带来确切消息，这次野战医疗所将要参加的军事演习任务重大，要求严格。军演的目的是为了适应未来战争和非战争军事行动卫勤保障的需要，达到"不经战前准备、不经临战训练"，能拉得出、救得下、治得好的要求。野战医疗所应做到灵活组合和拆分，以适应陆地、海上、空中保障的需要。他的情报还算准确可靠，因为这天下午，成斌就召开全科大会，宣读了有关组建野战医疗队参加演习的正式通知，和李想打听到的，相差无几。

普外一科人员纷纷报名。人选原则上是前次经过军事训练的代表队成员。

几名实习生也做好了准备，只有高明辉退缩不前。他已经被苏青雅的说辞打动，准备脱掉军装，到"神搜网"发展。

护士长秦楠也报了名，但是由于她已经被列入今年转业名单，所以成斌没有批准她的请求。秦楠这次转业也是由于服役年龄到达顶线，但是她舍不得这身军装，加之到了更年期阶段，她的情绪起伏很大，在科室还拼命压抑着，回到家就常常歇斯底里大发作，让丈夫胡远征不堪其苦。

胡远征找到章雪川，希望他以副主任的身份，说服上级领导，允许秦楠最后一次参加军事演习。章雪川理解了这位老护士长的军人情怀，他说服了主任成斌，让秦楠加入了新成立的野战医疗队。

新成立的野战医疗队由章雪川任队长，于家成为副队长。分为指挥组与分类后送组，重伤救治组，急性重症高原病救治室，收容处置组与隔离室，手术组，毒剂伤室与洗消组，心理救助室，医技保障组等八个组。其中重伤救治组和手术组最为关键。分别由于家成和章雪川兼任组长。他们将参与演习徒步行军卫勤保障、野外驻训卫勤保障、战场伤员搜救的组织与实施等项目。

演习开始，野战外科医疗队按时到达指定地点，迅速组建一个战地医院。他们严格按照规定的流程，进行了一系列的野战外科手术室的迅速搭建和完善工作。

首先是演练伤员急救处理。主要任务是演练如何在分级救治的前提条件下对重伤员进行及时、有效的救治。鉴于创伤性休克是战时最为常见的、对伤病员生命威胁最大的危急重症，也是重伤救治组的主要伤类，此次演习重点就在演练实战条件下休克的分级救治。模拟场景为对一名心跳呼吸停止的伤员的持续生命支持治疗，对右侧中腹部盲管伤员进行抗休克治疗，在抗休克和紧急术前准备后及时实施手术。旨在演习各种危重急症伤员的救治技术，强化军事卫勤观念和能力。

手术组紧接着开展战地紧急手术。在章雪川的带领下，做到"三快"：即术前准备快、术中操作快、术后整理快，和"三不等"：手术人员不等伤员、不等敷料、不等手术器械。

在本次演练考核中，要求野战医疗队在两个小时内通过30名批量伤员，手术组在两小时内要通过4～6名手术伤员。分台流水作业是提高伤员手术通过率最重要的工作流程。如果以每台手术需一小时计算，采取三台手术分台流水作业法，即两台同时进行手术，第三台进行术前准备，则有可能完成任务。

将手术过程分为开始、操作、结束三个部分：手术开始包括术区消毒、开胸、开腹、开颅等手术早期步骤；手术操作指完成手术主要操作步骤；手术结束指主要手术步骤完成后的关胸、关腹及术后包扎和伤员下台。两名外科医生、一名器械护士负责一台手术操作，一名医生、一名器械护士负责一台手术的开始和结束，一名麻醉医生同时负责两台手术，一名巡回护士负责三台手术。

三个手术单元的第一台手术一旦开始，手术预备台和术后苏醒台医护人员即准备第二台手术患者和手术器械。第一台手术结束后，患者即转到术后苏醒台，第二台手术患者则转到手术台，第三台手术患者即进入预备台，如术后苏醒台监护护士空缺，则由巡回护士或麻醉医师兼顾。手术车的手术流程，两张台交替进行，一张进行手术，另一张则作为术前准备台或是术后苏醒台。巡回护士负责下台手术的准备，必要时和一名医师共同完成，且兼顾上台手术患者的术后监护。护士长兼任器械总台护士，负责分发、补充器材、敷料，并担任总巡回护士。手术进行中，医护人员、伤员、无菌器材敷料及污染器械敷料衣物等流向，严格按物流通道规定执行，尽量避免交叉感染。

他们训练有素地演练了抗休克、紧急气管切开、血气胸闭式引流、剖腹探查术以及肠系膜血管伤和肝裂伤的处置等。模拟实战伤情，进行救治演练。用炸伤颈部造成上呼吸道梗阻，来训练紧急气管切开；用炸伤胸部造成大量血气胸并发休克，来训练抗休克、血气胸闭式引流和自身血的回收再输；用枪伤腹部造成内出血和脏器伤并发休克，来训练剖腹探查术，处理内出血，即血管伤、肝脾伤，以及脏器伤，如肠吻合等，以及抗休克。此外，还进行了正确使用止血带等的技术演练。

在章雪川和于家成的带领下，医疗队人员团结协作，配合有素，很好地完成了各项操作。方翘楚搭档章雪川和于家成，都能做到得心应手，得到他们的赞赏。

第二十七章 战地手术

萧扬在军事方面的全能表现，让楚正平欣慰又喜悦。军医们在演习中的表现也可圈可点。脱离险境时，章雪川和萧扬还意外地结下了兄弟情谊。

在这次演习中，萧扬从军部回到工兵团一营二连，自己原先的老部队。参加工程兵方面的演习，他担任筑城连连长，担任为所在 A 师师部设立指挥所的任务。

在团部军事会议上，萧扬提出方案，建议设立两个指挥所，一真一假，隐真示假。这个想法受到部分军官的质疑，认为像眼下这种大规模的军事演习，到对方 B 师破袭指挥所时，已经战斗结束了。但是萧扬却提出，要充分提防对方小分队突袭的可能性。

工兵团团长支持了萧扬的建议。萧扬具体提出实施方案，在指挥所体系内构设假阵地、发射假信号和组织电子佯动，造成敌人的误判，达到瞒天过海的目的。一是设立假的通信网站、雷达站，通过变换或模拟己方的电磁辐射，发送大量的假信号或雷达信号，制造虚假的军事行动，分散电子侦察系统的注意力，削弱其对真实有用信号的侦查能力，使对方 B 师对我方的作战部署、主要作战方向和作战意图产生错误的判断。

萧扬带领战士在明显显露的假指挥所附近埋下伏兵，又亲自带人设置了障碍物。

演习继续如火如荼地进行着，埋伏在丛林中的 A 师士兵们瞪大眼睛，经过一番等待，B 师一小股突击队果然神不知鬼不觉地出现了，他们此行是来偷袭指挥所，他们利用热成像仪、红外夜视仪等装备对 A 师"指挥所"的警戒情况、部署位置进行侦察监控，并把有关侦查数据传输到 B 师指挥所，正当 B 师准备对 A 师"指挥所"实施电磁攻击的时候，A 师阵地突然响起警报声，萧扬布下的天罗地网迅速收网，B 师小分队被全歼。

A 师真正的指挥所，设有三层防护措施：一是外围有班哨步哨，二是设有视频监控系统，三是设置传感器安防系统。为防止对方 B 师的侦查和火力打击，他们构筑了地下全封闭式野战指挥所，周围三公里内布设三角器、假目标、发烟弹等防护设备。

萧扬还同时发挥了全能连长的功能，排雷连因故不能到达指定地点，萧扬率领的筑城连主动承担排雷任务，为 A 师大部队的推进扫清了障碍。

楚正平从屏幕上看到整个过程，笑着对众人道："好一个神机妙算的全能连长！你们现在该知道，当初我为什么看好这个年轻军官，并一心一意地要把他调入军部的原因了？"

他挥挥手："某些流言蜚语我也听说了，说起我对这个年轻军官的偏爱什么的，我这里真无所谓！在我楚正平看来，我们的军队要强大，高素质的军官队伍是重中之重！如何发现人才、培养人才、任用人才，就是我们这些指挥官应该修的一门专业课！对于这样的优秀军官，我们要不拘一格，不计任何因素加以重用！"

野战医疗队很好地完成了既定项目演练，大家还未及歇息，就遭遇一场突发事件。一名真正的伤病员被送过来——工兵团战士唐小毛在演习中突发腹部绞痛，为了完成排雷任务，他咬紧牙关坚持到任务完成才不支倒地，萧扬亲自带人将他送到野战医疗队。

唐小毛到来时，已经出现很多症状：血压下降、心率加快、排血水样便、腹痛难忍、蜷缩体位、大汗淋漓、面色苍白、神情淡漠。眼看伤员已经来不及后送，必须尽快确定病因解除危急，否则性命堪忧。

于家成等人判断为阑尾炎发作，章雪川为伤员检查病情后，却力排众议，诊断唐小毛可能是小肠扭转。鉴于医疗设备所限，他认为必须马上手术剖腹探查，紧急处理后，转运后方，再在有条件的情形下，为伤员进行小肠移植。

章雪川挑选方翘楚作为助手，协助他为唐小毛行剖腹探查。腹腔打开，章雪川的判断完全正确，唐小毛的肠子已经大面积坏死，如果不切除坏死肠管，毒素引起的败血症会继续加重，伤员生命堪忧；但若切除了坏死肠管，剩余的肠管恐怕不能满足人体的正常营养吸收的要求。在野外演习场所，受条件所限，此时别无选择，只能尽快切除坏死肠管，打断毒素吸收进程，改善病人状态，维持生命，营养的问题留待后续解决。

章雪川几乎在瞬间就决定了这个治疗方案。他简单和方翘楚说明了自己的思路，方翘楚完全相信并理解他的决定。他们思想统一了，接下来就是动作要快，两人在台上须配合紧密，操作熟练。

唐小毛病情危重，章雪川要抓紧时间，在伤员体征平稳时期，完成手术。这样相似的情境，让章雪川和方翘楚不约而同地想起了格桑事件，难免彼此心内都升起一丝紧张不安的情绪。

为了缓解紧张的氛围，手术前，方翘楚主动提出唱一支歌，代替音乐，舒缓气氛。她不等章雪川反应，就大声唱起了格桑经常唱的藏歌：

洁白的仙鹤啊，
请把双翼借我。
我不会飞的太远，
直到理塘就回！

我不会飞的太远，
直到理塘就回……

听到方翘楚的歌声，手术室外的萧扬百感交集。他此刻也想起了他和格桑、方翘楚的过去的一切，往事如烟，不堪回首，此刻的他，惟有伤感惆怅之意溢满心田。

章雪川沉稳平静地再次站在手术台前，从方翘楚手里接过了手术刀和手术剪。在方翘楚的配合下，他们成功地为唐小毛实施了手术。

一切结束了，当章雪川伏地作了规定动作的那10下俯卧撑后，抬眼看到一只纤纤素手伸到自己面前。

"章教授，我想我们都迈过了一道坎儿，不论是误会，还是偏见，一切都过去了！"

方翘楚的眼神清澈坦荡，第一次对章雪川露出温和信任的笑意："我会认真跟随在你的麾下，努力提高自己的医学技能，也请你今后严格要求我，不要客气……眼下的我，抗打击能力超强！你的教鞭、砖头、斧头，都可以尽情扔过来，只要你认真教诲，我甘之如饴！"

章雪川握住了她的手，不好意思地笑了："听你的口气，就像在说一个魔鬼教练，我有那么蛮横霸道吗？好吧，学海无涯，何以为舟？有大师说得好，'怕什么真理无穷？进一寸有进一寸的欢喜！'构建一个良性的相互学习的氛围，也许对咱们做医生的，最适合，也更重要！我以后也要适当改改师道尊严的陋习啦！"

方翘楚理解地一笑，却不料那人又板着脸，说出一段让她颇感难堪的话题："医学专业倒也罢了，你那唱歌的水准实在不敢恭维！唱歌跑调，没有音准，显然是先天条件很好，后天训练不足。建议你以后别在手术台上做歌唱表演，上次吓跑了我，这次差点害得我手术失败！"

他能把调侃话说得一本正经，这工夫让方翘楚也只能回敬他几个白眼了。

陆航团的飞机接走了唐小毛，萧扬也有任务离去。章雪川等人正想休息，一道紧急军令又传来。集团军军部为了考验野战医疗队应付突发情况的能力，专门加设非规定演习项目——命令野战医疗队从速组建一支能进行战地紧急手术的医疗小分队，抵进前沿阵地火线，救治一名无法后送却生命垂危的伤员。并特意说明要通过障碍区域。

章雪川让于家成留守，带领方翘楚、蒋子萌、梅瑰等人组成小分队出发。除了必要的装备外，章雪川还背上一个硕大的包裹。这个异样的东西让方翘楚和梅瑰不解，还相互挤眉弄眼地笑话了他一回。

他们一路上经过了河流，丛林等地带，又在距离前沿阵地不到两公里处遭遇工程兵预先设置的障碍物——三排密集的铁丝网。

看着横在面前，明显高过人头近一米多的铁丝网，小分队队员们都裹足不前。蒋子萌上前测试一下高度，摇摇头，凭自己的跳高优势，眼下也分明无法通过。

梅瑰想起前情，有点沮丧的样子："上次训练时，萧扬连长似乎教过咱们破除障碍的方法，其中就有铁丝网这一项，但是具体怎么做，我都记不得了……"

方翘楚用手摸着铁丝网，也是为难的神情："我记得，要用特殊的工具来破除，那个大钳子叫什么来着……哦，破坏钳！"

"现在到哪去找破坏钳啊？连普通的钳子都不可能有……"蒋子萌正嘟囔着，却突然看着一个方向惊叫起来："哎呀，好神！"

方翘楚和梅瑰随着他的叫声向一旁看去，却是章雪川蹲在地上，将自己背上那个神秘包裹打开，摸出了一个大大的破坏钳。

"天呐，队长，你是孙悟空会七十二变吗？"梅瑰开心地大叫起来。

方翘楚也很兴奋，但是她更务实些，已经上前靠近铁丝网中段，协助章雪川开始作业。

"我记得萧扬当时讲过，要从中间部分剪断。"方翘楚对章雪川道，她配合着章雪川，使用破坏钳，将铁丝网费力地剪开一个缺口，大家发出兴奋的欢呼声，随着破坏钳不停地作业，一个能钻过人的破口打开。队员们就这样依次通过了三道铁丝网，继续向目的地行进。

小分队顺利按时到达前沿阵地，对假设的腹部外伤的伤员进行了救治。处置了伤员。完成任务后，队员们心情放松，在回程的路上，梅瑰还带头唱起了军歌。方翘楚想起章雪川前次说的有关她唱歌爱跑调的话，也不好意思开口跟着唱了。章雪川参透隐情，心中暗暗好笑。

回程要经过一个山谷，不料突然间天气巨变，倾盆大雨从天而降。章雪川勘测了一下地形，和方翘楚商量。方翘楚建议先找到一个坚固的岩石处避雨，章雪川赞同了她的意见，几个队员找寻到一处略微高的地势，背靠岩石，有一处可以容纳几个人的地方。章雪川又打开背囊，取出折叠帐篷，他和蒋子萌手脚麻利地依靠着岩石支起了帐篷，方翘楚和梅瑰迅速地将帐篷的四角用绳子绑住固定好。

几人在帐篷里略松了口气。方翘楚看着章雪川，露出钦佩的神情："没想到你带的东西还真全乎！要不然咱们这次就惨了！"

章雪川笑笑："这些都是萧扬上次讲到过的必需品，幸亏他上次给咱们做过那场培训！"

梅瑰噘噘嘴："可是那次我也参加了，怎么一点都没记住呢？"

蒋子萌就笑话她："看来你注定是当不了领导的料儿，不操心！"

"你说我？那你呢？"梅瑰不服气地顶他，两人嘻嘻哈哈地拌着嘴。

方翘楚却站在帐篷边，望着外边飘泼的雨景发呆。

章雪川心有所感，觉得似曾相识的情景一定触动了她的心怀，他自己也回忆起那次紧急运送达珍时的情景。他和方翘楚并肩站着，看着冷风裹挟着雨水扯出一张灰蒙蒙的幕布，遮住了周遭的一切。

"这场雨好突然，仿佛把一切都屏蔽了。"片刻过后，方翘楚才幽幽地说道。

章雪川点头："原本就在山里，加上这恶劣的天气，手机没了信号。但是我相信指挥部会想办法联系上咱们的！"

方翘楚淡然一笑，回看他："其实我现在一点都不怕，任务完成的很顺利，我如今心中一片轻松！"她吸吸鼻子，仿佛想嗅一下雨和雾的味道。

章雪川却眉头紧蹙："我心里可不轻松！我在想怎么才能带领大家摆脱困境，安全返回驻地？"

方翘楚晃晃头，湿漉漉的头发贴在她的脸颊上，平添了几分俏丽。她嘴角也挂了顽皮的笑意："谁让咱们身份不同？谁叫你是领导呢？"

梅瑰在叹气："师姐啊，这时候你还笑的出来？你看看这雨下的，仿佛天都快下漏了！不会再有什么灾难吧？咱们不会牺牲在这里吧？"

"你能不能不要乌鸦嘴啊！"蒋子萌跺脚抗议道。

梅瑰斜眼瞪他："我知道你怕死，你怕再也见不到你的那朵'护士之花'了吧！别以为我不知道你和杜鹃的那点事！"

蒋子萌被她说破恋情，有点不好意思，就反攻道："那你呢？你和那位楚临风楚公子那点事，也可以公开了？"

"蒋子萌，你真讨厌！"两个年轻人嬉笑打闹着，章雪川无意间知道了两段恋情，也是咧嘴一笑。又看看方翘楚，欲言又止。

方翘楚对他做出疑问的表情来，章雪川就有了勇气，半真半假地和她开起玩笑："我估计，眼下某位全能连长也要担心死了！"

方翘楚听了，心里马上有了主意，上次和林珑见面时，此人就大放厥词，生拉硬扯地把自己和萧扬凑成一对恋人，此刻她正好抓住时机，要向他澄清认识，纠正他的误会，顺带修理一下这个自以为是的家伙。

"队长，你知道什么叫道听途说吗？你听过盲人摸象这个成语吗？你知道那句古语'以其昏昏，使人昭昭'是什么意思吗？"

章雪川被问得哑口无言。方翘楚却不放过他，连珠炮式的发问继续砸向他，"别去胡乱猜测别人的情感，而且以你自己当前的情感现状，目测你也没有可以教诲我的东西吧？这又不是医学知识！哼，你自己的那点事还没掰扯清楚呢，倒给别人做起媒来？有资格吗？红娘是那么好当的吗？"

章雪川开始勉力反击："正人先正己，你为什么先主观地当别人的红娘？保媒拉纤的事，要说也是你先干起的……"

"嗨，萧扬！萧连长！"他的话被梅瑰兴奋的喊叫声打断了，方翘楚回头训斥梅瑰："别胡叫，别添乱！"

梅瑰跳起脚来："我没胡叫啊，你们看，那不是萧扬萧连长吗？"

章雪川和方翘楚顺着她手指的方向望去，果然透过雨幕，看到萧扬带人向这边跑来。

原来医疗小分队的失联，让演习指挥部焦急万分，他们发出命令，让就近的工程兵部队紧急救援。这个任务恰巧落在附近作业的萧扬连队上。萧扬带人一路寻找，终于在此处遇到了他们。

雨下得渐渐小了起来，但是天色渐渐转暗，萧扬和章雪川等人商量后，决定马上穿过山谷，向医疗队驻地进发。萧扬带着士兵在前面探路，章雪川在队尾殿后，一路上大家艰难又小心地行进着。不料想在一处杂草丛生的路段上，又突发状况。

方翘楚踩在了一块湿漉漉的岩石上，脚底打滑，她的身子突然向左侧深深的壕沟滑落。说时迟那时快，只见走在她身后的章雪川疾步上前，猛然扑向她滑落的身子，一只手拽住她的衣领，一只手回身揪住路边的杂草。

经过暴雨冲刷的石头光滑，土质疏松，眼看两个人都要滑落下去，一旁的蒋子萌和梅瑰也俯身抓住章雪川的身子，几人挣扎着，岩石还在滑动，土块不停地坠落，情势危急。章雪川用尽全身力气将方翘楚的身子拉起，递到蒋子萌那边，蒋子萌和梅瑰刚刚合力把方翘楚拉了上来，却不料章雪川那边由于用力过猛，导致他的身子又一次向下猛然坠落。梅瑰尖叫一声，章雪川情急之下，用力扯住一把岩石间的杂草，才防止了自己直接坠落下去。

刚脱离险境的方翘楚跪在路边，和蒋子萌一起拉住章雪川的手，但由于凸出的岩石阻挡，他们却无法将章雪川拉上来。梅瑰的尖叫声引起萧扬的注意，在前面探路的他和几名战士飞奔回来。

萧扬看看地形，光滑无依的岩石无法攀援上来。他果断地从腰间解下一卷背包带，一头将自己的腰部拴住，一头递到战士们手里。

几个人拉紧背包带，萧扬慢慢下降，一手抓住章雪川的身子，又一条背包带甩了下来，萧扬帮助章雪川绑在腰上，路边的几人一起合力使劲儿，才将两人拉了上来。

幸好遇险的几人都只是皮外擦伤，没有大碍。章雪川从腰间解下背包带，喘着气，笑着称呼萧扬是自己的救命恩人。方翘楚却对章雪川道："要不是你，我的小命堪忧，你也算我的救命恩人啦！"

萧扬也笑着接话，对章雪川道："那我还要感谢你，感谢你救了她！"方翘楚红着脸白了萧扬一眼。萧扬却和章雪川互相拍拍肩膀，相视一笑。缘分就是这样奇怪，他们两位年轻的军人，就在此刻结下兄弟情分。

医疗小分队顺利返回驻地，演习正式结束，野战外科医疗队得到嘉奖。手术组，尤其是救援小分队得到高度赞扬。

回到医院，章雪川按照医院的要求，以带队人的身份写出了演习总结报告，他在全景展示演习过程之后，还用相当的笔墨分析了这次演习中出现的问题，并主动承担相关责任。成斌看后不由得感叹万分，他在全科会议上高度赞扬了章雪川的报告，又欣慰地对大家说："从此以后，大家会牢记，我们都不是普通的医生，而是服务于战场的军医。就像章雪川医生报告中最后写的那句话——能很好地彰显一名军人的荣誉，是我们此生无上的荣光！"

回到医院的梅瑰，第一时间接到了楚临风献上的大捧玫瑰花。楚临风要带梅瑰去一个浪漫的地方，他要为参加军事演习凯旋的女友好好庆祝一番。

梅瑰还没有答应，方翘楚突然出现在他们身后。她说想和弟弟以及梅瑰一起欢聚，大家好好乐一下。

梅瑰无所谓，楚临风有点纠结，就暗示姐姐："你该去找那位萧帅哥一起庆祝啊！"

"胡说八道！"方翘楚撸撸弟弟的头发。

"要不然去找那位'一把刀'章教授欢聚？"楚临风刚听梅瑰讲述了章雪川救方翘楚的情节，就这样揶揄她，"好歹人家这次算救了你的命，我对他印象也将从此改观！"

"更是胡说八道！"方翘楚再次撸撸弟弟的头发，把他精心收拾的头型完全弄成一把乱草。

"哎呀我的亲姐！你这样冰雪聪明的人，为什么今天非哭着喊着要当电灯泡呐？"急于和梅瑰去享受浪漫而美妙的两人世界的楚临风简直嚎叫起来。

"臭小子，没良心！媳妇还没敲定呢，亲姐就向外扔了？"方翘楚嗔着弟弟。

梅瑰拉着方翘楚就走："我做主，咱们今天三人聚会，一个也不能少！"

"啊哈，我终于遇到个不'重色轻友'的啦！"方翘楚也是哈哈大笑。

三人就近在医院餐厅吃了饭，在方翘楚的强烈建议下，又到隔壁的音乐屋K歌。楚临风一脸郁闷，对梅瑰低语："这都什么年代了，还玩这种老土的东西？"

方翘楚却兴致很高，将麦克塞到弟弟手里，让他唱几首歌曲。楚临风分明是继承了自己母亲的文艺细胞，唱得声情并茂，方翘楚和梅瑰听得如痴如醉。

方翘楚自己也手拿一只麦克，仔细跟随着弟弟的节奏，小声哼唱着。

"小风，这句你重唱一遍，我想学一下！"

"小子，这段我唱一下，你听听是否对？"

"你知道什么是'没有音准'？我刚才唱跑调了吗？"

方翘楚异常认真的学习态度令楚临风大惑不解，他扭头悄悄问身旁的梅瑰："我姐这是怎么了？哪根筋不对了？怎么突然对唱歌这样感兴趣了？"

"我哪里知道？"梅瑰一耸肩，随即又眨眨眼，"但是，凭我的直觉，我认为，将门虎女方翘楚同学，从此可能会画风大变？也未可知！"

第二十八章　身世之谜

凌晓飞的爱情梦断潇洒而悲壮。章雪川的身世之谜让所有人唏嘘。

凌晓飞接到新任务，要封闭训练一段时间。她利用几天休假时间来到G集团军军部看望萧扬，想为自己的爱情，再次打一场进攻战，尽管胜利的希望非常渺茫。

她再次收获意料之内的失望，萧扬的拒绝直接而干脆，没有给她留下希望的种子。

凌晓飞忍住强烈的心酸之情，甩了甩短发，爽快地伸出手，朝向萧扬："那么就此别过，剑兄！看来咱们当真没这个缘分，但是我还是要祝福你，早日和真爱结成良缘；我也同时祝福我自己，快快忘掉你，奔向我自己的未来！"

这番话让萧扬心底也泛起一丝酸楚，更多的是无言的愧疚。他握着姑娘纤细嫩白的手，笑着鼓励道："晓飞，我知道你绝对不愿意听我说一句'对不起'！其实我也不配对你说这一句'对不起'！你是个心胸宽广、志气满满的优秀女孩，我认你为我永远的好朋友，我的无人机挚友，可爱的'飞兄'！"

凌晓飞摇摇头："你还须答应我一个要求，否则我不再和你称兄道弟了！"

萧扬认真地看着她，听她含笑说出了一个愿望："我要在你的婚礼上，当你的新娘的伴娘。这个新娘还必须是方姐姐！"

萧扬有点窘态，他搔搔头发，不置可否。

凌晓飞却态度直接，话语中充满鼓励和热情："别和我说，你没信心追到她！在我眼里，你萧扬想追的女孩，没人能逃得开！加油！剑兄，如果可能，我会助你一臂之力！但是我更希望你凭借一己之力，收获你的真爱，最爱！"

"你真是一个特别的女孩！"萧扬真心赞叹，"你刷新了我对女孩胸襟、胆识的看法。不管是否有点虚伪的嫌疑吧，我都想真诚地祝福你，早日找到你自己的真爱，最爱！"

"你才不虚伪呢，你是我心目中永远最可爱的'剑兄'！何时何地，我们都是最好的铁哥们儿！"凌晓飞爽朗地笑笑，又骄傲地一扬脖，"至于你的祝福嘛，我也开心地收下了。本来我也这样认为的！天涯何处无芳草，大千世界，总有适合我凌晓飞的菜，何况我还这么优秀！"

她看着萧扬眨眨眼："而且我比你强的地方在于——我凌晓飞拿得起放得下，才不会像你萧扬这样不可理喻的一根筋呢！从今天起，我，飞将军的情感风帆将重新起航，去寻找自己的新航线、新目标！我为自己自豪，更为自己加油！"

回部队的路上，凌晓飞和方翘楚在微信上聊天。凌晓飞有点小私心，聪明的她，已经看出来所谓的"萧方恋"，眼下还不过是萧扬单方面的痴恋而已。但是襟怀磊落又义气满怀的她，决定要暗中帮自己的"剑兄"一把，促进这段不平衡的"单向的爱"。

她灵巧的手指敲打着手机键盘，在微信上用充满热情的语言，描述了自己眼里的萧扬，是怎样一个优秀的男孩、出色的军人。她又从旁观者的角度，阐明了她发现的，萧扬对方翘楚的痴情。她直接追问方翘楚执意不接受萧扬，是否心里已经装上了别人？

方翘楚愣怔了片刻，才小心翼翼地回答，她打出的字，像一颗颗泪珠，先就把她自己浸润了："我的初恋故事，想必萧扬已经告诉你了。其实，我必须承认，如果说，我目前心里还装着一个人的话，那个人只能是——格桑！是的，他早就不在人世了，但是他依旧还活在我的心中！他是我的初恋，我的深爱！自从他逝去后，我的心河就冰冻起来了，已经很久了，仿佛失去了爱的能力。晓飞，你能理解这样的感觉吗？如果爱情，已经封存在冰下，又怎么能让我心里还有空间去接受另一段爱的旅程？不会的，河面冻住了，不会再有船儿驶过……"

她的哀伤打动了凌晓飞，女孩此刻恨不能紧紧抱住方翘楚，用自己的温度去温暖她，给她最关切的友情。她急忙发给方翘楚一段热情洋溢的文字："方姐姐，等我！这次完成任务后，我会去看你，咱们一起拟定一个'爱情破冰计划'我自信我会帮助你打开心结，让你重新恢复爱的能力！"

方翘楚无语凝噎，她回复凌晓飞的，是一连串的亲热符号：爱你、拥抱、阳光。

凌晓飞不知道的是，方翘楚此刻再次陷入流言蜚语的困境中。

普外一科再次暗流涌动，医护人员间关于章雪川和方翘楚的闲话总在不经意间传播着。他们二人在演习中的默契合作，章雪川当众点名方翘楚作为自己手术的助手，以及在小分队遭遇险情时，章雪川对方翘楚的舍身相救，这些信息都在被大家夸张地传播着。

章雪川却心无芥蒂，对这些不管是善意或者是恶意的说法充耳不闻，他反而正式指定方翘楚担任自己日常工作中的助手，给她更多学习锻炼的机会。又不遗余力地对她进行单独辅导，尤其是令人瞩目的手术技术。两人亲密的接触让流言传播凶猛，"方翘楚通过和导师谈恋爱，以争取更多手术机会"的闲话都传到了主任成斌那里。

成斌找章雪川谈话，委婉地劝告他要懂得避嫌，不能在实习生中太过厚此薄彼。章雪川激烈反驳，反而希望主任安排一次科室全体会议，他要当众质问，有些人恶意传播闲话，是何居心？

成斌对着这个桀骜不驯的下属摇头："你这个一说就跳的毛病什么时候能改改？目前你是做副主任工作的人了，怎么还这样不成熟稳健？我看你啊，除了手术好，其他方面，还真要好好修行，尤其是处理人际关系方面！"

章雪川一肚子郁闷无处发泄，恰好这天查房后，于家成又把他悄悄拉住，向他竟然求证"章方恋"的真相。章雪川把满腔怒火都撒在自己这个倒霉撞枪口的好友身上。他对着于家成低吼："谣言止于智者，让全世界说去吧！但是我最感到崩溃的是，你于家成也不算智者！"

但是性情倔强，眼里揉不进沙子的他，还是想讨个公道。他觉得自己倒无所谓，但方翘楚一个女孩子家，凭什么忍受这种莫须有的脏水泼身？

一次例行的病例讨论会结束，章雪川趁本科医护人员都在，公开言明自己和方翘楚的关系。

"我承认，我一向有偏见，不愿意带女实习生，我总认为，女性不适合干外科医生，尤其是野战外科医生！但是我的一个女学生，她彻底地改变了我的这个观念。方翘楚医生，她在几次军事训练以及这次集团军野战演习中的出色表现，你们也都看到了。作为一名外科实习生，她的技能有待提高；但是作为一名军医，来自基层野战部队医院的她，却有着我们这些大医院医护人员不具备的优点。很多情况下，她可以做我们的老师！我和她有过这样的约定，医学水平上，我帮她提高，军事技能上，她助我进步。我们就是这样一种非常单纯、非常透明的师生关系！"

他停顿了一下，看看众人，苦笑一下："其实有些闲话不值一驳，甚至不适合在大庭广众下言说，但是有关一个女孩的清白名誉，我还是想在这里阐明一个真相：方医生有自己的恋人，我也有自己的女友，我们都是军人，当知军婚是神圣不可侵犯的。一切谣言从今天起，都散了吧。如果有闲心、有余力，大家不妨像方医生那样，如饥似渴地学习一切能找到的医学资料，她的进步，她的提高，她的超越，当指日可待！这一切进步的动力，我想，来源于她一个纯粹的信念，那就是学好本领，回到高原，去解救更多的战友，更多的藏民兄弟姐妹！这就是她和我们许多人不同的地方。"

他微微叹息："说到这里，我突然间记起了我的小外甥女说过的一句话：这世上，惟有两样东西不可辜负，一谓爱情，一谓信念！也许我们无法像她那样，将这两样结合起来，心中才会进发出无穷的动力！"

这一通义正词严的声明，感染了很多人。梅瑰是含泪听完的，她很可惜方翘楚今日出门诊，没有亲耳听到自己老师的这番赞语。她决定把这些话，原原本本地传给她。

高明辉对着她悄声嘀咕："章教授刚才说，方医生有自己的恋人，可能就是那位萧连长吧？又提到章教授他自己也有女友了，会是谁呢？"

梅瑰一脸不屑地怼他："人家章教授刚才说了那样精彩的一番话，你不抓精华，就留意这个闲话了？哼，你的境界愁人啊！"

"愁人不愁人的，也无所谓了。我马上要离开这里了，只剩下不到一个月的时间了。"高明辉晃晃脑袋。

梅瑰知道他已经决定脱掉军装，到神搜网任职，目前在办相关手续，也只有对着他一声叹息，不想再说什么了。

梅瑰将章雪川的仗义执言，完完全全地学给了方翘楚听，却不料当事人方翘楚毫不领情，噘嘴哼了一声，没有梅瑰意想之中的感激涕零。

第二天查房结束，章雪川和方翘楚讨论完病例，方翘楚板着脸说还想说一句题外话。章雪川不解地看她，听到了一番"无情无义"的指责之语：

　　"我知道最近科里传着一些无聊闲话，其实我根本不在乎！所谓心中没鬼，怕什么夜黑风高？对于流言蜚语，最好的抵御办法就是置之不理，让它自生自灭，没有当事人的回应效应！"

　　方翘楚盯着章雪川又甩了一句："个人觉得，章教授你那番慷慨陈词完全是画蛇添足、毫无必要！以后你也不必为我辩解什么，因为事实胜于雄辩，何必争一日之短长？我们各自管好自己就得了，操别人的心，不累吗？"

　　她扭头走了，剩下一脸无奈的章雪川愣怔在那里，撇撇嘴露出尴尬的苦笑。

　　下班路上，他接到姐姐章雪原的电话，让他去一趟她的办公室。

　　章雪川来到位于机关楼的护理部主任办公室，章雪原告诉弟弟，冯璇下半年会回国参加一个学术会议。重要的不是这个消息，而是冯璇在电话中告诉她的一个秘密。冯璇已经和那个外籍男友分手了，原因只有一个，忘不了章雪川。

　　"你听听，感动不？"章雪原盯着弟弟问道，"冯璇的一往情深，让我都感到吃惊！再想想前次论文剽窃事件上，她对你的维护和关爱，我觉得，她真是一个痴情痴意的女子！老三，你们真的不要耍小孩子脾气了，如果能有机会见面好好谈一次，也许会有转机？我就盼着你们能重归于好，破镜重圆！"

　　章雪川平静地看着姐姐："姐，我和冯璇的事，你真的别管了，我们自己会处理好的。"

　　"你能处理好？鬼才相信！"章雪原冲着弟弟直撇嘴。"你就是个冲动又愚蠢的家伙，除了手术台上，聪明才智外露，其他时候，你什么事能做好了？"

　　章雪原掰着指头数落弟弟，"被人冤枉，栽赃；原本到手的正高职称没了，如今完全失去优势，倒和原先不如你的于家成在一个水平线上竞争；就连副主任这一位置，都是和人家平分秋色，你冤不冤啊？"

　　章雪川沉默不语，章雪原说得更来劲了："现在好了，一个女实习生，那个方翘楚，先是在藏区一个劲儿地投诉你，到医院来以后，她又一直和你对着干，现在又有了传言，说她和你不清不楚地混在一起，不过是她在利用手腕，成功地让你拜倒在她的石榴裙下，以给她自己争取更多上手术的机会？……你倒说说，这些话难不难听呀？咱们是什么样的家庭？什么样的门风和口碑？我的章大教授，你想过没有？别说光耀门庭了，我看就连咱爸、咱妈的脸面，有一天也会毁在你手上！"

这话着实诛心，而且戳到了章雪川内心中最敏感的部位，他的愤怒像火山一样喷发了："那首先你先撇清关系，就别认我这个弟弟好了，省得玷污你章主任的清名！至于爸妈那里，你倒做不了主，闲话休提！"

"哎，小子，你拿话怼我是吧？你如今翅膀硬了，就敢……"

"我就算是被捡回来的孤儿，也不是拜你所赐而进入这个家庭的吧？你又何必说得这样理直气壮？"

话赶话地说到了这个地步，这话里包含的内容是越来越敏感了。章雪原脸红了，她深悔自己说话不留神，竟然伤到弟弟的自尊心。她又急又气，眼泪哗地流了出来，叫了句："老三，你……"就完全说不下去了。

看到姐姐流泪，章雪川也慌了，泪水也瞬间充溢到他的眼眶，他顿感心痛如割。从小到大，姐姐对自己的关爱，他自是铭刻于心。他最不愿意伤害的两个女性亲人，一个是妈妈，另一个就是姐姐。

他上前搂住姐姐的肩膀，含笑带泪地认错："我错了，姐，你别生气了！我混蛋极了，我说的不像人话！干脆你打我几下好了，出出气，也消消气？"

章雪原狠狠捶了弟弟脊背几下，又搂住他，抽泣道："姐姐再也不说那样的话了，小弟你原谅我……"姐弟相拥，又像回到了无间无隙的童年时光。

章雪川这时候不会想到，有关这段敏感话题背后隐藏的一段隐秘故事，会很快地揭露出来，为更多的人感知，包括那个古怪精灵的方翘楚。

这日，一名身份特殊的病人被送到普外一科，说他身份特殊，是因为他是坐轮椅被推进科室的，而推轮椅的两个人，竟然是 G 集团军军长楚正平和他手底下的参谋萧扬。

头发几乎全白的病人名叫萧向荣，是萧扬的父亲。他们一行人来到医院，不但让方翘楚大吃一惊，也让章雪川颇感意外。但是他很快发现，意外还在后头，自己的父亲章虎臣也赶到了科里，三个老辈人相见，都是一副激动万分的神情。

萧向荣被送到病房，楚正平和章虎臣围绕在他床前亲切地交谈着，三十年未曾谋面的战友，如今都是眼眶微红的神情。萧扬去为父亲办理住院手续，才对一直跟随在自己身边的方翘楚说出了一些隐情。

原来萧扬的父亲萧向荣也是个老兵，曾经参加过对越自卫反击战，腿部受伤，复员回到家乡，在县城一所中学当了一名普通的校工，直到退休，都默默无闻，沉默寡言。只是在儿子高中毕业选择考入军校时，他才激动地吐露了一番心曲。

萧扬去军校报道的前夜，父子俩抵足而眠、彻夜谈心。萧向荣一辈子都没和自己的儿子说过那样多的话，而性格开朗外向的萧扬，也重新认识了父亲：在他沉默内向的表象下，埋藏着深厚的情愫。他曾经是一名军人，上过战场，为国流血毫无怨言，但是由于负伤致残，让他永远失去了自己的将军梦想。如今，独生儿子又即将穿上军装，他感到一股久藏于心的军旅血脉又复活了，涌动了，他欣慰并希望儿子能延续自己未实现的军旅梦想。

萧扬就是带着这样的父辈理想和自己纯粹的信念走入绿色军营的。在军校中他品学兼优，名列前茅，毕业后，他又拒绝了无数人羡慕的留校任教的机会，执意到高原藏区的野战部队任职，他认为作为一名职业军人，就要从最艰苦的地方成长，从最基层的部队干起。在 G 集团军工兵团的连队里，他找到了作为职业军人的最佳起跑点。

最具戏剧化的一点，是在他某次回老家探亲，无意间和父亲提到了军长楚正平的名字时，竟然得到一个令他倍感震惊的事实：楚正平竟然是父亲萧向荣的老领导，老战友！当年在云南前线，萧向荣就是为了救护连长楚正平，才身负重伤，被送到战地医院。伤愈后，他的腿落下残疾，他选择隐姓埋名，复员回到家乡。他的军旅梦断，却不愿意给部队增添麻烦，更不愿意以连长的救命恩人自居。他告诉了儿子这段往事，却一再嘱咐儿子不能在部队透露这段家事。

正是因为父亲的叮嘱，萧扬在 G 集团军中从来没有提到过自己父亲和军长楚正平的这段渊源。在格桑事件发生后，当他在军分区医院遇到楚正平，曾因和父亲年轻时酷似的相貌，引起到楚正平的关注。但是他还是回避了楚正平的询问，继续隐瞒了自己的身份。

当得知方翘楚竟是楚正平的女儿时，他曾经想到过回避和远离，但是在方翘楚最痛苦的时刻，在她哭泣着向他质问友情时，他又无奈地再次答应和她继续保持友谊。他无法违心地放弃对方翘楚浓烈似火的爱情，在格桑逝去后，他再次扬起风帆，追逐爱情的方向，却终难俘获女孩的芳心。

令萧扬没有想到的是，由于业务能力突出，他受到军长楚正平的关注。楚正平在调阅了他的档案后，看到他的生父姓名，因此找到了自己多年寻找未果的救命恩人萧向荣的踪迹。军事演习结束后，公务繁忙的楚正平，终于有机会利用休假的时机，找到萧向荣的家乡云南省文山市。走进昔日战友的家门，他才发现萧向荣正陷入在重病缠身的困境。

萧向荣已经反复发热三个多月，但是他一直以感冒来治疗，却没有好转。在老伴的再三催促下，他前几天到县医院做了一次全身体检，结果发现胆总管下端有个肿瘤。为了不让儿子担心，他们并没有告诉萧扬。

楚正平就是在这个时候走进了萧家，他发现萧向荣病情严重，没来得及和他畅述战友情，就马上打电话召回了萧扬。经过省医院的诊断，萧向荣可能患上了胆管下端癌，虽然胰十二指肠手术从技术上讲已经很成熟，但对于体弱多病的萧向荣来说，仍是一个风险极大的手术。楚正平再次显现出果断霸气的性格，他不顾萧向荣的反对，执意和萧扬一起，把他转送到普外技术更加有名的军医大学附属医院。

方翘楚了解到这一系列的内情，又诧异又感动。她没想到萧扬家竟然和自己家曾有过这样的渊源，但是她清楚萧扬独立自尊的个性，对他以前的隐瞒行为就完全理解了。

病房里，三个老战友正相谈甚欢。当年萧向荣为救连长楚正平腿部负了重伤，被送到战地医院，就是章虎臣亲自为他动的手术，他高超的技术使他免除了被截肢的命运。三十年过去，他们再次重逢，心里都是说不完的感慨之情。

萧扬和方翘楚办完手续回到病房，楚正平拉过女儿，对萧向荣做了介绍。他又当着萧向荣的面，夸赞萧扬在部队的优异表现。看着萧扬和女儿方翘楚并肩立在床头，一副郎才女貌的样子，楚正平心里是说不出的慰藉和欢欣，他正想在两个老战友面前说出自己想撮合两个年轻人成一对的心思，就听到萧扬的电话响了。萧扬出去接电话，萧、方二人趁势摆脱了三位长辈笑眯眯、充满深意的注视。

方翘楚也赶紧溜出了病房，她摸摸自己的脸有点发烫，联想到刚才自己父亲那明显地撮合自己和萧扬的情形，心里是既尴尬又别扭。她看到萧扬在一旁接电话，神色剧变，直觉他遇到什么事情。

"小楚，有件急事，我要马上去处理。这两天拜托你帮忙照料一下我父亲。还有，请和军长也说一声。"他神色哀戚、眼眶发红，方翘楚紧张地看着他："究竟出什么事了？"

"先别问，我回来再告诉你！"萧扬说完这句，就匆匆离去。

此刻刚好章雪川下了手术赶来，方翘楚和他一起进了病房。

章虎臣对萧向荣介绍了章雪川，楚正平笑着插话："父子两代手术奇才，雪川年纪轻轻，却有了'普外一把刀'的美誉，可谓青出于蓝而胜于蓝啊！"

章雪川羞赧一笑，俯身为萧向荣检查病情。萧向荣看着他，颇有点奇怪，就叫着当年在前线身为医疗队长的章虎臣的旧称呼，问道："章队长，你怎么会有这么小的一个儿子？"

楚正平也想起什么，忙附和道："上次在藏区，情形特殊，我也疑惑，倒没来得及细问。我记得当年我到你们家接刚刚过百天的楚楚时，见到过你的一儿一女，大的是男孩，叫雪峰，小的是个姑娘，好像叫雪原，没见过雪川这个小儿子啊？"

章虎臣回头看看儿子，露出微笑，对楚正平解释道："那时雪川刚过五岁，因为他从小体弱多病，所以我那出身中医世家的老岳母，就把他带到成都老家调养身体一段时期，所以你没见到他。"

他又看看两位老战友，叹口气，竟然说出一段身世之谜。

"按理说，雪川也是三十多岁的人了，有关他的身世，我很少对人提及。但是你们不同，你们应该了解他的事情，因为牵扯到一个你们都认识的人！"

他上前抚着儿子的肩膀，对半卧在床头的萧向荣问道："你再仔细看看，他长得像谁？"

萧向荣细细打量着眼前身穿白大褂的青年，又和楚正平对视一下，后者也在仔细看着章雪川，他们都摇摇头，一脸迷茫不解的神情。

章虎臣继续启发道："小楚可能印象不深，认不出来，小萧你应该记得呀。章毅，你还记得这个名字吗？"

"章毅？"萧向荣默默咀嚼着这个名字，突然间眼睛放亮，"是小章医生吗？"他再次认真打量着章雪川，点头道："像，真像！你这么一提醒，我倒想起来了！

这孩子真像当年的小章医生！"

"是的！"章虎臣点头，一旁的章雪川已经红了眼圈。

一段有关章雪川的身世之谜至此徐徐揭开。

原来，章雪川不是章虎臣和夏静波的亲生骨肉。他的生父章毅，比章虎臣小十多岁，当年是章虎臣手下的一名年轻医助。刚从军医学校毕业的他，跟随章虎臣率领的医疗队到了南疆，在战地医院工作。因为同姓章，医疗队的人以及伤员都爱以"大章医生""小章医生"来区分他们两人。

章毅是四川人，小伙子机灵过人，虽然刚从军医学校毕业，但是他善于观察，动手能力很强，很快在手术台上成为章虎臣得力的助手，协助他成功地抢救了很多危重伤员。

小章医生年轻心热，对伤员耐心、体贴。萧向荣负伤被送到医院后，是章虎臣亲自为他动的手术，术后的负责医生就是章毅。经过他认真细致的照顾和治疗，萧向荣才脱离了危险期。那段时间的相处，让他们结下了深厚的友谊。楚正平来战地医院探望萧向荣，也曾见过这位年轻医生。后来萧向荣被送往后方医院，就再也没机会打听到彼此的消息。

章虎臣叹息着说到了后面的事情。因为一场手术中不慎划破了手指，章毅受到病毒感染，在南疆奇热无比的天气下，他的病势发展很快，最终不幸殉职。身为队长的章虎臣非常痛惜手下这个极具医学才华、风华正茂的年轻医生，回到内地后，他想方设法地找到了他的家乡，在川西一个偏僻的小城，见到了他年轻的妻子和刚满两岁的儿子。谁料想到，几个月后，一场车祸，又夺去了孩子母亲的生命，这个男孩成了无父无母的孤儿。

得知情况的章虎臣再次赶到那座小城，通过当地民政部门的证明，正式收养了这个战友的遗孤，将他带回了C市家中。他根据男孩的小名"小川"，给他更名"章雪川"，从此成为他们章家的第三个孩子。

夏静波也很怜惜这个孩子，对他疼爱有加。因为临床工作忙，她自己生的两个孩子都是由母亲庄霭明带大的，但是雪川来到章家后，夏静波却亲自带养他，陪他吃饭、玩耍，晚上值夜班时，因为小雪川依恋母亲，夏静波就把他带到值班室，母子俩挤在一张小床上，很快建立起甚至超越了亲生母子的感情。章雪峰和章雪原也很疼爱这个小弟，一家人其乐融融，小小男童雪川很快成为章家的一分子。

直到他十八岁即将进入军校学习的前夜，章虎臣夫妇才对他讲明了身世。章雪川也才想明白一件令自己纠结很久的事情：从小到大，父亲几次带他到云南麻栗坡烈士陵园为一名叫章毅的烈士扫墓，他一直以为那人是父亲的战友，没想到竟然是自己的亲生父亲。

章虎臣讲述的这段章雪川的身世之谜，让在场的所有人都感触良多。萧向荣握住章雪川的手，仔细端详着他的面庞，哽咽着说道："当年我的伤就是在你父亲的精心照料下，才得以保住生命，如今，我这把老骨头，又要麻烦你……"

章雪川也动了情，他红着眼圈对萧向荣表示："您放心，我们都在，都会尽力……"

第二十九章　准备出征

出征前战友的牺牲让人扼腕哀伤，但是方翘楚却要昂起头，迎接自己军旅生涯的一次远征。格桑是章方二人心底共同的痛点，这次章雪川不想回避，他让方翘楚带着格桑一起去战斗！

得知章雪川的身世，方翘楚也是无比震惊。她这才理解了章雪川宁愿放弃出国深造，成就青梅竹马恋情的机会，也不愿意脱去身上这身军装的最深层原因。

回到医生办公室，方翘楚和章雪川相对无言。沉默许久，方翘楚对章雪川轻声说起自己的一丝感慨："对不起，我以前也许太主观了，总是拿军医这个话题来打击你，不，是攻击你！但我没想到，这个词语，对你的意义，是那样的沉重和深远……"

章雪川清浅一笑，嘴角弯起一道好看的弧线："但是你没说错的是，我真的应该努力，不但做一名优秀的医生，更重要的，是成为一名合格的军医！"

他长叹一声，继续感言：自己的血脉中，承载了太多的东西，亲生父母的，养父母的，甚至是祖辈的那份铁血军旅梦想。他原来一直懵懂认为，自己这一生舍不得的，是身上的白大褂，但是经过前一阵严格的军医训练，他更加明了了此生更重要的一个执念，那就是——白大褂下，还有绿军装。

"白大褂下，还有绿军装。"方翘楚默默咀嚼着这句话，突然觉得它像一句诗，值得自己铭记。她悄悄地在笔记本上，记下一首诗的开端，就是那句——"忘不了，白大褂下的绿军装"。她又蓦然想起那天依偎在老外婆的身边时，章雪川曾经提到过的一个词——"血脉相承"，此刻她真正理解了其深刻含义。

章雪川组织病案讨论会，研究为萧向荣实施手术的方案。这次他们面临的不仅是腹部外科最大的手术——胰十二指肠切除术，其中包括了胆囊切除、十二指肠切除、胰头切除、胃远段切除以及胰肠吻合、胆肠吻合、胃空肠吻合七项手术，还要顾及萧向荣虚弱的体质和偏高的年龄。这是一个风险性极大的手术，章雪川组织相关学科对其心、肺疾患进行了评估，做了相关治疗和防治心脏突发事件的方案。同时设计了多种手术方案，拿到全科会上讨论。大家群策群力，提出了很多意见，完善了手术方案。

方翘楚作为主管医生，尽心照料着萧向荣。手术确定在第三天进行，楚正平也守在萧向荣的床边，和他不时地闲话，安抚他的紧张情绪。

看着忙里忙外的方翘楚，萧向荣有点过意不去，楚正平却悄悄安慰他，既来之则安之，就安心享受小辈人的照顾得了。他指指女儿的背影，低声问萧向荣："你看我家丫头，给你做儿媳妇，你喜欢不喜欢？"

萧向荣忙摆手，直说自己儿子哪有这样的福气？又叹息道："你看我那个小子多没良心，把自己生病的老爹扔到医院，他倒不见踪影了！"

楚正平笑着安慰他："他不是托付楚楚了吗？他可能真有要紧事情。你看楚楚被萧扬所托，一直精心照料着你，当知两个孩子的心意了！"

他看着萧向荣仍旧摇头，就拍拍自己胸脯："我的眼光不会有错，萧扬爱楚楚，楚楚对萧扬也有情有义，他们真有戏！……总之，我敢和你打赌，我们能成亲家！"

"那敢情好！连长……"萧向荣叫出以前的老称谓，两个老战友都动了情。

萧扬匆忙赶回医院时，萧向荣的手术已经开始。他得知是由章雪川主刀，欧阳巍实施麻醉，章虎臣也亲临现场坐镇，专家指导，心里放下了紧张情绪。

手术进展顺利，章雪川等人为萧向荣施行了胰十二指肠切除术，肿瘤被完整切除。手术中病人生命体征也很平稳。萧向荣术后被送到重症病房监护，在没有并发症发生的情况下，三天后就可以转到普通病房。

隔着玻璃窗看到父亲情况平稳，萧扬松了一口气。方翘楚劝父亲先回招待所休息，自己想陪着萧扬在这里再守候一会儿。

当病房的走廊只剩下他们两人时，萧扬才对她说出了一个令人震惊的噩耗：凌晓飞在飞行训练中失事，壮烈牺牲。他这次就是去她的部队，帮助料理她的后事。

方翘楚猛然愣怔在那里，只觉得心脏被狠狠地撞击了一下，有点木然，半天都无法真切地领会到"凌晓飞壮烈牺牲"这七个字所代表的含义。

"晓飞她有记日记的习惯。就在最后的一页日记上，她写下和你有关的一段文字，她说她这次完成训练任务归来，就会和你一起启动'破冰计划'。"萧扬声音哽咽起来，他一脸悲伤的表情，"我不知道你们相约的'破冰计划'指什么，但是这是她最后的一个念想，我想还是告诉你……"

方翘楚痛哭失声，她不断地叫着："晓飞，晓飞！"哭得梨花带雨一般。萧扬上前揽住她的肩头，她回身抱住他，两人相拥在一起，痛痛快快地哭了一场。

在方翘楚的建议下，他俩连夜在网上给凌晓飞建立了一个纪念墓，又在无人机群"非凡的我们之部落"发布了"飞将军陨落长空"的讣告以及凌晓飞烈士的生平简介。

包括梅瑰、楚临风等人的群友都上网祭奠凌晓飞，很快，越来越多的人都上去为英雄点烛、上香、献花，举行吊唁活动，共同来纪念这位在和平年代，为实现强军梦想而牺牲的空军英雄女飞行员。

三天后，萧向荣情况稳定，转入普通病房，很快就开始进食，一周后准备出院。

已经回部队的楚正平特意安排人送萧向荣回老家，而萧扬接受了特殊任务，一天后即将出发，直接奔赴新的岗位。

临行前，萧扬找到章雪川，说自己将要去执行一项特殊任务，会有相当长的一段时间没法过来，请他照顾好方翘楚。章雪川拍拍萧扬的肩膀，痛快答应了。经过那次演习路上的遇险情形，两个职业不同的年轻军人如今惺惺相惜，成为好友。

萧扬又去和方翘楚告别。他们来到医生办公室外的小花园里。萧扬把那把格桑留下的吉他又送回到方翘楚这里，请她暂为保存。

方翘楚抚摸着吉他，轻轻弹拨着，递到萧扬的手里："我想再听你弹上一曲。"

"我不会藏歌，你知道的。"萧扬嘴角弯弯，露出一丝微笑，在方翘楚看来，莫名地有一种淡淡的哀愁。

"你随便弹点什么都好，我想听。"方翘楚对着他鼓励地一笑。

萧扬沉吟片刻，轻轻拨响吉他。一股宛若清泉的乐曲从吉他底下流泻出来。

天山脚下是我可爱的家乡，
当我离开她的时候，
好像那哈密瓜断了瓜秧。

白杨树下住着我心上的姑娘，
当我和她分别后，
好像那都它尔闲挂在墙上。

瓜秧断了哈密瓜依然香甜，
琴师回来都它尔还会再响，
当我永别了战友的时候，
好像那雪崩飞奔万丈。

啊 亲爱的战友，
我再不能看到你雄伟的身影，
和蔼的脸庞。
啊 亲爱的战友，
你也再不能听我弹琴，
听我歌唱……

　　萧扬唱起了这首《怀念战友》，他深沉低回的嗓音在悠扬的吉他伴奏声中显得忧伤而怅惘。歌声里，格桑、凌晓飞的影子从他眼前闪过，泪水弥漫上眼帘，他低下了头。

　　方翘楚的心被这凄凉又哀伤的曲调弄得微微颤抖起来。她的脑海里也晃悠着格桑生动的笑脸，心弦上仿佛也如同眼眶里一样，颤动着颗颗泪珠。

　　歌声停止，两人相对无语，都默默垂着头，仿佛沉浸在无尽的哀伤中。

　　方翘楚首先清醒过来，她突然意识到不妥的地方，忙擦了泪珠，甩甩头发，拿出一股豪情壮志来。虽然不知道萧扬此行是去执行什么任务，但是她认为，军人出征前，应该唱支激昂有力的军歌才更应景。

"萧扬，会弹那首《强军战歌》吗？"

"当然。"

"再来那个！"

方翘楚不等他开始弹奏，自己已经亮开嗓子大声唱了起来：

听吧 新征程号角吹响，
强军目标召唤在前方。
国要强 我们就要担当，
战旗上写满铁血荣光……

萧扬弹着吉他，也跟着她大声唱起来，随后还有一个男中音跟着汇入，原来不知什么时候，章雪川也来了。

将士们 听党指挥，
能打胜仗作风优良。
不惧强敌敢较量，
为祖国决胜疆场！

一曲唱完，三名年轻军人相视而笑。章雪川更夸张地对着方翘楚拍掌，称赞她如今歌唱得不错，比以前有长足的进步，可以收获 10086 个赞。

阳光下的花园，此刻温馨宁静如昔。被这首激昂有力的战歌所感染，他们心头都跳跃着青春、理想的火焰，还有那奇妙又深远的情谊。这情谊传承自父辈，也来自蕴藏在他们心中的不可抛弃和湮灭的军人血脉。

秋风吹过树梢的季节，一个新的使命降临到附属医院。医院即将组建医疗队，到非洲执行维和任务。医院召开了紧急动员会，"不放过任何一次为祖国和军队赢得荣誉的机会"的使命感让所有医护人员都热血沸腾，踊跃报名，递各种决心书、请战书的景象随处可见。

普外一科人员也跃跃欲试，方翘楚在实习生中第一个递上参加维和医疗队的决心书。梅瑰、李想、蒋子萌、罗宏也跟随其后。李想还幽默地表示，自己眼下恨不能写份血书，这样就可万无一失，必定选上了。罗宏闷闷地发声，说自己昨天碰到已经离开部队到神搜网任职的高明辉，当他听说医院接受了维和任务后，十分懊悔。说他从军也有十来年了，却失去了真正成为军人，走上战场的机会。

方翘楚静静地听着大家的议论，心里却十分笃定，她直觉作为老师的章雪川，此番担任了医疗队队长，一定会挑选自己加入维和医疗队的。这样好的军医演练机会，从哪方面讲，都不可能没有她方翘楚的份儿。但她没有想到，一切并不如她所愿，这件事情，竟然让她和章雪川间再次发生了激烈冲突。

其实章雪川自己担任维和医疗队队长的事情都经历了一些波折。当维和任务下达后，他和于家成作为普外一科的副主任都主动请缨。但是他没想到他的这个举动却遭到家人的反对。母亲和姐姐认为他目前正在牵头担任多器官移植小组的工作，应该全力以赴先搞好这项极具挑战性的科研项目。其实大家也明白，从他的身份来讲，她们也不希望他涉险履危，去一个风险难测的地方。

章雪川无法有效地劝说母亲和姐姐，章雪原甚至搬出了母亲身体不好，不能承受为他担心的压力的借口，让章雪川十分为难。在纠结时分，父亲章虎臣站了出来，旗帜鲜明地支持了儿子的选择，以一名老军医的身份鼓励儿子在异域建功立业，真正感受到军医的意义。

但是当章雪川看到方翘楚的请愿书时，却有了犹豫。他知道女孩的刚烈和倔强，但是想到即将去的非洲的艰苦环境和未知的风险，他做出了拒绝她的姿态。

得知消息的方翘楚像一头被激怒的小豹子一般冲进了章雪川的办公室，她气得话都说不利落了："我……我满心以为，咱们师生的关系早已确立，往日那些恩恩怨怨也都解开了……谁想到，关键时刻，你还在……公报私仇！"

章雪川看着她，还没来得及说话，方翘楚又把一份刚写好的请战书拍在了他的桌子上："即使你是我的上级领导，也没权滥用职权，阻碍我去医疗队的决心！你明明知道，我是最合适的人选！"

章雪川静静地开口："你也说过的，你最想做的事情，是尽快提高自己的医术，尤其是外科手术技能。眼下你已经参与了多器官移植课题小组，小组长已经改由于家成副主任担任。在那里，你会学到更多的知识点，这和你的理想，一点都不矛盾！"

"可是我首先是个军医，有上战场的机会，我怎能错过？"方翘楚瞪着秀丽的眼睛，看着他叫道。

"学好本领，这样的机会以后有的是。"章雪川神色依旧平静。

"你……你就是故意刁难，对我有偏见！"

"作为一名军人，你难道忘了什么是服从命令听指挥？眼下我以你的老师，以及直接领导的身份，告诫并命令你，服从指示，目前你的主战场，就是多器官移植课题小组！"

"我不服从，坚决不！"

两人激烈地拌起嘴来，在越说越激动的情形下，章雪川也压不住情绪了，吼出一句："总之，我就是不同意你参加维和医疗队！你身份特殊，应该受到特殊对待！"

"我身份特殊？"方翘楚瞪大眼睛，不解地看着他。

章雪川不敢直视她的眼睛，勉强咽了一口唾沫，声音变得有些嘶哑起来："想想格桑……你也算烈士家属，理应照顾！"

他这句话重重地敲击到方翘楚的心上。"格桑"两个字，狠狠地刺痛了她的心，她哇的一声哭了出来，捂着嘴跑走了。

方翘楚是出了名的执拗，不达目的决不罢休。晚餐时分，她在饭堂截住章雪川，带他回到自己宿舍。

原先放在她书桌上的那张格桑照片没有了，墙上挂着的那把吉他也失去了踪影。方翘楚指着角落上放着的一个大皮箱，看着章雪川："我要忘记过去，开始新的生活！格桑会永远活在我心底，但是眼下我把他收起来了，我要轻装上阵，去战斗！"

她有点赌气地打开箱子，让他看里面的物品，那个相框、那把吉他，还有天珠和"一箭穿心"，都整整齐齐地躺在里面。

她盯着章雪川，一字一句地说道："提起身份特殊，你和我都一样！如果你执意要照顾烈士家属，请从你自己开始！"

章雪川静静地盯着女孩，看到她目光如炬，坚定不移。

他绕过那束倔强的目光，走到皮箱前，将格桑的照片放回到桌上，又取出吉他，重新挂在墙上。他回眸看着女孩，露出一丝理解加鼓励的笑意："带上他吧，带上格桑，一起去战斗！"

章雪川将方翘楚加入到出征名单中，不料此事却一波三折，名单上报到院方时，方翘楚的名字还是被刷了下来。

章雪川愕然，找到主任成斌询问，成斌也不知道原因何在，只好劝说他，服从命令吧，当知我们都是军人，军人就要以服从为天职。

方翘楚却接到了弟弟楚临风的电话，给她通风报信：母亲何瑶听说方翘楚报名参加维和医疗队，十分担心，她利用楚正平的名义，给军医大学校领导打了电话，取消了方翘楚的参队资格。

"姐，我厉害吧？偷听到如此重要的敌情，第一时间就告诉你！你要想心愿得逞，赶紧采取措施，晚了可就没戏了！"楚临风急急地对姐姐说道。

方翘楚又气又急，又有点沮丧，跺着脚哀叹："妈怎么能？……唉，事到如今，我可咋办呀？"她情急之下有点思维混乱，却不料那个机灵小子已经在电话那边为她支招了：

"我美貌绝伦又聪明绝顶的老姐啊，你是在气急败坏情形下导致的思维短暂性短路吗？这有什么不好解决的？楚正平军长是她何瑶女士的老公不假，难道不是你方翘楚小妞的老爸了？这张王牌，她能用，你不能用了？谁系的铃，就找谁解开呀！"

方翘楚恍然大悟，赶紧按断他这头电话，拨起父亲楚正平的号码。

在父亲的支持和干预下，方翘楚如愿以偿地重新登上了医疗队的名单，但是另一个人却无奈从名单上被删除了。

欧阳巍已经被确定为麻醉组组长，被列入维和医疗队名单中，却不料在临行前几天的一个早晨，突然晕倒在手术室外的换衣间中。

他被确诊为胃癌晚期，癌细胞已经侵犯到全身各个部位，身体几乎被掏空了。章雪原悲伤不已，才发现自己长期忙于工作，忽略了丈夫。她陪在丈夫的病床前，默默流泪。欧阳巍握着她的手，含笑鼓励："坚强一点吧，想想我们的朵朵，丫头就快高考了……"

章雪川来到姐夫的病床前，他强压住心中的哀痛，想对他露出一丝安慰的笑意，却不料竟然做出的，是一副苦笑的面容。

"小川，你的行装都准备好了吗？我对你姐说，反正我也去不成了，我提前准备的那些东西，你看看能用的，就都带上。别怕带的多，那边条件不比国内，恐怕得多预备一些，才不会捉襟见肘，临时为难……"

章雪川只是点头，说不出话来。

欧阳巍平静地看着他，嘴边始终挂着一丝温和的笑意："我还想嘱咐你一点，遇事要冷静，要改改你那狂傲不羁的脾气，毕竟眼下你是一级领导了，整个医疗队都看着你呢！"

章雪川不停地点头，欧阳巍仿佛想把一辈子没说完的嘱托，都在此刻交代给小舅子，也是自己长期最佳搭档。是的，不知不觉间，他们在手术台上合作了很多年，一次次并肩作战，渡过了多少暗流险滩。遇到疑难手术，只要欧阳巍做麻醉，章雪川就觉得多了一份成功的保障。眼下的情形，他们都明白，那样的亲密无间的合作，不会再有了。

"在外域进行手术，制定各种治疗方案时，千万要当心，须谨慎从事！遇事多考虑，你有自信心是好的，但是也要注意接纳别人的意见。当知境地不同，很多事情都比国内要复杂。那里毕竟是一个战乱纷争的国度，有关各国的习俗、民风、宗教等各方面，都要考虑到。还有和各国维和军人之间的相处问题，以及所在医院的医疗诊治权限等问题……总之，方方面面的，难以预测，惟愿你能平安应付，一切顺利吧！"

欧阳巍一口气说了这么多话，体力不济，有点喘息起来，章雪川忙俯身安抚他，看着他苍白消瘦的脸庞，又忍不住落泪："小巍哥，你安心治疗，等我回来，我来为你……"

他说不下去了，都是医生，何能用明显空洞的谎言来安慰对方。欧阳巍笑笑，一脸释然："你又不是神仙，我这病，早失去手术的可能了。好了，一切随遇而安吧！其实我没有什么放不下的，这次一病，躺下了，我才觉得好累啊，真的好累！仿佛一辈子的气力都用尽了，真想好好睡过去，不再醒来了。就是你姐，还有朵朵，我实在丢不下……"

"你安心养病，你放心，就是……还有我呢，我会照料她们一辈子的，你放心……"章雪川哽咽着俯身在姐夫的床头，久久没有抬起头来。

普外一科最后确定人选，章雪川、丁盛、方翘楚、梅瑰、蒋子萌、罗宏等人参加了维和医疗队。出征前一天，科里还迎来一场突如其来的喜事。蒋子萌和杜鹃高调宣布了恋情。杜鹃还选择在蒋子萌出征前，要与他举行一场简单却有意义的订婚仪式。

普外一科的所有人员都参加了这次特殊的订婚典礼。在医生办公室里，几束鲜花，几盘果品，简单朴素，气氛却热烈欢快。在大家善意的起哄声中，蒋子萌和杜鹃吻在了一起。

楚临风也来参加了这个订婚仪式。中途他拉住梅瑰，悄悄溜出了现场。在花园小径旁的玫瑰树下，楚临风和梅瑰热烈拥吻，那甜蜜的味道，因为离别在即的心绪而变得格外悠远深长。

梅瑰说出对蒋子萌和杜鹃订婚之事的羡慕之情，楚临风望着她神秘地一笑："等你回来，我将给你一个史上最浪漫的求婚仪式！"

梅瑰瞪大了眼睛，一个劲嚷嚷着让他先透露点信息，楚临风摇头，最后被逼不过，说了句神秘莫测的话："一个想飞的女孩，她的订婚仪式应该是从天而降的喜悦！"梅瑰皱着眉头想了很久，也不得要领。

方翘楚临行前专门回了趟家。父亲军务繁忙，没有回来给她送行，只是发了一条信息，鼓励她一路顺风，工作顺利。母亲何瑶还在纠结于她的安全问题，仔细叮嘱过了，又掏出那副"相亲扑克牌"，对女儿抱怨道："前几次说好让你见几个对象的，你总是推三阻四！人都约了，就不见你配合，弄得介绍人都下不来台！"

她接着嘱咐："这次你维和回来，无论如何都要听妈的话，好好给我约会，挑一个称心如意的，完成自己的终身大事！不然妈真的会生气不认你这个丫头了！"

"好吧，妈，这事回来再说。"方翘楚俏皮地笑笑，搂住妈妈的肩膀，"也许我给您带回个外籍军官当女婿，可好？"

"丫头，这可不敢！"何瑶当真了，瞪眼看着女儿："咱们中国人，找个老外多别扭啊？"

楚临风忍无可忍地从自己屋里出来，对着妈妈一通嚷嚷："扭大妈，您也忒实在了吧？我姐开玩笑您听不出来呀？人家有军规管着呢，中国军人，决不允许在维和期间和外籍军人谈恋爱！"

"坏小子，你怎么什么都知道呀？"方翘楚撸撸弟弟头发，笑着问他。突然间她明白了其中的奥秘，就"哦"了一声，表示出恍然大悟的样子，对他嘿嘿一笑。

楚临风却用很认真的表情看着姐姐："姐，说到这里，你可别忘了自己还有个神圣的使命哈！帮我看好某人！我们中国的最美玫瑰花，坚决不能插到外族的牛粪蛋上！"

方翘楚捂着嘴哈哈大笑起来。何瑶也听出了一些玄机，就连忙拉住儿子问道："你是不是还在和那个姓梅的丫头恋着呢？我的话你不听是吧？……"楚临风挣脱母亲的手，赶紧又溜回房间。

章雪川家的告别家宴很简单。正巧又是周末，章雪原和女儿在医院陪丈夫，章雪峰全家回柳迪的家乡没有回来，在章雪川的一再要求下，夏静波放弃了正式为儿子践行的计划，只是简单地做了几样家常菜，老夫妻两人算是给小儿子送别。

父子、母子三人默默吃着，夏静波不时地为儿子夹着菜。章雪川看看父亲，又看看母亲，刚说了一句："您二老年纪大了，注意身体，别担心我，一切都不会有事的……"就被母亲的抽泣声打断："我就觉得吧，我们都在这边好好的，享受和平安宁，你却去那个战火纷飞的地方，我这心里……"

章虎臣不满地盯了妻子一眼："你也算是个老军人了，怎么如今变得这样多愁善感起来？想当年咱们相识在朝鲜战场上，后来我又去了老山前线，你都没有这般婆婆妈妈的，这老了老了的，反倒……"

"那能一样吗？如今是儿子去那样危险的地方，我这当妈的心里自然是……"夏静波边擦着眼泪边嘟囔着。章雪川急忙搂住妈妈，笑着安慰："我们是医疗队，任务是去救助各国受伤致病的维和军人，又不是直接上前线，没您想的那样危险。您放心，我保证毫发未伤，囫囵个儿地回到您身边！"

夏静波摸摸儿子的脸："好的，你自己当心就是！等你这次回来了，就乖乖地给我找个女孩，好好成个家，妈就心愿了了！"

章虎臣却认真地看着儿子，嘱咐道："带好你的队伍，按时完成任务，时时刻刻别忘了身在异域，更须彰显出咱们中国军人的风采！"

"是，"章雪川也郑重地回答父亲，"前两天在出征誓师大会上，我们有这样一句誓言——中国军人出手的活儿，必须样样是精品！您就安心做一位严格的考官，等待着我们的答卷吧！"

第三十章　走进非洲

一穷二白中创立起野战医院，章雪川带领他的战友们体会到作为军医的万苦千辛。偶遇萧扬让他善心萌动，自以为是地撮合起他人的恋情，不料却遭到了女弟子的白眼和怨怼。

飞越半个地球，穿越茂密的热带雨林，经过荒凉无垠的大沙漠，一架涂有联合国专有标志的运输机，降落在非洲 A 国的一个军用机场。章雪川带领的维和医疗队经过二十多个小时的飞行，终于到达目的地。

他们早已换上带有维和部队标志的装束：身穿迷彩服，左臂佩戴标明国籍的中国国旗臂章，右臂佩戴联合国维和部队的蓝色圆形臂章，缀有"地球与橄榄枝"图案；头戴象征维和部队的蓝色贝雷帽，上面有着醒目的联合国标志和英文的 UN 字样。

医疗队员们刚走出舱门，就感到一股热浪扑面而来，几乎令人喘不过气来。走下飞机，更是瞬间陷入干燥袭人的热流中，一股细微的沙尘直钻人的鼻孔，漫天黄沙吹得人睁不开眼。

梅瑰先嚷起来："我觉得咱们少带了一样装备啊！"

大家都看向她，她在自己脸上比画着："就是那种头巾啊，可以蒙上脸的头巾！既防晒，又防尘！"

蒋子萌笑话她："刚才在飞机上，你还在得意咱们这身军装好看，我们是蓝盔之星，你们是蓝盔之花，现在就想变装束了？围上头巾，还像是军人吗？"

梅瑰看看彼此戴着的蓝色贝雷帽，笑了。

章雪川没理会他们的调侃，他举目向四周望去，只见一片荒凉的景象，尘土飞扬，烈日，黄土，被风扬起的沙尘，混沌难辨的空气，让他觉得像是到了另外一个世界。

方翘楚默默地站在他身旁，幽幽道："这地方比我想象的，还要荒无人烟。刚才飞机降落时，我留心看了，方圆几十里都看不到人家！总感觉，我们像是闯入了一个神秘的另一个维度的天地！"

"后悔吗？"章雪川回眼看她，语气是淡淡的揶揄，但是并无恶意，"其实我早就预言过，这里不适合女人生活！"

"你的预言意义不大，"方翘楚白了他一眼，"我记得你曾经多次预言，女人不适合当外科医生？后来事实胜于雄辩！我不但在你的亲自教诲下，正在外科医生的道路上奋进，而且还在暗暗惦记着，有一天你会蹲下身去，给我擦亮鞋呢！"

章雪川记起他们曾有过的那个赌誓，抿嘴一笑。

"快看，那边好像有水井耶！"杜鹃的叫声引起他们的注意，大家都兴奋地向水井那里跑去。

这一路上因天气干燥炎热，队员们早就喝光了随身所带的纯净水。眼下在机场等待到驻地的汽车时，人人都有点口干舌燥的感觉。突然间看到有水井，大家的兴奋劲儿可想而知。

罗宏和蒋子萌已经拿出军用水壶，想从井里舀水上来，却不料方翘楚大声制止了他们。

"人生地不熟的，咱们还是先别轻举妄动。万一……总之小心没大错！"

章雪川支持她的意见，安慰大家："驻地来接咱们的车很快就到了，大家再忍耐一下吧！"

一辆华泰吉田现代特拉卡指挥车穿越尘土，呼啸而来，迎接他们的是先头驻扎在这里的中国赴 A 国维和部队运输先遣分队的小孟等三人。他们因为路上遭遇塌方，晚到了。安排队员们依次上了车，小孟马上递过来几个大大的军用水壶，充满歉意地说道："大家都渴坏了吧？来这里最大的感受就是口干舌燥想喝水！"

蒋子萌咕嘟咕嘟喝了几口水，才喘息着笑道："刚才我一看到那个水井，恨不得直接跳下去喝个饱！"

"千万不可！"小孟正色道，又看看大家，"此地传染病横行，很多水源已经被污染。所以大家一定要注意，不可随意饮用来源不明的水！"

他的话让大家都暗暗倒吸一口气，梅瑰和蒋子萌相对咋舌，罗宏闷闷地开口了："幸亏方医生敏感又细心，及时制止，不然大家说不定都中招了！"

队员们议论纷纷。章雪川看着坐在对面的方翘楚，好奇地问道："你是怎么想起怀疑水源问题的？"

方翘楚被众人看的有点不好意思，此刻就坦然说出原因来。当年她在藏区工作时，为了提高自己的军事素养，曾经和格桑一起参加过他们工程兵的野外训练，其中有一项，就是水源的辨别和防范问题。她说那时自己也是走马观花，因为时间短，也没掌握要领，但是有关在陌生环境下，水源的防范问题，还是给她留下了深刻的印象。

章雪川赞扬了她的行为，又当众宣布，鉴于方翘楚医生野战经验比众人更为丰富的事实，指派她负责监督大家的健康卫生管理。

一路颠簸，指挥车载着医疗队员们驶向目的地，一个名为罗帕的小镇。沿途，飞机的残骸、炸毁的断桥等战争痕迹随处可见。进入镇子，可以看到由一个个简易凉棚组成的集市，街道不长，一眼便能看到头。来来往往的人穿着简单破旧的衣服，妇女们头上围着布巾。

但是目的地还不在这个看上去稍微充斥着生活气息的镇子，驱车经过一段长达近2小时的坑坑洼洼的小路，医疗队终于到达营区了。映入眼帘的是中国赴A国维和部队运输先遣分队的战友们帮助提前搭建好的帐篷。

由于营区是临时修建的，帐篷的周围到处长满了一人多高的茅草，看上去十分荒凉。小孟告诉章雪川，医疗队只能先在这里驻扎下，离这里不远处，中国工程兵部队正在紧急修建一座框架式简易病房楼，这样就可以改善条件，展开医疗。章雪川顺着他的手指方向看到一个楼房框架已经矗立在前方工地上。

小孟又带点歉意地表示，由于设施老化，目前正在检修，眼下不能供电，也不知何时能供应水，所以请章雪川和队员们说一下，水壶里剩的水要备饮用而不能用于洗漱。小孟又表示已经和驻扎在前面工地上的中国多功能工兵连取得联系，他们会提供支援。

两人正在商议着，突然感到一道电光闪过，接着只听得头顶一阵炸响，却是一排响雷滚过天际。小孟看看天，对章雪川道："糟糕，这是要下暴雨的迹象！这里的帐篷虽已搭建好，但是排水沟还没来得及完成。遇到大雨，帐篷就要进水！我马上叫人赶紧赶工！"

"我们可以一起干！"章雪川忙招呼医疗队员们放下行李，马上投入战斗。十几名医疗队队员和先遣分队的几名战士一起，用简易的工兵铲开始挖排水沟。

一道道闪电划过天空，紧接着是几声闷雷响过，瓢泼大雨从天而降，裹挟着尘土和杂草，形成一道道令人窒息的帷幕，笼罩了这些正在艰苦作业的军人。这些来自大医院的医护人员，此刻就像普通的战士一样，在泥水里挖掘着，他们顾不上旅途的劳累，也顾不上泥水雨水将身上的军装打湿浸染，每个人的心中，只有完成任务的决心和动力。

一条简易的排水沟很快完成，雨水顺着沟渠流淌而去。大家这才纷纷躲进帐篷，看着外边电闪雷鸣，狂风大作，尘土和泥水混杂在一处，滂沱大雨噼里啪啦地砸向帐篷。再看看彼此，都变身为一个个"泥人"，连指甲缝里都是泥土。

"哎呀，这一身，又是泥又是汗，再加上几层土，要是没有水洗洗，可怎么睡觉啊？"梅瑰拉着方翘楚小声嘀咕着，却见章雪川找来几个塑料水盆，招呼着男队员们放在帐篷底下，接着从帐篷上流下的雨水。

大家就着接来的雨水，简单地洗了脸和手，丁盛和蒋子萌开起了玩笑："没想到咱们来非洲第一天，就变身为'野人'了！"

虽然在说笑，但是落到实处，队员们看看眼前的艰苦环境，完全超出了预期想象的，还是有些失望和沉闷。章雪川敏感地意识到士气的低落，就开始为大家打气。

他先用开玩笑的口吻，从大家军医身份说起："咱们以前总说要努力成为一名真正合格，能服务于战场的军医，如今是和平年代，捞不着打仗了，但是维和任务把咱们推上了可能面临枪林弹雨，真枪实弹的演练场。老天还更眷顾的是，竟然有机会让咱们从军医的源头练起，学习如何成为一名真正的军医！大家要感到幸运才是，不是每一个军医都能碰上这种机会和待遇哦！"

他提到的"军医的源头"说法果然引起大家的好奇，他就继续解释起来："前不久，我读到一本描写中国红色军医历史的人物传记，里面提到的一些细节让我难忘。在红军时期，我军的医疗条件相当艰苦，由于敌人严密封锁，部队药品、器材严重匮乏，手术台经常就搭在深山老林的茅棚中，红军战士用枪押着刚刚俘虏过来的白军医生，以自制的手术刀、钳子甚至木匠用的锯子为伤员动手术。后来有了根据地，才想方设法的成立了红军自己的卫生材料厂，生产出了大量医用棉花、绷带、酒精和一般外科器械、西药、中药，特别是创造性地改良了剂型的中药，如把粉针剂改为片剂，这样才解决了红军创建以来严重缺药的问题。后来又在苏区成立了军医学校，逐步培养出我们自己的军队医学人员，那代人也算咱们这些军医的鼻祖了！"

他看着大家都在认真听着，就莞尔一笑："你们没发觉，咱们眼下所处的境地，不就是在致敬咱们的革命前辈吗？让咱们能有机会从一穷二白的地方干起，真正体味一下人民军医的成长壮大过程，岂不是很难得的一种人生体验，也是非常有意义的一件事？一定会在咱们人生的履历上，涂抹上极为浓重的一笔！"

他这番亦庄亦谐的话语像缕缕阳光，照进了灰暗的帐篷，驱散了队员们心里的阴霾，点燃了他们心底的激情。大家又恢复了往日里活泼的情调，梅瑰还在大声地请蒋子萌多接几盆雨水，她要体会一下非洲特有的"甘霖"。

"怎么，你难道还想用它洗澡不成？咱们这里帐篷空间有限，估计你会放不开哦？"蒋子萌嘻嘻哈哈地逗她，引得梅瑰追着他打。

方翘楚看着恢复了乐观情绪的同事们，悄悄对章雪川赞美道："领导就是领导，为你强烈点赞！不过我好奇的是，你貌似读过不少书哦？顺手拈来？"

章雪川骄傲地扬起下颌："我这人，没别的优点，就一条——肚子里头全是墨水！"

"说你胖，你还真喘上了？"方翘楚笑着扔给他一个白眼。

玩笑归玩笑，眼看雨渐渐小了，风势也逐渐减低下来，章雪川和小孟商量起联系工兵连，想办法发电的事情，毕竟要时刻准备，遇到伤员和急症病人，面临急诊抢救的问题。他们正说着，就听见帐篷外响起脚步声。

十几个身穿中国维和部队军装的小伙子抬着东西走来，有一个大大的发电机，还有两个硕大的水桶。

走在后面的年轻军官追上前来，疾步跨入帐篷，却把大家都惊到了：竟然会是萧扬！

原来萧扬在半年前就接到参加维和的任务，参加 G 集团军维和工兵营来到 A 国，目前他担任多功能工兵连连长，负责在此地修建一所简易医院病房楼，配合维和医疗队建立起一家二级医院。他没想到的是，医疗队竟然会是章雪川、方翘楚他们！

他们正在加紧施工中，十天后，医院应该能启用。今天恰逢暴雨，他担心医疗队在帐篷里的用水、用电问题，就带着发电机和几桶水赶来支援。

方翘楚看到他自然是又惊又喜，当着大家的面就直接冲上去和他拥抱，大声叫着："老天！简直是奇迹啊，咱们竟然在这里会师了！"

萧扬倒有点腼腆，他笑着安抚住女孩，又看看四周微笑的人们，对章雪川点点头打招呼："真是巧遇，我也没想到！"

章雪川也是欣喜不已，和他握手："太好了，有你在这里，真算是他乡遇故知了，各方面保障有力，我们有福了！"

梅瑰看着水桶和发电机，也是欢呼起来："萧连长，你比刚才那场暴雨还急，是我们真正盼望的及时雨！"

"什么乱七八糟的？"方翘楚捂嘴笑，"刚才那场暴雨还没把你浇透啊？还及时雨，褒义贬义？"

梅瑰撇嘴："我哪有你方师姐的缜密思维？你一见到萧连长，更是才思敏捷了。我才说不过你呢！"大家说笑着，气氛热烈。

萧扬对章雪川等人介绍了当地的一些情况，又在物质保障方面对他们提出了建议。此地水源缺乏，萧扬他们连勘测好了地点，准备为医疗队在附近打口井，解决用水问题。还有一个需要保障的，就是蔬菜。此地奇缺绿色蔬菜，因为长期吃不到新鲜蔬菜，很多维和军人造成了严重的维生素缺乏，口腔溃疡。尤其是在刚进驻帐篷里生活的期间，他们吃了两个多月的脱水干菜，发了芽的土豆，铁硬的压缩饼干，拌着人类科技的结晶——维生素 C 的药片，度过了一段难以想象的艰苦时期。

萧扬说到自己已经想办法解决问题，就是自己动手，丰衣足食，他们在几十公里外的营区周围种植了蔬菜。等雨停了，他们就过去拉一批过来先给他们应急。他最后笑着表示，一定会尽全力做好医疗队的生活保障，不能让可爱的军医们面黄肌瘦地做手术吧。

听到他说出"可爱的军医"这个词，章雪川忍不住瞄了身旁的方翘楚一眼，方翘楚心里明白，却不加理会。一旁的梅瑰已经高呼起来："萧连长万岁！"

方翘楚捂着嘴笑话她："俗话说，吃人家的嘴短！你这还没吃到嘴里呢，就歌功颂德，山呼万岁起来？倒真是'可爱的军医'！"不动声色间，她就把这个定语甩了出去。章雪川心里明白，不由觉得暗暗好笑。

萧扬留下两名战士为医疗队发电，正在联系拉蔬菜的事情，就接到军令，马上赶赴一个区域排除地雷隐患。他带着战士们匆匆出发。

梅瑰看着萧扬离去的背影，一脸崇拜的神情："又能造房子，又能种菜搞后勤，还会排雷，据说还要修路架桥，天！这个萧连长真是个万能连长！"

方翘楚点头："以前在藏区时，萧扬就对工程兵部队八大专业都精通得很！"

"你们没听说，萧扬目前任职的就是'多功能工兵连连长'！"章雪川插了话，又看看方翘楚，"人都说'术业有专攻'，可是萧扬专攻得很强的'术业'有很多！这样的优秀军人，真是人才难得！"

方翘楚深以为然，但是总觉得他这是冲着自己说这番话，就是别有深意，甚至是"不怀好意"！她自然而然地想起前次自己和梅瑰撮合他和那个女主持人林珑约会时，章雪川的那掌反戈一击，就觉得明白了他的"坏心眼"，自然不能有好脸色、好语气来对他了。

她瘪瘪嘴，哼了一声："听你这口气，真有点像我老爸！貌似就是人家萧扬同志的上级领导！"

"我有那么老吗？"章雪川红着脸打个哈哈，赶紧闭口了。

因为长途跋涉，加上暴雨中的一场劳作，医疗队员们纷纷露出疲惫不堪的神态，章雪川吩咐大家赶紧吃了方便面，准备休息，先倒过来时差为要紧事。

方翘楚将一桶用刚烧开的热水泡好的方便面递到梅瑰手里，自己也拿过一桶和她相对而坐，一起吃起来。

梅瑰看着她感叹："没想到在这里也能遇到萧扬，真是缘分啊！你看他穿上维和军服，带上蓝盔，比以前更帅了！哼，我要是早生几年，也许就能爱上他！"

"想什么呢？"方翘楚用手里的塑料叉子敲她的头："咱们出发前，我可是和小风保证过的，要看好你，省得你这支靓丽玫瑰再被别人偷摘了去，驻扎在此处的维和军可不止咱们中国军队一家啊！这倒好，我就想着如何提防友军部队了，没料想刚落地第一天，你倒对自己同胞战友动了心思？"

"你才是'想什么'呢！"梅瑰抗议道，"谁说我对萧扬动心了？我是说你的事！不过拿我自己打个比方罢了。我目前还在幸福模式中啊，我们的姐弟恋牢不可破，不用你瞎操心！所以刚才我才会说'我要是早生几年'！"

她认真地看着方翘楚："我是说你们，你和萧扬，你们的事！这样机缘巧合，能在异域番邦都遇到了，还不该有个突飞猛进的进展啊？"

方翘楚直摇头："我都和你说过多少遍了？我和萧扬，此生就是蓝颜知己的缘分！你怎么总胡思乱想啊？不可能的事情，何必乱撮合！"

"可是我能看出来萧扬很爱你，很爱，很爱！"梅瑰跺着脚说。

方翘楚瞪她："爱情不是单方面的事吧？总要两情相悦才成！哼，上次你还对我说了那样一大套的新新人类宣言的？怎么到了我身上，就不管用了？单向的爱，是没有结果的！"

这番话刚好被路过他们身边的章雪川听到了，就忍不住接嘴："嘿，没想到，那样优秀的萧扬，竟然是剃头挑子一头热，真悲催！"

两个女孩都回头看他，方翘楚露出不以为然的神情，也忍不住怼他："替别人瞎操心的人，才悲催呢！"

梅瑰看他俩又有互怼的趋势，就忙打岔对章雪川笑道："队长，我发现你目前和萧连长，倒是一副哥俩好的样子？"

"当然，我们是好兄弟，好战友！"章雪川得意地一撇嘴，"哎，男人间的友谊，你们不懂！所以啊，我刚才听到你们两个小丫头在议论我好兄弟，心里十分不爽，才要拔刀相助，为他发声了！"

方翘楚白了他一眼，低头吃面，也不理他。

没想到那人却不知好歹，对着自己的学生继续起他不知深浅的思想教育来："方医生，你这个人什么都好，就是这偏执的性情，真得改改！任何人，什么事，到了你这儿，都仿佛抵到了死胡同一般，没法进展了，这不好！工作如此，爱情更应如此！人家萧扬，哪点不好了？哪方面又配不上你了？我倒是认为……"

"你根本无权认为！"他的话没说完，就被方翘楚无情地打断了，"'一张纸画一个驴头，好大的面子'？真无聊！你现今是医疗队长，又不是爱情队长，不要动不动就对人讲大道理好吧？"

方翘楚吃完最后一口面，站起身来，故意对梅瑰道："我看咱们回去还得继续为某人操心，你再帮忙问问那个女主持人，那个叫什么'林珑'的，要不要再约一回？咱们得赶紧把某人推广出去，省得他继续变态地折磨咱们！"

她扭头走了，剩下章雪川一脸无奈的笑。

梅瑰对着他同情地一笑："队长，这真是经验教训啊，千万别轻易给女人做媒！因为女人天生就是保媒高手，弄不好你就自投罗网咯！"

说完她也跑走了，章雪川只有摇头苦笑。

队员们吃过简单的饭，都三三两两回到各自的帐篷里休息。却不料刚过了不到一个钟头，警笛声突然尖锐地响起。

第三十一章 失联历险

特殊环境下的相互关爱一度让章雪川和方翘楚这对冤家有了和谐共处的良好氛围。方翘楚对章雪川的无意回护却刺痛了萧扬敏感的心。

医疗队接到第一名患者，病情很重。埃及特种作战分队21岁的士兵史瑞夫被送到医疗队，他的意识模糊，呼吸急促，高烧，全身黄疸。

章雪川指示罗宏用刚装好的B超仪为他做了检查，又进行了肝功化验，发现史瑞夫是重度贫血且疟疾检查呈阳性，病情危重。章雪川等人紧急会诊后，确定根据联合国二级医院接诊规定和中国二级医院现有治疗条件，患者病情已经超出了诊疗范围，必须马上向诊疗条件好的三级医院转送。

章雪川决定亲自带人护送史瑞夫到机场。临出发时，一个埃塞俄比亚维和军人又被送到医院，他是在制止当地一场暴乱时，被刀砍伤腹部，由于失血过多，伤情严重，必须马上处理。方翘楚让章雪川和丁盛留守指挥抢救，自己承担了运送史瑞夫的任务。

方翘楚和蒋子萌及护士小周一起转送史瑞夫，暴雨过后的道路泥泞不堪，救护车一直以不超过每小时10公里的速度在坑坑洼洼的道路上颠簸。车内，方翘楚和小周坚持不间断地为史瑞夫输液治疗，为他不停地擦汗，蒋子萌用手扶着患者防止他从担架上滑落，车辆每出现一次颠簸，大家就出现一次忙乱。

尽管驾驶员格外小心地驾驶着，但车辆还是陷入了一个泥坑，车身一下横了过来，险些驶出路基，在路边跌跌撞撞地停了下来。

蒋子萌跳下车，和驾驶员一起，想方设法把车子拽出泥坑，但一次次失败。方翘楚让小周看着患者，自己也跳下车去。她跑到车轮边仔细查看了一下，忽然想起了什么，急忙跑回车里，找出一些毛巾来。

蒋子萌奇怪地看着她，方翘楚忙暗示他帮助自己一起把几条毛巾都垫在车轮底下，她又跑到车头，示意驾驶员发动车子，她和蒋子萌在车尾用力推车，只听到一阵马达轰鸣，车子顺利地爬出了泥坑。

回到车上坐定，蒋子萌一脸钦佩的表情，看着方翘楚："方医生，我必须再一次崇拜你了，你怎么这么有办法啊？"

方翘楚摇摇头，俏皮一笑："在高原藏区学的。你要想像我一样成为万金油，以后就上藏区工作好了！"

方翘楚倒不是应付的话，这一招果真是当年她在藏区时，和格桑学的。有一天她去达拉村接伤员，就是格桑亲自开的车。路上遇到车轮陷入泥沼的情况，她亲眼看到格桑就是用这个办法把车轮拽出泥坑的。

车子继续向前行驶，在离机场不到一公里处，又被当地送葬的车辆挡住了十多分钟，直到机场负责警戒的巴基斯坦警卫车驱散当地车辆，救护车才顺利到达机场。直升飞机已经候在了停机坪，大家赶紧将史瑞夫转移到直升机上，目送载着患者的飞机飞向远方。

章雪川这边抢救腹部受伤的埃塞俄比亚维和士兵也是惊心动魄。士兵伤情非常严重，失血过多，急需补充血液。刚建立起的帐篷医院没有血浆储备，只能人工输血。章雪川挽起胳膊，命令梅瑰："抽我的，我是 O 型血！"

献过血后，章雪川又赶紧亲自动手为伤员缝合伤口。经过一番紧急抢救，伤员体征平稳下来。把伤员转送到帐篷搭建的临时病房中。梅瑰、罗宏等几个医护人员都疲惫不堪，章雪川让他们赶紧去休息，自己守在帐篷中。

梅瑰表示反对："不行，队长，你刚才输了血，该去休息。这里由我来顶着！"

章雪川摇头："今天是到这里的第一天，我是队长，理应值班留意一下情况。你赶紧去休息，倒过时差，明天也许还有新的任务。"

梅瑰也很执拗："那我和你一起值班好了。反正翘楚姐没回来，我也不放心！"

她和章雪川聊着天，仿佛无意间问道："其实我看得出来，你也很担心翘楚姐……他们！"

章雪川面不改色地说："废话，我是队长，肯定会担心每一个队员！"他又长嘘口气，"但愿他们一路平安，顺利归来！"

方翘楚和蒋子萌回来时已经是深夜。看着他们走进帐篷的那一瞬间，章雪川猛然站起来，正想说话，却突然间眼前一黑，身子直直地向前栽倒下去。

章雪川清醒过来时，发现自己躺在床上，身边有一个身影在床前晃动，他调整好自己的焦距，看清楚眼前是方翘楚那张充满关切的面容。

"你醒啦？真巧，我刚冲好这个！"

章雪川看到一把勺子舀着的液体喂到自己嘴边，他本能地拒绝着，却看到方翘楚皱起了秀气的眉毛："当医生跋扈惯了，当病人也不老实？来，赶紧张开嘴！"

勺子抵到章雪川的唇边，他皱皱眉，有点无奈地咽下了这勺液体，尝出来是糖水。

方翘楚笑看他："这是白糖水，目前对你无害只有益处吧？也巧了，刚好我带着些白糖，这下倒用上了。省得喝你那惯常的'手术室牌'葡萄糖饮料了！"

她又舀了一勺喂给他，他不再拒绝，乖乖地咽了。就这样一勺勺地喂他喝完了整整一大碗糖水，方翘楚才算罢休，脸上露出轻松又得意的表情。

"我没事了！你一直守在这里？赶紧去休息吧，这是命令！"章雪川不知道为什么，突然有点不自在起来，就蹙起眉毛，对她板起脸发号施令。

方翘楚也同样板着脸，没回答他，只是有点霸道地上前，一把捉住他的手腕，按住他的脉搏，暗暗数过了，放下心来。又仔细地为他盖好毛毯，转身离去。

一周后，一座框架式二层楼在萧扬带领的工程兵连队的赶工下，提前交付使用。章雪川带领的由六名医生、八名护士组成的医疗队在这里展开了相当于一个二级医院的战地医院。

萧扬带领战士们，协助医护人员一起在医院后面开辟了一个菜园，种上了各式蔬菜。萧扬笑着告诉章雪川、方翘楚等人，据他研究，种菜可能是中国维和部队的一大特色，是一个特有的文化符号。其实在国内，种菜是我们红色军队的一种光荣传统，从南泥湾时代开始，自己动手丰衣足食就成为我军的制胜法宝。中国军队有句老话，叫"伙食好顶得上半个指导员"，种菜有着保持艰苦朴素作风、传承人民子弟兵血脉等传统教育成分。作为一支崇尚艰苦奋斗、自力更生的军队，保持本色就是保持胜利。

事实上，如今在遥远的非洲，种菜的军队不只中国军队一家，尼泊尔、孟加拉等国的维和部队，也都会在营区开辟一块菜园子种菜。不过，中国军队会把菜地分配到每个中队、每个班，把种什么、种得好不好写进工作计划和总结中。中国军队的菜园子甚至比农业专家的示范田还专业，这一点是其他国家军队做不到的。

种菜对于中国军队来说，意义有多方面：首先是饮食习惯。联合国的供应标准按西方人的饮食习惯构建，肉类基本上可以满足需求，但基本看不到绿色的蔬菜，充其量只有极少量的芹菜和西兰花。在高温炎热的环境下，中国维和军人更愿意吃上一些绿色蔬菜。

其次种菜可以相当于一项有益于身心健康的业余文化活动。维和生活单调枯燥，受限于军纪，在战乱地区军人们也不能随意外出。于是种菜就和篮球比赛、文艺晚会和健身活动一样，成为中国维和军人业余文化生活的一个组成部分。在训练和执行任务的间隙，到菜地里看看自己亲手种下的各式各样、五颜六色的蔬菜，大家既开心又有成就感。在他们心中，那些空心菜、韭菜、青菜和西红柿，就像特殊的花朵，令人赏心悦目。

于是在很多维和任务区，中国驻军的菜园子成为外军来访的一个重要参观项目，获得友军的大量赞美。有外军参谋军官这样评价说："当我们在喝咖啡和晒日光浴的时候，中国军人已经在收获他们的西红柿了。"

方翘楚听萧扬说出这一大堆种菜心得，对他竖起大拇指。章雪川马上任命方翘楚担任战地医院的后勤部长，负责向萧扬学习种菜以及后勤伙食管理。方翘楚摇头，拉来好脾气的罗宏担任此职，说罗宏比自己有耐心，又细心。

章雪川认为方翘楚不敢勇挑重担，在推卸责任，方翘楚傲然回击，她要集中精力向他学习手术技术，不可懈怠。她又故意加上句："还有一点，先声明，我也是O型血，万能输血者，下次别忘了我这个最佳血源！总之你能上的，我都要跟上！"

章雪川拉过萧扬，低声笑道："有这样强势的丫头做学生，我是甘拜下风了，你这个排雷高手，任重道远啊，看你的造化了！"

他的话音刚落，萧扬的手机响了。接过电话，萧扬笑着对章雪川道："你简直就是乌鸦嘴啊，说排雷，任务可就来了！"

萧扬接到任务，要去边境上处理一片雷区。方翘楚看着萧扬，眼中露出担忧之色。萧扬笑着对她摇摇头，以示安慰，又对众人挥挥手，就准备带兵出发。

临行前，他拉住章雪川悄悄托付了一件事，那就是请他一定照顾好方翘楚。章雪川感觉他这个请求简直算得上是一句"废话"。他盯着萧扬满是期待和认真神情的脸庞，露出一丝苦笑："好歹她曾经是我的学生，如今是我的队员好吧？我对她的安全的重视程度自然不比你差？"

就在这天深夜，几名巴基斯坦维和士兵，因为枪伤被送进战地医院。其中一位伤情严重的经过急救处理后，要马上转送到位于 K 城的三级医院，方翘楚和蒋子萌熟门熟路地又承担起转运任务。看着几名躺在手术台上正在等待手术的战士，想到自己肩上的重任，章雪川压抑住自己的担心之情，同意了他们的请战要求。他和丁盛则分别对伤员展开急救。

没想到几个小时后，回来的人员只有蒋子萌。连夜完成几台手术后，已经疲惫不堪的章雪川刚下手术台，就听到梅瑰带来的消息，他又惊又怒，急忙拉着蒋子萌追问情况。

原来，在方翘楚等人转运伤员，途经一个村庄时，遭遇到一群不明身份的武装人员的拦截。对方自称是当地自卫武装，看到车上的红十字标志后，才拦车求助，他们得知对方是中国军医，就提出要求，留下来帮助他们救治一名病人，对方人员还问询这几名医护人员中谁懂中医，就这样，他们决定强行留下挺身而出，自称略通中医的方翘楚。方翘楚镇定地嘱咐蒋子萌赶紧继续转运伤员，自己则跟着这群武装分子走了。

章雪川听了蒋子萌的话，心急如焚，他马上联系萧扬，对方却在一百多公里的排雷现场，根本无法分身。萧扬在电话里听说方翘楚失联的情形，忧急之下，冲着章雪川大声喊道："你就是这样保护她的？一名女同志，你却让她承担最危险的运送伤员任务？章雪川你给我听着，方翘楚要是有任何闪失，我会和你玩命的！"

怒不可遏地吼过，摔了电话后，萧扬却又紧接着再次打来电话，让章雪川马上联系工兵连，请求援助，全力搜救方翘楚。

章雪川却不能再等下去，在和工兵连取得联系后，他留下梅瑰留守，自己和蒋子萌带上配枪出发去寻找方翘楚。

夜晚，方翘楚也经历了一场不寻常的人生体验。她被带到另一个村落，在一个僻静又隐蔽的屋里，一个哭闹不休的皮肤黑黑的五岁男孩正等着她救治。这个男孩叫托比，是当地一个武装分子头目的独生儿子。此时的托比躺在妈妈怀里，满头大汗地在又哭又闹，手指不停地指向自己的下腹部。

方翘楚顾不得四周充斥着警惕又怀疑的目光，她上前看视男孩，抚摸着他小腹处突兀鼓起的包块，很快就诊断出他是腹股沟疝嵌顿（是指腹腔内脏器进入疝囊后由于疝环狭窄，不能自行复位而停留在疝囊内，继而疝内容物出现受压现象。表现在腹股沟或阴囊部出现疼痛性包块或原疝块突然增大变硬不能还纳，呈持续性疼痛并有触痛），此病例比上次自己初到附属医院在门诊时遇到的那例要轻微一些，但是由于孩子小，所以对腹痛反应强烈。

方翘楚轻轻逗引着男童，拔下自己上衣口袋插着的一个卡通记号笔，递给男孩做玩具，分散他的注意力。她褪下男孩的裤子，在他小腹部鼓包处轻轻按摩着，包块在众人的注视下，越来越小，约莫过去十多分钟，她突然一发力，听得轻微一声响，包块全然消失。男孩母亲低头看儿子，只见男孩聚精会神地玩着那个有趣的记号笔，眼角还挂着泪珠，但是脸上已经没有任何痛苦的表情。

周围的男人都发出抑制不住的赞叹声。一个中年男子操着蹩脚的英语对方翘楚翘起了大拇指："China, good！"一个头领模样的人也说出三个能让她听懂的字："中医好！"

他们拿来食品和酒，方翘楚摇头，打着手势，用英语和他们交涉着，送自己回医院，但是沟通不利，没人听得懂她的意思。方翘楚摇摇头，只好暂时随遇而安。她想到蒋子萌回到医院后，一定会汇报情况，组织上会带人来接自己的。这群武装分子很快撤离了，方翘楚留在了村里。

她简单吃了点东西，又开始了意料之外的忙碌。这个村子很偏僻，且非常贫穷，很多人生病后就在家自生自灭。方翘楚利用随身携带的医药救护箱，开始在村民间巡诊。她为皮肤病患者敷了药，为爬树摔伤的孩子消毒、包扎伤口，又为一名叫丽莎的女子检查了怀孕情况。

忙碌了一整晚，又累又饿，加之先前面对武装分子受到的惊吓，方翘楚突然开始发起烧来。她倚在丽莎家的土炕前，沉沉睡去，脸色绯红，呼吸急促。就在此时，章雪川和蒋子萌在一路巡查中，找到了她。

章雪川一把将方翘楚背在肩上，他感觉到女孩温热的面颊贴在了自己的脖颈上，她嘴里念念叨叨地说着胡话，听不清楚内容，却是零碎可辨的"药箱""血压仪""去医院检查"几句短语。

章雪川心里一酸。在这异国他乡，战火频仍的土地上，他肩上的这个女孩，是如此的敬业、坚强，她的精神始终是强大的，但是此刻她的身体却又虚弱如斯。她在他的肩头吐气如兰，以一个小女孩的柔弱之躯，却承受着理想和信念的洗礼与磨难。这样的女子，怎能不让章雪川动容？他突然觉得心底的那根弦被轻轻拨动了，奏出一丝让他自己也无法确定出真实含义的乐曲。这种感觉太微妙，又太神秘，还带有一些兴奋和冒险的快感，让一向孤高自许，又倔强自负的章雪川迷茫了。

方翘楚在医院中醒来时已经是第二天清晨。她像是做了一场噩梦，猛然间分不清时空和时间的坐标。她觉得周身黏糊糊的不那么舒服，才记起来自己好像曾经发过高烧，出过一身透汗。昨天早晨到现在的记忆被一点点唤醒，方翘楚才确信自己是得救了，安全回到了战地医院。

梅瑰进来看她，她还穿着手术衣，看到方翘楚已经坐起身来，梅瑰长长地嘘了一口气。

"唉，翘楚姐，你终于醒啦！没想到你这个被大家看好的女外科医生，自己生起病来，也如此猛烈吓人！"

她对方翘楚讲述了昨夜章雪川背她回到战地医院时的情形。方翘楚高烧昏迷，章雪川一直守在她身边，为她实施各种降温措施。后半夜她的烧渐渐退下来，大家才放下心来。没料想深夜又遭遇急救事件。距离这里不到五公里的村落发生反政府武装和政府军的一场枪战，一名受了枪伤的维和战士被送到医院，章雪川紧急去抢救，嘱咐梅瑰守在方翘楚身边。接二连三地有几名被误伤的当地群众也被送到这里，因医务人员不够，梅瑰看到方翘楚情况稳定了，也去参加抢救。大家奋战一夜，直到半小时前才处理完全部伤员。

方翘楚听说后，马上下床："我现在完全没事了，你们该休息了，我去照顾伤员！"

她不顾梅瑰劝阻，执意来到病房，查看了几名手术后的伤员情况。她来到手术室里，准备整理一下仓促抢救后显得有些凌乱的器械，却不料突然看到让她震惊的一幕：身穿手术服，满身血迹的章雪川正倚在手术床边呼呼大睡。他的上半身靠坐在手术床床沿，头耷拉在胸前，双腿前伸，双臂虚虚地撑着地面。这样的姿态有些别扭，但是他却明显睡得很沉，嘴里不停地发出轻微的鼾声。

　　这样的情形看上去貌似怪异又荒诞，此刻的"傲娇一把刀"完全失去了往昔霸气又讲究的形容，却像一名疲倦至极的孩童一般无助和虚弱。他浓密的头发衬着有点苍白的脸颊，显得年轻又温驯，那双纤长玲珑的手此刻安静地低垂着，没有手术台上的灵动和潇洒，就变成一种普通的器官，支撑着主人极度疲乏的身体。这安静无害的容颜、肢体构成了一幅和谐安宁的图画，和他身上没有来得及脱去的，沾满血迹的手术衣形成鲜明又夸张的对比。诠释着一种深沉又令人感怀的内涵——这是一名刚刚走下战场的，冲锋陷阵过的战士。

　　方翘楚突然间觉得鼻头有点发酸，有湿漉漉的东西涌入眼眶。是心疼自己的老师，还是爱护自己的战友，抑或是理解怜悯自己的同行？万般情绪她一时也理不清楚。只是极为快速地做出了行动：她飞快地跑出去，从自己的更衣室里取出了一件白大衣，又匆忙跑回，蹲身在章雪川的身前，小心翼翼地将衣服盖在了他的身上。

　　近距离看到他的容颜，苍白的面颊，秀气的眼眉，轮廓分明的鼻梁，和往日里总爱傲慢撇着，此刻在睡梦中，完全舒展开来，形成温和又孩童气的线条。似乎一件衣物的遮盖给他带来一丝暖意，睡梦中的他竟然无意识间"嗯"了一声，嘴角努了努，满意地继续沉睡。

　　她默默打量着他。这是她第一次有机会如此近距离地这样观察他，也许准确地说，是第一次她有兴趣，而他又在无法抵抗的状态下接受她目光的洗礼。方翘楚竟然暗中将两个男人做了对比，远远逝去的格桑，和近前昏昏然大睡着的章雪川：一个是阳光帅气，果敢英勇，细腻的感情蕴含在孔武有力又霸气张扬性情中的野战军官；一个是冷峻孤傲，风度翩翩，时而诙谐幽默，时而改弦更张又咄咄逼人的年轻教授。两个男人性格截然不同，画风迥异，但他们都是军人，有着一样的血性和担当，也有着同一种令人着迷和沉醉的特质。这种特质究竟是什么，方翘楚也说不清楚，但是此刻想到此处，她却豁然而惊起，不知为何自己竟然会拿眼前人和心底深藏的已逝恋人作比较？

方翘楚被自己不可思议的行为震惊了，她有点慌乱地站起身来，看到门边站着似笑非笑的梅瑰。

"死丫头，你鬼鬼祟祟地干什么？吓我一大跳！……我……其实我就在想，你们也真大意，他累成这样，睡着了，该盖上点东西……再感冒了，咱们主刀医生没了，主心骨也就没了……"

她说得语无伦次，含糊其辞，还莫名红了脸，有点不好意思的感觉。梅瑰灵透过人，早笑着对她耳语："是喽！其实我更觉得你该去准备一点糖水，或者热牛奶什么的，等会他醒了，你端给他。他从昨天下午出去找你，回来照料你，又接着抢救伤员，都没有吃上东西。累不晕也饿晕了！人家好歹是你的老师，如今还是……"

梅瑰神秘一笑，方翘楚回身揪住她："你别瞎想，他除了是我的老师，是咱们的队长，还能是什么？"

"是你的主心骨啊，你刚才自己都承认了的！"梅瑰笑着低语揶揄了她这一句，赶紧转身跑了。方翘楚满面通红地瞪她背影一眼，回头看那人还正酣睡不醒，就当真回到自己宿舍，去找奶粉。

萧扬风风火火地赶到医院，他急匆匆在病房里转了一圈，没看到章雪川和方翘楚，转身来到手术室，正看到卧地酣睡的章雪川，就大声喊起来："哎，你还能睡得着？她呢？方翘楚，在哪里？"

方翘楚正好端了一杯热牛奶过来，看到此景忙放下杯子，几步冲到萧扬面前，拉住他走到一边，瞪着桃花眼，满是责怪之意："你干什么啊？一来就大呼小叫的！你也太过分了！你知道他有多辛苦吗？抢救了一夜伤员，累得都走不回宿舍了，就这样倒地一睡，我们都不忍心叫醒他！"

"我……"萧扬被她吼愣住了，为又能看到她安然无恙地站在自己面前而欣喜，又愧又喜之下，竟然说不出话来。

章雪川懵懵懂懂地醒来，站起身子，打量一下周边，又看看自己身上带血的手术衣，脸上露出不好意思的神情来："我就这样睡了一觉？"

方翘楚不再理会萧扬，将手中的牛奶递给章雪川："赶紧喝了！然后回房继续睡！你忘了前次犯低血糖晕厥的事了？哼，我们可不想像抢救伤员那样抢救自己的领导！"

她说完这句话，扭身走了，把两个神情懵懂又不自然的男人扔在当下。

章雪川苦笑一下，一口气喝了牛奶，看了一眼萧扬，口气仍是揶揄的味道，虽然有点不自然："你也看到了，将门虎女方医生好端端地回到了组织怀抱，又活蹦乱跳地出现在你面前，还没忘了强势对抗自己的直接上级一把，萧连长当放心了？也免去和我玩命的招儿了？"

萧扬愣怔着，心内五味杂陈，难以言说。方翘楚刚才对章雪川的毫不掩饰的关切和回护之情，让他感到惊愕，难以相信，又有点心酸。他揉揉鼻子，掩饰了自己的尴尬神态，淡淡地一笑，也没再说什么。他的电话响起，又有新任务，萧扬来不及和方翘楚告别，匆匆离去。

第三十二章　以身试药

章雪川没想到方翘楚竟然会亲身尝试草药，她的勇气和无私令人感动复赞叹。但是这番两人朝夕相处又并肩战斗的别样人生体验，给予章雪川的难道真的只是感动或赞叹？

在战地医院，医护人员们每天都会听到远远近近传来的枪炮声，同样危险的还有很多传染病——艾滋病、疟疾、布病、皮肤疾病等，在出国前对培训知识的学习，到此地后的驻地见闻，以及人们的热议，这一切让大家的心理阴影面积逐渐扩大。

仿佛怕啥来啥，刚刚在新建的医院场所里安顿下来的医疗队队员，很快就有了一场惊魂的体验。

这场风波从梅瑰开始。一天早上，方翘楚起床时，发现睡在对铺的梅瑰在被子里呻吟不绝，她上前查看，看到梅瑰面红耳赤，呼吸急促。伸手到她额头一摸，温度烫手。

"呦，梅丫头你发烧了？"方翘楚赶紧三下五除二穿好自己的衣服，就给她拿来药品。从附属医院带来的抗感冒冲剂一向对付伤风感冒有妙效，身为医务工作的本院人员也是作为常备药物，经常携带在身侧。

她又倒了一大杯温开水，照料她喝了下去。

"多喝水，注意休息。这几天你就踏实待在屋里吧。"

梅瑰有气无力地叮嘱她："千万别在微信里……透露我的情况，不然……某人疯起来，几天后出现在这里，也未可知！"

方翘楚知道她指的是弟弟楚临风。来非洲后，梅瑰和楚临风在微信上保持着密切联系。梅瑰在工作之余抱着手机边看边微笑的样子，看在方翘楚眼里，完全是一个陷入热恋情网中的傻姑娘情状。她当然也了解自己弟弟的个性，冲动而激情，如果说为了探视病中的恋人，马上飞到这边来，还真有可能。她为梅瑰掖好被角，安慰道："知道了，那个傻小子，成事不足败事有余的事情，还做少了？"

"那是你不懂爱情，才会这样说他！"梅瑰难受中也不忘为自己的恋人辩解，嘴里咕噜一句，就又睡着了。

但是随后两天，丁盛等队员们也相继出现发热症状。有人提出疟疾疫情的猜测，医院里一时气氛紧张。

章雪川也感染了不适，他咳嗽、发烧，但是仍坚持出现在工作岗位。好在最近局势平稳，没有什么重伤员和危重患者送来，医务人员们多半照料在自己同事身旁。

梅瑰已经退烧，就是咳嗽不止，方翘楚让她待在宿舍里休息。方翘楚忙碌在后续开始发烧的蒋子萌等人身旁，为他们送水，做病号饭。直到某天她一直没看到章雪川的身影，才有点狐疑地来到他的宿舍查看。

章雪川躺在床上，盖着两床棉被，身子几乎陷落在那一大堆的棉物中。方翘楚上前掀开被角，摸着他的额头，一手湿汗。

"别靠近我，小心传染！"那人在被子里瓮声瓮气地提醒着。

方翘楚甩开手，在棉被上拍了一下："我目前就活动在病人堆里，要传染，早就传染上了，还等这会儿！"

她端来一杯水，递到他的床前。

章雪川坐起身来，咕嘟咕嘟喝下一整杯的水，又伸手要。方翘楚又去兑了水来，一连看着他喝了三大杯，才叹息起来。

"你说你有多渴？怎么不知道叫人呢？"

"叫什么叫啊？你们都在忙。我能忍住。"

方翘楚上前又摸摸他的前额："出了这么多汗，烧该慢慢退了！"

章雪川咧嘴笑，干爆皮的嘴唇，因为刚刚喝过水，有点湿润，但是看上去仍令人揪心。

"其实咱们学医的都清楚，感冒只能休息加多饮水，吃不吃药倒在其次，都有个恢复过程！"

"但是如果这不是一场普通的伤风感冒呢？"方翘楚冲口而出这句话，又盯着章雪川看。

章雪川想起昨天飘到耳朵里的那句传言，也注意地看着方翘楚："我正想叫你来商量这件事。听说有人建议试着使用抗疟药物，我觉得要慎重。抗疟药的副作用是显而易见的，尤其伤害眼睛，可以引起很多病症！我觉得在没有确凿证据证明这波发热是由于疟疾引起，千万不能用任何抗疟药品！"

方翘楚点头，同意他的观点："其实也是有人提出，为了防患于未然，先可以试着用一点抗疟药。但是目前我也觉得仅仅从相当一部分人发热的症状，就怀疑是疟疾感染，也失之草率。"

章雪川郑重地叮嘱她："我提议，你马上安排发热的同志，再做一次查体、验血，根据结果，我们再制定治疗措施。"

方翘楚认真地接受了这个任务。

这天晚上，方翘楚守在章雪川的床前，她细心照料着他。当她看到他浑身都被汗水浸透，额头布满水滴时，她悄悄打来一盆温水。

她绞了毛巾，轻轻为他擦拭着。擦过脸颊，又为他擦拭了脖颈。当她轻手轻脚地揭开他身上盖着的被子，又伸手准备解开他的上衣扣子时，他蓦然惊醒，直勾勾瞪着她。

"你……干什么？"

她有点好笑，也回瞪着他："我还能干什么？给你擦一下啊，你看你已经像从水里打捞上来的了！"

章雪川强撑着坐起身来，从她手里抢过毛巾，嘴里嘟囔着："那也得我自己擦，你擦算什么？"

"我在照顾生病的战友好吗？"方翘楚直撇嘴："身处 21 世纪的当代，一个医学博士，还是留过洋的，你不会讲究男女授受不亲这条吧？"

章雪川脸有点红："到什么年代，男女有别还是要讲的吧？"

"可是我们都是医生，你这……"

她话未说完，他已经无奈地告饶："你就当我是抱残守缺的封建余孽好了，你先出去一下，我自己能擦！"

他此刻的确感觉身上湿乎乎地不好受，就一个劲儿推她出去。方翘楚翻着白眼出去了，却注意留心屋里的动静。他身体太虚，她真担心他会体力不支而摔倒。

大约过去一刻钟，他打开门，身体还是有点晃悠。

"我擦好了，也换好衣服。这盆水……麻烦你帮我倒一下。我怕手上没劲儿，再摔了盆子……"

看到他如此虚弱不堪的样子，她莫名心疼起来。她上前扶住他晃悠悠的身子，先送他回到床上躺下，又端起地上的水盆。收拾毛巾时，她想起什么，就看着他问："换下的衣服呢？"

"你别管，我自己能洗。我身体马上就恢复了。"他红着脸嘟囔着。

她一脸愤懑："等你恢复了再洗，衣服早馊了！"

她绷着脸命令他："赶紧交出来！"

他犹豫半天，才从被子里扯出一件半湿的衬衣。她气哼哼一把抢过来，扔到水盆里，端着走了。

章雪川看着女孩离去的背影，眼中蓦然蒙上一层温柔的光芒。

在章雪川的坚持下，在严重缺乏相关检测设备的情况下，通过认真查体、验血、综合分析，发烧的几人被确诊为一种普通的病毒感染，从而避免了更多的人被使用副作用较大的抗疟药物。

但是这种极富传染性的感冒还是需要及时治疗。现有的西药药品效果不好，条件有限，方翘楚想到了中草药疗法。以前在藏区时，她看到过几个神奇的案例，通过中草药治疗好了传染性极强的病毒感冒。她曾经拜当地的一名老中医为师，学到了不少有关中草药的知识。

她把这个想法告诉了章雪川，没想到竟和他不谋而合。章雪川当年和老外婆生活在成都那两年，体弱多病的他，就是外婆通过中医、中药改善了他的身体功能，让他逐渐强壮起来。

成年后他成长为一名西医外科大夫，但是业余时间，他也经常钻研中医中药的知识。他曾经和一名在C市搞中草药研究的殷教授交往甚密，经常向他学习中草药配方。他记起殷教授曾经和他一起研究过一个中草药典籍中记载的治疗病毒感冒的古药方，他曾经想用于一个临床病人改善爱感冒发烧的体质，但是因为种种原因却没能如愿。

此刻，他记起了这次自己亲身感受到的这场"感冒"，就和当时研究的那个药方所对应的病症非常类似，他马上想到了那个始终未能见天日的"古方"。

章雪川凭着记忆说出了古方的成分："金银花15份，蒲公英20份，桔梗5份，麻黄5份，苦杏仁5份，石膏20份，甘草10份，板蓝根20份，淡竹叶5份，桑叶5份，紫苏5份……"他一口气说出了近二十种中药材料的名称和份额，但是突然想到眼下所处的地方，又泄了气。

"唉，这不是在国内呀，就算药方能用，可到哪里去配齐这些药材呢？"

方翘楚眨动着桃花眼，突然一个讯息涌上脑畔："你忘了，上次萧扬提到过，距这里50多公里的一个工兵营区，有一位姓左的中医，作为随队军医，带了大量药材，经常为驻地老百姓治病的？还很好地宣传了咱们的中医文化？"

章雪川也记起来："对啊，其实前两天，大家在怀疑是否是疟疾感染时，我就想起了他！据说他曾用青蒿素治愈了很多例疟疾，受到当地人高度赞扬！"

方翘楚十分兴奋："是啊是啊！你赶紧开好药方，我联系萧扬，马上去配药！"

章雪川被她的情绪感染，也挣扎起虚弱的身子，在手机上写下药方，又发给远方的殷教授核对，商榷，根据他自己此次体味到的病情，略加删改，很快形成了一个药方。

方翘楚更是行动麻利，一个微信就招来了萧扬，他们匆匆开车去找那位左中医。

顺利配好药材回来，萧扬回到驻地，方翘楚开始煎药。梅瑰跑来替她，说队长在召唤她。

章雪川还不能起床，他半倚在床头，认真地嘱咐方翘楚，第一碗药端来他先喝。

"你做什么？不放心？怕中毒？想以身试药？"方翘楚盯着他的脸，一叠声地追问道。

章雪川故意做出轻松的表情："开玩笑，我自己配的药，我还没这个自信？"

他咧咧嘴："我先喝，这样我能好得快点！我也可以帮你煎药，再拿去给别的同事用！"

方翘楚死死地盯着他，露出根本不相信的神情。看着他依然固执地抿嘴模样，知道他这个人是一贯制地不好通融，于是她轻浅一笑。

　　"好吧，你说的对！但是你也不必事事争先！既然药没问题，那谁先喝不都一样？"

　　"方翘楚，你怎么这么别扭？还总和我别扭？！"那人竟然低声怒吼起来。他的身体还很虚弱，这吼声没有往日的威力，却带着一丝无奈和气急败坏，"你看我病着，还和我较劲？赶紧的，煎好药，就给我端过来！"

　　"不！"方翘楚回答得简短有力，也不去看他的神色。

　　"好吧，算你狠！"那人挣扎着起身："我看你这辈子就是我的魔星，和我做对到底了！你走开，我自己去熬……"

　　他愤然喘着粗气，仓促起身，一阵头晕眼花，差点栽倒在地，幸好她眼疾手快地给扶住了。

　　她用劲把他的身体搬动回床上，涨红了脸，呵斥道："好了好了！我服从你的指示，马上端药来给你！"

　　她气哼哼地出去，还不忘扔下一句话："你才是我前辈的冤家呢，又倔又犟，什么事都不合作！"

　　他倚在床头，心里却被她这句话狠狠击中了。"前辈冤家"似乎对应了自己刚才无意间抛出的那句"你这辈子就是我的魔星"，一股无法言说的感觉漫上心田。

　　但是等了几分钟，没等到方翘楚端药来，却等来梅瑰送来一碗稀粥。

　　"你这是做什么？我的药呢？方翘楚呢？"章雪川奇怪地看着她。

　　梅瑰咬咬嘴唇，将碗递到他的面前："师姐说，喝这副中药不能空腹，所以先让我给您送点粥来。"

　　章雪川："瞎胡闹！我自己开的药方，我不知道？方翘楚又在搞什么名堂？"

　　梅瑰看着他，几次欲言又止，最后在章雪川的逼视下，终于说出刚才看到的一幕令她担忧的情形："队长，您说如果本身没感染病，喝了您开的那种药，不会有事吧？……刚才方师姐把那罐刚熬好的药，自己喝了！"

　　"什么？"章雪川惊讶地大喊一声，瞬间，却有热流涌入自己眼眶。

　　他吸吸鼻子，拼命忍住了即将夺眶而出的泪水，掩饰着嘟囔："这个擅作主张，不服从纪律听指挥的方翘楚！"

章雪川和方翘楚联合炮制出的这味中药果然见效，很快大家都恢复了健康。

方翘楚开心地像个孩子，将药方认真地记在了自己的笔记本上，说是以后回国后要好好研究一番。章雪川却看着她一通感慨："我倒觉得你更应该把'三大纪律，八项注意'好好抄写在本子上！尤其是第一条应该抄写十遍！"

方翘楚抬眼看他，桃花眼里氤氲着顽皮又温馨的笑意："报告队长，我知道错了！但是你别忘了，在某些特定的情形下，一个军事主官的健康和存在是下属们应该充分注意和维护的！革命战争年代，有战士掩护领导先撤退，或者为领导人挡子弹，这都是必须的！"

章雪川瞪眼看她，方翘楚却一本正经："你瞪我我也要说！你知道你自己的重要性吗？对于我们这些队员？对于即将送来的，源源不断的各国维和军人伤员？'一把刀'要扬威异域，我们在等着为你加油，鼓劲，喝彩呢！"

"诡辩！伶牙俐齿，口若悬河，谁说的过你？"章雪川白眼对她，心里却再次奇怪地涌起一股甜蜜的潮水。

战地医院工作顺利展开，一时病员不多，医护人员借此休整了一段时间。

这日方翘楚去离驻地几公里的一个集市去买日用品，遇到上次认识的那个孕妇丽莎，她正在摆摊卖东西。丽莎对方翘楚讲了自己的情况，作为一名高龄孕妇，好不容易才怀孕，所以孕期她一直惴惴不安，不知道肚子里的孩子是否发育良好。

丽莎的英语说得很好，她请方翘楚为自己再做一下检查。方翘楚想起医疗队带来的那台 B 超仪，就果断地将丽莎带到了驻地。

负责超声多普勒检查的梁医生认真为丽莎做了 B 超，发现胎儿一切正常，发育良好。丽莎有了确切的诊断结果很是欢欣鼓舞，她对医疗队医生们表示了感谢，更是拉着方翘楚的手，一个劲儿兴奋地晃着。

丽莎满意而去。很快，她就发挥了活的广告效应，方圆几十里的孕妇们都来到医院，希望能接受中国医生的孕期检查，尤其是接受一次那个神奇的医疗仪器的检查。方翘楚因此向章雪川提出建议，鉴于当地医疗条件极为落后的情况，可以充分利用现有仪器的功能，在接诊各国维和军人伤病员的空隙期，为当地的群众提供服务。章雪川同意了她的建议。

第三十三章　情愫暗萌

两情若是久长时，心有灵犀一点通。一句无心的玩笑话，瞬间撩拨了章雪川和方翘楚两颗敏感的心。这段情，不是爱情，又会是什么呢？

医疗队从国内带来的这台国产 B 超机从此变得神奇起来，在当地老百姓眼中，它就像一架魔具，而中国医生个个都是救命的天使。

章雪川看着当地人对中国医生的崇拜和敬仰之情，又想起了方翘楚在藏区时的行为。他建议方翘楚可以再次背起药箱，服务于当地群众中。而他，愿意和她同行。

"咱们还可以借机弘扬一下咱们中国医学的博大精深对吧？"方翘楚兴奋地睁大了桃花眼，"上次到左中医那里，我就看到了！中国中医学和中草药对当地人的帮助！限于医疗条件，咱们外科医生，可能不会有太多的高难手术可以做，但是中医可以治疗很多常见病，慢性病！这样咱们又发挥了医生治病救人的功能了，该有多好？"

章雪川也笑了："你的想法不错！不过，我想知道的是，你这个一心想学外科手术技能的倔强女子，在中医方面，还有哪些技能？"

方翘楚眨眨眼睛："我在藏区学过针灸，也会拔火罐什么的！但是都没有机会施展出来呢！"

章雪川笑笑："我也会一点，咱们切磋着来吧。中西医结合，因地制宜，能为大家解决病痛，就是王道！"

"哇！原来你这个外科手术王子式的人物，也有'不务正业'的一面呢！"方翘楚开心地和他玩笑着。

于是，章雪川和方翘楚结成一对黄金搭档，利用空闲时间，背着药箱，在当地群众中巡诊。语言关对于他们来说，成了第一个拦路虎。

A国人主要说阿拉伯语。与他们曲折的巡诊路相似，他们两人与当地患者的交流也是采用"拐着弯"说话的形式：先把汉语转换为英语，再转换为阿拉伯语，附加"手语"，这样才能和患者有所沟通。

章雪川因此启发智慧，采取了一系列措施，加强医疗队的语言知识，以便和当地群众沟通顺畅。他找来了上次迎接他们并且懂不少阿拉伯语的小孟，抽空教大家阿拉伯语。又请他协助自己，逐步把常用的医疗短语编辑成汉语与阿语对照版本，打印出来，每个队员发了一本，随身携带，既便于应急又方便记忆。一个多月下来，效果明显，队员们逐步掌握了常用的阿语和医学术语，诊治病人基本不需要翻译。

章雪川和方翘楚的巡诊活动也引起广泛好评，他们的亲和力以及高明的医术让周围的百姓纷纷称赞中国军医的德行"China good！"

其实这个过程也充满戏剧性。让当地民众接受传统中医疗法，也经历了一段曲折的道路。某次，附近雷诺村的一名男子霍赛慕名来找方翘楚给他做针灸治疗。但是当他看到方翘楚手里闪亮的银针时，吓得面如土色，头摇得像拨浪鼓一般光脚就跳下了病床。

一旁章雪川对他解释，但是他仍旧心有疑惑，不敢接受治疗。方翘楚挽起袖管，就想向自己胳膊试针，来解除他的恐惧和不安。

章雪川拦住了她，主动躺在病床上，鼓励方翘楚为他扎针。

"你不是说，你曾经学过扎针治疗颈椎的么？刚好，就现场给我做一次，这样大家都不害怕了！"

章雪川笑着鼓励方翘楚，他的话仿佛有魔力一般，让方翘楚信心倍增，她镇定而自然地上前找准他的穴位，举起针来，刺入肌肤。

霍赛惊奇地看着这一幕，嘴里不停地称赞着，眼里也放射出羡慕和信任的光泽。

他们同样用中医为各国维和军人们治病。28岁的法国营中尉艾尔曾在过去的运动中摔伤腰部留下病根，给自己的从军生活带来极大不便。他去过多家医院，花了不少冤枉钱，病痛却丝毫没有减轻。后来他慕名来到中国医疗队试试中医疗法，方翘楚为他做了一次针灸治疗，没想到第二天腰痛就减轻了不少，喜出望外的他握着方翘楚的手，不住地说着才学会的一个中文词语：棒极了！

没想到艾尔感受到中国医生的神奇技能后，又在各国维和军人中广泛传播，方翘楚的名字竟然引起了一名美国男子的注意。

汉斯是一名美国战地记者，在各国维和军营里采访，他听说了有一名年轻漂亮的中国女军医医术高超的消息后，慕名来到中国医疗队驻地。

汉斯找到了方翘楚，说明了自己常年患有腰肌劳损的病症。方翘楚认真问明病因，为他扎了几针，汉斯夸张地赞扬起来。

从此汉斯成为中国驻地的常客，多次请方翘楚为他做针灸治疗。他亲切地用刚学到的汉语，称呼方翘楚为"楚"，这个无意中显得异常亲热的称呼让梅瑰、蒋子萌等人笑话过多次。汉斯也和他们成为朋友，经常一起聊天。但是章雪川却对他很是冷淡，还在某次专门提醒方翘楚：小心和汉斯的相处，中国军人，可不准搞什么中外恋，那是违反军纪的事。

方翘楚瞪大了眼睛："天！我的章队长，你是在开玩笑吗？还是认真的？"

章雪川没有正视她的眼睛，嘴里支吾一句："你有则改之，无则加勉好了！"

"还有则改之，无则加勉？我看你完全是在捕风捉影，疑神疑鬼！"方翘楚一脸委屈，桃花眼闪动着愤愤然的光芒。

章雪川看着她生气的样子，反倒笑了，语气缓和下来："我不是胡乱怀疑你，但是国情不同，风俗习惯更不一样，有的人，天生禀赋热情似火，直接莽撞的民族特性，尔等良家女子还是小心为妙！"

方翘楚化嗔为笑："那没办法！谁让咱们中国女人充满魅力？"

章雪川也哈哈大笑："是啊！如果这位中国女子还长着一双勾人魂魄的桃花眼？"

"桃花眼？"方翘楚只顾仓促回击了："可惜某些人却根本不懂得怜香惜玉！"

这是两人第一次用一种暧昧的语调在开玩笑，直到彼此红了脸，才意识到有些情绪竟然像夏天的爬墙虎，葱葱茏茏地爬上了彼此的心头。

这次玩笑后，方翘楚觉得自己和章雪川单独相处时，突然变得不那么自然了。她甚至不敢像往日那样，经常直视着他的眼睛。

"一双勾人魂魄的桃花眼？"这句话一直萦绕在方翘楚的心头，奇怪的是，这明显有点"僭越"的玩笑语，竟然没有丝毫引起她的不快和讨厌，反而在她的心头注入了一种甜蜜的喜悦。是一种什么样的感觉呢？被人欣赏？被人关注？还是被人……爱着？

念及这里，方翘楚悚然而惊！她第一次正视这种奇怪的心绪的植入，仿佛一挂淡而清雅的紫藤花，伴随着青葱的爬墙虎，一点点在她的心头墙壁上蜿蜒攀援。

"不可能！绝对不可能！我和他，隔着星星和地球的距离，隔着千山万水，还隔着一个鲜活而又令人痛心的影子——格桑！我们的心，怎么可能走近？甚至……"

方翘楚不敢再想下去，她用劲儿地甩甩头，像是要甩掉一丝不可能存在的胡思乱想，但是却甩不掉心头突突直跳的那股感应。

忙碌的工作能分散人的注意力，方翘楚很快在日常医疗工作中，调整好心绪。

一名叫巴布鲁的七岁小男孩被送到战地医院，男孩身上有五处枪伤，喷着鲜血，人事不省。章雪川为他紧急实施手术，取出子弹。方翘楚主动承担了术后照料孩子的职责，她耐心地给他喂水，喂饭，又哼起歌曲，安慰他始终不安的情绪。

当夜晚章雪川来查房时，方翘楚忍不住对他哭了一场。原来，方翘楚从送巴布鲁来医院的人嘴里，了解到孩子的悲惨身世和令人恐惧的经历。

巴布鲁是一名孤儿，从小失去父母，在村子里流浪，经常会饿得昏厥在别人家门口。此次受伤，竟然是由于他饥饿难耐，爬到树上找果子吃，却不料被另一帮找食物的人，当成树上的猴子用枪击中了。

方翘楚强忍住心里的震惊和伤感，照顾在巴布鲁的身边。但是当孩子睡着了，她看到来查房的章雪川，终于忍不住失声痛哭起来。

章雪川揽住她的肩膀，安慰着，方翘楚自然而然地陷落在他的臂弯中，她抽泣着，诉说着自己对这个可怜的非洲小男孩的同情之意。她的母性仿佛在这个孩子身上强烈地觉醒了，她泪眼蒙眬地对章雪川说道："我们要为他做点什么，也要为像他这样的可怜孩子们做点什么……"

章雪川用劲搂了搂她单弱的肩膀，像哄一个无助又委屈的小女孩那样安慰着："按照你内心的想法去做吧，需要我同行，我一定责无旁贷！"

巴布鲁伤情平稳后准备转往后方医院，他拉着"中国妈妈"方翘楚的手不肯放松，眼里淌着眼泪。方翘楚把孩子紧紧搂在怀里，把他送到机场。

在登机的时刻，方翘楚和巴布鲁准备分手，小男孩两只手紧紧搂住方翘楚的脖子，在她的脸颊上印了一个吻，贴着她的耳边说了句："Mam, Goodbye！"方翘楚忍住泪水，反复交代着护送人员，要好好照料他，又把为他买的一大兜食物放到孩子的身边。

送走巴布鲁，方翘楚心情久久不能恢复平静。几天后正是周末，一大早，章雪川出现在她的面前。

"我想咱们今天去一个地方，你会喜欢，也会让很多战友感到有意义！"章雪川像变魔法一样，从身后拿出两大包东西，有吃食，还有图书和一些生活用品。

方翘楚翻着看，一脸惊奇："老样子，你是把自己这几个月的补助都花光了吧？这里的东西可不便宜！"

章雪川笑笑："我一个单身汉，留钱有什么用？不如用在更有必要的地方！"他挥挥手，示意方翘楚跟自己走，在医院门口，看到了等在那里的梅瑰、蒋子萌和罗宏。

章雪川带他们来到的这个地方，是当地一家孤儿院，里面有很多像巴布鲁一样无家可归的非洲孤儿。那一张张呆滞的小脸，一双双乞求的眼神，一双双赤裸的黑色小脚，不断冲击着队员们的视觉，震撼着他们的心。

方翘楚走到一个和巴布鲁长得很像的瘦弱的小男孩身边，拉住他的小手，微笑着教他唱儿歌，陪他做游戏，笑容很快绽放在这个腼腆男孩的黑色脸庞上。

小男孩不会讲英语，方翘楚就试着用手对他比画，与他沟通。她先用手指指向自己，又双手合拢做成一个心形，再将手指向男孩："I love you！""我爱你！"

章雪川站在一边饶有兴趣地看着，也露出会心的笑意。

大家相处得很开心。章雪川宣布这里作为他们医疗队关注的一个点，队员们可以利用休闲时间，定期来这里慰问，为孤儿们带来温情和帮助。

方翘楚发现这里的孩子们很快就和医疗队员们建立起感情。也许他们太缺少关爱。他们叫着"中国爸爸"和"中国妈妈"，和这些黄皮肤、黑眼睛的中国军医们欢聚在一起。

回营区的路上，章雪川和方翘楚并排走着。方翘楚忍不住发出感慨："这样的地方，让人记起曾经听到过的那句话——'我们不是生在一个和平的时代，不过是有幸生在了一个和平的国家'！"

章雪川点头："看到这个遭受战争重创的国家，望着这些痛失亲人的孤儿，才能让人更加真切地体会到和平的可贵！也更明白身为一名维和军人的意义所在：我们来到这里，就是要为这里的人们送来和平和安全！"

中国重要的节日——春节来临时，远在非洲 A 国的中国军营里，绿意盎然的各种蔬菜带来一种别样的喜气。

萧扬带领他们种下的蔬菜已经到了收获季节，中国军医们尝到了收获的喜悦。在章雪川的提议下，医疗队和萧扬麾下的多功能工兵连举行联欢活动，一起包饺子过节。

方翘楚和梅瑰被指定为活动组织者。在她们策划下，在医院周围挂起红红的中国结和圆圆的红灯笼，使这个远离祖国的中国军营，瞬间充满了浓浓的年味。

工兵营的战士们采摘来各式蔬菜，送到厨房里，医疗队员们协助炊事员做菜，拌饺子馅。章雪川挽起袖子开始擀饺子皮，他动作利索，熟练又快捷，看得梅瑰目瞪口呆。她拉来刚去布置了联欢会场的方翘楚，指着章雪川笑弯了腰。

"我只说人家'一把刀'手术台上是好手，没想到干起家务也是老道成熟。这要是谁嫁了，岂不幸福一辈子？"

方翘楚凑近她耳边，小声哼道："目测该同学的能力还未使尽！若是等会他再抡起炒勺来狂颠一通，会不会更吓咱们一大跳？这个章雪川，还真有点人不可貌相呢！"

她虽然说笑着，但是看着这样的章雪川，却莫名有了一丝钦佩之意：这样食人间烟火的章雪川才是接地气的，也更亲切，更鲜活。

准备好了年夜饭的食材，大家才来到医院后院，这里临时充当起了简易的联欢会会场。医疗队和工兵营轮番上去表演节目，歌舞、小品、魔术、军体拳表演，大家欢声笑语，汇成欢乐的海洋。附近其他国家的维和军队也派来几十名军人来参加活动，将晚会的气氛带到了高潮。

梅瑰代表医疗队表演了舞蹈《今天是个好日子》，萧扬弹起吉他，唱了两首歌曲。唱到第二首《东山顶上》时，方翘楚忍不住上去，和他合唱起来。

章雪川看着两人配合默契的情形，第一次在心底涌起一股说不出来的感觉，是羡慕还是嫉妒，抑或是难言的惆怅？连他自己都说不清楚。

章雪川正在发愣，却被周围人起哄着，让他这个医疗队队长出个节目。章雪川有点窘，红着脸解释自己五音不全，又毫无音乐舞蹈细胞，平日里就是一个缺少生活情趣的人。

"你们总不能让我表演一下如何挥舞手术刀，来个庖丁解牛的节目吧？"他笑着调侃道，却不料被刚走下台的方翘楚拉住了。

"哪怕朗诵一首诗？总要应个景才好！不然你这个领导今天恐怕过不了关！"方翘楚笑着提醒他，又从口袋里像变魔术一般变出一张纸来。

她悄声对他笑道："我这里准备好了一个东西，是我自己胡乱写的，原本是为了应付出节目，没想到刚才和萧扬合唱了一首歌，算过关交差了！喏，把这个支援给你吧！"

章雪川看看这页纸，上面用清秀的笔迹写着一首诗，题目新颖又别致。他匆匆浏览一遍，正想再做推脱，却被聪明灵透的方翘楚猜出了意思，干脆直接拉着他走到前面表演区。

方翘楚落落大方地宣布着："下面，由我和章雪川队长，一起为大家朗读一首诗——《白大褂下的绿军装》"

方翘楚轻轻嗓子，读出了声情并茂的第一句：

我们来自遥远的东方，

青春的花蕾在绿色方阵中绽放；

蓝色贝雷帽点燃了理想之光，

傲然闪烁在维护世界和平的主战场。

章雪川接着朗读：

我们来自遥远的东方，

红十字方队歌声嘹亮；

救死扶伤初心难忘，

时刻铭记白大褂下还有绿军装！……

他们不自觉对望一眼，相视而笑。这一幕落在刚刚抱着吉他走到观赏队伍中的萧扬的眼里，就像一把小锤，重重敲在这位威猛又深情的工兵连连长的心上。

简单又热闹的联欢会结束了。大家哄笑着挤到饭堂，准备开始向往已久的年夜饭。

炊事员把一盘盘包好的饺子推到热滚滚的锅里，几十名外籍维和军人好奇地盯着大滚锅看着，随着炊事员大铁勺在锅里的不断搅动，一盘盘像小猪娃一般白生生又鼓胀胀的饺子很快地出了锅，被端上饭桌。

大家刚拿起筷子，一阵刺耳的警报声响起。章雪川第一个扔下筷子，跳起身来，嘴里喊着："有急诊！"身子已经向外冲去。方翘楚和梅瑰等人紧跟其后。

两名受伤的中国维和步兵营的战士被送到医院。他们是被炸弹炸伤，浑身血迹斑斑。章雪川和方翘楚、丁盛等人马上开展紧急抢救。

经过几个小时的奋力抢救，一名伤员脱离危险。另一名伤员胸部被弹片击中，血流如注。虽然章雪川及时给他开胸取出弹片，但是终究因为失血过多，伤员牺牲在手术台上。

战地医院瞬间笼罩上悲伤的气氛，高明辉和罗宏含泪取下了挂在医院门口的大红灯笼，梅瑰哭泣着摘下了自己早晨才喜洋洋地挂上的中国结。

第三十四章 跨界操作

一个黑皮肤婴儿，通过方翘楚的手术刀，侥幸来到了这个世界。逐渐成长日臻成熟的是手术技能，爱情也可以吗？

章雪川呆呆地坐在抢救室外的草地上，他的衣服上，血迹斑斑。

方翘楚走到他的面前，章雪川愣愣地看着她，突然间情绪崩溃了，他身子颤抖着，嘴唇和脸色一样变得煞白，失去了颜色。

"又一名战友死在了我的手术刀下！他还那么年轻，穿着和我们一样的军装，带着蓝色的贝雷帽！他远离家乡，远离亲人，却在这样的除夕夜，失去了生命！"

他用发红的眼睛，死死盯着眼前的女孩："你说，外科医生的宿命是什么？当我们举起手术刀，经过一番征战厮杀，却要一次次面临生命在自己手里消失，我真有点怀疑自己存在的价值了……"

"我想，我能够理解你这番刻骨铭心的沮丧、无助和心痛，"方翘楚默默地看着他，像是在低语，又像是这番话已经在她心里酝酿已久，今天终于有机会说了出来。

"外科医生，就是这样一种人，他们像一群无畏忘我的战士，用极端方式拯救患者性命。眼下的我们，野战环境下的军医们，更是在极其艰苦的环境下，试图挽救他人生命的，不敢懈怠半分的战士！"

她认真地看着他："外科医生，是这世上唯一没上保险就敢替人承揽大活的匠人，手中握着的，是这世上最弥足珍贵的东西——人的生命！每次救治手术，都要用自己做赌注，这在其他职业中，应该是绝无仅有！"

他认真聆听着，她继续讲述："当手术刀下去时，就没回头路可走，没替换部件可用，没不行退货之说。当手术未如所愿时，内心自责的程度超过其他任何一种职业！外科医生，就是这样一群内心孤独，在悬崖边行走，随时随地挣扎拼搏在绝境，用智慧和勇气战胜死亡，向死而生的战士！"

她看着他，一脸温情的光芒，她的语调变得有点哽咽起来："以前的格桑，刚才牺牲的战友，都是你心里无法承受之重，我懂！但是，你要相信，一个战士，是不会轻易被这重负打垮的！就像你曾经对我说过的那样：'一名医生，不在于抢救过多少病人，而是多少次面临死亡却不被打倒！'我们只能继续向前走，无法退缩或犹疑！这，也许就是外科医生的宿命，也是他存在的意义所在！"

她在这样的时候提到了格桑，婉转地表达了自己对他的愧疚之意，但是更多的，是一种信任和鼓励。他在她的温柔注视下，慢慢抬起头来。

"谢谢，谢谢你，方翘楚！你永远无法想象你这番话对我的意义！我们既然选择入了这行，就只能咬牙坚持下去！为了能让像格桑，还有刚才牺牲的战友，那样的战士们，有机会活下来，我们只能前行，别无选择！"

此刻的萧扬更是痛苦难耐。牺牲的那名战士曾和他一起执行过任务，那是个开朗又风趣的男孩，还曾给萧扬悄悄展示过自己女友的照片。

"我们已经订婚了，如果这次我不来非洲，我们下半年就要结婚。但是她很支持我来这里维和，她说不是每一个中国军人，都有机会走出国门，在外域扬我中国军队之威！你看，她是一个通情达理又有理想和抱负的好女孩吧？"

那名战士的话还回响在他耳畔，但是眼下他已经冰冷僵硬地躺在那张抢救台上。萧扬躲在病房走廊的一个角落黯然落泪，但是手机铃声突然响起。

又有紧急任务在等待着他。萧扬擦干眼泪，准备再次出发。方翘楚突然觉得自己心里涌起一股从来没有的担忧和牵挂，她把萧扬送到门口，一遍遍地对他叮嘱着，"千万小心！""一定要注意安全！"这两句话不知说了多少遍，直到萧扬咧嘴对她苦笑。

"你怎么了，小楚？好像我一去不回来了？"

"萧扬，你混蛋！"方翘楚涨红了脸，看着他低吼道，"好好保重！你要有个三长两短，我今生都不会原谅你！"

看着女孩逻辑混乱地爆了粗口，萧扬才意识到她眼下的担心和忧虑，他深深地看着她，突然有一把将她拥入怀中的冲动，他想把她单弱的身子揽在怀里，在她耳边低语:"放心,我一定平安回来,不会再让你承受失去亲友的痛楚!"

但是他嘴唇动了动,两只胳膊甚至都微微动了一下,但还是没有抬起来。

方翘楚却走上前去,用劲搂住他,匆匆说了一句"平安!"就推开他,转身跑开。

章雪川站在病房的窗口,远远看到这一切,他轻轻咬了一下下唇,将一股蓦然涌入心头的酸楚情绪强压了下去。

元宵节很快来临。为了弥补除夕年夜饭的遗憾,章雪川叮嘱方翘楚为战友们准备元宵。但是当大家刚端起碗来,警笛声又尖锐地响起。

一名被雷电击伤的巴基斯坦军人被送到医院,全体医护人员迅速忙碌起来。伤员双眼紧闭,躺在病床上不停地抽搐。检测到伤员呼吸、脉搏、心跳都停止,章雪川和方翘楚同时紧急为他开展口对口人工呼吸和人工胸外心脏按压。

他们动作配合默契,章雪川用力有节奏地按压着伤员的胸部,方翘楚俯身在伤员面前,口对口地持续对他进行着人工呼吸。

章雪川一直紧紧盯着伤员的面部,发现他的嘴唇略有开合,眼皮令人不易察觉地微微抖动了一下,就马上大喊道:"快停下!他有自主呼吸了!"

伤员情况稳定下来。方翘楚扑到水池边,一边冲洗,一边干呕着。一块松软的毛巾递到她的身侧,她抬眼看到章雪川关切的目光。

月亮已经升起在中天。重新加热过的元宵已经粘连在一起,但是大家仍旧兴高采烈地端起了碗。

方翘楚把一碗元宵递到章雪川的手里,章雪川对着她苦笑:"也许作为医生,我们注定一辈子要这样过节。"

方翘楚却顽皮一笑:"眼下,我倒记起了你以前的那句话。你还记不记得?上次你陷身于论文造假的风波,事后我对你说,你这人好像很倒霉,总爱被人误解?你当时回答了一句话,让我记忆犹新。你说'习惯了,就没所谓了!'是啊,那就让咱们去'习惯'好了!"

章雪川看着她,会心一笑。舀了一个已经明显肿胀不堪的元宵放到嘴里,细细品着味。

"好吃吗?"方翘楚的桃花眼此刻氤氲着灵动的光彩。

"味道好极了!"章雪川轮廓分明的脸庞在月夜里也显得更加立体生动,"不夸张地说,这是我此生吃到的,最美味的元宵!"

他三下五除二地干掉了碗里的元宵,咂咂嘴,意犹未尽地咽了一口吐沫。

"怎么了,还没吃够?"方翘楚看着他。

章雪川摇头:"我在想家乡的另外一道美味。"

方翘楚闪动着俏丽的桃花眼,脸上写满问号。

章雪川淡然一笑:"你知道我妈妈是四川人,作为妇产科医生,我觉得她一直是忙忙碌碌,很少有机会为家人做复杂的饭食。但是她有一个拿手活儿,虽然简单,却令我们兄妹三人从小总吃不厌——担担面!"

"担担面?我听说过,是四川的一道美食,我也吃过,就是不大会做。"方翘楚接口道。

章雪川点头:"我从小最爱吃妈妈做的担担面。尤其是每年的元宵节,只要在家,妈妈总在吃完元宵后,再给我煮上一碗担担面。甜腻的元宵过后,酸辣可口的担担面更加美味无穷,令人难忘!"

方翘楚捂嘴笑了:"没想到你竟是个嘴馋又嘴刁的人,在这异国他乡,还惦记着家乡的美食?说得人嘴里都冒出馋虫来!"

她挥挥手,潇洒地笑笑:"好吧,我以后回国,要去向夏伯母求教,一定要学会这道绝活儿!"

"你?"章雪川眉毛一扬,露出谐谑的笑意,"你行吗?上上手术台也就罢了,还能下得厨房?"

方翘楚对他这番戏谑之语很不以为然:"你总是改不了这门缝里把人看扁的毛病!女人既然能当好外科医生,那些鸡毛蒜皮一般的女红、厨艺,更是寻常事情,不在话下!"

"好好好,"章雪川哈哈笑了,"我无比期待你的'方翘楚式'担担面,但愿有机会做个鉴定品尝!"

吃过元宵,大家聚在院子里,看着月亮聊天。

章雪川突然有了个奇怪的举动,他主动要求为大家唱一首歌。

梅瑰首先叫了起来："队长，您不是五音不全吗？"

章雪川咧嘴笑："我想对大家表示一下心意啊！接连两个节，都没能让你们好生过，身为队长，又是你们的老师，我很抱歉。但是眼下我又身无长物，只好献歌一首，聊表寸心了！"

他说完轻轻哼唱起来：

好多年了，

你一直在我的伤口中幽居

我放下过天地，

却从未放下过你！

我生命中的千山万水，

任你一一作别。

世间事，

除了生死，

哪一桩不是闲事？

大家都静静地听着。方翘楚觉得自己的灵魂深处，仿佛有一只手，拨动了什么，一阵奇妙的回响，氤氲在心底，盘旋又低回。

有一滴泪，含在她的桃花眼中，不肯落下，却像一枚神奇的放大镜，将演唱者清俊秀逸的面庞印刻在自己眼里。

"我怎么觉得，队长这歌，分明是为你而唱？"梅瑰俯身在她的耳边，轻轻说出这句。方翘楚没有回应，她在陶醉于自己心灵的飞翔之旅，这场飞翔，冥冥之中已经找寻到想要栖身的地方。

几天后，一个雷雨交加的夜晚，孕妇丽莎被送到医院。她突发难产，在当地医院无法处理，才送到这里。

章雪川和方翘楚上前查看，丽莎已经处于休克状态。护送她来的一个当地医院护士介绍，他们诊断丽莎怀的是一个死胎，在当地医院已经大出血三天，却无法将胎儿娩出。只好就近送到这边中国战地医院。

"死胎？"方翘楚心有疑问。她记起一个月前，丽莎到这里做过 B 超，那时情况还一切正常。但是此刻情形的确很是凶险，因出血过多，丽莎的血压持续下降，呼吸急促，已经认不出人来。随同护送丽莎而来的她的一大帮亲友，也是焦急万分，哀求中国医生，挽救产妇的生命。

章雪川却蹙起眉端。作为战地医院的中国二级医院，并没有妇产科的医生配备，也没有做妇产科手术的能力和设备。但是丽莎眼下还在出血不止，如果不马上手术取出胎儿，产妇有生命之忧。

"马上再做一次 B 超，然后确定治疗方案！"章雪川冷静地指挥着。他和方翘楚紧紧盯着 B 超医生拿着探头的手。

"胎膜早破，羊水已经流出……无法确定胎儿的情况！"B 超医生沮丧地说道。

由于超声主要靠水穿透过去，产妇的羊水流出，腹内的胎儿情况就很难看清楚。B 超没有得出确切结果，章雪川等人陷入困境。

急救室外，丽莎的家属焦急地等待着，他们拉住梅瑰，英语、手语并用，向她了解中国医生的救治情况。

章雪川紧张地思索着。丁盛建议道："目前我们并没有妇产科手术的条件，如果将产妇转往其他医院，可能是最明智的选择，起码不用承担责任……"

方翘楚："我们没有责任了，但是结果很可能就是母子双亡！咱们这里是离他们最近的医院，要转往其他医院，产妇获救的机会几乎没有！"

"可是这毕竟是在外域，如果因为咱们的大胆冒进，造成产妇死亡，产生的后果又如何承担？会不会酿成外交事端？"丁盛担忧地说道。

蒋子萌也插言："如果做坏了，咱们这个战地医院的声誉很可能会受损，之前咱们和当地群众结下的良好的医患关系也就毁了！"

章雪川正要说话，梅瑰进来告诉他一个消息，丽莎村的头领来了，请求见一下中国医疗队队长。

头领用不太熟练的英语急切地和章雪川沟通，讲到丽莎是当地一名大家族的长媳，全家人都盼望她能生下一个健康的孩子。听说孩子可能已经胎死腹中，但是请求中国军医能想办法保住产妇的性命。

章雪川回到急救室，对上方翘楚焦急的眼睛。四目相对，瞬间形成一个默契的决定。

"如果注定冒险，才能有机会挽救产妇的生命，那就不妨搏一把，咱们如今已经别无选择！"方翘楚静静地开口，"我想请战，这个手术，能不能让我上？"

章雪川惊讶地看着她，方翘楚的唇边挂上一缕沉静的微笑："妇产科手术，对咱们来讲，都是跨界操作！我并不比你更无优势？"

章雪川看着她有几秒钟，他读懂了女孩眼里的执着、坚强、勇敢的担当。还有一种眼下只有他能体味出的维护和体贴。

"好吧，咱们一起上！"章雪川冷静地回答，"我给你当助手，一起闯这个关！"

他回头，又镇定地吩咐着其他人："丁医生，手术前，你再次为产妇做一次B超，看看能否发现胎儿蛛丝马迹的信息？"

"小梅，你马上接通微信电话，连线医院妇产科，找到夏静波教授！"

手术台边，丁盛再次为丽莎做B超。梅瑰拿来电话，递到章雪川手里。

视频电话接通，屏幕上显露出夏静波的面庞。

"妈，我是小川！现在情况紧急，我们希望在您的指导下，完成一例剖腹产手术！……是的，条件所限，救命为上，我们就做古典式剖宫产！"

他让梅瑰将电话举起在手术台边。

丁盛手握B超探头，在丽莎黑亮膨大的肚皮上游走着，他突然发出惊喜的喊叫声："还活着！胎儿还活着！"

章雪川和方翘楚俯身看着B超屏幕，丁盛激动地指点着："看这里，胎动！还有微弱的心跳！"

梅瑰先兴奋地喊起来："太好了！我们如果成功了，就是挽救了母子大小两条命啊！"

章雪川却一脸严肃，看了一眼方翘楚："这个好消息也许让咱们这台手术的难度增加了，你明白吗？"

方翘楚点头："死胎的取出，比娩出一个活的婴儿更容易，要保证母子两人都无恙……我们一起尽力吧！"

手术开始。几乎所有的医护人员都参加到这场手术中。大家回忆着自己以前在医院时的零星经验，该怎样接生，该怎样配合。

梅瑰举着手机，把台上的情形转告给远方的专家夏静波。方翘楚在夏静波的指导下，一步步开始手术。

"小楚啊，别慌，一切按我说的做。取下腹部纵切口，长约13cm，下缘达耻骨联合上2指，常规进腹。

"进腹后探查子宫。在膀胱腹膜反折处上约一公分处横形切开子宫。切开子宫肌层要小心，以防伤到胎儿。

"右手从胎头下方进入宫腔，将胎头托至子宫切口，让助手同时压宫底，以协助娩出胎头！"

方翘楚和章雪川配合着，一步步完成着手术步骤。

一个黑色瘦小的婴儿被成功取出。章雪川为他切断脐带。又举起他给屏幕上的夏静波看。

"妈，您看，孩子出来了！是一个男婴！"

夏静波的声音又再次传来："很好，但是提醒一下，要赶紧挤出新生儿口鼻粘液，让孩子哭出第一声！"

章雪川用手挤出婴儿口鼻粘液，但是男婴仍旧毫无动静。

所有人都紧张地盯着孩子看，章雪川发现婴儿的喉头在轻微蠕动，他感觉还有异物梗塞在婴儿喉管，就赶紧用嘴含上婴儿的口，用力吸吮了一下，一口又腥又黏的液体被他吸出来，只听"哇"的一声，一阵嘹亮的啼哭声让在场的人都绽开笑颜。

章雪川将婴儿交到一旁丁盛的手里，继续在夏静波的提醒下，协助方翘楚做好手术收尾工作。子宫缝合，探查双侧附件，冲洗腹腔，逐层关腹。

方翘楚走下手术台，周围响起一片掌声。她从梅瑰手里接过电话，对着远方的夏静波喊道："夏伯母，我们成功了！感谢您的指导！孩子和母亲都一切平安！"

"祝贺你，孩子！祝贺你和小川，也替我祝福这个好不容易才来到世上的可爱男孩！"夏静波在屏幕上抹着眼泪。

当天晚上，丽莎所在村的村民们就围绕在医院的空地里载歌载舞起来，他们围着中国医生们又唱又跳。中国军医们也受到感染，脱下手术服，一起加入欢乐的人群。

头领走到章雪川的面前，对他行了感谢的大礼，用笨拙的汉语，不停地说着两个字："爱华"。

章雪川看着他一脸不解。头领用英语外加手势向他解释着："我们全村的人，都感谢中国医生救了丽莎母子的性命！我和丽莎的家人商量了，想给孩子取名，就叫'爱华'，我们问了懂汉语的人，这个词很美好，意思是热爱中国！"

"'爱华'，'爱华'！"章雪川笑着品味这个独特的名字，拉过来正在欢笑着跳舞的方翘楚，走到头领面前，"这位就是成功地把小爱华带到这个世界上的医生，她应该算是孩子的另一个母亲！"

头领笑着点头："所有的你们，都很 nice！你们都是爱华的爸爸妈妈！中国军医爸爸妈妈！"

欢乐的人群散去，方翘楚发现章雪川突然不见了。她回到病房，在更衣室边，看到章雪川在认真做着什么。走近一看，她大吃一惊。

那人正在捧着一双迷彩军用胶鞋认真擦拭着，用一块白色的软布，仔细地擦拭着上面的尘土和污渍。

认出是自己的鞋，方翘楚一把抢了过来："你这是干什么？"

"你难道忘了，咱们的那个赌誓？我说过的，什么时候你成为一名优秀的外科医生，我就为你擦鞋？"

章雪川笑笑，从她的手里拿过鞋子，继续擦拭着。

方翘楚脸微红，瞪着他："什么赌誓啊？我早忘了！再说了，我不觉得我自己现在就算是什么优秀的外科医生了？"

章雪川认真地看着她："敢于跨界操作，承担别人都不敢承担的责任，完成在别人眼里，无法完成的手术，这样的外科医生，还不算优秀？方翘楚同志，你别谦虚过头，变成骄傲哦？"

他看着她笑，她也忍不住笑了起来。

第三十五章　共度险境

当着美国记者汉斯的面，章雪川大胆地说出了爱的字眼。但这是权宜之计，还是真情流露？方翘楚迷茫而不自信。不自信的还有章雪川他自己。

A国边境上纷争不断，经常有难民营发生暴乱。这日，距离中国工兵营100多公里的边境小镇汤因镇发生暴民和政府军械斗事件，联合国战区司令部紧急命令中国维和工兵营前往增援。因为涉及伤员救护，萧扬来到野战医院挑选医生。章雪川身先士卒，决定自己和萧扬一起去执行任务，在挑选助手时，方翘楚坚决提出请求。

章雪川和萧扬都反对方翘楚参加，但是拗不过女孩全力力争，都到了掉眼泪哭求的地步，只好带着她一起出发。

章雪川和方翘楚身披约15公斤重的防护装备，来到暴乱现场。

现场混乱恐怖。近50℃的高温下，几名伤员满身血迹躺在地上呻吟。一群衣衫褴褛的难民向一字排开的中国维和步兵跑来，他们后面是另一群难民拿着棍棒紧追不舍。突然，一个难民被飞来的石块击中头部，一头栽倒在地，中国维和步兵立即冲上前去形成一道人墙隔离冲突双方。章雪川和方翘楚趁机冲上去把受伤的难民扶上单架。

越来越多的伤员急需转移，萧扬带领战士们帮助背负伤员。方翘楚一把拉住萧扬，向他提出一个请求："给我一把枪！"

萧扬瞪大眼睛看着她，方翘楚语气干脆利落："和你们相比，我身单力薄，背负伤员没有优势，但是我可以持枪为你们殿后！"

"瞎胡闹！"萧扬白了她一眼，"这是什么地方？我会让一个女人去冒险？"

方翘楚冲他大声吼道："这里没有女人，只有战士！"

她强行摘下萧扬腰间的配枪，握在手里，和执行警戒的步兵营战士们站在一起。

章雪川在萧扬带领的战士们的配合下，顺利转运了几名重伤员，回到医院，却没有看到方翘楚跟随的身影。他命令丁盛、蒋子萌、罗宏等人马上为伤员清创包扎，自己掏出手机，正要联系萧扬，却看到萧扬带着几名战士向这边跑来。

"方翘楚！方翘楚回来了吗？"萧扬着急地大叫。

章雪川冲到他的面前，眼睛血红："你不是在殿后吗？怎么会丢了她？"

萧扬简单地讲述了方翘楚向自己要枪的经过，又说到后面暴民冲击步兵营，人员在混乱中失散的经过。

"你？你？！你竟然会给一个女孩子枪？还批准她殿后？萧扬，你真混蛋！"章雪川简直有点气急败坏。

萧扬也心急如焚，顾不上和他理论，就匆忙说一句"我回去找她！"跑走了。

章雪川此刻恨不得和他一起去找方翘楚，但是他记起自己的职责，还有很多伤员在那里等待着他的救治，他只好压抑住强烈的不安和担忧，回身走进急救室。

萧扬带着两名战士回去找方翘楚，一路上仔细寻找，却没有看到她的踪影。正在焦急万分之际，却在一个村落边，听到一片喧哗声。

萧扬急忙跑进村，看到一群难民模样的人正手持木棍围在一个院子前。萧扬略一思索，让两名战士分别向不同的方向对天鸣枪，那群难民听到枪声，都向四处逃散，萧扬冲进院子，才发现脱去防护装的方翘楚和一名手臂受伤的难民女孩。

原来当时暴民冲击维和营战士队伍时，方翘楚也和大家失去了联系。她遇到一个手臂受伤的女孩贝蒂，就决定带她回医院救治。

不料她们在经过一个村庄时，又被当地难民围堵。方翘楚带着贝蒂辗转在村子里躲藏。为了避免手里的武器落入不法分子手里，她将自己的防护服脱下来给贝蒂穿上，把配枪藏到一家居民的地窖中。

她们在离开时，又遭遇难民的围堵拦截，幸好此刻萧扬带人赶到。

方翘楚讲了自己藏枪的经过，她以为萧扬会严厉批评她，没想到萧扬看着浑身尘土，裹着头巾的她微笑着夸赞："小楚，我觉得，你现在真的像一名战士！"

萧扬让一名战士去地窖取回枪支，自己和另一名战士带着方翘楚和受伤的贝蒂赶往医院。他看到方翘楚将防护衣给了贝蒂穿，就脱下自己的，执意让方翘楚穿上。

在回去的路上，他们又遭遇到暴乱分子的袭击。混乱中，萧扬被砍伤手臂，随行的战士鸣枪示警，他们才脱离险境。

在穿越一片树林时，贝蒂偷偷去草丛中方便，但是站起身来，她突然看到眼前有一根铁丝般的东西。身处战乱国家的孩子都有经验，贝蒂意识到周围可能埋有地雷，忍不住大声叫了起来。

正在寻找她的方翘楚来到她的身边，贝蒂急切地比画着，向她说明自己的发现。方翘楚也看到类似地雷引线的东西，她看到萧扬也赶了过来，就大声阻止："小心！别过来，这里好像有地雷！"

机警的萧扬早发现了雷区的痕迹。他还没来得及提示方翘楚等人，就看到她们已经惊恐不定地陷身在一片茂密的草丛中。萧扬将手里的武器交给身边的战士，自己顺手从身旁的树上折下一根树枝，扯掉树叶，就做成了一个简易的探雷针。他一边探着地面，一边小心地走到了方翘楚的面前。

"别慌！这明显能看出的雷倒不足为虑，就怕还有隐藏在草丛下的。"萧扬嘱咐方翘楚和贝蒂，小心地踏着自己的脚印，不要偏离足迹。他让方翘楚拉住自己的后襟，贝蒂再跟着方翘楚，小心翼翼地引领着她们回到了原先的路上。顺利地穿过树林，几人才松了一口气。

方翘楚拉过萧扬受伤的胳膊查看，自己刚才匆忙间用毛巾给他扎住创口，防止血流太多，此刻她再次为他调整了毛巾的松紧度，赶紧向医院赶去。

"方医生回来了！""方师姐回来了！"

一叠声的欢呼传入章雪川的耳际，他为最后一名伤员包扎好伤口，急忙冲出急救室。

他看到满身疲惫的方翘楚进来，他的心口一阵热血在涌动，冲向前去，他的双臂微微张开，就想马上拥抱住她。却不料紧跟在她身后的萧扬出现了，他被一名战士搀扶着，手臂上缠着毛巾。

章雪川的手臂僵硬在半空中。方翘楚却好像没有注意到，她回身将萧扬搀扶进急救室，解开他手臂上的毛巾。

萧扬的伤经过处理，准备离开，他要马上赶回工兵连，那里还有很多任务在等待着他。

方翘楚送他走出医院大门，萧扬默默地看着她，想回身给她一个拥抱，却不料女孩好像猜透了他的心思一般，突然说了句："当心胳膊，少用力，注意休息！"巧妙地制止了威猛连长的一腔热情和冲动。

方翘楚送走了萧扬，回到病房，看到章雪川站在那里像是在等待着什么。她在离他有三米多远的地方站住了，四目交汇，却什么都没说。

接下来的日子，方翘楚变得有点郁郁寡欢。她那总是微蹙起的眉端，桃花眼里氤氲着的惆怅神色，让梅瑰也发现了不对劲。

"师姐，你是不是有什么心事？"梅瑰某次问她。

方翘楚摇摇头："我一切都好。"

梅瑰一脸狐疑："不，你好像突然间，性格都变了？我猜想，你是……"梅瑰神秘地眨眨眼。

方翘楚却是一脸茫然："我怎么了？我好好的呀？"

"只有遭遇爱情的女人，眼中才会有这般迷离的光芒！"梅瑰肯定地对她断言，"你爱上他了吧？"

"爱他？我爱谁？"方翘楚还是一副懵懂不知的模样。

"你爱上了章教授，我们敬爱的'一把刀'队长！"梅瑰一字一顿地说道，"其实我发现，这还绝不是一场单向的爱情！他，章雪川同志，分明也爱上了你！甚至比你爱上他的时间还要早！"

一语惊醒梦中人！梅瑰的话，几乎让方翘楚打了个寒战，她盯着好友的脸，想推脱，抑或是辩解，甚至是抗拒，但是都没有发生。她就这样愣愣地看着梅瑰，像是被人穿透了内心，有趣的是，这个内心分明裹上了迷雾，她自己都不能参透。

从此方翘楚和章雪川相处时，就表现出不自然的样子。她不敢去正视他的眼睛。那双睿智又果敢的眸子里，现在氤氲着什么样的光芒？是激情澎湃，火热灼人？还是一往如昔的冰冷清俊，淡然冷漠？

除了工作时间，她几乎有意识地躲避着章雪川，她再也不能和他恣意玩笑，任性顶撞，甚至是侃侃而谈。

最奇妙的是，她似乎感受到章雪川也在回避着什么，他没有像以往那样，用师道尊严的霸气，去要求她什么，他似乎也变得小心翼翼起来，谨慎且有些拘谨地和她相处着。

这就是爱情吗？方翘楚不自信地摇头，章雪川也一次次在深夜中拷问着自己。他们都不能马上获得确切答案，直到又一个突发事件降临在他们中间。

医院附近近来又响起枪炮声，政府军正和反政府武装在不远处激战。方翘楚这日到丽莎家，用中医为她的孩子治疗湿疹，返回时，却在村子的角落遇到了那名美军战地记者汉斯。汉斯的手受了伤，被一块手绢包裹着，他神色慌张，请求方翘楚帮助他，说是一群反政府武装的人在到处追捕他。方翘楚将他带回了医院。

她在换药室为汉斯清洗包扎好伤口，正要去向章雪川汇报，就听到警铃声大作。方翘楚安排汉斯躲在换药室内间，自己匆忙跑向抢救室。

一个特殊的伤员被抬进抢救室，这是一名叫穆巴沙的反政府武装头子，因胃部大出血就近被送进医院。他的一对随从荷枪实弹，杀气腾腾。

章雪川为他查体后，马上准备给他实施胃镜检查。丁盛和蒋子萌正在布置仪器，却不料突然间断电，屋里瞬间暗了下来。

"糟糕！一定是附近有战斗，电线被掐断了！"丁盛对章雪川说道。

没有电就无法启动仪器，穆巴沙的情况很紧急，他的嘴里不断涌出鲜血，他的随从们大声吆喝着，对中国医生们挥动着手里的枪。

"你们能不能不要添乱了？没有电，天王老子也没办法救你们老大！"章雪川断喝道。他忽然灵机一动，看向方翘楚，没想到方翘楚仿佛和他心有灵犀一般，两人竟然同时喊出来："猛士指挥车！"

原来萧扬曾经向他们提到过工兵营里的一个设备——猛士指挥车，在最关键时刻，曾经用来发电。方翘楚马上联系萧扬，迅速调来猛士指挥车。

萧扬带领着猛士指挥车向医院靠拢，在经过一处丛林时，一辆架着机枪的破旧皮卡，突然从林子里冒了出来，又是一伙武装分子举着枪，急速冲向猛士指挥车。

萧扬当即命令，车队加速前进，所有人员子弹上膛。紧接着，他又拿起对讲机呼唤周围的维和部队："迅速向我靠拢！"

皮卡和指挥车相距不到一百米，看到中国军队高度戒备，无机可乘，皮卡掉头而去。

萧扬带来的猛士指挥车马上在医院发生功效，利用其电力能带动胃镜检查设备。可当章雪川将胃镜置入穆巴沙的食管和胃中，打开抽吸消化道分泌物的吸引器时，又因电压不稳导致胃镜关机。

萧扬再次指挥重新发动，电力保障，几次反复后，这场胃镜检查才完成。章雪川诊断穆巴沙是急性胃出血，要马上手术。

经过一番艰难沟通，穆巴沙同意接受中国医生的手术治疗。章雪川准备给穆巴沙实施手术，梅瑰等人却惊异地发现病房周围，布满荷枪实弹的反政府武装士兵。

"别慌张，大家都镇定些，平日里咱们该怎么做，就怎么做！"章雪川安慰着同事。

方翘楚从萧扬那里拿来配枪，悄悄地藏在手术台下方。章雪川发现了她的行径，方翘楚道："萧扬在外边警戒，但是我觉得我们这里也应该有所防备！"

章雪川淡淡一笑："如果真的有事，你这把枪，加上外边萧扬他们几人，也未必能敌得过门外那几十条枪。其实在很多时候，我们的医术，是比枪炮还要有震慑力的东西！"

方翘楚默默咀嚼着他这番话语，信服地点头。

章雪川成功地为穆巴沙实施了止血手术，他的状况良好，留在病房里观察。剑拔弩张的形势有所缓解，萧扬接到新任务，带着猛士指挥车离去。

不曾想过了没多久，又有一队武装分子闯进病房，声称要搜寻一个美国记者，他们怀疑这位美国记者拍摄了大量不利于他们的新闻照片。

方翘楚已经把藏匿汉斯的事情悄悄告诉了梅瑰，让她先去换药室安抚住汉斯，千万不可露面。她为穆巴沙安置好监控仪器，也匆忙跑向换药室。

没等方翘楚和梅瑰将汉斯转移到更隐秘的地方，武装分子已经搜查到这里。他们和方翘楚发生争执，正欲对她动粗手，强行拉开她时，章雪川赶到了。

章雪川用流利的英语正色警告武装分子："这里是中国营区，不允许你们胡作非为！我是中国医院的负责人，有事找我，不许为难女士！"

武装分子坚持要闯入换药室检查，方翘楚挺身拦住门："这里有很多医药器材，不能进去乱翻！"

一个面相凶狠的武装分子挥拳打向方翘楚，章雪川扬起胳膊接住了他的拳头。

章雪川将方翘楚拦在身后，和这名武装分子厮打在一起，很快双方脸上都挂上了血迹。

方翘楚拼命阻拦，背上也挨了几拳，正在危急时刻，一名头领模样的人，带着手下匆匆赶来，制止了这场纠纷。他用阿拉伯语和那名武装分子交流了几句，他们便带着手下灰溜溜地离开了。

这名头领是穆巴沙的亲信，他奉穆巴沙的命令来请中国主刀医生讲话，这才趁机驱散了那些武装分子。

穆巴沙已经清醒过来，为了躲避政府武装力量，他们决定准备马上离开。临行前，穆巴沙再次对章雪川和方翘楚表示了谢意，他竖起大拇指，说中国医生救了他的命。

方翘楚为章雪川处理脸部伤口，她的动作格外轻柔，嘴里却在埋怨着，自己也许真的是他的灾星？刚才章雪川为了保护她，像是一头被激怒的豹了冲向前去，但是若是出了事，自己岂不是一辈子都懊悔不已？

章雪川认真地盯着她，口吻霸气得有点令人心惊："我不保护你，才会懊悔一辈子！记住，我不会让你再受到任何伤害！"

方翘楚回望着他，眼帘蒙上了一丝湿润的雨幕。

汉斯也用美国军人的热情，感谢方翘楚对自己的相救。他每天像跟屁虫一样，尾随在方翘楚的身后，看着她查房、换药、清创、上手术。

他一脸崇拜地对方翘楚说，他想写一部战地小说，主人公就是美丽的中国军医。他认定自己的著作会超过那个赛珍珠，说不定真能斩获个诺贝尔文学奖也未可知。

方翘楚用英语和他开着玩笑："我将在中国等着拜读你的非凡之作！"

最戏剧化的一幕是在汉斯离开前。一架美军直升机飞临战地医院上空，汉斯的部队来接他。临上飞机前，汉斯突然冲到方翘楚面前，一把搂住了她。

"楚！"汉斯用不太标准的汉语喊出对方翘楚的称呼，"你是我见到过的，最美的东方女人！我会想念你的！"

他用英语喊出这句，旁若无人地紧紧搂住方翘楚，将她的身子包裹在自己高大宽广的怀抱中。

众目睽睽之下，方翘楚有点不习惯，她的身后也响起梅瑰等人的惊呼声。她还没来得及挣脱汉斯的拥抱，就感觉脑后仿佛有一股旋风刮过，一只强有力的胳膊已经将她和汉斯分开。是章雪川冲到了面前。

汉斯大声喊起来："为什么？你是方翘楚的什么人？"

"我是她的同事，战友，还是……"章雪川的英语流利而优雅，让汉斯明显微微愣怔。但是汉斯却再次对他喊道："是什么？难道你是楚的爱人（lover）？"

他的英语语速很快，又在野地里伴随着风声，站在后面的梅瑰等人没有听清楚他的话语。当事人章雪川和方翘楚却是字字句句听到心头，他们对望一眼，都有些尴尬。

但是章雪川很快就扭转过情绪，他直视着汉斯，声音低沉却是极为有力量地对他宣告："没错，她就是我的爱人（lover）！"

汉斯看着他笑，又对着方翘楚抛了一个飞吻，耸耸肩，转身上了飞机。

这天晚上章雪川和方翘楚都失眠了。

章雪川在心头一遍遍理清自己的思路，他才惊觉，不知道从什么时候开始，自己心底深处，已经印刻上那个叫方翘楚的女孩的身影，再也无法抹去。他感受到这份情愫和自己当年与冯璇那段感情的不同。他和冯璇的感情，是一种两小无猜发展起来的"理所当然"。他一直以为这样的感情风平浪静又合情合理。但是当他遭遇到和方翘楚这段情愫后，才惊愕地意识到，自己的爱情味蕾以前是封闭和麻木的，仿佛是没有发育好的青涩花蕾。当他遭遇到这个如春风般清新淡雅，又如秋风般刚强决绝的女子时，沉睡又蜷缩着的花苞才变得柔软有活力，逐渐绽放出原本真实的模样。这就是爱情的真实模样吗？章雪川体味到前所未有的震撼心灵的力量。

是的，这段情愫经历过风雨，穿越过生死，却彼此绽开最美妙的花瓣。好像前生注定的一场缘分，要在今生遇见；又像经历过暴风骤雨的天幕上，猝然挂起的最璀璨夺目的一抹彩虹。

章雪川知道，这才是自己最渴望的爱情，将理想和信念完美地结合在感情线路中，冥冥之中，他们就是一类人，注定要走到一起，走向未来。

但是章雪川又是极为不自信的。他不知道该如何去处理和安放这份感情。他直觉方翘楚也在极力回避这份情感。想起她和萧扬之间的缘分，想起萧扬的救命之恩，又想起故人格桑，章雪川对自己突如其来的神秘爱情失去了穷追猛打的动力。

在异国他乡的黑暗中，他长长叹了一口气，将万千思绪压抑在心底。

方翘楚也在暗夜中辗转反侧。今天章雪川当着汉斯，霸气地喊出的那一声："她就是我的爱人！"，像一声春雷，一遍遍炸响在她的心头。

其实已经有一段时间了，她在体味着自己和章雪川的感情走向。她经常抚摸着格桑留下的那串天珠沉吟，弄不清楚自己和章雪川之间，究竟是师徒情分、兄妹情分，还是那种奇妙的，不可言说的缘分？她在极力躲避着章雪川的关切目光，尽量减少和他单独相处的时间，她想让自己冷静下来，好好审视一下这段感情。

但是就在今天，在那个热情似火的美国军官的见证下，她亲耳听到了他的宣言。她有点难以置信，她和他，究竟可能产生超越师徒情分，兄妹亲情的那份爱情吗？

自从格桑逝去后，方翘楚其实已经关闭了自己的感情之门，她一次次拒绝了萧扬的炙热追求；她也曾经对凌晓飞说过一番心曲：她的心河，早就结上了冰，无法流淌了，她有点爱不动了！遗憾的是，凌晓飞也随后逝去，带走了她曾经对自己的许愿：作为闺蜜，来帮助她一起完成破冰行动。

今晚的方翘楚，沉浸在暗夜的思绪中，她不能明白这一切是梦幻还是现实？她不能明白章雪川的赤裸裸的表白，究竟是真爱使然，还是情急之下，为自己的解围之举？其实她自己都无法准确地解析自己的情感走向。她是否爱章雪川？还是在特定环境下，特殊接触后，产生的一缕亲情？

爱情的模样究竟是什么？格桑走了，带走了方翘楚的初恋，也带走了她对爱情的研判能力。

接下来的日子，两人都有些纠结，他们无法像过去那样自然平和地相处，也无法像更早些时候那样相怼相杀。他们选择了回避，甚至是逃避的态度。其实都是在给自己一段时间，去仔细考量这番情感。

但是造化弄人，一场即将到来的分别，将他们再次推向感情的纠结漩涡。

第三十六章　谁可相依

萧扬满心期待方翘楚能成为自己的"拐杖"，在他复健期间，方翘楚当真在认真履行着拐杖的职能。

萧扬被送到了战地医院，昏迷不醒，脸色煞白。他在执行一个排雷任务时，双腿被地雷炸伤。方翘楚的心都在颤抖，她看着章雪川剪开萧扬的衣服，仔细检查着他的伤情。

萧扬的腿部被炸得血肉模糊，骨头都露了出来，腹部一块皮肉也不知去向，肠子裸露在外。这是一起严重的开放性多发复合伤，必须及时进行止血等急诊处理才能有机会挽回生命。

方翘楚的泪珠在眼眶中滚动，她拼命地吸气，才让它们没有滚落下来。

萧扬被紧急送进了手术室，章雪川首先对他腹部的伤口进行处理。揭开包扎的纱布，发现腹壁的一块组织已经不见了，小肠露在了外面，腹壁的创面还在不停地向外渗着血。章雪川将伤口用大量温热的生理盐水冲洗过后，迅速而仔细地对萧扬的腹腔进行了探查，万幸的是，萧扬除了小肠有几处破口之外，只有一些肠系膜有些血肿和破损，重要的血管和器官没有受到严重的损伤，章雪川果断切除了损伤的小肠并进行了缝合，对损伤的系膜等处止血缝合后在腹腔内放置了引流管。

由于腹壁的缺损，腹壁已经缝合不上了，章雪川灵机一动，用手术室的切口贴膜覆盖住了裸露的肠管，外面用厚厚的敷料包扎覆盖后转而对萧扬的腿部进行清创止血处理。松开扎在大腿根部的止血带，找到出血的血管断端，他利索地对出血的部位进行结扎，完善止血后，他用大量双氧水冲洗了创面，剔除掉坏死的组织后评估了一下腿部的伤情，大面积软组织缺损，肢体的组织血供应该还可以，远端肢体的皮肤温度略有降低，按照战时多发伤损伤控制的处理原则，现在不宜进行更多更复杂费时的操作，只要在处理完危及生命的严重损伤后，应该抓紧时间送到有条件的医疗场所进行进一步的治疗。于是，章雪川用敷料把伤腿仔细包扎起来后走出了手术室。

"他的伤，很重是吧？"方翘楚问得艰难而纠结。

"先观察一夜，咱们再做下一步打算！"章雪川强作镇定地回答。他不敢对视她的眼睛，刚才对萧扬伤势的检查和处理，临床经验丰富的他，已经感受到难言的压力和沉甸甸的担忧。

这天夜里，萧扬发起了高烧，他在昏迷中不停地呼唤着方翘楚的名字，方翘楚不眠不休地守候在他的床前，用酒精药棉一遍遍为他擦拭着额头和身子，不间断地为他做着物理降温。

凌晨时分，萧扬的温度终于降了下来，章雪川也做出了决定。

他用平静的语调对方翘楚讲述了自己的考量：她马上护送萧扬回国治疗，有关紧急回国流程他已经在联系中。

方翘楚睁大了眼睛，章雪川简明扼要地说明了自己的理由：萧扬伤势严重，受此地医疗条件所限，根本无法得到良好的治疗。他不希望萧扬失去双腿，对于立志要做一名职业军人的人，那将意味着什么？

"萧扬他……真的会截肢吗？"方翘楚问话的声音有些颤抖。

章雪川看着她，纠结着不知道怎样回答才能更好地安慰她："我希望不要有这个结果，所以你必须马上送他回国治疗！"

他看着昏睡不醒的萧扬，嘴角咧咧，挂上一丝苦笑："你看他在昏迷中还不断呼喊着你的名字，现在的他，极度虚弱，最需要你的照拂和帮助！"

他深深地看着眼前泪眼婆娑的女孩，用鼓励的语气说道："送他回去吧，我们必须尽量为他遏制住一场噩梦！我已经微信联系了于家成，他会和骨科医生一起，为萧扬做出最合适的治疗方案。"

方翘楚郑重地点头。

回到国内的萧扬住进了军医大学附属医院普外一科病房。于家成会同骨科专家经过多次会诊，鉴于萧扬腹部和腿部的伤势都很重，尤其是右腿血管损伤极为严重，为了防止进一步感染恶化，截去右肢也许是最佳方案。

方翘楚却坚决反对于家成制定的保守治疗方案，她要力争为萧扬保住右腿。她发微信征询章雪川的意见，又在章雪川的远程联系下，多次和章雪川的同学，现在的骨科主任徐鹏探讨，争取为保肢做最后的努力。

她的辛苦和坚持萧扬都看在眼里。但是萧扬是个豁达乐观的人，他一直在默默配合着医生们的治疗，面对可能到来的失去右下肢的厄运，他也选择了坚强。

尤其是当着方翘楚的面，他不愿意流露出伤感和绝望，他不愿意眼前这个自己最爱的女人，再为自己呕心沥血，担心忧伤。

某次，他笑着对她开玩笑："你不一直说我是勇者吗？勇者就是要做别人不敢做或者做不到的事情！你放心，小楚！即使我失去了右腿，我拄着拐杖，也要奔向自己的梦想！如果不幸连拐杖也失去了，我爬，也要爬到那个终点！"

方翘楚看着他的脸，那个微微扬起的，充满自信和幽默神情的脸，突然间感觉有一股难言的痛惜和爱意涌上心头。

方翘楚俯身在床边，拉住他的一只手，用劲握了，含泪对上他的眼睛："如果有那一天，我就是你的拐杖！"

她泪如雨下，他却微微怔住了。

骨科徐鹏主任和于家成携手重新制定手术方案，又通过微信，远程和章雪川取得了交流，甚至是章虎臣都参加到治疗小组中。大家会诊后，做出治疗方案，先预防腹部感染，待病情稳定后进行皮瓣转移覆盖缺损，腿部进行骨折内固定，修复损伤的血管，保留神经，控制感染，待创面洁净后修复缺损。大家都在努力着，为一名有前途的青年军官军旅梦想的延续而努力。

手术那天，楚正平也赶来，他看着萧扬鼓励道："我来这里前，有机会到过你们工程兵团，还专门去了你曾经带过的那个二连！那些战士们可都一点不担心你，他们说，你是他们的主心骨，一定能战胜困难，完完整整地回到他们中间！你看，还是你自己带过的兵，最了解你这个连长吧？"

萧扬含笑回答："我不会让大家失望的，也不会让您失望！"

前后进行了大大小小五次手术，萧扬缺损的腹壁得到修复，也终于保住了右下肢，虽然部分功能还有待恢复。方翘楚守护在他的病床前，照料着他的生活。

萧扬露出一丝沮丧的神情，方翘楚看出来了，细心询问，萧扬一直不肯说。某次被她逼急了，才红着脸支吾道："想起来，你也许做不成我的拐杖了，我就……"

这话让方翘楚一愣。她明白了意思后，脸也绯红起来，白了萧扬一眼，语气也是尴尬又支吾的："一直说你成熟稳健，有大将风度，没想到如此孩子气……"

方翘楚掩饰了自己的情感。她不是伪饰什么，是此时她的真情实感已经被自己剖析得从未有过的明晰。

她心里装上了爱的人。格桑逝去，带走了她的浪漫初恋，曾经很长一段时间，她觉得自己爱不动了。但是当章雪川以那样不可思议的方式，走进她的生活，又逐渐发展成为朝夕相处的师生关系，甚至是由于两家的渊源，那隐含着的兄妹情分，都曾给她的生活，投上五彩斑斓的色彩。

但是维和时期半年多的相处，她突然意识到，这个男人，已经逐渐走进自己的内心。不，应该说，他一直就在，不过是和她之间，隔了一层晦暗难明的面纱，如今自己正在一点点地揭开那层纱幕，看清楚他的面目，也感受到他的内心。

她应该是爱上了他，她不自知，也不愿意相信，她纠结过，困惑过，躲避过，逃离过，但是当她送萧扬回国后，这段时间的分别，她发现她对他的思念，像野火一般无法遏制地熊熊燃烧起来。他的一举一动，一颦一笑，都在她记忆的模板上清晰而鲜活地演绎着，相思之苦，她竟然在短短的分别时分就深刻地体味到了，这滋味不好受，让她如蚂蚁噬心般纠结痛苦。

白天，她忙碌在萧扬的病床前，为他的病情焦急、担忧，又在无微不至承担着护理的重任。夜里，她一个人陷落在黑暗中，思念的潮水就淹没了她的内心。他在那边好不好？有没有再次涉险履危？他还在连轴转地上手术吗？他的饮食谁来料理？

这些问题让她自己都感到好笑。她又算他的什么人？他的一切，为什么会让她如此牵心？但是她不能回避且欺骗自己的感情，

章雪川，如今就是最令她牵挂的那个人！

远在异域的章雪川，此刻也陷入到深深的相思之痛中。

　　方翘楚离去后，章雪川心里突然有一种空落落的感觉。是他鼓励且安排方翘楚护送萧扬回国治伤，这是一个理智的决定，萧扬很可能因此保全了肢体。但是从另一方面讲，重伤在身的萧扬，也需要方翘楚在一旁的体贴照料和柔情安慰。

　　章雪川想起了三人的交往过程。自己参透了萧扬对方翘楚的爱慕之意，多次有意无意间配合他对于心上姑娘的追求。甚至是，在初到非洲时期，自己还撮合过他们二人的相处关系。

　　不料随着时间的推移，章雪川惊觉自己爱情的觉醒。他无可救药地爱上了这个个性鲜明，倔强又温柔的姑娘。他的爱，是觉醒后的蓬勃，就像冰冻的河流遇到暖流后，迸发出的那一份春意盎然，是任何力量都无法阻止的疯狂和决绝。

　　但是他又是极度不自信的，他对自己的这份爱情无法把握住方向。他不知道如何表白这场以阴差阳错般的悲剧开始的感情，他也无法确定，方翘楚，如何看待这份爱情，她会接受吗？或者是，她也爱上了自己，但以一种什么样的状态，来和他一起面对，彼此刺破这层永远隔阂在他们之间的那层感情的薄雾？他不是没体会到女孩的深情，但是他们经历了太多的隔膜、伤害、怀疑和互怼，他们的爱情告白注定是艰难又纠结的。

　　老天就在这样微妙的时刻，让一对相思儿女远隔一方。方翘楚走后，章雪川才尝到了这种令人刻骨铭心的相思之痛。

　　在梅瑰等人眼里，他仍旧平静地工作、生活，忙碌在抢救室里，奋战在手术台上。但是夜深人静时分，或者是稍作休息的时刻，那种如蚂蚁噬心的相思之痛瞬间就淹没了他。他和冯璇之间，相识二十多年，相恋十来年，从来没有让他感受到这般相思入骨的神秘味道。他再次相信了，方翘楚就是自己命中的今生今世的灵魂伴侣，而不只是重新选定的恋爱对象。

　　他拿过来台历，默默数着剩余的日子。距离维和任务还剩一个多月，等他回国后，他一定要破釜沉舟一次。他要堂堂正正、明明白白地追求她，向她表白，勇敢地给这份爱情要一份答卷。

方翘楚此时却面临着一个艰难的选择。

萧扬伤势平稳，在恢复期，但是他仍然不能行走，还需要一段复健期。方翘楚请了假，准备送他回老家云南文山休养。

临行前，方翘楚回了一趟家，家中三个亲人分别和她有一番谈话，让她陷入感情的纠结中。

父亲楚正平在询问了萧扬的伤情后，沉吟了许久，才对着女儿说出了自己深藏已久的一番话。

他先向女儿详细讲述了自己和萧扬父亲萧向荣的过往经历："那时我是尖刀连连长，我们连承担的，都是为大部队扫清障碍，开辟道路的重活儿，每个人都把自己的生命看得很轻，把任务，把一场战役的胜利看得很重。萧向荣是一名机灵又忠诚的战士，他受指导员暗中指派，一直跟随在我身边，保护着我的安全。他们只能暗中，因为他们知道我的脾气，决不允许自己比别的战士多一重保险。作为尖刀连连长，遇到艰巨的任务，我必须身先士卒，冲到最前面。"

他吁了口气，继续讲述道："那次在前沿阵地上突然遭遇敌军的炮火袭击，我在组织突击队准备干掉敌人的一处暗堡时，一发炮弹落在我的身旁，萧向荣一把将我推开，又将他的身体，压在了我的身上！……我毫发未伤，但他却浑身上下都向外冒着血……"

楚正平的眼睛湿润了："在野战医院里，你章伯伯亲自为他取出了二十多块弹片，他腿上的伤很重，紧急处理后，就赶紧送往后方。后来他就像消失了一样，再也让我找不到踪影。回到内地后，我多方打听他的下落，只知道他因为伤残复员回了原籍。随后我又找机会去了云南文山，但是仍旧没找到他。"

方翘楚怔怔地听着，楚正平抚着女儿的肩膀，叹息道："后来通过萧扬的一张入伍登记表，我才发现了他的身影。我们在文山见面后，他对我说出一番心声。他因伤致残后，不愿意给部队增加负担，就选择了复原回到原籍。他想回到普通人的生活，对他来说，能活着回到家乡，就已经很知足了，他无法忘却长眠在南疆的无数年轻的战友们！但是他毕竟难以消融集结于心的军旅梦想，于是他选择送独生儿子萧扬走进了部队。"

楚正平深深地看着女儿："萧扬回家探亲，提到过作为军事主官的我，萧向荣嘱咐儿子不得暴露自己父辈的名讳。他没有对萧扬提起他曾经在战场上救我的情节，只是说，我是他的老领导，他不希望儿子在部队受到特殊对待！"

方翘楚轻叹一声："其实萧扬和他父亲一样倔强而自尊。"

"是的，你更了解萧扬！"楚正平点头，"他是一个各方面都十分优秀的男孩，是一个业务突出，能力很强的军人！我承认，我对他父亲的特殊情感，会让我格外留意他，但他却是用自己的能力，证明了我们集团军对他提拔栽培的合理性和正确性！古人尚讲举贤不避亲，作为一个现代军队的管理者，我问心无愧！"

"爸，您今天同我说这些，有什么深意吗？"方翘楚坦率地看着父亲。

楚正平也回望女儿以坦然平静的目光："爸爸今天对你说这些，并不是想给你什么压力，报恩和爱情应该是两回事，我不想干涉到你的婚恋问题，你是个聪明又敏感的女孩，相信你有足够智慧理清自己的感情线路。

"可是我不说你也明白，萧扬如今伤病未愈，可能还有一段较为漫长的复健过程，这时的他，需要有知心朋友的鼓励、安慰和帮助。你不是说过，你们是彼此的知己吗？我相信你会尽到这份责任，帮助他树立起信心，尽快度过这段生命的暗流。"

方翘楚默默点头，没有再说什么。

继母何瑶的话就完全是语重心长。她拉住继女到自己的房间，语调柔和却充满深情："楚楚啊，你爸不让我掺和你的婚姻问题，我想我也没这个资格。这年头，就是亲生父母也未必能管得了儿女的婚姻大事，何况我这个继母？"

这话让方翘楚感到不安，就忙拉起她的手："妈，您别这样说，我从来就认为自己很幸运，有两个母亲。一个总在梦中，我的亲娘，虽然我没曾见过她，但是她用自己的命，换来了我的降生，这份亲情总能透过血脉让我深切感受到！另一位就是您，从小把我辛苦拉扯大，给了我一份完整母爱的您！爸爸工作忙顾不了家，我和小风几乎都是在您的独立照拂下长大，您和我的亲妈，又有什么不同？"

何瑶叹息："你这样说，我心里就熨帖了！楚楚，其实你懂妈的心，我是真心在为你考虑打算。我给你安排了那么多优秀的恋爱对象，你面都不愿意见，唉，我也想开了，这叫没有缘分，不见就不见吧。但是有一个观点我不会变，那就是，一个女人，要想过安宁舒适的日子，就绝对不能找野战军人！甚至是，我都不主张你找同行，两个人都是外科医生也不理想！你想想看，每日里手术台、病房、科室连轴转，哪里顾得上家？将来有孩子了，这种现实问题如何解决？所以啊，就算那个章雪川各方面条件都很优秀，也未必算佳偶！"

"妈，您怎么好好的，提到他了？"方翘楚脸微红起来。

何瑶摇头："我的情报灵着呢，你忘了你弟弟还给我安上过'妇女侦缉队长'的名头？你和那个章雪川，有过矛盾，但是整日朝夕相处的，产生点情感什么的，也很正常。何况咱们楚、章两家还有过渊源？但是我始终感觉，他为人孤傲，又是痴迷的工作狂，嫁了他，你未必幸福！总之萧扬和章雪川，我一个都没看上！比我给你准备介绍的那几个，差远了！"

她接着又表态道："但是退而求其次，你若非要在他们中间选一个，那么我站章雪川这边。毕竟从职业角度看，他还相对稳定安宁些……"

方翘楚含糊其辞："这事以后再说吧。我如今要护送萧扬回家养伤，我先办好这件事要紧！总之谢谢妈为我操心了！"方翘楚亲热地握握母亲的手。

和弟弟楚临风的对话就简单直接多了，毕竟都是年轻人，喜欢直抒胸臆。楚临风认真地看着姐姐，为她直言剖析道："我和梅瑰一直保持着联系，除了时刻保鲜风中玫瑰的爱情，我最关注的，就是老姐你的婚恋情况了！我以我新新人类的灵敏直觉，已经断定，你一定是爱上了章雪川！"

方翘楚不回避弟弟探究的眼神，看着他微笑，问道："你就这样自信？这样肯定？难道忘了'子非鱼'？"

楚临风咧嘴："我当然不是鱼，但是我肯定知道老姐你的喜怒哀乐，因为我会观察啊！姐你不是一个有复杂心机的人，你的欢乐与哀愁也许并没有时常挂在脸上，但是作为亲人的我，还是能充分感知的！姐，你自己都是糊里糊涂，有点弄不清这段爱情的合理性吧？那么我告诉你。"

他故意清清嗓子，停顿了一下才继续说道："因为你们在职业军医生涯中，找到了在别人身上不能找寻到的共鸣。你们越接近，就越明白，其实你们从骨子里来讲，就是一类人！这点对于章雪川意味着什么我不知道，但是对你，姐，一定是你的新恋情的起点！这就是为什么萧扬再优秀，也走不进你的心，而章雪川，会在和你表面上那种相恼相怨的状态下，不知不觉中已经走进你的心里。姐，爱情就是这样神秘，毫无道理可言！所以爱情会是这样的模样：唯一的，排他的，莫测的，宿命的！"

他自己都被自己的睿智感动了，一口气说完最后这十二个字，认真地看着姐姐。

弟弟的话语重重地敲击在方翘楚的心坎上。她默默地看着弟弟，再也说不出任何话来。

萧扬的家位于云南省东南部文山州，一个叫富宁的小城，幽静安然。方翘楚一进萧家，就感受到一种朴实而又祥和的百姓家庭氛围，严父慈母家庭结构，母慈子孝的浓浓亲情让方翘楚瞬间湿润了眼睛。萧母杜秀媛是一个典型的贤妻良母，她抱住儿子的伤腿反复查看，泪水一颗颗地滴在上面，嘴里反复地问："儿子，还疼不疼啊？"

萧扬当着方翘楚的面，有点不好意思，就笑着安慰她："妈，没事了，一点都不疼了，倒是您把我弄痒了。"

老两口对方翘楚热情又亲切，像对一个钟爱的晚辈一样照顾有加。但是萧扬的态度有点令方翘楚不解，回来的第二天，萧扬就开始赶方翘楚回去。他嬉笑轻松如同往常，但是却执拗坚决，直催促得方翘楚都有点冒火了。

"怎么回事啊，萧扬？为什么总赶我走？"方翘楚又委屈又愤懑，对他瞪着桃花眼，"我请了一个月的假，说好帮你做复健的！你的腿要加强锻炼，不然会留下后遗症！"

萧扬平静地回答："你的任务是护送我到家，现在已经完成了。至于复健，那需要体力，你一个小姑娘哪有那样大的力气？"

他认真看着女孩，劝慰道："我乡下的一个表弟，下周就过来，他可以帮我做复健，你放心走，你的工作也不该耽误，更何况还在学习阶段呢！"

方翘楚直直地瞪着他："不行！从明天开始，我就帮你开始锻炼，你想偷懒都不行，我要亲自监督执行！"

第二天早上，方翘楚就用轮椅推着萧扬来到隔壁一个小学校，这里是萧母以前工作的地方。学校有一个小操场，上午学生上课的时候，操场一角的体育器械区是空闲的。这里就成为萧扬开始复健的场所。

方翘楚将轮椅推到一个双杠前，搀扶着萧扬从轮椅上站起，双手扶住双杠。

因为萧扬的下半身几乎僵直沉重，方翘楚扶起他时，使出全身的力量，气喘吁吁之间，她仍然露出轻松自得的笑意："嗨，其实你，并没有想象的那样重！"

萧扬咬着牙站立着，双腿像棉花一样无力绵软，伤口的痛感一阵阵传来，但是他没有露出半点，他也在笑答："你真超出我的想象！小楚，你劲儿真大！"

练完双杠站立，萧扬执意要方翘楚搀扶自己走上两步，方翘楚拗不过他，只能边嘟囔着："你这个人，真心急，没站稳就想走？"一边搀扶着他，挨着双杠边挪步。萧扬勉强走了两步，腿一软，向下栽倒，方翘楚挺身相扶，两个人摔到了一起。

"哎呀小楚，没有压痛你吧？"萧扬急急相问。

"碰到腿伤没有？疼不疼？"几乎同时方翘楚也焦急问答，两人相视而笑。

回到家中，方翘楚顾不得休息，就打来水，为萧扬擦脸，又准备为他洗脚的时候，被他拦下了："小楚，你先自己去洗把脸吧，看你一头的汗。我这里不急！"

杜秀媛忙上来帮忙，方翘楚还要坚持，萧扬已经板着脸在那里不高兴了："小楚，你让开吧，我想让我妈给我洗脚！"

方翘楚微微一愣，只好走开了。

方翘楚回到客厅时，杜秀媛已经给儿子擦了脚。方翘楚脸色平静，坐到萧扬身边，将他的脚轻轻放到自己膝盖上，准备给他揉搓。

萧扬又是激烈对抗的样子："你这是做什么？我的腿有伤，脚又没坏掉，你……"

"你今天锻炼很累了，我给你做脚部按摩，你放松休息一下。"

"不用。真的用不着！你这样我很不舒服，也不习惯！"萧扬低声对方翘楚喊道，他又拉过她的手，眼睛里全是激动的神色，"你看看，这是一双外科医生的手啊，原该拿手术刀！如今你这样照顾我，小楚，我真的很不舒服！"

方翘楚惊愕地看着他："你不是答应做我的蓝颜知己了？或者，因为父辈的关系，我们已经是兄妹情分。如今你的伤痛在身，我照顾你一下怎么了？我心目中的萧扬，不该是如此别扭纠结的样子！"

萧扬垂下了头："小楚，请原谅，我不喜欢被人照顾，除了我的父母！"他抬起头，盯着女孩，"咱们是知己，是在思想上相互安慰和鼓励的好友，但是知我如你，当更能明白我眼下的心情？请给我留下最后一丝尊严吧！"

方翘楚愣愣地看着他，忍住划到眼际的泪水，承诺道："好吧，等你表弟过来，我就离开！"

第三十七章　爱的放手

试问人世间情是何物，为何有人分离有人相许？冯璇彻底放弃了对章雪川的痴爱，方翘楚却向萧扬决绝地表达了爱情。

章雪川终于熬到了回国的时刻。走出机场出口的那一刻，一束火红的玫瑰花最先耀眼在他的眼前，他看到楚临风满面春风的笑脸，紧接着，身后梅瑰发出兴奋的尖叫声。

他饶有兴趣地看着这对恋人在出口处拥抱雀跃，却不料又一束红玫瑰举到了他的面前。

"冯璇？怎么会是你？"

"雪川，我特意来接你的！"

章雪川和医疗队队员简单交代过后，上了冯璇开来的车。冯璇边发动车子，边对他讲述了自己的这次行程。她是回国参加一个肿瘤学国际会议，但是会议结束后，她特意留了下来。

"雪川，你相信吗？我是为你留下的。如果可能，我想，我可以为你永远留在这里，不走了！"

章雪川惊讶地看着她："开什么玩笑？你在国外发展的势头那么猛，这正是你自己最在意，最贴切的人生目标，怎么可能轻易放弃？"

冯璇专心开着车，几乎不看他，但是话语却婉转低回。

"雪川，不只是你，就是我自己也一直以来认为，我就是个女汉子型的专业人员，我把自己的事业看得很重，其他的，我几乎是漠视的，在外人眼里，还有点弱智。但是和你分手后，我痛苦了很久，至今难以走出来！雪川，你相信吗？我会为爱情改变许多？我如今不想做一个女汉子了，太累！我想做一个安安静静的女子，守在自己心爱的人身边，岁月静好地过日子！"

"小璇，你？……"章雪川在惊愕之余，竟然无言可对。

回到医院的日子是温馨而静谧的。经过半年多的维和岁月，每一个亲历者回归国内，都倍感珍惜和享受。章雪川却再次陷入感情漩涡中，冯璇的突然归来让他猝不及防，纠结难言。

冯璇这次也算是破釜沉舟般挽救自己的爱情之举。她对章雪川讲述了自己的悔恨之意，眼下的她，愿意放弃一切，去俯就自己的爱情。

"真的，雪川，别说你，我自己都很惊讶，我会这样执着于咱们的感情。"回国后的一天，冯璇和章雪川坐在一个咖啡屋里，再次对他感叹道。回国后，她和他深谈了两次，章雪川都委婉或直接地拒绝了她提出来的重续前缘的要求，她无奈，却又不肯放弃，总想为自己的这份感情再争取一回。

此刻章雪川默默听着，眉峰紧锁，没有接话。

冯璇微微叹息："分手了，才知道你的重要。选择了，才明白自己真正要的是什么？雪川，你像是变了一个人，冷如磐石，究竟是为什么？你爱上了别的人？哦，无所谓，你必定有你自己的选择，就像我，也曾勉力挣扎过，试图开始一段新的恋情，但是最后我失败了，我走不出命定的爱情宿命！在我这里，这个宿命中，另一个主角儿，就是你！"

章雪川还是不答言。

冯璇看着他，突然从自己刚才的话题里，想起什么，就直勾勾地盯着他："雪川，你不会？……"

她垂下眼帘，像一个做错事的孩子一般露出羞赧的神情："你不会怪罪我曾经移情别恋吧？我知道你并不是个保守自私的人！……你可能知道了，我在那边有过一段新的恋情，对方是一个白人……我承认，他对我很好，他的各方面条件都无可挑剔。但是我只是一时的冲动，想给自己的爱情一个新的出路，我甚至保持新鲜感都超不过几天，就感到自己彻底失败了！你走不出我的内心，他又怎么能走进来？"

"小璇，你没错！"章雪川终于幽幽开口，"是我移情别恋了！"

他的语气很轻，但是仿佛一记重锤般，狠狠地敲击在冯璇的心头，她惊愕地睁大了眼睛。

章雪川的语气很轻，话题却如磐石一样从此压在冯璇的心头。

"我曾经在咱们感情结束的那一刻，感觉一切都无所谓了，我可能不会再轻易地走入到爱情的迷宫里。所以那次面对你的母亲，我说出了那样的誓言，你冯璇一天没找到归宿，我章雪川一天不恋爱。但是我注定要食言了，因为我不知道自己还会遭遇一场真爱！"

"一场真爱？遭遇一场真爱？"冯璇咀嚼着他的话，脸上露出难以置信的表情，"难道咱们十几年的爱情，对于你，不算一场真爱？"

"我不知道。"章雪川摇头，"我真的说不清楚。也许，青梅竹马的爱情，在咱们都是一场习以为常的情感之旅，我们都以为那是真爱，也愿意相信这是真爱，起码刚才听了你的那番话，我知道，对于你来说，这就是真爱！可是，我要遗憾却是大胆地对你剖析一下我自己的内心，那段感情，对于我来讲，可能只算是爱的启蒙，或者说是男儿怀春，女儿钟情的一场人生体验，美好如朝露，却不可能永恒！"

他静静地看着相交了十几年的女友，他的神情坦荡而坚决："也许没有那场分手，咱们可以在这段亲情般持久的理所当然的恋情中，走下去，成为一对伴侣，相携走过今生，也许就此我们永远不会有机会审视这段情感。但是，我们分开了，你是为了事业，理想和个性的追求，理由不说不充分和正当？而我，则是成熟后的一个必然的觉醒。我在被动中和你分离后，竟然会有一种不自知的轻松感，这种感觉让人细思极恐。"

"我不要听你分析这早已过去的事情，我想听真相！"冯璇匆忙打断他，"你刚才说到的'移情别恋'？"

"真相其实是和真情实感联系在一起的。"章雪川平静地回答，"我们分手后，我的感情处于空窗期，我的真情实感就是轻松而平静。恰在此时，一个奇特的女孩闯入了我的生活，竟然是以那样惨烈的悲剧为开头……"

章雪川对冯璇讲起了格桑事件。

就在同一时刻，梅瑰在楚临风的邀请下，来到玉峰山的那个蹦极场。

楚临风在梅瑰的注视下，平静地由教练为他在腰间绑好绳索，他对着梅瑰粲然一笑，潇洒利落地采取熟练的绑腰后跃式跳法，向后翻腾而下。

"哦！"梅瑰惊呼一声，她趴到山崖边，忍住强烈的心跳，看着这道绳索下的楚临风像一只鸟儿一般在山崖间飞翔。他的身子荡悠着，还有一阵响亮的喊声回荡在山水间："梅瑰，嫁给我！嫁给我吧！"

山崖下的湖边，楚临风手握一束鲜红欲滴的玫瑰花，半跪在梅瑰的身边。

很多游人和蹦极爱好者都围绕在他们身边，梅瑰有点窘迫，她红着脸低声命令："赶紧起来，大家都看着我笑呢！"

"你还没说那句神圣的话语呢。"楚临风对她眨眨眼。

梅瑰又气又急，上前拉他："少出洋相！我……我说什么？"

楚临风一脸执着："自己想，这句话，可不敢胡提醒，关乎我一辈子的幸福呢！"

梅瑰咬咬嘴唇，气呼呼地小声哼道："我愿意。"

楚临风："我是听见了，可是人民群众没听见呢？"

他回望四周，人群中突然传出来带笑的抗议声："我们没听见，都没听见！"

梅瑰听着话音耳熟，回头一看，不知道什么时候，围观的人群中，出现了她熟悉的面容：高明辉、蒋子萌、李想、罗宏以及秦楠、丁盛、胡远征、杜鹃，竟然还有黑脸田丰。

梅瑰羞得脸色绯红，她恨不得转身逃走，但是眼下四周都被包围了，她用手捂住脸，深深吸了一口气，憋住气，大声喊道："我愿意！"接过了那束玫瑰花。

周围响起欢呼声，大家涌上前来，把这对恋人围住。

李想抢过梅瑰手里的花束，将玫瑰花花瓣扯下来，撒向两个恋人，众人纷纷效仿。玫瑰花瓣中，梅瑰听到田丰对着秦楠夫妇在感叹："现在的小年轻儿真能折腾，想到这样的求婚地方！你看这山这水，很像我们家乡，那里也应该搞一个像这样的蹦极场……"

秦楠笑着没说话，在她身旁的胡远征接着感叹："我说怎么平白无故地包了一辆车把咱们拉到这里，原来有一场求婚大戏啊！"

众目睽睽下，楚临风搂过梅瑰的身子，轻轻摘下她头上的玫瑰花瓣，将一个火热的吻印上她的唇。周围再次响起掌声和欢呼声。

章雪川对冯璇如实地讲述了自己和方翘楚相识的过程，这一年多发生在他们之间的爱恨交织，相怨相怼，又相携相依的旅程。尤其是在维和期间，在那个去国怀乡，又环境艰苦的地方，他和她的情感的萌发和升华。

　　"小璇，也许我这样说，是有点残忍，但是对我来讲，你就像一个亲人，一个手足，我们在太多长的时间里的情分自是无法回避和隐瞒的，我不想对你说谎，我愿意将一切真实的情感，解剖在你的面前。"

　　章雪川平静地看着冯璇："是这个叫方翘楚的女孩，催醒了我的爱情味蕾，我才发现，这世上，竟然会有如此让人牵肠挂肚，又难以割舍的情分！这才是人们传说中的'三生石上结下的爱情'吧？如今我的心里，满满的都是她的音容笑貌，她的影子，她的一切！不管以后我的这段感情是怎么一个结果，我都满足了，因为我尝到了这样的爱情滋味，甘甜绝美，无法忘怀，不可复制，也无法替代！"

　　冯璇呆呆地看着他，喃喃自语："这就是你的'移情别恋'？按照这个说法，你哪里是什么'移情别恋'？她才分明是你的初恋！真爱！我们那段，又算什么？"

　　章雪川不知道如何回答，此刻他宁可负疚于她，也不愿意隐瞒自己的感受。他垂下了头，手腕却被她紧紧抓住："可是，雪川，你刚才最后那句，是说'不管以后我的这段感情是怎么一个结果'？你这份爱情也是单向的对吧？你还没有向她表白？或者是，她还没有爱上你？是的，是的，她深爱的初恋夭折在你的手术刀下，她能跨过这道坎儿吗？你们能一起跨过这道坎儿吗？会不会，你这个爱情，就根本从她那里得不到任何回应？是一场你自我陶醉的迷局？"

　　她艰难地咽下了一口吐沫："也许，我们还有机会的，对吧？"

　　她愣愣地盯着他，他却坦然地对上了她的眸子，他的眼里，此刻水波不兴，一片宁静："我不想说对不起，这个不是你冯璇想要的！我只能说，很遗憾！即使你说的对，我这份爱情无处安放，甚至是无法放矢，有可能无疾而终，但是我的心里，也再不会容纳任何人，永远不会了！"

　　泪水在冯璇的眼里打着转儿，她望着自己深爱的这个男人，心里明白他的决绝。因为彼此太熟悉太相知，这段情缘的逝去就更加令人纠结和感慨。

　　冯璇掏出纸巾擦去眼泪，看着章雪川，露出一丝苦笑："我明白，章雪川做出的选择，是没有人能撼动的。那么我冯璇这段爱情，只能选择自我埋葬了！"

章雪川默默地看着她，没有再说任何抱歉或者安慰的话语。

冯璇甩甩头："好吧，幸好我不是那些以爱情为人生最高目标的女子，一个爱情的跟头，也跌不倒我！我祝福你，早日心愿得偿，爱有所依！"

她伸出纤纤素手，他握住了，只觉一股冰凉。

"再见，雪川，各自保重，后会有期，我们此生都是最好的朋友，是手足！"

"再见，小璇！我知道你会飞的更高，更远！你原本就不是一个寻常的女子，你的未来，也是海阔天空！"

两人竟然能平静相对，喝光了各自面前的那杯咖啡。

待在文山的方翘楚心里的平静，却被一件事情打乱了。

她在厨房发现杜秀媛在偷偷服药，她上前询问，却被对方遮遮掩掩，支吾过去。

方翘楚不动声色，暗暗留心，终于发现杜秀媛竟然在服用止疼片。在她的一再追问下，杜秀媛才终于讲出一段隐情。

原来她早已被确诊为子宫癌中晚期，因为癌细胞已经扩散，失去了手术的机会。医生说她最多还有一年的生命。她和老伴萧向荣怕影响儿子在非洲的维和工作，就一直隐瞒着他。后来又遭遇儿子受重伤，她全部注意力都集中在他身上，更顾不上自己的病情了。

方翘楚心里着急，马上建议她住院治疗，杜秀媛直摇头："我跑了几家医院，还去了文山州医院，都说没有治疗的必要了，回家好好安排一下后面的事，倒是重要的。小楚，别为我担心，阿姨已年过半百，死了也不算夭亡了！我就是放心不下他们爷儿俩，我要走了，这个家……"

方翘楚搂住她的肩膀，含泪安慰道："阿姨，你先别放弃！我有个同学，在昆明总院工作，我想带您去一趟昆明，咱们再做一次检查好吗？如果还有希望，咱们决不能放弃治疗！您那么爱萧扬，就算为了他，您也要坚持下去！"

"小扬啊……"母亲提起儿子，泪水扑簌簌落了下来，"我现在，最关心的，就是他！原先好好的在部队上，就算没了我，他还有事业，还有前程。可如今，我……"

她捂着脸，哭得说不下去了："我从来没有怕死过，但是小扬受伤后，我突然变得怕死起来……我想若是这时候再给儿子这样一个沉重打击，他又怎么承受？我可怜的儿子！……"

方翘楚抱着她，娘儿俩哭成了一团。

傍晚吃过饭，方翘楚溜出萧家，给自己在昆明军区总医院的同学打了电话，联系好为杜秀媛看病的事项。她回到家中，杜秀媛在厨房给丈夫熬中药，方翘楚想起该为萧扬伤口换药了，她走到萧扬房间门口，却听到里面萧向荣父子在谈话，一些敏感的话语让她停住了脚步。

"小扬，你当真决定脱去军装？你真舍得？"

"爸，我想您应当能理解我？当年，您为什么选择脱去心爱的军装，离开你最难舍的部队？不就是为了怕自己的伤病得到特殊照顾，拖累部队吗？我不知道我的腿伤，最后能恢复到什么状况？如果落下残疾，我肯定选择离开，不会继续待在……"

"唉，儿子！儿子！老天为什么这样不开眼？就不肯成全我爷儿俩的军旅梦想？连点念想也不给我留下……"

萧向荣的声音变成呜咽。方翘楚抹着泪离开了。

夜幕降临时分，方翘楚再次来到萧扬的房间外，听到里面响起吉他声。这把吉他就是格桑留下的，这次回来养伤，萧扬特意从方翘楚那里要回来，带在身边。此刻吉他声苍凉寂寥，听得人不免泪下。

方翘楚听出那是格桑生前最爱弹的那首《仓央嘉措情歌》，曲调在柔软缠绵中，隐含着淡淡的哀愁，这种哀愁只能意会不能言传，毕竟是几百年传下来的惆怅之意。

方翘楚记得格桑曾经为自己详细地讲解过这个曲子，以及仓央嘉措的传奇而悲凉的一生。从此以后，只要方翘楚听到这个曲子，心里就会荡漾起无限的怀古悲今情绪。

此刻萧扬弹的缓慢而低沉，听上去更令人肝肠寸断。方翘楚的泪珠一颗颗滚下面颊，当一声断弦声传来的时候，她抹了一把泪水，冲进了房间。

"萧扬，不知道你上次说的话，还算不算数？"方翘楚冷静地发问。

萧扬一脸不解的神情看着她。

方翘楚一字一顿地提醒着："你说过，想让我当你的拐杖？"

萧扬眉毛一扬，刚想说什么，却被方翘楚察觉了他的意思，用话拦他："别不承认！我方翘楚此生就想做你的拐杖，说好了，不能变！"

"小楚……爱情不是怜悯，聪明如你，何必如此？"

"谁说我对你怜悯了？你萧扬需要怜悯吗？我心目中的萧扬，永远是阳光开朗，积极向上的，任何艰难困苦都不能把你打倒！"

她深情地盯着他："你知道我有英雄情结，以前的格桑是英雄，如今的你，也是！方翘楚的爱情，注定要献给英雄！这个你应该最明白？"

"可是小楚……"

"没什么可是！如今我说了算！"她紧紧盯着萧扬，"我明白你的心，一直都明白！你不是一直扬言要对我穷追猛打、追求到底的吗？那么，此刻我单方面宣布我们的恋情，应该是算两好合一好，没什么问题吧？"

萧扬沉默不语。

方翘楚倔强地抿抿嘴，转身跑开了。不一会儿，她拉来了萧向荣老两口。

"萧扬，我们的事，我刚才都对叔叔阿姨说了，他们有点意外，但是都很开心！你要再别扭下去，我就太没面子了哦！"

萧扬抬头看看父母，张张嘴，却没说什么。

萧向荣看着儿子，一脸喜悦和忧伤并存的模样："小扬，这辈子你要敢辜负了小楚，就别认我这个爹了！"

杜秀媛什么话都说不出，只是抹着眼泪。

方翘楚给父亲去了电话，告知了自己的决定。电话那头，楚正平许久没有说话，半晌才喑哑着嗓子说出一句："楚楚，爸真高兴！你和萧扬走到了一起，也算完成了父辈的一点心愿！从这点来说，我要谢谢你，我的好女儿！"

后面的复健，萧扬变得更加积极起来，他在方翘楚的照顾和支持下，每天进行刻苦的复健训练，腿部功能恢复得很快，不久就能拄着拐杖行走了。

第三十八章　千里追爱

章雪川可以为了真爱跋山涉水，千里奔袭，但是却无法毁掉一对军人父子的将军梦想。烈士陵园里，他在生父面前埋葬了自己的爱情执念。

此刻的章雪川却正陷入在失去亲人和战友的悲伤中。

欧阳巍病情恶化，在一个晴朗又温暖的早晨离开了这个世界。临终前，章雪川和姐姐章雪原一直陪伴在他的床前。章雪原拉着丈夫的手，一遍遍忏悔着："如果有来生，我一定好好地照顾你，不让你如此拼命了，我也不会这样不顾家。我们一家三口好好过日子……"

欧阳巍微笑着看着妻子："除非下辈子咱们都不学医了，否则……小原，我不想自怨自艾，因为我原本就无怨无悔！我是个麻醉师，我离不开手术台……"

欧阳巍背着妻子，对章雪川交代了身后事。他请章雪川在他走后好好照料姐姐，帮助清朵度过失去父亲的哀伤时刻："小川，我知道朵朵很信赖你，她现在即将面临高考压力，这个时候亲人逝去，对她的打击当更深更痛，也许只有你，能帮助她走出这段心灵的雾霾期。"

章雪川轻抚着姐夫骨瘦如柴的胳膊，忍住眼泪，郑重承诺："你放心，朵朵以后就是我的孩子，我会代替你，守护她长大！"

欧阳巍的唇边始终挂着一缕微笑，看上去有一种临终人豁达悲悯的意味："还有就是你自己的感情问题。小川，人生太长，别一个人苦着，找个情投意合的伴侣同行，真是一个不坏的选择！但是，有时候，人生也太短，就像眼下的我，纵使有千般牵挂，万般不甘，也已经无可奈何地走到了生命的尽头。所以，一定要抓住，时间，机会！别错过该做的事，更别错过，该爱的人！……"

这段话，重重地敲击在章雪川的心上，他有些微微发愣。欧阳巍像是参透了他的纠结和困惑，又鼓励了一句："凡事趁早，抓住机遇，即使最后没有收获成功，也不留遗憾了！"

他又拉住章雪川的手，认真打量着他。他们不只是亲人，更是合作了十来年的搭档和战友。欧阳巍发出一声感慨："若有来生，咱们会再次遇到，也一定是在手术台上！小川，这就是咱们的宿命啊……"

章雪川的泪水夺眶而出。

欧阳巍逝后，章雪川一手料理了他的身后事。他和母亲、嫂子一起，把姐姐章雪原母女接回了将军楼居住。他安慰着外甥女清朵，给了她更多的父爱亲情。

但是夜深人静时分，他又想起姐夫临终嘱咐自己的那句话："人生太短……一切要抓住，时间，机会！别错过该做的事，更别错过，该爱的人！"

他的眼里，心里时刻都闪烁着那人的身影。回国后，他就听说方翘楚护送萧扬回家乡养伤去了。听到这个消息的那一刻，他已经明确地感受到，自己的心像是被针刺了一下，痛楚短暂却深刻。从他建议方翘楚护送萧扬回国治疗那一刻起，其实他就觉得自己在祭献自己的爱情。在生与死，甚至是无关乎生死，是在一名好友，一名职业军人的未来从军生涯的选择关口，自己毅然决然地放弃了爱情的坚守。

虽然他并未向她表白，但是在心里，他已经将她看作了此生唯一的感情托付者。萧扬的负伤，完全打破了他的爱情战斗计划，他在慌乱中却做出了理智的选择。他是一名医生，又是萧扬的战友和知己，他必须为萧扬的康复考虑一切，他深知在那样的时刻，方翘楚的安慰和照顾，对萧扬有多重要。

但是自己的爱情呢？就完全放弃，缴械投降了吗？章雪川不能甘心。即使结果无法揣测和预料，甚至是前途未卜，凶多吉少，他也要再次冲锋陷阵一回！他的爱情攻坚战还没有机会打响，怎能偃旗息鼓，鸣锣收兵？

章雪川暗暗下定了决心，他要马上去一趟云南文山，去见一下方翘楚，他要在她还没有做出爱情的选择时，给自己，也给她，一个机会，由她选择和决定爱情的真实归宿。

他也想到了另一种情形，当他到了萧家，很可能看到的，是萧扬和方翘楚已经琴瑟和谐的一幕。那幸福和谐的一幕，对他注定是残忍的。那么他会默默地离开，找一个没人看到的地方，埋葬自己的爱情，再祝福心爱的她此生幸福安宁。

但是章雪川没想到的是，他这个准备埋葬自己爱情的地方，上帝会为他安排到一个极为残酷的地方——他的亲生父亲的墓前。

章雪川来到富宁县萧家时，家中只有萧向荣一人。方翘楚和萧扬母子去了昆明。方翘楚看到萧扬身体恢复得很好，就找机会告诉了他杜秀媛的病情。萧扬震惊之余，对母亲心痛不已。在方翘楚和萧扬的轮番劝说下，杜秀媛终于答应去昆明总院再做一下检查。刚好萧扬的伤口恢复情况，也需到大医院复查，方翘楚于是陪伴母子二人一起去了昆明。

萧向荣拄着拐杖，热情地接待了章雪川。他认为章雪川一定是来相邻的麻栗坡县为自己的亲生父亲章毅扫墓，顺便来此探望。得知他还未去扫墓时，萧向荣激动了："小章教授啊，那敢情好！这几年，我的腿脚越发不方便，不能像以前那样，每年清明节去给你父亲和其他战友扫墓，心里总觉得歉疚啊……今天你来了，咱们一起去看看你爸爸，这个机会更是难得！"

"萧叔叔，您就叫我雪川好了。能和您一起去扫墓，我也很高兴。"

章雪川很有些感慨。这次他来云南文山前，曾经和养父章虎臣有过交流。以往每年清明节前后，章虎臣都会找机会带着章雪川到麻栗坡烈士陵园，为他的生父章毅扫墓。今年章雪川在非洲维和，清明节错过了。这次他提出去一趟文山，章虎臣心里有所感慨。章雪川直言自己除了去给父亲扫墓外，还想去萧扬家探望。章虎臣盯着儿子看了半晌，才拍拍他的肩膀，说了句："去吧，也替我去问候一下你萧叔叔，看他恢复得怎么样了？我年纪大了，以后去那边的机会不多了，你就替我去看望他们吧！"

夏静波却略带担忧的神情嘱咐着儿子："小川，你和小楚的事情，妈也知道一些。这次，你若是在那边能见到她，一定要彼此静下心来，好好谈谈。妈知道你会处理好自己的感情问题，就再嘱咐你一句：孩子，别太委屈自己，也别为难别人！"

考虑到萧向荣腿脚不方便，章雪川专门包了一辆出租车，和萧向荣一起来到相邻的麻栗坡县。

麻栗坡烈士陵园位于县城北郊磨山的苍松翠柏中，陵园背靠青山，面向内地，山势巍峨，建筑雄伟。这里是中越边境云南广西沿线的十几处烈士陵园中建得最早、也最著名的烈士陵园，安葬着来自全国19个省市，19种民族的959位烈士，他们都牺牲于1979—1984年的中越自卫反击战战场上。

整座陵园烈士墓在山坡呈梯次整齐排列，远远望去，乳白色的墓碑、墓碑上鲜红的五星与苍松劲柏映衬着。显现出一派肃穆的气氛。

章雪川搀扶着萧向荣来到生身父亲章毅的墓前。萧向荣将手里准备好的黄白相间的花束放到碑前，叹息道："你爸爸生前不抽烟，也不喝酒。他年纪真轻啊，就不知道他有什么爱好？"

章雪川默默地听着，他蹲在墓碑前，掏出准备好的一块毛巾，仔细地擦拭着碑身。

萧向荣的话语变得轻柔而缥缈："那时候，我负了重伤，在养伤期间，才碰巧和你爸爸有所接触。他是你养父章教授手下的一名医助，为了区别两个姓章的医生，大家就分别称呼他们为'大章医生'、'小章医生'。小章医生年纪轻，性情特别好，脸上总是带着笑，对我们伤员很亲切，检查伤口，换药的时候，他的手比女护士还轻。大家很喜欢他，都希望他亲自为我们换药，检查……"

萧向荣停顿一下，用手抚摸着墓碑上的"章毅"两个字，仿佛在摸着故人的脸："其实我和他同岁，当年都才刚满二十三，但是他看上去比我年轻，白白净净，文文气气的。"

他回头看看章雪川："你长得很像他，轮廓，眉眼都像，就是他的身材比你小一号。他那时总爱安慰我，因为伤势比较重，我的情绪很低落，心里总在嘀咕若是落下残疾，自己的军旅梦就夭折了。小章医生心细，看出来了，他就经常和我聊天，鼓励我要积极治疗，心情也要放松，看问题该有个乐观的态度。我最忘不了他说的那句话——'能活下来，就是最大的幸运！人生路还长着呢，干什么不行啊？若是我们自己不能继续穿这身军装了，儿孙们也可以延续我们的梦想啊！'唉，这句话对我鼓舞最大，使我想到了远在家乡未满周岁的儿子，就是萧扬。这使我重新鼓起生活的勇气！"

章雪川停住擦拭墓碑的手，回头看着萧向荣："我爸他，那时对您提到过他自己的家庭吗？……我那时，应该还不到两岁。"

萧向荣摇摇头："小章医生看着实在年轻，谁都想不到他那时居然成家了，还有了孩子。"

他接着叹息："我后面转送到后方，就再也没和他联系过。后来，听一个当年一起住院的战友提到，小章医生感染了急病，在战地医院殉职了。知道他也埋在了这个烈士陵园里，我就专门来寻找，终于找到了他的墓。从那以后，我每年都会来这里扫墓，为他，还有许多和他一样，当年长眠在这里的战友们。唉，这两年，是走不动，不方便了……"

"谢谢您，萧叔叔！谢谢您这份心！"章雪川的眼圈红了，他认真擦拭完墓碑，又将墓前的花束整理端正。

萧向荣看着远方山坡上那些重重叠叠的墓碑，发出重重的一声叹息："后来，我因伤残复员回了家乡，从来没再消沉过。我心里，总怀揣着你爸爸的那句话，把我们的后代再送到军营，就等于延续了我们的军旅梦想！萧扬如愿考入军校，又上了高原，我是无比的欣慰和自豪。都说不想当将军的士兵不是好士兵，也许，我的儿子能在绿色军营中建功立业，舒展抱负，走上职业军人的道路，有朝一日，也许还有机会冲击一下将军梦想？"

他说得异常伤感起来，一行老泪流过饱经风霜的面颊："谁料到，萧扬和我当年的命运一样，也负了伤，竟然还是在腿部！我心里就埋怨老天不长眼啊，为何这样不成全我们父子二人的这点念想呢？"

章雪川搀住他微微颤抖的身子，扶着他坐在墓前的石阶上。

"萧叔叔，您别担心，萧扬的手术做得很成功，后期只要坚持锻炼，好好恢复，还是能继续他的职业军人生涯的！"

萧向荣抹去泪，点头喟叹："唉，我老了，也没什么念想了。如今我最大的心愿，就是看着萧扬能站起来，恢复健康，早日回到部队，和小楚那丫头和和美美地走进婚姻殿堂！"

这句话突然敲击在章雪川的心房上，他微微一愣，半晌才支吾着问道："萧扬，和方翘楚，他们？……"

萧向荣笑得很开心："他们已经算订婚了。虽然没有举行仪式，但是两个孩子都口头约定了。我和小楚的爸爸，就是我的老连长，现在的楚正平军长，也通了电话，也算认过亲了。小楚过几天就回部队，去打结婚报告！"

纠结痛苦的潮水瞬间漫过章雪川的心房，他有点麻木地呆立了一会儿，才勉强挤出了一丝笑颜："那很好，祝福他们！"

萧向荣没有注意他的表情，自顾自地陶醉在儿女婚事成功完成的喜悦中："小楚这丫头，真是好！这次多亏她一直细心地照料在小扬身边，从身心两方面都给他打气鼓劲儿！萧扬能恢复得这样快，全亏这丫头啊！"

章雪川默默听着，再没有接话。

告别父亲墓地时，章雪川的心里百感交集。他盯着墓碑，对着自己毫无印象的生身父亲，吐露出一段心声。

"爸，也许是您在冥冥之中，嘱咐我当记住一个军人后代的担当和职责？我怎么能毁了一个老军人的美好期望？您当年鼓励了一个即将伤残退伍的战友，我今天要做的，是成全一名战友的梦想！"

章雪川送萧向荣回到富宁家中，就准备离开。萧向荣一再挽留他多住几日，等待萧扬等人回来，他拒绝了，以单位还有工作为由，匆忙告辞而去。

方翘楚陪着萧扬母子在昆明总院做了相关检查，萧扬的伤康复良好，尤其是腿部功能，假以时日，通过锻炼，就能恢复正常。杜秀媛的病情已经不适合动手术，但是方翘楚的军医同学为她推荐了一个名中医，治疗子宫癌有偏方。他们马上去找了这位中医，开了一大包中药带回富宁。

晚饭饭桌上，人家的情绪都不错，直到萧向荣说起了章雪川来过的事情。萧扬发现方翘楚明显愣住了，手里的筷子不知不觉地掉在了桌上。

此后，萧扬发现，方翘楚虽然一如既往体贴地照料自己，认真帮助他复健，但是她温顺贤淑的举动，却分明失去了往日明朗活泼的风格。他们之间的互动很有些相敬如宾的感觉，却没有恋人之间的亲昵。

其实这一段时间的相处，萧扬也没有感受到这种亲昵的味道。也许他和她相识太久，多年的知己情分，让爱情和亲情已完全不可分。萧扬曾经想过做一回恋爱中的鸵鸟，把头埋在沙堆里，不看，不听，也不想。他可以完全沐浴在自得其乐的爱河中，曾经倔强纠结的女孩，如今主动向他提出了"结婚"这个在他看来，是这世上最美好、神圣的字眼。

但这真的是她，一个聪慧又敏感的女孩，感知到，并真心想要的爱情吗？萧扬不确定了。他在思索着，体味着，分辩着。

章雪川回到医院的那个早晨，就遭遇到一个凶险的病例。

急诊室外，一辆救护车闪着警灯呼啸而来。车门一开，急救人员急匆匆地从车上抬下一名伤者，向急诊室推去。随车而来的急救医生向医院人员介绍患者伤情，办理交接手续："中年男性，车祸伤，汽车撞到了患者的左腰部，我们到的时候患者意识还算清醒，主诉腰痛腹痛。我们考虑腹腔有出血，脾破裂可能性最大，血压下降迅速，在迅速补液的情况下，上车时还有100/70mmHg，心率110次/分，刚才测血压已经降到了90/60 mmHg，心率120了。"

医院开通了绿色通道，针对这类患者简化常规手续，经接诊外科医生判断后就直接送至手术室抢救。

穿好手术服的章雪川进了手术间，却看到田丰等人都露出犹疑的神色。田丰期期艾艾地对他道："家属都有点放弃的意思了，患者目前意识丧失，情势危重……"

章雪川没理会他的话，上前查看伤者。手术台上，患者仰卧着，腹部明显隆起，面色雪白，口唇无色，意识不清。

章雪川回头断喝一声："这有什么好犹豫的？这是外伤，又不是晚期肿瘤，治好了还是好人一个！如果拖延下去，就真的完蛋了！"

急救手术开始。各种监护导线已经接好，监护仪上的数字在不停闪烁，血压70/50mmHg，心率130次/分。护士紧张地按麻醉医生的要求在静脉输注血浆、红细胞和醋酸平衡盐液进行扩充血容量。麻醉医师进行着麻醉药物诱导，成功后立刻进行气管插管，过程顺利。

突然，监护仪发出刺耳的警报声，上面的数字显示患者血压仍在继续下降，情况十分危急。麻醉医生立刻使用肾上腺素静脉推注进行处理，血压和心率暂时得以稳定。章雪川当机立断，来不及等护士消毒，他直接端起盆子将消毒液泼在了患者身上，立刻开刀进腹。在切开腹腔的瞬间。腹腔内的大量血液喷涌而出，流湿了手术台也染湿了他的手术衣。

章雪川将手伸进了患者的腹腔进行探查，发现脾脏已经碎成了几块，他迅速探摸到脾脏血管的部位，用手捏住控制出血，抬头向麻醉医生说道："出血我已经控制住了，赶紧想办法改善患者的循环状况！"

麻醉医生领命，台下护士根据他的指示在病人的头部、颈部和腋下放置了冰袋降温，继续输血和输液。

渐渐地，随着输血的进行，患者的血压逐渐回升到了110/70mmHg，心率也由快减慢到了90次，生命体征终于平稳了下来。章雪川从容不迫地切除了病人的脾脏，结扎了出血的脾动脉和脾静脉，仔细探查了患者的腹腔，确认再没有其他损伤，结束了手术。

章雪川疲惫不堪地走出手术室，心底一片悲凉。每次完成这样的手术，救活一条生命，他都能感到轻松和欣慰的滋味，这一次，却没有这样良好的感觉。

他仿佛看到生命的无常，守候生命的人——像他这样的外科医生的使命所在。他在心里默默说着：也许，我的生命的意义，注定是属于手术台，属于急救，属于患者，那么何不放下纠痛苦结的个人情感，全身心地投入到自己的工作中，去完成既定的使命。

回到医生办公室坐下，他长长地喘了一口气，正想翻开书换一下脑筋，就看到黑板上写着的一个通知：报名筛选赴非洲参加"抗埃"医疗队的人员，截止报名期是……

章雪川抬腕看了一下手表，马上跳起身来，向主任办公室跑去。

方翘楚的假期即将到期，她准备再续半个月，却被萧扬制止了。看着萧扬伤口基本痊愈，已经能依靠单拐顺利行走，方翘楚也就不再坚持。

她笑着对萧扬道："我准备回去就赶紧打结婚报告，你那份，这两天赶紧起草好，我一起带走。你腿脚现在还不方便，我干脆回医院后，再告假去一趟高原，把咱俩的报告都递上去。然后我回附属医院继续把学业完成，你呢，继续加强锻炼，争取早日把拐杖扔掉，咱们就可以……"

她咽下最后那个词，对他甜蜜微笑，萧扬却一脸怅惘的神色："小楚，我马上就能健步如飞了，不需要拐杖了！"

"是啊，是啊！"方翘楚满脸桃花，笑意满满，"我就说，你只要乖乖锻炼，就一定能早日扔掉它！"

她说着摸摸萧扬手边的那只拐杖。

萧扬轻轻摇头："小丫头你没听懂吗？我说的拐杖是你。"

"拐杖是我？"方翘楚品味着他的话，一脸不解，"你什么意思啊？你是说，不需要我？"

萧扬点头又摇头："我当然爱你！这个念想你知我知，日月可鉴！但是我不需要不真实的爱情，这也是我的坚持！请原谅，小楚，目前，我还不想打这个结婚报告！"

"萧扬，你什么意思啊？"方翘楚嚷了起来，"所有的人，咱们的父辈，家长，都知道，咱们准备结婚了。我昨天对阿姨说了，我不喜欢繁文缛节，什么订婚仪式的，统统免了！我就想赶紧和你领结婚证，然后……然后……"

萧扬高扬起眉毛，形成问号的形状，看着她。

方翘楚赶紧送上答案："然后，咱们就幸福地生活在一起！好了吧？"她有点怨念的样子，瞪着他，"我还要让叔叔阿姨都和咱们住在一起，享受天伦之乐，其乐融融！"

萧扬感动地看着她，眼圈都发红了："谢谢你，小楚，谢谢你对我父母的关爱！其实，这段时间，我们已经相处得像一家人了，不是吗？"

他吸了口气，忍住眼泪："但是小楚，我不希望你就这样答应嫁给我，这对你不公平！因为起码到现在为止，你还没爱上我！这点也是你知我知，天地可鉴！"

方翘楚被他说愣了，看着他不知道如何回答。

萧扬继续说着："小楚，原谅我，因为伤病，把你自私地留在了身边。这几天我一直在想，在纠结，如何对你说出真情实感？我舍不得！说真话，我真的舍不得！但是有一点坚持，我从未放弃，那就是，爱情是个两情相悦的事情，不是能被怜悯、亲情、报恩、俯就这些事情异化的东西！"

他认真地看着她的眼睛："小楚，再给咱们彼此一段时间吧，你可以自由自在地放飞自己的情感，看看它情归何处，如果将来某一天，能落到我这里，我很开心，甚至是欣喜若狂；若是落在了别处，那一切就是缘，是命！我也失之坦然。"

方翘楚百感交集，直直地盯着萧扬的脸："你不会后悔吗，萧扬？你放走了我，也许，就再没机会让我践行这场婚姻的约定了？"

萧扬苦笑："得之我幸，失之我命！我说的，还不明白吗？"

"萧扬，你为什么能这么理智？这么决绝？这么……好？"方翘楚眼圈红了，泪水在里面打着转。

萧扬淡然笑笑，拉过她的手，握在自己手里："我的爱，就足够让我这样去做！小楚，你走吧，回到你目前学习的地方，安心完成学业，然后，找到自己的真爱，勇敢地喊出来！"

方翘楚几乎是眼泪汪汪地看着他。

萧扬为她已经筹划好了一切："其他的事，你就不用管了，我爸妈这里，我会安抚解释；你父亲，军长那里，我也会去电话，告诉他我们共同的选择。一切都不是问题，有我扛着呢！你忘了，以前的那个约定？起码咱们有这样的缘分，蓝颜知己，足慰我平生！是的，我永远是那个，在你困难的时刻，会挺身而出的铁哥儿们！"

"嗯嗯嗯，蓝颜知己，最铁的哥儿们，一辈子！"方翘楚将自己的小手，再次覆盖在他大大的手背上。

章雪川如愿入选附属医院抗埃援非医疗队，作为队长，他和田丰、丁盛、秦楠、蒋子萌等人再次准备出征。走前他们经历了几乎让人崩溃的体检，光是各种各样的预防疾病疫苗就打得队员们抬不起胳膊来。

临行前的傍晚，他回到家中，看到父母亲都坐在客厅的沙发上，各自在看着报纸。

章雪川有点感到奇怪。父亲这是常态，但是母亲这个时间点总忙碌在厨房，和家中的保姆一起做着晚饭。他下午接到母亲的电话，说让他早点回家，全家人要为他聚餐践行。

此刻看到饭厅桌上空空如也，母亲倒手里捏了一张报纸，一副微微发愣的模样。

他不知道，夏静波在阅读着一则抗击埃博拉病毒的报道，她的眼睛盯在文章中那段世界卫生组织总干事陈冯富珍的话上："目前正在非洲西部地区蔓延的埃博拉疫情，是近四十年来规模最大，最复杂且最严峻的一次，新增病人的数量正在迅速增长，已经超出了卫生部门的控制能力，急需国际社会增调医生、护士、医药补给和救济品加以应对。"

章雪川来到母亲面前，还没开口，手就被她一把攥住了："小川，这次去非洲，和上次维和可不一样！环境更恶劣，情况更复杂，那病毒又……"

她有点说不下去了，用手揉着眼眶。一旁的章虎臣看到，微嗔着她："每次儿子出征，你都凄凄切切的，这不好！哪像个老军人？当知士气可鼓不可泄！"

章雪川蹲在母亲身前，伸手搂住她的肩膀，笑着安慰道："我福大命大，没事的！妈，您就等着我再给您带回来一枚军功章吧！然后这次回来后，我就乖乖地守着您，哪儿也不去了！"

"那就说定了！"夏静波认真盯着儿子，"这次回来，你就好好在科室待着，当好你的外科医生，不要再东奔西跑了！重要的是，踏踏实实地把终身大事解决了，了却妈的这段心事！"

章雪川没有接话，章虎臣又出言怼起老伴："这话更没觉悟！什么叫'好好在科室待着，当好你的外科医生'？小川不是一名普通外科医生，他是一名军医！将来若遭遇战争，他还是要上前线的！"

夏静波瞪了丈夫一眼，也不再顶他，反而笑着拉住儿子："走，小川，今天咱们全家去外边饭店吃饭，和你哥哥姐姐他们也说好了，直接去饭店汇合，大家都说要好好为你饯行！"

章雪川直摇头："可是我今天最想吃的是，您的拿手绝活儿，担担面！咱们就在家里吃好吗？哥哥姐姐他们也爱这一口，我去打电话叫他们都回来！"

他起身去打电话，夏静波笑着摇头，只好去厨房准备。

章雪川打过电话，回到客厅，看到父亲正看着自己，眼里闪烁着慈爱的光芒。

就在这一刻，章雪川觉得和父亲心灵呼应，有点百感交集："能有机会再次出征异域，不是每一个和平年代的军人都能遇到的。爸，我想证明自己是个合格的军医，上天竟然又给了我这样一个机会！"

章虎臣失去了往日雍容平和的神态，他含泪望着儿子，凝视了很久，站起身来，上前揽住儿子，抚摸着他的背，用劲拍着。

"傻小子，你早就是一名合格的军医了，爸心里最明白！"

第二天，章雪川和他的医疗队，再次踏上征途。

第三十九章　又到非洲

绵延六十载的红玫瑰爱情启迪着方翘楚去追寻真爱；埃博拉的凶险残酷让章雪川此时像战士一般坚持在抗埃前线。他们的交集，又会在哪里？

埃博拉是非洲民主刚果北部一条河流的名称，1976 年，一种不知名的病毒出现在这里，疯狂地虐杀河流沿岸几十个村庄的百姓，致数百生灵涂炭。从此，这条优美而静谧的河流的名字，就演化成一种凶险无比的超级病毒的代名词。

埃博拉病毒（Ebola virus）又译作伊波拉病毒，是一种能引起人类和灵长类动物产生埃博拉出血热的烈性传染病病毒，有很高的死亡率，在 50% 至 90% 之间。

在病毒学上，病毒根据危害程度分为四个级别，埃博拉被确定为最高级别的四级，是目前人类发现的最凶猛的病毒之一。第四级病毒在人类中引发的疾病，在绝大多数情况下是不可救治的。相较于埃博拉病毒，我们熟悉的艾滋病病毒等级只有二级。所以，埃博拉又被称为 21 世纪最烈性的感染病。

非洲居民有捕食黑猩猩、猴子和蝙蝠等野生动物的习俗，一些威胁到人类健康的病毒就是通过这样的途径传播到人身上。

这种可怕的病毒是通过直接接触传播，它的传播还跟非洲当地的殡葬习俗有关。当地人去世后，尸体必须经过亲人的处理才能下葬。经常会有丧属将病人的尸体带回家，由家人经过清洗、剖开等程序为他洁身，很多人还会和尸体拥抱、亲吻，仿佛一场盛大的道别。这样就无意间造成了疾病的传染和病毒的传播。埃博拉患者的呕吐物、排泄物、分泌物、脱落的皮肤，甚至是一滴汗，都可以感染给其他人。

章雪川带领的抗埃援非医疗队来到埃博拉疫情严重的西非 S 国。此前，世界卫生组织已经无数次宣布西非尤其是 S 国的疫情失控，而援非医疗队的任务是把这个国家从死亡的威胁中拯救出来。

这里的情况和上次在 A 国的情形不同，死亡的阴影随时随地地笼罩在每一个医护人员头上。

开始的工作繁重又紧张。由于 S 国当地的医疗卫生条件、基础设施建设比较落后，章雪川带领二十多名医疗队员们冒着暴雨搬运物资，在酷暑中改建传染病医院，从零开始培训当地工作人员。仅用了两周时间，中国军医就开始接诊、留观埃博拉病人，使医院的工作顺利展开。

作为首批抗埃援非医疗队队长，章雪川感觉到肩上的担子很重。除了疫情外，他最担心的还有队员们的自身安全。要做到全体医护人员零感染，把每一个战友都平安带回国，还要很好地完成援非抗埃的医疗任务，显现出中国医疗队的精神，展示出"大国担当"的风范。

传染病医院除了二十名解放军医疗队队员外，还有几十名当地工作人员。为消灭潜在感染隐患，章雪川力争把各种风险预想得细些再细些，把治疗标准定得严些再严些。他亲自制定了严密的规章制度，编制了《穿脱防护用品流程》《患者管理制度》《医疗操作规程》等规章制度，带领医疗队员们对当地工作人员进行了全面的防护培训。队员们采取"大锅饭"和"开小灶"相结合的方式，专门针对薄弱环节，反复训练，一丝不苟。

全院医生和护士每天要在 30 摄氏度以上的湿热环境中，穿上厚重的防护服和面罩、护目镜、鞋套。工作结束后，再反复进行喷淋消毒，按照预定步骤，脱下 11 件防护用品，每次脱衣都要历经 20 分钟左右，但医生护士一丝不苟地遵守操作规程。穿脱 36 道程序，每一次进出病房都当作第一次对待。确保中国和 S 国双方医护人员"零感染"，留观患者"零交叉感染"，这是医疗队工作必须死死守住的底线。

医疗队员每天至少三次进出病房，在满是病毒的呕吐物和排泄物中穿行，与尸体近距离接触；有时还要到院落里和大树下寻找不服从管理的病人，逐个询问病情、测量体温、发放药品。医疗队员们必须遵循科学严谨、规范负责任的工作态度，尽自己最大努力去挽救患者的生命，控制埃博拉病毒的传播。

开诊后的第三天，有十三名疑似埃博拉病人被送到传染病医院。穿好防护服的章雪川和田丰等人来到一号病房，看到了令人赫然心惊的一幕：三名重症患者瘫倒在病床上，血液、呕吐物和排泄物喷溅了一地，散发出一股股难闻的恶臭。

章雪川马上布置人员开展急救。经过抢救，两名患者终因病情太重不治身亡。秦楠带领护士们抓紧时间清理消毒现场，章雪川等医生在争分夺秒收治其他患者。剩余的十一名患者暂时稳定下来，章雪川才发现他们身上密不透气的防护服已被汗水浸透。

傍晚时分，医疗队员们经过一天的抢救，身心疲惫，加上恶心等生理反应，晚餐时，大家都觉得没有胃口。

章雪川拿起碗，狼吞虎咽地吃起来，这样无声的示范效应，让其他队员也纷纷举起了碗筷。

不远处那桌，是当地工作人员吃饭的地方，此时就餐完毕的人们唱起了歌。这边队员们都凝神听着，却听不明白。翻译珍妮特是一个华裔女孩，她担任着医疗队和当地医务工作者之间的沟通。她的汉语说得不大好，但是英语流利。她经常用英语把阿拉伯语翻译过来，再配以手势，用简单的中文和中国医生交流。

此刻，珍妮特走过来，用英语把这首歌又唱了一遍。她唱得很动情，唱完又叽里咕噜地说了一番话。

章雪川认真听着，翻译给身边英语水平不够好的秦楠等人："她说这首歌叫《消灭埃博拉》，眼下正在非洲大地上传唱。歌词是这样的：'别人因埃博拉走了，中国因埃博拉来了，就像美丽的花朵 Yimi，带给我们温柔的坚强！……'"

珍妮特再次深情地唱了起来。一曲歌后，章雪川好奇地向她提出了问题。

"Yimi？是一种花的名字？"

珍妮特点头："那是一种神奇的花，生长在我们非洲的戈壁滩上。汉语应该翻译为'依米'。依米花非常奇特，每朵花有四个花瓣，一个花瓣一种颜色，红、黄、蓝、白，它要花费五年的时间来完成根茎的穿插工作，然后再一点点地积蓄养分，到第六年的春天，才在地面吐绿绽翠，开出一朵小小的四色鲜花。"

章雪川认真地听着，脑海里忽然闪过记忆中的一幅场景，藏区高原明媚的阳光下，那漫山遍野，无私无欲地开着的格桑花……

珍妮特说得越发动情起来："依米花没开花时，它的外形太普通了，以至于人们都没把它当作一株花，很多人以为它不过是一株草而已。但是，它会在某个清晨突然绽放出美丽的花朵。假若依米花生长在水草丰沃的地方，它一定会美丽一辈子的。偏偏，它的家乡在荒漠。于是，它穷尽一生的努力，才得到最终那两天的美丽绽放。"

她眼里此刻竟然蒙上了哀婉的色彩："它开花了，但是在它最美丽的时候，却因耗尽自己所有的养分而凋零！依米花用自己的生命诠释了责任、担当、努力和荣誉，即使付出生命，也要开出完美的花朵！在我们的词语里。Yimi 的含义是神圣，依米花的寓意就是和平、坚强、圣洁。"

章雪川觉得自己一下子迷上了这种神奇的花。

同一时刻，方翘楚和夏静波正坐在飞往成都的飞机上。

方翘楚回到附属医院，才知道章雪川已经带领医疗队二赴非洲。她有点失落又有点惆怅，觉得自己心里塞满了话语，想对他倾诉，蓦然间却失去了机会。

这天刚好是周末，她买了一袋水果到章家看望长辈，却发现他们正陷入在一场焦虑中。

一直生活在成都的夏母庄霭明突发急病，夏静波接到娘家电话后一着急，血压突然升高。她急着去看望老母，但是目前章雪原工作忙，且要照顾女儿清朵，无法分身；大儿子雪峰夫妇最近也在外地无法赶回。章虎臣和章雪原都不放心夏静波一人出行，正在矛盾纠结中，方翘楚走进了家门。

方翘楚提出自己可以陪夏静波去一趟成都，章虎臣夫妇还想谦让，一旁的章雪原已经笑着答应："太好了，翘楚跟着妈去，我们一万个放心，有这样棒的一个医生保驾，妈有福了！"她边说着又边对父母暗暗使了眼色。

方翘楚离去，章雪原对父母说出自己的发现，小弟章雪川和方翘楚有戏，估计很快就会见分晓了。她又对母亲开起玩笑：只当是提前享受您小儿媳妇的孝心好了。

夏静波和方翘楚赶到成都，庄老太太已经身体大安了。她是由于饮食不当，引发腹泻，毕竟是年逾九旬的老人，所以引起后辈的恐慌。

夏静波和方翘楚陪了老太太两天，看到她恢复了常态，夏静波提出自己留下来再陪伴母亲几天，催促方翘楚赶紧回单位上班。

方翘楚答应了，却延迟了一天才走，原因是正巧赶上了夏静波父亲的冥诞，夏家照例要去扫墓，方翘楚听章雪川讲到过庄老太太夫妇之间的"红玫瑰传奇"，此次就想亲眼见证一下这个浪漫时刻。

扫墓那天，方翘楚看到，在儿孙们的簇拥下，老太太果然捧了一束鲜红欲滴的红玫瑰，祭献到丈夫的墓碑前。

有年少的孙儿笑着对曾祖母怂恿道："祖婆，您还没有发表您的爱情宣言呢？"

庄老太太笑着，满是皱纹的脸颊上，竟然泛起少女般的红晕来："年年都听，还没听厌吗？"

孙子辈的几个年轻人都嚷嚷起来："当然没听厌！传奇的爱情，浪漫的宣言，'读你千遍也不厌倦！'"

老太太面容沉静，深情地注视着丈夫的墓碑，态度虔诚又温婉地说出了一番话，对于在场的儿孙辈，是每年都会有的"老生常谈"，但是听到方翘楚耳里，却是深情如许，曼妙又浪漫的爱情独白：

"毓成，我爱你，今年是第七十六个年头对你说这句话。我不知道我还能在这人世间待多久？还能当着孩子们的面，对你说几次？但是我觉得欣慰的是，当我不能再说出这句话的时候，就是我们重逢的时刻！你等着，我也等着……"

一颗泪珠在方翘楚的眼眶里打着转儿，她悄悄抹去了。看着眼前已经有些许沧桑感的墓碑，和碑前鲜活生动的玫瑰，脑海里，都是那次自己和章雪川依偎在老外婆身边，听他讲述过的那段感人的爱情坚守。

庄霭如出身于中医世家，一个偶然的机会，她结识了毕业于西医高等学府的医学生夏毓成。抗战中，夏毓成参加了国民党军队，成为一名随军医生，后来在一次突围战中，和部队失散，在生死关头，被新四军某部搭救。从此，夏毓成留在新四军防区继续做医生，在体味过国民党部队中没有过的新气象之后，他毅然加入了新四军，成为当时根据地少有的能做漂亮西医手术的军医。

庄霭如一直带着两个孩子住在娘家，靠自己开的一家中医小门诊来维持生计，直到解放后，夫妻才团聚，一家人生活在一起。

两人在战争岁月中虽然聚少离多，但是坚守爱情，矢志不渝。夏毓成后来成为解放军一个医疗所的所长,他抵御了很多漂亮女性的追求,一直坚守着自己对妻子庄霭如许下的诺言:"今生今世,只有死亡才能把咱们分开!"

夫妇两人相携相依,走过了五十多年的婚姻历程,把一双儿女也培养成为新一代军医。夏毓成去世后,庄霭如就开始了自己每年一次的红玫瑰祭献,表达自己和丈夫的深刻感情。

此刻,方翘楚默默地看着老太太白发苍苍的容颜,突然感受到,年逾九旬的她,爱情却如同墓碑前这束红玫瑰一样,永远保持着鲜活的模样。

回去的车上,庄老太太和方翘楚坐在一起,一直拉着方翘楚的手。

"楚楚小囡,"老太太晚年生活在四川,但是口音里还带着浓郁的家乡江浙话味道,"你昨天晚上问我,为什么到这把岁数了,还这么时髦,像年轻人一样送玫瑰花给自己的老伴?其实啊,我不懂什么是时髦啦,只知道,老头子生前最喜欢玫瑰花,尤其是红色的玫瑰。可是我这一辈子,心里就只有这一个男人啊,我的花,不送给他,还送给谁?"

老太太侧脸看着身旁乖巧可爱的姑娘:"我这辈子,就快过去喽,这花也送不了几回了。你们年轻呢,喜欢什么就赶紧去找!喜欢的人呢,也不能错过。人这一辈子啊,一转眼就到了尽头,如果一直没碰到喜欢的人,那叫一个可怜!可是遇到真心喜欢的人,又没说出来,没叫他知道,那就更冤枉了!"

方翘楚默默地听着,老太太慈爱地拍拍她的手:"你这么好的女孩子,自然是聪明伶俐的,婚姻嘛,一定会美满幸福的,老天自有安排!婆婆等着吃到你的喜糖,我觉得我等得到的!"

方翘楚突然间就红了脸。

回到医院的当天,方翘楚就得到消息,医院准备派第二批医疗队赴西非 S 国执行抗埃任务。方翘楚直觉就是庄老太太的那句"老天自有安排"的祝福语在现实中应验了。她在心底欢呼:"我要去找他!我要去见他!"

她如愿地通过了筛选,曾经在 A 国参加过维和的经历给她增加了通过的砝码,同样条件通过筛选的,还有梅瑰。

楚临风坚决支持了梅瑰的"冒险行为",他和她如今心意相通。母亲何瑶也在儿子的坚持下,默认了他的这段恋情。但是随之而来的纠结是,她最爱的继女，和准儿媳都要上非洲抗埃前线，她落泪了。这次丈夫楚正平看到这番情形，不但没有像往常那样奚落挖苦她，反倒搂住她的肩膀安慰道："别伤感了，你应该为咱们的儿女感到骄傲！"

方翘楚再次坐上飞往非洲的飞机，她的心情却和上次不同，充满了激动和向往的味道。她觉得自己在飞向自己最爱的人，虽然他们之间那层情感的玻璃纸，还没有完全捅破，但是能够尽快看到他的身影，听到他特殊的深沉而有磁性的嗓音，都是她极度盼望的一件事。

她怎么也不会想到，此刻，那个人正处于一种特殊的磨难和考验中。

传染病医院中，章雪川等人的工作繁重而危险。他们穿着厚厚的防护服，在当地高达 35 摄氏度以上高温的环境下查房、治疗，护理，每一天都像是行走在生死线边缘。

在查房过程中，他们经常遭遇令人哭笑不得的场面：推开病房门，为患者精心设计的单间隔离室形同虚设，病人三三两两地躺在地上，走廊上，或者大厅里，有的人甚至是躺在了病房外的院子里，杧果树下。病房里仅有几个病人，也是随意地挤在一处，很多小患者随地大小便，呕吐物，各种垃圾在病房里到处都是。

章雪川发现当地的患者根本不服从管理，没有意识到满地污渍对环境的污染。他指导医护人员调整工作思路，安抚患者，争取为他们每一个人询问病史，发药，发水，进行治疗。

他又来到院子里，和几位怎么劝说都不肯回病房的患者交谈过，才弄明白他们的心理。当地人有特殊的忌讳，他们认为死在病房里是不吉利的。多次劝说无效，章雪川只好改变思路，带领田丰、丁盛等人在院子里为他们进行检查，询问病史，秦楠带着护士为他们量体温，发水，发药，保证每一个患者都能得到治疗。

最令章雪川他们感到痛苦的是，不断有埃博拉患者在这里死去，医护人员每天都要直面生死。埃博拉没有特效药，高密度的死亡现象，就像隔绝凶险病毒的防护服一样，密不透风又纠结难受，令人呼吸困难，感觉心脏都不能正常跳动了。

章雪川无奈地承认，在这里，医生们的心理活动远不如理智的判断来的实用，他们见证着各种各样的死亡，作为医务工作者，他们能做的很少。埃博拉病毒的凶悍程度难以想象，人类在它的面前显得无助而弱小。就像雷斯顿在《热带》一书中写下的那个句子——埃博拉在十天内就做完了艾滋病十年才做完的事情。

经历丰富的护士长秦楠也陷入了无限伤感中。这天他们接诊的病人中有一个叫雷诺的九岁小男孩，瘦得皮包骨头。雷诺是和他父亲一起被送到医院的，而他的母亲和妹妹已经在几天前死于埃博拉。雷诺的父亲病情十分危重，在送到医院半天后也离开人间。秦楠中午给雷诺抽了血，准备化验。但是等她下午再进到病房时，看到雷诺侧躺在地上，四肢蜷缩，头部呈一个别扭的姿势后仰着，眼睛瞪得大大的，小小的身子已经冰冷僵硬。

秦楠呆呆地看着这具瘦小的身躯，感觉眼泪在不透气的面罩中肆意横流。她出了病区后很久，都不能平复下自己的心情。她的眼前总是晃悠着雷诺可怜兮兮的身影，交替出现的，是自己在远方的，同龄儿子活泼的身影。她抽泣着告诉章雪川，这注定是她一生中最绝望和痛苦的一段岁月，因为她每天的工作就是见证死亡。

这样的感觉也充溢着章雪川的心房，他深深地叹息着。埃博拉病毒的特殊而凶猛的传染性，决定了医务工作者和患者家属都无法陪伴患者走过人生的最后一段路程，残酷地说，这里的死亡没有陪伴！和秦楠相似的经历今天早晨章雪川也感受过了。

一个三岁的幼儿送到医院不久就失去了生命特征。章雪川看到患儿的母亲，一个也感染了埃博拉病毒的年轻母亲，绝望地瞪着儿子病床的方向。丁盛问她："这是你的孩子吗？"

这位母亲无法回答，虚弱的身体让她连哭泣的力气都没有了，她只能默默流泪，嘴巴微微张合着。

每天看到这样的人间惨象，让见惯生死的医护人员们黯然神伤。最令人难过的是，他们还陆续地收治了一些被病毒感染的医护同行。当地医院的一些医护人员，因为条件有限，在救治病人时，遭受感染，在送到这里不久后逝去。这样的悲剧让身为同行的中国医务工作者们格外痛心疾首。

章雪川这天下午还为一家六口进行了检查，这对夫妻和他们四个孩子都被怀疑感染了埃博拉病毒。章雪川按照批量患者的处理原则，先从年长的夫妇俩开始问诊，发现他们一家人都先后出现不同程度的发热、头痛、关节痛等症状。此前他们同时参加过一个感染了埃博拉死亡的亲戚的葬礼。

　　章雪川问过病史，逐一为他们检查过后，确定他们有可能感染了病毒，进一步为他们抽血化验，等待 PCR 结果。

　　因为待在病房时间过久，章雪川感到自己的周身像泡在水里一般，完全湿透，汗水顺着脸颊、脖颈、脊背流满全身，护目镜一片水雾，竟然有头重脚轻、微微窒息的症状。作为医生，他明白这几乎是一种濒死的体验。

　　他强支撑着身体，通过污染走廊走进脱衣区，按照流程洗手、喷淋、脱防水隔离服、脱靴套、脱面屏……小心翼翼地解除自己的装备，一件又一件，接着就是泡靴两分钟，才到了最后一个程序，摘下口罩。一股清新的空气让他有重新回到人间的感觉。

　　经过这次体验，章雪川提出了分组制度，两个医护人员结为一组，每次进入病区和离开时，都互相监督，尤其是在脱防护服时，相互提醒，相互鼓劲，一点都不能松懈。因为在走出病区时，医护人员身上的防护服已经受到了污染，如果把污染的东西沾染到清洁的物品上，就会有机会污染到他们自己的皮肤黏膜上，产生感染的危险。只有相互监督提醒和关照，才能避免这样的情况发生。

　　事实上这样的谨慎小心是必需的。章雪川在不久后就经历了一个让他想起来就格外痛心的事情。

　　尤文斯是 S 国当地的一个留观中心的工作人员，经常和传染病医院进行病人交接工作。章雪川发现他是一个粗枝大叶的人，因为怕麻烦，对于中国医院的严格消毒隔离措施不认可，平日里他接触埃博拉患者时经常不遵守穿隔离衣的相关规程，手套也不好好戴。

　　某次，章雪川发现他在病区和病人接触后，特意叮嘱他在脱去防护衣时，要严格按照规章制度办。尤文斯不在乎地笑笑。但是事后从监控室的录像发现，尤文斯从离开病区到走出隔离区只用了很短的时间，没有洗澡，也没有消毒。

　　章雪川准备等他下次来的时候，一定要找机会和他好好谈谈，叮嘱他加强防范，指出他这种马虎的作风十分危险。但是尤文斯却再也来不了了，很长一段时间总不见他的身影，章雪川打电话到他所在的留观中心，却得知尤文斯感到身体不适，已经住院治疗。几天后，他就死在了一家埃博拉治疗中心。

这件事对章雪川刺激很大，他马上召集全体人员开会，再次强调进出病区的纪律，提醒大家要严格遵守，保护好自己才能救治病人。

陆续又有当地一些医院医生护士感染埃博拉病毒身亡的消息传来，大家的心情都很沉重。

章雪川组织加强防护组的工作，在心理上为大家解除障碍：防控组的护士们每天上班时轮流为医护人员逐个检查，看隔离衣是否穿好、护目镜是否戴紧、口罩是否捂严、手套是否戴好、鞋套是否套紧，从不漏查一项。除了面对面观察外，防护组人员还要对战友们亲手摸一摸，拽一拽，确保检查完全合格，又再三叮嘱后才准予放行。

但是这里毕竟是一个特殊的场所，作为医护人员，在面临突发情况下，是无法完全确保自身安全的。犹如黑暗中行走在悬崖边缘，防控中任何一个细小的失误，都可能是致命的。因为一个格外凶险的病例，让章雪川很快陷入一场危机中。

第四十章　隔离时期

分别时难相见亦难。方翘楚的出现给了隔离期的章雪川最深切的鼓励和安慰，幽闭时分也有甜蜜的滋润。

这日，章雪川为两名患者做过检查，又指挥拉走了一名死亡患者的尸体，他走出病区，来到监控室，观察着病区内的情况，尤其是 S 国当地医护人员的操作情况，他们经常会由于麻痹大意，没有像中国医疗队员那样严格按照各项规章制度工作。

他很快就通过监控设备看到一出险情：6 号病房里一个病人突然开始大口吐血。这样的情形在他们以往接诊的病人中属于首次遇见。章雪川马上通过对讲机，呼唤仍在病区工作的两名当地医生去处理。

但是那两名医生也是被患者这种特殊的情形吓呆了，看着不断吐血，摇摇欲坠的病人，他们惶恐不安，不敢上前。

章雪川忧急万分。通过监控屏幕，他看到那名患者靠在床边，嘴里不断涌出鲜血，因为极度虚弱，他在地上来回蹭着，把吐出的血弄得自己满脸、满身都是，又流到地上，污染得四周都是血迹。

这样的情形延续下去，势必会威胁到其他病人的健康，且重度污染环境。

章雪川没有多想，转身就准备再次穿上防护服。在门外，田丰一把拉住了他："章教授，您不能进去！今天您已经进去三次了，在里面待的时间也超过了最高限度。其实这里咱们医疗队的几名医生都已经是这样了，不能再次冒险进去！"

章雪川推开他的手，瞪着他："如果不马上处理血迹，更多的人会有危险！"

田丰叹口气，决定和他一起进去，却被章雪川拦住了："这次是去处理突发事件，我在里面待的时间不会长，你们都不必进去！"

他认真穿好防护服，走进病房。

病房里，原本应该配合医护人员处理污渍的当地保洁人员都被这种吓人的满地鲜血场景吓坏了，呆立一边，手足无措。章雪川进去后，镇定地展开处理措施，给患者用了止血药品。在他递药给患者时，由于患者身体无力，几次都拿不住药品，章雪川只好跨越了和病人接触的 2 米安全距离，将药递到他手上。不料此刻突发状况，原本已经安静下来的患者突然又喷出一口鲜血，直接洒落在章雪川的防护服上。

章雪川镇定自若地处理完患者，又根据消毒流程，和保洁人员一起快速处理了地上污渍。先用带有消毒液的专用物品把血迹覆盖，覆盖一段时间后，再进行清洁，之后再做严格消毒。处理完这一切，他才经过严格的脱防护服，消毒、淋浴等措施，回到洁净区。

第二天早上，章雪川起床后，感到浑身困乏无力，早饭后，又发现有腹泻现象出现。他没有出房门，打电话通知田丰代班，自己在房间里测试了体温，36.9℃。他又对着镜子仔细察看自己的眼睛，没有发现眼结膜有出血症状，再认真观察四肢皮肤，没看到有可疑疹子出现。

但是头晕恶心的状况却时有发生。章雪川通过电话，向有关部门讲述了自己昨天进病房的详情，提出自己进入隔离状态。

方翘楚就是在这件事情发生后一周，来到了位于 S 国首都的中国传染病医院。

坐在车里经过中心大街时，她和梅瑰都注意到了一个高高竖起的广告牌，上面写着几个大字："Ebola is real（埃博拉是真的）！"她们沿途也感受到死亡的气息，明显显得空旷无人的街道，还有不时遭遇的送葬人群。

方翘楚的心境由于严酷的环境变得有些灰暗，但是最令她想不到且倍感郁闷和担心的，是得知章雪川已经被隔离的消息。

万里赴戎机，关山度若飞。方翘楚此行，除了理想和信念的坚持和升华，还有爱情的期盼和渴望。她没想到原本无比期待的相逢时分，却已经被疑似感染病毒的阴影笼罩了。

梅瑰发现了方翘楚的失落和伤感，她不知道如何去安慰。梅瑰暗地里感叹着这无情的隔离，既隔离了病毒感染，同时也隔离了相思和爱情。

第二批人员很快投入到全面防护培训中。方翘楚压抑住心底的不安和纠结，和梅瑰等人一起，接受了严格的安全防护训练。

当她完成了培训，第一次穿起厚厚的防护服，走入病区，才感受到眼前陷入一种怎样艰苦又险峻的工作环境中。

防护服里湿热憋闷的空气，随时都有令人窒息的感觉，病区里呻吟着的患者，露出濒临死亡的灰暗气息；特殊防范处理的尸体不时映入眼帘，呻吟声、哭喊声不绝于耳。

方翘楚接触的第一位患者是一对母子，25岁的母亲诺沙和她1岁的儿子托尼。幼童还在吃母乳的时期，但是母子二人却被怀疑感染了埃博拉病毒。

方翘楚对他们完成了问诊、观察、生命体征采集及药品发放的工作，她特别心疼幼小的托尼。才1岁的他，不能躺在母亲怀里，但却对眼前全副武装的医生们毫不害怕，没有哭闹，只是安静地瞪着乌亮的大眼睛。

很快化验结果显示母子二人都感染了埃博拉，所有人都感到惋惜和担忧。方翘楚主动照顾起小托尼的生活，在给他喂营养粉时，秦楠向她传授了一个当过母亲的人积累出的经验，用手背去感知冲泡好的营养粉的温度。

但是此时她们都穿着厚厚的防护服，手上也戴着三层密不透风的防护手套。这种平日里轻松完成的一种照料幼童的技巧，此时却很难完成。

方翘楚很快就想出了一个办法，她在办公区调好水的温度，穿戴上防护用品后，再反复去感觉这种温度。很快，她就掌握好了适度液体的感觉。

她端了一碗试好温度的营养粉去喂给小托尼，小家伙眨动着有着长长睫毛的眼睛，听话地配合着方翘楚，咕嘟咕嘟地咽下了这碗营养粉。

一切都很正常的样子，方翘楚心里很是安慰。但是没想到的是，第二天托尼的病情突然急转直下，很快陷入昏迷中。傍晚时分，托尼停止了呼吸，方翘楚心痛欲裂，第一次感受到埃博拉病毒的凶险无情。

不幸中的万幸是，托尼的母亲诺沙病情得到控制，逐渐好转。方翘楚看到诺沙得知儿子死讯后的镇定和漠然，才感受到另一种残酷无情的现实，那就是凶残的病魔已经把人的心煎熬成硬物，没有正常的感知了。

在紧张又危机四伏的工作之余，方翘楚心里无时无刻不惦记着那个人。到医院后的第二天傍晚，她终于远远看到了那个令她万般牵挂的身影。

章雪川被独自隔离在一个封闭空间里，通过病房走廊，可以隔着一块空地看到这边的情形。房间里有一面玻璃窗，但是也被完全封闭了，窗下有一个活动的小窗，每日三餐有专门的服务人员送进去饭菜，但是收回来的餐具，都要严格消毒。

章雪川独自待在小屋里，几乎完全和外界隔离。他的手机在上次处理完那个吐血的埃博拉患者后，在消毒时，不慎掉在了消毒液里。其实就是有手机在身边，也经常没有信号，无法联络外边。

小屋里只有必需的生活用品，几本医学书伴随在他身边。一向好动又堪称工作狂的章雪川，在被这样憋闷地隔离了一周后，几乎到了精神崩溃的边缘。他如同困兽一般在屋子里走来走去，看看镜子里的自己，又摸摸下颌，一层黑乎乎的胡须像无法遏制的野草冒了出来，他叹口气，把自己的身子摔到床上，眼睛望着天花板发呆。

晚饭后，他百无聊赖地来到窗下，向外边眺望着。这是他眼下唯一能感兴趣的事了，从这块小小的窗子，看向外边自由的世界。视野虽然有限，但是起码充溢着生动的气息。令他没想到的是，在这个黄昏，他竟然看到了奇迹，他最爱的人的身影，会突然间出现在前方！

那一刻，章雪川不敢相信自己的眼睛："我是因为太思念她，才出现这样的幻觉吗？"

他揉揉眼睛，再次向前眺望，那熟悉又真切的一幕让他心跳加速，眼眶发热。

方翘楚站在对面走廊的屋檐下，安静的体态萧索孤独。她瘦削细长的身体包裹在白大褂里，衣袂在晚风中微微扬起，很有些遗世独立的味道。

这种情景看在章雪川的眼里，完全是梦境一般的感觉。他将脸紧紧地贴在玻璃窗上，仔细地辨认着。真的是她！那独特的清幽俏丽的身影，早已刻在了他的心底，读过一百回，一千回，不知从什么时候起，已经悄悄融化到他的生命里。

有湿漉漉的东西爬入了章雪川的眼中，他吸了一口气，拼命忍住了。他不敢此刻模糊了视线，让他看不清心爱的姑娘。

她的眉眼看不清楚，但是他看到她扬起手，晃动着手机，对他暗示着。

章雪川抽抽鼻子，苦笑一下，用手比画了接电话的姿势，又对她摇摇手。方翘楚有点失落，她愣愣地看着他，从他的动作里，受到一点启发，也就尽量用想得到的手语和他交流着。

"你好吗？"将手机放回衣袋中，她用双手比画着，想象着他能明白。

他果然马上清楚了她的手语，指指自己的胸口，又竖起了大拇指，暗示她："我很好！"

方翘楚明显很激动，她动作很快，接连用手做出吃饭、睡觉的姿势，又指指他发问。

一股暖流此刻涌上章雪川的心头。他读懂了她的问候，也就感受到一种特殊的关切之意。他用手重复着她发来的动作，又用手势再次回应她："我很好，都很好！"

方翘楚痴痴地看着他，像是在考证着他话里的真实性。她也看不清他的模样，但是直觉他脸庞清瘦了很多，头发也长了，就是看着这样模糊的形象，也能感觉到他的憔悴和颓废。她似乎从来没有见到过章雪川有这样不修边幅的模样，她的心有点刺痛，背过身去揉揉眼眶，对面一直盯着她一举一动的他，瞬间感知到了。

"楚楚，别担心，我真的一切都好！你不知道你的出现，此刻对我意味着什么，我说是一种心灵的拯救，你会不会相信？会不会明白呢？"

章雪川在心底低吼着，但是却无法准确地用手语去表达这样的意思。他只有拼命地用她能明白的"吃饭""喝水""睡觉"等动作，再加上指向她的举动，暗示她注意日常生活，要好好的！

"你放心，只要你好，我就都好！"站在走廊这边的方翘楚也在心里回应着，她含着泪水，对他绽放出一丝最灿烂的微笑。

见到了心上人的方翘楚快乐而满足，第二天一整天她心里都充满笑意。即使是繁重的长达四十多分钟的穿脱防护服的过程，也由于心情的放松而变得轻松起来。

方翘楚又接诊了一位老年患者。一名叫木苏的老太太是当地一位最高龄的埃博拉患者，在被其他医院放弃的情形下，被送到中国医院。方翘楚仔细认真地为她问诊，检查，发放药品，她周到细致的态度让老太太露出入院后的第一丝笑意。

一天的工作结束了，方翘楚回到安全区域，已经达到忍受极限的她强忍住头晕眼花的症状，顾不上吃饭，又来到隔离小屋的对面走廊中。

她看到章雪川已经等在玻璃窗前，笑着对她挥手致意。方翘楚睁大眼睛，仔细地打量着他，欣喜地发现他的周身焕然一新，重新散发出往日的光彩。

她不知道昨日见面后，章雪川经过了怎样一种脱胎换骨般的情感沐浴。在这片被死亡阴影笼罩着的城市；在自己疑似感染病毒被隔离，难以判断和阻止不可预料的厄运是否降临的纠结时期；在困居小屋，寂寞和忧伤像两条蛇牢牢盘踞在心头的时刻，他竟然看到了此生最令他难忘的一幕——珍藏于心，朝思暮想的心上人来到了自己身边！

章雪川的欣慰和满足难以言说，心底荡漾着甜蜜的潮水。刻骨铭心的深爱，没有机会流淌出心底的爱情表白，曾经是那样残忍地切割着他的心。爱她，却没有机会向她诉说，甚至不知道是否有资格在她那里检验这段爱情是否真实可靠？这样的慢性折磨对于章雪川而言，分明是难以言说的一种痛苦。这几个月来，他只能拼命压抑住自己的情感，将爱情的萌动深锁在内心深处，用紧张和忙碌的工作来麻痹自己，忘却情伤。

但是她来了，这样的行为就能够说明一切。昨晚那些亲密而温馨的手势，更将他和她的心意暴露无遗。

方翘楚离开后，章雪川难耐住兴奋激动的心情，在小屋里走了几个来回，又开心地伏地连做了二十几个俯卧撑。突然间，他又想起了什么，起身冲到镜子前打量着自己的容颜，转身去翻找洗漱用品，终于发现一把剃须刀。

他扔掉这几日颓废失落的心绪，认真打理起自己的容颜来。其实这一周的时间，章雪川仿佛经历过一场生与死的考验。几天里，虽然身体状况正常，没有继续发烧和腹泻的现象出现，但偶尔也会有点小小的不适。也许这在平时可能根本不会引起他的注意，可是眼下就会不自主地联想到病毒感染，这种滋味非常难受。即便是像他这样平时性情奔放而且见惯了生死的外科医生，在这种时刻，也会变成一个疑神疑鬼的敏感人：总是不自觉地观察身体上所有细微的变化，体温稍微升高，心跳就难免加速；早上起来洗脸，在镜子前会反复打量是否出现了跟患者相仿的眼结膜出血；一点头晕的症状，也会让人心生疑窦，担心是发病的先兆；身上偶然起的疹子，也能和埃博拉病毒发生联想……

在这样的煎熬中，他完全失去了修饰自己容颜的兴致。但是方翘楚的出现，却改变了一切。他仿佛在绝望的阴霾中看到了夺目的阳光，不但重视自己的容颜，更加珍视生命的存在。要知道，他还没有来得及对心上的姑娘说出心里话呢，他还没和她一起享受到爱情的甘美滋味呢。

此时此刻的章雪川，其实最想听到的是方翘楚的声音，甚至是，她那原本不够美妙的歌声，对于他此时都是一种奢望。他痴痴地看着心爱的姑娘，他能感受到对面的她，也在深情地向这边眺望着。时间一点点过去，直到夜幕淹没了这场痴情对望。

几天后，梅瑰终于发现了这个秘密，她笑话方翘楚仿佛生活在另一个世界一般。她困惑于他们没用现代化的通讯手段取得联系，得知章雪川手里没有手机后，梅瑰建议方翘楚把她自己的手机找机会让送饭人员带给章雪川，而梅瑰的手机则留给了方翘楚。

"可是，你不是要经常和小风联系吗？"方翘楚有点感动，也有点担心。

梅瑰大大咧咧地一笑："我们可以共用我这部手机啊。先满足你的爱情，我再用它呼叫我的爱情！"

她冲着方翘楚眨眨眼睛："祝你好运啊，师姐！这里信号不好，经常会接不通电话的！但愿你和章教授今天傍晚通话时，能一切顺利！"

但是现实却被梅瑰不幸言中，甚至是一种更加糟糕的情形。由于医院架设的通信设备出了故障，手机通话和上网都完全断绝。

章雪川拿到了方翘楚乳白色的手机，这边方翘楚也激动地举起了梅瑰的手机，但是双方折腾许久，里面却没有任何声音传出。

那边但见章雪川在无奈地摇头，这边方翘楚也是苦笑连连。这场让两人都激动了好一阵的通话活动宣告失败。章雪川却在女孩的手机屏幕上看到一个大大的心形图案。他躺在床上，反复看着这个图案，猜测着，后来一不留神没忍住，他竟然把手机凑到唇边亲吻着，如愿地闻到一缕熟悉又陌生的神秘的温馨甜香气息。

元宵节悄然来临。医院食堂里供应起大使馆送来慰问的来自国内的冰冻元宵。每个人脸上都挂了期待的笑容。方翘楚没心理会这个，她跑到医院厨房里，翻找着医疗队从国内带来的各种调味品。

这天傍晚，由于过节，下班时间略有提前，中国医生们出了病区都纷纷走向食堂。方翘楚却顾不上吃饭，早早地来到了她每天固定的"瞭望区"。这里由于她近日里每天的坚守，被梅瑰戏称为"方翘楚牌望夫石"。

晚餐时分，工作人员穿着防护服，给章雪川送去晚餐。

接过餐盘，章雪川发现上面有两只碗，打开密封的薄膜，里面一碗是元宵，另一碗竟然是面条！

章雪川顾不上那碗元宵，他呆呆地看着这碗面条，心里略有所动。拿起筷子，挑了一些面条放到嘴里，他细细品味着，突然间意识到什么，就连忙站起身，走到玻璃窗前，果然看到方翘楚期盼的身影。

方翘楚一时间找不到合适的词语来表达"面条"这两个字，灵机一动，就扯过自己的头发，比画着，又做出吃面条的动作。

章雪川笑着看她，拼命地点头，双手向她竖起大拇指。

他回过身去端起碗，狼吞虎咽，几口就把一整碗的面条都吃了下去，然后将空碗对着她挥舞着。

"担——担——面！"方翘楚做出口型，一字一顿地对他默默呼喊着。

"担——担——面！"章雪川也用口型回应着她，再次举起双手，竖起大拇指，对她晃悠着。

两人相视而笑。

第四十一章　抗埃手记

　　失去了先进的现代化通讯设备，却原来竟可以这样示爱。用最拙朴的手势打出世上最美的三个字。爱情就是没有道理的不加掩饰，随心所欲。

　　三周的隔离期还剩下最后一周，章雪川的心情像窗外清朗的天空一样明快。身体状况一切良好，没有任何可疑的症状出现，他恨不能立刻飞出这个"樊笼"，冲到心上人身边。

　　但是他自己亲自拟定的严格防范规章制度还是要遵守。除了相思难捱，其他的一切早已变得轻松明快，甚至是一种特殊的浪漫。他们两人每天都在固定的时间，隔着这不远不近的距离相见，用他们自制的手语交流着。这段时间医院的通讯设备仿佛出了大问题，一直没有修复。后面章、方二人干脆放弃了通话的意念，感觉到他们这种自创型手语交流其实也挺好的，自带别样的温馨和浪漫。

　　章雪川的身体警报逐步在解除，爱情的火焰再次熊熊燃烧起来。他恢复了活泼开朗的性情，在困居的小屋里安静地看书，做运动，每日里傍晚时分的"隔窗约会"，成为一天中最期待的项目。

　　方翘楚心底揣着爱情，也心情大好。她微笑地忙碌在病区里，死亡不再让她感到恐惧和绝望，她努力工作着，尽全力帮助病患，给予他们不仅是医者的救助，还有亲朋式的温情爱抚和关心。

　　就在章雪川走出隔离室的头一天晚上，这个他们唯美浪漫的黄昏见面式终结篇来临时刻，方翘楚又一次站在了走廊上。她眺望着那块玻璃窗，看到章雪川又像往常那样，已经等候在那里。

　　她觉得他的表情有点奇怪，不像往昔那般兴高采烈，活泼有趣，爱用各种自己发明的动作逗她开心。此刻的他，安静地站立着，她虽然看不清楚他的眉眼，但是猜测着他此时一定是眉毛微蹙，一副思考的模样。他的种种类类状态，其实她早已熟稔于心，只是过去不肯相信和承认罢了。

"怎么了？发生什么事了吗？"她摊开双手，对他打着手语。这十几天的交流，让他们之间自有一种默契在。

他没有回应，没有点头，也没有摇头。

"有什么不对劲儿了？身体不舒服？"她有点慌了，就难免手舞足蹈起来。

他还是默默地看着她，没有做出回应。

"章雪川，你在搞什么名堂？不要吓我！"方翘楚有点生气了，小鼻子忽闪着，对着那人大声喊着，他听不见，但是一定能看到她愤怒的口型。他无法看到的是，此刻她的脸颊因为激动而潮红了，桃花眼里满含着疑惑、担忧和紧张的神色。

他看着她，暗暗咬了一下嘴唇，像是下定决心一般，对她果断地打出一个手势。

她一下子愣住了，呆呆地看着他。

章雪川再次打出那个手势，他固执地一遍遍重复比画着那个动作。

泪水瞬间溢满方翘楚的眼帘，她抹去这层薄雾，认真看着前方。

他还在认真地做着这个手势，虽然她第一时间就看明白了，却怎么也看不够的一种手势。

他指指自己，双手合拢，比画成一个心形图案，又指向了她。

这应该算一个有故事的手势，是方翘楚自己曾经做过的。那次在北部非洲维和时期，她和章雪川到孤儿院看望难童，她就用这个手势对一个瘦弱的小男孩表达过"我爱你！"

此时，她含笑看着章雪川一遍遍打着这个手势，仿佛得不到她的回应，他就要一直这样做下去，直到地老天荒。

她抿着嘴笑看着他，正不知道该以什么样的方式来回应他，就看到梅瑰慌慌张张地跑来，手里还举着手机。

"快！快！师姐……快！"

方翘楚紧张地看着她："又来急诊病人了吗？"

"不是！"梅瑰拼命地摇手，将手机一把塞到她手里。

"通讯设备……修好了！你赶紧……"她说得上气不接下气，又指指章雪川那个方向，就笑着跑开了。

方翘楚握着手机有点愣怔。半晌，她才醒悟般拨起了号码，又对着章雪川示意。

电话接通了，章雪川的手里拿着她送进来的那只乳白色手机。

"嗨……"她说出这一声招呼，就沉默了。

"哎……"他回应一句，也没有再说下去。

他们就这样默默地在电话的两端静默着，各自举着电话，却说不出什么。

这样的时刻有点尴尬，片刻，他清醒过来，想说句话，千言万语，却不知道从何处开始，倒是突然间迸出这样一句："担担面……味道不错，就是关键地方出了错，不该放醋！"

她抿嘴笑了，直觉间就不客气地怼了上去："我做的担担面就是这样，你得受着！"

他的声音里可以听出浓烈欢快的意味："当然！我愿意受一辈子，够不够？"

他解除隔离的这天，同事们都来迎接，方翘楚站在人群的背后，默默地看着。在梅瑰的暗示下，大家纷纷散去，方翘楚看到章雪川走到自己的面前。

"你为什么又来？"他问得纠结，又有点期待。

"我是个医生，中国军医。我的事业在这里。"她回答得平静而又和缓，最后嘴角勾起一丝笑意，"不巧，爱情也在！"

他伸出手臂，一把把她的身子拉到自己的怀里，霸道深情得和她想象的一模一样。

他用他炽热的唇，吻过她的额头，眉毛、鼻梁，然后有点蛮横地覆盖在她温润的樱唇上。她热烈地回应着他的攻城略地，两个怦然跳动的心脏紧紧地贴在了一起。

放松时刻，他在她耳边又印下温柔的一吮，低沉而有磁性的话语飘进了她的耳膜："真遗憾，我的礼物还没有准备好，你就来了，给我一个措手不及，拿什么去纪念咱们这个最神圣、幸福的时刻呢？"

"我不要什么礼物，我只要你！"方翘楚在他的怀里娇嗔，"你健健康康、平平安安地从隔离室出来，就是上苍送给我的最好的礼物，我可不敢再贪心！"

章雪川摇头："一种神奇的花，你没听过，没见过的！依米花，一个神奇的存在！既然你来了，也许就是上苍让咱们共同去寻觅……"

"依米花？"方翘楚睁大了秀美的桃花眼，章雪川情不自胜，再次吻上她的眼眸，嘴里含糊呢喃着："对，依米花，等我讲给你听它的传奇……"

接下来就是他们并肩作战的日子。严酷又紧张的工作环境，让他们的花前月下演变成一个手势，一个眼神，以及在整天的忙碌中，彼此进出病房时的一个会心微笑。爱情让他们变得更强大，又更沉静，他们全身心投入，一丝不苟地工作着，只要想到最爱的人，和自己并肩战斗在一起，无形中就有巨大能量在他们体内不断升腾。

但是埃博拉不会改变凶狠残暴的面孔，还是不停歇地有人被它击倒，被送到这里。章雪川和方翘楚以及他们的战友、同事们，每天还在面对生死，与死神搏斗，抢救不幸被埃博拉扼住喉管的人们。

随着疫情逐渐得到控制，感染源头也被这些抗埃勇士们有效地分离隔断。世界卫生组织规定，超过42天，也就是两个埃博拉病毒隔离期没有新增埃博拉病例，即可宣布疫情结束。越来越多的病人在他们手里重新获得生命，在各国医院因为被感染的恐惧逐渐撤离时，中国医院坚持了下来。

方翘楚在手记中记下了医疗队在S国抗埃的最后一场战役的情形，一些经过他们手逐渐康复，或者死在疫情结束前的病人，也给他们留下了难忘的印象。

最令方翘楚难忘的是一个叫米娅的8岁小姑娘。

这个清秀文静的女孩，黑黑的面孔上有一双酷似方翘楚，而和其他非洲小孩大眼睛不一样的桃花眼。她是方翘楚来S国后不久接触到的一个病人。方翘楚见到她的那一天，小姑娘正蹲在病房的一个床边，满眼都流淌着迷茫和恐惧。她似乎很孤独，没有像其他患病孩子那样到处串病房。米娅就这样安静地待着，像是一只被自己种族遗忘在角落里的小猫。

方翘楚第一眼看到她时，就被这双孤独又忧伤的眼神打动了。她心里有了冲动，想上前一把将她拥到怀里，给她安慰和关爱。和她一起进去的田丰仿佛看出了她的想法，碰碰她，暗示她和患者要注意保持2米的安全距离。

方翘楚只好在这2米外蹲下身来，尽量让自己的目光和米娅的眼光平视。

她用英语试图和她交谈，告诉她："别怕，小妹妹！你乖乖地吃药，病好了，就可以回家看妈妈了！"

女孩似懂非懂地看着她，听话地服了药。

出了病房后，秦楠告诉方翘楚，米娅是和妈妈一起被送进医院的，但是当天晚上，她的妈妈就因病重而去世了。米娅平日里是和母亲相依为命，妈妈死了，她就成了孤儿。

秦楠流着泪告诉方翘楚，米娅在自己母亲尸体前被人带到另一个病房，她始终没有流泪，神情呆呆的，仿佛不能相信眼前的悲惨命运。

第二天方翘楚再进病区时，第一个就去看米娅。她觉得自己和这个小姑娘很有缘分。她递过去的药品，米娅总能很配合地服下去。女孩的神色乖巧又安静，方翘楚在护目镜下的眼睛里已经蓄满泪水。

很快，好消息传来，米娅的抽血检测结果出来了，是阴性。病区所有的人都兴奋地欢呼起来。

医院马上联系米娅的其他亲属，早日接孩子出院，以免在医院出现交叉感染。但是费尽周折也没找到她的亲人，只好联系了当地的一家孤儿院，准备送米娅过去。

和米娅告别的那天，方翘楚一直带着她。终于解除了警报，可以和小姑娘亲密接触，方翘楚开心极了。她带她到淋浴间仔细为她洗了澡，又换上专门到街上为她买来的新衣。方翘楚还把自己从国内带来的所有吃食，小玩意都摆到她面前，任她挑选。

分别时刻，米娅恋恋不舍地拉着方翘楚的衣襟，声音很低，却口齿清楚地叫着："Mum！ Mum！"

方翘楚亲吻着小女孩黑黑的发辫，告诉她，一定会找机会去看望她。

但是令方翘楚没想到的是，一个月后，她真的再次见到了米娅，却是她被确诊感染了埃博拉病毒后。从孤儿院送到这里的米娅枯瘦，肮脏，她发着烧，腹泻，还不停地呕吐着。

方翘楚流下痛惜的泪水，医护人员们也都痛心疾首，擦去泪水，他们赶紧投入到对米娅的救治中。已经解除隔离的章雪川亲自制定了治疗方案，大家心情都很沉重，期待奇迹出现，米娅能度过这场劫难。

虽然病情非常严重，但是米娅的生命力却是那样的顽强。多少次，进到病房探视的章雪川、方翘楚、秦楠等人看着女孩的情形都有些绝望了。她持续高烧，牙龈出血，大小便失禁，严重腹泻……虽然希望渺茫，但是中国医生们决不放弃，他们还是坚持着对她的精心治疗。

章雪川带领方翘楚和田丰为她制定了精细化对症支持治疗方案，包括改善凝血功能，补充电解质，增加胃肠营养等措施。

又是半个月过去，米娅的病情突然出现转机，她的体温逐渐恢复正常，腹泻止住了，呕吐现象也很少发生。女孩旺盛的生命力复活了大家的信心，他们给她逐步增加营养，米娅终于能够站起来走动几步了。

方翘楚几乎喜极而泣。她每天都花大量的时间陪伴着米娅。她买来蛋糕和巧克力，给女孩最贴心的照顾。

米娅也很依恋方翘楚，她总是能在厚厚的，千篇一律的防护服下，第一时间认出方翘楚的身影。

但是随着身体的逐渐好转，米娅的心理出现了问题，她经常会呆呆地坐在病房中等待，她喜欢的中国医生在眼前，她就会很安静，但是他们离开后，她就会偷偷哭泣。

方翘楚心里很忧虑，她不知道怎样才能帮助米娅。有天吃饭时，她遇到了同队过来的蓝医生，她是附属医院的身心科医生。方翘楚对蓝医生讲述了米娅的情况，蓝医生想出了一个办法。

休息日这天，方翘楚和章雪川刚好都不值班，她拉着他来到市中心最大的一家商场。她留恋在玩具柜台，对那堆品种并不丰富的毛绒玩具发生了兴趣。

章雪川有点奇怪："楚小妞，你竟然喜欢毛绒玩具？以前我怎么没发现？"

他们此番在一起后，章雪川就给她起了这样一个别致的称呼。他笑说在他的眼里，她就是一个倔强傲骄的小妞，难对付着呢。而她，也乐于接受这个称谓，她喜欢他用别人不用的称呼来唤她，什么"楚楚"、"小楚"都分明不合格。

此刻她仰起脸看他："你现在发现也不晚！赶紧帮我挑一个吧？"

他们左挑右选，最后选了一个雪白的卡通兔子，有小半个人高，长长的毛茸茸的耳朵，手里还抱着一只鲜红的萝卜，形象十分可爱。

章雪川去付了款，看到方翘楚抱着兔子爱不释手的样子，就笑了，忍不住打趣她："这个不会就算做定情信物吧？那算便宜我了！"

方翘楚哈哈大笑："这个要算定情信物，你就该哭死了！不是说好咱们要去寻找那种神奇的依米花吗？那个才算有意义的东西！"

她拍拍手里的毛绒兔，嘴边是顽皮的笑意："好吧，我替某人谢谢中国人民解放军叔叔啦！"她笑着跑走。章雪川咧咧嘴。

其实这个毛绒玩具方翘楚是买给米娅的。当她带着兔子走进病房，发现女孩的眼睛一下子就亮了起来。

"米娅，看看这个兔子，喜不喜欢？从今天起，它就是你最好的伙伴！"

女孩接过玩具，紧紧地抱在怀里，欣喜又格外怜惜地看着它，眼里都是快乐。

从此，女孩好像有了玩伴一般，时刻把兔子抱在怀里。她对着玩具喃喃地说着谁也听不懂的话，眼睛里闪烁起温柔的光芒。

看到米娅这样喜欢毛绒玩具，梅瑰也被感动了，她拿来一只穿着衣服的熊猫玩偶，这是走前楚临风送给她的，只因为她一次逛街时，指着这个熊猫说，它身上穿的牛仔裤很像楚临风喜欢的样式。梅瑰贡献出这只自己心爱的玩具，也是为了病中的米娅能更开心一些。

方翘楚对米娅讲述了熊猫的故事，告诉她这种动物生活在中国，是生活在我们这些中国叔叔阿姨故乡的最美的一种动物。

米娅立刻爱上了这只熊猫。第二天查房时，她举着这只熊猫，对身边这些照顾自己多日的医生们大声说出了一个词："中国！"

小女孩满脸笑意，第一次露出开心的容颜。

米娅的精神状态良好，身体状况恢复得更快了。她终于彻底痊愈了，成为数不多的幸运地战胜了埃博拉的患者。

康复后的米娅被送往联合国在 S 国设立的一处救助中心，她会开始一段新的生活，所有医治过她的中国医生们都感到欣慰，又依依不舍。

中国传染病医院设置的各种防控流程都很细致，规章制度也制定的比较完善，在实施医疗的过程中，也有效地保护了全体医护人员的自身安全，真正做到了"零感染"。美国医院来此参观后，赞不绝口，专门参照中国医院的防范标准，重新制定了自己的流程。这件事情也让中国医生们很自豪和开心。

为此田丰感慨地对章雪川说："上次你自我隔离时，我还有点想不通，觉得是否太神经过敏了？但是后来我意识到，只有严格要求，从我做起，才能维护一个团队的健康和有序。"

章雪川点头："时刻牢记，我们不是在孤军奋战，而是一个有机的团队，我们不仅要保护好自己，也要注意保护好同伴。虽说目前不是身处战火纷飞的战场，但是这里情形的严酷和危险，又何异于前沿阵地？我们的敌人，埃博拉，是比拿枪炮的敌人还要凶险百倍、千倍的对手，大家时刻不能懈怠！"

第四十二章　并肩作战

在西非广袤的草原上，章雪川和方翘楚回望来时路。一路坎坷，一路沧桑。依米花难觅踪影，但是格桑花开满心底，远方就是故乡。

方翘楚也在工作中感受到这种战友情谊，很多人的善意，也是在这样严酷的环境下，才能被人感知，也因此更加令人感动。

一次，她和田丰搭档一起进入病区。因为处理的几个病人病情比较麻烦，他们在里面待的时间比较长，出来消毒时，他俩认真地相互喷淋消毒后，开始脱去身上穿着的层层防护装备。

方翘楚那天原本有点感冒，她没有吭气，坚持工作着。到了脱防服阶段，她觉得自己已经到了忍受的极限。头重脚轻，恶心欲呕的感觉向她袭来，豆大的汗珠不停地从头顶上滚落，沿着护目镜像小溪一样流淌下来。她的身子有些晃动，双腿也在微微打战。

站在不远处的田丰看出了她的不适，就赶紧鼓励道："方医生，坚持住！赶紧脱去外壳，呼吸一下新鲜空气就没事了！"

经常会有医护人员在消毒区体力不支，身旁的搭档们因为担心发生感染，所以不能伸手相助，但遇到这种情况，大家只能拼命地提醒同事，坚持住，打起精神，再坚持一下！

此刻方翘楚的情形更有点特殊，由于本身体力不够，加上在病区待的时间过长，体力又消耗太大，不巧她又同时处于女性特定的生理期，出汗过多，身体格外虚弱。她的口罩已经完全湿透，此刻牢牢地贴在脸上，像一块湿布一样，阻碍了她的呼吸。她急喘着，脸部都有点扭曲了。

"天！有危险！"这天正在监控室检查的章雪川无意间从监控屏幕上看到这

一幕，他大惊失色，冲出监控室，向消毒区域跑去。

但是来不及穿上防护服的他，此刻不能进入到消毒区，他只能通过大玻璃窗，拼命地对着方翘楚、田丰挥手："赶紧去掉口罩！小心窒息"

站在离方翘楚不远处的田丰也看到险情，他知道再不摘下口罩，方翘楚就有生命危险，但是此刻两人的手上都还带着已经污染的手套，此刻要是贸然用手去碰触脸上的口罩，一样会有染病的危险。

就在危急时分，田丰看到无法忍受的方翘楚已经用手去准备摘取自己脸上的口罩，他大吼一声，迅速拿起墙角放着的一瓶赛诺士消毒剂，向方翘楚的双手猛喷几下，又对她大声喊道："赶紧搓手，摘掉口罩！"

昏昏沉沉的方翘楚被他的吼声惊醒，她咬牙坚持着，在田丰的指挥下，用最快的速度，搓手完成手部消毒，摘下口罩，才长长缓过一口气。

出了消毒区的方翘楚浑身无力，章雪川冲上前去，一把抱住了她。她倚在他身上，喘过几口气，苍白的脸上恢复了一丝红晕。

他一把抱起她的身子，搂在怀里，方翘楚看看四周，有点难为情："别，我自己能走！"

章雪川眼圈潮红，没有理会她的抗议，执意将她抱回宿舍中。

晚饭时，他不让她下床，为她端来稀饭，自己守在床前，看着她吃，他一言不发，她有点纠结。

"我知道你担心，我以后会注意，身体不舒服时，就不在病区多待时间，这样你该放心了吧？"

他还是不吭气，眉头紧皱，一脸落寞的神情。

"唉，你怎么了嘛？为什么老这样做苦大仇深状？就不能给人一个笑脸？"方翘楚微嗔着他。

章雪川认真地盯着她看，半晌才幽幽地说道："一想到你每天要在这里冒险，受累，我的心有多纠结，多痛惜，你知道吗？"

他伸手摸摸她的脸："我想我能多干一些，干两个人的活儿，你安心在屋里歇几天，养好身体，好吗？"

方翘楚笑看着他，虽然眼里已经潮乎乎起来："你说这话，又犯你的大男子主义了！你我都是医生，我不要谁照顾，我能坚持！"

她看他不能释怀，就笑着开起玩笑："你不能剥夺我这次难得的和你并肩作战的机会，我可不想让你把军功章独得了去！想想你说过的依米花吧，我要像它那样，宁死也芬芳！"

"小丫头胡说什么？"他瞪起眼睛，"死啊活呀的，也不忌讳！"

"哈哈，见惯生死的章教授还讲起迷信来了？"方翘楚捂嘴笑，"总之你我说好的并肩作战，谁都不能提前退出战场，谁也无权让对方先撤，这可是原则问题！原则问题是不能谈判、也绝不妥协的！"

他知道她的坚强，只能咧嘴苦笑。

事后，方翘楚专门对田丰表示了谢意，那天若不是他当机立断，用消毒剂为自己紧急消毒，后果将不堪设想。田丰憨厚地一笑："谢什么？咱们是战友！换了是你，一样也会这样做的！"

淡淡一笑间，两人过去在普外一科曾经有过的一些过节，此时完全消融。在异域他乡，战友就是亲人。

这种并肩作战的状态给方翘楚带来无尽的力量，也让两人的智慧随时随刻迸发出火花。

老吉姆是一名年逾花甲的埃博拉疑似患者，虽然他的检验结果是埃博拉阴性，但是他年老体衰，有发烧和腹泻的症状，一直在医院留观。

章雪川发现他的情绪很低落，食欲不振。但是由于他完全不懂英语，几乎没法和医生们交流。

章雪川找来翻译珍妮特参与查房，通过简单交谈，知道了老吉姆的担忧所在。他的很多亲人都死于埃博拉，他感到很绝望，认为自己早晚要步他们的后尘，所以对生活完全失去了信心，不太配合医生们的治疗。

章雪川通过珍妮特和老吉姆谈心，给他讲解埃博拉的知识，又请来心身科蓝医生为他做心理辅导，逐步打消了老吉姆的心理障碍。

吃饭时刻，章雪川又亲自为他送来特制的稀又软的病号饭，很对他的胃口，老吉姆第一次露出笑意。

老吉姆以前腿受过伤，膝关节肿大，行动不便。由于身体虚弱和生活习惯，他经常不自觉地在地上爬行。方翘楚在一次查房后，仔细看过老人的病情，回来和章雪川研究，用中药贴剂为他治疗。经过一周时间的诊治，老吉姆的腿部明显有了改善，能扶着墙走动了。

章雪川又从秦楠经常推着的移动输液架上获得灵感。他用一个废弃的输液架改造成一个"移动拐杖"，让老吉姆可以扶着它在室内行走。方翘楚又细心地在输液架上绑上绷带，这样就不会打滑，又能保护手。老吉姆用上这个特殊的拐杖，心花怒放，对每一个进入他病房的中国医生夸赞着，竖着大拇指，用自己刚学会的三个汉字表达着心意："中国——好！"

这样的心理抚慰疗效有时候胜于医药。在这块被病魔肆虐的土地上，对人的心灵安慰，更能彰显一个医者的仁心和善意。

玛利亚是一名年轻的母亲，她因为参加了一名埃博拉死者的葬礼，被作为疑似病毒感染者送到这里的留观室。为了防止交叉感染，玛利亚和其他疑似人员一样，被隔离在单人病房中。玛利亚焦灼不安，她向负责给她抽血化验的梅瑰表示出急于回家的念头，甚至露出想逃出医院的举动。

梅瑰马上将情况汇报给了章雪川，章雪川通过和玛利亚简单交谈，得知她是在担心家中的三个孩子无人照料，她无法挨过这被隔离等待化验结果的最低时限"72小时"。

章雪川马上通过S国联络人员联系玛利亚的家人，同时让方翘楚去和她谈心，安抚她的情绪。

方翘楚和玛利亚通过简单的英语和手势对话，告诉她加强防范，对她自己、她的孩子以及她的其他家人的重要性。很快章雪川联系到玛利亚的家人，让她和家人通了话，玛利亚的情绪终于放松下来，很配合地接受了各项检查。

通过化验，玛利亚解除了埃博拉警报，但是却查出她患有传染性较强的一种疟疾。章雪川安排为她进行了抗疟治疗，让她逐渐康复。

玛利亚出院离开的时候，特意请翻译珍妮特表达了自己对中国医生的感激之情。她说中国医生是她们全家的恩人，因为她健康了，才能确保一家人的健康。

最令章雪川和方翘楚难忘的，还有一段S国军官和他母亲的故事。

"中国医生，请求你，帮帮我，让我见见妈妈！"

一天，一名穿着军装的年轻人来到章雪川的面前恳求道。他自我介绍叫赛杜，是 S 国政府军的一名少尉军官。他神情焦灼，眼里满是悲哀的光芒。

通过交谈，章雪川得知赛杜的母亲是一名埃博拉患者，目前正住在这里，他母亲的病情很严重，已经危在旦夕。赛杜很小的时候就失去了父亲，母亲是他唯一的亲人。他希望能进到病区看母亲一眼，哪怕是不说话，不能走到病床前，只要能远远望上一眼，他就满足了。

赛杜说得很伤心，眼泪汪汪的，听得章雪川也红了眼圈。看着眼前思母心切的年轻军人，他想到了自己远在万里之外的母亲。

但是医院有严格的规定，埃博拉患者严禁探视，这是不能违反的一条铁律。章雪川心里很是矛盾纠结，他不知道怎样才能安慰和帮助眼前这个青年。

刚从病区出来的方翘楚听到这个事情，也很伤感。赛杜的母亲正是她医治的对象，她知道老人病情非常危重，随时都可能逝去。思索片刻，她想出一个办法，虽然无法允许赛杜进病房看视自己的母亲，却可以让工作人员将手机带到病房，让赛杜能和母亲视频交流。

这个主意得到赛杜的认可，他满脸激动地看着眼前的两名中国军医。

但是时值傍晚，今天因为病人数量多，所有的中国医生都进去了三次以上，超出了每日进去的次数，按规定不能再进入到病区，否则会有被感染的危险。

章雪川和方翘楚为此发生了争执，有关谁进去的事情两人都不想妥协。

最后，章雪川瞪起眼睛，拿出往昔的霸气和领导权威来："你是下级医生，必须服从命令，否则我会让你接下来一星期内都不能进入病区！"

方翘楚一脸委屈地回瞪着他："你又要你的霸权！假公济私，狂傲无理！"

章雪川看看一旁的赛杜，虽然明知他不懂中国话，但还是放低了声音："楚小妞，听话！以后回国，我保证不再对你使用霸权！但是在这里，你必须服从，没有商量的余地！"

方翘楚有点担心："可是你别忘了，你是领导？一队之长，我们大家的主心骨，你的安危很重要！若是再弄成疑似感染，又要被隔离起来！"

她咬咬嘴唇："你不能为了保全爱护自己的恋人，忘了自己的工作重任吧？"

章雪川笑了："好吧，算我是因私害公好了！就是不幸再次被隔离，我也认了！我是有经验了，我发现，爱情的隔离是甜蜜的！"

方翘楚不理会他的玩笑，她心情沉重，瘪瘪嘴，露出想哭的神情，那人却笑着摸摸她的脸，走了出去。

田丰也想阻止章雪川再次进入病区冒险，章雪川却决然地说道："患者随时都会失去生命，我不想让一对军人母子留下遗憾，那样我会后悔一辈子！"

他带着方翘楚那只乳白色的手机进入到病房，来到赛杜母亲的床前。老人已经陷入弥留状态，不能发出声音，但是她通过手机屏幕看到自己儿子的脸，还听到儿子不停地呼喊："妈妈！""妈妈！"

老人的眼里流出泪水。章雪川又为老人拍摄了一段视频。这个手机已经算是被污染了，不能再带出病区，章雪川就把视频发送到了梅瑰的手机上。

赛杜看着发过来的视频，泪流满面，对着方翘楚等人再三地感谢。

他坚持等到章雪川消毒后，从病区出来，郑重地给他敬了一个军礼。章雪川回了中国军队的军礼，两个军人的眼里都闪着泪花。

赛杜的母亲当晚就离开了人世。章雪川和方翘楚感慨着生命的脆弱和无常，也庆幸为这对生离死别的母子完成了心愿，没有留下遗憾。

章雪川揽着方翘楚，看着她，脸上他此刻挂上的，却是另外一种遗憾之情。

"妞，你的那只手机，就留在病区了，我真有点舍不得呢！"

方翘楚扭脸看他："能给一位军人圆满了母子之情，我那个手机就是牺牲了，也得其所哉！你的手机，不也牺牲在消毒区了吗？"

"可是你这个手机对我意义不同，它像一个特殊的纪念品，在隔离时期，它是我拿到的最令人心动的一样东西。我看到了你放在屏保上的那个心形图案，在那个特殊的幽闭时期，它就像一个图腾，给我最深切的鼓励和安慰！对，就是爱情的图腾！"

他说得动情，她却噗嗤笑了，用手点点他高耸的鼻梁："人现在都是你的了，还留恋什么物品？你真迂得可以！"

在疫情基本控制后的一天，一个叫利莫西的青年人专门来到医院，他东瞅瞅西看看的，发现了方翘楚，就惊喜地叫了起来。

"终于又看到你了，美丽的中国军医！"

方翘楚有点莫名其妙，看着青年问道："我们认识吗？"

利莫西看着她拼命点头，他的英语很流利："是的，我不会搞错！你这双眼睛，很特别，非常美丽！每天我看到它，都会燃起生命的力量！"

方翘楚被他的诗一样的话语弄得捂嘴笑了起来。经过交谈，她得知他是一名中学语文老师，平日里当真会写诗。他绘声绘色地对方翘楚讲起自己在这个医院的经历。

当时他被送进医院时，病情已经很严重，几乎不能回答医生们的问话，只有眼睛可以眨动，身体瘦得完全脱形。

中国医生们为他制定了严密周到的治疗方案，包括多次的X光影像检查和抽血测试。方翘楚曾经亲自喂他喝营养液，他说他一点胃口都没有，但是看到防护镜下，中国军医那双美丽的眼睛，就让他想象到外边世界的精彩，人生的美好，他就努力张大了嘴。

方翘楚还是有点茫然。这几个月过去，她接诊了太多的类似患者，做过太多的事情，像喂水、喂药这样原本该由护士完成的事情，她也经常有机会就去做，争取能多帮助一点这些被埃博拉折磨的可怜患者。她真的记不清一些患者的面容了。

"中国军医，我现在比生病的时候，整整胖了二十斤，你当然认不出我了！"利莫西喊道，"但是你是否记得，你曾经鼓励我的那句话？"

他认真地看着方翘楚："当你给我喂药的时候，你说'坚持住，你一定能活下来！'这句话就像上帝的召唤，鼓励我真的活下来了！所以，中国军医，你就是我的救命恩人！"

方翘楚露出苦笑，其实就是这句话，她也真的对太多的埃博拉患者说过。她只好绽开笑容，对利莫西再次鼓励道："活着真好，对吗？我们每天都能感受到生命的意义！"

中国传统节日中秋节来临的时候，中国医疗队的任务也即将结束。一场由S国官方，卫生部门等各单位发起的联欢活动拉开了序幕。

中国军人们和当地的群众、医务工作者欢聚在一起，大家载歌载舞，形成欢乐的海洋。

梅瑰上台跳了中国舞蹈，田丰、丁盛等人都表演了中国军队风格的军体拳。章雪川和方翘楚看着大家互相用碰肘礼表示友好。在埃博拉肆虐的期间，S国人相见，都不敢相互握手致意，纷纷用这种"碰肘"的方式打着招呼。这样的特殊礼节，如今被编成一种美好的集体舞蹈，被人们所喜爱。此刻大家欢腾地跳着，每个人脸上都显现出兴奋的光彩。

方翘楚的手机响了，她接起来，发现周围太吵了，听不清楚，就走向外边。

台上的大屏幕上，此刻打出了一句话："河有源泉水才深。"

年轻的翻译珍妮特走过来，笑指大屏幕问章雪川："您知道这句话的出处吗？"

章雪川含笑回答："我只知道这是一句非洲谚语，我们中国的领导人很喜欢，引用它，表述了中非友谊！"

珍妮特点头感慨："用这句话形容我们国家和你们中国的情谊，真是太合适不过了！这次埃博拉之疫，中国是世界上第一个送来援助物资的国家，后面你们又来了，前后来到这里的，像您这样的中国军医，有一千多人！有这么多的卓越的医务人员和我们一起并肩战斗，才能帮助我们，鼓舞我们，坚持下去，击退病魔。正如我们卫生部长刚才所说的那样：'任何语言都不足以表达我们对中国的感谢'！"

"疫情阴霾散去，友情更显光辉！"章雪川也接着她的话说道，"我们这些中国军医不过是做了自己该做的事情，帮助了该帮助的人，尽了该尽到的义务。于我们这些人而言，这段日子也是难忘的，注定是我们人生旅程中重要的一个印记！"

"是啊，是啊！"珍妮特很喜欢和章雪川谈话，他流利的英语，总让她想起自己留学时代的生活情景。用纯正的英语说着自己的感想，甚至是用英语来思索问题，"谁是真正的朋友？就是在你卧病在床时，来到你身边帮助你，鼓励你战胜病魔，振作起来奋发前进的人。中国正是这样的朋友。"

章雪川点头："风雨同舟，患难与共，这样的情谊自是颠扑不灭，永生存在！"

方翘楚进来，将手机递给章雪川："快给你的好哥儿们说句话吧，他说也想你了！"

章雪川将手机凑到耳边，萧扬爽朗的声音就清楚地传过来："雪川，好吗？祝贺你们圆满完成任务！但可惜的是，我不能去迎接你们凯旋了。我即将到新的单位任职，回到老家云南，那里是咱们父辈曾经流血牺牲，挥洒青春的地方，注定是我们终生难忘的一片热土！你有机会就过来找我吧，我陪你一起去给章叔叔扫墓！"

"你的伤好利索了吗？……好，就这样说定了，萧扬，你也一切当心，多保重！"章雪川放下手机，正对上方翘楚有点困惑，又略带担心的眼神。

"我出国前，曾看过一则新闻，云南边境，当年自卫反击战的战场，那边还有很多残余的地雷在等着清除……你说，萧扬不会是去那里执行任务吧？"方翘楚看着章雪川问道。

章雪川没有回答她的话，他扭过脸，望着窗外的远方，喃喃自语："萧扬，真是天然的英雄！"

珍妮特跳着舞，再次来到他们身边，拉起章雪川和方翘楚，邀请他们参加欢乐的舞蹈。

章雪川和方翘楚相视一笑，加入到舞蹈队列中。他们相互碰触着胳膊肘，跳起了欢快的步子，他们配合得是那样默契，像是演练了无数遍一样。

离开 S 国前，章雪川还找机会和方翘楚一起去了一趟西非草原。

天高云淡，绿茸茸的草地一望无际。一些没有见过的或高大，或姿态怪异的树木矗立在远方，让这片沁人心脾的淡绿色绒毯上更有了生机盎然的景象。

远处有如镜面静谧的湖泊，一些动物安详地漫步在草滩上，湖水边，微风徐徐吹过，草丛里星星点点的不知名的野花就纷纷点头，舞蹈起来。

这些颜色或浓艳或清淡的野花，一丛丛，一片片，沐浴在炽热的阳光下，放眼望去，如同色彩缤纷的云雾，飘落在绿色的草原上。它们和远处的草原连成一体的蓝天，还有周遭那形态各异的热带树木一起，构成了一派和谐又温馨的图画。

方翘楚蹲下身去，细细地抚摸着这些野花，闭起眼睛，像是在嗅着它们的味道，又像沉浸在无尽的醉意中，她的嘴里还不停地呢喃着："这不是……这个也不像……"

章雪川静静地看着她，嘴边始终挂着笑意，她就是他心里最美的花朵，她就是眼前这道风景中最美的那一笔。

"那天珍妮特对我说了，依米花也许真的只是一个美丽的传说，很多人说亲眼见过，但是又没人能说出花儿准确又真切的特征。"方翘楚微微叹息，"这里不是戈壁，更不会有它的踪影了，我们可能真的遭遇不到那种奇妙的花了！"

"那就让咱们在心里想象一下这种神奇的花吧，"章雪川还在平静地笑着，语气是清浅又深情的："植物的生长需要水分，开花的植物对水分的需求更大。你看在这非洲的草原或戈壁上，一般植物都有庞大的根系采水，以供自身的水分需求。但是依米花没有根系，它只有唯一的一条主根，孤独地蜿蜒盘曲着钻入地底深处，寻找有水的地方。那是怎样的一段需要幸运和顽强努力的过程啊？一株依米花通常需要四至五年，或更久的时间在干燥的沙漠里寻找水源，然后一点点积聚养分，在完成蓓蕾所需的全部养分后，它开花了。所以在它最美丽的时候，它会因耗尽自己所有的养分而凋零。"

方翘楚静静地听着。

章雪川："回到咱们自身上，作为人，肯定会比依米花要智慧和理性，每个人来到这世上走一遭，谁不想痛痛快快、完完全全地璀璨绚烂一回？这样的渴望和理想，当比依米花更强烈更火热！但是在现实中，我们又有多少人，能像依米花那样，穷其一生，都不屈不挠，积极努力，在遭遇到困难和阻挠时，拒绝接受环境给予自己安排的命运。唉，人的一生有几十年，但是像依米花那样勇敢决绝、奋起向前的岁月实在是太少了！如果每个人，都能用'一生定要美丽一次的心情'去努力和坚持，那么总会比现在做得更好，生活得更有意义。"

方翘楚点头，幽幽道："这让我又想起咱们那边的格桑花了，不一样的形状，不一样的花语，但是都是一样的美丽，一样的温柔和坚强！"

两个年轻的中国军人，并肩走在西非炽热的草原上，他们的身影，在阳光照射下的草地上，被拉得很长。

他们走得很远了，蓝天白云下，方翘楚突然张开双臂，做了一个想要拥抱整个原野的姿势。

"雪川，你看，真美啊！草原、阳光、云朵、还有这些不知名的野花，不是依米花，也不是格桑花，颜色和气味都很陌生，但是我一样爱它们！"

"远方不是故乡。但是格桑花开在心底，远方也是故乡！"

一问一答间，阳光晃动在天然的绿毯上，草色愈加青翠，影子更显绵长。

尾 声

三个月后，方翘楚在军分区医院外科医生办公室收到梅瑰发来的一条长长的微信。

"很多事情在持续发展中，很多事情就静止不动了。我和李想已经确定留院工作，其他人也都各奔前程。蒋子萌去了北京301医院，他和杜鹃已经领证了。罗宏去了南京总院普外科。高明辉在'神搜网'已经干到副总了，貌似也前程无量……

"我必须和你说一下我和临风的事情。他最近在忙于参加网络电竞大赛，已经一个多月没和我联系了，我发微信他不回，电话也不接。我想我们应该先彼此冷却一下这段感情。你注意到了吗？我用了'感情'而不是'爱情'，因为我也无法把握这种感觉了。也许他真的还年轻，现在谈情说爱还为时过早？总之，我们的事，只能以后随缘了……

"现在我想八卦一下方师姐你的感情问题。章教授目前已经被成斌主任确定为学科带头人的继承者，整个普外一科，将来都会是他纵横驰骋的天下！我想弱弱地问一句，他向你许下的那个诺言——'放弃内地的一切，和你一起上高原，准备组建先进的野战外科中心'，你认为还靠谱吗？还有一个因素，也要向你透露一下，夏静波教授最近身体不太好，章教授经常陪在她的身边……

"师姐，向你汇报了这么多，其实就想说一句，一切随缘，才能开心！我希望你能顺顺利利，开开心心！"

方翘楚吸了口气，放下手机。

又是一个晴朗无云的早晨，方翘楚背起药箱，又走在巡诊的路上。在穿过一片山丘时，她意外地发现了一片格桑花海，不由得愣住了。

那些鲜艳又灵动的花儿，在阳光下跳着神秘的舞蹈，像是用身体在吟唱，歌咏了一段如梦如仙般的美丽传说。

格桑花开了，
开在对岸，看上去很美。
看得见却够不着，
够不着也一样的美。

她的耳边又响起这熟悉又浪漫的曲调，她眯着眼睛聆听着，微微扬起脖颈，阳光暖暖地覆盖在她的眼眸上，让她在五彩斑斓的光圈中，看到了一个恍惚又不真实的情景。

一个熟悉的身影向她走来。

全文完

2017-4-16 17：00 于西安

后记：格桑花落，依米花开

纳兰香未央 / 文

2016 年，《将军的女儿》一书的出版，算是同时实现了我的两个夙愿：写一部有关抗战时期著名的空战英雄高志航的传奇小说，完成一部以当代军旅题材为背景的现实体小说。只是我用主、副两条线，把它们结合在了一部作品中。

在《将军的女儿》中，主线是现代军队医学工作者的故事，而高志航将军的人生最璀璨的几段轨迹，作为副线穿插其中。这是一种新的写作尝试，它记录了我的冒险和体验，但是也给我，以及喜爱《将军的女儿》的读者们，留下了一个小小的遗憾，就是主线故事受限于篇幅，没能更好地展开，很有点意犹未尽的感觉。

在此期间，我碰巧结识了影视工作者段子先生，他有感于"当代军医"题材，提出深化构建一个新故事的建议。我们的想法不谋而合，继而共同构思、创作，才有了如今这样一部以纯粹描绘当代军旅人士，尤其是重笔勾勒当代军医形象的作品。

作为一名出身于军人家庭，生活和工作在军医大学附属医院环境下的人，我身边就有这样时时刻刻令人热血沸腾，想用笔去勾勒，去描画，讴歌的群体，他们肩扛军人的使命，胸藏医者的职责；他们精于术业，敢于超越，甘于奉献，勇于牺牲，将信守生命，承载所托的誓言牢记在心，时刻不忘白大褂下，还有绿军装，把军人的铁血豪情和医者的仁心妙术完美地结合在一起，就像藏区高原上生生不息的格桑花，灿烂缤纷，无私无欲，点亮扮美了平凡又暗淡的生活空间。

格桑花源于一个动人的传说。很久以前，藏区暴发过一场严重的瘟疫，人们一批批地死去，生命逐渐凋零。一位来自遥远国度的修行人途经此处，以当地的一种植物为药，逐渐治愈患者，拯救苍生无数。人们感激涕零，把这位圣者称为"格桑活佛"，将他手里的救命植物，那种开得最璀璨，生命力最旺盛的花，命名为"格桑花"。

我们的故事就发端于青藏高原神奇的格桑花海中。有着"军医大学外科一把刀"美誉的年轻教授章雪川率领援藏医疗队进驻雪域高原，邂逅了方翘楚、萧扬、格桑等边地军人。在格桑花盛开的地方，有壮烈的牺牲，勇敢的担当，还有男女主人公缘定今生的痛苦相识和爱恨情仇的惨烈发端。

格桑花开了，又谢了，浓烈又生动的颜色，象征了新时代军人的青春、热血，信仰和誓言。和平年代，军人也是一个随时会将生死系于一线，将自身融入祖国命运的职业。无论是作为医者的章雪川、方翘楚，还是服务于各自岗位的军旅儿女：萧扬、格桑、凌晓飞、章雪峰，他们的身份不同：工程兵，空军飞行员，军校教员，但是他们都穿着同样的绿军装。他们的人生轨迹，注定要和身着的戎装一起荣耀一生。这是个人的无悔选择，也是父辈的血脉传承。绿色军装，是他们最心爱的服饰，强军梦想，是他们人生交响乐乐章中的最强音。在当前军队改革的风云时代中，他们牢记职责和使命，积极投身于强军实践，把理想和信念，融入到生活中的点点滴滴，也融入到随时随刻，打起背包就出发，奔赴前线的誓言和行动中。

白大衣下的绿军装，独特深沉的美，永远让人心动和神往。走出国门，奋战在维和战场上，在抗击埃博拉病毒的生死决战中，勇敢而智慧的中国年轻军人们，又把这份承继于先辈，荣誉于当代的军旅荣光带到了遥远的非洲大地。在那片战火频仍、顽疾肆虐的土地上，生与死的人生大戏每日都在上演和轮回。我们不是生在了一个和平的年代，而是有幸生在了一个和平的国家。国要强，我们就要担当！中国军人，用自己的汗水、泪水和血水，诠释了大国担当精神，将军人和医者两种身份完美结合，在异国他乡建功立业，呈现出最美军人形象，也见证了中非友谊之花的绚丽盛开。

依米花是非洲红土地上的一个神奇传说。这种不起眼的花生长在非洲缺少水分的戈壁滩上，要花费五年的时间来一点一点地积蓄养分，在第六年春，才在地面吐绿绽翠，开出一朵小小的四色花朵，但花期只有短短的两天。其实在这个世界上，万物都有灿烂一回的时刻，这是上苍赐于众生的权利。只有心中有爱，世界才会变得祥和和多彩。人的一生有几十年，但像依米花那样勇往直前的岁月真的太少了。我们的男女主人公，他们的事业和爱情，在西非草原上，至少像依米花那样顽强地灿烂绚丽过一回，他们的信仰和追求，也在寻找依米花的过程中，融合，深刻，升华。爱情和理想，能这样美丽地同根同源般绽放，何尝不是一种别样的幸福？

这部小说想要诠释的太多，想要展示的中国军人风采太多，在创作的过程中，我们收获的感动更多。

在此，我们要深切感谢一切帮助过我们的朋友，是你们无私的爱，让这个故事能够更加芬芳地呈现在世人面前。

感谢中国人民武装警察部队副司令员秦天中将为本书撰写序文；原解放军副总参谋长何其宗中将、中国战略文化促进会常务副会长兼秘书长罗援少将、原总后勤部部长助理兼卫生部部长陆增祺少将题写推荐语。

感谢各位医学专家的鼎力支持。在医学案例方面，以下军医朋友们提供了倾情相助：

乔　庆　空军军医大学（原第四军医大学）第二附属医院普通外科副教授，医学博士

简　文　空军军医大学第一附属医院呼吸内科副教授，医学博士

李孟彬　空军军医大学第一附属医院胃肠外科副教授，医学博士

安家泽　空军军医大学第一附属医院肝胆外科副教授，医学博士

阴继凯　空军军医大学第二附属医院普通外科副教授，医学博士

柴文祥　解放军153医院心胸外科副教授，医学博士

朱锦宇　空军军医大学第一附属医院骨科副教授，医学博士

杨彤涛　空军军医大学第二附属医院骨科副教授，医学博士

赵　晖　空军军医大学第二附属医院麻醉科副教授，医学博士

金振晓　空军军医大学第一附属医院心脏外科副教授，医学博士

吕小星　空军军医大学第二附属医院烧伤整形科主治医生，医学硕士

王　瀚　空军军医大学第一附属医院心血管内科，在读博士

史圣甲　空军军医大学第一附属医院泌尿外科，在读博士

工程兵部分，以下官兵给予了资料支持：

李　强　原解放军某部工程兵团团长

李德林　原解放军某部工程兵团政治处主任

李　洋　原解放军某部工程兵团宣传股长

马晓彤　原解放军某部工程兵团宣传干事

在本书的出版中，还得到九州出版社的大力支持，他们的编辑团队，认真细致，精益求精，为本书的出版付出了心血。

目前，同名电视剧正在剧本创作中，也有幸得到了曾经参加过维和任务的广大官兵的大力协助：

谭映军　解放军西宁联勤保障中心成都总医院医务部主任，医学硕士

罗　皓　解放军西宁联勤保障中心成都总医院全军普通外科中心副主任医师，医学博士

袁　阳　解放军107医院神经外科主治医师，医学博士

孙景豫　解放军桂林联勤保障中心昆明总医院耳鼻喉科主治医师，医学博士

梁海霞　解放军451医院妇产科副主任医师，医学硕士

李旭升　解放军西宁联勤保障中心兰州总医院骨科主任医师，医学博士

任小龙　解放军西宁联勤保障中心兰州总医院超声科主任医师，医学博士

邱琛茗　解放军西宁联勤保障中心成都总医院心血管内科主管护师，护士长

潘　永　原解放军某部作训处参谋

他们当中的一些人，目前还战斗在非洲维和前线，祝他们圆满完成任务，顺利平安，归途如虹！

2017年9月25日